复旦中文学科建设丛书

中国现当代文学卷

历史、文本与文学性

段怀清 编选

商务印书馆
创于1897 The Commercial Press

图书在版编目(CIP)数据

历史、文本与文学性/段怀清编选.—北京：
商务印书馆,2021
(复旦中文学科建设丛书·中国现当代文学卷)
ISBN 978-7-100-19839-4

Ⅰ.①历… Ⅱ.①段… Ⅲ.①中国文学-现代文学史-文学史研究 ②中国文学-当代文学-文学史研究 Ⅳ.①I209.6

中国版本图书馆 CIP 数据核字(2021)第 067194 号

历史、文本与文学性
复旦中文学科建设丛书·中国现当代文学卷
段怀清 编选

商务印书馆出版
(北京王府井大街36号 邮政编码100710)
商务印书馆发行
江苏凤凰数码印务有限公司印刷
ISBN 978-7-100-19839-4

2021年11月第1版 开本 710×1000 1/16
2021年11月第1次印刷 印张 40
定价:138.00元

前　言

复旦大学中文学科的开始，追溯起来，应当至1917年国文科的建立，迄今一百年；而中国语言文学系作为系科，则成立于1925年。1950年代之后，汇聚学界各路精英，复旦中文成为中国语言文学教学和研究的重镇，始终处于海内外中文学科的最前列。1980年代以来，复旦中文陆续形成了中国语言文学研究所（1981年）、古籍整理研究所（1983年）、出土文献与古文字研究中心（2005年）、中华古籍保护研究院（2014年）等新的教学研究建制，学科体制更形多元、完整，教研力量更为充实、提升。

百年以来，复旦中文潜心教学，名师辈出，桃李芬芳；追求真知，研究精粹，引领学术。复旦中文的前辈大师们在诸多学科领域及方向上，做出过开创性的贡献，他们在学问博通的基础上，勇于开辟及突进，推展了知识的领域，转移一时之风气，而又以海纳百川的气度，相互之间尊重包容，"横看成岭侧成峰"，造成复旦中文阔大的学术格局和崇高的学术境界。一代代复旦中文的后学们，承续前贤的精神，持续努力，成绩斐然，始终追求站位学术前沿，希望承而能创，以光大学术为究竟目标。

值此复旦中文百年之际，我们编纂本丛书，意在疏理并展现复旦中文传统之中具有领先性及特色，而又承传有序的学科领域及学术方向。其中的文字，有些已进入学术史，堪称经典；有些则印记了积极努力的探索，或许还有后续生长的空间。

回顾既往，更多是为了将来。我们愿以此为基石，勉力前行。

陈引驰

2017年10月12日

出 版 说 明

本书系为庆祝“复旦大学中文学科百年”所策划的丛书《复旦中文学科建设丛书》之一种。该丛书是一套反映复旦中文百年学术传统、源流，旨在突出复旦中文学科特色、学术贡献的学术论文编选集。由于所收文章时间跨度大，所涉学科门类众多，作者语言表述、行文习惯亦各不相同，因此本馆在编辑过程中，除进行基本的文字和体例校订外，原则上不作改动，以保持文稿原貌。部分文章则经作者本人修订后收入。特此说明。

编辑部

2017 年 11 月

目　　录

近代文学研究

中国近代文学之变迁（节选） …………………………………… 陈子展　003
《中国近代文学史稿》绪论 ……………………………………… 鲍正鹄　015
关于中国现代文学的开端
——兼及“近代文学”问题 ………………………………… 章培恒　027
晚清各体文学的走向和中国文学的古今演变 …………………… 朱文华　051
中国近代文学社会运行机制的转变及作用 ……………………… 袁　进　068
“深文理”：晚清新教来华传教士与“文言”及“文言文” ………… 段怀清　080
清末语言文字改革运动中的“言文一致”论 ……………………… 倪　伟　097
“直译”词源考
——兼论“直译”在古汉语中的语义演变 …………………… 陶　磊　123

现当代文学研究

1933年的中国电影 ……………………………………………… 洪　深　149
六十年来中国现代文学史研究一瞥 ……………………………… 贾植芳　156
中国近现代留日学生与中国新文学运动 ………………………… 贾植芳　172

《新中国文学词典》序 …………………………………………… 潘旭澜 187
论文学研究方法论的历史、现状及其发展趋向 ………………… 陈鸣树 190
沈从文的“浮沉”与现代文学的研究 ……………………………… 吴立昌 202
《中国现代文学理论批评史》引言 ………………………………… 王永生 211
琵琶千载颂相知
——试论曹禺的历史剧《王昭君》 ………………… 徐培均 王继权 244
也谈文学研究会会员 ……………………………………………… 苏兴良 258
近百年文学大师论
——兼论巴金在中国现当代文学上的原创性和杰出贡献 … 唐金海 263
《文学改良刍议》探源
——胡适与黄远生 ………………………………………………… 沈永宝 272
京派文学:在现代与传统之间 ……………………………………… 许道明 288
中国新文学史研究的整体观 ……………………………………… 陈思和 300
中国现代文学学科发展概述 ……………………………………… 陈思和 317
20 世纪中国文学史研究的几个问题 ……………………………… 陈思和 329
海派电影传统与中国电影学派的建构 …………………………… 周 斌 351
中国当代小说的转型 ……………………………………………… 王东明 365
诗意:放逐与收复
——论“第三代”诗中的“他们”与“莽汉”现象 ………………… 李振声 387
“中国现当代文学研究”的“史学化”趋势 ………………………… 郜元宝 404
现代中国文学语言论争的五个阶段 ……………………………… 郜元宝 436
学院空间、社会现实和自我内外
——西南联大的现代主义诗群 …………………………………… 张新颖 453
中国当代文化反抗的流变:从北岛到崔健到王朔 ……………… 张新颖 472
1892:中国现代文学的起源
——论《海上花列传》的断代价值 ……………………………… 栾梅健 488

文学史线索中的巴金与鲁迅
——悼巴金并纪念鲁迅逝世六十九周年 …………………… 张业松 501
海派文学、现代文学的通俗化走向 ………………………………… 李 楠 518
《现代》杂志的转型及“现代派”文学实践终结 …………………… 张芙鸣 534
现代新诗史:经典、史料与重写 ……………………… 杨新宇 姜方媛 545
《茶馆》文学本演变研究 ………………………………………… 孙 洁 559
“角色化生成”与“主体性成长”:青年形象创造的文学史考察 …… 金 理 576

台港澳及世界华文文学研究

《文学杂志》与台湾现代小说 ………………………………… 陆士清 603
20 世纪华语话剧发展轨迹及其趋势 …………………………… 梁燕丽 614

编后记 ……………………………………………………………………… 629

近代文学研究

中国近代文学之变迁(节选)

陈子展

一、近代文学从何时说起

田先生要我讲"中国近代文学之变迁",当时我勉强答应了。但是这里所谓近代究竟从何时说起?我想来想去,才决定不采取一般史家区分时代的方法,而是断自"戊戌维新运动"时候(1898年)说起。换句话说,就是最近三十年。这个我也可以说出一点理由,除了讲演时间不多,不能长划时代之外。

中国自经1840年(道光二十年)鸦片之战大败于英,割地赔款并开五口通商;又经1860年(咸丰十年)英法联军攻破津京,烧掠圆明园;中间又曾任用洋将统率洋枪队(常胜军)打破太平军;自是颟顸腐败的满清政府渐渐知道欧美各国的利害。于是于1861年设总理各国事务衙门,于1867年(同治六年)设同文馆,于1877年(光绪三年)遣派留学生于英法。加以这个时期琉球等诸藩属先后丧失。尤其是1894年为着朝鲜问题与日本开战,海陆军打得大败,以致割地赔款,认罪讲和。当时全国震动,一般年少气盛之士,莫不疾首扼腕,争言洋务。光绪皇帝遂下变法维新之诏,重用一般新进少年,是为"戊戌维新运动"。这个运动虽遭守旧党的反对,不久即归消灭,但这种政治上的革新运动,实在是中国从古未有的大变动,也就是中国由旧的时代走入新的时代的第一步。总之:从这时候起,古旧的中国总算有了一点近代的觉悟。所以我讲中国近代文学的变迁，就从这个时期开始。

时势思潮互为影响。戊戌变政，同时国内的思想界也起了极大的变动。我们要讲中国近代文学的变迁，实在这个时候真是中国文学有显明变化的时候。第一，这个时候才知道要废八股，文人才渐渐从八股里解放出来。固然我们也知道八股文试帖诗是为科举考试而作，不是文学；但是这种考试文体不废，于文学发展上有极大的障害。当时杨深秀奏请厘正文体，说：

> 窃自取士之法未善，用非所学，学非所用，制义括帖，消磨人才。因有欲变科举，废《四书》文者。臣窃惟制义之科，行之已数百年，沿袭至今，适承其敝。……查经义之体，肇自宋代。……明世沿习日久，防弊日周，于是创为代圣立言之说，谓不得用秦汉后之书，述当世之事；夺微言大义之统，为衣冠优孟之容；诬己说为古言，侮圣人而不顾。于是束书不观，争为谬陋文体……有明中叶以后，始盛行四股、六股、八股、破承起讲之格。……格式既定，务使千篇一律，稍有出入，即谓之不如格。是以习举业者陈陈相因，涂涂递附，黄茅白苇，一望皆同。限以三百七百之字数，拘以上犯下犯之手法，虽胸有万卷，学贯三才，亦必俯就格式，不许以一字入文。其未尝学问者，亦能揣摩声调，敷演讲章，弋获巍科，坐致高位，是使天下之人相率于不学也。

他这篇奏折很长，这里不过节录一小部分。他说八股文之害，使人束书不观，使天下之人相率于不学，真是针针见血，何等痛快！当日一般士子除《四书》讲章以外无学问，八股试帖以外无文章，名为文人，其实有几个懂得文学！第二，这个时候才开始接受外来的影响。中国的文学固然自有记录以来就代有变迁，但与国外学术不大发生关系。只有魏晋以后，受到一点印度佛学的影响。到了这个时期，谭嗣同、梁启超一班人所倡的“新文体”与“诗界革命”，又很显然地受到外来影响，并为后来文学革命建立了一个根基。——这也是我讲中国近代文学要从这个时候讲起的一个理由。

我在此地须得加以说明的，便是：我在这里所讲的近代，断自戊戌维新运动，这个时代区分，虽然除了像普通一般史家所说的为着叙述便利起见以外，还有种种理由，但是我们须知道要分割时代，使它截然两断，正好像抽刀断水一般的难。我在这个讲演里虽然如此区分了讲题上的所谓近代，但这个近代对于过去，对于将来，无论如何，总有承上启下，承前接后的关系，希望诸君要注意的。

二、诗界革命运动

戊戌维新运动的主要人物，他们是新的政治家，同时也都是青年的诗人，如康有为、谭嗣同、林旭、杨锐、刘光第、杨深秀、梁启超都能作诗。其中只有康有为、梁启超亡命海外，其余都为他们的主张牺牲了性命。那时谭嗣同和夏曾佑、梁启超诸人读了一点“格致”的书，读了由西文译过来的新旧约《圣经》，又懂得一点西洋历史，所以他们作的诗，常常用这类的东西做诗料，倡为“诗界革命”。他们不徒想把政治革新，还要闹着诗界革命，怎能不叫当日那些守旧党嫉忌他们的野心，惊骇他们的大胆？这类新诗料在旧派文人看来，自然既不如自然界风云月露的空灵，又不如《诗》《骚》《尔雅》里草木虫鱼的典雅，更不比社会间忠孝义烈的有关名教；它的好处，就是新奇，不腐臭，不庸滥。但用得不好，也有坏处。梁启超《饮冰室诗话》云：

> 复生（谭嗣同）自憙其新学之诗。……当时所谓新诗者，颇喜挦扯新名词以自表异。丙申丁酉间吾党数子皆好作此体。提倡之者为夏穗卿（曾佑），而复生亦綦嗜之。其《听金陵说法》云：“纲伦惨以喀私德（Caste），法会盛于巴力门（Parliament）。”又赠余诗四章，中有“三言不识乃鸡鸣”“莫共龙蛙争寸土”。苟非当时同学者断无从索解。盖所用者乃《新约全书》中故实也。其时夏穗卿尤好为此体。穗卿赠余诗云：“滔滔孟夏逝如斯，亹亹文王鉴在兹。帝杀黑龙才士隐，书飞赤鸟太平迟。”又云，“有人雄起琉璃海，兽魄蛙魂龙所徒。”此皆无从臆解之语。当时吾辈方沉醉于宗教，视数教主非与我同类者。崇拜迷信之极，乃至相约作诗非经典语不用。所谓经典

者，普称佛孔耶三教之经。故《新约》字面，络绎笔端焉。……

穗卿有绝句十余首，专以隐语颂教主者。……忆其一二云："冰期世界太清凉。洪水茫茫下土方。巴别塔前分种教，人天从此感参商。"……当时在祖国无一哲理政法之书可读，吾党二三子号称得。风气之先，而其思想之程度若此。

此类之诗，当时沾沾自喜；然必非诗之佳者，无俟言也。吾彼时不能为诗，时从诸君子后，步学一二，然今既久厌之，穗卿近作殊罕见。……浏阳(指谭)如在，亮亦同情。

他们这种新典故的诗，取材既然狭隘，人家又不容易懂得，他们的"诗界革命"自然要受一番挫折。可是我们要了解他们是生在外来学术输入中国不过一点半滴的时候，尽其最善之力，只能做到如此。同时我们还得佩服他们革新的精神，向诗国冒险的精神！并且谭嗣同自己所谓三十以前"旧学"(谭被杀时年三十二)，其中亦不少佳品。现在我只录出他在狱中的《绝笔》诗。

望门投止思张俭，忍死须臾待杜根。我自横刀向天笑，去留肝胆两昆仑。

谭、夏的"诗界革命"，在以新典故代替旧典故，好像徒以新军阀代替旧军阀的革命一样，自然不彻底，自然要失败；但是当时的诗界革命运动，却已另寻一条出路，《饮冰室诗话》说：

过渡时代必有革命。然革命者当革其精神，非革其形式。吾党近好言诗界革命，虽然，若以堆积满纸新名词为革命，是满洲政府变法维新之类也。能以旧风格含新意境，斯可以举革命之实矣。

近世诗人能镕铸新理想以入旧风格者，当推黄公度。

公度之诗独辟境界，卓然自立于二十世纪诗界中，群推为大家，不容诬也。

这里所说的黄公度就是人境庐主人黄遵宪。他做过二十多年的外交官，曾到过日本英美南洋。不错，他的诗，真如梁氏所说，独辟境界，能镕铸新理想以入旧风格，自是当时一个大诗人。他的《杂感》五篇之一云：

大块凿混沌，浑浑旋大圜，隶首不能算，知有几万年？羲轩造书契，今始岁五千，以我视后人，若居三代先。俗儒好尊古，日日故纸研，《六经》字所无，不敢入诗篇。古人弃糟粕，见之口流涎，沿习甘剽盗，妄造丛罪愆。黄土同抟人，今古何愚贤！即今忽已古，断自何代前？明窗敞琉璃，高炉爇香烟。左陈端溪砚，右列薛涛笺。我手写我口，古岂能拘牵？即今流俗语，我若登简编，五千年后人，惊为古斓斑。

他攻击俗儒尊古贱今的历史观念的荒谬；他宣布他们沿习剽盗的文学作品的罪状；他敢用《六经》所无之字入诗；他只想做到“我手写我口，古岂能拘牵”。他虽未能做到完全采取口头流俗语，但流畅自然，明白如话，确是他的诗歌特色之一。他的《罢美国留学生感赋》一篇云：

……自从木兰狩，国弱势不枝。环球六七雄，鹰立侧眼窥。应制台阁体，和声帖括诗。二三老成谋，知难济倾危。欲为树人者，所当师四夷。奏遣留学生，有诏命所司：第一选隽秀，其次择门楣。高门掇科第，若摘领下髭；黄背好八股，肯令手停披？茫茫西半球，极远天无涯，千金不垂堂，谁敢狎蛟螭？惟有小家子，重利轻别离；纥干山头雀，短喙日啼饥，但图飞去乐，不复问所之。蓝缕田舍奴，蓬头乳臭儿，优给堂飧钱，荣颁行装衣，舟子东西人，相顾惊复疑：此乃宴人子，胡为来施施？使者挈乘槎，四牡光骓骓。郑重诏监督，一一听指挥。广厦百数间，高悬黄龙旗，入室阒无人，但见空皋比。便便腹高卧，委蛇复委蛇。“借问诸学生，了不知东西。各随女师去，雏鸡母相依。鸟语日啾啁，庶几无参差！”就中高材生，亦有出类奇。其余中不中，大半悲染丝。千花红氍毹，四窗碧琉璃，金络水晶柱，银盘夜光杯，乡愚少所见，乍见意辄移。家书说贫穷，问子今何居？我今双膳鸡，谁记炊扊扅。汝言盎无粮，何不食肉糜？客问故乡事，欲答颜忸怩。嬉戏“替戾冈”(羯族语，出也)。游宴“贺跋支”(契丹语，府署邸馆)。纵谭伊优亚，酣歌妃呼豨。吴言与粤语，病忘反不知。亦有习祆教，相率拜天祠。口爵天父饼，手绪《景教碑》，楼台法界住，香华美人贻。此间国极乐，乐故不蜀思。新来吴监督，其僚喜官威，谓此泛驾马，衔勒乃能骑。征集诸生来，不拜即鞭笞，弱者呼謈痛，强者反唇稽。"汝辈狼野心，不如鼠有皮。"谁甘畜生骂，公然老拳挥。监督愤上书，溢以加罪辞：诸生尽佻达，所业徒荒嬉，学成供蛮奴，否则仍汉痴。国家縻金钱，养此将何为？朝廷命使者，去留审所宜。使者护诸生，本意相维持。监督意亦悔，驷马舌难追。使者甫下车，含怒故诋諆，我不知许事，我且食蛤蜊；监督拂衣起，怒喘竹筒吹；一语不能合，遂令天地睽。郎当一百人，一一悉遣归；竟如瓜蔓抄，索累何累累！当其未遣时，西人书交驰。总统格兰脱，校长某何谁，愿言华学生，留为国光辉。此来学日浅，难言成与亏。颇有聪颖士，利锥非钝槌，忽然筵席撤，何异鞶带褫？本图爱相助，今胡弃如遗？相公答书言，不过别瑕疵。一旦尽遣撤，哗然称我欺。怒下逐客令，旋禁华工来。溯自西学行，极盛推康熙：算兼几何学，方集海外医；天士充日官，南斋长追随；广译奇器图，诸器何夥颐！惜哉国学舍，未及设狄鞮。矧今学兴废，尤关国盛衰。十年教训力，百年富强基。奈何听儿戏，所遣皆卑微！部娄难为高，混沌强书眉，坐令远大图，坏以意气私。牵牛罚太重，亡羊补恐迟。蹉跎一失足，再遣终无期。目送海舟返，万感心伤悲！

按裁撤美国留学生是1881年的事。最初派遣留学生的人为曾国藩。篇中所称监督为吴嘉善，其僚友为金某，使者为副使容闳。他这首长诗差不多一千字。还有一首二千多字的《番客篇》。现在我只能录出篇末一部分在这里。

……入夜有火戏，语客留徜徉，行坐纷聚散，笑谭呼汝卬。中一蒜发叟，就我深浅商："……凡我化外人，从来奉正朔。披衣襟在胸，剃发辫垂索。是皆满洲装，何曾变服着？初生设汤饼，及死备棺椁。祀神烛四照，宴宾酒三酌。凡百丧祭礼，高曾传矩矱。风水讲龙砂，卦卜用龟灼，相法学《麻衣》，推命本《珞琭》。礼俗概从同，口述仅大略。千金中人产，咸欲得封爵，今年燕晋饥，捐输颇踊跃。溯从华海来，大抵出闽骆。当我鼻祖来，无异五丁凿，传世六七叶，略如华覆萼。富贵归故乡，比骑扬州鹤。岂不念家山？无奈乡人薄。一闻番客归，探囊直启钥。西邻方责言，东市又相斮。亲戚恣欺陵，鬼神助咀嚼。曾有和兰客，携归百囊橐，耽耽虎视者，伸手不能攫。诬以通番罪，公然论首恶，国初海禁岩，立意比驱鳄，借端累无辜，此事实大错；事隔百余年，闻之尚骇愕，谁肯跨海归，走就烹人镬”：言此袂掩面，泪点已雨落，满堂杂悲欢，环听咸唯诺，到此气惨伤。笳鼓歇不作；橐橐拍板声，犹如痛呼謈。道咸通商来，虽有分明约，流转四方人，何曾一字着？堂堂天朝语。只以供戏谑，譬比犹太人，无国足安托？鼫鼠苦无能，骆驼苦无角，同族敢异心，颇奈国势弱。虽则有室家，一家付飘泊。仓颉鸟兽迹，竟似畏海若；一丁亦不识，况复操笔削。若论佉卢字，此方实庄岳；能通左行文，千人仅一鹗。此外《回回经》，等诸古浑噩。西人习南音，有谱皆合乐，孩童亦能识，识则夸学博。识字亦安用？蕃汉两弃却。愚公传子孙，痴绝谁能药？不如无目人，引手善扪摸。近来出洋众，更如水赴壑。南洋数十岛，到处便插脚。他人殖民地，日见版图廓；华民三百万，反为丛驱雀；螟蛉不抚子，犬羊且无鞹。比闻欧澳美，日将黄种虐，向来寄生民，注籍今各各。《周官》说保富，蕃地应设学。谁能招岛民，回来就城郭？群携妻子归，共唱太平乐。

他这种长篇叙事诗，真是不朽之作。中国最缺乏长篇叙事诗，古乐府《孔雀东南飞》五言一篇，韦庄《秦妇吟》七言一首，已经算得中国诗歌里面两大奇迹。他如杜甫的《北征》，韩愈的《南山》(宋人至以《北征》《南山》可与日月争光)，白居易的《琵琶行》《长恨歌》，也都算是有名的长篇大作。到了近代，有新思想，新诗料，供天才的诗人运用，遇着作长篇的机会，自能作出内容很充实的长篇来。黄遵宪便是这时代一个成功的长篇作者。他的长篇并非如旁的作家，一无剪裁结构，故意贪长堆砌，乃是出于不得不然。所以能使他的读者置身于他的诗中所具的境界乐而忘返。从前有人称杜诗为诗史。作史已难，诗史谈何容易？可是以文为诗，以诗代史，正是黄遵宪的一大特色。如上面所举的两篇，一记罢留美学生的风潮，一记南洋华侨的生活，都很充分地表现他的天才、学问、识力，真可当得"诗史"二字而无愧色！他如《琉球歌》《悲平壤》《台湾行》《降将军歌》《度辽将军歌》《冯将军歌》《聂将军歌》《己亥杂诗》《天津纪乱》《锡兰岛卧佛》《今别离》《赤穗四十七义士歌》诸作，都是近代诗坛上稀有的珍品。现在再举他的《拜曾祖母李太夫人墓为例》，评述他的另一方面。

郁郁山上松，呀呀林中鸟；松有荫松枝，鸟非反哺雏。我生堕地时，太婆七十五。明年阿弟生，弟兄日争乳。太婆向母怀，伸手抱儿去。从此不离开，一日百摩抚。亲手裁绫罗，为儿制衣裳。糖霜和面屑，为儿作饿馇。发乱为梳头，脚腻为暖汤。东市买脂粉，靧面百日香。头上盘云髻，耳后明月珰。红裙绛罗襦，事事女儿妆。牙牙初学语，教诵《月光光》。一读一背诵，清如新炙簧。三岁甫学步，送儿上学堂。知儿故畏怯，戒师莫严庄。将出牵衣送，未归踦闾望。问讯日百回，赤足足奔忙。春秋多佳日，亲戚尽团聚，双手擎掌珠，百口百称誉。"我家七十人，诸孙爱诸祖，诸妇爱渠娘，诸子爱诸父；因裙便惜带，将缣难比素；老人性偏爱，不顾人笑侮"。邻里向我笑，老人爱不差，果然好相貌，艳艳如莲花。诸母背我骂，健犊行破车，上树不停脚，偷芋信手爬。昨日探鹊巢，一跌败两牙，噀血喷满壁，盘礴画龙蛇。兄妹昵我言，向婆乞金钱，直倾紫荷囊，滚地金铃圆。爷娘附我耳，劝婆要加餐；金盘脍鲤鱼，果为儿下咽。伯叔牵我手，心知不相干，故故摩儿顶，要图老人欢。儿年九岁时，阿爷报登科，见儿大父旁，一语三摩挲。"此儿生属猴，聪明较猴多；雏鸡比老鸡，异时知如何？我病又老耄，情知不坚牢；风吹儿不长。那见儿扶摇。待儿胜冠时，看儿能夺标。他年上我墓，相携着宫袍。前行张罗缴，后行鸣鼓箫。猪鸡与花果，一一分肩挑。爆竹响墓背，墓前纸钱飘。手捧紫泥封，云是夫人诰。子孙共罗拜，焚香向神告，儿今幸盛贵，颇如母所料。世言鬼无知，我定开口笑"。大父回顾儿，此言儿熟记，一年记一年，儿齿加长矣。儿是孩提心，那知太婆事！……

比作者老一辈的人，如曾国藩的诗未尝无诙谐之趣，但总放不下大夫君子可厌的面孔；金和的诗未尝无诙谐之趣，却又近于绍兴师爷可怕的刻毒。此诗不过写大家庭琐屑耳,记老婆子絮语耳,一经作者以接近流俗的口语写之,加以个人独具的诗人的诙谐,便觉如此亲切动人,隽永有味。这真是谭、夏“诗界革命”以来一个大成功!而且我们赖有这首诗,得以认识作者黄金时代的孩提生活,家庭环境。

想在古旧的诗体范围中创造出诗的新生命,谭、夏不过揭竿而起的陈胜、吴广;黄遵宪即不能成为创业垂统的刘邦,以他的霸才,总可以比譬于“力拔山兮气盖世”的项羽。我看他所以成功的缘故,除了个人天赋之不同,还可以说出数点来。一、取材丰富。他所读的古书较多,所浸染的新思想较深,所得的新材料较丰富,较仅读佛、孔、耶经典的人学识高得多多了。即以他的《以莲菊桃杂供作歌》一诗而论:

南斗在北海西流,春非我春秋非秋。人言今日是新岁,百花烂漫堆案头。主人三载蛮夷长,足遍五洲多异想。且将本领管群花,一瓶海水同供养。莲花衣白菊衣黄,夭桃侍侧添红妆。双花并头一在手,叶叶相对花相当。浓如旃檀和众香,灿如云锦纷五色,华如宝衣陈七市,美如琼浆合天食。如竞笳鼓调筝笆,蕃汉龟兹乐一律;如天雨花花满身,合儒佛魔同一室;如招海客通商船,红黄白种同一国。一花惊喜初相见,四千余岁始识面。一花自顾还自猜,万里绝域我能来。一花退立如局缩,人太孤高我惭俗,一花傲睨如居居,了无妩媚非粗疏。有时背面互猜忌,非我族类心必异。有时并肩相爱怜,得成眷属都有缘。有时低眉若饮泣,偏是同根煎太急。有时仰首翻踌躇,欲去非种谁能锄?有时俯水瞋不语,无滋他族来逼处。有时德笑临春风,来者不拒何不容?众花照影影一样,曾无人相无我相。传语天下万万花,但是同种均一家。古言猗傩花无知,听人位置无差池。我今安排花愿否?拈花笑索花点首。花不能言我饶舌,花神汝莫生分别。唐人本自善唐花,或者并使兰花梅花一齐发。飙轮来往如电过,不日便可归支那。此瓶不干花不萎,不必少见多怪如橐驼。地球南北倘倒转,赤道逼人寒暑变,尔时五华仙城化作海上山,亦有四时之花开满县。即今种花术益工，移枝接叶争天工。安知莲不变桃桃不变为菊？回黄转绿谁能穷？化工造物先造质，控抟众质亦多术。安知脱胎换骨无金丹，不使此莲此菊此桃万亿化身合为一。众生后果本前因，汝花未必原汝身。动物植物轮回作生死，安知人不变花花不变为人？六十四质亦么么，我身离合无不可。质有时坏神永存，安知我不变花花不变为我？千秋万岁魂有知，此花此我相追随！待到汝花将我供瓶时，还愿对花一读今我诗！

我们只需读了这首诗，便可以知道前此谭、夏一班人所用的新思想新材料比起这位"足遍五洲多异想"的作者来，是如何的贫乏了！所以他说他的诗："其取材也，自群经三史逮于周秦诸子之书，及许郑诸家之注，凡事名物名切于今者，皆采取而假借之。其述事也，举今日之官书、会典、方言、俗谚，以及古人未有之物、未辟之境，耳目所历，皆笔而书之。"(《人境庐诗草自序》未刊稿，见《学衡》第60期)二、以作文之法作诗。谭、夏仍为传统的诗体所限，黄遵宪却说："各人有面目，正不必与古人相同。吾欲以古文家抑扬变化之法作古诗，取《骚》《选》《乐》府歌行之神理入近体诗。"(《人境庐诗钞》黄遵楷跋中引语)以作文之法作诗，从前韩愈试过，有相当的成功。到了黄遵宪不仅以古文家抑扬变化之法作诗，即字句的长短，亦有时不为五七言所限，可以任意伸缩。例如《赤穗四十七义士歌》一诗，一句长至二三十字，真是创举。梁启超受了他的影响，早作如《太平洋歌》，比较近一点的，如《赠赵尧生以诗代书》，都是这一类。梁的成功虽远不及黄，但较谭、夏就高多了。三、他想做到"我手写我口"，不避流俗语。即如上面引的那首《拜曾祖母李太夫人墓》诗，便是一例。还有《山歌》九首，直是全用流俗语。他自序云："土俗好为歌，男女赠答，颇有子夜读曲遗意。采其能笔于书者得数首。"现在举他两首为例。

邻家带得书信归，书中何字侬不知？等侬亲口问渠去，问他比侬谁瘦肥。

嫁郎已嫁十三年，今日梳头侬自怜。记得初来同食乳，同在阿婆怀里眠。

他的《己亥杂诗》中也有这类的诗,如《一声声道妹相思》一首便是。自注云:"土人旧有山歌,多男女相思之辞,尚系獠蛋遗俗。今松口、松源各乡尚相沿不改。每一辞毕,辄间以无辞之声,正如妃呼豨,甚哀厉而长。"他能鉴赏这类民俗文学,他的作品自然受了它不少的影响。他在日本作有《都踊歌》,《自序》云:"西京旧俗,七月十五至晦日,每夜亘索街上,悬灯数百。儿女艳妆靓服为队,舞蹈达旦,名曰'都踊'。所唱皆男女猥亵之辞,有歌以为之节者,谓之音头。译而录之。其风俗犹之唐人《合生歌》,其音节则汉之《董逃行》也。"诗云:

长袖飘飘兮髻峨峨,荷荷。裙紧束兮带斜拖,荷荷。分行逐队兮舞傞傞,荷荷。往复还兮如掷梭,荷荷。回黄转绿兮挼挲,荷荷。中有人兮通微波,荷荷。贻我钗鸾兮馈我翠螺,荷荷。呼我娃娃兮我哥哥,荷荷。柳梢月兮镜新磨,荷荷。鸡眠猫睡兮犬不呵,荷荷。来不来兮欢奈何,荷荷。一绳隔兮阻银河,荷荷。双灯照兮晕红涡,荷荷。千人万人兮妾心无他,荷荷。君不知兮弃则那,荷荷。今日夫妇兮他日公婆,荷荷。百千万亿化身菩萨兮受此花,荷荷。三千三百三十二座大神兮听我歌,荷荷。天长地久兮无差讹,荷荷。

他主张"我手写我口"不避流俗语,为后来胡(适)陈(独秀)钱(玄同)周(作人)一班人提倡白话文学的先导;他能赏鉴民俗文学,为后来顾颉刚刘复一班人的前驱;有人说:"天才的诗人是预言家。"这句话的释证,我可以举出这个为例。

总之,黄遵宪在诗上的成功,是新旧过渡时代的一种成功,他能讨得新派旧派双方的赞颂。所以陈三立读了他的某首诗推为千年绝作;梁启超流布了他的某首诗,便说"吾以是因缘,以是功德,冀生诗界天国"。不过陈三立一派人还是作他们那一派的诗,梁启超则于诗上不肯努力。梁之不努力,是黄遵宪这一派诗的大损失。以梁之才力,倘若肯分其政治生涯的余力努力作诗,不作附会古今中外的"洋八股",他于国人的贡献,也许来得更大。不过这是我个人一时的幻想。

戊戌维新运动之主要人物,皆能作诗,已如前述。就中惟以行辈较长而又寿考之康有为造诣独高。他入民国以来，年事已高，思想亦已衰退，没有作过几多诗；但他早岁的诗则甚豪健。其《己丑出都》七律四首之一云：

沧海飞流百怪横，唐衢痛哭万人惊。高峰突出诸山妒，上帝无言百鬼狞。漫有汉廷追贾谊，岂教江夏贬祢衡？陆沈忽望中原叹，他日应思鲁二生！

又绝句十首之一云：

此去南山与北山，猿鹤哀号松柏顽。或劝蹈海未忍去，且歌《惜誓》留人间。

南山之下豆苗肥，北山之上猿鹤飞。百亩耕桑五亩宅，先生归去未必非。

他的戊戌纪变哀死之作，也都沉痛可诵。他出国以后，真如孔圣人一般“丘也东西南北人”（康句），至于是邦，必闻其政。他这时期的诗，多为纪游之作，夹述一点他所知道的列邦政教风俗。《饮冰室诗话》云：“先生最嗜杜诗，能诵全杜集一字不遗。故其诗虽非刻意有所学，然一见殆与杜集乱楮叶。”不错，他的诗受杜诗的影响最深，他不能抛弃旧体诗传统的矩矱。但他毕竟是环游过世界的人，他的见闻广而情志阔，他的造诣故较一班守旧派的诗要高。因此，我把他论列于黄遵宪之后，陈三立一班人之前。

本文节选自作者《中国近代文学之变迁》，中华书局 1929 年版

《中国近代文学史稿》绪论

鲍正鹄

毛主席对中国近代历史的分析是最正确、最科学的分析。它是我们研究中国近代政治、经济、文化的根本指导思想，也是我们研究中国近代文学的根本指导思想。

1840到1919年的八十年间，由于帝国主义的侵略，中国由封建社会转入了半封建半殖民地社会。毛主席说："帝国主义列强侵略中国，在一方面促使中国封建社会解体，促使中国发生了资本主义因素，把一个封建社会变成了一个半封建的社会；但是在另一方面，它们又残酷地统治了中国，把一个独立的中国变成了一个半殖民地和殖民地的中国。"(《中国革命和中国共产党》)

毛主席又说："帝国主义和中国封建主义相结合，把中国变为半殖民地和殖民地的过程，也就是中国人民反抗帝国主义及其走狗的过程。"(《中国革命和中国共产党》)

毛主席的上述指示是对中国近代社会历史的科学概括。

在分析近代中国社会的主要矛盾时，毛主席指出："帝国主义和中华民族的矛盾，封建主义和人民大众的矛盾，这些就是近代中国社会的主要的矛盾。当然还有别的矛盾，例如资产阶级和无产阶级的矛盾，反动统治阶级内部的矛盾。而帝国主义和中华民族的矛盾，乃是各种矛盾中的最主要的矛盾。这些矛盾的斗争及其尖锐化，就不能不造成日益发展的革命运动。伟大的近代和现代的中

国革命，是在这些基本矛盾的基础之上发生和发展起来的。”（《中国革命和中国共产党》）

因为在近代历史上，中国革命的敌人主要是帝国主义和封建地主阶级，所以近代中国革命的任务主要的就是打击这两个敌人，就是对外推翻帝国主义压迫的民族革命和对内推翻封建地主压迫的民主革命。自从 1840 年鸦片战争以来，中经太平天国运动、中法战争、中日甲午战争、戊戌变法、辛亥革命等各个阶段，都是在进行这个革命。这个革命是属于旧的世界资产阶级民主主义革命的范畴之内的，是属于世界资产阶级民主主义革命的一部分。它的任务是要建立一个独立的民主主义的社会。它与从五四运动开始的新民主主义革命比较，有质的不同。“五四”以后，中国革命是无产阶级领导的，是彻底反帝反封建的，它的任务是要建立以中国无产阶级为首领的中国各个革命阶级联合专政的新民主主义社会。它是属于新的资产阶级民主主义革命的范畴，属于世界无产阶级社会主义革命的一部分。

毛主席说：“中国革命的历史进程，必须分为两步，其第一步是民主主义的革命，其第二步是社会主义的革命，这是性质不同的两个革命过程。”（《新民主主义论》）近代中国旧民主主义革命和从五四运动开始的新民主主义革命组成为中国革命的第一步，为发展到社会主义革命做好准备。

“一定的文化是一定社会的政治和经济在观念形态上的反映。”（《新民主主义论》）近代中国新文化是近代中国人民反帝反封建的革命斗争在观念形态上的反映。由于近代中国革命是属于旧的资产阶级民主主义革命范畴，所以近代中国文化发展的特点，是资产阶级的新文化和封建阶级的旧文化的斗争。近代中国新文化虽然是一种新东西，在中国近代文化史上，有过同封建文化做斗争的革命作用。但是，它是中国资产阶级的文化，是当时世界资本主义文化的一部分。

太平天国的革命运动，不仅进行了革命战争，还成立了“太平天国”，实行了一系列文化改革措施。它首先代表处在外国侵略者和封建主义双重压迫下的广大农民的要求，对封建主义的文化进行了猛烈的斗争。他们把一切宣扬封建主义的文化斥之为“鬼话、怪话、妖话、邪话”，主张将它们“一概删除干净，只留真话，正话”。太平天国的革命运动（包括它的文化改革）对于近代中国文化有深远的影响。

戊戌变法时期的资产阶级的改良主义运动，在文化上托古改制，拿孔子对抗孔子，对于程朱理学、科举制度、八股文章、古文经学等等，所有保护封建主义的东西，进行了一次冲击。封建社会里的知识分子从此受到一些资本主义思想影响，这样，比起完全封建主义思想来，是前进了一步。资产阶级民主革命运动在文化上的反映，突出地表现在传布西方资产阶级民主主义、民族主义思想。这比起改良派来，思想又前进了一步。

以上的文化思想，在当时就是所谓“新学”。对于它，毛主席作了科学的评价和结论：“在当时，这种所谓新学的思想，有同中国封建思想作斗争的革命作用，是替旧时期的中国资产阶级民主革命服务的。可是，因为中国资产阶级的无力和世界已经进到帝国主义时代，这种资产阶级思想只能上阵打几个回合，就被外国帝国主义的奴化思想和中国封建主义的复古思想的反动同盟所打退了，被这个思想上的反动同盟军稍稍一反攻，所谓新学，就偃旗息鼓，宣告退却，失了灵魂，而只剩下它的躯壳了。旧的资产阶级民主主义文化，在帝国主义时代，已经腐化，已经无力了，它的失败是必然的。”（《新民主主义论》）

近代中国文学，是近代中国革命的产物。近代中国文化的一些特点，必然在近代中国文学里表现出来。

近代文学的第一个特点是它的反帝反封建的主题、反帝反封建的题材和反帝反封建的思想内容。它是贯串整个近代文学史的主线。

鸦片战争前夕的文学，总的说来，是“万马齐喑”，一片沉闷。桐城派的散文大多是一些宣扬封建伦理和一些应酬消遣的文字。诗歌方面，不外乎朋友赠答、身边琐事、山水风景、咏史怀古之类。戏曲内容大都离不开教忠教孝，才子佳人。狭邪小说和公案小说也已经开始出现。这种情况是封建统治阶级没落的反映，是封建社会制度日趋崩溃的反映。

鸦片战争以后，整个社会政治斗争形势发生了一个根本的变化，文学随着这个阶级斗争的发展而发展。过去那种文学思想已经不能抬头了，而新产生出来的最突出、最鲜明的主题思想，就是中国人民反帝反封建的斗争。从鸦片战争时期的三元里民歌开始，各种进步阶级的文学，无论是太平天国的文学和民间文学，无论是戊戌变法时期的资产阶级改良主义文学或资产阶级民主革命派的文学，在不同程度上，都表达了这样一个主题思想。民间文学反帝反封建的斗争性最强，革命乐观主义精神最鲜明，它在各个时期的民歌、太平天国的歌谣和义和团的传说中得到最完美的体现。这些民间文学充分证明了中国劳动人民才是反帝反封建斗争的主力，是推动中国历史前进的动力。一些具有爱国主义思想的作者，面对着风雨飘摇的祖国和多灾多难的民族，发出了慷慨激昂、深沉悲壮的反抗帝国主义的呼号。由于封建社会的没落和中国社会的半殖民地化，一些作家揭露了半封建半殖民地社会的黑暗现象，抨击了封建伦理观念的虚伪性。

近代中国文学反映了八十年内中国历史的进程，反映了历次主要的政治事件。总的说来，它相当深刻地、多方面地反映了中国近代的社会现实，反映了中国旧民主主义革命的过程，提供了近代中国人民反帝反封建的艺术形象。

近代文学的第二个特点是它以现实主义和积极浪漫主义为创作方法。

鸦片战争以前，风行一时的是反现实主义的创作方法。王士祯的"神韵"说，沈德潜的"格律"说，都是一些形式主义、唯美主义的理论。袁枚提倡"性灵"之说，虽然稍高于上述诸人，但仍然是唯心主义的理论。在他的作品中所反映的腐朽的生活态度与风格上的油滑产生了很坏的影响。其他桐城派、文选学派的创作主张，也是形式主义的。

民间文学以自己的创作实践反对了上述种种反现实主义创作理论，而一些进步作家、诗人提出了反对上述主张的文学理论。不论是民间文学或是进步的文人文学，在这时期都运用了现实主义和积极浪漫主义的方法进行创作。

鸦片战争以来，由于外国资本主义入侵和清王朝的反动统治，社会是一片黑暗。特别在《辛丑条约》以后，清王朝统治者彻底地投降了帝国主义，中国社会半殖民地化加深。中国人民为了摆脱黑暗统治，为了反抗帝国主义的侵略，进行了艰苦卓绝、可歌可泣的斗争。因此，表现当时中国人民的革命斗争，抨击和暴露这个腐朽的社会，成了时代和人民的一致要求。这是形成这个时期的现实主义创作方法的社会基础。

这时期的现实主义创作方法的主要特点是密切结合政治斗争，为反帝反封建的政治斗争服务。有歌颂，有暴露。他们歌颂当时人民群众的斗争，歌颂反帝反封建斗争的先进人物，歌颂新的力量、新的人物和新的思想。他们暴露帝国主义的凶残和封建统治的黑暗，批判没落的阶级统治、没落的人物和没落的思想。特别是在甲午战争以后，人们加深了对当时半封建半殖民地社会的认识，因而，批判现实主义小说有很大发展。这就是鲁迅所说的："群乃知政府不足与图治，顿有掊击之意矣。其在小说，则揭发伏藏，显其弊恶，而于时政，严加纠弹，或更扩充，并及风俗。"（《中国小说史略》）

批判旧社会、旧制度，可以站在不同的立场上来进行。站在进步立场上，对封建制度进行揭露和批判，以推动社会历史前进，这是具有进步意义的。而戊戌变法以后的改良派对旧制度的揭露和批判，在性质上是不同的，它的目的不是为了推翻封建制度，而只是要求有所改良。他们还是要求保存封建制度。就这点来说，它是反动的。当然，这种揭露和批判在客观上还是有它一定的意义的。所以，我们在分析批判现实主义的时候，必须有所区别，不能笼统地对待。

这一时期的积极浪漫主义产生的社会基础，主要来自中国人民，特别是劳动人民对于反帝反封建斗争必胜的信心和对于未来美好生活的理想的追求。其次如资产阶级启蒙主义者、戊戌变法时期的改良派、资产阶级民主革命派，他们对于自己阶级的未来、对于未来中国也有一种朦胧的理想，这也是使这一时期的文学作品具有浪漫主义精神的社会原因。但由于中国资产阶级软弱无力，没有一个明确的、必定能够实现的理想，所以表现理想的作品（如梁启超的《新中国未来记》),就只能是一种乌托邦的幻想。

近代文学中积极浪漫主义的主要特点是表现人民反帝反封建斗争胜利的愿望,追求独立和民主主义的社会理想,这种浪漫主义精神特别反映在几次高涨的革命运动时期的文学作品中。

近代文学中的现实主义和积极浪漫主义创作方法是与中国近代社会政治斗争密切联系的。这一时期的现实主义和积极浪漫主义创作方法,在表现人民斗争、揭露社会黑暗、反映这一时期人民的理想和愿望方面,可以说是有新的成就的。

近代文学的第三个特点是新的文学形式的形成与出现。因为新的思想内容要求有新的表现形式。

形式的变化首先是表现在文学语言上。沿用了几千年的文言文是一种脱离口语、脱离群众的书面语,它已经不能适应近代新的阶级斗争形势的要求,不能担当反映日益复杂的社会生活的任务。这个时期在语言方面提倡改革的突出事件是太平天国的语文政策;此外,在戊戌变法前后,曾经有过一次资产阶级改良派倡导的白话文运动。

形式方面的变化,也表现在新的文学样式的产生和发展上。这个时期文学形式变化的总趋势是向着通俗化和多样化的方向发展。如新文体、新派诗、白话小说、京剧的改革、话剧的开始等,都是这种变化的表现。

语言和形式方面的这许多变化,都可以归纳到一点,即对传统文学观念的否定。

近代资产阶级文学的根本弱点是:它反映了资产阶级的软弱性的一面。它与封建主义还保持着千丝万缕的联系。资产阶级改良派的文学还反映了对封建统治的幻想,希望保存封建制度。它对太平天国的农民革命和义和团的农民起义运动,却大肆污蔑。资产阶级民主革命派的文学以明末封建统治人物抗清的精神号召革命,放松对汉族封建势力的斗争。他们与广大工农群众却毫无联系。在他们的文学中看不到一个正面的劳动人民的形象。由于中国资产阶级的软弱性，它的作家们大都对帝国主义存有幻想。他们看不清自己的前途、国家的前途，提不出一个可以实行的理想，在他们的作品中也没有出现过一个进步的资产阶级的完整的人物形象。由于资产阶级文学存在着因为资产阶级软弱性所决定的种种弱点，所以，这种文学经不起反动封建统治的反击。辛亥革命失败后，文坛上一片黑暗，就是因为资产阶级文学被外国帝国主义文化和中国封建主义文化的反动同盟打退了，它偃旗息鼓，宣告退却。有的资产阶级文学，例如后期改良派的文学，起着巩固封建统治的作用，这就具有反动性。

资产阶级文学的弱点在它们的代表作家身上也表现了出来。资产阶级改良派的作家，大多经过一个由进步走向反动的转变过程。康有为、梁启超就是如此。资产阶级革命派，也有这种局限性。像章炳麟，他是辛亥革命前资产阶级革命文学的领导者之一，到晚年却成为一个对抗革命的“宁静的学者”。他在写白话文和通俗革命诗歌的同时，却又反对“新文体”，提倡魏晋诗文。

因为近代中国资产阶级文学具有这样一个根本性的弱点，所以近代资产阶级文学对封建主义文学的斗争尽管起了一定的作用，但是是很不彻底的。近代中国革命，在文学方面与政治方面一样，是没有成功的。只有到了“五四”以后，中国产生了完全崭新的文化生力军，这就是中国共产党人所领导的共产主义的文化思想，才在文学方面，进行了彻底的反帝反封建的革命。

中国近代文学是在与各式各样封建主义的文学作斗争中发展起来的。这个斗争，从属于整个近代中国人民大众反帝反封建的革命斗争任务。在劳动人民中间产生的民间文学，从开始到最后，一贯坚持着这个斗争。整个近代中国革命是资产阶级领导的。根据近代中国革命的历史特点，又可按照它的领导力量不同，分为许多个别的阶段。在各个不同阶段里，在文学战线上所表现出来的阶级斗争性质也不同。基本上说来，在戊戌变法之前，是资产阶级改良派领导的，它在文学战线上表现出来的阶级斗争的性质是资产阶级改良派与封建主义的斗争。早期改良派文学反桐城派的斗争，“诗界革命”反“同光体”的斗争，资产阶级改良派倡导戏曲、小说的文学观和封建正统鄙视戏曲、小说的文学观的斗争，都具有这样的性质。戊戌变法以后，改良派的进步意义消失。资产阶级民主革命派兴起，它也企图来领导这个革命。它在文学战线上表现出来的阶级斗争性质是资产阶级民主革命派与封建主义的斗争。例如南社诗人反“同光体”的斗争。由于这个时期改良派采取了拥护封建统治、反对革命的立场，所以民主革命派在与封建主义文化作斗争的同时，还要向改良派的文学作斗争，例如章太炎与康有为的论争。由于资产阶级软弱，所以代表封建统治阶级和帝国主义利益的文学还曾一度占了上风，例如在辛亥革命失败以后，出现了一股文学逆流，鸳鸯蝴蝶派、黑幕小说、侦探小说、武侠小说充斥文坛。但就总的说来，近代文学的发展是随着阶级斗争的发展而发展，是沿着近代中国历史发展的轨道前进着，在近代中国革命中起到了它一定的作用。

要正确地评价近代文学，还必须同时反对资产阶级学术观点。

“五四”以来的资产阶级学者，对于中国近代文学是轻视的，他们很少认真地去研究过近代文学。然而，就在他们发表得不多的有关近代文学的见解中，散布了不少荒谬的言论。

首先是胡适。他是一个买办资产阶级，帝国主义的奴才，他把中国近代文学的历史，归结为封建统治阶级文学的历史。他认为近代的中国文学应该是反映封建地主阶级及官僚买办阶级思想感情的文学。胡适极其推崇汉奸刽子手曾国藩在近代文学史上的地位，竭力颂扬他所领导的散文复古运动，称他为“桐城派古文的中兴第一大将”，“他的中兴事业……是很光辉灿烂的”。对于太平天国革命，胡适则恨之入骨，把它诬为“明末流寇之乱以后的一个最惨的大劫”，认为在这个时期“应该产生一点悲哀的或慷慨的好文学”，以抒发封建地主官僚买办的没落感情和他们对于农民革命的憎恨。他还大力宣扬带有浓厚封建毒素的《儿女英雄传》，借以实现其麻痹人民斗志的罪恶目的。

胡适歪曲近代文学的另一表现是提倡形式主义。他把中国近代文学发展的历史，解释成为一部语言文字进化的历史，它没有社会内容，仅仅是一副空洞的形式。他说："一千年来，白话的文学，一线相传，始终没有断绝。"而近代文学，正是它的延续，这种延续只是"无意的演进，是很慢的，是不经济的"。胡适在这里，歪曲了中国文学的本质和它的发展规律。胡适还从形式主义出发，把近代中国散文的成就一笔抹杀，唯有章太炎一人被他肯定。他说："这五十年中著书的人没有一个像他那样精心结构的……其余的只是结集，只是语录，只是稿本，但不是著作。"胡适不承认太平天国所提倡的语体文、裘廷梁所提倡的白话文，以及改良主义运动中的新文体，实质上是企图打击中国人民的自尊心，使中国文化走上"全盘西化"的殖民地道路。

和他的形式主义相联系的，就是夸大作品的艺术性，来宣扬作品的反动思想。胡适大捧《老残游记》和《儿女英雄传》，就是这个目的。

另外还有一些资产阶级学者从厚古薄今的立场出发、从资产阶级的纯艺术观点和形式主义观点出发，认为近代文学史上没有出现过大作家、大作品，没有塑造出典型人物，小说艺术粗糙，诗歌尽是模仿，没有什么研究价值。他们甚至武断地说，中国古典文学史到《长生殿》《桃花扇》便结束了。这种说法是极其错误的。他们没有从近代文学反帝反封建的思想内容来认识它的价值，没有看到近代民间文学和农民革命斗争文学有丰富的突出的成就。这是对近代文学采取虚无主义的态度。

资产阶级学者在对待近代文学采取虚无主义态度的同时，又对外国资产阶级文学采取了盲目崇拜的态度。比如，他们认为中国近代小说的繁荣是由于翻译文学传播的结果，新诗和话剧也完全是由外国搬来的，等等。他们对于这一时期的外国文学对中国文学影响的研究，比对本国文学史的研究更加重视，更感兴趣。这是主张"全盘西化"的思想作怪。毛主席早就指出过，"所谓'全盘西化'，乃是一种错误的观点。"(《新民主主义论》)

资产阶级学者又把近代一些资产阶级文人作了不适当的评价。他们把梁启超和王国维捧为权威，把他们的言论奉为经典；对于他们后期的反动立场，对于他们的资产阶级唯心主义观点，则不加批判。

所有以上种种错误的思想，都必须反对。

中国近代文学的历史，大体可分为四个时期。

从鸦片战争(1840年)到甲午战争(1894年)前后，为第一时期。这是近代中国社会大转变的开始，政治、经济、文化都正在发生巨大变化。这时期，鸦片战争失败，外国资本主义侵入。同时，中国人民以三元里人民抗英斗争为代表，揭开了反侵略的序幕。1851年爆发了席卷半个中国的太平天国革命运动，震撼了清王朝的统治，打击了外国的侵略气焰。但是，外国侵略者还是步步入侵，中华民族的灾难日益深重。民间文学对于外国的侵入反映得最迅速、最强烈、最鲜明，爱国主义精神，首先在劳动人民的诗歌中表现出来。一些具有爱国主义思想的作家在严重的民族矛盾与阶级矛盾面前，逐步认识到人民的苦难与祖国的危机，从而改变了对生活的看法，敢于正视当前现实。这一时期的主要诗人，都在自己的诗篇中表现了改革社会的愿望，歌唱了爱国主义的激情，颂扬了人民的反侵略斗争。他们和散文界最初的改革者冯桂芬、王韬一起，共同冲击了维护封建统治阶级利益的"道统"和形式主义的文风。刽子手曾国藩虽然大力提倡桐城派文、江西派诗，企图保牢垂死的封建文化阵地，但已不能挽救它们必然死亡的命运。富有现实意义的诗篇不断登上文坛，成为文学发展中的主流。太平天国革命政权所颁布的语文革命方案，给了旧文化以有力的打击。政论散文也以它那明快锐利的形式，攻击时弊，宣传改革。

从甲午战争到"同盟会"的成立(1905年)以前，为第二时期。中国的局势更加严重了，中日甲午战争的失败促使中国愈益半殖民地化，在当时的中国人中间，引起了两种反应：中国被日本打败了，要求自己发愤图强；而自卑心理也同时产生。但总的趋势是反帝国主义、反封建主义的气势日益高涨。资产阶级的改良主义者，在戊戌变法时期，作为一个新兴的政治力量，走上了历史舞台，起了一定的进步作用。不久，爱国主义的义和团运动爆发，显示了中国农民中蕴藏着的无穷的反帝反封建的革命力量。反映义和团斗争的故事传说很生动、有力。至于资产阶级改良派，他们对政治、对文化都有一套自己的见解，力图使文学为他们的政治服务，因此形成了文学上的改良运动。改良主义的小说理论，指导着这一时期的白说小说创作。小说创作非常繁荣。1905 年前后出现了《官场现形记》《二十年目睹之怪现状》等比较著名的小说。在诗歌方面，有谭嗣同、夏曾佑和黄遵宪等倡导的“诗界革命”，他们直接地打击了代表封建主义文化的“同光体”，给诗歌注进了新的内容。政治上的改良主义运动，以戊戌变法失败为界线，在它以前，具有一定的进步意义，在它以后，成为反动。因此对这一时期具有改良主义政治倾向的文学，应当根据具体作品产生的时间，及它的思想内容，进行评价。

从同盟会成立的前后到辛亥革命(1911 年)为第三时期。自从清王朝与帝国主义订了《辛丑条约》以后，它就完全投靠了帝国主义。人民对封建主义和帝国主义的统治非常愤怒，广大群众日益革命化。这使资产阶级增长了革命的信心。1905 年同盟会成立以后，资产阶级民主革命运动逐步走向高涨。革命党人在南方连续发动起义。在 1911 年爆发了资产阶级民主主义的革命——辛亥革命，打倒了封建君主专制。这时期，革命的文学活动也空前活跃。南社诗人鼓吹民族民主革命，以旧形式表现革命内容。章炳麟、陈天华、邹容的文艺政论文，以及秋瑾等人的革命诗歌，是这一时期鼓吹革命的号角。早期的鲁迅，在这个时期写下了《摩罗诗力说》《文化偏至论》等光辉的论文，对封建主义文化提出了在当时说来是比较彻底的批判。但是，他们在不同程度上带着资产阶级的局限。王国维站在没落的改良派立场比较系统地宣传资产阶级文艺理论，他强调了文学的艺术特点，这种理论在本质上却是反动的。

从辛亥革命到五四运动(1919 年)为第四时期。辛亥革命的果实为袁世凯所篡夺，中国陷入四分五裂的割据局面。各派军阀在帝国主义的支持下，钩心斗角，连年混战。在这革命的低潮时间，文学界出现了一股反现实主义的逆流。鸳鸯蝴蝶派小说、黑幕小说以及武侠小说、侦探小说等具有浓厚的半殖民地色彩和没落感伤情绪的文学作品，日益泛滥。诗歌不是追求空虚的形式，就是描写无聊的感情;散文界的桐城派又穿着“义法”的尸衣复活起来;戏剧也同样糟糕,《杀子报》变成了文明戏。整个文坛,仿佛一个被搅过的臭水塘,所有的渣滓一齐浮到水面,一片肮脏。这是近代文学史上不光彩的七八年,是文学史上黎明前的黑暗。

这个时候,一般知识分子对于现实感到失望,普遍地存在着苦闷的心情和不安的情绪,不知道中国的前途应该是如何。就在这样昏暗的年代里,少数先进的知识分子,唱出了黎明前的第一声。李大钊同志在《新青年》上发表了《青春》《今》等文章,教导青年“从现在青春之我,扑杀过去青春之我,促今日青春之我,禅让明日青春之我”。以这样洪亮的声音,唤起人们对于未来的希望。而鲁迅在这时也发出了战斗的呼声。

果然,十月革命一声炮响,给中国人民送来了马克思列宁主义。在十月革命影响下爆发的五四运动,就像一声春雷,唤醒了沉迷的中国大地,一时在祖国土地上生气勃发,万紫千红。中国历史发展到了一个新的阶段,即新民主主义革命的阶段。从此,中国文学史跨过了近代而走上了一个新的时代。

本文系作者《中国近代文学史稿》一书绪论,中华书局 1960 年版

关于中国现代文学的开端

——兼及“近代文学”问题

章培恒

本刊今年第一期所载谈蓓芳教授的《再论中国当代文学的分期》和陈思和教授的《试论90年代文学的无名特征及其当代性》，都对目前较为流行的以1949年作为中国现代文学的下限和当代文学的上限的见解提出了异议，虽然他们两位对现代文学下限的具体看法还有所不同——谈文认为20世纪90年代已非纯粹的现代文学时期，陈文则认为现代文学时期一直延续到今天。我赞同他们的上述异议，并以为将中国现代文学的上限定在1917年或1919年——这同样是颇为流行的主张——也并不恰当，似以按照谈文所提出的，划在20世纪初为宜。但这又牵涉到了另一个问题——“近代文学”问题。通常将1840年鸦片战争以后至1919年五四运动爆发以前的数十年间作为中国的“近代文学”时期；既然如此，则将1919年的五四运动作为中国现代文学的开始，或将1917年作为现代文学的开端而把1917—1919年作为近、现代文学的交替期，自都是顺理成章的事。但在实际上，这种以1840年为起点、以1919年为终点的所谓“近代文学”时期就很可疑。①因此，本文对这一问题也将附带涉及。

① 我在以前也持此一看法，所以本文同时是对我自己所曾持有的相应观点的清算。

一

严格说来，对中国现代文学史的上限问题，学术界迄今未曾进行过广泛而认真的讨论。“中国现代文学史”的名称的流行也比较晚，以前通称“新文学史”，直到中华人民共和国成立初期还是如此。当时影响最大、在相当长一段时期内代表了该领域最高学术水平的是王瑶先生的《中国新文学史稿》。不过，“新文学”并不是用于中国文学史分期的名称（除非我们把中国文学史划分为两大时期——旧文学时期与新文学时期），所以后来使用现代文学史一名是有充分理由的。但是把 1917 年或 1919 年作为中国新文学的开端的根据是不言自明的，因为新文学是 1917 年开始的文学革命的产物，并由于 1919 年的五四运动而在文学界迅速占了压倒性的优势；而要把这移用来作为中国现代文学史的开端，却必须先证明中国新文学的形成就是现代文学的开始，而这又必须论证中国现代文学的内涵到底是什么之类的一系列问题。迄今为止，这一切在学术界还未开展过广泛而认真的讨论。

当然，把 1917 年或 1919 年作为中国现代文学的开端，还有一个也许是更主要的依据，那是一种具有权威性的历史分期法：从 1840 年鸦片战争以后至 1919 年五四运动以前（有时也说成 1917 年苏联十月革命以前，下同）为中国的旧民主主义革命——资产阶级民主主义革命时期；而从五四运动开始，就进入了由无产阶级领导的资产阶级民主主义革命——新民主主义革命时期。与此相应，前一时期的历史为近代史，从五四到中华人民共和国成立的历史为现代史。再加上把文学作为政治的附庸，由此得出的逻辑结论，就是：从鸦片战争到五四运动的文学为近代文学，以体现资产阶级民主主义要求的文学为其主流；而从五四运动开始的文学则是现代文学。至于把中华人民共和国成立以后的文学称为当代文学，则是这种逻辑的必然发展。

关于中国的历史分期，我不敢妄赞一词；因为没有必要的专业知识。我想说的是:在邓小平理论的指导下,文学并非政治附庸这一点在今天已经深入人心。所以,在资产阶级民主主义革命时期或新民主主义革命时期开始以后,文学并不就体现相应的要求,或者早在这以前就体现了此类要求,都是很正常的事。换言之,在鸦片战争以后,中国文学是否就进入了以体现资产阶级民主主义要求的文学为主流的近代时期,中国现代文学是不是随着五四运动的开始而开始的,都是必须对文学发展本身进行考察才能下结论的问题,仅仅依据鸦片战争以后中国进入了资产阶级民主主义革命时期和五四运动以后中国开始了新民主主义革命时期这样的历史分期,是根本不足以确定 1840 年至 1919 年以及 1919 年以后的中国文学的性质的。何况就文学来说,所谓体现某种历史要求绝不意味着在作品中直接提出这样的主张或呼喊此类口号,而必须通过美的形式在感情上引起读者的与这种要求一致或相通的共鸣,绝不是简单地看一下作品的"思想性"就能作出判断的。

因此,在讨论中国现代文学始于何时之前,有必要先明确一下文学史分期所应具的依据。

我认为在这问题上必须对以下四点给予充分注意。第一,关于文学史(以及与之相应的文学批评史)的分期,必须以文学本身的情况为依据,而不是以某一阶段文学所由产生时期的政治、经济等情况为依据。因为文学与政治、经济等其他社会现象的发展并不总是平衡的。虽然经济是基础,但经济前进了,文学乃至政治却在一段时间内相对滞后并不是没有先例的(尽管最后仍然要适应经济的进程);同样地,文学有时走在政治乃至经济前面也不是不可设想的,特别在国与国的文化交流频繁的情况下。因此,以文学本身的情况作为文学史分期的依据在学术界乃是正常的事。例如,在好些年前就已翻译过来并颇受学界重视的雷纳·韦勒克(René Wellek)的《近代文学批评史》(*A History of Modern Criticism*)就是从 18 世纪中叶开始叙述的,而通常是把 1640 年英国资产阶级革命作为西方的近代开端的。第二,所谓文学本身的情况,是指体现文学自身特征的各种表现,而不是指其是否体现了某种政治要求及其体现的程度。但如果把文学作为政治的附庸，在这点上是很容易混淆的。第三，在认定某一阶段的文学已开创了文学史上一个新的历史时期时，必须考察其与本国前一时期的文学之间是否确已产生了足以构成两个历史时期的差别，同时还应考察这种差别是反映了历史的前进抑或倒退，是不可逆转的抑或转瞬即逝？第四，必须考察其与世界其他国家或地区的属于同一历史时期的文学是否大致相应；这在确定一个国家的文学是否进入现代文学时期是一个尤为重要的依据。因为每个国家或地区的文学虽各各具有自己的特点，但也必然存在着某种共同性；那是由人性的共同面所决定的。人性受自然条件、社会条件的制约。时代越早，自然对社会的影响越大，从而对人性的影响也越大，在不同的自然条件影响下的社会文化——包括文学——之间的具体差别也就越明显。但随着生产和技术的发展，自然对社会的影响相应减弱，不同国家和地区在经济上的共同性逐渐增加（这也就是经济全球化之所以可能的原因），文学的其他方面的共同性也相应强化，从而体现人性共同面的特色就愈益显示出来。就这一点来说，世界上自然条件互异的各个地区、国家的现代文学之间的共同性必然大于其古代文学、中世文学间的。换言之，任何一个国家、地区的现代文学，固然应有其自己的特点，但却不应在根本精神上异于世界现代文学的总体趋势。

二

在依据上述原则考察我国 20 世纪初期的文学是否属于现代文学的范畴时，为方便起见，拟以考察其与新文学——学术界公认的现代文学主要组成部分——的异同入手。为此又必须先阐明新文学的本质特征，尤其是其前 20 年的特征。

对此，我想作如下的概括：第一，它的根本精神是追求人性的解放；第二，自觉地融入世界现代文学的潮流，对世界现代文学中从写实主义到现代主义的各种文学潮流中的具有积极意义的成分都努力吸取；第三，对文学的艺术特征高度重视，并在继承本民族的文学传统和借鉴国外经验的同时，在这方面作了富于创造性的探索——不但对作为工具的语言进行了勇敢的革新，在继承本民族白话文学传统的前提下，做出了突破性的辉煌的成绩，而且得将包括描写的技巧、深度、结构、叙述方式等在内的文学的形式改革在总体上现代化了，使文学的表现能力也达到了足以进入世界现代文学之林的程度。上述这三者在新文学中是彼此联系、相互渗透的，但限于篇幅，我在本文中只能就其对人性的解放的追求这一点稍作说明，因为这一点最易招致疑问和反对。

但这其实不是我的新见，而是早在六十余年以前就由当时已成为马克思主义者的鲁迅提出来的。他在 1934 年所作的《〈草鞋脚〉小引》中这样写道：“最初，文学革命者的要求是人性的解放，他们以为只要扫荡了旧的成法，剩下来的便是原来的人，好的社会了，于是就遇到保守家们的迫压和陷害。大约十年以后，阶级意识觉醒了起来，前进的作家就都成了革命文学者。”①文中的所谓“文学革命者”——包括鲁迅自己在内——就是 1917 年“文学革命”开始以来投身于新文学的人们。由此而言，从 1917 年到 1927 年的新文学的基本精神就是追求“人性的解放”。这不仅是“文学革命者”的奋斗目标，也是新文学的特色所在；因其追求“人性的解放”，才能勇敢、深入、具体地刻画人的内心世界，写出活生生的人。

需要说明的是：所谓“人性的解放”必然是以个人为本位的；当时的人也确是这样认识的。郁达夫在其为《中国新文学大系·散文二集》所写的《导言》中说：“五四运动的最大的成功，是‘个人’的发见。从前的人，是为君而存在，为道而存在，为父母而存在的，现在的人才晓得为自我而存在了。我若无何有于君，道之不适于我者还算什么道，父母是我的父母；若没有我，则社会、国家、宗族等那里会有？”②他对五四新文化的这种阐述是符合实际的。不仅

① 鲁迅《且介亭杂文·〈草鞋脚〉小引》，《鲁迅全集》第 6 卷，人民文学出版社 1981 年版。

② 郁达夫《中国新文学大系·散文二集·导言》，良友图书印刷公司 1935 年版。

周作人、胡适所倡导的是“个人主义的人间本位主义”“健全的个人主义”之类的思想①，就是李大钊，也于1919年的《我与世界》中说：“我们现在所要求的，是个解放自由的我，和一个人人相爱的世界。介在我与世界中间的家国、阶级、族界，都是进化的阻碍，生活的烦累，应该逐渐废除。”②至于鲁迅，他在1918年就曾颂扬“个人的自大”。他说：“‘个人的自大’，就是独异，是对庸众的宣战。……多有这‘个人的自大’的国民，真是多福气！多幸运。”③到了1925年，他更明确指出：

约翰弥耳说：专制使人们变成冷嘲，我们却天下太平，连冷嘲也没有。我想：暴君的专制使人们变成冷嘲，愚民的专制使人们变成死相。大家渐渐死下去，而自己反以为卫道有效，这才渐近于正经的活人。

世上如果还有真要活下去的人们，就先该敢说，敢笑，敢哭，敢怒，敢骂，敢打，在这可诅咒的地方击退了可诅咒的时代。④

这是公然号召人们起来反抗“愚民的专制”，也即“对庸众宣战”，从而也就是进一步鼓吹“个人的自大”。至于所谓“敢说，敢笑”等等，则是个性的充分发扬，也即摧毁对人性的自我束缚。所以，上引文字的总的意思，就是先由自我来追求人性的解放，再进而摧毁这扼杀人性的“地方”和“时代”。

在这里还应补充的是：鲁迅为什么要把以个人为本位的“人性的解放”作为“文学革命者”的共同要求而不提及“反帝、反封建”呢？别人不说，就以鲁迅自己来讲，早在二十一岁时就写下了“我以我血荐轩辕”⑤的战斗宣言，到了“文学革命”时期，难道反而连反帝爱国的要求都没有了么？何况其小说和杂

---

① 周作人的提倡“个人主义的人间本位主义”见其所作《人的文学》，载《新青年》第5卷第6号；胡适及其周围的人在当时主张“健全的个人主义”是胡适的自述，见其为《中国新文学大系·建设理论集》所作《导言》。

② 李大钊《李大钊文集》下册《我与世界》，人民出版社1984年版。

③ 鲁迅《热风·三十八》，《鲁迅全集》第1卷，人民文学出版社1981年版。

④ 鲁迅《华盖集·忽然想到(五)》，《鲁迅全集》第3卷，人民文学出版社1981年版。

⑤ 鲁迅《集外集拾遗·自题小像》，《鲁迅全集》第7卷，人民文学出版社1981年版。

文的反封建的光芒又是如此强烈。所以，他的只提“人性的解放”，显然是认为这已包括了反帝、反封建的任务在内，而且其内涵更加广大。因为，“人性的解放”不但是精神的解放，还必须相应的物质条件，所以帝国主义的经济掠夺和封建主义的经济榨取，也是为了达到人性的解放所必须消灭的对象，至于其对人的精神奴役当然更在扫荡之列。同时，如果真正实现了以个人为本位的人性解放，国家也就强大了，如同他在《文化偏至论》中早就指出的：“国人之自觉至，个性张，沙聚之邦由是转为人国。”①否则，纵使推翻了封建主义的统治，把外来的帝国主义赶了出去，国家强大了起来，却并不妨碍其仍在暴君的统治之下。再说，反帝、反封建并不能概括新文学的基本内容，有许多优秀作品——例如鲁迅的《兔和猫》《鸭的戏剧》——是连勉强列入反帝、反封建的行列也很难的，但从追求人性的解放的角度来看，这些作品却至少具有润沃心灵的作用。

那么，在 1917 年的“大约十年之后，阶级意识觉醒了起来”的时期所形成的“革命文学者”的情况又如何呢？由于“革命文学者”内部还有分歧，这里只能以鲁迅为例来加以描述。好在鲁迅既是文化革命的主将，他的方向又是中华民族新文化的方向，自然足以代表“革命文学者”的主流和本质。

对于鲁迅，通常认为他是由进化论进到了马克思主义的，并以 1927 年为界，将其思想划分为前后二期，而这也正是新文学由“文学革命”进到“革命文学”的时期。鲁迅的后期——“革命文学者”——之不同于其前期——“文学革命者”——的，用他自己的话来说，一则是“看了几种科学底文艺论”，“救正”了“只信进化论的偏颇”②，再则是“先前，旧社会的腐败，我是觉到了的，我希望着新的社会的起来，但不知道这‘新的’该是什么，而且也不知道‘新的’起来以后，

---

① 鲁迅《坟·文化偏至论》，《鲁迅全集》第 1 卷，人民文学出版社 1981 年版。

② 鲁迅在《三闲集·序言》中说：“我有一件事要感谢创造社的，是他们‘挤’我看了几种科学底文艺论，明白了先前的文学史家们说了一大堆，还是纠缠不清的疑问。并且因此译了一本蒲力汗诺夫的《艺术论》，以救正我——还因我而及于别人——的只信进化论的偏颇。”（《鲁迅全集》第 4 卷）

是否一定就好。待到十月革命后，我才知道这‘新的’社会的创造者是无产阶级，但因为资本主义各国的反宣传，对于十月革命还有些冷淡，并且怀疑。现在苏联的存在和成功，使我确切的相信无阶级社会一定要出现，不但完全扫除了怀疑，而且增加许多勇气了”①。

在这里需要注意的是：作为“革命文学者”的鲁迅，并不把其追求的目标停留在苏联当时的社会，而是指向苏联所标榜的未来——“无阶级社会”。根据马克思主义原理，“无阶级社会”——共产主义社会乃是“以每个人的全面而自由的发展为基本原则的社会形式”②，也就是彻底实现以个人为本位的人性的解放的社会。当时已经是马克思主义者的鲁迅，对这一点当然不可能不知道。所以，鲁迅的后期所追求的根本目标，仍然是以个人为本位的“人性的解放”。所谓“阶级意识觉醒了起来”，不过意味着获得了如下的认识：只有通过无产阶级领导的阶级斗争的胜利和无产阶级专政的阶段，才能达到“无阶级社会”——以个人为本位的人性的彻底解放。

自然，在今天回过头去看，把苏联当时的“无产阶级专政”的现实与以个人为本位的人性的解放相协调，似乎是难以理解的，但 30 年代的左倾的知识分子——包括西方的——却根据当时所流行的关于苏联的报道，认为苏联广大的民众所获得的人性解放的程度远远超过了资本主义国家的民众所获得的。这也就是原本深信此点的纪德在访问苏联并看到了若干实际情况后大为惊讶的原因。但纪德的《访苏联归来》发表于 1936 年 11 月，而鲁迅则已于同年 10 月去世了。

现在再考察一下鲁迅当时对苏联及其“无产阶级专政”的了解。

他在 1932 年所作《林克多〈苏联闻见录〉序》中，以该书为据，说苏联“是平平常常的地方，那人民，是平平常常的人物，所设施的正是合乎人情，生活也不

---

① 鲁迅《且介亭杂文·答国际文学社问》，《鲁迅全集》第 6 卷，人民文学出版社 1981 年版。

② 马克思《资本论》，《马克思恩格斯全集》第 23 卷，人民出版社 1972 年版。

过像了人样……将‘宗教，家庭，财产，祖国，礼教……一切神圣不可侵犯’的东西，都像粪一般抛掉。……几万万的群众自己做了支配自己命运的人。”[①]这也就意味着：在那里的几万万的群众已不受别人的支配，既没有宗教、礼教之类的思想束缚，也没有来自经济的压力和由群体——家庭乃至祖国——所赋予的义务、规诫、命令，因而获得了以个人为本位的人性的解放。

至于无产阶级专政，他认为乃是用来对付“反革命者的野兽性”的，而且是“短期间”的事[②]；因为，“无产阶级专政，不是为了将来的无阶级社会么？只要你不去谋害它，自然成功就早，阶级的消灭也就早”[③]，那时自然就没有无产阶级专政了。何况据他的了解，就是对于反革命者，无产阶级专政也绝不是暴政，作为苏联的“正面之敌的实业党的首领，不是也只判了十年的监禁么？”[④]——不过他不知道，“实业党”事件根本就是冤案。

总之，在他看来，在无产阶级专政的苏联，“几万万的群众”已基本得到了人性的解放，只有少数反革命者受到压迫，而且连这种压迫也是短时期的现象；但资本主义制度却越是发展，对人性的扼杀就越严酷，例如，在南北战争之后，“美国已成了产业主义社会，个性都得铸在一个模子里，不能再主张自我了。如果主张，就要受迫害。”[⑤]所以，鲁迅之憧憬社会主义和无阶级社会而否定资本主义，跟他的对人性解放的追求原是一致的。[⑥]

鲁迅后期的这种思想情况，在“革命文学”中是具有代表性的。换言之，在1927年以后，追求“人性的解放”仍是革命文学者的主流。不属于这一阵营的其他新文学家，例如沈从文等，当然更是如此。而且，这对他们——尤其是其中的杰出人物——的整个生活道路都具有重大作用。由于篇幅的限制，本文对此不

---

① 鲁迅《林克多〈苏联闻见录〉序》，《鲁迅全集》第4卷《南腔北调集》，人民文学出版社1981年版。

② 鲁迅《解放了的唐吉诃德后记》，《鲁迅全集》第7卷《集外集拾遗》，人民文学出版社1981年版。

③④ 鲁迅《我们不再受骗了》，《鲁迅全集》第4卷《南腔北调集》，人民文学出版社1981年版。

⑤ 鲁迅《夏娃日记》小引，《鲁迅全集》第4卷《二心集》，人民文学出版社1981年版。

⑥ 关于这一点，我在《鲁迅的前期和后期——以“人性的解放”为中心》中有较具体的论述，该文载《庆祝王元化教授八十岁论文集》，华东师范大学出版社2001年版。

可能作具体的论证，只能举出一点简单的事实：萧军、胡风、冯雪峰三位先生之所以分别在 20 世纪 40 年代末和 50 年代遭到大规模的批判，有的直至酿成人生悲剧，从根本上说，就因他们执着于“人性的解放”的要求，胡风所创造的“精神奴役的创伤”这一特殊用语，不过是人性被压抑、扭曲的代名词，以便于与之斗争而已；周扬先生在晚年公开标举“人道主义”，巴金先生坚持写《随想录》，则表明了他们在经过较长时期（周扬先生的更长一些）的主动或被动的对这一要求的自我抑制之后，终于踏上了昔日的辙迹。

因此，从 1917 年的文学革命到 1937 年抗日战争全面爆发之前，对于以个体为本位的人性解放的要求是贯穿于中国新文学的始终的。尽管这以后的中国文学发展的情况更为复杂，但对新文学产生后的二十年间的状况有了这样一个简略说明，再加上本节开始部分所述新文学的其他特征，也就勉强可以作为探讨中国现代文学的开端的依据了。

三

有了对新文学特征的上述认识，就可以进而考察 20 世纪初到文学革命前的文学演变与新文学之间的关系了。简要地说，就是：在这期间的文学中出现了较明显的新的成分，这种成分的壮大及其综合必然要走向新文学，问题只是时间的迟早而已。更明确地说，即使没有胡适、陈独秀等人的提倡，根据此一趋势，与现有的新文学同类的文学也必将在中国出现，尽管也许会略迟几年。

这种新的成分与稍后的新文学的相通之处，除了其共通的局限之外，主要有以下三点：

第一，对于以个人为本位的人性解放要求的萌发。这在当时的文学思想和创作中都可以看到。就文学思想而言，表现得最突出的是鲁迅作于 1907 年的《摩罗诗力说》。

他认为文学中最伟美的就是摩罗诗派：

> 摩罗之言，假自天竺，此云天魔，欧人谓之撒但，人本以目裴伦(G.Byron)。今则举一切诗人中，凡立意在反抗，指归在动作，而为世所不甚愉悦者悉入之……大都不为顺世和乐之音，动吭一呼，闻者兴起，争天拒俗，而精神复深感后世人心，绵延至无已。……固声之最雄桀伟美者矣。①

至于这种诗歌对中国的不可或缺的巨大作用，则见于他的如下论述：

> 中国之治，理想在不撄……有人撄人，或有人得撄者，为帝大禁，……有人撄我，或有能撄人者，为民大禁……夫心不受撄，非槁死则缩朒耳，而况实利之念，复煔煔热于中，且其为利，又至陋劣不足道，则驯至卑懦俭啬，退让畏葸，无古民之朴野，有末世之浇漓，又必然之势矣……
>
> 盖诗人者，撄人心者也。……握拨一弹，心弦立应，其声澈于灵府，令有情皆举其首，如睹晓日，益为之美伟强力高尚发扬，而污浊之平和，以之将破。平和之破，人道蒸也。②

总之，在他当时看来，中国的人性是堕落的；这并不是中国人与别国的人本就不同，而是人心受“不撄”的“理想”的束缚，以致“槁死”与“缩朒”；而诗则能打破这种可悲的局面，推进人格，那“最雄桀伟美”的摩罗诗对此自然具有最巨大的作用。由此可见，他既已对“人性的解放”——从“不撄”的理想及由此派生的一切制度、措施的束缚下解放出来——抱着热切的要求，也对文学为此而做出的贡献给予高度的肯定，并渴盼中国文学沿着这样的道路行进。

在这里需要补充的是：他所倡导的“争天拒俗”的摩罗诗，乃是立足于个人的自觉、充分地张扬个性的文学。这从他对于作为摩罗诗“宗主”的裴伦的如下介绍中也可见一斑：“其前有司各德(W.Scott)辈，为文率平妥翔实，与旧之宗教道德极相容。迨有裴伦，乃超脱古范，直抒所信，其文章无不函刚健抗拒破坏挑战之声。平和之人，能无惧乎？于是谓之撒但。”③所谓“直抒所信”，乃是“直抒”其个人之“所信”，所以这乃是以个人而力抗“古范”，向一切“挑战”。鲁迅在同

---

①②③　鲁迅《摩罗诗力说》，《鲁迅全集》第1卷《坟》，人民文学出版社1981年版。

年所作的《文化偏至论》中曾经憧憬于“国人之自觉至，个性张，沙聚之帮由是转为人国”，裴伦就正是“自觉至，个性张”的典型，而其诗歌也就在引导人走向此一境界。

鲁迅的这种认识，实是时代思潮的集中体现。在这前后的中国文学作品——严格意义上的文学作品——中，也可看到类似的因素，尽管在程度上显有高下之别。这里只举两个例子：1903 年在《江苏》杂志发表的麒麟《孽海花》[①]和 1912 年起在《民权报》连载、1913 年出版单行本的《玉梨魂》。

麒麟的《孽海花》第一回以“奴乐”岛来象征中国，说岛上“终年光景，是天低云黯，半阴不晴，所以天空新气，是极缺乏底。列位想想：那个人所靠着呼吸的天空气，犹之那国民所靠着生活的自由，如何缺得？因是一般国民，没一个不是奄奄一息，偷生苟活；因是养成一种崇拜强权、献媚异种的性格，传下一种怎么运命、怎么因果的迷信；因是那一种帝王，暴也暴到吕政、成吉斯汗、飞蝶南、路易十四的地位，昏也昏到隋炀帝、李后主、查理士、路易十六的地位，那一种国民，顽也顽到冯道、范文程的地位，秀也秀到扬雄、钱谦益的地位。……从古没有呼吸世界自由的空气，那国民却自以为是有吃着，有功名，有妻子，是自由极乐之国”[②]。这种对于人性的堕落的揭露，与《摩罗诗力说》所谓“卑懦俭啬，退让畏葸”等显然是相通的。至其所揭示的堕落之故——“从古”“极缺乏”“天空新气”（作者为怕读者不理解这是一种象征性的说法，又特地进一步点明此种“天空气”“犹之那国民所靠着生活的自由”），也与《文化偏至论》并无根本性的矛盾，二者都是从中国自古以来的独特社会形态中去寻找人性堕落的原因的，虽然其所认为的具体原因未必相同。——在这里可以顺便一说的是：麒麟的《孽海花》是奉邹容和章太炎——《革命军》的作者和为之写序的人——为“自由神”

① 麒麟为金天翮（1874—1947）的笔名。《江苏》所载《孽海花》仅二回，由金氏独撰。与后来由小说林社发行、署“爱自由者起发、东亚病夫编述”的《孽海花》颇有不同。后者经东亚病夫（曾朴）之手，较之《江苏》所载显已后退了。

② 本文所引麒麟《孽海花》，均据《中国近代小说大系》中的《孽海花》（附《鲁男子》）所收，百花洲文艺出版社 1996 年版。

的(这在署“爱自由者起发、东亚病夫编述”的《孽海花》文本中被曾朴删去了)[①],故其在这方面的看法当大抵本于《革命军》。

当然,作为小说,其重点应在具体的描写而不在抽象的说明。但它在第二回的后半中,已经提供了一段相当出色的描写:同治五年,苏州的三个士人在茶馆中大谈科举。第一个——老者——夸耀苏州所出状元之多,并说“如今那圆峤巷的洪文卿也中了状元了,好不显焕”。第二个——中年人——立即附和,并进而声称“苏州状元的盛衰,与国运很有关系”,惹得那老者也为之“愕然”,并向他“请教”。于是中年人娓娓而谈苏州状元盛衰的历史,其结论则是“如今这位圣天子中兴有道,国运是要万万年,所以这一科的状元,我早决定是我苏州人”。第三位——少年——除了对那中年人的话表示由衷佩服以外,又赞美新中状元者的学问:“我那文卿同窗兄的学问,实在数一数二。文章书法,是不消说;史论一门,《纲鉴》烂熟,又不消说。我去年看他在书房里校那《元史》,怎么奇渥温、本华黎、秃秃等名目,我懂也不懂,听他说得联联翩翩,好像洋鬼子话一般。”那老者又“正色”纠正他:“你不要瞎说,这不是洋鬼子的话,这大元朝我仿佛听得说就是大清国,你不听得当今亲王大臣不是叫做僧格林沁、阿拉喜崇阿吗?”这一大段对话,声口逼肖,其由此而显示人物的不学无术,固然是《儒林外史》的传统(如该书所写张静江、范进之争论刘基在洪武间举进士的年份[②]),而从中见出人性的卑污愚暗,却已与新文学中有些优秀之作的类似描写——例如鲁迅小说《药》之写茶馆里那些闲人关于夏瑜的谈话——有其相通之处了。这并不意味着鲁迅曾受其影响(目前也并无资料足以证明此点),但却可以窥见这两篇作品

---

① 麒麟《孽海花》第一回:“到了一千九百零三年,……到说中国新近天降下二位自由神。据说书人的眼光看来,这神那里是自由,却是一般不自由之鬼罢了。因为那神的丈六金身,已经拚为自由而牺牲去的。然而那全国的人,因此哄动起来。内中有个爱自由者闻信,特地奔到上海来,要顶礼膜拜那自由神,却不知这神在何处。问了一问讯,都像有不敢说的样子。”按,邹容与章太炎于1903年在上海入狱,引起全国哄动。这“二位自由神”显指他们而言。

② 刘基是在元末帮着朱元璋打天下的,到朱元璋建立明朝、以洪武为年号时,刘基已是大官,哪里会去参加进士考试?

都隐含着对由此显示的人性堕落的悲愤。

至于《玉梨魂》，虽被视为鸳鸯蝴蝶派小说的巨擘并受到过不少新文学家的批判，但其实是一部在文学史上很值得重视的作品。书中写的是：青年寡妇梨影与其孩子的教师梦霞之间产生了爱情，而且十分强烈。但她服膺礼教，不愿有非分之行，又不忍梦霞为自己而断送一生幸福，遂设法说动公公，将小姑筠倩许配给了梦霞。她自以为这是三全其美之举——自己既可保全清白，梦霞和筠倩又都得了理想的配偶，但梦霞在订婚后，对梨影的爱情丝毫未减，痛苦反而更深。筠倩是个学生，“自入学以来，即发宏愿，欲提倡婚姻自由，革除家庭专制，以救此黑狱中无数可怜之女同胞”，并且立志“以身作则，为改良社会之先导”，只是她不忍伤老父之心，却不过梨影的情意，加以对梦霞也无恶感，便勉强答应了下来。但由于这种婚姻原是违背自己素志的，她深感自己“已似沾泥之絮，不复有自主之能力”，素日“心愿”已“尽付东流，求学之心，亦从此死矣”①。这之后就辍学家居，心情抑郁。梨影很快发觉了二人的这种情况，极为愧悚，遂故意糟蹋身体以求死，旋即病故。而筠倩则随着时光的流逝，悲哀越来越重，感到自己“好好一朵自由花，遽堕飞絮轻尘之劫，强被东风羁管。快乐安在？希望安在？从此余身已为傀儡，余心已等死灰”②。不久也就去世。梦霞受此重大刺激，决意自寻死路，但不愿使生命毫无价值地消失，便参加革命，走上战场，虽受了致命重伤，仍力毙三人而死。

作品在对梨影的处理上，显然反映了新旧思想的冲突。它对梨影与梦霞之间为礼教所不容的爱情是肯定的，但对梨影的不愿进一步违背礼教而失身的心情与行为又是赞美的。虽是书中追求人格独立最为突出的筠倩，对此所作评价，也是“韶华未老，欢爱已乖（指梨影的早寡——引者），莲性虽驯，藕丝难熬，深闺独处，伤如之何？名士坎坷，佳人偃蹇，相逢迟暮，未免情牵，此不足为梨嫂病也。况乎两下飘零，相怜同命，一身干净，未染点污，虽涉非分之讥，要异怀春

①② 徐枕亚《玉梨魂》，《中国近代小说大系》，百花洲文艺出版社 1993 年版。

之女，发乎情止乎礼义，感以心不以形迹，还珠有泪，赠珮无心，其痴情可悯，其毅力足嘉，彼司马、文君，应含羞千古矣。”[①]这其实也体现了作品的基本思想。但既然这种与礼教相矛盾的爱情是不应加以否定——“此不足为梨嫂病也”——的，可见礼教并非神圣不可侵犯，其本身的合理性原本是个问题，那么以这种爱情为基础而进一步产生结合的要求并使之实现，在逻辑上自然也应给以肯定，为什么要为了那种其本身的合理性还存在问题的礼教而由自己去扼杀这一要求并造成如此的惨剧呢？由此而言，梨影的行动可谓自误误人，可怜复可憎了。所以，作品的主观意图是表彰梨影的“发乎情止乎礼义”，但其客观效果则是引起广大读者（此书出版单行书后，曾接连再版二十余次，印数达数十万册）对其爱情的同情，至于是否赞同她的“止乎礼义”，却不免各有各的看法了。在《玉梨魂》的姊妹篇《雪鸿泪史》（那是以何梦霞日记的形式出现的）卷首所载《题词》中，杨昌国的《满江红》即有“鸿雪因缘难再证，无端竟把芳魂瘗”[②]之语，认为梨影之死是没有来由的，这无异是对作品的赞扬梨影为“止乎礼义”而死所提出的异议。以揄扬作品为主旨的《题词》里尚且有这样的看法，更遑论其他的读者。所以，此书在客观上是通过梨影自造的悲剧而对心灵被礼教禁锢——人性被礼教扼杀——的惨酷有所暴露的，只是不仔细观察、思考或自身心灵被礼教禁锢甚深者不易感受到而已。而这种客观上的暴露作用的存在，则首先是因为作者已对这种爱情作了肯定之故。

再就书中另一人物筠倩来看，她的争取人格的独立和自由，以及在勉强同意婚事后的内心的痛苦，也是能引起读者同情的；但梨影劝她允婚，只是动之以情，她的父亲在这件事上根本就没有出面，她的勉强同意与梦霞成婚，正说明了她在精神上还没能强大到摆脱亲人感情的羁縻而独立。如果衡以上文所引郁达夫的话，可以说她已初步“发见”了“自我”，意识到人应“为自我而存在”。但

---

① 徐枕亚《玉梨魂》，《中国近代小说大系》，百花洲文艺出版社 1993 年版。

② 徐枕亚《雪鸿泪史》，《中国近代小说大系》，百花洲文艺出版社 1993 年版。

她未能坚持始终，在婚姻问题上又强我就人；而她到底已开始觉醒，所以在这以后又为自我的丧失而深感痛苦，以至郁郁以终。在这里，我们不仅看到了一个初步觉醒的女子的执着、软弱和内心的矛盾，并且又一次看到了心灵被桎梏所酿成的悲剧，而且还可由此了解，桎梏心灵之物远非礼教和专制所能概括，在封建的家庭关系里形成的所谓亲人间的感情也是其中之一。其实，鲁迅在青年时期的那次悲剧性的婚姻与筠倩的这一婚姻悲剧之间不也存在着某种相通性吗?

从这一类例子可以明白，"人性的解放"的要求在20世纪初至文学革命前夕的文学里是已经出现了的，虽未形成文学革命后那样的潮流，但却是其滥觞。

第二，在自觉地融入世界现代文学的潮流方面，这一时期也已有了相应的表现。

其中最突出的是文学思想，而其最早的代表则是梁启超。

早在其1899年所作的《汗漫录》(后改名《夏威夷游记》)中，梁启超就提出了"诗界革命"的口号①，要求诗歌的"新意境""新语句"——"欧洲意境语句"，而且，他认为直至当时为止，中国诗中还没有真能满足此种要求的诗人，那是因为"即以学界论之，欧洲之真精神真思想尚且未输入中国，况于诗界乎？此固不足怪也"。为了改变这种局面，他自告奋勇："吾虽不能诗，惟将竭力输入欧洲之精神思想，以供来者之诗料可乎?"在该文中，他还号召文人以日本德富苏峰(1863—1957)的"善以欧西文思入日本文"的作品为借鉴："德富氏为日本三大新闻主笔之一，其文雄放隽快，善以欧西文思入日本文，实为文界开一别生面者，余甚爱之。中国若有文界革命，当亦不可不起点于是也。"不过，什么是"欧洲意境语句"和"欧西文思"，当时的梁启超其实也并不了然。所以这只能表明他在该年已有了引导中国文学融入西方现代文学的愿望，但对具体怎样融入，却未必有什么方案。

---

① 关于"诗界革命"的起源与发展，可参看陈建华《"革命"的现代性——中国革命话语考论》(上海古籍出版社2000年版)中关于"诗界革命"的各篇论文。

他在文学思想上对西方观念开始有所认识，当始于1901年。他在此年11月《清议报》第99册上发表了《烟士披里纯》一文，把作家在创作上的成就之获得均归因于“烟士披里纯”。这是我国文学史上最早的对inspiration（意为灵感，“烟士披里纯”是其音译）的输入，作为新文学社团之一的弥洒社在其1923年出版的《弥洒》月刊第一期的《宣言》中声称“我们一切作为只知顺着我们的inspiration”，则已在梁启超此文的二十余年之后了。尽管梁启超此文曾被秦力山斥为对德富苏峰的在推进日本明治时期浪漫主义文学上影响颇大的名篇《インスピレーション》的剽窃[①]，但并不能因此而否定梁启超在当时已接受了此种观点并加以阐扬。

他在1902年发表于《新小说》第1期上的《论小说与群治之关系》是一篇影响巨大的论文。文中对小说的社会作用给予极高的估价，并提出了“小说界革命”的口号；在他的推动下，掀起了一轮小说创作的热潮。他的提高小说的社会作用、地位和在社会上激起小说创作的巨大浪潮对新文学的积极影响，已成为文学史研究者的共识；他的理论中受传统文学观念的羁绊而导致的负面作用，也已为近来的文学史研究者所注意。我在这里想补充的是：他在该文中所显示的对文学性能的认识，是与文学革命时期的人生的艺术派相通的。

> 凡人之性，常非能以现境界而自满足者也，而此蠢蠢躯壳，其所能触能受之境界，又顽狭短局而至有限也。故常欲于其直接以触以受之外，而间接有所触有所受，所谓身外之身，世界外之世界也。……小说者，常导人游于他境界，而变换其常触常受之空气者也。此其一。人之恒情，于其所怀抱之想象，所经阅之境界，往往有行之不知、习矣不察者；无论为哀为乐、为怨为怒、为恋为骇、为忧为惭，常若知其然而不知其所以然。欲摹写其情状，而心不能自喻，口不能自宣，笔不能自传。有人焉和盘托出，彻底而发

① 见冯自由《革命逸史》第4集所收《日人德富苏峰与梁启超》，台北商务印书馆1969年版。インスピレーション为英文inspiration的日译名。

> 露之，则拍案叫绝曰："善哉善哉，如是如是。"所谓"夫子言之，于我心有戚戚焉"。感人之深，莫此为甚。此其二。此二者实文章之真谛，笔舌之能事。苟能批此窾、导此窍，则无论为何等之文，皆足以移人；而诸文之中能极其妙而神其技者，莫小说若。故曰小说为文学之最上乘也。

这就意味着：文学的性能在于使读者扩大和加深对人生的体味，从而受到感动（所谓"感人之深，莫此为甚"），以满足人性——"凡人之性"——的要求。具体地说，此段文字所提出的第一点，是说文学能把读者带领到"其所能触能受之境界"以外的广大的领域，也就是扩大了他们对人生的感受；至其第二点，则是说文学能引导读者获得对人生的深切感悟，与鲁迅在《摩罗诗力说》中所指出的"（文学）虽缕判条分，理密不如学术，而人生诚理，直笼其辞句中，使闻其声者，灵府朗然，与人生即会。如热带人既见冰后，曩之竭研究思索而不能喻者，今宛在矣"，可谓若合符节。而梁启超这种认识所依据的，显然是19世纪的西方文艺思想，而非中国的传统文艺观。

至于当时在这方面水平最高的论文，自是鲁迅作于1907年的《摩罗诗力说》（作为其思想基础的，则是《文化偏至论》）。其对世界现代文学的了解和对以此为借鉴来改变中国文学的现状的认识，至少较之文学革命第一个十年间的任何一篇论文都并不逊色。

在文学创作上，融入世界现代文学潮流的努力虽不如文学思想的明显，但也不无征兆。就精神层面言，如梁启超诗歌《举国皆我敌》，竟然高唱"渺躯独立世界上，挑战四万万群盲"，以"举国"的公敌自居，这和易卜生的颂扬"国民公敌"显有相通之处[①]，而蒋智由的《卢骚》一诗，一开始就把卢骚与世人相对立——"世人皆欲杀，法国一卢骚"，接着却对他大加歌颂："《民约》创新义，君威扫旧骄。力填平等路，血灌自由苗。文字收功日，全球革命潮。"所以，此诗实是

① 易卜生不仅是20世纪初叶中国的进步文化人所热情关注的欧洲作家，而且《新青年》还在1918年出过《易卜生号》（第4卷第6号），译载了他的《国民之敌》和《娜拉》。

对举世公敌的赞美，与梁启超的《举国皆我敌》若合符节。再就技巧层面言，如《新小说》第8期起开始连载法国鲍福(Bafon)的小说《毒蛇圈》，这是以倒叙手法开头的；译者周桂笙恐怕西方小说的这种手法不易为中国读者所接受，特地介绍了它的好处，并说"此亦欧西小说家之常态耳"；而从《新小说》第12期起开始连载的吴趼人——周桂笙的好友、周译《毒蛇圈》的评者——的小说《九命奇冤》，其开头也用倒叙法，显然是对此种手法的有意识的学习。同书还出现了颇为细致的心理描写，也是作者受外国小说影响的结果。①

第三，在对文学本身特征的重视和探索方面，也已有了令人注目的开端。

这首先表现在对文学性能的认识上。中国传统的文学观，主要为载道、言志二派，都仅仅把文学作为他者的工具；另有尚情崇美一派，虽较注重文学本身的特征，但也未能深探其源，而且常被人作为批判的对象。在创作实践中，固然出现过不少杰出的作家作品，在理论上却远未能以此为依据而阐释文学本身的特征。因此，到19世纪末，从中国传统的文学理论中尚无从引出通向新文学的观点。但如上所述，梁启超对文学性能的认识，已含有与新文学中的人生派相通的部分，他对"烟士披里纯"的阐扬，也与20年代为艺术而艺术的一派——例如弥洒社——的主张不无相契之处。至于鲁迅《摩罗诗力说》在这方面的认识，实已与后来文学革命者的观点没有实质性的差别："由纯文学上言之，则以一切美术之本质，皆在使观听之人，为之兴感怡悦。文章为美术之一，质亦当然，与个人暨邦国之存，无所系属，实利离尽，究理弗存。……盖世界大文，无不能启人生之閟机，而直语其事实法则，为科学所不能言者。……故人若读鄂谟(Homeros)以降大文，则不徒近诗，且自与人生会，历历见其优胜缺陷之所存，更力自就于圆满。"不仅如此，鲁迅还对于以道德来束缚文学的论者作了严厉的掊击。他概括此等论者的观点说："所谓道德，不外人类普遍观念所形成。……

① 《九命奇冤》的上述两个特点，可参考郭延礼《中国近代文学发展史》第2册，山东教育出版社1991年版，第1262—1266页。

诗与道德合，即为观念之诚，生命在是，不朽在是。非如是者，必与群法僢驰。以背群法故，必反人类之普遍观念；以反普遍观念故，必不得观念之诚。观念之诚失，其诗宜亡。"其结论是："无邪之说，实与此契。苟中国文事复兴之有日，虑操此说以力削其萌蘖者，当有徒也。"这不仅是基于他对文学性能的上述认识，而且还预见了随着中国文学的发展所必将展开的文学斗争的一种形态，而新文学产生以后的历史也生动地证明了这一点。——鲁迅于1922年所写的《反对"含泪"的批评家》(收入《热风》)就是这种斗争的一支小插曲。

其次是对文学本身特征——尤其是形式及作为其工具的语言——的强调。

梁启超在1903年《新小说》第1卷上的《小说丛话》专栏中说："文学之进化有一大关键，即由古语之文学变为俗语之文学是也。"他在这里所说的"文学"，是广义的，不只是小说之类的严格意义上的文学。但他在同一专栏中又说："凡一切事物，其程度愈低级者则愈简单，愈高等者则愈复杂，此公例也。故我之诗界，滥觞于《三百篇》，限于四言，其体裁为最简单。渐进为五言，渐进为七言，稍复杂矣。渐进为长短句，愈复杂矣。长短句而有一定之腔，一定之谱，若宋人之词者，则愈复杂矣。由宋词而更进为元曲，其复杂乃达于极点。"所以他得出结论道："自宋以后，实为祖国文学之大进化。"这却纯是从严格意义上的文学而言。这也就意味着：文学的进化，是形式上的由简单到复杂的过程，而在这过程中，语言的由"古语"而变为"俗语"又是其一大关键。

就文学本身的特征说，实在离不开它的形式。因此，没有了文学的形式，也就没有了文学的内容；而文学的美则是通过形式而表现出来的。所以，梁启超的这种对形式及作为其工具的语言的强调，实际上也是对文学自身特征的强调。

需要说明的是：对于"俗语"——白话文的提倡并形成热潮，虽然始于19世纪的最后几年。但当时所看重的，是白话的通俗性以及由此而来的易于为文化程度低的人所接受的特点，而不是从文学价值上立论的。即使是很受推崇的裘廷梁作于1897年的《论白话为维新之本》，也并不涉及白话能否提高文学——

无论其为诗文或小说戏曲——的艺术水平的问题。所以,梁启超的这种理论较之 19 世纪末的有关论说是一种新的重大进展。

再次,是在创作实践上的收获。

这主要表现在白话文运用的纯熟。第一,中国以前的白话文的成就,集中体现在小说上,尤以《儒林外史》《红楼梦》最为杰出。在这之后的白话小说中,语言上较有特色的,是《儿女英雄传》《三侠五义》和《海上花列传》。但前两种为评话体,虽也不无生动之处,在写人、叙事上却都是粗线条的,较之《儒林外史》《红楼梦》的细腻深入,相差甚远;《海上花列传》为吴语小说,另是一路。直到 1903 年刘鹗的《老残游记》出现,才在叙事写景上作了新的开掘。如其第二回的写白妞说书、第十二回的写景,其精致细密都已超越《儒林外史》《红楼梦》,显示了在驾驭白话文能力上的大幅度提高。第二,到 19 世纪末止,中国的白话文在抒情、言志上并无值得称道的文章。但从 20 世纪初开始,在这方面也有了长足的进展。其中最突出的是秋瑾。郭沫若氏在 1942 年所作《娜拉的答案》中曾高度评价秋瑾用白话写的《敬告中国二万万女同胞》,除称赞其文字"相当巧妙"外,并谓其"在目前似乎也还是没有失掉它的新鲜味"。

综上所述,就新文学的三个主要特征而论,在 20 世纪初至文学革命前这一阶段的文学中,已经各各存在着与其相通的因素。所以,把它视为新文学的酝酿期而列入现代文学的范畴似乎是适宜的。

四

一般说来,在前一时期文学的后一阶段出现若干与后一时期文学相通的因素也是正常的事;那么,为什么不把 20 世纪初至文学革命前的文学列入"近代文学"的后阶段而要把它视为现代文学的初期呢?那是因为:第一,就中国文学史来看,从 1840 年至 1919(或 1917)年能否作为一个自成起讫的历史时期——"近代文学"时期——本就是一个问题;第二,从 19 世纪末至 20 世纪初,在文学发展上产生了一个飞跃，从而不可能把这前后的文学列入同一时期。

先说前者。

在把1840年至1919(或1917)年的文学划为“近代文学”时，不得不把龚自珍作为最早的代表。因为除了龚自珍以外，没有人可以作为“近代文学”的开创者。然而，龚自珍不但在1841年就已去世，而且，在被作为龚自珍的代表作的诗文中没有一篇是作于1840年或其后的，所以，如果把龚自珍作为文学史上一个时期的最早的代表，那么，这一时期就不应从1840年开始，而必须提前二十余年。而且，龚自珍文学中最新颖的成分，在中国文学史上是有其明显的渊源的。例如，对于自我的重要性的强调，从历史发展的角度来看，这确是其作品中有价值的东西。但是，在他写出“众人之宰，非道非极，自名曰我。我光造日月，我力造山川。……我气造天地，我天地又造人”(《壬癸之际胎观》)之类文句之前，廖燕在清初的《三才说》中早就说过：“我生天地始生，我死天地亦死。我未生以前，不见有天地，虽谓之至此始生可也。我既死以后，亦不见有天地，虽谓之至此亦死可也。非但然也，亦且有我而后有天地，无我而亦无天地也；天地附我以见也。”再如，龚自珍对于封建专制主义下的“一人为刚，万夫为柔”的现实表现了强烈的愤慨(《古史钩沉论一》)，而廖燕也早在《明太祖论》中对于“使天下皆安心而听治于一人，而天下固已极治矣，尚安事使其知之而得以议一人之政令也哉”的封建专制主义加以嬉笑怒骂。自然，龚自珍不是简单地承袭前人，而有其自己的创造和发展；但是，如果把龚自珍作为文学史上一个新的时期的开创者，而把他的前辈如廖燕等列入前一个时期，其依据又何在呢?

从1840年到19世纪末，在文学上较有影响的另一个作家是以诗擅名的黄遵宪，但正如钱钟书先生在《谈艺录》中所说：其诗“差能说西洋制度名物，掎摭声光电化诸学以为点缀，而于西人风雅之妙、性理之微，实少解会。故其诗有新事物而无新理致。”因而远不足以作为文学史上新时期的开创者。至于魏源、康有为等人，尽管在思想史上有其地位，在文学上却远未起到开创新路的作用。

还应注意的是：在鸦片战争以后至19世纪末的文学创作中，除了出现不少反对西方列强侵略的作品外，连龚自珍那样的异端之作都消失了；而那种反对西方列强侵略的作品，虽然其反对的对象是中国以前的文学中所没有出现过的，但其创作精神、艺术特色甚至思想要求却并未对传统文学有较明显的、足以构成文学史上一个新的历史时期的突破。

因此，很难说从 1840 年到 19 世纪末在我国文学史上已形成了一个新时期。

再说后者。

上述 20 世纪初至文学革命前的我国文学上的新气象，在 19 世纪末的文学中是未曾出现过的。但是，有几个易于引起误解的问题需要在此稍加论辩。

第一，关于小说理论。有的研究论著把 1897 年几道、别士在《本馆附印说部缘起》中的强调小说的社会作用和后来梁启超的提倡政治小说——那是对小说的社会作用的更突出的强调——都作为体现文学发展新方向的主张。由此而论，当然可以说 19 世纪末已出现了与新文学相通的因素。但在实际上，只是肯定和强调小说的社会作用而不顾及文学本身的特征，乃是新文学中由文学传统沿袭下来的负面因素；而且，对通俗小说的社会作用的肯定和强调并不始于 19 世纪末，至迟在晚明绿天馆主人的《古今小说序》中就已肯定了小说能令"怯者勇，淫者贞，薄者敦，顽钝者汗下；虽日诵《孝经》《论语》，其感人未必如是之捷且深也。"至于政治小说的提倡，乃是受了日本的影响。但日本的政治小说的流行，如周作人《日本近三十年小说之发达》所言，是日本"国民的思想，都单在政治同学术一方面，文学一面还未注意"的结果，而从日本"发生一种新文学的运动"以后，这种局面就改变了。所以，政治小说在文学史上是一支并不体现前进方向的插曲。而梁启超小说理论之体现文学前进方向的一面，则是其对文学特征的认识，那是在 20 世纪初才提出的，说已见前。

第二，是文学与非文学的区别。以人性解放的要求和从西方的先进文化中吸取营养来说，在 19 世纪末的有些文言中是已经有所表现的。谭嗣同的《仁学》就是一个例子，但那并不是文学作品。所以，在文学史上仍以把 20 世纪初作为现代文学的开始为宜。

至于梁启超的《汗漫录》，则如上所述，虽已提出了从西方文学吸取营养的要求，但并未提出哪怕是稍稍具体的设想，所以，只能作为其个人思想发展的一种文献，而不能作为现代文学由此开始的依据。

换言之，20 世纪初至文学革命前所出现的文学上的新气象较之 19 世纪末的文学是一种重大的发展，所以，把它和 1840 年至 19 世纪末的文学列入文学史上的同一个历史阶段，我想是不合适的。

原载《复旦学报(社会科学版)》2001 年第 2 期

晚清各体文学的走向和中国文学的古今演变

朱文华

一

中国传统的古典文学按其本身的规律发展，进入清季，整体上已经由盛而衰，不过余波尚在涌动。其中，就文学文体而言，自古以来的各种样式，经积累而臻于齐备，且形成几种在文坛上占重要地位又发生重大影响的分支流派①，一时间还争胜称雄。迨至晚清②，中国的社会政治毕竟出现了“三千余年未有之变局”，与之相适应，思想文化界引起震荡，况且“西学东渐”之风日盛，受此影响，于是在原有的文体分支流派外，也有若干应运而生者。

正是由于晚清时期的社会政治文化环境的特殊性，决定了当时的各体文学的走向，在整体上不能不处于所谓“变亦变，不变亦变”（梁启超语）的境地，即开始摆脱自我封闭，而是自觉或不自觉地适应着社会现实的需要予以不同程度的

---

① 文体分支流派，系指隶属于各大文学体裁（诗歌、散文、小说、戏剧）的，且与某种特定的艺术表现手法技巧相结合的那种低一层次的文体样式，如诗歌，中国古代有“诗”“词”“曲”，西方则有“自由体”“商籁体”（十四行诗）等，余类推。事实上，这种文体分支还往往与一定的内容题材、艺术风格特色以及作家队伍等情况相联系，由此含有某种程度的流派性质。但即使如此，在“文体分支流派”的概念中，文体要素还是最基本的。

② 本文所认定的“晚清”，系指自戊戌维新前后至武昌起义前后的那一段社会历史，同理，本文所说的“晚清文学”，则指通常所说的“近代文学”或“二十世纪文学”中的那个具有相对的独立意义的一个文学史阶段（1895？—1911）。

变革。从这一意义上说，晚清时期各体文学（具体表现为各种分支流派）的发展，标志着中国文学的古今演变的酝酿和启动，而其各自发展的趋势、过程和结局，又大致构成了中国文学的古今演变的基本内容线索。换言之，由于整个中国文学的古今演变，在相当的程度上是由文体变革问题引起的，所以值得从这一视角对之作专门的考察分析。

整个晚清文学时期，在诗歌、散文、小说、戏剧四大体裁中，大致并列存在（或原有，或新生）十余种文体分支流派，尽管各自实际上占有的文体优势地位，以及所发生的社会影响并不相同，但无不反映了文体演变的相关形态。

二

尽管自《诗经》《楚辞》以来的中国诗歌史上出现过若干白话诗，而且民间诗歌又主要是白话的，但中国诗歌史的主流却是文言体。这种局面虽然在晚清文学时期继续得以维持，但从内容到形式两方面都有所变动。

1. 同光体（江西诗派）。宋诗的基本特征特点是“以文字为诗，以才学为诗，以议论为诗”[①]，这较之唐诗自然是别具一种美学风格，但这一特征特点同时孕育着忽视形象思维的倾向，由此在语言上也靠近散文化。因此，虽然宋诗中不乏优秀之作，然而相当一些篇什却流露出诗味淡薄的弊端。明清以来，虽然唐风流韵不绝，但由于文人士大夫在整体上崇尚“程朱理学”，进而专摹宋诗，宋诗的影响日益扩大，至清代道咸年间，始有“宋诗运动”的开展，并且形成了“江西诗派”。进入晚清时期，由于“江西诗派”的代表性人物多为同治、光绪两朝入仕者，所以又有“同光体”之称。

“同光体”诗人队伍，通常的说法有赣派（陈三立为代表）、浙派（沈曾植为代表）和闽派（郑孝胥、陈衍为代表）之分，但在暴露“宋诗派”的弊端的问题

① 严羽《沧浪诗话》，郭绍虞校释本，人民文学出版社 1962 年版。

上，却是共同的。这主要表现为：过多的发议论讲道理，而这些议论和道理本身是陈旧的或粗浅的，了无新意；在发议论讲道理时，又追求语词的枯涩深微，既好用生硬的典故，又喜择填冷僻的字眼。如果说，有些篇什在内容上也有若干触及时事之处，其中所抒发的情感（如时代危机感等），也在一定程度上体现了时代的精神，但大体说来，因受“江西诗派”的表现手法的制约，又往往以词害意，模棱两可，含糊不清，至多是流露出古人的口吻。总之，“同光体”所追求的目标，实际上只是在于“酷似宋诗”，即满足于成为宋诗的“赝品”[①]，而并非为了诗歌艺术的创造，所以在这样的作品中，总的说来就难以寻得诗味，遑论创新的诗歌意境。

唯其如此，这一派诗歌尽管在当时占有特别的文体地位，社会影响也很大，也尽管这一派的诗人，就纯粹的诗学功力而言，在当时属于最深厚的一辈，但终究由于缺乏创造力而只能呈现出重重暮气，随着清王朝的垮台，“同光体”也就必然归于了衰败，尤其是在五四文学革命兴起后，虽有一批遗老遗少尚在玩赏，但在整体上毕竟退出了主流文坛。[②]

2. 常州词派。自从词带着民间文学的清新气息进入文人士大夫的文学殿堂以来，经过千百年的琢磨，到清代中叶出现了一个文人词的小高潮，即由张惠言首倡的标榜“比兴寄托”的“常州词派”。迨至晚清，其创作上的余波，则主要是以王鹏运、郑文焯、朱祖谋和况周颐为代表的“近代四大词人”的作品。这些作品在整体上的水准较高，艺术感染力较强，而且在题材内容方面也有所突破，其中不少篇什所抒发的，乃是面对处于多事之秋的故国现实生活的刺激所引起的种种复杂的心理感受，从中透露出来的是一种历史的苍凉感。从这一点来说，这一派词作在一定程度上也是体现时代精神的。

然而，与“同光体”相近似，因受传统文体的消极影响，以及士大夫习气的下

① 胡适《五十年来中国之文学》，《胡适文存》（二集），黄山书社 1996 年版。

② 典型的如，北京大学部分师生所编的《国民》杂志的第 1 卷各期（1919.1—1919.4）还发表章炳麟、汪东、吴梅和黄侃等名家的旧诗词，但从第二卷（1919.11）起，则完全摈弃之，由白话新诗取代。

意识的流露，“常州词派”的艺术表现手法，仍然纯粹是旧式的，或者说基本上沿袭两宋时期的口吻，本是富有时代特点的社会生活场景，由于被传统的甚至是陈陈相因的诗歌意象来处理，反而显得模糊。正因如此，这一派作品在本质上也是“复古”或“拟古”的，充其量是中下水平的宋词的翻版，缺乏文学史上的革新意义。当然，这一派还有相应的词学理论，如王鹏运主张的又为况周颐阐发的“重、拙、大”说，以及另一位常州词派理论家陈廷焯的“沉郁”说等①，但这样的理论同样是传统型的，只是相较以往有些许发展，而不属于那种适应于新的文化时代的理论创新。总之，“常州词派”在晚清文坛也属于传统的旧文学的一支，这决定了它如同“宋诗派”一样难以获得脱胎换骨式的改造，以致成为五四文学革命的首要对象，经猛烈批判后而归于沉寂。

3. 诗界革命派。一般认为该派的倡导者是黄遵宪，事实上黄氏早年的“我手写我口”之作，仅是一种个别性的试验，他本人在晚年也对之持忏悔的态度，所以没有辑入《人境庐诗抄》。真正鼓吹“诗界革命”的是梁启超，时在1899年前后②，他所标举的代表性作家作品，提到了黄遵宪(后期)、谭嗣同、蒋智由和夏曾佑等，其实他本人的诗作更具典型性。

这一派作品的理论要点，据梁氏的总结概括为“以旧风格含新意境”或曰“熔铸新理想入旧风格”，而从具体的作品看其风格特点，梁启超曾指出的“颇喜寻扯新名词以自表异”的情况普遍存在，而有的甚至“渐成七字句之语录”。③由此看来，诗界革命在文学(文体)史上的主要意义，只是向中国传统诗歌的正统流派轰了一炮，破坏性既不强，自身的成绩也不大。

4. 南社派。筹备于1907年，至1909年正式成立的南社，系当时的排满革命的政治社团，虽然曾表示过“作海内文学之导师”④的愿望，然而终究以其整体

① “重、拙、大”说参见况周颐《蕙风词话》，“沉郁”说参见陈廷焯《白雨斋词话》。

② 参见黄霖《近代文学批评史》，上海古籍出版社1993年版。

③ 本文所引梁启超语参见《新大陆游记》(1899)和《饮冰室诗话》(1902)等。

④ 高旭《南社启》，转引自杨天石等编《南社史长编》，中国人民大学出版社1995年版。

上的志大才疏(至少,南社成员的诗学水平并不整齐)而未获成功。

在具体的诗歌创作上,南社标榜唐音而力斥同光体,然而此举纯粹出自政治性的考虑,用柳亚子的话说,鉴于同光体的代表性诗人均是满清臣子(遗老遗少),“我呢,对于宋诗本身,本来没有什么仇怨,我就是不满意于满清的一切”①,所以才对之作猛烈攻击。至于南社成员的标举唐音之作,即使水准较高的(如柳亚子本人和高旭、陈去病和苏曼殊等),大抵也没有特别的艺术创新。究其原因,他们的诗学理论实际上接受了其另一政治对立面即梁启超的“诗界革命”派,仍然跳不出“复古”“拟古”的一套,如柳亚子声称“内容宜新,形式宜旧”②,高旭甚至还说:“新意境、新理想、新感情的诗词,终不若守国粹的用陈旧语句为愈有味也。”③在这种情况下,南社在改革诗体的问题上就不可能有实际的动作④,最后连自身也构成五四文学革命的冲击对象之一。

三

中国古代散文主要是文言文,白话文只是偶尔见用,如译经文字或讲学语录等,未成气候。从文言散文看,又有骈、散两支壁垒分明,明清以降,大致分别构成选学派和唐宋派而并争,相较而言,后者取得优势,所以有桐城派的大盛。进入晚清,虽有白话文的提倡,但尚不成熟,未能构成流派,唯有新出现的文白相间的“新文体派”,则以咄咄逼人之势,与前两派激烈竞争。

1. 桐城派。桐城派形成于清初,由于其标榜的“义理、辞章、考据”⑤,除了

① 柳亚子《我和朱鸳雏的公案》,转引自杨天石等编《南社史长编》。

② 柳亚子《与杨杏佛论文学书》,转引自杨天石等编《南社史长编》。

③ 高旭《愿无尽庐诗话》,转引自杨天石等编《南社史长编》。

④ 虽然南社另一诗人马君武有“须从旧锦翻新样,勿以今魂托古胎”(《寄南社同人》)之句,但没有为南社成员所实践,即使马氏本人也不例外。

⑤ 先是戴名世说:“道也,法也,辞也,三者有一之不备焉,而不可谓之文也。”(《乙卯行书小题序》)至姚鼐、方苞发展而认定“天下学问之事,有义理、文章,考证三者之分,异趋而同为不可废。”(姚鼐《复秦小岘书》)

狭义的文章学意义上的合理因素外，还由于它不仅切合于当时的政治伦理道德（即所谓“文统”与“道统”的结合），而且在事实上又引导当时的文人士大夫，承认并维护以文字狱为主要形态之一的文化专制主义的统治秩序，所以也获得了最高统治者的肯定，以至有钦定的文章范本（如《古文约选》和《古文辞类纂》）的刊行。以上两者互为因果，一时造成了“天下文章，其出于桐城乎”[①]的态势。同治年间，当桐城派散文的程式化的弊端明显加剧，其不适应时代的一面（如所谓“不可入语录中语、魏晋六朝人藻丽绯语、汉赋中板重字法、诗歌中隽语、南北史佻巧语”[②]）也开始严重暴露之时，由于已在政治上崛起的而本身又是服膺于桐城派理论的曾国藩在上述三端的基础上补了“经济”一条[③]，勉强联结了“经世致用”的思潮，于是桐城派散文的局面还得以维持到晚清时期，如当时有所谓“曾门四弟子”（吴汝纶、张裕钊、黎庶昌、薛福成），还有所谓“湘乡派”之称[④]。至于当时的其他散文（古文）名家如严复和章炳麟等，虽然并不标榜“桐城派”，但他们的古文笔法至少与桐城派出自同一源。[⑤]

桐城派散文在晚清时期的维持性发展过程中，由于受到其对立面即新兴的“新文体派”的严重挑战，以其本身的衰落又难以招架，所以影响日益缩小，至少难以进入主流媒体（报刊和新书）。至于林纾以所谓的桐城古文的笔法译述西洋近代小说，与其说是对桐城派散文的改造，毋宁说正是如此的改造，反而促使了桐城派散文的变质，由此也表明它从传统的应用范围的撤退，尽管林纾本人不会承认这一点。总之，到民元前后，桐城派散文全面步入衰竭，到五四文学革

① 姚鼐《刘海峰先生八十寿序》，《桐城派文选》，安徽人民出版社 1984 年版。

② 此为方苞语，转引自沈廷芳《隐拙轩之钞》卷四《方望溪先生传》附“自纪”。

③ 曾国藩说：“义理之学最大，义理明则躬行有要，而经济有本、词章之学，亦所以发挥义理者也。”（《曾国藩家书》）

④ 因为曾国藩是湖南湘乡人，故称。事实上，这是献媚的说法。

⑤ 以严复论，其文字风格“骎骎与晚周诸子相上下”（吴汝纶《天演论》序），也杂以骈俪，但总的说来，与桐城派古文同出一源，这从他与吴汝纶的学术关系也可以看出来，钱基博《现代中国文学史》把严复归为“新文学逻辑文”一支的代表，似不确。至于章炳麟，虽然不满于桐城派，但他作为文化上的复古主义者，又直接仿效魏晋古文笔法，所以同严复一样，其实也是与桐城派同源而分流。

命揭幕，则被恶谥为"桐城谬种"，刨掘祖坟，前后共"十八妖魔"。[①]

2. 骈文派。又称选学派，从历史上看，骈文自形成以来，经久不衰，明清之后，依然如此，尤其在乾嘉年间，汪中与洪亮吉的作品才力，大致可与六朝的徐、庾相比肩。重要原因之一，在于科举制度的刺激和影响，尽管形式上同属骈文系统的"八股制艺"，一般并没有被士大夫视之为真正的文章。到晚清时期，随着科举制的正式废除，骈文派的社会影响骤然削减，阵势也大大退缩，因而，被后来的文学史家特别提及的骈文名家寥寥无几[②]。在这前后，虽然还有若干骈文作家仍有写作，如为冒鹤亭所称颂的"北王(式通)南李(详)"。[③]然而这种情况主要发生在遗老遗少的小圈子里，缺乏作为文学史现象的普遍意义。

当然，由于这一文体的文学意味更浓(尤其是语言修辞)，文体的形式美(含音乐美)也更雅致，更合乎士大夫的情调，也更适宜表现文学家的才情，因此它的文化影响仍然存在，如若干有影响的政论文大致采用骈文的笔调[④]，而风行的"新文体"对于骈文手法技巧的吸收，也是明显的，另外，当时及稍后的鸳鸯蝴蝶派小说，也有明显的间用骈文笔法者，典型的如徐枕亚的《玉梨魂》。只是这样的情况，在当时不足以作为一个完整的文体支流而显现。

总之，在晚清时期，骈文派事实上作为当时唯一的一个表现手法被肢解了的文体流派，已经整个地趋于了衰亡。因此，它也自然地成为五四文学革命的另一个直接的攻击目标，获得了"选学妖孽"的恶谥。[⑤]

3. 新文体派。所谓新文体派，指的是晚清前后那种明显区别于"桐城派"并与之对立，最终又在实际上取而代之的新颖的文体，它的发展演变过程具有明

---

① 参见钱玄同《寄胡适之》(1917.7.2)、陈独秀《文学革命论》(1917.2.1)，《中国新文学大系·建设理论集》，良友图书公司 1935 年版。

② 文学史家一般提到的是皮锡瑞。至于被钱基博《现代中国文学史》列为"古文学·骈文"第一作家的刘师培，其实不是专一服膺于骈文者。

③ 有关的材料和分析，参见钱基博《现代中国文学史》的"古文学·骈文"章。

④ 如柳亚子的《二十世纪大舞台发刊辞》等，可以说是骈文体的，南社其他成员的散文，也多有这种情况。

⑤ 参见钱玄同《寄胡适之》(1917.7.2)，《中国新文学大系·建设理论集》。

显的阶段性，由此充分反映了一种新兴文体的确立与社会历史环境的联系。

新文体其实萌芽于桐城派散文的废墟，由于若干桐城派阵营的作家自觉或不自觉地对桐城派散文的理论教条产生不满，在写作实践中也追求“称心而言，不必有义法”①，由此涌现了最初一批在思想内容和表述语言与桐城派散文大相径庭的新式作品，如冯桂芬、郑观应和薛福成等人的那些初步倡言变法的篇什。

在这前后，受传教士办报的影响，国内新知识分子起而仿效，于是有“报章文”的形成，以王韬发表在香港《循环日报》上的作品为代表，至戊戌维新期间，梁启超等人在《时务报》上刊行的文章，成功地巩固发展了“报章文”的特色，时称“时务文”②。梁启超东渡日本后，先后又创办《清议报》和《新民丛报》等，对已发展到“时务文”水平的报章文体再作改造，进一步就有“新民体”的完全确立，用梁氏自己的话说：“自是至解放，务为平易畅达，时杂以俚语、韵语、外国语法，纵笔所至不检束，学者竞效之，号新文体，老辈则痛诋为野狐。然其文，条理明晰，笔锋常带感情，对于读者，则别有一种魔力焉。”③

大致到1907年前后，新文体随着在梁启超笔下获得集大成式的成功，产生的影响也趋向极端，在这种情况下，所谓受影响者开始分化，其中的一支在民元以来演变为“逻辑文”，代表性的作家是《甲寅》杂志主编章士钊及其主要撰稿人如黄远庸、高一涵、李大钊等；另一支则以吴稚晖和胡适等人为代表，通过对当时的白话文的进一步肯定，又结合着对梁启超式的“新文体”学习，择善而从之，主要表现为采用纯粹的白话化，但又注重语词的简洁、明朗、生动、活泼，以及相关的修辞手段，由此扩大白话文的表现手法和适用的文体范围。唯其如此，到五四新文化运动发生时，这种新文体散文最终衔接过渡到了五四新文学的白话散文文体。

---

① 冯桂芬《复庄卫生书》，《中国文论选近代卷》(上)，江苏文艺出版社1996年版。

② 报章文的名目似出现在戊戌维新之初，最早是守旧者提出的蔑称，但经谭嗣同、梁启超等人的理论提倡后，则成褒义名词。其与时务文、新民体等，均属于新文体派散文发展过程中的阶段性名目。

③ 梁启超《清代学术概论》，《饮冰室合集》第9册，中华书局1932年版。

四

中国古代小说的发展，到晚清前夜，从纯文体角度看，大致可以分为笔记体、聊斋体（以上主要是文言短篇）、三言两拍体（主要是白话短篇）和章回演义体（主要是长篇，或文言，或白话，以白话居多）。由于中国古代小说发展到该时期，其内容题材和思想旨趣的分野更值得关注，因此鲁迅就把有清一代的小说流派划分为这样七支：拟晋唐小说及其支流，讽刺小说，人情小说，“见才学者”小说，狭邪小说，侠义小说及公案，谴责小说。[①]

具体到晚清时期，先后作为主流文学现象而确立的，其实主要是如下三支：

1. 传统小说派。这一派其实可以包括除谴责小说外的各个类型的作品，其中，又以狭邪小说与侠义小说及公案为主，其代表作分别如《品花宝鉴》（陈森）、《海上花列传》（韩子云）和《三侠五义》（石玉昆）、《儿女英雄传》（文康）。就这两类作品而言，较之中国古代优秀小说的传统，思想题旨方面反而有所退步，按鲁迅的观点，即分别表明了“《红楼梦》余泽”的“消亡”和“《水浒》精神在民间的消灭”。[②]当然，作为这一时期的作品，有的在内容题材方面毕竟留下了时代的影子，如《海上花列传》所描绘的青楼场景，因处于“十里洋场”，所以也多少折射出了半殖民地社会的生活气息。但对这一点的表现，其实又不够充分，况且，作者所持的也还只是旧式士大夫的立场。

总的说来，传统派小说发展到晚清时期，以其思想内容的陈旧陈腐和艺术表现手法的落后，表明已经失去了生命力。

2. 政治小说派（谴责小说派）。“政治小说”为梁启超所倡导[③]，即主张当时

---

① 鲁迅《中国小说史略》“目录”，人民文学出版社 1973 年版。

② 鲁迅《中国小说史略》“第二十六篇清之狭邪小说”和“第二十七篇清之侠义小说及公案”。

③ 参见梁启超《译印政治小说序》和《论小说与群治之关系》等文。在后文中，梁氏对小说的特点和审美作用的认识分析多有新意。

的知识分子本着“开启民智”的考虑，以小说作为干预社会政治的工具。从文学观念上看，这虽是传统的“文以载道”论的翻版，但由于既对“道”的内涵作了切合社会形势的新的理解，又把小说提高到了文学的“正统”文体的地位，这就充分适应了时代的需要，使得“政治小说”很快风行天下。因此，这一派乃是晚清文学中特有的。

从政治小说创作的实际情况看，真正形成流派的则是所谓的“谴责小说”。其基本的特点是：用写实的手法，结合着讽刺的手段，不乏夸张地暴露现实的社会统治秩序的各个方面的黑暗腐败现象，从中也比较明确地表达作者的政治思想立场：或主张革命，或鼓吹改良。应该说，“谴责小说”的思想艺术水准是参差不齐的，除了《官场现形记》(李伯元)、《二十年目睹之怪现状》(吴趼人)、《老残游记》(刘鹗)和《孽海花》(曾朴)等四部长篇，成绩是主要的，更多的作品，普遍存在的问题是：艺术上相当粗拙，观念大于形象，因此其艺术价值明显不如其思想文献的价值。至于末流者，尤其是众多的仿效“现形记”和“怪现状”之作，从故事场景到人物形象，更是存在着程式化、类型化的弊端，尤其是对于讽刺手法的运用，虽说与以往的“讽刺小说”有某种联系，但由于是出自“以合时人嗜好”的考虑，所以整体上显得“辞气浮露，笔无藏锋，且过甚其辞”，与前者的“度量技术之相去亦远”。①这就表明，“谴责小说”的深浅得失，都是属于时代的产物。更可注意的是，这一派作品发展到民元以来，还“堕落为谤书及黑幕小说”②。虽说这是对“政治小说”的“异化”，但之所以会有这种“异化”的发生，正因为“政治小说”论作为一种文学观念，本身已含有某种致命的缺陷。

3. 鸳鸯蝴蝶派。大致从1905年以来，由于“政治小说”(谴责小说)的泛滥并形成普遍性的弊端，开始引起读者的不满；就一部分小说家而言，于是也对“政治小说”的观念与功能表示质疑；而当时对西洋近代文学(主要是通俗小说)

---

① 鲁迅《中国小说史略》“第二十八篇清末之谴责小说”。

② 同上，第2页。

的翻译所产生的社会影响，事实上也引导了一批具有创作能力的作家，认识到文学（小说）的娱乐意义和商业价值，从而有意摆脱“政治小说”论，反顾中国古代小说的基本的创作理念：重在讲故事，由此给读者以消遣娱乐。①这一点反映在创作实践上，就有“鸳鸯蝴蝶派”作品的出现（代表作家当首推吴趼人）②，并蔚成风气，以至于与仍在延续的“谴责小说”形成对峙。

所谓“鸳鸯蝴蝶派”小说，大多采用白话，其内容题材主要有三大类：一是描写现实社会中婚姻家庭生活，更多的又是“才子佳人”式的爱情故事，恩恩怨怨、生死离别，缠绵悱恻，曲折离奇，时称“言情小说”，如《瑶瑟夫人》（李涵秋）、《鸳鸯碑》（小白）；二是以风尘女子为主人翁，以其生平遭遇（包括与各类男子的感情瓜葛）为主线，反映一定时期的社会生活场景，时称“社会小说”，如《九尾龟》（张春帆）；三是历史题材、武林题材或侦探题材，当时则分别称之为“历史小说”“武侠小说”和“侦探小说”。

在以上几类作品中，前两类与中国古代小说的血缘关系是比较清楚的，大致说来，“言情小说”沿袭了“人情小说”，“社会小说”采用的是“狭邪小说”的套路，与此同时，由于通过学习借鉴西洋（翻译）小说的经验，在艺术技巧（主要如叙事手法等）方面有不同程度的改进。至于第三类，除了历史小说与以往的同类作品的区别不是太大（至多添加了一定的影射色彩），“武侠小说”具有相当的创造性，但整体的思想倾向，却羼入了封建意识的杂质；而“侦探小说”对以往的“公案小说”的改造是明显的，相当程度上属于直接取法于西洋小说的产物。

由此看来，鸳鸯蝴蝶派小说的形成，在继承传统和适应时代两个方面，都具有合理性。问题在于，它在晚清时期还不成熟，除了思想品位不高（主要是庸俗性），艺术上也比较粗糙。民元以来，除了这种局面大体维持之外，还因为受一度的文化复古主义的影响而多用文言写作，所以也被五四文学革命的倡导者视为“游戏

---

① 朱自清认为：“在中国文学传统里，小说和词曲（包括戏曲）更是小道中的小道，就因为是消遣的，不严肃”，“鸳鸯蝴蝶派的小说意在供人们茶余酒后的消遣，倒是中国文学的正宗。”（《论严肃》）

② 从吴趼人的创作情况看，自 1906 年发表《恨海》以来，虽然还写谴责小说，但却以创作言情小说为主了。

和消遣"之作而予以清算。只不过,如此的清算由于缺乏严格的科学性,鸳鸯蝴蝶派小说并没有像传统派小说那样归于衰亡,而是通过"文腔的投降"①在既定的圈子里获得新发展。重要的是,由于鸳鸯蝴蝶派关键在于文学观念的问题,当文学观念发生由信奉"游戏与消遣"到"为人生"的转变②,这一派的作家,如果已经学得了外国文学的某些经验,又采用白话,那么也有可能成为五四文学革命的先驱者,典型的如刘半农和叶绍钧等。从这一意义上说,鸳鸯蝴蝶派小说其实也是五四新文学运动所确立的西洋式的小说文体(尤其是短篇小说)的文体来源之一。③

五

中国古代戏剧发展到晚清前夜,主要有"北剧"④和"传奇(杂剧)"两大支,在整个晚清时期,两者都有所变化,所以一时还都有所谓"新剧"之称。但真正意义上的"新剧",则是1907年后兴起的"文明戏"。

1. 北剧派。所谓"北剧"派,大致从嘉庆、道光年间崛起,指的是以"京剧"为代表的、包括各种(汉族)地方戏的民间戏剧形式,属于皮黄和梆子两大声腔系统,又融入了由弋阳腔演变的高腔,戏剧界又称之为"花部"。一般说来,它更重视戏剧表演本身的趣味性,说念唱打,煞有其事,而且程式化牢不可破。以念白与唱词而言,大抵比较粗俗,文学性不高。晚清时期,它所发生的变化,在内容题材方面,主要是响应"梨园革命"⑤的号召而新编若干含有政治影射意味的剧

---

① 瞿秋白说:"礼拜六派在'五四'之后,虽然在思想上没有投降新青年派——可是在文腔上却投降了。"(《鬼门关外的战争》)

② 参见蔡元培《文学研究会宣言》:"将文艺当作高兴时的游戏或失意时的消遣的时候,现在已经过去了。我们相信文学是一种工作,而且又是于人生很切要的一种工作。"

③ 鲁迅在谈到自己的小说创作缘起时说:"大约所仰仗的全在先前看过的百来篇外国作品和一点医学上的知识。"(《我怎么做起小说来》)

④ 这里采取洪深的说法,参见《中国新文学大系·戏剧集·导言》。

⑤ "梨园革命"(戏剧改良)的思想其实也是梁启超最早提出的,尔后陈独秀等人有所发挥,但从知识形态看,"梨园革命"一词最早见于柳亚子《二十世纪大舞台发刊辞》(1904):"清歌妙舞,招还祖国之魂;美洲三色之旗,其飘飘出现于梨园革命军乎。"

目(如汪笑侬的《党人碑》和《哭祖庙》);在形式方面主要是:因受商业化的影响,或表现现实生活题材,演员着当代(清朝)服饰,时称“时装剧”,如上海夏月润和天津金月梅的演出,曾出现过西装人物执马鞭唱西皮的场景①;或舞台美术方面借助于生光电化,突破传统的象征式的布景,时称“连台本戏”,如当年引起轰动的《火烧红莲寺》之类。这种情况在民元以来仍然存在并延续下去。然而,这样的变化虽有“趋时”的考虑,但毕竟没有戏剧改革的实质意义。

值得指出的是,北剧派的某种改革,事实上曾受到过当时的外国戏剧或教会学校的“学生剧”的某种程度的影响和启发,如汪笑侬对学生剧多有好评,夏润月则一度师从日本戏剧家市川左团次②,但由于未能更进一步,最终未能开创革新局面。

2. 传奇(杂剧)派。相对而言,传奇(杂剧)派所继承的是中国古典戏剧文学体裁,其演出则以“昆曲”为戏剧载体,戏剧界称之为“雅部”。它更看重的是戏剧文本的文学性,追求高雅的艺术意境和情趣,其中的唱词严格地按曲牌格律填写,由此可见一斑。传奇(杂剧)派作品即使不供演出,仍然可作案头的阅读欣赏,因此带有明显的“文人剧”和“案头剧”的特征。

晚清时期,较之北剧盛行天下的局面,传奇(杂剧)一派自然是式微的,但总的说来还有一批人在维持。在“梨园革命”的口号提出后,传奇(杂剧)派发生的变化,主要是从配合当时进步社会政治思潮宣传的考虑,突破传统题材,改而表现现代生活,甚至是外国题材,如梁启超所撰反映意大利革命史的《新罗马传奇》,以及《断头台》(感惺,反映法国大革命)和《海天啸》(刘钰,反映日本明治维新)等。问题在于,传奇(剧)的旧瓶,以其固有艺术要素的制约,表现手法与能力的适应性有限,所以在整体上并不成功,也未能为中国戏剧的发展寻找到一条新路。

3. 文明戏派。文明戏又称“新剧”,指的是晚清时期中国知识分子对于西洋近代话剧的移植性的戏剧形式,即纯粹以剧中人物的对话演绎剧情故事,同时

①② 有关材料参见洪深《从中国的新戏说到话剧》。

设置写实性的舞台布景，由此完全舍弃了中国传统戏剧的“唱词”以及器乐伴奏等。这一派形成的标志是由留日学生组成的“春柳社”演出《黑奴吁天录》，时在1907年，旋即影响国内，剧社蜂起，演出不断，一时大盛。

但是这样的移植有先天不足，主要表现为忽视剧本的创作，导演者只是把基本剧情抄出，在指定角色后，由演员作临场发挥表演，是谓“幕表剧”。从当时的实际情况看，这种幕表剧的故事题材大致来自鸳鸯蝴蝶派小说，取法乎中，仅得其下，而演员本身都缺乏起码的艺术训练，又常常为了取媚迎合观众的低级趣味而不惜插科打诨，因此，到民元以后，文明戏在整体上走向了堕落，直到五四新文学运动发生，其作为中国“早期话剧”的一些基本形式（以人物对白为主）才重新融入新文学的话剧（剧本）文体。

4. 学生剧（游戏剧）。学生剧，本指晚清时期国内一些新式学堂（包括教会学校）的学生的课余的戏剧演出（最早的大约是在上海，1899年），没有特别的意义。但由于这样的演出，剧本或由外国教师推荐，自然采用西洋近代话剧形式，即使由学生自编，也仿效前者，何况学生的演出，没有商业考虑，能够完全服从既有的剧本，表演态度又是认真严肃的，因此可谓得西洋近代话剧（爱美剧）的嫡传。这种学生剧发展到民元以后，已有一定的社会影响（典型的有天津南开中学和北京清华学校），与当时业已堕落的文明戏形成强烈反差。

从五四时期胡适写的《终身大事》来看，作者认定“这一类的戏，英文教做farce，译出来就是游戏的戏剧”①，由此可见，五四新文学戏剧（话剧）文体的确立，就纯粹的文体角度看，和文明戏一样，而晚清时期的学生剧（游戏剧）也是起了某种过渡与衔接作用的。

六

根据上文的考察分析，可以认识到如下几个问题。

---

① 胡适《终身大事》，《胡适文存》（一集），黄山书社1996年版。

首先，在整个晚清时期，各种文学样式（诗歌、散文、小说、戏剧）的各自原有的且带有代表性的文体流派，除极个别者（如“骈文派”）外，整体上都有或大或小、或强或弱的改革。再加上有若干新的文体流派的发生发展，这确实表明，面对“西学东渐”，本土文学事实上予以了回应。这种回应尽管未必是自觉的或有意识的，但毕竟表明了中国文学的古今演变，以文体变革的形态而开始迈出了第一步。这种情况同时也表明，整个中国文学发展所需解决的古今演变的问题，直到晚清时期才有实际的酝酿和相应的初步运作，这主要是外力作用的结果，其中所含的历史的必然性，不免有超越文学史的一般规律之处。而这一点也就植下了中国文学的古今演变的过程中所显现的种种曲折的文化基因。

其次，与上述的那点相联系和相适应，晚清时期各种文体流派的演变，其趋势与结局有很大的不同，大致形成四种情形：(1)有的基本上衔接过渡到五四新文学文体（如散文类的“新文体派”）；(2)有的部分地纳入五四新文学文体（如戏剧类的“文明戏”和“学生剧”）；(3)有的客观上为五四新文学文体的创造作了前期的准备工作（如小说类的“谴责小说派”广泛地运用白话，“鸳鸯蝴蝶派”对于西方近代小说技巧的初步学习借鉴）；(4)也有的最终还是作为传统旧文学的主要代表性文体而不可避免地衰亡（如诗歌类的“同光体”“常州词派”和“南社派”，小说类的“传统小说”派，散文类的“桐城派”，戏剧类的“北剧派”和“传奇（杂）剧派”等等）。从前三种情况看，表明了晚清时期各体文学所具备的不同程度的近代文学性质及其在中国文学发展史上的意义。而后一种情况的普遍性，则是更深刻地反映了中国传统的旧文学的文化惰性，它同时表明，民族文学在近代以来的发展，总要面临着民族性与时代性的矛盾，并且又往往首先集中反映在文体问题上，由此昭示的一条经验教训是：凡夸大并固守文体的传统的民族形式的特征特点，而只是承认其所表现的内容可作适应时代的置换，其实并不足以维持其生命力。

此外，就上述第四种情况作进一步的探究：为什么这些文体流派虽然有过某种改革但最终还是作为传统旧文学的主要代表性文体而不可避免地趋于衰亡？这就涉及文体发展的基本原理问题——一般说来，文体存在的理由，是因为它能够适应于对社会生活的反映；其生命力的强弱，又决定于它对反映社会生活的适应性（深度与广度）的大小；而这种适应性的大小，则受到文体本身在艺术表现手法技巧方面的特征特点的制约，唯其如此，当一种文体在艺术表现手法技巧方面的特征特点，发展成熟到程式化凝固化的地步，足以妨碍对迅速变化了的社会生活的反映，仅仅对之作枝节的改造而未有根本性的突破，那么，这种文体的衰亡就是必然的。或者说，在这样的情况下，也必然有另一种更适应于反映新的社会生活的文体横空出世，占据文坛，争领风骚。从晚清文学史现象看，例如，善于咏志抒情的"江西诗派""常州词派"或"南社派"，其原有的表现手法与技巧，已不可能相当准确地表达出富有时代气息和特点的复杂的思想情感，所以最终步入衰亡；以"诗界革命派"而言，虽然对传统的旧诗体的改革强于前者，但毕竟因缺乏根本性的改造，殊不知大量的新事物、新思想、新术语和新的社会现象（统称"新名词"），是难以嵌入不肯打破程式化的五言或七言句式的，所以终究未能开一代新诗风。举一反三，其他诸如"桐城派"散文，或"北剧派""传奇（杂）剧派"戏剧的没落，也是同样的道理。

最后，根据文学演变的一般规律，以及文学思想理论观念与创作实践的互动关系的原理，晚清时期之所以没有在整体上实行文体变革，由此也未能完成中国古今文学演变的任务，因而不得不留待五四新文学运动来解决，关键的问题，还在于当时的人们的文学观念尚存在着误区或盲区。其中，涉及文体问题的一点是，虽然人们已经向往一般意义上的"文学革命"，但在理论批评上，对于目标不够明确，至少很不全面，即更多的是关注和强调内容方面与社会现实的切合，殊不知在一定历史条件和文化环境下（如民族文学传统特别深厚的中国）进行文学革命，形式改革较之内容革新更具迫切性，所以理应选择其作为文学革命的突破口。众所周知，五四文学革命的导火索正是在于：当南社成员谢无量的古诗和鸳鸯蝴蝶派小说家苏曼殊的文言短篇小说也曾都刊登在《新青年》

上，还得到了陈独秀的高度评价时，胡适对陈独秀作了重要的批评提醒。①由此反观五四新文学文体的真正确立，的确只能是建立在“文学革命程序论”的基础上，如胡适所说——

我们认定文字是文学革命的基础，故文学革命的第一步就是文字问题的解决。我们认定死文字定不能产生活文学，故我们主张若要造一种活的文学，必须用白话来做文学的工具。我们也知道单有白话未必能造出新文学，我们也知道新文学必须要有新思想做里子。但是我们认定文学革命须有先后的程序：先要做到文学体裁的大解放，方才可以用来做新思想新精神的运输品。②

换言之——

新文学的语言是白话的，新文学的文体是自由的，是不拘格律的。初看起来，这都是“文的形式”一方面的问题，算不得重要。却不知道形式与内容有密切的关系。形式上的束缚，使精神不能自由发展，使良好的内容不能充分表现。若想有一种新内容和新精神，不能不先打破那些束缚精神的枷锁镣铐。③

原载《复旦学报(社会科学版)》2003 年第 5 期

① 谢无量的旧体诗刊于《新青年》第 1 卷第 3、4 号，苏曼殊的旧小说则连载于《新青年》第 2 卷第 3、4 号，陈独秀曾都写有夸奖性的按语，对此胡适写信给陈独秀予以批评。陈独秀接受批评，并约请胡适就文学改革问题发表意见，胡适即撰《文学改良刍议》，由此直接引发五四文学革命。

② 胡适《尝试集自序》，《胡适文存》(一集)。

③ 胡适《谈新诗》，《胡适文存》(一集)。

中国近代文学社会运行机制的转变及作用

袁　进

文学的活动是一项社会性活动，从作家创作到读者阅读可以被理解为一个运行过程。这个过程有三个要素：作家、文本、读者。作家创作，经过辛勤的劳动，制作出文本；文本是作家精神成品的物化，它一旦脱离了作家，便成为独立的存在，经过传播手段的传播，如买卖、赠送、传抄、印刷等等，与读者见面；读者阅读文本，经过读者的接受，意味着这部文学作品被社会承认。这个过程可以是一个漫长的过程，如有的作家的手稿直到他死后百年，方与读者见面，被社会接受；但是这个过程却不能缺少其中的任何一个要素。没有作家，自然创作不出文学作品；只有作家和读者，没有作品文本，也算不上文学作品；同样道理，如果文学作品写出来之后，只有作家一人为读者，最后这部作品随着作家的去世而消失，那么也就失去了文学作品存在的意义。

我们过去在文学的要素中，只重视作家，后来"接受美学"出现，使人们注意到读者。但是我们往往不重视文本的制作方式与传播方式对文学造成的影响。其实，文本的制作与传播方式，往往制约着作者的创作与读者的阅读。例如，当文本是由甲骨、刻石、钟鼎制作时，由于制作材料的稀少，写作只能选择最为重要的事件，且能阅读作品的人数也不会多，只能局限于巫师、帝王和少数贵族。当文本是由笨重的竹简木片制作时，无论是用漆写还是用刀刻，都要受到制作材料的限制，于是作家的创作便只能选择最为精炼简约的文句。连秦始皇这样高贵奢华的读者，也只能用马车拉着有限而沉重的几百卷书四处巡游。平民百姓倘若没有家财，没有祖上流传下来的书籍，没有名师的指点，又无法向人借阅，便只好与书籍无缘。于是出身寒门的庶族文人在文化上自然难于同世家大族的士族文人竞争。即使是在纸张发明之后，只要印刷问题没有解决，文本的流传依靠传抄，庶族文人作为整个阶层因为贫穷也往往难以同士族文人竞争。因此文本制作传播方式，就像一只看不见的手，常常在背后制约着作家、读者，甚至影响到社会文化政治的发展。

文本的制作传播方式与一定的社会环境相联系，受到社会物质生产技术水平的影响和制约。中国历史上文本的制作传播方式曾经发生过三次重要的变化，他们都促成了社会文化的变化。第一次是文本由甲骨、刻石、钟鼎转为竹简、木片、帛书(也有人认为竹简、木片、帛书与甲骨、钟鼎同时，不过目前还缺乏实物上的证据)。它使作者脱离卜筮、颂谀，有条件从事学术研究，可以著述创作。文化的掌握者由贵族转向“士”，从而也为先秦的著述讲学创造了条件。第二次是由于纸和雕版印刷的发明，大大降低了书籍的成本，加速了书籍的流通，扩大了文本的传播范围。这一变化促成了庶族文人集团的崛起，原来由于垄断文化在操纵政治上占有压倒优势的士族文人集团逐步失去了他们的优势，并且以后也不可能再形成士族文人集团。士族文人集团在被庶族文人集团击败后，便永久消失了。第三次变化是在近代。

纵观19世纪前后中国文学的三个要素，我们不难发现它们发生了巨大的变化。在19世纪初，文学的作者是士大夫，读者也是士大夫，文本是以雕版印刷的线装书为代表。到20世纪初，文学的作者已经以留学生和学堂里培养的学生为主，读者也以学生和市民为主，文本则以活字排印、大机器印刷的平装书为主，它们以资本主义商业销售为传播手段，连文学语言也变为半文半白的浅近文言和白话。可以说，正是在19世纪，文学的作者、文本、读者以及它们的运行机制都发生了巨大的变化。这也是中国文学史上空前的大变革，即使是在中国古代思想极为活跃、社会急剧动荡的先秦时期，文学的各个要素也未曾发生过如此巨大的变化。

在一种社会文化变革的背后，往往有经济因素和物质生产因素在起作用，19 世纪中国文学的通俗化的背后便是如此，它与中国以往的文学通俗化最大的不同在于：整个文学的社会运行机制发生了巨大的变化。其最重要的变化便是资本主义商业运行机制主宰了文学的社会运行机制，建立了新的传播模式。

中国古代书籍也曾采用商业化的营业方式，完全作为商品来生产销售。如《儒林外史》写到书商请马二先生编选八股文选本，便是讲好报酬，印出书来作为商品出售的。这种情况在小说中较为普遍，明末清初一些作家大量炮制才子佳人小说，可能就是应书商之约。不过这种商业化还停留在手工业作坊阶段，与近代的资本主义商业化不可同日而语。资本主义工业生产形式和商业化营业方式组合的优势，集中体现在报刊和平装书的生产及销售上。报刊和平装书作为新的文本制作形式，在外观上就与中国传统文本——线装书不同。报刊和平装书容量大，可以用较小的字排印，出版周期短，价格低，普通老百姓也能购买消费。这些优势使得它们的传播范围远远超过了线装书。它们成为文学的文本，就注定了文学必须面向普通老百姓，必须通俗化，从而改变士大夫垄断文化的局面。由于报刊和平装书的出现与迅猛发展，迫使中国传统文化的主要承担者——士大夫们正视它们，适应它们，或者在抗拒它们的过程中逐步衰亡。

文学社会运行机制的变化对于作者来说，是稿费制度的建立。中国古代也有稿费，宋人洪迈在《容斋随笔》中提到："作文受谢，自晋宋以来有之，自唐始盛。"宋人王楙和清人顾炎武则认为汉代就已经有了"润笔"。①但是，中国古代能够得到稿费的文学作品范围很小，大多只是为别人作的墓志铭。死者家属要请名家谀扬死者，让死者借重名家之名得以垂名后世，自然要付上丰厚的报酬，否则便不能打动名家。但是对那些文坛名家来说，能够直接换取报酬的文章只占他所做文章中的极少部分，而他本人以及当时和后世读者所推重的，却都是些

① 参见王楙《野客丛书》和顾炎武《日知录》。

不能直接换取报酬的文章。士大夫必须写那些不能直接换取报酬的文章出名之后，才会有人找上门来以高额报酬换取墓志铭一类的文章。因此，对士大夫来说，稿费只是外快，不存在专门为稿费创作、以稿费谋生的情形。古代士大夫的作品积累到一定数量，就自己掏钱请出版商刻成文集，分送亲朋好友弟子门生，作家名气大了，出版商刻印他们的文集，却不付稿酬。只有出版商约请选家选文或写小说才付报酬，但是选本却不付原作者的报酬，而小说当时又不算文学。所以在中国古代，稿酬对文学几乎不发生影响，士大夫一般不为钱写作，也不为普通老百姓写作，尽管儒家讲究关心民生疾苦，但是揭示民生疾苦的文章其实不是给老百姓看，希望他们起来改变自己的处境，而是让帝王权贵们看，促使他们注意到这会危及他们的统治。因此，这时也不存在人格独立的职业作家，以写作为谋生的职业。这种状况，在资本主义商业化运行机制主宰文学社会运行时，都发生了巨大的改变。

19 世纪的文学通俗化与报刊的问世，与西方传教士有着很大关系。中国近代最早问世的中文报刊《察世俗每月统记传》是用雕版印刷的线装杂志，由教会免费散发，既没有运用机器复制，也没有进入商业化的营业方式。但是它是教会办的，读者对象不必局限于士大夫，又由于士大夫往往排斥基督教，所以该刊把寻求士大夫之外的读者作为办刊的宗旨。编者主张："盖甚奥之书，不能有多用处，因能明甚奥之理者少故也。容易读之书者，若传正道，则世间多有用处。浅识者可以明白，愚者可以成得智，恶者可以改就善，善者可以进诸德，皆可也。"[①]已经试图改变士大夫专用的文言，而用通俗易懂的语言，寻求更多的读者。1861 年 11 月，英国商人匹克乌德创办了《上海新报》，它是上海第一张中文报纸，用进口白报纸两面印刷，铅字排印，机器印刷，在外观上迥异于线装书。《上海新报》是营业性报纸，而且后来获利甚丰，以至英国商人美查看了眼红，放弃原来经营的茶叶和棉布生意，改而创办《申报》。

---

① 《〈察世俗每月统记传〉序》。

商人办的报刊与教会不同，它是追逐利润的，一开始就以打开销路、适应更多的读者需要为宗旨。《申报》创刊号上宣布：传统记事文“维其事或荒诞无稽，其文皆典赡有则，是仅能助儒者之清谈，未必为雅俗所共赏”。报纸必须面向广大读者，越出士大夫范围之外，文体便不能不发生变化。因此，“求其纪述当今时事，文则质而不俚，事则简而能详，上而学士大夫，下及农工商贾，皆能通晓者，则莫如新闻纸之善矣”。这份售价八文钱的报纸，从开张就显示出它力图以价廉面向更多的消费者。同时，价廉也使它具有强大的竞争能力，仅仅八个月，《申报》就将原来获利甚丰的《上海新报》挤垮了。当时《申报》总结竞争成功的经验：“窃思新闻纸一事欲其行之广远，必先求其法之简，价之廉，而后买者以其偿无多，定必争先快睹。奇闻异事遍为搜罗；崇论宏议，兼收并蓄，有奇共赏，有疑可析，此同事之佳话也。”价格低廉和适应读者需要是其成功的基本诀窍，也是报刊和平装书战胜线装书的原因。这也意味着商业运行机制已经通过报刊进入文学。

报刊最初是以市民而不单是士大夫为主要读者群的，事实上，正统士大夫对报刊颇有抵制之意。据时人记载：“当时社会间又不知报纸为何物，父老且有以不阅看报纸为子弟勖者。”“一般报社主笔、访员，均为不名誉之职业。不仅官场中人仇视之，即社会的一般人，亦以其播弄是非轻薄之。”①左宗棠在写给友人的书信中就讥诮报人为“江浙无赖文人，以报馆为末路”②。江苏学政黄某还曾专门发布告示，张贴在《申报》馆前，指责《申报》为文“信口讥评”，“散布流言”，“于风俗人心，贻害不浅”。③封建大一统的统治不肯容忍资本主义的“舆论监督”，所以当朝士大夫对报刊深恶痛绝。一直到1910年，还有御史上奏称报馆为“逆党机关”“无赖渊薮”④，要求严禁。报纸追求的雅俗共赏的文体，在一班正统士大夫看来又很不习惯，认为是不伦不类，败坏文风的野狐禅。所以，尽管报

①② 姚公鹤《上海闲话》。

③ 徐载平、徐瑞芳《清末四十年申报史料》，第91页。

④ 《于右任辛亥文选》，第77页。

刊有意吸引士大夫读者，但是当时的报刊主要读者却不能不是商人职员、落泊士人。不仅上海如此，外地也是如此。包天笑在回忆录中便曾提道：他家虽在苏州，但是订得到《申报》，他经商的父亲在19世纪80年代初就已订阅《申报》，而且成为《申报》的老订户。①

报刊面对的主要是商人职员，它自然要满足他们的需要。"平民化"也就成为必然。"文学"本来是士大夫的专利，当时主编报刊的也大多是有功名的失意文人，他们在为平民百姓写作时，头脑中的士大夫意识渐渐淡化。由于办报需要向外文报刊和外国人办的中文报刊学习，他们头脑中的思想意识也不断受到西方的影响。早在19世纪70年代，《申报》便已就女子教育问题展开讨论，先后发表《论女学》《书论女学后》《再论女学》等文章，介绍了英、美、德等欧美国家女子教育高度发达的情况，指出女子占人口一半，女子教育不但对于女子，而且对于整个国计民生、人口素质都有极大的关系。文章主张男女平等，批驳男尊女卑的观念，提出："万物先阴后阳，不有女也，男何以生？"②这种思想实际上代表了都市市民的思想，适合市民读者的需要。这时报刊的新闻，开始时模仿小说笔法，也是为了吸引市民读者，后来才受外国报刊影响，有一套规范化的新闻标题和写法。

最早的稿酬制度大约是由《点石斋画报》开始的。③文学作品的稿酬制度要比绘画晚得多，大约在19世纪90年代末，小说付稿酬开始通行，到20世纪初，小说刊物的征文广告上都纷纷标明小说稿酬，小说稿付稿酬已成制度。而同时征集的诗文，却标明以书券相赠。④包天笑后来回忆："当时报纸除小说以外，别无稿酬，写稿的人，亦动于兴趣，并不索稿酬的。"⑤可见小说与戏剧剧本（当时戏

---

① 包天笑《钏影楼回忆录·读书与看报》。

② 《论女学》，《申报》1876年3月30日。

③ 1884年6月《申报》刊登"招请各处名手画新闻"的启事，宣布列入《点石斋画报》者，"每幅酬笔资两元"。

④ 如《小说林》第4期刊载"募集文艺杂著启事"，声明对诗文稿"以图书代价券酌量分赠"。

⑤ 包天笑《钏影楼回忆录·时报的编制》，香港大华出版社1971年版。

剧剧本算“小说”的)是文学作品中最早商品化的,而诗文等在所有文学体裁中,则是最后商品化的。这或许由于小说不算“文学”,较少束缚,而且它原来就有商品化的萌芽。

资本主义文学运行机制对文学带来的冲击,在晚清小说繁荣上典型地显示出来。从商务印书馆采用“纸型”新技术之后,平装本的小说一本接一本如雨后春笋般问世。机器复制为小说繁荣准备了物质上的条件。经世致用思潮的影响和小说稿费制度的建立,驱使大批作者创作小说,以至于引起时人慨叹:“昔之为小说者,抱才不遇,无所表见,借小说以自娱,息心静气,穷十年或数十年之力,以成一巨册,几经锻炼,几经删削,藏之名山,不敢遽出以问世,如《水浒》《红楼》等书是已。今则不然,朝脱稿而夕印行,一刹那间已无人顾问。盖操觚之始,视为利薮,苟成一书,售诸书贾,可博数十金,于愿已足,虽明知疵累百出,亦无暇修饰。”[①]众多的作者出于挣稿费的目的加入小说作者的队伍(姑且不论小说的质量),无疑大大增加了小说的数量。就种数而言,现存的晚清小说在清末短短十余年内的总数,几乎接近古代历朝存留下来的白话小说总数之和,由此可见资本主义文学运行机制启动之后的巨大威力。事实上,正是从这时起,小说渐渐取代了诗文原先在文学中的核心地位,逐渐成为文学的主要部分。而小说成为文学核心本身,即是文学摆脱士大夫的束缚,实行“通俗化”的一个重要标志。

1910 年,清政府颁布了中国历史上第一部《著作权律》,它意味着中国统治阶层对文学商品化的承认与适应。稿费制度和著作权的法律保护,保障了职业作家的存在。事实上,早在 19 世纪,依靠写作谋生、以写作为职责的职业作家已经在中国问世了。他们所依托的就是报刊。他们最早是以“报人”身份露面的,主编一份报刊,同时在自己主编的报刊上发表自己创作的作品,依靠一定数量的订户和读者零买,挣一份编辑薪水,再赚点稿费外快。韩邦庆或许可以算最早的职业作家之一,1892 年,他创办了中国第一份小说期刊《海上奇书》,基本

① 寅半生《小说闲评叙》。

上刊载他自己的作品《海上花列传》和《太仙漫稿》，期刊由《申报》馆代售。它标志了中国职业小说家的问世。韩邦庆是秀才，多次考举人不第，"顾性落拓，不耐拘束，除偶作论说外，若琐碎繁荣之编辑，掉头不屑也"①。这或许就是他最后选择当"自由撰稿人"的主要原因。后来的李伯元、吴趼人、包天笑、欧阳巨源、周桂笙等，当时都是这样的职业作家。对他们来说，已经可以不要帝王达官、商人地主的供养，可以凭自己的写作来养家活口。因此，他们开始显示出一种近代职业作家的独立意识：李伯元曾经谢绝清廷"博学鸿词"科的荐举，不愿走士大夫最理想的仕进之路，宁可在报馆当编辑。于右任说："报馆中人，鄙官而不为者，不知多少也。"②他们的心态与中国传统士大夫或者读书做官，或者隐逸山林的心态已经完全不同。

职业作家的写作与士大夫不同。士大夫写作是写给同样会写作的士大夫看的，所以必须遵循士大夫的规范，否则就为士林所鄙视。而职业作家就不同了，他们面对的读者大部分都不会写作，只能享受文学的终端价值。即使面对的是士大夫读者，但因为写的是小说，士大夫的评判往往持宽容的态度。如林纾以古文译小说，其实许多地方都已逸出古文的规范，然而除了章太炎等极少数人加以批评之外，大部分士大夫对此都持宽容态度。因此，职业作家在文体和思想上所受的束缚相对来说要少一些，他们的写作要自由一些。梁启超的"时务体""新民体"，"务为平易畅达，时杂以俚语韵语及外国语法，纵笔所至不检束"③，在正统士大夫看来，不符合作文规范，是"野狐禅"；但由于适应了文学社会运行机制的变化，适应了时代的要求，面向平民百姓，受到报人的欢迎，一时却蔚为风气。

大约在19世纪末到20世纪初，中国的报刊总数和出版的平装书总数都在成倍以至几倍、十几倍地增长，报刊平装书的急剧增加，意味着其读者迅速增加，市场急剧扩大。然而这时的报刊平装书市场的急剧扩大，主要不是由于市

① 颠公《懒窝随笔》，转引自孔另境编《中国小说史料》，上海古籍出版社1982年版，第235页。

② 于右任《呜呼温肃》，《于右任辛亥文集》，复旦大学出版社1986年版，第77页。

③ 梁启超《清代学术概论》第二十五，复旦大学出版社1985年版，第70页。

民阶层的急剧膨胀，而是由于士大夫从抵制报刊、小说改变为接受报刊、小说，成为报刊、小说的读者，加入报刊、小说作者的队伍，所以才会在短短的二三年内，全国各大城市的市民阶层没有急剧膨胀的情况下，报刊与小说却如雨后春笋般地问世。①

较早从文学角度考察报刊的是谭嗣同，他专门写了一篇《报章文体说》，“疏别天下文章体例，去其词赋诸不切民用者，区体为十，括以三类”。古代文章没有超出这“三类十体”的，一部作品之中也从未有过可以包容这“三类十体”的；但是现在有了，“有之，厥惟报章，则其体裁之博硕，纲领之汇萃，断可识已”。因此他确信报章文体功能巨大，“信乎经国之大业，不朽之盛事，人文之渊薮，词林之苑圃，典章之穹海，著作之广庭，名实之舟楫，象数之修途”。②这就把报章文体与传统文体、传统文学观念完全结合起来。传统文学的核心是“诗文”，尤其是“文”，因为可以“载道”而有特殊地位。报章文体的问世与发展，实际上将诗文推向俗化。

梁启超在“庚子事变”之后进一步吸收西方办报经验和报刊理论，总结中国报界的经验，认为：“校报章之良否，其率如何？一曰宗旨定而高，二曰思想新而正，三曰材料富而当，四曰报事确而速。若是者良，反是则劣。”那么什么是报刊高尚的宗旨呢？“政治学者之言曰：政治者，以国民最多数之公益为目的。若为报者以国民最多数之公益为目的，斯可谓真善良之宗旨焉矣！”梁启超是从“为政治”的角度来衡量报刊的价值，把报刊的作用价值同政治变革连在一起，阐明报刊必须为民主政治服务的职责。他认为，“思想自由、言论自由、出版自由，此三大自由者，实惟一切文明之母”，所以他主张报刊为治国之利器，因为“欧美各国这大报馆，其一言一论，动为全世界人之所注视，所耸听。何以故？彼政府采其议为政策焉，彼国民奉其言以为精神焉”。③梁启超早已发现，当时的政治已经

① 参见袁进《中国小说的近代变革》，中国社会科学出版社 1992 年版。

② 《报章文体说》，《谭嗣同全集》(修订本)，中华书局 1981 年版。

③ 梁启超《本馆第一百册祝辞并论报馆之责任及本馆之经历》，《清议报》第 100 期，1901 年 12 月 21 日。

不是像过去那样由皇帝和士大夫主宰的政治,而是国民的政治,报刊作为治国的利器,自然要面向国民。因此他主张,一个国家的强弱,可以从报刊种数多少看出来。

梁启超的主张得到有志于改革的士大夫的支持。他们尤为关注报刊的政治功能,对政治变革的促进作用。柳亚子津津乐道:"波尔克谓报馆为第四种族。拿破仑曰:'有一反对之报章,胜于十万毛瑟枪。'此皆言论家所援以自豪之语也。"①当时著名的革命派报人于右任则发现:"凡文明国之大报纸,莫不操一国最上之权,为民党之机关,作政界之方针,故其造论,无不审慎。"②士大夫们本来是拒斥报刊的,当他们听到西方的富强,原来是依靠报刊,报刊可以治国,西方"无冕之王"的报刊功能便马上与他们原有的文学"治国平天下"的观念对应起来,促使他们接受了报刊,成为报刊的作者与读者。像蔡元培、张元济这样的士大夫,《马关条约》签订之后还在翰林院里当翰林,到《辛丑条约》签订时已经跑到上海创办报刊,鼓动民众起来救国了。又如孙宝瑄,《马关条约》签订前还沉湎于国学之中,到 20 世纪初,他不仅成为报刊也成为小说的热心读者。士大夫的变化是如此之大,如此迅速,以至于影响到上层。到"庚子事变"之后,清廷也开始怀疑"八股文"的作用,科举改试"策论",糅合了"报章体"。这时,原来被士大夫诋为野狐禅的"报章体"更加风行,连私塾也要求学生写报章体文章。

士大夫加入报刊和小说的作者与读者队伍,大大加剧了文学的市场化过程。因为尽管士大夫意在鼓动民众起来救国,如林白水办《中国白话报》,把希望寄托在"种田的、做手艺的、做买卖的、当兵的,以及那十几岁小孩子阿哥、姑娘们"③,但是《中国白话报》每册售价一角五分,而当时连租界内巡捕房的华捕也不过月薪数元,他们能够用于订阅报刊或者购买小说的支出实在是微

① 柳亚子《二十世纪大舞台发刊辞》,《二十世纪大舞台》创刊号。
② 于右任《〈寄新民丛报〉书》,《于右任辛亥文集》,复旦大学出版社 1986 年版,第 1 页。
③ 林白水《〈中国白话报〉发刊词》,《中国白话报》第 1 期。

乎其微。那些种田的、当兵的、做手艺的等等大多更是无钱消费，难以进入报刊与小说的市场。只有那些收入颇丰的买办、商人、高级职员等等，方能有钱进入报刊小说市场。而士大夫则不同，他们往往有钱进入报刊与小说的消费市场，有文化可以立即进入小说作者的队伍（像刘鹗创作《老残游记》，就是为了得到一笔资金可以帮助他的朋友），有空闲时间可以用于写作阅读报刊与小说。因此他们进入报刊和小说的市场，便立即导致这些市场急剧膨胀，从而加速了文学的"俗化"过程。

士大夫一经加入报刊作者与读者的队伍，受报刊影响，他们的知识结构往往发生变化，他们对"西学"的理解与接受使他们已经不同于中国传统的士大夫。康有为确立的"人类公理"，谭嗣同用"以太"来解释世界，都说明他们已经开始摆脱传统士大夫的思维模式，到了清廷"废科举，办学堂"的政策下达后，全国各地的学堂如雨后春笋般地发展起来，捧着平装书教材的学生代替了在私塾中诵读线装书的蒙童。在某种程度上，报刊和平装书与线装书正是新旧文化的象征，报刊与平装书的问世与发展，最后取代线装书的统治地位，正是传统士大夫阶层没落衰亡的过程。

然而，文学的市场化与文学的发展又是有矛盾的。文学的发展需要作家忠实于生命体验，深入开掘人的生命状态，表现人生的各个层面。由于曲高和寡，那些优秀之作往往难以被大多数人所欣赏，因而难以拥有广泛的市场。作为文学市场主要成员的市民，他们大多仅仅是从娱乐出发欣赏文学的，他们往往不追求深度，不需要借助文学来认识人生的真谛，而只想在阅读中得到休息。这样的读者往往占读者的大多数，构成文学消费的主要市场。由于市场机制控制了文学创作、文本的生产与读者的消费，品位低的读者构成市场的主要部分，文学便出现了"媚俗"的倾向。原来是士大夫创作必须适合士大夫文学规范，现在则由于市场的制约，读者成了作家的衣食父母，作家为了谋生，努力去适应读者的口味，迎合读者的低级趣味。如果说原来士大夫保持着对雅文学的专利，而俗文学由于受到士大夫们的鄙视，只能局促于一隅慢慢发展，现在则因为市场的制约，俗文学兴旺发达，雅文学的市场反倒不如俗文学。雅文学的“诗文”地位下降，小说因为能雅俗共赏，在文学中占据了主要地位。

随着市场开始支配文学，近代文学很快就出现了“媚俗”的倾向，小说最先受市场支配，它的“媚俗”倾向也最明显。粗制滥造成为小说创作的特征，商业化的“赶时髦”浪潮浸染了小说界，一部小说一旦畅销，小说家便趋之若鹜，竞相仿效；一位作家一旦成名，成为畅销作家，便常常按照市场要求，连篇累牍，不断炮制作品。在晚清是“谴责小说”成为社会潮流，在民初则是“言情小说”成为社会潮流，因为模仿之作充斥市场，连当时小说家也深为感慨：“呜呼！其真能言情耶？试一究其内容，则一痴男一怨女外无他人也；一花园一香闺外无他处也；一年届破瓜，一芳龄二八外无他时代也；一携手花前，一并肩月下外无他节候也。如是者一部不已，必且二部，二部不已，必且三部四部五部以致数十部。作者沾沾自喜，读者津津有味，胥不知小说为何物。”①于是，在这些作家笔下，文学创作不再是一种创造，而变成了批量生产的商品。于是，“商品化”成为对文学的一种“异化”，压抑着文学深入展示人的生命体验。文学要发展，还必须摆脱“商品化”的束缚，忠实于作家自己的生命体验。

从世界各国的情况来看，文学商品化以后，适应市场需要的生产总是占多数，但是那些创作出灿烂文学的国家也总会有一些作家忠实于自己的生命体验，坚持将创作作为创造，决不粗制滥造。中国近代却缺乏这样的作家，商品化的潮流一来，一下子就淹没了众多作家。这与当时没有确立文学的本体地位有很大的关系，作家除了“治国平天下”与为钱创作之外，就找不到安身立命之本了。不知道文学是干什么的，而又必须靠文学来谋生，便只好迷失在商品化的潮流中了。

原载《学术月刊》2000 年第 8 期

① 王钝根《〈小说丛刊〉序》，江南印刷厂 1914 年版。

“深文理”：晚清新教来华传教士与“文言”及“文言文”

段怀清

在晚清新教来华传教士的语境中，与“深文理”（High Wenli）、“浅文理”（Easy Wenli）以及“白话”（Vernacular Chinese）相关的语文观察与思考，最早或正式见诸伦敦传道会（L.M.S）之来华传教士米怜（William Milne，1785—1822）的《新教在华传教前十年回顾》（*A Retrospect of the First Ten Years of the Protestant Mission to China*）这一报告。在其第九章中，有“《圣经》中译的适当形式”以及“古老的中文经典著作不宜作为《圣经》中译的模仿对象及其原因”两节。[①]

> 在将《圣经》译成中文的过程中，马礼逊先生有段时间对选用最适宜的文体风格感到茫然无措。正如在其他大多数国家一样，中文书籍中也有三种文体风格：文言、白话和折中体。[②]

上述对于“文言”“白话”与“折中体”三种文体风格的观察结论，与1890年第二次上海传教士大会上分别成立的“深文理”“浅文理”与“官话”三个翻译委员会，并翻译完成《圣经》中译的“深文理译本”“浅文理译本”和“北京官话译本”这三

①② ［英］米怜《新教在华传教前十年回顾》，北京外国语大学中国海外汉学研究中心翻译组，大象出版社2008年版，第43—45页。

种译本的思路几乎一脉相承。所不同者,1810年代的马礼逊,当时孤身一人来华,辗转澳门、广州、香港、马六甲等地,不仅直接向本土民众宣教布道是不现实的,即便是学习中国语言乃至购买中文文献都有不少障碍,甚至还要为此承担一定风险。主、客观条件的限制,使得马礼逊当时只能够在文言、白话和折中体之间择其一而非统而兼之。“‘四书’‘五经’中的文体非常简洁,而且极为经典。大多数轻松的小说则是以十分口语化的体裁撰写的。”①上述两种文体,就是米怜所谓的“文言”与“白话”,而《三国演义》这部在中国被广泛阅读的历史小说,则成了介乎“文言”和“白话”之间的“折中体”,“《三国演义》——一部在中国深受欢迎的作品,其文体风格折中于二者之间”②。

尽管条件有限,从米怜的叙述来看,早期传教士们还是很快接触并认识到中国语文环境的“特殊状况”,尤其是普通民众的受教育水平、识字率以及语言文化因为区域方言差异而更趋复杂多样等客观事实,亦因此,马礼逊—米怜们并没有简单地肯定并选择权贵精英阶层的书面语文的文言文作为知识,更没有直接认同这种语文、语文权力及其背后所潜隐着的语言——文化政治,而是从宣教布道的宏旨及实践需要出发,将作为基督福音的读者与听众的普通民众,作为了这种转化外来语言的本土语文更具潜力的对象。也因此,从早期传教士们的语文理论及实践中,就已经反映出“适应”与“改造”兼顾的策略。前者主要是针对中国语言因为社会阶层、区域范围以及受教育状况等而实际存在的语言差异而制定或客观生成的因应方式,或者则是传教士们对于一种具有“统一性”的语文愿景的期待与初步努力。与知识——权贵精英用传承捍卫文言文的方式来获得维护其历史语言——文化权力的方式有所不同的是,传教士们所传播的这种福音语言,无论是对于传教士抑或本土信众,并没有前者本土知识——权贵精英阶层那样的历史负担或权力分享的压力与挑战。更有甚者,传教士们引进的这种福音语言,本身就带有将本土信众从本土知识——权贵精英阶

①② [英]米怜《新教在华传教前十年回顾》,第43页。

层所掌控的历史语言权力中“解救”出来的神圣初衷，“深沉的黑暗真正是在笼罩着他们。唉！那号称最古老、最机敏、最聪慧的中国人竟然仍旧沉浸在最严重的偶像崇拜中，而且全然地出于无知，是什么足以自夸的理由，影响着可怜的中国人长达数千年这样做呢？”①“这也唤起了我们休眠的热情，让我们认识到必须寻求一切合法的手段，使中国人明白只有崇拜和相信并依靠那位值得崇拜的真神上帝才是正确的。”也就是说，单纯就语言技术层面及现实状况而言，早期传教士们不得不采取“适应”策略：文言适应、方言适应、白话适应等；但就长远而言，传教士们最终希望看到的，并非是这样一种“适应”策略下的语言持续延续现状，而是一种以基督福音语言为精神灵魂、具有超越时间与空间限度且具有地域阶层民族普适性与统一性的新语言。这种新语言，最终将既不是传统意义上的文言文，也不是千差万别的方言口语，而是依托于一种最广泛使用的语言，借鉴“文言”通过书写文字来“统一”语言在声音以及书面语与口头语之间差别的方式，来实现传教士们通过掌控中国人的语言，来推动中国的基督教化乃至西方化的使命与理想——1877、1890年两次传教士上海大会上所提出的“通用语”（common language）与“国语”（national language）概念与愿景背后，其实都潜隐着这种在语言“表现”背后所蛰伏着的话语权力博弈与争夺。

而从马礼逊时代以来即累积的对于本土语文历史与现状的观察、思考以及书写实践经验，在1890年的第二次上海大会上都得到了重新反思与总结。②无论是会议日程安排、报告以及最终所达成的成立三个翻译委员会之决定——“深文理委员会”“浅文理委员会”以及“北京官话委员会”，1890年在上海召开的

① ［英］马礼逊夫人编《马礼逊回忆录》，顾长声译，广西师范大学出版社2004年版，第56页。

② 但就第二次上海会议记录而言，其中涉及《圣经》汉译反思与总结的议程安排就有：(1)各种《圣经》汉译本的历史总结；(2)《圣经》的汉译；(3)讨论；(4)各种《圣经》俗语汉译本评议；(5)《圣经》俗语白话译本（参见 *Records of The General Conference of The Protestant Missionaries of China in Shanghai, held at Shanghai, May 7—20, 1890*, Shanghai: American Presbyterian Mission Press, 1890, pp.33—104）。

第二次新教来华传教士大会对于重新翻译中文《圣经》这一议题之重视，都是显而易见的。[①]

可以肯定的是，直到1890年第二次新教来华传教士上海大会，“深文理”的英文表述，依然没有统一为后来所熟知的 High Wen-li，而是 Wen—li。与后来的英文标记相比，1890年第二次上海会议记录中的标注方式有两点不同，其一是“深文理”前面并没有 High，其二是 Wenli 之间有一破折号“—”。与之相对应的是“浅文理”的英文表述，为 Simple Wen—li，与后来所习用的 Easy Wenli 亦有差别。尽管《圣经》的中文翻译成为此次大会的重要议题，但无论是分别成立“深文理”“浅文理”以及“北京官话”三个翻译委员会，还是对于这三个委员会的语言定位的英文表述的差别，都显示出当时传教士社团内部所存在的差别乃至分歧——第二次上海大会就《圣经》重新中译所达成的结论，与其说体现了传教士团体内部的“妥协”，还不如说将传教士们的中文《圣经》翻译的“分歧”昭示于世人。而这一点，在后来三个翻译委员会之间甚至内部翻译实践中亦有不同程度的反映。

除了慕威廉(Rev. W. W. Muirhead，1822—1900，1847年来华)、艾约瑟(Joseph Edkins，1823—1905，1848年来华)等少数传教士于19世纪50年代前来华外，参加第二次上海大会的其余绝大多数传教士，来华时间在50年代之后，尤以60、70及80年代抵华者为多。在出席此次大会的445人中，男性238人，女性218人。也就是说，这些传教士代表，基本上都是在第二次鸦片战争之后来到中国的，且相当部分在北方方言区宣教布道，这也应该是第一次上海大会(1877年)富善“势单力薄”地呼吁重视北京官话之后，传教士们宣教地域所发生的明显改变。此后《圣经》中译在语文策略尤其是语文选择方面所发生的调整乃至改变，亦与此密切相关。

---

① 在第一天(1890年5月7日)的开幕等议程之后，第二日(5月8日)由倪维思(Rev. J.L.Nevius)主持的会议议程，基本上都是围绕着《圣经》汉译议题。

一

早期新教来华传教士——像马礼逊、米怜甚至麦都思、理雅各等——的来华使命及终极目标，当然也是向中国人宣教布道以完成中国的基督教化，但这一终极目标限于当时的主客观条件，又被分解成为若干阶段性目标。伦敦传道会在有关选派马礼逊来华的决议中即明示：马礼逊去中国特定的目标是掌握中国语言文字，把《圣经》翻译成中文，而传教不是首要任务。[①]这一决议所设定的目标，在后来米怜所著《新教在华传教前十年回顾》报告中得到了佐证。“掌握汉语并将《圣经》译成中文，是在华传教工作的首要目标；教化民众并向民众宣道并没有在近期计划之内。”“在那个时期，若试图在中国传播福音，极有可能完全断送了任何在中国本土学习汉语和将《圣经》译为中文的机会，而后者正是他们的首要目标。有理由相信，正是由于上帝明智的指示，他们没有将口头传教作为他们的近期目标。”[②]

而且，至于应该由什么样的译者来承担《圣经》的翻译工作，或者说，究竟什么样的人，才是符合标准的理想译者，当时无论是差会抑或传教士自身，似乎亦有明确而坚定之认识。“《圣经》应该由一位自己就对其教义之真理深信不疑的译者来翻译，以区别于一名异教徒或是对基督教真理只略懂一二的译者的翻译。”[③]对此，伦敦会还有更为具体的阐述，“应该由一位熟知《圣经》内容并热爱真理的译者来将其翻译成中文，这一点非常重要。最重要的是，这两个条件缺一不可”[④]。

在米怜的报告中，不仅认真详细地比较讨论了上述两个必要条件的具体内涵，更为引人注目的是，报告中还专门提到了传教士译者与本土归化译者之间的身份“差异”，以及传教士译者与本土译者之间无论是在宗教信仰、读经与解

① [英]马礼逊夫人编《马礼逊回忆录》，第 18 页。

②③④ [英]米怜《新教在华传教前十年回顾》，第 25、24 页。

经能力、跨语际翻译转换能力方面所存在着的"差距":

> 一方面,如果内心没有对真理的诚挚热爱和对其权威的服从,仅有对《圣经》语言的语法、习语和文体风格的知识,那么翻译这部极其重要的作品的准备工作是远远不够的。
>
> 另一方面,仅有对真理的挚爱、对基督教教义的大致了解和一系列道德箴言的诠释能力,或仅有对于任何篇章的常识,也是远远不够的。一个从异教归信基督教三四年的教徒也可能会具备这些条件。但一名胜任的译者还不应仅仅具备人们认为理当具有的这些条件,他必须对原初语言、《圣经》的形式和结构体系、犹太人的古代生活(风俗习惯)、《圣经》所涉及的地理知识、全部的《圣经》评论等知识更为熟知。①

上述要求,无疑是有些过于理想化的。这种理想化表现在两个方面,其一是对本土译者的过于理想化的想象与规定;其二是在对传教士译者的设想方面同样有些理想化。而正是与对于上述两方面的同等关注与坚持相关,早期的《圣经》"深文理"的翻译实践,亦就成为与上述"理想化"的目标之间具有内在一致性或彼此呼应的一种"设定",但现实往往难以真正完全满足上述愿望。

很显然,马礼逊时代的《圣经》中文翻译条件,客观上远不能与80年后的19世纪90年代相提并论。其中最显而易见的改变,除了传教士几乎已经可以深入到中国广阔的内地、北方乃至所有他们当初想去且能够抵达的地方,更关键的是,无论是他们汉语中文的能力还是他们获得中文文献的条件,均非马礼逊时代可以相比。

相对而言,为什么马礼逊时代及早期新教传教士对中国知识精英的经典文献表现出了相当程度的尊重?这与他们在翻译策略及翻译语文的选择上倾向于或并不鄙弃"文言"文体之间是否存在某些关联?早在马礼逊来华前几年,在写给友人的一封劝说信札中,马礼逊就曾提醒过对方,"中国人当中有许多博学

① [英]米怜《新教在华传教前十年回顾》,第24页。

之士，他们决不低下于我们，而比我们更优秀”[①]。这种说法，并非是一种笼统的说词，而是基于马礼逊“有关中国的书我也看了一些”之后的判断。而马礼逊来华之前，在英语之外，基本上还掌握了希腊文、希伯来文、拉丁文、西班牙文，这种多语种、跨语际的语文学习经验，一方面为其中文学习提供了丰富的语文学习经验与方法，另一方面也影响到他对书面语以及各种语言中的经典语文的重视乃至尊重。这种基于西方语文历史经验的古典语文与现代语文之间的分别意识，似乎在早期新教来华传教士中已经有所具备及表现。

不仅如此。马礼逊来华之前在伦敦学习中文的经历，也与半个世纪之后那些美国传教士们有着明显不同——马礼逊学习中国语言的经验，从一开始就是与“深文理”的经典文本密不可分的。(1)在伦敦跟一位名叫荣三德(Yong Sam Tak)的中国侨民学习中文，没有口头语的学习和练习环境。[②](2)学习内容为中国经典，包括被翻译成为中文的《圣经》译本，“他到伦敦博物院借到了一部《新约全书》中文译稿，其中有《四福音书》《使徒行传》和《保罗书信》，只缺《希伯来书》。他的中文老师就开始教授这批圣经读物”[③]。(3)中文老师的教授方法是中国私塾式的：从识字和背诵开始。尽管马礼逊最初一度曾甚为反感这种语言教授方式，但他后来还是接受了。而这种方式，恰恰是中国以文字和文本为中心的古典语文的常规教授方式。[④]

换言之，以文字和书面语为中心的经典文本，成为奠定并塑造马礼逊的中文观的起点与持续性力量。[⑤]而差会当时对于口头宣教目标的暂时搁置安排，以

① [英]马礼逊夫人编《马礼逊回忆录》，第18页。

② 除了伦敦时期的荣三德，马礼逊后来提到的中文教师还有容关明、蔡兴等，但这些人的生平背景则一概语焉不详。

③ [英]马礼逊夫人编《马礼逊回忆录》，第21页。

④ 对于中文语法的学习，限于文献资料的缺乏，马礼逊最初主要是依靠《拉丁文—中文字典》以及一部西班牙文的中文文法书。这种以文献为中心的学习，亦强化了马礼逊对于书面汉语的接受。

⑤ 而马礼逊也亦奉差会之安排为其来华之首要目标，抵广州一段时间之后仍坚持这一点。“我的主要目标是要把圣经翻译成中文。”“我坚信上帝会赐给我健康，给我时日，以编纂一部英中字典，并将圣经陆续翻译成中文。”参见《马礼逊回忆录》，第49页。

及马礼逊到达广州之后的短暂寄居难以同当地人直接口头接触,都影响甚至强化了马礼逊对于经典文献的中文即文言文的接触、认同与接受。[①]而从马礼逊抵达广州之后直至迁居澳门前近十个月的日记和信札来看,尽管他甚为勤勉努力地学习中文,但他的中文老师或助手频繁更换这一事实[②],也说明当时的语言学习环境确实并不如意。

影响并塑造马礼逊对经典文本或知识阶层文化的认同取向的因素并非仅止于此。马礼逊个人的气质,似乎亦昭示出他的这种认同有着属于他自己的内在因素,“外表风度翩翩,有着一种自然的坚定和高贵的气质。他的举止文雅、严肃、富有思想,有虔敬和献身的精神”[③]。而当时英国社会的知识文化氛围,以及马礼逊的自我身份认同意识等,似乎让他对远在东方的中国传统经典和知识分子文化并没有本能的反感或排斥,这从他在前往中国的航船上依然坚持学习中文的行为中可见一斑,“今天从早晨一直到半夜里,我都在勤读中文,我非常喜欢中文。我从伦敦带来的中文书籍非常有用”[④]。

就现有可查的文献而言,相当数量的新教来华传教士,都在中国语言文字的学习方面表现出颇强的个人意志和能力。而这一点似乎在像马礼逊这些早期传教士身上表现得更为突出:马礼逊、米怜、郭士腊、麦都思、理雅各……几乎都在跨语际与跨文化交流和中西典籍的翻译方面做出了历史性贡献。相比之下,他们在宣教归化本土信徒方面的贡献,与 19 世纪后期的传教士们相比,就

---

① 马礼逊在初抵广州后致差会的一封书札中,提到了在广州寄居和学习中国语言所面临的巨大挑战,“欧洲人根本不知道要住在中国并请中国老师教授中文有多么大的困难。……中国人是被禁止对欧洲来此地的西洋人教授中文的,如被发现,是要判处死刑的。”(参见《马礼逊回忆录》,第 38 页)当然,这种状况后来有所好转,尤其是在中国语言学习方面,马礼逊在广州不仅学习了粤语,而且还学习了官话,更是通过购买到的《康熙字典》,学习到了许多新的中文字。

② 马礼逊并不讳言自己在中文学习方面所面临的挑战,那些中文老师或助手要么对基督教一无所知,要么不遵循信徒的生活习惯,要么出于金钱目的来教中文,要么就是畏惧当时政府的禁令,即使是一位名叫容关明的中文教师,在教授一段时间之后也离他而去。“我仍在跟一位名叫容阿沛、正式名字应为容关明的中文老师学习中文。”“容阿沛已不愿意教我中文。现在我已恢复学习中文,但无人辅导我,也没有看到我以前的老师。”参见《马礼逊回忆录》,第 48 页。

③④ [英]马礼逊夫人编《马礼逊回忆录》,第 35、37 页。

显得有些逊色。与那些传教士相比，早期这些传教士在翻译著述方面的事功似乎更具有探索性和先锋性。而马礼逊在抵达广州仅一年之后，不仅对中国的语言状况有了基本了解，并基本掌握了广州话、官话以及文言书面语。①

其实，早期来华传教士由于受到禁令的影响，他们在当地所接触到的本地人亦颇为有限。“在澳门和广州所见到的中国人主要是商人和他们的助手及佣人。”②这种人群，自然也会影响到马礼逊的中文认知，尤其是他对汉语口语及方言的学习。不过，他坚持自学的那部分中文经典文本，对于他来华之后建构汉语中文的基本认知依然有着不可低估的作用。

可以肯定的是，在正式开始圣经翻译之后，马礼逊在翻译语文的选择方面，一方面受到了他学习中文以及抵华之后所初步形成的中文观的影响，另一方面，也与他在伦敦博物院所发现并抄写的《四福音书》中译稿不无关系。此外还有其他一些因素也在不同程度地影响着他：

> 马礼逊将在伦敦博物院抄写的《四福音书》的中译稿带到中国参考。几位中文老师的循循善诱和帮助，当地一位中国天主教徒提供给他一部三卷本的《天主教义问答》，更有以前在伦敦教他中文的老师荣三德先生在回到广州之后继续给他帮助等。③

上述这些因素，成为马礼逊翻译《新约全书》的基本语文背景。其中天主教来华传教士们完成的中译本《四福音书》以及《天主教义问答》，应该对马礼逊开始他的《圣经》翻译在文体及语体上有典范意义，尽管他未必完全受其左右。事实上，在着手翻译《新约》之际，马礼逊还曾专门聘请过一位本地中文教师，由其专门教授儒家典籍。“今年我又请了一位中文老师，专门教我读孔子的书，他很愿意教我，也教得不错。……还有原来的蔡兴，他帮助我一起翻译《四福音书》和

---

① 从马礼逊写给差会的报告看，他当时不仅聘请了一位“中文根底很好”且“写得一手好字”的秀才教授他中文，而且还专门请了一位来自山西与天主教传教士有往来的人教他说官话。这说明马礼逊对于中国语言语、文分离且方言众多的事实已有所认识。

②③ [英]马礼逊夫人编《马礼逊回忆录》，第 50、57 页。

《使徒行传》。我仍想留住这两位中文老师。”①翻译过程中，口译者（传教士）与笔述者（中文助手）之间，显然会涉及对于基督教义的准确理解以及精准翻译。“我们常常谈论到主耶稣的事迹，他的救恩和我们所信奉的真神上帝。对于后者，他们甚难理解。”②这段叙述，揭示了马礼逊时期《圣经》中译的组合式翻译模式及其工作方式的一些基本特征。如果按照马礼逊自己及其所属差会对于《圣经》翻译的理想化设计，这些对于基督教及上帝浑然无知的本土语文助手，应该是没有资格担任译者或者参与到《圣经》翻译工作之中的。他们的出现，只能说明一个事实，那就是《圣经》汉译的难度，显然超出了最初预期。

二

从马礼逊开始，人们就发现，无论是《圣经》中译，抑或是各种宣教布道的小册子甚至其他任何内容形式的中文文本，所有这些文本的生成过程中都离不开中文助手，而在相关文献记载中，中文助手又往往被有意无意地“遗忘”或“忽略”。这一普遍现象，并非是因为传教士的疏忽，而是有着更为复杂且在传教士社团内部又通常隐而不宣的原因。

如上所述，传教士们的所有中文著述——无论是《圣经》中译还是西学翻译，或者宣教布道一类的小册子等——都离不开中文助手。尽管马礼逊这样极具语言天赋者，“在短短的两年内，竟然能够书写中文，也能用官话和当地土话与中国官员谈判”，但他同时也提到，“我的家庭老师，还有我的助手蔡兴，至今仍与我在一起”。③其实，即便是像马礼逊、麦都思、理雅各、艾约瑟这些称得上汉学家的早期来华传教士，要想自由、流畅地使用汉语，始终是一个不小的挑战。也因此，本土中文助手的帮助，几乎一直伴随着这些传教士——汉学家的翻译

①② [英]马礼逊夫人编《马礼逊回忆录》，第60页。从稍后马礼逊写给他人的信札中可知，这位教授马礼逊儒家经典的中文老师，所授为“四书”。

③ 同上，第65页。

与研究生涯。理雅各在返回英国之后，其翻译中国古代儒家、道家及佛教经典的工作仍要继续完成，所以才会成全王韬只身前往英国的“海外壮游”。

可以肯定的是，在从19世纪初期来华传教士的中文观及翻译实践，到19世纪中后期的传教士中文观及翻译实践之间，有一个重要的不可或缺的关联。这一关联，让早期传教士对于古典中文或者“深文理”的认同与实践，影响并延伸到了19世纪后半期。尽管后来经过传教士们改良的北京官话，成为了《圣经》中译本中最具有影响力的一种翻译语言，但就这一漫长的翻译过程及具体实践而言，“文言”及“文言文”与《圣经》中译之间的联系，一直未曾真正中断。

为什么在1890年第二次上海传教士大会上成立《圣经》翻译委员会时，依然成立了“深文理”与“浅文理”委员会，而不是只成立了官话翻译委员会？由“深文理”与“浅文理”分别组成的翻译委员会，是否意味着传教士社团内部对于《圣经》翻译语文的选择保持了一种相对慎重或渐进的立场和主张，而不是一步到位地倾向于官话语文译本？这种相对稳健谨慎的语文策略，是否一方面反映出此间传教士们对于中国本土古典语文的尊重，同时也反映出他们对于19世纪早期来华传教士们的中文观及翻译实践的尊重？

具体而言，这种“双重尊重”，其实就体现在“委办本”《圣经》及其参与翻译者们在整个19世纪后半期的依然存在和影响力的延续上。

1890年所成立的“深文理译本”委员会之成员，其中三人来自当年“委办本”保存委员会，即慕稼谷(G. E. Moule，1828—1912)、艾约瑟和湛约翰(John Charmers，1825—1899)。“在委员会中事奉的后两者，实际上都是最强烈地拥护修订‘委办译本’而不是翻译一部新译本的人。”①

而作为“深文理”译本委员会的主席(湛约翰担任“深文理”翻译委员会的主席，直到逝世)，湛约翰对于即将开始的“深文理译本”的《圣经》与“委办译本”之间的关系，有着清楚的判断和观点，“不过大家的共识和在其他场合中

① ［德］尤思德《和合本与中文圣经翻译》，蔡锦图译，国际圣经协会2002年版，第214页。

宣称的是,在'委办本'的基础上作出修订或翻译,而这正是我所要承担的工作部分,至少包括了《新约》和《旧约》的大部分。我们无意要对麦都思、施敦力和美魏茶贡献给我们的一切崇高事奉作出任何减损"①。这是湛约翰在1890年10月30日也就是上海传教士大会确定"深文理翻译委员会"且他当选为委员会主席之后致伦敦传道会的信札。如果考虑到"委办译本"与伦敦传道会以及该差会早期来华传教士之间的密切关联,湛约翰上述言论立场亦就不令人怀疑了。

从这里可以看出,湛约翰对于文言中文译本的"维护",似乎更多是出于对于早期新教来华传教士像麦都思等人曾经的事奉贡献的尊重,而不是在晚清汉语中文改良语境中来讨论文言、官话白话之间的选择——当时新教来华传教士是否具有晚清中国语境中的语文改良意识,还是仅仅在传教士语境中讨论《圣经》中译的语文选择,并非是可以混淆互换的问题。

湛约翰及早期来华传教士——尤其是伦敦会来华传教士——对于中国经典文献以及知识分子文化,似乎一直保持着一定"好感"乃至"认同"。②湛约翰曾经在谈到"委办本"时指出:"(委办本)必定仍然是早期新教传教士赢取荣誉胜利的不朽功业,而且它可能比其他任何事物更能博得中国知识分子阶层对基督教的尊敬。"③

而1890年的上海传教士大会,在《圣经》翻译的语文选择立场上,似乎呈现出两种思考维度及语文价值判断。首先而且最关键的是,传教士内部对于重新组织翻译委员会以及翻译语文的选择之态度,就存在着不小分歧。对此,传教士们明显因为其国别、差会以及来华早晚和宣教区域之差别,而分化成为多个

① [德]尤思德《和合本与中文圣经翻译》,第210页。

② 有关湛约翰对于中国古典语言及文学的态度及观点,参见段怀清《〈中国评论〉时期的湛约翰及其中国文学翻译和研究》(《世界汉学》2006年第4期),以及段怀清《晚清〈圣经·诗篇〉中译的文学化问题初探——以湛约翰〈圣经·诗篇〉中译本为中心》(朱寿桐、黎湘萍编辑录于《近现当代传媒与澳港台文学经验》,社会科学文献出版社2012年版)。

③ [德]尤思德《和合本与中文圣经翻译》,第210页。

有所差别的阵营。[①]湛约翰、“深文理翻译委员会”，显然与伦敦传道会、“委办本”《圣经》以及“委办本保存委员会”有关。这也宣示出传教士内部对于《圣经》译本所使用的汉语中文的语文权力以及话语权的争夺与控制；其次，此次大会就北京官话译本成立的翻译委员会，一方面呼应了北方方言区宣教布道之实际需要，另外亦“无意”顺应了晚清语文改良中的白话语文运动。但就19世纪90年代“深文理译本委员会”乃至湛约翰此间的言论看，也并没有表现出对于官话译本强烈的排斥或者对于文言译本在语文层面无条件的维护。换言之，传教士们似乎并没有过深地卷入到中国本土文士围绕着文言、白话所展开的一场语言——文化及语言——政治斗争之中。慕稼谷就曾经指出过，译经者在《圣经》学及汉语中文方面的学识修养存在着“不足”，“虽然很多译经者都是中国语言和文学的专家，却缺乏经文鉴别学的专门知识，而这是判断任何一段经文正确与否所必需的”[②]。值得注意的是，传教士们的翻译语文策略，虽然未必是有意配合晚清中国的语文改良运动，但传教士内部围绕着《圣经》中译所实际存在着的国别政治、差会政治等所发生的分歧辩论，以及最终反映出来的语文观及翻译语文实践，与晚清本土围绕着语文改良所发生的阶层/阶级——政治和语言/文化——政治之间，实际上又存在着某种相似性及同步性。

与湛约翰持相近语文立场的，还有亦曾参与到“委办本”《圣经》翻译、修订工作的艾约瑟。艾约瑟以往曾是“北京官话译本”委员会的成员，不过晚年的艾约瑟似乎已经改变了对官话的看法。在1877年上海传教士大会上，他强烈地反对官话，并且提倡使用文言中文。[③]如果检索一下19世纪70年代一直到20世纪40年代《申报》对于艾约瑟的相关报道，就会发现他对官话及文言立场的

---

① 其实，传教士们在翻译过程中所面临的挑战以及所发生的争论，并非仅止于汉语中文或者中国文化方面，在《圣经》原文本方面，传教士们在《钦定本》《英文修订译本》以及希腊、希伯来原文本之间，亦曾有过讨论争议。

② ［德］尤思德《和合本与中文圣经翻译》，第211页。

③ 《教务杂志》(*The Chinese Recorder and Missionary Journal*)，1877年，第220页。

两次调整或转变并不令人吃惊。艾约瑟的语文观基本上与马礼逊、理雅各相近,对于古典语文,他们有着近乎一致的观点。更引人注目的是,艾约瑟在华半个世纪,在本土文士眼中,其文化身份乃一"西儒"或学者,而且他也多与本土中上阶层的文人雅士往来,在此方面,他与积极推动"官话和合本"《圣经》翻译的富善、狄考文等人明显不同。

"委办本"翻译过程中对于语文的选择——在当时除了方言白话之外,并不存在对于后来地位逐渐升高的北京官话的那种强烈需要,因为当时传教士宣教区域,集中于南方方言区的开埠口岸城市及周边地区。而这些地区,尤其是当时上海、杭州,正是南方文人集中的城市,文言文化或知识分子阶层文化传统比较浓厚,而当时都市新兴读者阶层又尚未形成。这些因素,有形无形之中都影响甚至塑造了"委办本《圣经》"翻译的语文选择。

而 1890 年 10 月上海传教士大会之后所选定的"深文理译本委员会",其成员最初包括湛约翰、慕稼谷、花之安、惠志道(John Wherry, 1837—1918)和摩怜(C.C.Baldwin, 1820—1911)五人。①这些人与南方口岸城市的本土文士之间,一直保持着较为稳定持续的关系。而这些本土文士,又往往是一方面接受西学、另一方面亦保持着对于中国传统古典文化的信念和忠诚的"双重经验"者。他们之间的这种跨文化关系甚至友谊,某种程度上也进一步强化了传教士内部一部分人对于"文言"以及"文言文"的维护立场。

尽管"官话"语文译本的呼声得到了重视和接纳,但第二次上海传教士大会,对于"委办本"依然给予了足够的尊重与肯定也是不争的事实。在会议第九日上午由来自登州(今烟台)的狄考文所做的"文理译本委员会的修订报告"中即表现出这一点。某种意义上,"委办本"的经验或诉求,在"深文理译本"实践

① 花之安辞职后,由瑞士巴色会来华传教士韶泼(Martin Schaub, 1850—1900)接任,直到 1900 年去世。摩怜去职之后,谢卫楼(Davello Z.Sheffield, 1841—1913)接任,并在湛约翰去世之后,成为深文理翻译委员会主席。慕稼谷 1891 年在新成立的三个翻译委员会第一次上海会议上,因为试图说服译经者改变关于基础经文的决定未果而辞任,艾约瑟继任,成为深文理翻译委员会成员。湛约翰、艾约瑟等人,与"委办本"的麦都思、理雅各等重要译员之间,关系尤为密切。

过程中得到了尊重及延续，“译者们的目的乃是要写成一册并不拘泥文字的译本。”这里所谓“不拘泥文字”，在实践中表现在两个层面，首先是对于原文本在阅读、理解上的不拘泥文字，其次是翻译语言对原文语言的不拘泥文字。正如谢卫楼在1907年第三次上海大会上就“深文理译本”所做的报告中强调的那样，这一译本在翻译目标上，就是对于“极端直译的强烈的反动”。但这里所谓的“反动”，并非意味着时时处处与“直译”相对——在“不拘泥于文字”与“直译”之间，并非是一个毫无交集的完全隔绝地带。具体而言，“深文理译本”委员会其实很“留心谨慎”，以免“坠入与直译相对的错误中”，另外，“译文也竭力避免儒家的名辞，使不致掩饰基督教所有的含义”，而且对于汉译句式等，也有所规范，“不允许将译文伸长，作为意译”。

也就是说，一方面“深文理译本”翻译委员会对于《圣经》直译的翻译目标或“忠于原文”的原则显然有所质疑和批评，但这种批评又是谨慎的、有所保留的，以与“委办本《圣经》”的翻译实践及其文本形态之间，适当保持立场及观点上的“弹性”。在“浅文理译本”翻译委员会提出的“忠于原文”原则与“官话译本”翻译委员会所提出的“直译”原则之间，“深文理译本”用这种方式，依然保持了一定的“超然性”。这种超然性，其实不仅与他们所选择的“文言文”这种语文形式有关，也与这种语文所蕴含的强烈的语文——文化特性及价值属性有关。

三

但是，在19世纪中后期，包括在第二次上海传教士大会上，“委办本”《圣经》的语文策略及翻译实践，并非得到了全盘接受，事实上，从“委办本”《圣经》问世以来，传教士内部对它的质疑及批评就一直存在。这些质疑和批判，在1877、1890年两次上海传教士大会上不过是以另外一种形式表现了出来。这种形式并不是之前的那种直接的质疑与批判，而是提出了在“文言”及“文言文”之外的另外一种语言即“北京官话”，不仅可以用来作为《圣经》中译的一种“新语言”，而且，这种新语言还被想象为一种“共同语言”，即作为《圣经》中译的未来新语言。而且这种新语言，还被一些传教士奉之为将来的一种“国语”。

作为这种语文观念及翻译实践的一种具体体现，就是在第二次上海大会上，“深文理”“浅文理”和“北京官话”三个翻译委员会共同确立了今后为三种不同语文译本的《圣经》中译实践所共同尊奉的翻译原则。而这种在“深文理”与“官话”译本之间确立的“一致性”，事实上已经超越了“委办本”《圣经》翻译中所积累下来的某些翻译实践经验，或者说是对“委办本”《圣经》的语文策略的某种形式的否定。在这种否定之中，最为明显的一条，就是认为“委办本”《圣经》所反映出来的“意译”倾向，而这种倾向，在那些质疑反对该译本以及支持并呼吁使用北京官话的一些传教士看来，恰恰是与“委办本”《圣经》的“文言”及“文言文”立场不无关联。某种程度上，“和合本”《圣经》的“北京官话”译本，其实就是对以“委办本”《圣经》为代表的早期来华传教士中文观及其翻译实践的挑战，而不仅仅只是一种翻译语文的另起炉灶。

而这一为“深文理”“浅文理”及“北京官话”译本共同尊奉的翻译原则①，值得注意的是，其中第 1—8 条原则“类似‘委办本’的业已存在的形式”。而接下来的某些原则，则是为了避免再次出现一部显然不是直译的译本——如“委办本”那样而“特意”进行的明确规定。尤其是旨在保留隐喻的第 9 条原则，亦可以作如是观——“和合本”译经者经常强调隐喻的重要性，但这却并非是“委办本”译经者的看法。②

而这些在事实上也昭示出，在 1890 年成立的三个翻译委员会最初所共同确定并一直尊奉的翻译原则之中，已经包含了对于 19 世纪 50 年代完成并一度被奉为《圣经》中译本经典的“委办本”所确立的“文言”及“文言文”原则有所保留的延续，但为早期来华传教士曾经尊重并奉行的某些原则，不仅在翻译方法

① 参见海格斯报告，刊《教务杂志》，1892 年，第 26 页。

② 参见[美]韩南(Patrick Hanan)《作为中国文学之〈圣经〉：麦都思、王韬与〈圣经〉委办本》，段怀清译，《浙江大学学报(人文社会科学版)》2010 年第 2 期。

上遭到了19世纪下半期众多传教士的挑战，而且它所确立的语文策略及语言——文化立场，亦开始明显地遭到传教士们的质疑甚至背弃。《圣经》中译的"文言"及"文言文"中心时代，某种意义上在19世纪90年代画上了一个句号，而1919年"官话和合本"《圣经》的最终完成出版，无疑亦宣告了19世纪新教来华传教士系统内部"文言文"时代的落幕。

到底是《圣经》中译影响并推动了晚清本土的语文改良，还是其本身即为晚清语文改良的一部分？又或者传教士们对展开的语文实践，与晚清本土的语文改良全无干系，完全是另外一个系统、语境之中的翻译语文实践？对此，1907年第三次上海传教士大会上，代表"浅文理译本"委员会就该译本工作进展向大会报告的汲约翰(John C.Gibson)，曾提议重新考虑1890年第二次上海传教士大会上作出的分别成立"深文理""浅文理"两个委员会并推出两种"文理译本"的"合理性"：

> 自从决议翻译深文理及浅文理两种译本以来，已有许多情形发生。文字的本身已有改变，杂志报章风起云涌，在整个教育界内起了革命，将流行的文体作了极大的改变，而浅文理渐渐成为今日时行的文体。①

上述阐述中所列举的几种时代因素，确实对晚清语文变迁产生过影响，有些影响甚至是决定性的。值得注意的是，来华传教士们并非只是上述形势改变的旁观者，相反，他们也深深地参与到上述不少变革之中，某些方面甚至还是倡导者与引领者，但同时他们也受到过本土语文环境或语文变化的影响，并积极地呼应了这些变化。只是在此大变局中，他们与"文言"及"文言文"的那种关系，基本上也随着这种时局及语境的改变而改变了。除了他们当中一些日后转型为职业汉学家者外，大多数来华传教士基本上成为了"白话"与"白话文"立场的同情者及这种中文文本的书写者及使用者。

原载《华东师范大学学报》2019年第1期

① 贾立言(A.J.Garnier)、冯雪冰(H.P.Feng)《汉文圣经译本小史》，上海广学会1934年版，第49页。

清末语言文字改革运动中的“言文一致”论

倪 伟

1887年，黄遵宪在《日本国志》中依据东瀛及泰西诸国之经验而指出：“语言与文字离，则通文者少；语言与文字合，则通文者多，其势然也。”①这通常被认为是“言文一致”论在近代中国的首张其帜。②自此后，关于语言文字改革的历次运动——从清末的切音字和简字运动，到民初注音字母的制定和推广，再到五四白话文运动以及此后的国语罗马字运动——都把言文一致当作主要目标。1931年，黎锦熙在《三十五年来之国语运动》中总结道：“三十多年来，国语运动

① 黄遵宪《日本国志·学术志二·文字》，陈铮编《黄遵宪全集》(下)，中华书局2005年版，第1420页。

② 参见王风《晚清拼音化运动与白话文运动催发的国语思潮》，《世运推移与文章兴替——中国近代文学论集》，北京大学出版社2015年版，第189页。《日本国志》虽成书于1887年，正式刊行却迟至中国甲午战败后的1895年。在此之前，在华传教士高第丕(Tarleton P.Crawford)曾在《教务杂志》1888年第19卷第3期上发表文章称：若有思想活动开展于中国，则必将“主要通过口头交际来开始，并通过言文一致的文章获得发展……只有各种方言才有生命力，未来的中国也将由此产生”。此处所谓“言文一致的文章”，原文为“phonetic literature”，即语音与书写相统一的文学。参见[日]蒲丰彦《寻觅下层民众的书面语言——清末至民国》，[日]森时彦主编《二十世纪的中国社会》(上卷)，社会科学文献出版社2011年版，第13页。宋育仁在刊行于1896年的《泰西各国采风记》中基于出使英伦的观察亦得出与黄遵宪相似的结论：“埃及、犹太时，文字与语言为二，知书者少；变而从音，语言与文字为一，令人易晓，故举国知书。”他虽承认语言文字合一“简易易知……举国聪明才智注于器数，故日进于富强；无深至之文言，则性情不惑而日趋诈力”，但认为如此虽“为书便于直陈器数”，却“难以曲达义理”，所以“以彼之文，译中国经传，决不能通其意”。参见《郭嵩焘等使西记六种》，生活·读书·新知三联书店1998年版，第373、374页。本文引用，断句略有调整。

的口号不外两句话：'国语统一''言文一致'。"[①]而在1934年的大众语讨论，以及从1928年一直延续到1955年的拉丁化新文字运动中，言文一致或语文统一也仍然被当作根本性的目标。[②]由此可见，在现代汉语书写语言的建构过程中，言文一致是一个贯穿始终的目标。

言文一致旨在实现口头语言和书写语言的统一，实际上则是要求书写语言统一于口头语言。从理论上说，口头语言和书写语言不可能做到完全统一，因为口语表达的思维与通过书写文字来表达的思维两者有着很大的区别。若说口语是自然的，是从无意识中涌现出来的，那么书写语言则绝非是自然而然的，将口头语言转换为书写文字的过程要受到一系列人为制定的、清晰的规则的制约。[③]口语与书写语言的区别不仅体现在外部形态上，如口语是冗余的、集合的、鲜活的，而书面语是精确的、分析的、抽象的，等等，更在于言说主体和书写主体的内在精神心理动力有着巨大的差异，这种差异不只限于个体心理层面，同时也有着文化形态上的区别和对立。口头语言与书写语言的统一虽然不可能完全实现，但从16世纪的欧洲到19世纪后期及20世纪初的东方，这一诉求却始终未曾消歇，在中国更是引发了一波又一波激进的文化运动，其影响远远超出了语言文字的范围。言文一致与其说是一个语言学命题，不如说是一个极为复杂的问题域，民族主义意识形态、大众启蒙、民族国家建设、个人主体性等现代性核心问题皆盘结于此。本文试图通过考察和分析清末语言文字改革运动中的各种观点、言论，揭示隐含在言文一致这一诉求背后的复杂的历史—文化意

---

① 黎锦熙《三十五年来之国语运动》，庄俞、贺圣鼐《最近三十五年之中国教育》卷下，商务印书馆1931年版，第63页。

② 陈望道认为"将来大众语文学的基本形式一定就是用语作文，而语又就是大众的语。用语作文便是文和语不相分离，便是'语文统一'。"参见陈望道《大众语论》，《文艺大众化问题讨论资料》，上海文艺出版社1987年版，第293页。拉丁化新文字运动的根本目标是要取得语言和文字的统一，为此"而坚决主张中国文字的必须拼音化"，采用拉丁字母来拼写各地方言。参见《拉丁化中国字运动新纲领草案》(1939年)，倪海曙编《中国语文的新生——拉丁化中国字运动二十年论文集》，时代出版社1949年版，第254页。

③ 沃尔特·翁《口语文化与书面文化：语词的技术化》，北京大学出版社2008年版，第62页。

涵，以及这一运动本身存在的局限性。

日本“言文一致”运动的启示

黄遵宪关于语言与文字离合之说，应该得自他在日本的见闻。在他出使日本的那几年(1877—1882)，正是日本知识界呼吁废除汉字、鼓吹“言文一致”的运动日益高涨的时期。

早在明治维新前的1866年，前岛密就曾上书末代幕府将军德川庆喜，认为普及教育是国家富强之本，而汉字“艰深多谬”，不利于日本的文明化和国民教育的普及，因此日本必须废除汉字，采用丝毫不亚于西洋诸国、同样是表音文字的假名。前岛密的《汉字御废止之议》拉开了“言文一致”运动的序幕。此后，西周于1874年在《明六杂志》发表《以洋字写国语论》，亦认为汉字阻碍了日本文化的发展，主张以罗马字为国字，以谋求国语的独立和发达。前岛密、西周等人废止汉字的提议代表了当时日本知识界的激进立场，即完全以西方为榜样建立现代国民国家的框架体系。①废除汉字是为了实现“言文一致”，而“言文一致”是出于普及教育的需要，根本目标是培养理想的现代国民，奠定国家富强之基础。

“言文一致”之所以在日本成为一个迫切的要求，与其语言文字的特殊性有一定关系。日本在古代虽有自己的声音文化，却没有文字，故而采用汉字作为书写语言，其后又在汉字的基础上发展出了表音的假名。日语中的汉字都有“音”“训”两种读音，前者是对汉语语音的模拟，后者是日语本有的读音。无论是音读还是训读，实际上都有几种发音，诵读文字因而变得极为复杂。②这使得日语口语与书写文字之间的分离较之于其他语言，显得尤为严重。长期以来，

① 参见孙歌《日本汉学的临界点》，《主体弥散的空间》，江西教育出版社2002年版，第229页。

② Insup Taylor, M. Martin Taylor, *Writing and Literacy in Chinese, Korea and Japanese: Revised Edition*, Amsterdam: John Benjamins Publishing Company, 2014, p.276.

日本的武士和知识阶层所使用的书面语言，乃至官方用语，都是汉文或是汉文训读文①，与普通民众的口头语言的确相隔甚远。到了18世纪，随着日本民族意识的萌芽，开始出现了对“巨大国语母体”的追寻。本居宣长通过对日本史书《古事记》的梳理和阐释，试图在汉字文化之外构造古已有之、口头传承的“大和语”。对“大和语”的幻想实际上假定了在文字出现之前，先有声音即所谓“皇国正音”的存在，这种未被汉字污染的“皇国正音”体现了日本民族精神及语言的绝对优越性。子安宣邦锐利地指出：“到了近代在如此‘大和语’学说出现的同时，一个新的神话也出现了。因为这种学说表明：由于《古事记》的产生，国语才得以成立，一种被称之为‘日本人’的民族意识才得以被叙述，一个叫做‘日本’的内部才得以成立。”②樱井则指出，作为近代国家民族同一性之象征的“大和语”，其产生与18世纪后半叶的产业资本主义以及由此产生的西欧帝国主义、殖民主义运动以亚洲为对象有关联。本居宣长对日本绝对性的主张，实际上“是作为对西欧近代资本主义的一种抗争在发出呐喊”③。

明治时期以倡议“废除汉字”为开端的“言文一致”运动，其思想即溯源于本居宣长，其核心前提即相信声音先于文字而存在，而且声音绝对贴近存在，绝对贴近存在的意义以及意义的理想性。此即德里达所谓的声音中心主义。④但正如柄谷行人所言，我们不能把声音中心主义当作一个仅限于西方的问题来考虑，按照语音来书写文字，这种情况并非日本所特有，“在民族国家的形成过程中，世界各地无一例外地出现了同样的问题，即使这两者并不总是同时发生的”。在16世纪的西欧，声音中心主义“表现为试图用与拉丁文相对的方言来

① 汉文训读文在书写形式上不改变中文的方式，但会在旁边注以阅读标记（训点），提示部分读音，或是提示阅读时须改变语法顺序。训读文实际上是汉文的直译体。

② 子安宣邦《关于〈古事记〉成立背景的叙述》，小森阳一《日本近代国语批判》，吉林人民出版社2003年版。

③ 樱井《江户的噪音——监狱都市的光与暗》，小森阳一《日本近代国语批判》，吉林人民出版社2003年版。

④ 雅克·德里达《论文字学》，上海人民出版社1999年版，第15页。

写作”，在此基础上创造一种书写语言，这一过程与现代民族国家的形成“可以说是相互协调并行不悖的”。[①]而在近代的日本，声音中心主义首先表现为废止汉字、用固有的日语（口头语）来书写，以创造作为“国语”的民族书写语言。

小森阳一在《日本近代国语批判》中清晰地描述了作为“国语”的日本语在近代的建构过程，从对“皇国正音”的发现，到对“国字”的改良，对演说文、速记体及“言文一致体”小说等新的书写文体的实践，到作为标准语的“国语”的最终确立，这一过程与天皇制国家的确立、军国主义意识形态的形成以及日本在东亚的殖民扩张几乎是同步进行的。[②]“国语”被提到与忠君爱国的大和魂同等重要的地步，上田万年即强调：“日语乃日本人之精神血液也。日本之国体主要因此精神血液而维持，日本人之人种亦因此最为优良，可保存最为悠久之锁链而不至于散乱也。故，一旦大难来临，只消此声响起，四千万之同胞可随时倾耳听之，可随处赴之，永久助之死而后已也。然则，一朝庆报传至之时，于彼千岛之涯，冲绳之角，万众齐颂君之八千代也。”[③]“国语”不仅能够把全体日本人凝聚为一体，成为日本国体之标志，它“同时也是一个教育者，是所谓情深无比的母亲”[④]。“国语”成为教育、培养国民主体的最有力的手段，可见“国语”、国民、国家已然是三位一体。

柄谷行人对明治时期“言文一致”运动的思考则别开蹊径，他认为在“言文一致”于明治二十年代末牢固地确立起来之后，才出现了对日本人之内在性的典型呈现。以国木田独步为例，在其作品中，与书写的疏远感似乎已经消失，他把新的书写作为自然而然的东西接受下来。“对于他，词语不再被识别为口语或书面语，因为它们都已经沉潜到内在性之中了。更确切地说，只有当语言被

---

① 柄谷行人《民族主义与书写语言》，《学人》第9辑，江苏文艺出版社1996年版，第94—95页。

② 小森阳一《日本近代国语批判》，吉林人民出版社2003年版。

③ 上田万年《国语与国家》，小森阳一《日本近代国语批判》，吉林人民出版社2003年版，第146—147页。

④ 上田万年《为了国语》，向卿《日本近代民族主义（1868—1895）》，社会科学文献出版社2007年版，第284页。

以这种方式来感知的时候，那种内在性才会作为某种自足的、直接显现的东西而变得清晰可见。”①此时作者的主体性和语言之间不再是彼此外在的关系，语言就是本真的自我。书写被视为衍生物，声音则被赋予了优先权——它被认为最贴近自我而且构成了自我意识，只有在这个时候，那种存在着一个“真实的自我”的幻觉才能被建立起来。柄谷认为，“言文一致”作为一种书写制度的建立，其结果是日本现代文学第一次获得了书写的自在性，与这种自在性相关联的是那样一种感觉，即以为内在性和自我表现都是不证自明的。“因为感觉到自己所倾听的自我声音的显现，内在性才得以存在。”作为一种制度，内在性实际上并非内在于我们，相反是我们被它所吸纳了。②就此而言，内在性与其说是被发现的，不如说是被发明的，它同样也是柄谷所谓的“装置”之一。

小森阳一和柄谷行人的研究表明，明治时期的“言文一致”作为一场文化运动，其巨大而深远的意义主要不是体现在它直接推动了现代日本民族书写语言的建立，而在于它深刻地塑造了现代日本人的主体性。无论是忠君爱国的国民主体还是被发现的内在性，都包含着对现代主体性的想象性建构。建构一个有着内在深度的政治的、伦理的、美学的主体，才是“言文一致”所诉求的真正目标。

切音字:“合声”的困扰

1892年，卢戆章在厦门出版《一目了然初阶》，这是清末出现的第一种切音字方案。在此书《自序》中，他指出切音字能使国家富强：

> 窃谓国之富强，基于格致；格致之兴，基于男妇老幼皆好学识理。其所以能好学识理者，基于切音为字，则字母与切法习完，凡字无师能自读；基于字话一律，则读于口遂即达于心；又基于字画简易，则易于习认，亦即易

①② Karatani Kōjin. *Origins of Modern Japanese Literature*, Ourham: Duke University Press, 1998, pp.67, 69—70.

于捉笔，省却十余载之光阴，将此光阴专攻于算学、格致、化学，以及种种之实学，何患国不富强也哉！①

在他看来，欧美各国之所以男女皆能读书，原因就在“其以切音为字，字话一律，字画简易”。他还特别提到日本，“日本向亦用中国字，近有特识之士，以47个简易之画为切音字之字母，故其文教大兴”②。反观中国，“中国字或者是当今普天之下文字之至难者”，《康熙字典》收字四万余，平常诗赋文章所用者虽不过五千余字，然“欲识此数千字，至聪明者非十余载之苦工不可”。③言下之意，欲谋中国之富强，则必须采用切音字。

甲午战败后，国人震惊于日本之迅速强大，推寻其源，认为“言文合一”是其富强之本。创制官话合声字母的王照认为：“今欧美各国，教育大盛，政艺日兴，以及日本号令之一，改变之速，固各有由，而初等教育言文为一，容易普及，实其至要之原。”④在清末最后十年里，这种观点几乎成了共识，而言文一致则被提到了关乎民族危亡的高度。在南方力推合声简字的劳乃宣就声称：“言文一致为教育普及之大原，此寰宇之通理也。”⑤“普及教育以开民智，为今日救亡第一要义也。然他国之教育普及易，中国之教育普及难，何也？以他国之字易识、中国之字难识也。然则别设易识之字，又为今日普及教育第一要义，亦即救亡第一要义，彰彰明矣！”⑥抱着救亡的目的，清末士人殚精竭虑，陆续创制了许多各具特色的拼音方案。据日本学者市川勘和小松岚统计，从1892年到1910年这近二十年里，提出的拼音方案大致有28种，“其中有汉字笔画式的，有拉丁字母式的，有日本假名式的，有速记符号或数码符号式的，还有类似蝌蚪文或豆芽菜式的……”⑦总之是五花八门，不一而足。

---

①②③ 卢戆章《中国第一快切音新字》原序，倪海曙《清末文字改革文集》，文字改革出版社1958年版，第1—2页。

④ 王照《官话合声字母》原序(一)，倪海曙《清末文字改革文集》，文字改革出版社1958年版，第20页。

⑤ 劳乃宣《增订合声简字谱》序，倪海曙《清末文字改革文集》，文字改革出版社1958年版，第57页。

⑥ 劳乃宣《“简字研究会”启并章程》，倪海曙《清末文字改革文集》，文字改革出版社1958年版，第111页。

⑦ 市川勘、小松岚《现代中国语史新编》，南京大学出版社2012年版，第2页。

从提倡拼音文字的各家言论看，他们对言文一致的理解基本上都局限在普及教育的层面，认为中国文字过于繁难，且言与文相乖，不易识读，故识字者少，民智不开，国家由以暗弱。他们相信只要推行拼音文字，如欧美各国那样言文合一，就能迅速普及教育。全国皆读书明理，则国家何至于贫弱？他们救亡心切，对拼音文字的效用也过于乐观，总是声称自己的拼音方案可以立马学成，迅速奏效。如沈学即称自己创制的《盛世元音》18 笔字母“以八下钟可以尽学”，“一载，通国皆能诵读有用之书；三年，遍地尽属有用之人。得文字之捷径，为自强之源头，同文之盛，殆将见之矣！”①卢戆章更是夸张地说，若是他的切音字能通行全国，“不数月通国家家户户，男女老少，无不识字，成为自古以来一大文明之国矣”②。虽然对自己所创的拼音方案很自信，但他们内心又并不觉得拼音文字本身有多大的文化价值。王照就认为中国文字虽不易通晓，但“阐精泄秘，似远胜于各国”③，而自己所创的官话字母“但为吾北方不识字之人，便于俗用，非敢用之于读书临文”④，只是充当辅助工具，在汉字旁“注以字母，使聪颖者带识汉字，积久无师自通汉文矣”⑤。采用拉丁字母创制江苏新字母的朱文熊同样认为新字母只是“供国民之用，非欲尽弃国文也。使不能读国文者，读此文字，则亦可写信记账，而涨知识”⑥。拼音文字“仅为下等人急就之法”⑦，这在当时是相当普遍的看法。拼音文字若是只能起到扫盲的作用，让“下等人”也能记账写信，读一点浅俗的读物，却不能成为知识精英也乐于采用的书写语言，那它就不可能成为民族共同语，也就无法发挥其在现代民族国家建设中所能起到的作用。

---

① 沈学《盛世元音》自序，倪海曙《清末文字改革文集》，文字改革出版社 1958 年版，第 11 页。

② 卢戆章《中国第一快切音新字》原序，倪海曙《清末文字改革文集》，文字改革出版社 1958 年版，第 2—3 页。

③④ 王照《官话合声字母》原序(二)，倪海曙《清末文字改革文集》，文字改革出版社 1958 年版，第 21、23 页。

⑤ 王照《字母书》序，倪海曙《清末文字改革文集》，文字改革出版社 1958 年版，第 33 页。

⑥ 朱文熊《江苏新字母》自序，倪海曙《清末文字改革文集》，文字改革出版社 1958 年版，第 61 页。

⑦ 《直隶学务处复文》，倪海曙《清末文字改革文集》，文字改革出版社 1958 年版，第 44 页。

拼音文字论者也有声音中心主义的倾向，大多认为“先有语言后有文字，文字者所以为记语言之表识也”[①]，“文字之于语言，犹影响之于形声，可丽而不可离”[②]。换言之，语言才是意义的本源，而文字只是辅助性的工具。这显然是低估了书写文字的作用。正如沃尔特·翁所说：“书写文字不只是言语的附庸，因为它把言语从口耳的世界推进到一个崭新的感知世界，即视觉的世界，同时也改变了言语和思维。”[③]拼音文字论者把简字视为“国语之留声机器”[④]，而对作为声音的语言在认识上也没什么推进，基本都认为“夫人有音，本乎天性也，有音即有言语”[⑤]。杨琼引庄子之说，认为“天壤间噫气流水戛石皆能作籁，彼其动而乘乎万有不同之窍，故吹万不同也。唯人之声亦然。人声出乎喉中而乘乎牙舌唇齿相击不同之窍，故亦有万形万声焉”[⑥]。这就把语言等同于自然界的声音了。虽然也有人认为语言是“人之心声”[⑦]，但“心声”在这里只是指人的自然情感而已[⑧]，还不具有鲁迅在《破恶声论》里所赋予“心声”的那种主体精神的意味。正如日本的经验所表明的那样，表面上看言文一致是普及教育的需要，但更深层的目标则是塑造拥有内在性的现代主体。而在这方面，清末拼音文字论者尚缺乏相应的思考，这可能也是这场运动未能实现预期目标的原因之一吧。

对声音的倚重也带来了一些困扰。中国地域广阔，方言杂多，差异之大往

---

① 劳乃宣《简字全谱》自序，倪海曙《清末文字改革文集》，文字改革出版社 1958 年版，第 77 页。

② 马体乾《谈文字》，倪海曙《清末文字改革文集》，文字改革出版社 1958 年版，第 87 页。

③ Walter J. Ong, *Orality and Literacy*: *The Technologizing of the Word*, London-New York: Routledge, 2005, p.83.

④ 《陈请资政院提议变通学部筹备清单官话传习所办法用简字教授官话说帖》，倪海曙《清末文字改革文集》，文字改革出版社 1958 年版，第 131 页。

⑤ 王炳耀《拼音字谱》自序，倪海曙《清末文字改革文集》，文字改革出版社 1958 年版，第 12 页。

⑥ 杨琼《形声通》自序，倪海曙《清末文字改革文集》，文字改革出版社 1958 年版，第 46 页。

⑦ 《陈请资政院推行官话简字说帖》，倪海曙《清末文字改革文集》，文字改革出版社 1958 年版，第 132 页。

⑧ 郑东湖在《〈切音字〉之说明书》里说：“生人之初，有知觉，斯有嗜欲；有种族，斯有交游；有嗜欲、交游，即有意思情感。意思情感之隔阂，靡克自宣也，而言语起焉。”这也是一个佐证。见《清末文字改革文集》，第 135 页。本文引用，断句略有调整。

往达到不能相通的地步。清末的切音字方案均以某地方言为基础来创制字母，如卢戆章的切音新字即基于闽音，以之切北音，辄有兀臬，故遭学部斥为“谬误”。[①]王照的简字字母基于北方官话，但以之切南音，亦有不足。劳乃宣在南京推行合声简字时，即在王照方案的基础上根据江浙皖的方音又增添了若干字母，此举遭到《中外日报》的抨击，称“中国方言不能画一，识者久以为虑。今改用拼音简字，乃随地增撰字母，是深虑语文之不分裂而极力制造之，俾愈远同文之治也”[②]。《中外日报》的忧虑不是没有道理。本尼迪克特·安德森(Benedict Anderson)在《想象的共同体》中指出，在16世纪欧洲各民族国家的形成过程中，方言起到了非常重要的作用。当一种方言从口语语言变成为印刷语言，并借助资本主义的生产体系和传播科技经由市场扩散开来，就会为民族意识奠定基础。[③]中国各地方言本来差异就很大，若是任由它们发展出各自不同的书写文字，并且借助书报的印刷出版而日益扩大影响，那么这种语言上的分裂势必会造成民族共同体的内在撕裂[④]，这就与提倡切音字的初衷背道而驰了。对于《中外日报》的批评，劳乃宣一方面承认语言统一和文字简易“皆为今日中国当务之

① 学部在咨外务部文中指斥卢戆章不通古今音变，“泥今忘古，狃近昧远，遂生种种之缺点”。其疏谬主要有三：声母不完全，韵母无入声，写法乖谬。故而“难用为定本，通行各省”。见《学部咨外务部文》，《清末文字改革文集》，第68—71页。

② 《〈中外日报〉评劳乃宣〈合声简字〉》，倪海曙《清末文字改革文集》，文字改革出版社1958年版，第59页。

③ 本尼迪克特·安德森《想象的共同体》，上海人民出版社2005年版，第42—43页。

④ 从1840年代起，在华基督教会就开始用罗马字拼切方言，并出版罗马字《圣经》译本。从19世纪末到20世纪初，全国至少有17种方言用罗马字拼音，并各有一本罗马字《圣经》。而厦门是教会罗马字最早的流行地。到1926年为止，厦门话罗马字《圣经》销量达到4万多部，1921年闽南教区所出版的14万多部出版物中，有5万部采用方言罗马字印刷。可见闽南话罗马字至少在小范围内已经是一种颇为流行的印刷语言。参见倪海曙《中国拼音文字运动史(简编)》，上海时代书报社1948年版，第10—11页。在华基督教会推广方言罗马字，头脑中联想到的是16世纪的欧洲。1850年前就在宁波传教的娄理华(Walter Macon Lowrie)在一封信中就写道：“他们现在的学问及其撰写体裁，使我强烈联想起宗教改革前的欧洲。那里也有学者，还有迥异于日常生活的、普通人难以理解的、通过学习才能获得的语言……宗教改革后，思考、表达和书写采用新方式，旧方式消失了。个人看来，中国也将发生同样的变革。”参见[日]蒲丰彦《寻觅下层民众的书面语言——清末至民国》，[日]森时彦主编《二十世纪的中国社会》(上卷)，社会科学文献出版社2011年版，第12页。

急”，同时又强调“欲文字简易，不能遽求语言之统一；欲语言统一，则必先求文字之简易”。他认为只有把全国各地的方言之音都囊括进简字谱，才能有统一的基础，“增益愈多，包括愈广，统一愈全”①。但这种看法显然是错误的。霍布斯邦基于对现代欧洲民族语言形成历史的考察指出：民族语言几乎都是半人为建构的，“它们通常试图从实际使用的各种口头用语中设计出一套标准用语，而那些口头用语之后就被降格为方言。在民族语言建构中碰到的主要问题通常是选择哪种方言作为标准化的共同语的基础”②。

事实上，清末切音字运动从一开始就注意到了语言统一的问题。卢戆章在1892年就提出切音字“当以一腔为主脑”，他提议以南京官话“为通行之正字，为各省之正音”。③1902年5月，吴汝纶赴日本视察学制，日本人伊泽修二曾提示统一语言对于今日之中国“尤其亟亟”，因统一之国语“足以助团体之凝结，增长爱国心”。④吴回国后在给管学大臣张百熙的信中转述了伊泽的观点，“谓一国之民，不可使语言参差不通，此为国民团体最要之义”，并推荐了王照的简字方案，称其“可使天下语音一律”。⑤1903年后，“统一语言以结团体”成为拼音文字论者的共识。卢戆章即称：“统一语言，以结团体，乃保全国粹之要件，由切音字书以统一语言，易如反掌。”⑥他把事情看得过于简单了。从欧洲民族语言的形成史看，一种方言上升为民族共同语，需要一系列的条件。首先，它要能创造一个用此种语言彼此沟通的精英共同体，说这种语言的人即使只是少数也没有关系，只要这个群体拥有足够的政治力量。其次，在它变成印刷语言时要获得一种新的定型，使其显得仿佛是永恒不变的，这就需要一些伟大的人物来校正文

---

① 劳乃宣《致〈中外日报〉馆书》，倪海曙《清末文字改革文集》，文字改革出版社1958年版，第58页。

② E.J.Hobsbawm. *Nations and Nationalism since 1780: Program, Myth, Reality*, Cambridge: Cambridge University Press, 1990, p.54.

③ 卢戆章《中国第一快切音新字》原序，倪海曙《清末文字改革文集》，文字改革出版社1958年版，第3页。

④ 吴汝纶《东游丛录(节录)》，倪海曙《清末文字改革文集》，文字改革出版社1958年版，第27页。

⑤ 吴汝纶《上张管学书》，倪海曙《清末文字改革文集》，文字改革出版社1958年版，第29页。

⑥ 卢戆章《颁行切音字书之益》，倪海曙《清末文字改革文集》，文字改革出版社1958年版，第72页。

字，树立标准。在每一种文化—语言的文学史上都曾出现过这样的伟大人物，其中最为人熟知的就是但丁。最后，统治者和精英所使用的官方的或文化的语言要成为现代民族国家的实际用语，还需要借助公共教育及其他行政措施的力量。①切音字显然还缺乏成为民族书写语言的诸多条件，虽然有官员和知识精英在积极倡导，但切音字并没有成为政治和知识精英所使用的语言，它们只是为下层民众而设计的一种粗浅的语言工具。切音字和简字虽然也有印刷品流通，但它们还没有成为普遍使用的印刷语言，更没能借助国家力量强制性地成为公共教育用语和行政用语。而且切音字都基于各地方言，方案不一，在统一语音上困难重重。以何种方言为基础来制定国语标准音，这牵涉到政治上、文化上各方力量之间的角逐。虽然多数人主张以官话为正音，但在选择北京官话还是南京官话上，却还存在分歧。而像章太炎这样的音韵大家和文化保守主义者，则嘲笑切音字的作者们“于韵学芒无所了，又复自守乡土，不遍方音，其所创造……声之阙者方多，曾何足以龚用欤?”②他认为若是审定语音，则南北皆有偏至，唯江汉处其中流，当“以江汉间为正音，复取四方曲则之声，用相和会”，方能无谬，合乎古音和故训。③民国肇始，教育部筹组读音统一会以审定国音，各方纷争，不欢而散。④可见统一语言绝非如卢戆章所想的那般易如反掌。

废除汉字论与印刷术

日本“言文一致”运动的根本性质在于改革书写系统、废除汉字，因为汉字被认为不具有表音文字的经济、准确和平等的性质。⑤但清末切音字的提倡者却

---

① E.J.Hobsbawm, *Nations and Nationalism since 1780*: *Program*, *Myth*, *Reality*, pp.59—62.

②③ 章太炎《驳中国用万国新语说》，《章太炎全集：太炎文录初编》，上海人民出版社 2014 年版，第 362、355—356 页。

④ 关于读音统一会，参见黎锦熙《国语运动史纲》，商务印书馆 2011 年版，第 121—130 页。

⑤ 上田万年《为了国语》，向卿《日本近代民族主义(1868—1895)》，社会科学文献出版社 2007 年版，第 46—47 页。

不敢遽议废除汉字。尽管他们反复说汉字繁难、有碍普及教育，却也时时不忘声明提倡切音简字绝不是要取代汉字，汉字仍然被视为“我国国粹之源泉，一切文物之根本”①。劳乃宣强调：“我国文字肇自圣神，有形、有声、有义，传心载道，万古常新，断无磨灭之理。简字有声无义，仅足以代口语，义理之精微，经史之渊雅，仍非汉字不可，简字万不足以夺之。”②既然“简字仅足为粗浅之用”③，旨在为不识字的下等人提供方便，那它就不应也绝无可能取代汉字。其正确定位应是一种帮助识字的拼音工具，严复因此认为“简字当改名音标”，以示“与六书形字之殊”，其作用是“范正汉文读音”，“拼合国语”。④

清末最后三四年间，随着革命风潮迭起，知识界、思想界的言论也为之一新，开始出现了彻底废除汉字的呼声，其中最激进的是以在巴黎出版的《新世纪》报为阵地的无政府主义者。他们主张彻底废除汉字，直接采用“万国新语”⑤，由此引发了一场激烈的论争。

1907年11月，李石曾在《新世纪》发表《进化与革命》，提出了文字革命的口号。他认为世界文字分三个进化阶段，即象形、表意、合声，分别以埃及古文字、汉字和西文为代表。而“文字所尚者，惟在便利而已，故当以其便利与否，定其程度之高下。象形与表意之字，须逐字记之，无纲领可携，故较之合声之字画括于数十字母之中者为不便。由此可断曰：象形表意之字，不若合声之字为良。于进化淘汰之理言之，惟良者存。由此可断言曰：象形表意之字，必代之以合声之字。此之谓文字革命”⑥。前行随后亦认为“中国现有文字之不适于用，迟早

① 《学部咨外务部文》，倪海曙《清末文字改革文集》，文字改革出版社1958年版，第68页。

② 劳乃宣《奏请于简易识字学塾内附设简字一科并变通地方自治选民资格折》，倪海曙《清末文字改革文集》，第106—107页。

③ 劳乃宣《进呈〈简字谱录〉折》，倪海曙《清末文字改革文集》，第81页。

④ 《资政院特任股员会股员长严复审查采用音标试办国语教育案报告书》，倪海曙《清末文字改革文集》，第134页。

⑤ 万国新语即今之所谓世界语(Esperanto)，是波兰犹太裔医生柴门霍夫(L.L.Zamenhof，1859—1917)于1887年创立的一门人造语言。它共有28个字母，采用拉丁字母书写，每个字母只发一个音，也没有不发音的字母，因此语音和书写完全一致。

⑥ 真(李石曾)《进化与革命》，张枬、王忍之《辛亥革命前十年间时论选集》第二卷下册，生活·读书·新知三联书店1963年版，第1043页。

必废；稍有翻译阅历者，无不能言之矣”[①]，而采用罗马字母拼切中国语音“仍无裨于画一声音之一大烦难”，不如“径用万国新语，挟左右世界之力，而并此画一声音之一大烦难，亦包括其中也”[②]。既然认定从象形文字到字母文字是必然的进化过程，那么与其采用简字、切音字等“苟简之术”[③]，“支节补苴”[④]，不如径弃汉文，采用西方的字母文字，而“万国新语陶汰欧洲文字之未尽善者而去之，则为尤较良”[⑤]，故改习万国新语乃为上策[⑥]，亦能一劳永逸地解决言文一致的问题。

《新世纪》论汉字之弊，不再过多强调汉字识读和书写之繁难，而是从科技发展和知识生产的角度指出其阻碍了文明的发展。他们认为汉字存在着三大缺陷。首先，汉字不便于印刷，是一种不太合格的印刷文字。吴稚晖多次在文章中谈到“汉字之不适于排印”，这一认识来自他办报的切身体会。“汉字检字，至为劳苦，无论分门别类，记取甚艰。加以字数太多，则陈盘数十，占地盈丈，每检一稿，便如驴旋蚁转。不出户庭，日行千里，以视西文之数百字类，总括于一盘，高坐而掇拾，其势劳逸相差甚远。”[⑦]人力上的浪费还只是一端，更要命的是机器愈趋改良，中文在便利性上的劣势便愈益明显。西文能用打字机，中文则不能；“林挐太爱泼”[⑧]的发明，使得西文的排印变得非常方便，可以“对稿掣机”，“偶有舛误，随便可改，不必重铸”，而中文却做不到。吴稚晖因而感叹中西文“向日止在书写上分优拙耳，于印刷上无大关涉”[⑨]，而新机器一出，则判若云泥了。李石曾因此断言：“机器愈良，支那文愈不能用。从进化淘汰之理，则劣器当废，欲废劣器，必先废劣字，此支那文字必须革命

① 前行《编造中国新语凡例》，张枬、王忍之《辛亥革命前十年间时论选集》第三卷，生活·读书·新知三联书店1977年版，第183页。

②④⑤ 燃（吴稚晖）《新语问题之杂答》，《新世纪》1909年4月25日第44号(2)。

③ 燃料（吴稚晖）《书〈驳中国用万国新语说〉后》，张枬、王忍之《辛亥革命前十年间时论选集》第三卷，第210页。

⑥ 燃《书〈神州日报〉〈东学西渐〉篇后》，张枬、王忍之《辛亥革命前十年间时论选集》第三卷，第467页。

⑦ 前行《编造中国新语凡例》，张枬、王忍之《辛亥革命前十年间时论选集》第三卷，第181页。

⑧ Linotype的音译，即自动整行铸排机。

⑨ 前行《编造中国新语凡例》，张枬、王忍之《辛亥革命前十年间时论选集》第三卷，第187页。

间接之原因也。”[①]其次，汉字因无字母，不便于编纂字典和检索。在西方，编纂字典和百科全书非常方便，“皆依字母编纂，故搜罗既广，查检尤易。中国既无字母，则除分门别类，外无他法。然百科全书中，往往有不能分类者，故亦非善策也”[②]。再次，中国文字不够规范，相比之下，西方文字则“有一定之规则，故终较无规则之中国文字为便利”[③]。后两点其实也与印刷术有紧密关联。字母表被认为是西方文化的一个重要特征，“促进了西方抽象、逻辑、系统的思维”[④]。尽管按字母表顺序编制书目和词典的方法可以追溯到中世纪甚至更早，但只有在“印刷机到来之后，按字母表排序才成为组织书面材料的标准方法”[⑤]。编制详尽、系统的书目和索引，极大地促进了知识的生产和传播。字母表在近代科学的诞生中发挥了重要作用，其抽象性、规整性和一致性的特征曾催生了古希腊抽象科学，而印刷体格式则使这些特征进一步提升，“字母表作为分析和分类的功能因印刷术而得到强化”[⑥]。印刷术也同样强化了对于语言标准化和规范化的要求。口头表达和手工抄写尚能允许表达上的零乱和不准确，但作为印刷语言，则要求表达规范、严谨而准确。伊丽莎白·爱森斯坦即认为：“印刷术抑制了语言的偏离，丰富了通俗语并使之标准化，为欧洲主要语言的进一步纯洁化和典范化铺平了道路。”[⑦]

可见《新世纪》是在印刷文化兴起的背景下来重新认识中国文字的。在当时的技术条件下，汉字与西方字母表文字相比所暴露出来的重大缺陷，使他们丧失了信心，认定汉字乃是“非科学世界之文字，欲代表科学世界之思想与事物，皆牵强附会，凑长截短，甚不敷于应用”[⑧]，甚至还“为文明发达之阻力”[⑨]，因此必须废除。若“能废弃较野蛮之汉文，采用较文明之别种文，则于支那人进化

---

① 真(李石曾)《进化与革命》，张枬、王忍之《辛亥革命前十年间时论选集》第二卷下册，第1043页。
②③⑥ 醒《续万国新语之进步》，《新世纪》1909年2月29日第36号(2)。
④⑤ 罗伯特·洛根《字母表效应：拼音文字与西方文明》，复旦大学出版社2012年版，第5、143页。
⑦ 伊丽莎白·爱森斯坦《作为变革动因的印刷机》，北京大学出版社2010年版，第69页。
⑧ 燃《书〈神州日报〉〈东学西渐〉篇后》，张枬、王忍之《辛亥革命前十年间时论选集》第三卷，第476页。
⑨ 醒《续万国新语之进步》，《新世纪》1909年2月29日第36号。

之助力，定能锐增”①。

《新世纪》认汉字为“野蛮”②，这激起了国粹派的愤怒。清末国粹派受日本明治二十年代民族主义思潮的影响，强调对民族文化的认同，冀望以此抵御日益泛滥的欧化思潮。日本国粹主义者陆羯南强调，国民主义“深深根蒂于各国国民独特的文化，故若欲统一国民，必先统一文化。然所谓文化，实乃构成国民特有性格之语言、风俗、血统、习惯以及其他适合于国民身体的制度、法律之总和”③。此说亦可许为清末国粹派之总纲。邓实所谓“一国有一国之语言文字，其语文亡者，则其国亡，其语文存者，则其国存。语言文字者，国界、种界之鸿沟而保国保种之金城汤池也”，亦是强调民族文化之独特性，强调语言文字乃是民族精神之根蒂。基于这种保守的文化态度，邓实拒绝对既有的语言文字作任何人为的变革。“文言者，吾国所以立国之精神而当宝之以为国粹者也。灭其国粹，是不啻自灭其国。”他痛诋“吾国不学之士、无良之民浸淫于蟹行之书，病祖国言文之深邃，反欲尽举祖宗相传以来美丽风华、光明正大之语言文字废之不用，而一惟东西之言文是依，以谓夷其言语文字即足以智民而强国，而庸讵知其自国之粹先已蹂躏而国将无与立欤？”④章太炎的语言文字观与此大体相同。他指出，“文字者语言之符，语言者心思之帜”，每一种语言都“各含国性以成名”，“民族区分，舍语言则无以自见”。中国旧有之语言文字乃“所以旃表国民之性情节族者”，其亡则“性情节族灭，九服崩离，长为臧获”。⑤

清末国粹派的语言文字观近承日本的国粹主义，远则可追溯至18世纪德

---

① 苏格兰君《废除汉文议》，《新世纪》1909年10月17日第69号。

② 《新世纪》同人对“野蛮”的理解大体接近于福泽谕吉。福泽在《文明论概略》里将人类社会分为“野蛮”“半开化”及“文明”三个阶梯式的进化阶段，他所谓的非文明的野蛮社会，乃是没有进步之志的停滞的社会。中国虽被划入“半开化”社会，但就其发展停滞不前而言，亦可谓“野蛮”。参见［日］子安宣邦《福泽谕吉〈文明论概略〉精读》，清华大学出版社2010年版，第21—24页。

③ 向卿《日本近代民族主义（1868—1895）》，社会科学文献出版社2007年版，第325页。

④ 邓实《鸡鸣风雨楼独立书·语言文字独立第二》，《光绪癸卯政艺丛书·政学文编》卷七，文海出版社1973年版，第173—174页。

⑤ 章太炎《规新世纪》，《民报》1908年第24期。

国思想家赫尔德。赫尔德认为人的思想本质上是依赖并受制于语言的，这意味着人只能通过他所使用的语言来进行思考，而意义和概念就存在于对词语的使用中。他还认为人类在思维模式、概念和语言方面都展现了深刻的差异，在不同的历史时期和文化中，这种差异表现得尤为明显。①在赫尔德的基础上，洪堡特更明确地阐述了语言和民族精神之间的关系：“语言的所有最为纤细的根茎生长在民族精神力量之中”②，“语言仿佛是民族精神的外在表现；民族的语言即民族的精神，民族的精神即民族的语言，二者的同一程度超过了人们的任何想象”③。在德国思想传统中形成的这种语言观反对将语言仅仅视为交流的工具，而《新世纪》同人所执持的恰恰是工具论的语言观。吴稚晖便反复说，语言文字只是“相互之具”，供人与人进行交流之用④；文字不过是“器物之一”，“文字所以达意，与弓矢、快枪、帆樯、汽舟之代力非同物欤？”⑤换言之，文字之优劣取决于其是否适用。不适用则弃之，在他们看来这是进化之公理，无须多辩。观念上的根本分歧，使国粹派和《新世纪》之间难以进行有效的对话。

章太炎对《新世纪》的批驳，撇开那些诛心之论，大体可归结为以下几点。首先，国人识字率低，民智不开，不能归罪于文字，根本原因在于缺乏强迫教育。“重以强迫教育，何患汉字之难知乎？”⑥这就从根本上否定了清末文字改革派普遍认定的前提：民众识字率低是因为汉字太繁难。其次，日本提倡“言文一致”有特殊的原因，“日本语言固与汉语有别，强用其文以为表识”⑦，造成语言和文字的分离。中国的情况则不同，“语言文字，出于一本”，虽语音迭代变迁，且地

---

① 关于赫尔德的语言哲学，参见 Michael Forster. *After Herder: Philosophy of Language in the German Tradition*. Oxford University Press, 2010, pp.55—74。

②③ 威廉·冯·洪堡特《论人类语言结构的差异及其对人类精神发展的影响》，商务印书馆 1999 年版，第 17、52 页。

④ 燃料(吴稚晖)《书〈驳中国用万国新语说〉后》，张枬、王忍之《辛亥革命前十年间时论选集》第三卷，第 209 页。

⑤ 燃《书〈神州日报〉〈东学西渐〉篇后》，张枬、王忍之《辛亥革命前十年间时论选集》第三卷，第 474 页。

⑥⑦ 章太炎《驳中国用万国新语说》，《章太炎全集：太炎文录初编》，上海人民出版社 2014 年版，第 354—355、358、360 页。

域差异甚大,但"其根柢固大同",为"便俗致用"计,用官话统一读音,亦非难事。因此,步武日本,"忧其同病",正"所谓比儗失伦"。[①]这实际上是否定了"言文一致"这一口号在中国的合理性和必要性。第三,中国语言文字犹胜于西文。"言语文字者,所以为别,声繁则易别而为优,声简则难别而为劣。"汉文纽韵俱繁,相比之下,"欧洲音,直鷇语耳!"[②]章太炎又以亲属称谓为例,指欧洲语不能分别名号,难称完具,其"所完者在术语,至于恒言,则阙"。且欧洲语"字句冗长,立谈数语,使人旷日废功";"句繁语重",印刷成册则字形缩小,"使人劳目失精"。[③]第四,拼音文字在中国不可行。汉文"名言符号,皆以一音成立,故音同义殊者众。若用合音之字,将芒昧不足以为别。况以地域广袤,而令方土异音,合音为文,逾千里则弗能相喻。故非独他方字母不可用于域中,虽自取其纽韵之文,省减点画,以相絣切,其道犹困而难施"[④]。这里牵涉到一个重要问题,即中国的语言文字何以会变得高度形式化且历经数千年而鲜有变动。加拿大传播学家哈罗德·伊尼斯认为"中国的文字给行政管理提供了基础,它强调的是按照空间来组织帝国"[⑤]。"在中国,众多的方言阻碍了口头传统的发展,但是一种能够通行全国的相对简单的书写文字却提供了便利,从而弥合了巨大的鸿沟。"[⑥]偏重于空间和视觉的汉字为统治庞大的帝国提供了基础,但也使人数有限的统治阶级与广大人民之间形成了鸿沟,而且对空间的强调也使之不能满足时间的要求,中国因而暴露出王朝更迭的问题。[⑦]章太炎所看重的正是汉字的这种跨越不同地域空间的能力,它构成了中国作为一个有着共同的历史文化传统的统一国家的坚实基础,而拼音文字的多变性则决定了它不具有这种统合的作用。

---

① 章太炎《驳中国用万国新语说》,《章太炎全集:太炎文录初编》,上海人民出版社 2014 年版,第 354—355 页。

② 同上,第 358 页。

③ 章太炎《规新世纪》。

④ 章太炎《驳中国用万国新语说》,《章太炎全集:太炎文录初编》,第 360 页。

⑤ 哈罗德·伊尼斯《传播的偏向》,中国传媒大学出版社 2015 年版,第 88 页。

⑥ Harold Innis, *Empire and Communication*, Toronto: Press Porcépic, 1986, p.124.

⑦ 哈罗德·伊尼斯《传播的偏向》,第 87—88 页。

对于《新世纪》着重提出的汉字在印刷上的缺陷，章太炎的反驳则显得有些乏力。其观点撮要言之有二：一是汉字检排较之欧文更易，因“汉文以一字成名，检之虽难得而只一次，欧文以数母成音、数音成字，检之虽易得而当有五六次，故检字之难，欧且倍汉”①。汉字的这点便利处，吴稚晖其实早已指出②，但这也仅限于人工检排，而吴稚晖强调的则是在机器排印方面汉字所暴露的劣势，整行铸排机的出现尤其放大了这种劣势。二是汉字排印速度已足以敷其用。“字粒简易则排印速而成书多，字粒重难则排印迟而成书寡”，然日本人用和汉杂文，字粒略与中国等，每年印书亦在20万种以上，可见汉字“重难”不是问题。章太炎还以中国宋明以来的印书史为例，指出“排印过速必不能多得良书，徒令欲速者得易以成编，裨贩者得因以牟利，空废穀楮而灾桑竹，为浅者开其炫鬻之涂，卒于社会无补”③。章太炎显然是低估了机器印刷对于社会文化乃至人的精神心理所产生的巨大而深刻的影响，而他对于知识生产所抱的态度也未免过于保守了。

《新世纪》一派的无政府主义者执进化留良之言，盲信科学，崇拜机器，以至于将统治自然科学的自然法则等同于用以描述人类社会的自然法④，从工具论的角度来认识和评价包括语言文字在内的人类精神文化，得出的结论因而往往是简单、粗暴甚至荒谬的。⑤在对中西语言文字的看法上，他们慑于西方的威势，认西方文字为优良，斥中国文字为野蛮，并把中国落后的原因归结为文字之野蛮，不自觉地滑向了民族文化的虚无主义。但置身于巴黎以及操办媒体的经验

①③ 章太炎《规新世纪》。

② 吴稚晖认为汉字在检排时有两点“省便之处：一则凡检一字，取出即已完成；二则每字正方，字字相衔，行行相次，排列至便。若西文则掇拾数次、十余次，仅得一字；字母宽狭不伦，字体长短不一，排列之际，颇费踌躇。故同排一稿，中西字数相等，往往中捷于西”。参见前行《编造中国新语凡例》，《新世纪》1908年3月28日第40号。

④ 郭颖颐《中国现代思想中的唯科学主义》，江苏人民出版社1998年版，第10页。

⑤ 章太炎曾指出：“创造文字复与科学异撰……虽天然言语，亦非宇宙间素有。此物发端尚在人为，故大体以人事为准，人事有不齐，故言语文字亦不可齐。”《新世纪》以科学之名强求语言文字的齐一，是为不智。参见《规新世纪》。

也使他们深切地感受到现代印刷术对于社会的全方位辐射,感受到它推动思想和知识生产的巨大力量,他们对于本国语言文字的认识与这一背景分不开。麦克卢汉曾精辟地指出:“印刷术作为一种热媒介使人们第一次能看到他们的本土语言,并且根据本土语言的边界来视觉化地呈现民族的统一体及权力。”①《新世纪》派正是通过印刷术这种热媒介看到了中国语言文字所存在的缺陷,这种缺陷主要不在于汉字本身的难以识读和书写,而根本在于汉语丧失了生产知识特别是现代科学知识的能力,变成了一种虽然精致但又陈腐不堪的文学语言。②吴稚晖们显然是看到了问题的症结所在,因而才有变革语言文字的强烈冲动。在这点上,他们确实要比思想保守的章太炎更敏锐。③

白话报与演说文

同样是把言文一致作为目标,拼音文字论者企图从根本上改造文字以毕其功于一役,而白话的提倡者态度则要和缓些,他们不视汉字为阻碍民智开通的罪魁祸首,而只是强调在大众传播的层面上书写语言应返本归元,贴近民众的口头语言。裘廷梁在《论白话为维新之本》中认为“文字之始,白话而已矣”,“五帝三王”时,著书文告皆白话,只因后来语变而文字不变,文与言才判然为二。

① Marshall McLuhan, *The Gutenberg Galaxy*, Toronto: University of Toronto Press, 1962, p.138.

② 瓦尔特·米尼奥罗指出:西班牙帝国在现代/殖民时期的衰落,以及卡斯蒂利亚语相对于代表欧洲现代性的语言(法语、英语和德语)沦落为二等语言,主要是因为卡斯蒂利亚语失去了作为一种知识生产语言的能力。它成为一种更适于文学和文化表达的语言,而在当时知识的表述则在强调理性在哲学观念和科学论述中的首要性,同时压抑了传达感觉和情绪的次要性。参见瓦尔特·米尼奥罗《文艺复兴的阴暗面》,北京大学出版社 2016 年版,第 16 页。米尼奥罗对卡斯蒂利亚语的这一描述也适用于中华帝国晚期以古文为代表的汉语。

③ 对民族文化的盲目自信使章太炎在面对急剧变化的现实时显得有些迟钝,在有些问题上他的看法不免有点迂腐可笑。如认为作为书写工具,毛笔优于铅笔和钢笔,可见在笔的进化上汉土胜于西方;又如他只认唐韵为正音,强调确定国语读音须以“审正”的武昌方言为基础,杂采其他方言,以返归于唐韵正音。

后之人不明此理，独尊文字，一味摹古，致使文言流毒两千余年。他因而呼吁要“崇白话而废文言”，“白话行而后实学兴”。[①]既然文字只是“天下人公用之留声器”，那么书写语言就不应脱离口头语言，裘廷梁还以西周时学校之制为例说明文与言合所能达到的理想状态。

尽管从理论上说书面语言不可能完全等同于口头语言，而且正如鲁迅所说，即使在中国上古时代，文与言也未必一致，更有可能是“一向就并不一致的”[②]，但裘廷梁倡导白话文其用意却很明确，即要建立一种有效实用的书写语言。他认为文言之弊在于它已沦落为一种看似华美实则浅陋的文学语言，除了助长文人的“惰气”和“陋习”，几乎全无实用。而白话之益除了“省日力”“便幼学”之外，更重要的是实用，无论是阐发圣教义理，还是传播农工商各业的技艺知识，其效果都远胜文言。而更重要的是白话能激发人的才性，锤炼心力，去除文人的“惰气”，使之“进求实学”。正是因为白话能促进实学知识的传播并有效地改造国民的精神心性，裘廷梁才认为“白话乃维新之本”。

从 1897 年《演义白话报》在上海创刊起，清末十余年间全国创办白话报刊总数在 280 种以上。[③]“各省有省会的白话报，各府也有一府的白话报，甚至那开通点的县城里、市镇里，亦统有白话报。”[④]加之《大公报》《中国日报》等“文话大报”亦辟有白话专栏或随报附送白话专刊，白话报刊可谓盛况空前。清末白话报所使用的均是浅近的官话，为求通行，极少羼入方言语汇。这表明清末白话文尽管以言文一致为目标，其实并不追求与实际所使用的口头语言相一致，而是试图创建一种更开放也更易于传播的通行书面语。白话报的兴盛说明白话已经初步拥有了印刷语言的资格，但就其接受状况看，则并未达到预期的目标。白话报以下层民众为拟想读者，但如铁汉所言，这些人多半不识字，连白话二字

---

① 裘廷梁《论白话为维新之本》，张枬、王忍之《辛亥革命前十年间时论选集》第一卷上册，第 38—42 页。

② 鲁迅《且介亭杂文·门外文谈》，《鲁迅全集》卷六，人民文学出版社 2005 年版，第 92—93 页。

③ 胡全章《清末白话文运动》，中国社会科学出版社 2015 年版，第 25 页。

④ 铁汉《论开通民智》，《竞业旬报》，1908 年 8 月 11 日。

都不认得，报纸拿在手里，“正面反面，直看横看，也不晓得”，哪里能看得懂呢？他因此提议要多开半日学堂、夜塾徒弟学堂和演说会等，把报纸上的事讲给他们听，同时也教他们识几个字。①有鉴于此，清末部分地方政府和民间都曾设立阅报处和宣讲所，派人定期宣讲各种报纸。②这种状况恰恰暴露了清末白话报刊的一个内在悖论。报刊白话文力图做到行文口语化，因此无论是论说文还是演古讲今的其他文字，率多模拟说话的风格。这种文风假定了声音的优先性，仿佛文字只是对声音的忠实记录，因而最终能通过宣讲无损耗地还原为声音。然而白话又是作为一种印刷语言来使用的，印刷术作为一种传播媒介有其偏向性，即偏向于视觉而非听觉，而在像汉字这样的非拼音文字中，耳朵与眼睛或者说声音和文字之间的断裂几乎是无法弥合的，对于不识字的人来说，声音是被永久地闭锁在文字中了。作为印刷语言的报刊白话文把模拟说话作为追求目标，大概也可以说是基于声音中心主义的一种幻觉吧。

在清末白话报上，演说文最多见，“演说”成为众多白话报的常设栏目。这些演说文并非是公开演讲的底稿或文字记录稿，而是模拟演说的口吻来发表议论，其题材和内容都极其广泛，可说是一种报刊新文体。演说文的兴盛与清末民众启蒙运动中对于演说的高度重视分不开。人们普遍认为，在开发民智上演说比书报更具优势。1902 年，《大公报》上一篇题为《说演说》的论说文便指出：“须知古今天下国民，从未纯由书册报篇能使一律晓然于所当之危险，所短之知能，所可乘之事机与其所应享之权利者。今欲作其上下之气，皋其通国之魂，则死文字断不及生语言感通之为最捷。此后起爱国之贤不可不讲演说之术，且必有一律通行语言以为演说之器用也。”③演说的优势就在于它使用的是活语言，故“人人能听解。无论商贩、农夫、梓人、匠石、白叟、黄妇、女子，下逮舆台走卒

① 铁汉《论开通民智》，《竞业旬报》，1908 年 8 月 11 日。

② 关于讲报的具体开展状况，参见李孝悌《清末的下层社会启蒙运动：1901—1911》第四章第一节“宣讲与讲报”，河北教育出版社 2001 年版。

③ 《说演说》，《大公报》，1902 年 11 月 5、6 日。

之伦，皆莫不心领而神会，闻言而感发”①。人们仿佛相信声音天然就拥有感化人的力量，演说文的流行自然是基于对声音的这种迷信，它把演说的声音移到了纸面，因而最接近于口头说话。

清末演说和演说文的流行同样是受到日本的直接影响。福泽谕吉和明治时期的启蒙团体明六社的同人们非常重视演说，认为演说对于学者治学和传播知识都极为重要，他们不仅热心举办公开演说，而且常常在《明六杂志》上发表演说文。如小森阳一所言，这种演说文“是一种冒充的口语。它一边在预设着‘可以按其原样讲述’的前提，一边在书写文字稿。因此它是一种力图从结构的角度进行创新的新型书写文体”②。它模仿口语的腔调，但又并非实存的口语，而是一种佯装“口语体”的新型书写语，掺杂了许多新概念和新语汇。借助于报刊，这种新的书写语得以流传，逐渐形成一种“口语体”的书写语。清末演说文的发生和演变与日本基本相同，它们都假定声音拥有直接感化人的力量，而演说文则能借助文字来保存并传达这种力量。以说理议论为特征的清末白话演说文的大量生产和流传，对于后来的“随感录”“杂文”等现代论说文体的形成有直接的影响。③

从文章体式的角度看，清末的白话演说文基本上都含有一个言说的结构，作者以说话人自居，面对的则是一个沉默的倾听者。《安徽白话报》上天僇生的一篇演说开篇即这么写道：

> 喂，诸位诸位！兄弟是个安徽人，今日又是《安徽白话报》出版的第一日，所以兄弟很想把我们安徽，历史的、形势的风俗以及安徽的特色、安徽的弱点，详细演说一番。把一篇极大的文章，演成一篇极浅的白话，好叫我们同乡父老们、子弟们、姊妹们，大家晓得安徽同中国的关系。同心合意，把个黑暗的安徽，变做光明的安徽；把个极闭塞的安徽，变做极开通的安

① 《论中国宜遍设白话演说所》，《顺天时报》，1905年8月25日。
② 小森阳一《日本近代国语批判》，吉林人民出版社2003年版，第32页。
③ 胡全章《清末白话文运动》，中国社会科学出版社2015年版，第33页。

徽；把中国做个全球的第一国，把安徽又做中国的第一省。倘若真有这一天，兄弟真正是喜之不尽了。诸位请坐，听兄弟从头至尾的讲一遍。①

这明显是模仿了说书人常用的"开场白"，但说话人和听者的关系却发生了变化。说话人不再是娱乐听众的艺人，而是在宣讲道理、传播知识的启蒙者；听者则被设定为胸无点墨的下层人，因而需要把"极大的文章"演成"极浅的白话"，才能使他们听得懂也听得进。在这种"说—听"的结构中，说话人和听者在知识和话语上当然是不平等的，而更值得关注的是说话人和听者在此言语结构中的主体建构方式。说话人始终是在摆知识、讲道理，几乎不谈及自己，而那些知识和道理则被认为是普遍的公理，因此在说话人那里看不到新知所引发的个体思想上的紧张和困惑。换言之，这个说话人主体是在特定的知识和话语体系内部建构起来的扁平主体，没有个体性和内在性，仿佛是一个传声筒。而听者则被设想成一个无知的主体，宛如一个空洞的容器，可以毫无阻碍地注入新知识、新道理。林獬就曾这么自信地说："你们若肯听我的说话，天天看这白话报，自然会慢慢的伶俐起来，慢慢的在行起来，大家也慢慢的和好起来了。"②这个沉默的、无知的听者主体显然也是没有内在性的。两个没有内在性的主体之间怎么能形成真正的互动呢？他们既不可能产生真正的冲突，更不可能有彼此间的协商和妥协，也就是说不可能形成对话的关系。就此而言，在白话演说文的言说结构中实际上不存在真正的主体，无论是说话人还是听者，都只是新知识、新话语的载体或容器而已，他们之间的区别仅在于各自处于传播链条中前后不同的位置而已。

以演说文为代表的清末报刊白话文追求言文一致，确立了声音相对于书写文字的优先性，并试图在摹写口头语言的基础上建立一种更通俗也更易传播的书写语言，即白话文。白话文被视为一种更透明的媒介工具，知识、话语、观念

---

① 天僇生（王钟麒）《警告安徽人》，《安徽白话报》，1908年9月11日。

② 白话道人（林獬）《做百姓的身分》，张枬、王忍之《辛亥革命前十年间时论选集》第一卷下册，第608页。

可以在其中直接呈现，并在不同的人群中自由无碍地传递。这种极端理想的状态接近于黑格尔所称许的字母文字，“可见的语言对于发声的语言只是作为符号；理智直接地和无条件地通过说话来表达自己”①。然而，对声音的赋权却没有导致柄谷行人所说的“内在性的发现”，这声音是理智或观念的自我呈现，是它们在波及不同对象时所产生的回音，而不是鲁迅所期盼的“心声”。“心声”之出，“以充实而不可自已故也，以光曜之发于心故也”，它源于丰盈的内在性，焕发着内在精神的光芒，故能“其声出而天下昭苏，力或伟于天物，震人世间，使之瞿然”。②在此意义上说，清末白话文大概也可说是“天下皆唱”，是“不揆诸心”的“林籁”和“鸟声”罢了。

结　语

清末的语言文字改革运动是受日本明治维新时期“言文一致”运动的直接影响而发起的。中国的落后被归因于民智不开，而民智不开又被认为根本上是由中国语言文字之繁难所造成。创制切音简字、采用万国新语以及倡导白话文都旨在改良语言文字，借此推动面向下层民众的启蒙运动，进而实现强国的目标。民族主义的诉求构成了这场运动的内在动力。

虽然从日本搬来了“言文一致”的口号，但清末的语文改革却并未获得充分的理论自觉，对语言文字的工具论理解阻碍了人们去正确认识语言文字与民族文化传统以及个人内在心理和思维之间的连带关系。从切音字母到合声简字再到国语概念的提出，虽然呈现了认识上的递进，但“简易文字”和“统一语言”的要求都没能最终落实到主体精神的层面。“言文一致”所包含的声音中心主义又在某种程度上助长了对于书写语言的工具论理解，书写语言被认为是对声

① 黑格尔《哲学科学百科全书Ⅲ：精神哲学》，人民出版社 2015 年版，第 251 页。
② 鲁迅《集外集拾遗补编·破恶声论》，《鲁迅全集》卷八，人民文学出版社 2005 年版，第 26 页。

音的记录，而声音作为符号是对理智、精神或观念的更直接的呈现，但对声音的赋权却没有导致“内在性的发现”。作为书写语言的白话文仍然被看作是外在的表达工具，而没有渗透到作者的内在性之中，幻化为个人主体的内在声音，即鲁迅所说的“心声”。正是与个人主体性的疏离使清末白话文始终限制在狭隘的使用范围之内，未能发展为一种不仅被普遍使用并且还全面而深刻地介入现代个人主体性创造的书写语言。要等到下一个阶段，即五四新文学的时代，白话文才算初步完成了它所承担的这一历史任务。

原载《杭州师范大学学报》2016年第5期

“直译”词源考

——兼论“直译”在古汉语中的语义演变①

陶　磊

“直译”和“意译”可能是当今翻译批评中最常用的两个术语，它们所指称的两种翻译方法也一直受到译者和翻译研究者的关注。②如果以 20 世纪 20 年代初创造社和文学研究会关于“直译”和“意译”的争论为起点，相关讨论其实已经持续了将近一百年。③直到今天，离开这两个术语，翻译批评仍有可能陷入“失语”的窘境。然而，很少有人关注这两个词的来源问题，即使偶然提到也往往语焉不详、莫衷一是。以“直译”为例：王宏印曾指出该词是近代以来随着西方译论的输入而产生的，但并没有提供确凿的证据④；林煌天主编的《中国翻译词典》认为“直译大致是在‘五四’时期提出的”⑤；王宏印则认为“直译”和“意译”是“周作人先生首先引入的外来说法”⑥；胡晨飞笼统地称“直译”“是在二十世纪的二

---

① 本文系由笔者博士学位论文《“直译”“意译”观念溯源：从佛经方法到现代译学术语》中的部分章节概括提炼而成。“直译”“意译”观念及其对应术语的生成、传播和流行，大体经历了中国古代的佛经翻译、日本的兰学翻译以及“五四”新文化运动三个时期，所涉时间、空间跨度颇大。限于篇幅，本文仅从汉语词汇史的角度对“直译”和“意译”的来源进行考察。

② 截至 2017 年 9 月 23 日，在“中国知网”(www.cnki.net)所收录的论文中，包含“直译”或“意译”的有 184764 篇，以“直译”或“意译”作为论文关键字的有 1813 篇，而标题内包含“直译”或“意译”的则有 759 篇。

③ 参见胡翠娥(2013)。

④⑥ 王宏印《新译学论稿》，中国人民大学出版社 2011 年版，第 30 页。

⑤ 林煌天《中国翻译词典》，湖北教育出版社 1997 年版，第 943 页。

三十年代才出现”,又说“首先明确界定‘直译’概念的,当属茅盾”[①],因为茅盾在1921年4月10日《小说月报》第12卷第4期发表的《译文学书方法的讨论》中说“翻译文学之应直译,在今日已没有讨论之必要”[②];陈福康则认为“在中国近代翻译史上,最早较明确地提出‘直译’的观点,高张一帜,开译界新风的,是鲁迅、周作人兄弟”,更确切地说是“1920年4月17日,周作人在他的译文集《点滴》的序中说,他的这几篇译作有‘两件特别的地方’,其第一件便是‘直译的文体’”[③]——在陈福康看来,周作人似乎是最早提出“直译”的,在时间上也确实比茅盾早了一年;但王晓元进一步指出周氏兄弟还不是首先使用“直译”一词的,因为“傅斯年在1919年1月16日所作的《译书感言》中便已认为‘用直译的笔法’是‘译书的方法’中‘公共的原则’之一。从此文还可看出,傅斯年在此前便已经使用‘直译’一说了”[④]。以上诸说大体都把“直译”提出的年代定在1920年前后,但细究其措辞则模棱两可、含糊不确。

现代意义上的“直译”确实是在“新文化运动”中兴起的,茅盾就说过“‘直译’这名词,在‘五四’以后方成为权威”[⑤]。这便给人一种错觉,好像“直译”是在“五四”时期才出现的。其实,早有学者注意到“直译”一词在20世纪初就已有人使用,只不过在当时是个“名声很坏的术语”[⑥]——比如《月月小说》1907年第5号上便有人撰文指摘当时的译者“卤莽从事,率尔操觚,即不免有直译之弊,非但令人读之,味同嚼蜡,抑且有无从索解者矣”[⑦];《月月小说》的总译述、晚清翻译大家周桂笙在该杂志创刊号上发表的《译书交通公会试办简章·序》,也称

---

① 胡晨飞《“直译”“意译”之历史溯源与理论界说》,《英语研究》2009年第1期。

② 茅盾《译文学方法的讨论》,《茅盾全集》第18卷,人民文学出版社1989年版,第87页。

③ 陈福康《论鲁迅的“直译”与“硬译”》,《鲁迅研究月刊》1991年第3期。

④ 王晓元《翻译话语与意识形态——1895—1911年文学翻译研究》,上海外语教育出版社2010年版,第232页。

⑤ 茅盾《直译·顺译·歪译》,《茅盾全集》第20卷,第39页。

⑥ 陈平原《二十世纪中国小说史》第1卷,北京大学出版社1989年版,第45页。

⑦ 阙名《绍介新书〈福尔摩斯再生后之探索第十一、十二、十三〉》,陈平原、夏晓虹编《二十世纪中国小说理论资料》第1卷,北京大学出版社1997年版,第272页。

“今之所谓译书者，大抵皆率尔操觚，惯事直译而已”①；更早一些的记录还可以在1903年出版的翻译小说《自由结婚》的弁言里看到，该书译者声称“若按字直译，殊觉烦冗，故往往随意删减，使就简短，以便记忆”②。这样看来，“直译”提出的时间肯定在“五四”以前，傅斯年、周作人、茅盾等人只能算是较早提倡“直译”的。

那么，“直译”的提法究竟是从什么时候开始的？中国古代文献中有没有出现过“直译”呢？

一

《说文·乚部》称：“直，正见也。从乚，从十，从目。”③段玉裁注：“谓以十目视。乚者，无所逃也。三字会意。”又：“见之审则必能矫其枉。”④在许慎和段玉裁看来，“直”的本义是用十个眼睛看，表示仔细观察，引申为矫正。但他们依据的是“直”的小篆字形“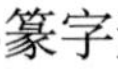”，而其甲骨文和金文字形分别是“”和“”。⑤我们注意到：“目”这一义符（甲骨文“”，金文“”）准确地保留了下来，但甲骨文中的一条分隔号到金文变成了“十”，又多出一个“乚”，而小篆则基本延续了金文的字形。这就推翻了许慎所谓“以十目视”的说法，“矫其枉”也不是由“见之审”引申出来的。根据“直”的甲骨文字形推断，“直”的造字本义可能是用“眼睛看直线”表示“直的，不弯曲的”。

“直”后来衍生的含义颇多，《故训汇纂》“直”条收录训释共计144种⑥，《汉语大词典》归纳的义项也有28种之多，涉及形容词、动词、名词、副词等

① 周桂笙《译书交通公会试办简单·序》，《月月小说》1906年第1号。

② 自由花《〈自由结婚〉弁言》，陈平原、夏晓虹编《二十世纪中国小说理论资料》第1卷，第109页。

③ 许慎《说文解字》，徐铉校定，江苏古籍出版社2001年版，第267页下。

④ 许慎《说文解字注》，段玉裁注，中州古籍出版社2006年版，第634页上。

⑤ 汉语大字典编辑委员会《汉语大字典》，四川辞书出版社2010年版，第71页。

⑥ 宗福邦、陈世铙、萧海波《故训汇纂》，商务印书馆2003年版，第1543—1544页。

各种词类①。“直”作副词时，可表示“径直；直接”。现代汉语中的“直译”一词也包含了“直接”这层意思，比如《汉语大词典》就把“直译”解释成“尽量按照原文直接译出”②。杨树达《词诠》称：“直，表态副词，径也，今语言‘径直’。”③这一用法在战国时代已经出现，如《公羊传·庄公三十二年》：“杀世子、母弟，直称君者，甚之也。”④后世一直沿用，如《史记·魏公子列传》：“侯生摄敝衣冠，直上载公子上座。”⑤北魏贾思勰《齐民要术·八和齑》“橘皮”：“新者直用。”石声汉译：“新鲜的，直接用。”⑥唐元稹《和李校书新题乐府·上阳白发人》：“醉酣直入卿士家，闺闱不得偷回避。”⑦在这几个例子中，作为副词的“直”都是和动词组成状中短语（“直称”“直上”“直用”“直入”）。类似地，古代汉语里也出现过由副词“直”（直接）和动词“译”（翻译）组成的状中短语，其字面意思就是“直接翻译”。

不少研究者都已注意到《宋高僧传》里就有“直译”这个说法。⑧北宋僧人赞宁（919—1001）在总结前人译经理论的基础上提出“新意六例”，其中一例就是“直译”和“重译”：

> 一、直译，如五印夹牒直来东夏译者是；二、重译，如经传岭北楼兰、焉耆，不解天竺言，且译为胡语……⑨

这里的“重译”是指先由梵语译为“胡语”，再由“胡语”译为汉语，其实就是

---

① 罗竹风《汉语大词典》第1卷，上海辞书出版社1986年版，第853页。

② 同上，第868页。

③ 杨树达《词诠》，上海古籍出版社2006年版，第170页。

④ 刘尚慈《春秋公羊传译注》，中华书局2010年版，第176页。

⑤ 司马迁《史记》，中华书局1959年版，第2378页。

⑥ 贾思勰《齐民要术今释》，石声汉校释，中华书局2009年版，第804、812页。

⑦ 元稹《元稹集》，中华书局1982年版，第278页。

⑧ 如王文颜《佛典汉译之研究》，天华出版事业股份有限公司1984年版，第280页；张广达《论隋唐时期中原与西域文化交流的几个特点》，《北京大学学报》（哲学社会科学版）1985年第4期；陈福康《中国译学理论史稿》，上海外语教育出版社1992年版，第50页；王宏印《中国传统译论经典诠释——从道安到傅雷》，湖北教育出版社2003年版，第83—84页；曹明伦《翻译之道：理论与实践》，河北大学出版社2007年版，第40页；李小荣《汉译佛典文体及影响研究》，上海古籍出版社2010年版，第11页；贺爱军《译者主体性的社会话语分析——以佛经译者和近现代西学译者为中心》，科学出版社2015年版，第77页。

⑨ 赞宁《宋高僧传》，范祥雍点校，中华书局1987年版，第54页。

现在说的转译，即“不直接根据某种语言的原文翻译，而根据另一种语言的译文翻译”[①]；与之相对的“直译”则强调不经过中间译本，直接从原文(此例中指五印度的梵本佛经)译出。“直译”的这一用法在元代也出现过。根据《金史》的记载，金章宗于明昌二年(1191 年)四月下诏，决定：

自今女直(真)字直译为汉字，国史院专写契丹字者罢之。[②]

金朝虽然创制了女真字，但灭辽后契丹字仍在使用。金世宗时，女真字与汉字对译，都需通过契丹字转译。[③]直到金章宗时，女真字才不再经过契丹字转译而“直译”为汉字。

以上两处“直译”都含有直接翻译的意思，且都与转译相对。但是，在不同的语境中，怎样的翻译才算“直接”，各人的理解并不一致。

唐代的义净(635—713)便是在另一个意义上使用“直译”。在他翻译的《根本说一切有部毗奈耶》第 28 卷中记载了这样一条戒律：如果有猎人问比丘是否看到他追赶的猎物，佛陀要求弟子即使看到也不能作肯定回答(因为这样做会间接导致杀生)，而应对猎人嘘寒问暖，以言语搪塞；若猎人一再追问，比丘可以先“自观指甲”，然后对猎人说：“诺佉钵奢弭。”[④]“诺佉钵奢弭”是用汉字记录的梵语发音，义净解释说：

若据梵音，“诺佉”者是“爪甲”义，亦是“不”义；“钵奢”是“见”义；“弭”是“我”义。即是“我见爪甲”，亦目“我不见”义。苾刍(即比丘)眼看爪甲，即表不是妄言。彼人闻说道无，即谓无不见物。佛开方便，救苦众生。若直译云“我观指甲”，道理无不相见。为此留本，梵音口授，方能细解。[⑤]

---

①② 脱脱等《金史》，中华书局 1975 年版，第 218 页。

③ 马祖毅《中国翻译简史：“五四”以前部分》增订版，中国对外翻译出版公司 1998 年版，第 176 页。

④⑤ “若苾刍见有猎人逐獐鹿等来入寺内，苾刍见已，猎人问言：‘圣者，颇见有走鹿从此过不？’苾刍不应答言‘我见’。若是寒时，报屠人曰：‘贤首，汝可暂入温室中，少时向火’；若是热时，报言：‘贤首，汝可暂入凉室，饮清冷水，少时停息。’若猎者云：‘我不疲倦。我问走鹿’。即应先可自观指甲，报彼人云：‘诺佉钵奢弭。’”阙名《根本说一切有部毗奈耶》，义净译，《大正藏》第 23 册，大正一切经刊行会 1934 年版，第 779 页上。

"诺佉"对应的梵语兼有"爪甲"(即指甲)和"不"两种含义,于是"诺佉钵奢弭"就成为了双关语,既可以表示"我见爪甲",也可以表示"我不见"。如果比丘直接说没见到猎物,就触犯了佛教的根本戒条——"妄语戒";若先看一眼自己的指甲,再说"我见爪甲"便不破戒。而猎人以为比丘说的是"我不见",也就不会继续追赶猎物。"诺佉钵奢弭"利用了语言的歧义性,让出家人既不违反戒律,又能达到护生的目的。不过,这个巧妙的机关最好通过"梵音口授",很难用书面文字迻译——如果只取"诺佉钵奢弭"的一种意思,"直译"成"我观指甲",就不能凸显一语双关的效果,所以义净选择了音译加注的办法。很显然,"直译云'我观指甲'"中的"直译"并非与转译相对,而是指与音译相对的义译。[①]——这也是笔者见到的最早使用"直译"的例子。

类似的用法还见于北宋惟白的《大藏经纲目指要录》。该书卷三解说同本异译的《大集贤护经》,《般舟三昧经》和《拔陂菩萨经》时称:

> 所云"拔陂",或云"飒陁和",或云"拔波",皆梵音差别。此方直译为"贤护"。[②]

"拔陂","飒陁和"和"拔波"是梵语词"pāla"的不同音译,惟白没有选择音译,而是把梵文的意思翻译出来。此例中的"直译"和义净使用的"直译"一样,也是指根据原文的含义(而非发音)来翻译。称其为"直译",说明作者认为义译比音译更直接——由于音译造成了一词多译的情况,容易引起误会,义译在这里就显得简单明了,有利于译名的统一。

以上两例中的"直译"和赞宁说的"直译"之所以指代不同的翻译方法,乃是因为论者选取的参照物件不同:赞宁以"重译"为参照,认为不经过转译的翻译

---

① 现代汉语中的"意译"有两个义项:一是"根据原文的大意来翻译,不作逐字逐句的翻译(区别于'直译')",二是"根据某种语言词语的意义译成另一种语言的词语(区别于'音译')"参见中国社会科学院语言研究所词典编辑室编《现代汉语词典》第5版,商务印书馆2005年版,第1618页。为避免混淆,本文中的"意译"专指第一个义项,而将第二种"意译"写作"义译"。

② 惟白《大藏经纲目指要录》,《昭和法宝总目录》第2卷,大正一切经刊行会1929年版,第623页中。

更直接；义净和惟白则以音译为参照，将义译视作更直接的翻译，故称义译为“直译”。不过，即使同样面对义译和音译，论者也可能做出不一样的判断。比如清人何琇[①]在说明“古无叶音”时举过这样一个例子：

> 如“龟兹”读“邱慈”，此直译以同音，并无意义，是汉时读“龟”为“邱”、读“兹”为“慈”之明证。否则曷不直译为“邱慈”字欤？[②]

“直译以同音”明显是强调根据译出语的发音（而非含义）来翻译。这里的“直译”与《根本说一切有部毗奈耶》《大藏经纲目指要录》中表示义译的“直译”相反，指的是音译。

在赞宁的“新意六例”中，由于转译这种翻译方式需要利用中间译本，本身带有“间接”性，所以人们很自然地认为不经过转译的翻译更“直接”；音译和义译则不同，要判断哪个更“直接”往往带有主观性，论者完全可以根据自己对翻译的理解和论述的需要作不同选择，这就导致了“直译”在不同的语境中既可以指代音译也可指代义译。

还有一种非常特殊的“直译”，其语义与现代意义上的“直译”相反，反而接近我们现在说的“意译”。与以上几例类似，这种“直译”的出现也是由某个具体的名词翻译问题引起的：梵语“修多罗”（sūtra）是一切佛法的统称[③]，历来翻作“契经”。古代译经家认为，“修多罗”的本义是“线”，但译成“线”无法凸显对佛法的尊崇，故引申为“经”[④]；而“经”有“贯”和“摄”两种功能——所谓“贯穿即为契理，摄持即是合机”，其中包含了“契合”的意思，所以“译家依笔削之理，取呼召之便，借义助名”，把“修多罗”翻译成了“契经”。[⑤]从语义学的角度看，我们可

① 生卒未详，事见徐世昌《大清畿辅先哲传》，北京古籍出版社1993年版，第675—676页。

② 何琇《樵香小记》，中华书局1985年版，第11页。

③ “修多罗”也可以作为九分教或十二分教中的一类，专指长行（即以散文形式连缀而成的不限字数和行数的经文，与韵文“偈颂”相对）。

④ 按照法藏的说法，“线能贯华，经能持纬，义用相似；但以此方重于‘经’名，不贵‘线’称，是故翻译逐其所重，废‘线’存‘经’，从譬立名”。参见法藏《华严经探玄记》，《大正藏》第35册，大正一切经刊行会1934年版，第109页上。

⑤ 慧苑《续华严经略疏刊定记》，《卍续藏经》第5册，新文丰出版公司1993年版，第7页。

以近似地把"契(合)"理解成从"经"的词义中分解出来的一个义素。为了表意的明确和称呼的方便(比如构成双音节词),"古德"就用"契"修饰"经",组成定中式复合词"契经"来翻译"修多罗"。唐代僧人慧苑在《续华严经略疏刊定记》中指出这种译法是不恰当的,他主张:如果在既有的汉语词汇中可以找到对应译名,应直接使用该词;如果没有,就采用音译,或根据梵语的含义用汉语表达出来充当译词("若名梵汉共有,则敌对而翻;如其彼有此无,或即令留梵语,或复借义充名")——"契经"这种"半义半名"(以"契"为"义",以"经"为"名")的译法在慧苑看来不是译经正轨,他称之为"以义为名失"①。② 然而,只要稍微思考一下,我们必定会像元朝的普瑞那样作如下设问:

> 明知古人"经"上加于"契"字,是半从义耳。问:准前所释,若直译为"圣教",诸过皆离,何须委曲作此解耶?③

假如明知"契经"一译属于"半从义",仍译作"经"乃是因为中国人习惯用"经"来指称圣人的教化,那为什么不索性把"修多罗"直译为"圣教"呢?④大费周章地译成"契经",岂不是授人口实?

值得注意的是,普瑞认为把"修多罗"翻成"圣教"是一种"直译"。从今天的角度看,既然"古人"认为"修多罗"的本义是"线",那么把它译为"圣教"就是一种意译;但在普瑞假设的语境中,"契经"一译过于迂回("委曲"),由"线"及"经"的推理

---

① 慧苑《续华严经略疏刊定记》,《卍续藏经》第5册,新文丰出版公司1993年版,第7页。

② 《刊定记》先作"译义为名失"(同上,第7页上),后称"以义为名失"(同上,第7页下)。《华严大疏钞》引作"以义为名失"(澄观《华严大疏钞》,《大正藏》第36册,第35页上),澄观《华严经疏钞玄谈》(《卍续藏经》第8册,第432页上)、道鲜《华严经谈玄抉择》(《卍续藏经》第11册,第910页上)、普瑞《华严经谈会玄记》(《卍续藏经》第12册,第213页下)亦作"以义为名失"。

③ 此处实为普瑞明知故问、自问自答,其云:"有理可通,则为出意释之,使夫后人不轻圣教;若理不可通,则正之以梵本,须为辨明,令邪正区分。今既有理可通,故出意释之。"参见普瑞《华严经谈会玄记》,《卍续藏经》第12册,第213页下。普瑞认为约定俗成的"契经"一译"有理可通",所以没必要据此指责"古人"。

④ "圣教"一词在唐代常专指佛陀之言教。窥基《异部宗轮论疏述记》载:"'圣'者,正也。与正理合,目之为'圣'。又,契理通神,名之为'圣'。此言所显,即佛世尊所说教能引圣,名'圣教'。"参见窥基《异部宗轮论疏述记》,《卍续藏经》第83册,第424页上。玄奘所译经典唐诗概称"新译圣教",唐太宗亦有《大唐三藏圣教序》。参见慈怡《佛光大辞典》第6卷"圣教"条,佛光出版社1998年版,第5581页中。

过程本身就以“圣教”为逻辑上的中转，不如译成“圣教”更加直截了当，还能避免各种争议（“诸过皆离”），因此这种译法很自然地被他称为“直译”。——有趣的是，这种“直译”所表达的含义和现代意义上的“直译”恰好相反。

总的来说，“直”“译”连用在古代文献中比较少见，而且和现在说的“直译”有很大差别，其含义是从字面上合成的，即：

表示直接的“直”＋表示翻译的“译”＝表示直接翻译的“直译”。

虽然在不同语境中，“直译”具体指代的物件也不同，但其本身的含义都是“直接翻译”——正因为以上提到的四种翻译方法都是论者心目中的“直接翻译”，所以才会被称为“直译”。我们知道，短语和复合词在语义上的区别之一就是短语的意义往往由组成该短语的各语素直接合成，而大部分复合词的意义则偏向于专门化和特殊化。①因此以上几例中的“直译”更接近于短语，“直”作为表方式的状语，修饰核心动词“译”。典型意义上的复合词“直译”在古汉语中并没有出现过。

二

近代以来，“直译”被用于指称与“意译”相对的翻译方法，但它在古代的用法并没有立即消失，而是在相当长的一段时间内仍然延续了下来。清末学人徐珂（1869—1928）在解释“察汉托洛亥山”一词时说：“蒙古言‘察汉’为白，‘托洛亥’为头，谓白云覆于山头，故邵阳魏源直译为‘白云山’也。”②“察汉托洛亥”系蒙古语音译，“白云”则是义译。若严格按照“察汉为白，托洛亥为头”来译，应作“白头山”。之所以翻成“白云山”，译者除了考虑到“察汉托洛亥”的语义因素外，还兼顾了对现实情状的描摹（“白”指白云）。这里的“直译”主要指代与音译相对的义译，同时也带有一定程度的意译色彩。与“察汉托洛亥山”相比，“白云

① 黄月圆《复合词研究》，《国外语言学》1995年第2期。
② 徐珂《清稗类钞》第1册，中华书局1984年版，第101页。

山”这一译法的“直接”性表现为语义的鲜明和文字的简练。再如，1925 年成仿吾在《现代评论》撰文比较徐志摩、胡适和朱家骅各自翻译的诗歌《弹竖琴者》时称：“朱译是从德文直译出来的，所以除了二、三两行（前四行与后四行）译走了之外，比较上倒还忠实，胡徐两位是从 Carlyle 的英译重译出来的，蛇足颇多。”①这里的“直译”与“重译”（转译）相对，与赞宁“新意六例”中的“直译”同义。不过这一意义上的“直译”后来更多地被称为“直接译”或“直接翻译”，以区别于表示转译的“间接翻译”②；“重译”则成了重新翻译的意思。

相较而言，指代音译的“直译”具有更强的生命力。试看以下几例：

> 版克此云银号，又曰票号、曰兑局、曰钱店，其实皆版克也。所不当云银号者，以其业不仅银；所不当云钞局者，以其事之异古。而票号诸名又嫌不典，不若直译其音之为当也。③
>
> 蒲陶目宿，昔皆汉土所无，则直译其音以成。④
>
> 佛经中梵文名词都直译其音，即如“南无阿弥陀佛”，今有几人能言其意耶？⑤

“版克”“蒲陶目宿”“南无阿弥陀佛”和上文提到的“龟兹”一样，所谓“直译”指的是音译。⑥由于“直译”之后往往紧跟宾语“其音”，不容易和表示逐字逐句义译的

---

① 成仿吾《〈弹竖琴者〉的翻译》《现代评论》1925 年第 2 卷第 48 期，第 19 页下。

② 如鲁迅《论重译》《再论重译》，《鲁迅全集》卷五《花边文学》，人民文学出版社 1959 年版，第 408—411 页；茅盾《论重译及其他》，陈惇、刘象愚编选《穆木天文学评论集》，北京师范大学出版社，第 375—377 页；穆木天《翻译的直接与间接》，《茅盾全集》第 20 卷，第 140—142 页。

③ 亚当·斯密《原富》，严复译，按语，商务印书馆 1981 年版，第 85 页。

④ （章）太炎《规新世纪（哲学及语言文字二事）》，《民报（六）》影印合订本，中华书局 2006 年版，第 3778 页。

⑤ 胡适《胡适留学日记》上册，安徽教育出版社 1999 年版，第 111 页。

⑥ 有人认为严复文中的“直译”“应指语言形式贴近原语的翻译方法”，其理由是“音译是较为极端的直译，是不译之译”，并由此推断“直到清朝末年，直译才出现了接近今天的意义，即贴近原文形式的翻译方法”参见赵巍、石春让《“文质”的现代转化问题——兼论传统译论的价值和现代阐释》，《上海翻译》2009 年第 3 期。笔者不赞同这一说法。严复只说“直译其音”“为当”，“为当”不代表一定贴近原文；即便认定音译更贴近原文，以音译为“直译”的看法也并非始于清末——上文所引《樵香小记》的作者何琇系雍正 11 年（1733 年）进士，可见以音译为“直译”的做法在清前期已有。

“直译”相混，所以这一用法长期沿用。直到 1993 年，有人在谈到“直译”时，仍将其分成“直译其音”和“直接按原文字面意思来译”①两类。

> 十九世纪末还新增了一种古汉语中从未出现过的“直译”，即：以本国语言解外国语言，谓之“横译”；以今日语言解古时语言，谓之“直译”。②

这一说法出自近代教育家陈荣衮（1862—1922，字子褒）在 1899 年发表的《论训蒙宜先解字》。所谓“横译”（“以本国语言解外国语言”）类似于雅各森提出的“语际翻译”；而“直译”——“以今日语言解古时语言”，则接近传统小学中的训诂。清儒陈澧曾说：“地远则有翻译，时远则有训诂。”③陈荣衮将训诂归入翻译，并根据中西方文字书写习惯的差异，别之以“直译”“横译”之名。这种分法其实并非陈氏首创，1878 年就有人提出过，只不过用的不是“直译”和“横译”，而是“直翻”和“横翻”：

> 盖以华文化梵语，是“横翻”也；以今人解古书，犹“直翻”也。④

“译”和“翻”都是翻译的意思，从表述看，陈荣衮很可能是借鉴了上述观点。不过这种“直译（翻）”终究只是一家之言，并没有获得广泛认可。

近代以来出现的最重要的一种“直译”当然就是强调忠实原文的“直译”，也就是我们现在经常使用的译学术语“直译”。20 世纪以来，人们关于“直译”和“意译”的争论其实在很大程度上源于对这两个词的理解存在分歧。究竟怎样的翻译算“直译”，怎样的翻译算“意译”？译者和翻译批评家往往各执一词，众说纷纭。但可以肯定的是，我们大体上是把这两个词当成一组相对的概念在使用——当我们谈论“直译”时，往往表示区别于“意译”；当我们使用“意译”时，则表示区别于“直译”。两者在语义上互相区别。⑤因此，建构“直译”和“意译”的对

---

① 王盛英《关于人名、地名和书名等的翻译问题》，《西安教育学院学报》1993 年第 4 期。

② 陈子褒《论训蒙宜先解字》，区朗若、冼玉清、陈德芸编校《陈子褒先生教育遗议》，广西师范大学出版社 2012 年版，第 7—9 页。

③ 陈澧《东塾读书记（外一种）》，生活·读书·新知三联书店 1998 年版，第 218 页。

④ 沈善登《报恩论》，《卍续藏经》第 110 册，第 489 页上。

⑤ 例如，《现代汉语词典》认为“直译”指“偏重于照顾原文字句进行翻译（区别于‘意译’）”，而“意译”则是“根据原文的大意来翻译，不作逐字逐句的翻译（区别于‘直译’）”（第 1749、1618 页）。《中国翻译词典》也将“意译”定义为“与直译相对应的翻译术语”（第 851 页）。

立是两者概念定型的重要标志。

1919年3月，傅斯年在《新潮》发表《译书感言》，将“直译”和“意译”以二元对立的方式进行排比分析：

> 直译没有分毫藏掖，意译却容易随便伸缩，把难的地方混过！所以既用直译的法子，虽要不对于作者负责任而不能。既用意译的法子，虽要对于作者负责任而不能。直译便真，意译便伪；直译便是诚实的人，意译便是虚诈的人。直译看来好像很笨的法子，我们不能不承认他有时作藏拙的用，但是确不若意译专作作伪的用。[①]

这里的“直译”和“意译”与其说是两种翻译方法，倒不如说是两个符号化的标签。“五四”时期的激进主义思潮赋予“直译”和“意译”以鲜明的价值判断，两者借由背后的伦理冲突（“负责任/不负责任”、“真/伪”、“诚实/虚诈”等）成为针锋相对的两个极端。但正由于“直译”和“意译”是当成符号被加以利用，作为翻译方法的“直译”和“意译”被施以口号式的粗暴归类，并没有得到深入细致的探究。

比较系统的论述见于梁启超在1920年写作的《翻译文学与佛典》。梁文将佛经翻译文体问题的焦点归于“直译、意译之得失”，认为中国的佛经翻译经历了“未熟的直译”“未熟的意译”“直译”“意译”“两者调和”[②]五个阶段。具体而言：汉末译经，由于“语义两未娴洽”，只能“依文转写而已”，故称“未熟的直译”，以安世高和支娄迦谶为代表；三国至西晋间的译品，“顺俗晓畅，以期弘通”，是为“未熟的意译”，以支谦、竺法护为代表；随着译经事业的日益兴盛，译本迭出，玉石混淆，“于是求真之念骤炽”，故有东晋道安主张纯粹“直译”；但尊尚“直译”太过，则矫枉过正，“复生反动”，于是出现了偏重“意译”的鸠摩罗什；到了唐代，精通梵汉两种语言的玄奘终于达到“意译直译，圆满调和”的境界，形成“中外醇化之新文体”。[③]梁启超在此文中将东汉至唐开元年间的佛经汉译史描绘成“直

---

① 傅斯年《译书感言》，欧阳哲生主编《傅斯年全集》第1卷，湖南教育出版社2003年版，第194页。

② 梁启超《翻译文学与佛典》，《佛学研究十八篇》，上海古籍出版社2001年版，第179—180页。

③ 同上，第179—188页。

译"和"意译"此消彼长、终趋融合的过程。"直译"和"意译"不仅被视作一组对立的翻译方法，而且其思想被认为覆盖了从东汉桓帝到唐代玄奘这五百年间的佛经汉译史。

梁启超的判断是否恰切另当别论，但他的确为"直译"和"意译"这两个后出的概念接续了漫长的"前世"，使这两个词成为统摄传统翻译思想的核心概念。正如吴海勇所指出：《翻译文学与佛典》发表之后，"采用直译、意译这一组概念来分析古代佛经翻译言论，进而将后汉至有唐的佛经翻译实践描述为直译与意译的正反合发展过程的做法，与梁氏同出一辙，实即承袭梁氏论文的既成思路"①。李小荣也认为："此后对佛经汉译的理论检讨，大都围绕着直译、意译关系而展开，并常常兼及或融会文、质问题为一体。"②尽管佛经汉译史上的"文""质"概念是否可与直译、意译等同尚存争议，但就其沿袭的二元对立分析模式来看，前者亦可视为后者的某种术语转换。采用"直译/意译"这套话语模式对佛经汉译方法的沿革进行描述的文字不胜枚举③，经过反复使用遂成为翻译批评不可或缺的重要术语，以致现在我们讨论翻译方法问题时首先想到的多半也是"直译"和"意译"。

然而，通过上文的讨论，我们知道古代汉语中虽然出现过"直译"，但根本没有成词，其含义和现在当作翻译术语使用的"直译"全然不同。那么，现代意义上的"直译"的首次出现到底可以追溯到什么时候？我们是否可以考证出其确凿来源呢？

三

1907年，清末修法大臣沈家本在一封奏折里谈到法律翻译问题时这样说道：

① 吴海勇《中古汉译佛经叙事文学研究》，学苑出版社2004年版，第447页。
② 李小荣《汉译佛典文体及其影响研究》，上海古籍出版社2010年版，第1页。
③ 参见杨全红《走近翻译大家》的摘录，吉林人民出版社2004年版，第196—201页。

> 从前日本译述西洋各国法律多尚意译，后因讹误，改归直译，中国名词未定，逡译更不易言。[①]

这段文字的意义是不容小觑的：首先，“直译”和“意译”同时出现，而且被当作两个含义相对的词来使用，显然已经是现代意义上的翻译术语；其次，“直译”出现在官方文书中，说明这两个词已经成为比较正式的书面汉语。

“直译”单独使用的例子则要更早。1901 年《万国公报》刊登了廖云翔的《论日本文》，其后有《本馆附跋》道：

> 大凡欲译一书，必将原书融会贯通，并书之旁面底面以及来源归宿，又书外之事与书中有关涉者，须一一洞悉无遗，而后能毫无遗憾。曩予为李文忠译路透电音，初系直译其语，而电文甚简。文忠读之，茫然不解。后每译一电，必先历叙缘由，方觉一目了然。译书者亦犹是也。[②]

作者认为“直译”忽视了背景知识的介绍，使不熟悉原文语境的读者“读之茫然不解”。类似的看法在 19 世纪初并不罕见，现代意义上的“直译”刚刚出现时，常常被当作一种不恰当的翻译方法予以否定。除了认为“直译”会造成语境的缺失，它往往还意味着语句不通顺、文字不洗练，有悖汉语读者的阅读习惯。1902 年 10 月，张之洞在提议翻译西书作为新式课堂的教材时也明确反对“直译”，因为这样的译本“多诘曲支冗之词”。他主张对译文进行润色，“使明白条畅，合于中国古今文法语气”[③]。由此可见，“直译”在时人眼里大约就是文不从、字不顺的代名词。

1907 年，有官员建议清廷翻译一些西方宗教书籍颁行各省，让民众了解西教，从而避免教案的发生。[④]在翻译方法上，“直译”同样在批判之列，其理由有

---

① 沈家本《修订法律大臣沈家本奏修订法律情形并请归并法部大理院会同办理折》，故宫博物院明清档案部编《清末筹备立宪档案史料》下册，中华书局 1979 年版，第 838 页。

② 廖云翔《论日本文》，李天纲编校《万国公报文选》，生活・读书・新知三联书店 1998 年版，第 668—669 页。

③ 张之洞《筹定学堂规模次第兴办折》，《张文襄公全集》第 1 册，中国书店 1990 年版，第 984 页下。

④ 程淯《分省补用道程淯条陈开民智兴实业裕财政等项呈》，故宫博物院明清档案部编《清末筹备立宪档案史料》上册，中华书局 1979 年版，第 289 页。

二:第一,“一直译之,便不成文,言之不文,士大夫均不欲观”。这和梁启超、张之洞的看法一样,仍是在指摘“直译”造成的语法失当。第二,“东西风俗各殊,学问好尚辄为内地人民所不经见,于是因种种之猜疑而目为邪教者有之”①。作者认为,“直译”无法有效实现东西方文化的转换,导致人们对西教产生种种误解,甚至视其为邪教,最终酿成教案。这已是从语言层面深入到文化层面,指出“直译”在“文化翻译”方面的缺陷。类似地,还有人注意到了“直译”在传达幽默时的无能为力:

> 良以他国极可笑之事,苟直译而置诸吾国人之前,窃恐未必尽解,遑论其笑矣。②

不过,也有可能发生相反的情况:在译出语文化中稀松平常的文字,经过不恰当的“直译”反而引人发笑。在1913年5月《庸言》杂志发表的《中国人之弱点》一文中,英国留学归来的叶景莘便指出,“犬马之劳”“泥首叩谢”“亵渎清听”等汉语书面语中的谦辞“设直译为西文,见者必皆大笑”③。作者立意固在批判中国人的“虚浮”,但也点出了“直译”有可能暴露出的中西方文化的巨大隔阂。同样的,曾长期担任晚清史官的恽毓鼎在日记里记录了他和德国地质学家梭尔格谈论《庄子》的过程,他也强调“其中寓言十九,恐非直译所能尽其旨也”④。对“直译”的排斥在文学界尤为突出,周桂笙的这段批评颇具代表性:

> 今之所谓译书者,大抵皆率尔操觚,惯事直译而已;其不然者,则剿袭剽窃,敷衍满纸,译自和文者,则惟新名词是尚,译自西文者,则不免诘屈聱牙之病,而令人难解则一也。⑤

---

① 程淯《分省补用道程淯条陈开民智兴实业裕财政等项呈》。

② 采庵《〈解颐语〉叙言》,陈平原、夏晓虹编《二十世纪中国小说理论资料》第1卷,北京大学出版社1997年版,第276页。

③ 叶景莘《中国人之弱点》,梁启超主编《庸言(三)》影印合订本,中华书局2010年版,第1990页。

④ 恽毓鼎《恽毓鼎澄斋日记》第2册,史晓风整理,浙江古籍出版社2004年版,第675页。

⑤ 周桂笙《译书交通公会试办简章·序》,《月月小说》1906年第1号。

"诘屈聱牙""殊觉烦冗"[1]"味同嚼蜡""无从索解"[2]云云几乎就是晚清文学翻译家和批评家眼中"直译"的代名词。[3]

不过,作者翻译术语使用的"直译"一词在汉语中的首度出现很可能比上文提到的几个例子还要早。19 世纪 80 年代初日本佛教学者南条文雄写给中国近代佛学家杨文会居士的一封信里这样写道:

> 贵嘱《阿弥陀经》梵、汉、罗马文字合璧,昨来才得闲暇,草草卒业。兹将稿本寄上,梵字上所附汉字直译,与彼隋达摩笈多译《金刚能断般若波罗蜜经》一般,惟译一二梵语而已;如其义译,译家两巨擘鸠摩罗什、玄奘,已擅其美,今复何言。……藕益大师智旭《阅藏知津》中,评达摩笈多所译《金刚经》,以为文拙甚。然此非其文实拙,惟由其原文文法之异。旭师不知其为直译,是以有此评也。[4]

南条文雄是日本净土真宗大谷派佛教学者,早年接受过系统的儒学训练,熟谙汉文。1876 年,南条被派往欧洲学习梵文和印度哲学,其间结识了正在伦敦访问的杨文会居士并引为至交。杨文会回国后仍与南条保持书信往来,近三十年内通信七十余封。以上所引的这封信作于 1881 年(明治十四年)[5],当时两人均在欧洲。信里说的《金刚能断般若波罗蜜经》是南印度僧人达摩笈多于隋文帝开皇十二年

---

① 自由花《〈自由结婚〉弁言》:"若按字直译,殊觉烦冗,故往往随意删减,使就简短,以便记忆。"(陈平原、夏晓虹编《二十世纪中国小说理论资料》第 1 卷,第 109 页)

② 阙名《绍介新书〈福尔摩斯再生后之探索第十一、十二、十三〉》:"夫译书极难,而译小说书尤难。苟非将原书之前后情形,与夫著者之本末生平,包罗胸中,不但卤莽从事,率尔操觚,即不免有直译之弊,非但令人读之,味同嚼蜡,抑且有无从索解者矣。"(同上,第 272 页)

③ 参见陈平原《二十世纪中国小说史》第一卷第二章第二节"意译为主的时代风尚",北京大学出版社 1989 年版,第 40—50 页。

④ 杨文会《与日本南条文雄书二(附来书复书)》,《杨仁山全集》,周继旨校点,黄山书社 2000 年版,第 479—480 页。

⑤ 原件未署日期。南条文雄与杨文会于 1881 年 6 月 30 日(六月初五)在英国伦敦初会,但南条只在伦敦逗留了两日便返回牛津。参见陈朝曙《杨仁山传》,当代中国出版社 2011 年版,第 90 页。后南条致信杨文会称:"弟归牛津,已过一旬,未作一书,对君前夜之高问,太旷友谊,伏乞宽贷。"可见两人分别大约一周后,杨文会又赴牛津拜访南条,从此两人终身未曾再见。此函作于牛津一别之后,其谓"分手以后,倏忽五旬"(479),则此函当作于 1881 年 8 月末。参见杨文会《与日本南条文雄书二(附来书复书)》。

(592年)在长安译出的《金刚经》的第四个汉语译本。[①]该译本的特点是将《金刚经》原文逐词译成汉语,并按照原来的梵文语序排列,"好像一个用'中文'书写的'梵文本'"[②]。[③] 清代名僧通理亦称其"译对梵文,语多倒词,意虽不乖佛旨,习乃有背时机,句且难明,义应莫晓"[④]。南条称这种翻译为"直译",并以笈多译本中的"大比丘众共半三十比丘百"为例,说明其如何"与梵文语合"。[⑤]与南条文雄有过交往的清代学者文廷式在《纯常子枝语》中叙及此论时,也使用了"直译"一词,其云:"南条文雄曰:佛经卷初举同闻众之数曰'大比丘众千二百五十人',此数在梵本直译当曰'半三十百'。"[⑥]可见这段引文中的"直译"就是现代意义上的直译;而"如其义译,译家两巨擘鸠摩罗什、玄奘,已擅其美"根据句义判断其中的"义译"就是指意译,直译作为与意译相对的翻译手法在这里已经出现。[⑦]

1925年,周作人在为自己的翻译小说集《陀螺》作序时说,他的翻译"向来用直译法,所以译文实在很不漂亮",然而"近来似乎不免有人误会了直译的意思,以为只要一字一字地将原文换成汉语,就是直译"[⑧]。紧接着他就举了南条文雄说的例子:

> 古时翻译佛经的时候,也曾有过这样的事,在《金刚经》中"与大比丘众千二百五十人俱"这一句话,达摩笈多译作"大比丘众共半十三比丘百",正是相同的例:在梵文里可以如此说法,但译成汉文却不得不稍加变化,因为

---

① 参见谢锐《〈金刚经〉六种汉语译本的相互关系》,《图书馆理论与实践》2001年第12期。

② 史原朋《〈金刚经〉及其不同译本研究》,《中国宗教》2009年第2期。

③ 《金刚经》笈多译本在唐代曾被称为"直本",如圆测即云"笈多所翻直本《般若》""直本《金刚般若》"(圆测 1993,697上、829下)。笔者认为这里的"直"乃是形容译本文字的质直(质朴平实),虽然此种效果确系直译造成,但其本意并非强调译文与原文之关系,故吕澂称笈多译本为"未经修改之草本"(吕澂 2008,5)。

④ 通理《金刚新眼疏经偈合释》,《卍续藏经》第39册,第489页上。

⑤ 杨文会《与日本南条文雄书二(附来书复书)》,《杨仁山全集》,第480页。

⑥ 文廷式《纯常子枝语》,江苏广陵古籍刻印社1990年版,第476页上。

⑦ 关于直译和意译在佛经汉译理论中对应的术语,分别参见陶磊《佛经评论中的"取意译"与"敌对翻"》,《复旦学报(社会科学版)》2015年第3期;《佛经汉译理论中的"正翻"和"义翻"》,《华东师范大学学报(哲学社会科学版)》2016年第6期。

⑧ 周作人《〈陀螺〉序》,钟书河编订《周作人散文全集》第4卷,广西师范大学出版社2009年版,第211—212页。

这是在汉文表现力的范围之外了。①

周作人显然看到了南条文雄将笈多的翻译称作“直译”，故而有此批评。可以推测，周作人对“直译”的理解和使用很可能是受南条的影响。

那么，南条文雄所用的“直译”(以及“义译”)又来自何处呢?

四

我们注意到，现代日语中也有“直译”(直訳)和“意译”(意訳)，《日汉大辞典》对这两个词的解释是:

直译。按照原文的字法和语法，逐字逐句忠实地翻译。②

意译。不拘泥于字句的对译，把意思译出。③

辞典中还指出它们的英语对应词分别为“literal translation”和“free translation”，并标明两者互为“对义”④，可见其含义和现代汉语里的“直译”“意译”相同。

一般认为，现代日语中的“直訳”可以追溯到兰学家杉田玄白(1733—1817)在翻译德国解剖学著作《解体新书》时提出的“翻译”，其弟子大槻玄泽(1757—1827)在重订该书时改称“直译”。⑤从幕府末年到明治初期，日本出现过许多如

① 周作人《〈陀螺〉序》，钟书河编订《周作人散文全集》第4卷，广西师范大学出版社2009年版，第212页。1951年6月15日，周作人在《翻译通报》上发表的《翻译四题》再次提到这个例子。参见同上第11卷，第28页。

②③④ 日本讲谈社《日汉大辞典》，上海译文出版社2002年版，第1398、156页。

⑤ 在1968年2月由日本筑摩书房发行的《言语生活》杂志第197号“直訳・意訳”特集中，有一则附在正文之后没有署名的短文——《直訳・意訳の語源》，指出“直译”“意译”二词未见于中国古代文献，应是由杉田玄白所创制的“翻译”(最初称为“对译”，其弟子大槻玄泽改称“直译”)和“义译”发展而来。1973年出版的《文学・语学》杂志第66号刊载了飞田良文的《近代語研究の資料》，其中“翻译资料”一节抄录了《直訳・意訳の語源》的大部分文字。关于大槻玄泽所说的“直译”和“义译”确切含义及用法，参见陶磊《〈日译西书解体新书〉中的“直译”和“义译”》，王宏志主编《翻译史研究2016》，复旦大学出版社2017年版，第59—95页。还有论者指出荻生徂徕(1666—1728)《训译示蒙》中的“直翻”已接近于现代意义上的直译参见杉本つとむ《徂徕とその言语研究——兰语学との关连を主として》，早稻田大学国文学会《国文学研究》1975年6月第56集。

《英文典直译》之类以“××直译”为名的译著。①作为翻译方法的“直译”还产生了一种特殊的译文文体，被称为“欧文直译体”（区别于“汉文直译体”②）。整个明治时期出版的字典中，至少有 20 种收录了“直译”一词，其中包括《言海》（1891）、《日本大辞书》（1893）、《日本大辞典》（1896）、《日本新辞林》（1897）等大型日本国语辞典，以下试举几处英语释例：

《附音插図英和字彙》（明治 6 年）：literalism · literalness

《和英語林集成》（三版）（明治 19 年）：Literal translation.

《漢英対照いろは辭典》（明治 21 年）：A literal translation; to translate literary; to translate word for word.

《和英大辭典》（明治 29 年）：Translating word by word; literal translation; —suru, To translate literally.

《模範英和辭典》（明治 44 年）：Crib · Literal translation · Metaphrase③

很显然，“直译”一词在明治时期已经实现了与英语中“literal translation”的语义对接，和我们现在说的“直译”完全一样。此外，《言海》《日本大辞书》《日本新辞林》等词典皆以“义译”为“直译”的反义词。④那么，1881 年南条文雄在致信杨文会时把“直译”和“义译”直接用到汉文书信里也就毫不奇怪了。

上文说过，周作人在 1925 年写作《〈陀螺〉序》时称他的翻译“向来用直译法”。如果要追踪周作人使用“直译”一词的最早证据，应当是他在 1920 年为自己的第一本翻译小说集《点滴》所作的序，他说这本集子里的小说有“两件特别的地方”，

①④　阙名《直訳・意訳の語源》，《言语生活》1968 年第 197 号。

②　也称“汉文训读体”。这种文体早在江户以前就已出现，虽然本质上也属于翻译，但当时的日本人并没有意识到这一点。这是因为日本在接受汉文化之初并没有固有的文字做媒介，以汉字作为表音符号（“万叶假名”）或用假名记录的文章不能算正式的文章，故“人不知其为译”参见沈国威《近代中日词汇交流研究：汉字新词的创制、容受与共用》，中华书局 2010 年版，第 70—71 页；胡山林《训读：日本汉学翻译古典汉籍独特的方法》，《日本研究》2002 年第 2 期。

③　惣乡正明、飞田良文《明治のことば辞典》，东京堂出版 1986 年版，第 372 页。

其中之一就是“直译的文体”[①];在提出“直译”之前,周作人最初使用的可能是“对译”[②],后来还说过“最好是逐字译”[③]。而杉田玄白最初正是把“直译”称为“对译”的[④],另一位日本兰学家高野长英(1804—1850)在《三兵答古知儿》中所立“译例八则”也把“对译”定为与“意译”相对的翻译方法[⑤]——同样也是直译的意思。日语里的“直译”还有一个同义词,称作“逐语译”[⑥],也就是周作人所说的“逐字译”。深谙日本文化的周作人对于兰学的历史当然不可能不熟悉,他曾以杉田玄白的回忆录《兰学事始》为题,专门撰文讲述杉田翻译《解体新书》的艰辛过程,又称“明治初年此书虽曾刻木,已不易得,近来收入《岩波文库》中始复行于世,价才金二十钱也”[⑦],俨然如获至宝。这样看来,周作人对“直译”的命名恐怕就不是一种偶然了。

我们知道,现代汉语中有大量词语(主要是双音节复合词)是在 19 世纪末 20 世纪初从日语中输入的。[⑧]“五四”时期开始流行的“直译”很可能属于这种情况。1895 年甲午战败激发了国人学习东洋近邻的热情,19 世纪末 20 世纪初遂掀起一波赴日留学的高潮。自 1901 年后留日学生年年增加,1905 年底达到八千至一万之众。[⑨]这为中日语言接触提供了重要契机。日本的很多汉字新词正是通过留学生的大量阅读和使用逐渐成为了汉语词汇的成员。[⑩]项文瑞在《游日

①③ 周作人《〈点滴〉序》,钟叔河编订《周作人散文全集》第 2 卷,第 234、235 页。

② 陈福康《论鲁迅的“直译”与“硬译”》,《鲁迅研究月刊》1991 年第 3 期。

④ 安永二年(1773 年),杉田玄白在写给藩医建部清庵(1712—1782)的一封信里提出“对译”“义译”“直译”三种方法,次年出版的《解体新书》中改称“翻译”“义译”“直译”,大槻玄泽修订该书时又调整为“直译”“义译”“对译”。参见松村明《翻译·对译·义译:解体新书とその译语(一)》,《国语》研究室 1964 年第 2 号。

⑤ 吉野政治《兰书三訳法の起源とその名称》,《同志社女子大学日本语日本文学》2014 年版,第 51—52 页。

⑥ 日本讲谈社《日汉大辞典》,第 1398 页。

⑦ 周作人《〈陀螺〉序》,钟叔河编订《周作人散文全集》第 4 卷,第 203 页。

⑧ 这类词语被称为“日语借词”。参见沈国威《回顾与前瞻:日语借词的研究》,《日语学习与研究》2012 年,第 1—9 页。

⑨ 实藤惠秀《中国人留学日本史》,谭汝谦、林启彦译,北京大学出版社 2012 年版,第 28 页。

⑩ 可参考高名凯、刘正埮(1958, 80)、北京师范学院中文系汉语教研组(1959, 77)、王力(2004, 602)、沈国威(2010, 189)、顾江萍(2011, 49—50)中的相关论述。

本学校笔记》(1903)里便记载了这样一个例子：

> 予又问森利平前日送来日本歌其意云何。曰：“オナジモジ、オナジオシヘノ、キミトワシ、ヨハヒモオナジ、ユトノタシサヨ。共三十一字。”森利平曰：“求之意译，即：古来我两国文字相同，师教亦同，加以我与君同龄，岂非不可思议之奇遇哉？呵呵！其直译，即：同文字，同师教，君与我龄又同，事之奇遇哉！”①

以上对话是以笔谈形式进行的②，森利平的回答系作者事后整理所得，而“直译”和“意译”这两个词应是从森氏的文字中直接挪用的。更重要的是，这段文字提供了一个具体的翻译实例，两种译文分别被冠以“意译”和“直译”之名。通过比较这两段译文，我们会发现“意译”的文本较之“直译”的文本，补足了一些句子成分和调节语气的虚词，使文字显得更加浅白生动。即使是不通日文的读者也能大概体会出两者的区别，从而理解“直译”的用法。

由于中日共用汉字系统，日语汉字词通过借形的方式可以迅速地进入汉语，而率先使用“直译”一词的理所当然是日本的中国留学生。湖南留日同乡会在东京创办的《游学译编》(1902)杂志第一册刊登了日本学者楢原陈政的《支那地理概述》一文的节译，译者在标题下特别注明：

> 概系直译。课忙，未及润色，阅者谅之。(楢原陈政 2008, 79)

上文说过，古汉语中虽然也出现了“直译”，但其含义和日语里的“直译”不同，指的是不经过中间译本的“直接翻译”，区别于传译。就语法结构而言，这种“直译”应归入短语一类。③在以上这段引文里，译者因为采用了“直译”法而向读者致歉，把“直译”理解成“直接翻译”显然不通。这里的“直译”好像只是翻译的第一道工序，炮制出的还只是“成色”不足的半成品——或辞藻不够优美，或文

① 项文瑞《游日本学校笔记》，王宝平主编《晚清中国人日本考察记集成：教育考察记》上册，杭州大学出版社 1999 年版，第 418 页上。

② 同上，第 418 页上。

③ 短语和复合词在语义上的一个重要区别是：短语的意义往往由各个语素临时合成，而大部分复合词的意义则偏向于专门化。参见黄月圆《复合词研究》。

法不够畅达，必须经过“润色”才能成就一篇合格的译文——而逐字逐句、不加变通的翻译恰恰可能造成这样的结果，因此这里的“直译”只能是日语中的“直译”。同样的用法还见于中国留日学生浙江同乡会主办的《浙江潮》(1903)发刊词，该刊宣称：

本志全体皆由同人编纂，虽不专工于文辞，然务适于我国民之用。说理必明畅，记事必简赅。非如直译剪抄者，令读者昏昏欲睡也。[①]

这里的“直译”显然也是逐字逐句翻译的意思，和上一个例子一样源自日语。在编者看来，翻译不应是原封不动地挪用原文，译文必须经过必要的修订。“直译”被认为是一种不负责任的“剪抄”行为，是偷懒的做法，会导致说理不明畅、记事不简赅，“令读者昏昏欲睡也”。

由于戊戌政变的失败，梁启超等维新人士流亡日本，在横滨相继创办了的《清议报》(1898)和《新民丛报》(1902)，鼓吹“保皇立宪”，刊载的文章多用日语词汇[②]，而“直译”一词便在其列。1899 年 1 月 2 日《清议报》登出的《善邻协会主旨》一文附有《著译凡例》五条，其中一条说：

泰西之书，大抵繁琐周密，其言不免冗复。若逐句译出，则不翅索然无味，恐使初学有望洋之叹。故本会译法，务从节约，直译难通者，迎意解之，不必一一拘泥。要简明切当，使一读得其要领。[③]

“善邻协会”是一个由日本人创立的组织，宣称其宗旨为“译述新书，以输诸清韩”[④]。此文应系日人直接以汉文写成，“直译”二字取自日语。“逐句译出”“索然无味”清楚展现了作者对“直译”的理解，而所谓“迎意解之，不必一一拘泥”则是把意译的意思包含在内了。1902 年 4 月出版的《新民丛报》在介绍周逵编译的《万国宪法志》时再次使用了“直译”一词，推荐者称赞该书：

① 蒋百里《〈浙江潮〉发刊词》，谭徐锋主编《蒋百里全集》第 4 卷，北京工业大学出版社 2015 年版，第 6 页。

② 沈国威《近代中日词汇交流研究：汉字新词的创制、容受与共用》，第 189 页。

③ 阙名《善邻协会主旨》，《清议报(一)》影印合订本，中华书局 2006 年版，第 104 页。

④ 同上，第 103 页。

> 体例谨严，文笔流畅，较之寻常直译之本，相去天渊。[①]

同以上几例相仿，逐字逐句地"直译"被认为容易造成语句不通顺，进而阻碍阅读。

《清议报》和《新民丛报》面向海内外发行，在华人知识界覆盖面积广，《新民丛报》的单期销量甚至达到过一万份之多，有时一期再版或辗转翻印达十余次，国内外寄售点九十多处，云、贵、陕、甘等边远地区均有出售[②]，影响之大，可见一斑。根据以上材料来看，《清议报》《新民丛报》以及其他留日中国学生所用的"直译"和"意译"来自日语应该是比较可靠的判断了。

五

根据本文的考察，古汉语中虽然出现过"直"和"译"连用的情况，但在现有的文献中我们并没有发现"直译"被当成一个词来使用的证据，甚至作为短语出现的"直译"也不多见。从语义上看，论者一般用"直译"表示"直接翻译"，和我们现在当作翻译术语使用的"直译"全然不同。所谓"直接"还可以根据语境的不同指代不同的翻译方法——按照现在的分类方法，至少包括直接译（不经过中间译本，与转译相对）、音译、义译和意译四种，具体取决于使用者对翻译的理解和论述的需要，带有很强的主观性。因此，古汉语中"直译"的语义是不确定的，而且从未用来指称现代意义上的直译（反而可以表示意译）。

现代汉语中的"直译"实际上属于日源词。日语中的"直译"一词至迟在幕末明初就已十分普及，见于各类大型词典。由于中日共用汉字系统，日语汉字词可以通过"借形"的方式迅速进入汉语词汇，而 19 世纪末 20 世纪的留日高潮则有力地推动了这一过程：湖南留日学生同乡会创办的《游学译编》、中国浙江

① 阙名《绍介新书》，梁启超主编《新民丛报（一）》影印合订本，中华书局 2008 年版，第 754 页。

② 方汉奇《中国新闻事业通史》第 1 卷，中国人民大学出版社 1992 年版，第 649—651 页。

留日学生同乡会的《浙江潮》以及梁启超等维新人士在日流亡期间创办的《清议报》和《新民丛报》便使用了“直译”。不过,“直译”在刚刚成为汉语词汇时,常常意味着语句不通顺、文字不简练,有悖汉语读者的阅读习惯,因而被当作一种不恰当的做法予以否定。直到“五四”新文化运动时期,“直译”才开始受到青睐。

原载《翻译学报》2017 年 12 月新一卷二期

现当代文学研究

1933 年的中国电影

洪　深

被期待作“中国电影年”的 1933 年，终于很快地消逝去了；在这新旧交替的时候，让我们来回顾一下一年间的业绩，检审一下一年间的步伐，再从这种对于过去的认识和反省，来决定我们新的再出发的基点，这反顾的工作，我想绝不是没意义的。

一、产生了些什么

从今年年初起，截至现在执笔中的 12 月 7 日止，在上海开映了下列这些国产影片。计：

一月份：《三个摩登女性》(联华)，《恋爱与骨肉》《东北义勇军战史》《东北义勇军血战史》(以上小公司)

二月份：《狂流》《失恋》(以上明星)，《天明》(联华)，《四郎探母》(小公司)

三月份：《琵琶春怨》(明星)，《城市之夜》《都会的早晨》(以上联华)，《孽海双鸳》《追求》(以上天一)，《春风杨柳》《三生石》(以上小公司)

四月份：《女性的呐喊》(明星)，《大丈夫》《荒岛野人记》《孤军》《她的心》(以上小公司)

五月份：《脂粉市场》《春水情波》《道德宝鉴》《前程》(以上明星)，《除夕》(联

华),《血书》《觉悟》《和平之花》(以上小公司)

六月份:《健美之路》《现代一女性》(以上明星),《二孤女》《图中秘密》《清白》(小公司)

七月份:《我们的生路》《文武香球》《心腹之患》(以上小公司)

八月份:《母与子》《压迫》(以上明星),《母性之光》(联华),《生机》(天一)

九月份:《满江红》《姊姊的悲剧》(以上明星),《飞絮》(天一),《猺山艳史》《到上海去》《拼命》(以上小公司)

十月份:《春蚕》《残春》(以上明星),《小玩意》《古寺鹃声》《清道夫》(以上联华),《苦儿流浪记》《挣扎》《飘零》(以上天一),《白金龙》《春潮》(以上小公司)

十一月份:《铁板红泪录》《香草美人》(以上明星),《半夜枪声》(联华),《血路》《三镖客》《晨曦》《离恨天》《爱拉廷》《西方夜谭》《蛮荒之花》(以上小公司)

根据以上的不完备的统计,我们知道在这"中国电影年"的十一个月之内,在数量上只生产了六十六部影片,其中,明星公司十八部,联华公司十部,天一公司七部,各小公司合计三十一部。换句话说,就是国产片的产量只能供给一家每五天换片一次的戏院,这种生产不振的原因,当然要归结到中国影业的缺乏资力和人才,但是终极的原因,当然是和整个的经济恐慌有不可分离的关系的。

二、新 的 萌 芽

从数量上讲,我们知道了这一年来的国产电影没有飞跃的发展,但是在素质上,自从"一·二八"的帝国主义的侵略战争之后,中国电影已经很明显地从颓废的、色情的、浪漫的,乃至一切反进化的羁绊中挣脱出来,而勇敢地走上了一条新的道路。1932 年的后期,中国电影已经开始了一种向着进步的道路前进的准备,1933 年春天,一方面因为电影刊物和电影观众对于有进步意义的作品有了热烈而严正的批评和督励,他方面因为社会和世界情势的变迁,使中国的电影从业员们对于本身的任务有了更明确的觉醒，于是在这三五年来沉沉暮气的中国影坛，又吹进了一脉清新的生气。

正像是在春天——从那种夹杂着沙砾的瘠土中间，透过了几年以来在这园地滋生着的莠草和毒卉的残骸，冲破了初春的霜雪，勇敢地怒茁出了一簇具有伟大的未来性的萌芽！在这一年的初头，开始认识了自身任务的中国电影人，对观众们投掷了几颗强烈的炸弹。例如，陈瑜[①]编剧卜万苍导演的《三个摩登女性》，丁谦平[②]编剧程步高导演的"狂流"，孙瑜编剧导演的《天明》和蔡楚生编剧导演的《都会的早晨》。

首先，《三个摩登女性》是这一年春季引起了最初的Sensation[③]的作品，(严格地说，这影片是制作于1932年冬季的作品，首次公映是1932年的12月30日)在这儿制作者站在进步的立场，以锐利的眼光，处理了现实的材料，在银幕上表现出来的没有一个作家头脑里面空想出来的幽灵，而一个个的都是具有血的30年代特有的人物，他鲜明地描写了三个范畴的女性和一个从动摇到转变的青年电影从业员的典型，他辛辣地放射了对于现存体制之下的文学、美术和电影的讽刺。其次，就是明星公司号称转变作风的《狂流》，这影片以1930年的长江水害当作题材，说明了这种泛滥十几省的水灾并不是由于天意的"天灾"，而只是一切社会的原因所造成的"人祸"。在这一点，和1932年度曾经轰动一时的影片《人道》有了尖锐的对比，《人道》歪曲地唆示人们相信好还的《天道》，《狂流》却很率直地呼喊着"靠得住的只有我们自己的力量!"第三，就是在《火山情血》已经表示了强烈反封建色彩的孙瑜先生的《天明》，这影片的主题，是在描写帝国主义侵略和军阀内战这两重压迫下面的农民生活，他描写了农村的崩溃，描写了在那些被迫无路可走的人们心里野火一般地燃烧起来的自然发生的

① 陈瑜：是田汉同志在从事进步电影戏剧活动时的化名之一，当时为了避免国民党反动政府的迫害，他曾用过许多化名，陈瑜是其中之一。

② 丁谦平：是夏衍同志在领导左翼电影运动初期经常用的化名之一，为了避免当时国民党反动政府的迫害，他还用过其他很多化名。

③ Sensation：英语，意即"轰动"。

对于帝国主义者和军阀的反抗。第四,是这一年内开创了续映记录的蔡楚生先生的《都会的早晨》,这作品虽则不曾标示出很前进的主题,但是作者在极平凡的一个家庭悲剧中间,很巧妙地暴露了现在社会的丑恶和缺陷,同时还描写了不同的两类人的没落和长成。在这一点,这剧本是有它充分的特殊性的。

除了这"四颗炸弹"之外,我们还不能忘记两位新人的作品,这,就是沈西苓先生的《女性的呐喊》和费穆先生的《城市之夜》了。

《女性的呐喊》,是一部以妇女问题为中心而展开的所谓暴露性的作品,在这儿我们的作者虽则也和《天明》的制作者同样地描写了一个因为军阀混乱而从乡村被驱逐到都市来的女性,但是在这儿他很现实地描写了女主人公尝味了丝厂女工的苦痛,体验了爱情寄托于金钱的悲哀,终于认识了社会的机构和看清了自身的出路的经过。《城市之夜》,同样的是一部暴露黑暗面的作品,作者很尖锐地观察和解剖了现社会正反对立的两面,揭发了金利生活者的自私自利的生活,从"住"的问题为中心,展开了社会的矛盾,而与观众以深刻的反省。很明白,这些暴露性的作品和那些将观众领导到乌托邦去的"空想的作品"及使观众走上绝望之路去的"虚无的作品",是很尖锐地对立着的。

三、几 种 主 流

上面所说的几棵苗树和萌芽,接着就很快地滋长起来,1933 年的电影作品,循着大致正确的方向,有了刮目相视的成就,虽则,和上面目录里面所举一样,还有许多和时代逆行的作品。譬如盲目地追随美国兽片的风潮摄制的《荒岛野人记》《蛮荒之花》,闭着眼睛替封建道德说教的《古寺鹃声》《文武香球》以及企图投合南洋片商的购买欲而制作的神怪片《西方夜谈》《爱拉廷》,等等,但是大多数的电影制作家,都已经认清了自身的道路。不仅历来顽强地认定影片只供娱乐不作别用的制片家们也开始了社会问题片的摄制,就是从来容易被人蔑视的小公司的艺人们也有了很长足的成就。例如强华公司的《我们的生路》,孤星公司的《二孤女》，福星公司的《恋爱与骨肉》，快乐公司的《拼命》与《到上海去》，白虹公司的《血路》，以及吉星公司的《晨曦》，等等，都是有充分的权利和可能去和所谓大公司的产品相颉颃的作品。

从今年这六十六部影片里面，我们可以看出几种明确的主流，第一，不断的凶残的帝国主义的对于我们民族生存的威胁和强烈而广泛的民众的对于帝国主义的反抗，在影片上有了明白的反映，在种种束缚的环境之下（例如上海租界的二重检查，以及香港及国外的留难等），这一年依旧产生了十部以上的以反帝为题材的作品，主要的如两部写实的《东北义勇战史》，暴露帝国主义经济侵略的《小玩意》《香草美人》《春蚕》[①]，以及《天明》《挣扎》《拼命》《血路》，等等。第二，反对封建体制的作品，这一年也有了很多的成就，例如暴露土豪劣绅助长灾害的《狂流》，反对封建婚姻制度的《琵琶春怨》，揭发遗产罪恶的《孽海双鸳》，以及《道德宝鉴》《健美之路》和正面地暴露四川封建剥削的《铁板红泪录》[②]。第三，就是上面说及的暴露的作品，这一倾向的作品，一年来占有了最大多数的部分，就是比较落后的作品，也都有意无意地加上一些暴露的穿插，在这一群作品里面，主要的有明星的《女性的呐喊》《道德宝鉴》《压迫》，联华的《城市之夜》《除夕》《母性之光》，等等。

除了这几种主流之外，对于妇女问题的严重的提出，也是一个值得注目的事项。电影里面的处理女性问题，本来是一件最普遍的现象，但是，在这一年里面所提出的以妇女问题为主题的作品，却已经不单将妇女当作作品的题材，而严肃地接触到了妇女解放问题与整个社会问题之解决的关系。这一类的作品，如《琵琶春怨》《女性的呐喊》《脂粉市场》《前程》《三个摩登女性》《母性之光》《生机》等等。在这些作品里面，当然也有歪曲现实的成分，但是在大体上，可以说都已经承认了“现代妇女解放运动，必与整个社会问题之解决有同一之命运”的前提。

---

① 《春蚕》：为夏衍同志根据茅盾原著同名小说改编的进步影片，由程步高导演。

② 《铁板红泪录》：是阳翰笙同志编剧、洪深同志导演的一部进步影片。

四、新人,新作

在这个"中国电影年"里面,能和澎湃的电影热相呼应,我们理想中应该有大群的新人的出现,但是,很遗憾地在这一年中并不能尽如我们的希望。除了许多既有的影艺者有了飞跃的成长之外,在导演,以新锐的作品和我们见面的只有《城市之夜》的费穆,《女性的呐喊》的沈西苓,《飘零》和《飞絮》的汤小丹,《清道夫》的袁业美,以及现在正在从事于《风》的摄制的吴村。在演员,在去年已经和观众见面过的金焰、郑君里、周伯勋、王人美、陈燕燕、艾霞,都有了很多的成就,在这一年之内出现的新人,有《女性的呐喊》中的王莹,《挣扎》中的刘炳华,《铁板红泪录》中的陈凝秋,等等。

正像上面述及了在去年度摄制而在本年度引起了 Sensation 的作品一样,我们在最后还未能忘记现在已经完成而尚未公映,乃至目下正在锐意摄制中的作品。对于这些,在未曾和观众相见之前,我们自然不能凭传闻来武断的推测,但是,根据制作者的已往的制作态度,他们的认识水准,乃至已经知道的剧本的构成,我们可以以热烈的心情,来期待将在 1933 年和 1934 年交替的过程中热闹地竞演的一群清新的影片。在这儿,有的是卜万苍的《黄金时代》,程步高的《悲怆的微笑》,李萍倩的《田园秋色》,孙瑜的《体育皇后》,蔡楚生的《渔光曲》,陈瑜的《民族生存》,沈西苓的《上海二十四小时》[①],邵醉翁的《吉地》,徐欣夫的《海角春风》,费穆的《人生》,吴村的《风》,郑正秋的《贵人与犯人》[②],等等。

不论以哪一种观点,我们确信着:中国电影的新的转变是一桩值得祝福和夸示的事情。上面所略述到的那一些作品,我们都应该看作从充满了沙砾的瘠土里面,夹杂在有害的莠草和毒卉中间生长出来的苗树,严正地矫正他的偏畸,

① 《上海二十四小时》:是夏衍同志编剧、沈西苓导演的一部进步影片。

② 《贵人与犯人》:即影片《姊妹花》的原名。

善意地维护他的成长，这责任是在广大的希望中国电影进步的观众们身上的。

春天，的确已经是初春了，虽则还有寒风，还有霜雪，但是无数的怒茁的新芽，已经一天天地正在成长。前途，是祝福着的，中国的电影艺人们，前进吧！

原载《文学》1934 年 1 月第二卷第一期，《中国电影》1958 年第 3 期

六十年来中国现代文学史研究一瞥

贾植芳

诸位朋友，今天我要作的演讲题目是关于国内近六十年来中国现代文学史研究的状况。关于中国现代文学研究，大致可以分作三类：一类是史料学，着重于中国新文学资料的发现和考证，采访作家及对作家回忆、史料订正等；第二类是作家作品研究，是有关个别作家的评传、创作道路及重要作品的研究；第三类是文学史，是在广泛吸收上面两类研究成果的基础上，从文学史发展的角度来重新估定文学现象、创作思潮以及作家的品位、价值及其影响。这一类研究除了正式的文学史著作以外，还包括对文学史现象做宏观研究的论著。我在这里要讲的，是第三类文学史研究的发展状况。

一、“现代文学史”研究的雏形

中国现代文学史研究的起步，晚于中国现代文学的发展。在“五四”新文学初期，许多文学史家都把工作重点放在为新文学定位，他们竭力证明，新文学不是一种想入非非的产物，而是中国古典文学发展的必然趋势，那个时期的文学史著作，都极力寻找新文学在历史上的渊源。如胡适的《白话文学史》，是从白话角度来重新整合中国文学史，以便确立白话文运动在文学史上的正宗地位。他原来的计划中，最后一章是“国语文学的运动”，顺理成章地讲到新文学。可是这部著作没有写完，1928年新月书店出版了《白话文学史》的上部，只写到唐代的白话文学；但在胡适的另一本著作《五十年来中国之文学》中，从晚清文学讲到新文学，最后一节是“略述文学革命的历史和新文学的大概”（1922年）。陈子展在《中国近代文学之变迁》（1929年，中华书局）也是从戊戌变法、诗界革命定到“五四”新文学，最后一章是“十年以来的文学革命运动”。周作人在《中国新文学的源流》（1933年，北平人文书店）则是从中国文学的“言志”和“载道”两派的发展来探讨中国新文学的由来，新文学的篇幅只占最后一节中的一部分。或可以说，到1932年为止，新文学在文学史著作中只是作为中国文学发展到20世纪以后的一部分，并没有独立成体系的意思。但不难看出，当时这些著作的立足点都站在新文学运动的基础上，用“五四”的新精神、新眼光来整合古代或者近代的文学，使新文学运动成为中国文学的合法继承者。

第一本以新文学为研究对象的文学史著作是王哲甫的《中国新文学运动史》（1933年，杰成印书局）。这部著作探讨了1917年的文学革命到1930年前后的文学创作，第一章开宗明义地对“什么是新文学”作出界定，指出“新文学的取义，不过是对昔日传统的旧文学而言，是中国文学史上的一种革命运动”。并强调了新文学与传统文学的区别，在于“它们所含的内容本质的不同”①。这是第一次把新文学放在传统文学的对立面上，突出新文学在文学史上的独立地位与革命性的意义。这本著作还第一次对新文学发展做了分期，以“五卅”运动为区别作为“第一期”和“第二期”的界线。书共十章，第九章是“新文学作家略传”，第十章是有关各种社团、期刊、书目等附录，二章均含史料性质，占全书篇幅的五分之二，在论述部分中也多陈述事实经过，保持原始材料的风貌，还论及“翻译文学”“整理国故”“儿童文学”等，用今天的眼光看，这本书基本上是属于史料性的著作。这以后，有1935年良友图书公司编撰出版十卷的《中国新文学大系》，约请了胡适、郑振铎、茅盾、鲁迅、郑伯奇、周作人、郁达夫、朱自清、洪深、

① 王哲甫《中国新文学运动史》，杰成印书局1933年版，第1页。

阿英十位名家写出各分卷的长篇导言。这十位作家都是新文学的开创者或主要作家，又是文学史的学者，对新文学头十年的发展历史不但有深刻的理解，而且有史的批评眼光，这十篇导言的合集，可以看作当时最权威的一部“新文学十年史”。再往后，30 年代末李何林编写了《近二十年中国文艺思潮论》(1940 年，生活书店)，这是一部站在左翼作家立场上对新文学运动中的思想斗争和理论斗争做了综合的回顾和总结的著作，虽然那时的理论在现在看来“未免失当”①，也虽然这部著作仍以收集保持“原始史料”为主要特色，但它已经开始了以政治观点来勾勒、整合文学史料的方法。此外，新文学史著作还有王丰园的《中国新文学运动述评》(1935 年，新新学社)、吴文祺的《新文学概要》(1936 年，上海亚细亚书局)、李一鸣的《中国新文学史讲话》(1943 年，世界书局)等。上述著作中，有许多是作者在高校开设的课程或者讲演的讲义，经修订后当作文学史著作出版。譬如陈子展的书稿是根据在南国艺术学院的讲稿改编，周作人的书稿是在辅仁大学的讲演，王哲甫的书稿是在山西省立教育学院开课的讲稿。这说明从 30 年代末起，中国新文学史已经进入了少数高等院校的讲坛，成为一门课程。尤其应该提出的是著名诗人朱自清在清华大学、北京师范大学和燕京大学开设的《中国新文学研究》课程。1981 年上海《文艺论丛》第 14 辑发表了朱自清的这份讲义大纲，是根据作者 1933 年在清华大学讲课的讲义整理的。这份大纲虽然没有详细的论述内容，但从提纲的内容看也是很有意思的。作者是学者又是诗人，具有很细腻的艺术感受，他的讲稿着重分析新文学作品的成形、技巧和创作特点，很有特色。譬如对郁达夫作品，分作八点：一、病的青年心理的解剖；二、现代人的苦闷；三、对于性的非游戏态度；四、社会苦闷和经济苦闷；五、时代精神与都市生活；六、爽直坦白真率；七、主观的即兴的态度；八、自然的婉细的表现。这八点其实把郁达夫的创作思想、艺术都分析到了，按这提纲讲下来，一定是比现在的一些文学史著作里讲郁达夫的更有趣。

① 李何林《近二十年文艺思潮论》，陕西人民出版社 1981 年版，第 3 页。

从上面简单的回顾中可以看到，中国新文学作为一门研究学科的雏形，在1949年以前就形成了，尽管当时新文学还在蓬勃地发展着，表现出无穷的生命力，尽管那时的新文学史研究还没有一个明显的时间概念，而且在当时具体条件的局限下，研究者也不可能对文学史做出很全面的把握，但这些著作表现出一些共同的特征。其一，所有的文学史著作都是个人的著作，代表着著作者个人的理论修养、思想水平以及艺术鉴赏力。尽管个别地看有些著作者也难免受到当时一些流行观念的影响，如王哲甫的许多观念明显受了胡适的影响，李何林的许多观念受了瞿秋白的影响。但即使这些较为流行的观念，当时也不绝对支配研究者的学术研究，这些著作基本上各人唱各人的调，表现出各人的治学风格（这一点在十篇《新文学大系》导言中表现得最明显）。其二，那时的"新文学"概念，类似现在的"当代文学"，是与时代同步发展着的文学现象，研究者与文学史的关系比较贴切，保存了许多不为后人注意的史料，如王哲甫的书中介绍的许多新文学作家都不为以后的文学史提及，其中有侯曜、孙俍工、濮舜卿、白采、顾仲起、谷剑尘、邵冠华、卢冀野、徐霞村等。在李何林的书中，专门有一节介绍20年代末中国安那其主义者的文艺观点，也是后来的研究者所忽略的。其三，当时的研究者视野较宽，在时间上一直追溯到明清文学对新文学的影响，在空间上都注意到世界文学的影响，有的文学史还专门设了"翻译文学"章节，与创作并举。即使在朱自清的讲义里，也有专门一章谈外国文学影响。这种情况在1949年以后的文学史中反而没有了。其四，除了上述文学史著作外，在1949年以前也出现了一些专门范围的文学史研究，如兰海（田仲济）的《中国抗战文艺史》等。

二、现代文学史的"定本"出现

上面介绍了中国现代文学史作为一门学科的雏形时期，由于那时基本是由个人编撰文学史，没有某种统一的观念支配他们的思想和看法，也由于新文学当时尚属初期，文学运动的价值、作家作品的定位、艺术成就的高下都还没有定论，各个都是凭自己的研究来发表见解，因此学术上是百家争鸣的，不存在有“定本”的问题。1949 年以后，新文学史在高等院校正式成为一门课程，并被定为二类学科，与古代文学、外国文学鼎足三分而立，现代文学的规格、地位都一下子被提高了，成为一门正式的学科。从那时起，为了配合学科建设，陆续出现一批文学史著作。推算起来，第一本有关新文学史研究的书是 1951 年新建设杂志社出版的《中国新文学史研究》论集，其中收入老舍、蔡仪、王瑶、李何林一起拟定的《“中国新文学史”教学大纲》。这份大纲对全国各高校开设新文学史课程具有指导意义。紧接着，王瑶的《中国新文学史稿》(上册)由开明书店出版，后转入新文艺出版社重印；下册 1953 年出版。这部新文学史可以说是中国现代文学史这门学科的奠基之作。它第一次以完整的形式展示了从 1917 年到 1949 年这 30 多年的现代文学发展历史，从而确立了中国现代文学的特定时间界限。这部著作出版在 50 年代初期，当时整个时代气氛是欢乐的、宽容的，在知识分子的思想观念上还没有紧张的阶级斗争火药味，也没有“套中人”式的自我束缚。作者王瑶曾经师从朱自清，他的治学方法基本上延续了朱自清《新文学研究大纲》中那种严谨、博学、注重创作成果的风格，以各体裁的文学创作为经纬，分门别类地评析现代文学创作。这部文学史虽然出版得比较早，许多史料还不完整，但它内容比较丰富，保留了许多重要的新文学书目，介绍也比较客观，没有后来一些文学史著作的大批判味道。但是王瑶这部著作在 1958 年所谓“拔白旗”运动中受到了批判，直到 1982 年才获重新出版。在 50 年代上半期，陆续还出版了蔡仪的《中国新文学讲话》(1952 年，新文艺出版社)、丁易的《中国现代文学史略》(1955 年，作家出版社)以及张毕来为研究生准备的讲稿《新文学史纲》(第一卷)(1955 年，作家出版社)。这一批文学史著作都出版在 1955 年“胡风反革命集团”的冤案发生之前，对左翼作家的介绍还比较齐全，但已经有了明显的划一的指导思想。譬如丁易的《中国现代文学史略》，谈作家时已经划分了“革命作家”“进步作家”和“没落的资产阶级文学流派”三个层次。

在“资产阶级文学流派”里又分两类。一类是“反动作家”，批判性地介绍了徐志摩和沈从文；另一类是“没落的作家”，提到了李金发和戴望舒。现在来看，对这四位作家作出这样的评价是极不公平的，但这种“冤假错案”却一直到现在还没有完全肃清。当时出现这种情况是很正常的，因为中国现代文学之所以成为二类学科与古代文学、外国文学并举，不是因为它自身有了很丰富的内容，而是中国现代文学与现实政治斗争，特别是中国三十年来的革命历史有着密切的关系。1949 年全国解放以后，新成立的政权需要有强大的意识形态来教育人民，影响人民，使人民头脑里树立起革命斗争历史的观念，现代文学史被作为高校的一门重要课程，它义不容辞地必须承担起这种意识形态的任务。当时有许多理论来解释中国现代文学的性质，如茅盾曾提出，“五四以来中国革命的文学运动，就是在工人阶级思想指导下沿着社会主义现实主义方向发展过来的”①。这就不能不把现代文学史往“社会主义现实主义”的发展轨道上去整合，出现上述“以阶级斗争为纲”的文学史标准也不奇怪了。那一时期的文学史著作，相对王瑶的《新文学史稿》来说是一次“超越”，但它们起步的立场不在个人，而是在一个统一的政治要求之下。

1955 年“胡风反革命集团”和“潘汉年反革命集团”两起大冤案发生，株连了一大批人，主要是左翼的作家。再接着是 1957 年的反右运动，以及一直延续到“文化大革命”的断断续续的“反对资产阶级”“反对修正主义”的政治运动，受到冲击的主要是左翼革命作家，丁玲、冯雪峰、艾青……一直到“四条汉子”(周扬、夏衍、田汉、阳翰笙)，现代文学史上的革命文艺运动的历史几乎被全部否定，左翼作家除鲁迅、左联五烈士等少数作家外几乎被一网打尽，在这十几年的时间里，中国现代文学不能不一而再、再而三地被篡改。1957 年以后，现代文学史已经被规定为“文艺上的无产阶级路线和资产阶级路线的斗争”②。在这种政治力

① 茅盾《新的现实和新的任务》，《人民日报》1953 年 9 月 25 日。

② 邵荃麟《扫清道路，奋勇前进——〈文艺战线上的一场大辩论〉读后》。

量的干扰下，现代文学史著作一次又一次地为适应不断变化的政治要求而被更改。1955 年以后，除刘绶松的《中国新文学史初稿》(1956 年，人民文学出版社)署了个人的名字以外，其他文学史都成了集体编写的产物。事实上，在当时的形势下个人署名已经变得毫无意义，除了按照政治斗争的需要给现代作家加罪名以外，个人在文学史编撰中已经变得没有任何作为。1958 年几部由高校学生编写的文学史出版，对作品的分析被取消，斗争意识被强化，一部中国新文学史成了“文艺思想斗争史”。

研究者的个性意识被抹杀的过程，也是新文学史走向“定本”的过程。因为“定本”的本质意义不在于它有没有一个成型的样板，而在于它对于研究者主体意志的无条件摧毁，迫使文学史编撰者无条件地按政治要求去编造历史。尽管五六十年代中国现代文学史的数量不断增加(据统计，各高等院校编写的文学史约有十三四种)，但研究者的个性意识始终处于萎缩状态，不要说个人见解、个人风格不允许存在，连史料考证的热情也荡然无存。撰写者对文学史中允许编写的部分，也仅仅满足于抄录前人著作中被“认可”的成果，没有新的发现，也不敢有创新。这里可以举一个例子，上海的文学史家丁景唐先生 1962 年就指出过的①，王瑶在《中国新文学史稿》的上册中，有这样一段话:“三月二日中国左翼作家联盟就正式成立了。加入者有鲁迅、茅盾、郁达夫、田汉、沈端先……”这段话从语法上说没有错，因为两句话中间是用句号断开的，前一句话是说左联在三月二日成立，后一句是说加入左联的有鲁迅、茅盾、郁达夫等人。可是后来的好几本文学史的编撰者在抄的时候都理解错了，两句话并作一句抄，结果把茅盾也列入了参加左联成立大会的人员里面。如一本《中国现代文学史》中就变成这样的话:“一九三〇年三月二日中国左翼作家联盟在上海成立了。参加成立大会的有鲁迅、茅盾、冯雪峰、沈端先、蒋光慈……”②茅盾是 1930 年 4 月由

① 丁景唐《关于参加中国左翼作家联盟成立大会的盟员名单》,《中国现代文艺资料丛刊》1962 年 3 月第一辑。

② 《中国现代文学史》，吉林人民出版社 1957 年版。

日本回到上海才参加左联的，他没有参加成立大会，是不难发现的事实，可是在以讹传讹的情况下，文学史的编撰者很少再去找第一手资料认真考辨，更不用说对文学作品持独立见解了。我们由此认识到，中国现代文学史毕竟不同于古代文学史，也不同于外国文学史，它与现代政治斗争非常紧密地交织在一起，政治斗争的复杂和残酷，使它无法产生出比较稳定比较严谨的科学精神，它不断地被修改，不断地被否定、被重写。但它的所有改动都不是个人意识的产物，而是服从于一定历史阶段的政治需要。政治就是它的“定本”。因此，1949 年以后，胡适、徐志摩、沈从文等作家对文学的贡献就消失了；1955 年，胡风以及七月派的作家在文学史上也消失了；1957 年以后，丁玲、冯雪峰、艾青等人的名单也没有了；到“文革”时期，“30 年代文艺黑线”终于被否定，一部现代文学史也成了由鲁迅直接跳到“样板戏”的简史。当时（“文革”）还有一部以“阶级斗争为纲”的小说叫《金光大道》，鲁迅又是经过政治改造了的“新鲁迅形象”，当时有句戏言，叫“鲁迅走在金光大道上”。

三、走出定本，提倡重写

我前面说到，现代文学史的“定本”出现是和五六十年代中国政治上极“左”路线有关系，但又不能完全等同起来。因为现代文学史上的“定本”不是一个定型的样板，它是无形的，在思想方法上制约研究者。所以，在 1978 年三中全会以后，政治上的极“左”路线受到了清算，但这种思想方法仍然会存在下去，只要有这个“定本”的概念，个性的文学史就不会出现，编写“文学史”只能是抄定、复写，不能重写。就是因为这个原因，1978 年到现在尽管出版了十几种由不同大专院校联合编写的“中国现代文学史”教科书，但基本上是大同小异，互相复写，没有根本性的突破。唐弢、严家炎主编的《中国现代文学史》（人民文学出版社 1979 年出版一、二册，1980 年出版第三册）是近十年中影响最大、质量也比较高的一本文学史，但其性质仍然是集体编写的产物，个人的风格也很难体现出来。

它基本上是按照政治的定论亦步亦趋地评价作家，在审美趣味上也基本延续了“文革”前的局限，因此对过去未入文学史或受到批判的作家作品，要么忽略不提(如对30年代新感觉派作家，对40年代张爱玲、徐讦等作家)，要么轻描淡写地带过(如对30年代京派作家、抗战时期的七月派诗歌)，在研究的空间上也有许多遗缺。关于这些，唐湜在《关于中国现代文学史的一些看法与设想》一文中曾经指出过。①

所以，要走出现代文学史的这个政治“定本”，不是在文学史上多加上几个作家就能解决问题，也不是要求一部文学史在任何观点上都正确，它实际上要求的是研究者个性的恢复，摆脱人云亦云，提倡独立思考、独立感受。如果离开了这个前提，思想方法上的“定本”就不会消失，学术上也不会出现百家争鸣的自由局面，也不可能出现科学意义上的文学史著作。我顺便举一个例子，1988年现代著名作家沈从文去世，海外立刻用专辑专号的形式给以报道，可是国内报刊上却连一个讣告也发不出，据说原因就是官方对沈从文没有做过重新评价的结论(沈从文在政治上没有级别)，报刊不知按什么规格来报道。这就是“定本”的无形威力，平时它似乎消失得干干净净，但一旦有事它立刻就在人们的头脑中出现，连死了人都不敢越雷池一步，遑论“文学史”上给作家“定位”？沈从文生前在一封信中发牢骚，说有一本现代文学史把关于他的介绍放在萧军和蒋牧良的中间，感到不伦不类。②其实现在沈从文的地位已经得到越来越多的人的认可，关于沈从文的研究著作也出了不少，他在文学上的成就总不至于在萧军后面。可是在文学史上这个关口就通不过。这是什么原因？就是现代文学史上“定本”在发挥它潜在的威慑力。所以，近十年中，虽然现代文学研究这门学科建设取得了很大发展，但这种政治上的“定本”在无形之中仍然支配了现代文学史的观念、思维方式以及基本模式，主要表现在以下几个方面：

---

① 《上海文论》1989年第1期。

② 沈从文致王渝信，《文学角》1988年第5期。

第一，把现代文学史看作是现代政治斗争史在文学上的表现，也就是通过文学发展历史的描述去总结、说明中国革命的历史面貌。这是个潜在的现代文学史观念，从这个观念出发，文学史的编写不可能不以政治标准来衡量现代作家作品，而文学本身的价值，作家对艺术形式的创造，对美感意识的贡献，都被挤到了可有可无或者点缀的地位。也正因为是以政治观念去贯穿文学史，所以这一套标准也绝对不允许被颠覆，甚至直接把它看作是对政治利益的维护。

第二，把现代文学史看作是一份现代作家在文学史上的座次表，而且认为这座次表是不可更动、不容置疑的，类似《水浒》里的梁山泊农民起义后获得的那块天赐石碣碑。在这种观念支配下，文学史的编撰者把每个作家的文学地位都与现实政治需要挂起钩来，“文学史”的责任，不再是对作家作品的分析、阐释，更不是审美的把握，而是一种“定位”，是决定“抬高”还是“贬低”作家。因此，这个座次表是不允许被触犯的。那就造成了刚才我说的在文学史上找不到沈从文位置的现象。

第三，虽然目前国内有许多种版本的中国现代文学史，但文学史的基本模式仍然是一类，就好像黑格尔的绝对观念一样，现代文学史根本精神则有一个无形但又无所不在的“定本”，各种文学史不过是这个“定本”的投射。这样编出来的文学史，在方法上只能是复写出来的。

这种个性萎缩的局面一天得不到纠正，现代文学史不仅无法取得根本性的改观，也不可能成为一门真正具有科学精神的独立学科。正是针对了这种局面，中国国内的年轻的学者在近年来提出了“重写文学史”的口号，并且引起了社会上很大的反响和争论。

四、关于“重写文学史”

这篇讲演的最后一个内容，就是想给日本朋友介绍一下关于“重写文学史”的情况。这在中国也是一个热门话题。

上海有个文学理论刊物，叫《上海文论》，1988 年第四期（八月号）上开辟了一个专栏，叫“重写文学史”。这是正式提出“重写文学史”的口号。专栏的主持人是上海两位年轻学者陈思和、王晓明，他们在第一期的“主持人的话”中说明，这个专栏是以“重新研究、评估中国新文学重要作家、作品和文学思潮”为内容的，是“希望能刺激文学批评气氛之活跃，冲击那些似乎已成定论的文学史结论，并且在这个过程中激起人们重新思考昨天的兴趣和热情。自然目的是为了今天”。态度是很明确的。第一期发表了两篇文章，一篇是《“柳青现象”的启示》，一篇是《关于“赵树理方向”的再认识》。现在国内评论界有些误会，一些人受“文革”影响太深，用惯了政治标准去评论文学，一讲作家缺点，马上就认为是“否定”“贬低”那个作家。其实不是那么一回事。专栏主持人在“对话”里说得很清楚：“赵树理和柳青都是有代表性的作家。纪念他们的最好方法，却不该再是那种一味的赞扬，而应切实地分析他们创作的得失，从中总结出一些带有普遍性的特点和规律来。在某种意义上，历史人物正是通过后人的这种总结才对当代生活继续发生影响的，至于那些硬造出来的完人，只会被后人迅速地遗忘。”这两篇文章都是摆事实、讲道理的学术论文，并没有要“否定”前人的意思。关于柳青的论文，比较了《创业史》的几个版本的修改，指出那种按政治定义去图解生活的创作方法对柳青这样一个有才华的作家的危害。关于赵树理的那篇论文，也不是“否定”赵树理，作者是分析过去有人提倡的“赵树理方向”的理论局限性，当然也谈到了赵树理创作中的局限性。作者是位研究赵树理的专家，写过一本厚厚的《赵树理传》，他对赵树理创作得失的批评，是从审美角度提出的，并不是政治大批判。在学术空气正常的环境里，这样的观点平和的学术论文不过是代表了研究者个人对文学史现象的一些想法，是不值得大惊小怪的。但在当时出现了一些非学术性的因素——我说的是商品化倾向，刊物利用新闻媒介对这个专栏作了许多广告式的报道，报道者为了制造新闻热点，使用的语言都带有暗示性，给人造成了一种这个专栏是做翻案文章的印象。这个专栏共办了 9 期，前后共发表学术论文 21 篇，短论 10 篇，国内中青年学者纷纷为它写稿，影响很大。已故的现代文学史专家王瑶生前曾为它写了热情洋溢的文章，支持它办下去。但是从1989年下半年起，这个专栏受到了一些非学术性的批评，不过它仍然办下去，直到1989年年底，才按照预定计划以专辑形式结束。在最后一期“主持人对话”中，两位年轻学者阐释了他们“重写文学史”的观念，归纳起来大约这样三点。一、什么是“重写”。重写不是要把“颠倒的历史再颠倒过去”，而只是研究者把个人对文学史的新的理解、不同于前人结论的想法写下来，这就是“重写”。“正常的文学研究，必然包括着各种各样的重读、重写和重新阐释。”二、什么是“文学史”。文学史“既有政治的一面，更有艺术本身的一面，以及与此有关的其他许多方面。”因此要“区分两种不同的文学史研究，一种是侧重政治性的，一种是审美的综合性的”。两者不能混淆。三、什么是“重写文学史”。重写文学史不是要“写出一部‘最好’的文学史来取代旧的文学史，而是要提供一种思路，即对原来现代文学史上的各种结论提出某种质疑，或者说提供一种怀疑的可能性”①。可以看得出，重写文学史的基本观点，与按照“定本”来复写文学史的传统编撰方法在观念上、标准上、方法上都是不一样的。或可以说，“重写文学史”不是孤立的，由几个年轻人随心所欲提出来的一个口号，“重写文学史”的提出本身，反映了近十年现代文学研究在三中全会以后取得的巨大成果和革命性的飞跃。1978年召开的中国共产党十一届三中全会，确定了“实践是检验真理的唯一标准”的正确思想路线，指出了“一个党，一个国家，一个民族，如果一切从本本出发，思想僵化，那它就不能前进，它的生机就停止了，就要亡党亡国”②。在这样一个政治民主局面上，文学研究领域开始出现了新的生机。中国现代文学研究就是在这种良好的政治环境下发展起来的。我前面说过，中国现代文学研究包括三个方面，在现代文学史料学方面，近年来取得了很大的成绩。由中国社会科学院领衔，组织了全国各大专院校的科研力量，通

---

① 陈思和、王晓明《关于重写文学史专栏的对话》，《上海文论》1989年第5期。

② 《十一届三中全会公报》，《十一届三中全会以来有关重要文献摘编》，第3114页。

力合作，编出了两套大型资料丛书，一套是《中国现代文学史资料汇编丛书》，一套是《中国当代文学研究资料丛书》，每一套都有100多种专集，为中国现当代作家建立个人资料档案，每本资料集包括了作家生平著作年表、作家著译系年目录、作家研究论文目录、作家创作谈和主要作家研究、作品评论文章选，为研究者初步提供了研究作家的第一手材料，从而摆脱了对文学史的依赖。此外，近年来出版了大量的作家作品选集、文集以至全集，出版了大量作家传记以及多卷本的文学大系，恢复了文学史的原来面貌。在现代作家作品研究方面，也取得了丰硕的成果。一大批中青年学者都在各自的研究领域里崭露头角，像王富仁、钱理群、汪晖等新人对鲁迅的研究，钱理群对周作人的研究，陈平原对许地山、林语堂的研究，陈思和、李辉、汪应果等对巴金的研究，宋永毅对老舍的研究，万同林对胡风的研究，朱文华对胡适的研究，凌宇对沈从文的研究，赵园对路翎等小说家的研究，蓝棣之对现代派诗人的研究，应国靖对新感觉派小说的研究，等等，都取得了引人注目的成果，这些成果有的改变了原来文学史上的政治偏见，有的填补了空白，相形之下，对比出同一时期文学史著作的贫乏和单调。

但是，到了1985年前后，文学史的变革也开始酝酿。最先的信号是1985年第六期《文学评论》上发表了黄子平、陈平原、钱理群三位教师合写的论文《论“二十世纪中国文学”》，第一次提出了一个新概念，即“二十世纪中国文学”的概念。接着，这三位学者又在《读书》杂志上连续发表六篇对话，从世界眼光、民族意识、文化角度、艺术思维、方法等各个侧面为“二十世纪中国文学”作出界定，作者认为：“二十世纪中国文学”概念的提出，不仅仅是一个文学史的分期问题，它代表了一种“文学史理论”的调整。“二十世纪中国文学”“不是一个物理时间，而是一个文学史时间”。

我想用简单的话来说明，在传统的用政治观念去编写文学史的时候，中国近代(1840—1917)、现代(1917—1949)和当代(1949以后)的分期都是根据中国政治事件来划分的，不属于历史学概念，因此每一段文学史背后都有一个政治的"定本"。而中国20世纪文学虽然与中国政治历史有不可分割的密切联系，但它毕竟是文学，应该有文学自己的规律。文学史的分期，应该从文学本身的发展中去寻找规律。现在"二十世纪中国文学"概念的提出，首先打破了原来制约近代文学史、现代文学史和当代文学史的"定本"的束缚，在一个新的意义上重新讨论文学发展历史的规律与特征。尽管这篇论文的构想还相当粗糙，但它初步为"二十世纪中国文学"提供了一些新的思路，譬如"'二十世纪文学'是走向'世界文学'的中国文学，以'改造民族的灵魂'为总主题的文学；以'悲凉'为基本核心的现代美感特征；由文学语言结构表现出来的艺术思维的现代进程"①，等等。

"二十世纪中国文学"的概念在学术界引起很大反响，促使许多研究者摆脱了"现代文学三十年"的狭隘眼光，在纵向上将近百年的文学历史作为一个整体来考察，在横向上将中国文学置于世界文学格局下加以论述，研究视野获得了一次解放。1985年以后，学术界出现了一批新的文学史研究成果。如上海复旦大学教师陈思和写出了《中国新文学整体观》（1987年，上海文艺出版社），上海华东师范大学教师王晓明写了一组关于"二十世纪中国文学局限性"的论文（该论文集即将由中国社会科学出版社出版），都是将20世纪中国文学的各种现象（包括思潮、理论和作家创作）综合起来，放在文学史的框架下加以考察，提出许多发人深省的新文学史观念。

"二十世纪中国文学"的研究也推动了现代文学史研究工作，原来按"定本"来复写文学史的方法越来越遭到人们的抛弃，多视角的研究文学史方法逐渐形成。1984年广州中山大学教师黄修己著的《中国现代文学简史》（1984年，中国青年出版社）恢复了以个人名义编写文学史的传统，虽然那本书在框架上未脱传统的局限，但已经明显吸取了许多新的研究成果，反映的面也比较宽。1988

① 黄子平《论"二十世纪中国文学"》，《二十世纪中国文学三人谈》，人民文学出版社1988年版，第2页。

年，作者在原有基础上重新修改、补足，写出了《中国现代文学发展史》，内容较原来又有了较丰富的充实。钱理群、吴福辉等四位学者合作的《中国现代文学三十年》(1987 年，上海文艺出版社)也是国内较有影响的一部文学史，虽然是集体合作成果，但也表现出四位学者各自不同的研究个性。其他如严家炎的《中国现代小说流派史》(1989 年，人民文学出版社)，贾植芳、曾华鹏、范伯群主编的《中国现代文学社团流派》(1989 年，江苏教育出版社)，陈平原的《20 世纪中国小说史》第一卷(1990 年，北京大学出版社)，陈玉刚主编的《中国翻译文学史稿》(1989 年，中国对外翻译出版公司)，俞元桂主编的《中国现代散文史》(1989 年，福建人民出版社)，等等，从各个不同角度，或对思潮流派，或对文学体裁，都做了不同角度的历史整合。许多在有"定本"的文学史里暂时还写不进去的作家作品，如徐订、无名氏的小说，吴稚晖的散文，东北、华北、上海沦陷区的文学社团等等，在相应专题范围内的文学史中都有详细不同的介绍。以地区为单位的文学史也在陆续地编写，就我所见的，已有《台湾文学史》(1988 年，辽宁人民出版社)、《岭南现代文学史》(1989 年，广东高等教育出版社)等等。

目前中国虽然还没有出现比较理想的现代文学史著作，但在一些专题性的文学史著作里，已经表现出多元化的编写方法，研究者开始摆脱狭隘的"政治—社会—文学"模式，开始注意到文学本身的规律和特征，譬如严家炎的《中国现代小说流派史》就是从流派的角度来整合现代小说发展历史，陈平原的《二十世纪中国小说史》第一卷是从小说形式、文体、叙事的角度来讨论新小说的兴起。这些研究方法都打破了教科书式的求大求全求稳的编写原则，研究者可以按自己的理论选择来整合文学史材料，为多视角、多元化的文学史研究摸索了道路。

"重写文学史"就是在这样的学术基础上提出来的文学史理论，当我们看到这几年现代文学、当代文学、文学理论等领域发生的变化，我们就不难理解，在文学史领域中提出"重写文学史"是势在必然的事。虽然它暂时还没有结出具体的果实，但它表示了文学史革命的一种潜在的可能性。最近我读到一些材料，知道这个想法在海外也引起了反响。在最近一期台湾出版的《台湾文学观察》杂志上，淡江大学中文系主任龚鹏程著文《重写与复写》，指出“这些企划，标示了彼岸学人在面对整个文学传统时新的企图与眼光，希望突破旧有文学论述成规的束缚，重新发展文学的历史诠释和现实实践”，作者针对台湾学界的研究现状说：“反观我们自己在这方面的表现，却不免令人汗颜。”最近还听说，这个口号在日本的学术界也有过一些反响。①对此，我愿为它向朋友们作如上这些介绍。

本文系作者1990年10月赴日访问讲学时的讲稿之一。原载《历史的背面——贾植芳自选集》，山东教育出版社1998年版；收入《贾植芳文集·理论卷》，上海社会科学院出版社2004年版

① 陈骏涛《访日学术印象》，《上海文论》1989年第5期。

中国近现代留日学生与中国新文学运动

贾植芳

中国与日本是一衣带水的邻邦，从古到今，像中日两国文化这般渊源深厚的，在世界范围内也不多见。众所周知，日本文明是在不断吸收中国文明的过程中形成的，少而言之，中国文明对于日本古代文明的形成具有十分重要的意义。另一方面，日本又对中国现代文化的发展进程产生了非常重大的影响。有意思的是，这两次大规模的文化交往都与留学生关系密切。日本的“遣唐使”与中日甲午战争后的大批留日学生，可算是中日文化交流史上两次交相辉映而意义深远的重大事件了。

而从中外文化关系的角度看，中国文化与世界的激烈对话，是从 20 世纪初开始的(其渊源可追溯至 19 世纪中叶)。这之后中外文化的对话及与此相关的开放与闭关的斗争，几乎成了 20 世纪中国社会的重要特征。到今天人们已清醒地认识到:要认清中国现代文化的真实面目，必须首先厘清中国现代文化与世界各国文化的关系。这句话无疑也适宜于对中国新文学的认识。而中日交往在这一漫长的中外文化和文学对话中具有特别重要的意义。

自 19 世纪中叶以后，中国与日本都面临着吸收西方文化以改造自己国家的历史课题。中国自鸦片战争起，西方列强的武力威慑与入侵震惊朝野，有识之士们相继开始了积极了解和借鉴西方文化的不懈努力，如鸦片战争时期的林则徐、魏源，洋务时代的郭嵩焘和戊戌时期的康有为等，这些努力甚至还对日本的现代化产生了很大的影响。[①]但结果日本顺利地完成了现代化，而中国却始终背着历史的包袱，屡屡陷于停顿。这一令人苦恼的问题一直以不同的形式纠缠着一代代中国人。我在这里当然无法给出一个完满的答案，这也不是本文的论题所能涵盖的，但我想有一点是应该值得注意的，那就是尽管早在19世纪中叶，中国就开始向西方派遣留学生，但当时的官僚文人却都把这种输入西方文化的工作着眼于各种实用学科，对非实用的基础人文学科不加注意，甚至持排斥态度，即所谓“中学为体，西学为用”。而同一时期的日本则是举国一致地搞启蒙运动，举凡西方的政法制度、经济结构、文化设施，都是学习所在，这就形成了日本的前进与中国的停滞，原来两国的文化差距渐渐拉平，并发生逆转。因此，甲午中日战争后战争的失败引起了中国朝野对日本学习西方、改变国运这一历史现实的注意。自1896年起，开始(在向西方国家派遣留学生的同时)大批派遣赴日留学生，加上中日两国独特的历史文化和地理关系，更多的非派遣学子也纷纷赴日留学，这就是中国近现代史上的留学生运动。

而中国新文学从一开始就与这一留学生运动结下了不解之缘，甚至可以说，在某种意义上，留学生运动既是新文学的滥觞，也与它的具体发展轨迹和面貌有着十分密切的关系。本文仅就留日中国学生与中国新文学的关系问题，以我的亲身经历和思考所得，对上述两者间的因缘关系和留日学生对现代文学的具体影响阐述我的一己之见。

其实，从20世纪初算起，到日本后才开始搞文学运动的人并不是少数。中国新文学运动即“五四”新文学运动是从1917年开始的，当时主要的作家、诗人和评论家大都是留学生。一类是从欧美回来的留学生，像胡适，人数比较少；另一类就是从日本回来的留学生，那是一大帮人，像《新青年》的主要作家中，陈独秀是东京高等师范的学生，李大钊是早稻田大学的学生，鲁迅先入东京弘文学

① 如魏源的《海国图志》传入日本后对明治维新所起的推动作用即是一例。但遗憾的是，它在中国却受到统治者的冷落。

院，后转仙台医学专门学校学医，周作人是立教大学学生，沈尹默和钱玄同是日本京都帝国大学学生，陈望道先后在日本早稻田大学、东洋大学、中央大学等校学习文学与社会科学，高一涵是明治大学的学生等，除胡适、刘半农等几人外，几乎都是留日学生。而且他们中有许多人原先去日本留学时，不是搞文艺的，都是在日本改变了生活道路，转向新文艺运动了。鲁迅就是其中很著名的例子。①

在1928年，新文学著名的诗人郭沫若开始转向“革命文学”，他写了一篇文章叫作《桌子的跳舞》，在文章中他很自负地宣称：“中国文坛大半是日本留学生建筑成的。创造社的作家主要是日本留学生，语丝派的也是一样。此外有些从欧美回来的慧星和国内奋起的新人，他们的努力和他们的建树，总还没有前两派的势力浩大，而且多是受了前两派的影响。”②郭沫若的这个说法未免有些以偏概全，因为他所指的“中国文坛大半”，其实是指由他和郁达夫、成仿吾等留日学生组成的创造社。创造社除留欧学生王独清外，当然以留日学生为主，郭沫若自己是福冈九州帝国大学医科出身，郁达夫是东京帝国大学经济科出身，成仿吾是东京帝国大学造兵科出身，张资平是东京帝国大学地质科出身，田汉是东京高等师范英文科出身，陶晶孙是郭沫若福冈九州帝国大学医科的同学，郑伯奇是京都帝国大学心理学科出身，等等。但20年代成立比创造社还早的另一个重要文学团体文学研究会则不然。文学研究会的基本成员是一些土生土长的中国知识分子，如叶圣陶、沈雁冰、郑振铎、王统照、王鲁彦、朱自清等人当时都没有出国留过学。把文学研究会的12个发起人算上，那也只是周作人、朱希祖和蒋百里3人是留日学生。除周作人外，其他两人都与文学没什么关系。朱希祖是早稻田大学出身，是个历史学家；蒋百里出身于日本士官学校，虽然早期用蒋方震本名写过一本《欧洲文艺复兴史》，但他主要从事军事学方面的著

① 参见鲁迅《〈呐喊〉自序》，《鲁迅全集》第1卷，人民文学出版社1980年版。

② 《郭沫若全集》第10卷，人民文学出版社1954年版，第333页。

作,他本人是著名的军事学家。文学研究会只有少数作家是留日学生,如著名的日本文学翻译家和散文家夏丏尊与谢六逸。夏丏尊是日本东京高等工业学校出身,谢六逸则是早稻田大学出身。另外语丝社也并不都是留日学生组成,除了《新青年》社一帮老人马以外,废名、林语堂、川岛、章衣萍、孙伏园等年轻一辈的作家都不是留日学生。20年代另外一些重要的文学团体,除太阳社以外(太阳社的主要成员林伯修[即杜国庠]、楼建南[适夷]、冯宪章、森堡[任钧]等则是留日学生。1929年,他们还同旅居日本的蒋光慈一起成立了太阳社东京支部,吸收留学生伍劲锋、左公亮、胡晓春等人参加),如新月社、现代评论社、浅草社、莽原社、未名社、狂飙社等等,也都不是以留日学生为主体。所以郭沫若的话是值得商榷的。除了有自我吹嘘、暗示创造社为中国新文坛正宗的用意外,还包括另外一层意思,那就是当时创造社正吸收了一批新的成员,如李一氓、冯乃超、李初梨、彭康、王学文、朱镜我等,这些人大都是东京或京都帝国大学出身,都是清一色的留日学生。他们带来了"革命文学"的理论武器,正要野心勃勃地在文坛上开展一个"无产阶级文学"运动。一向不甘心落后于新形势的郭沫若以老留日学生的身份说这段话,正是暗示了这两代人之间的认同。

不过郭氏的话中仍然包含了一个明显的事实:留日学生与中国现代文学确实有密切的关系,至少在1937年抗日战争爆发前是这样的。美国夏志清教授在《中国现代小说史》里有一段话倒说出了几分道理,他说:"当时较具有吸引力的作家,几乎清一色的是留学生。他们的文章和见解,难免受到留学所在地时髦的思想或偏见所感染。说真的,我们即使把自由派与激进派的纷争看做留美、留英学生与留日学生的纷争也不为过。"①夏氏这段话除了"清一色"这个词用得太武断以外,大致观点是可取的。他把留美、留英与留日学生看作是新文学阵营中的两派,并把留英美学生说成自由派,把留日学生说成是激进派,这大致也是对的,合乎历史实际的。因为前者的代表先有学衡派,后有新月派和现

① 夏志清《中国现代小说史》,刘绍铭等译,台湾传记文学社1979年版,第52页。

代评论派;后者的代表是《新青年》中的大部分成员以及创造社和左联,用“激进”来形容留日学生,大致不为过。

或许我们可以这么说:中国新文学初期有一大批作家是留日学生,他们以激进的姿态投入并推动了新文学运动。这里所说的“激进”,不是指新文学的形式探索,而是指政治态度。在“五四”初期,留日学生激进地主张批孔,批三纲五常,反对封建传统,向往蒙眬的社会主义理想(包括无政府主义理想);在 20 年代以后,留日学生激进地提倡马克思主义,提倡“普罗文学”,反对国内国民党的独裁专制和白色恐怖,推动了左翼文学运动,这其中包括创造社的前后期主要人物,30 年代左联以鲁迅先生为首的主要领导干部周扬、夏衍、田汉、胡风等人。他们在文学创作上,敢于大胆地暴露个性的真实,敢于发表惊世骇俗的言论,批评现状无所顾忌——这些当然只是指大致的创作倾向而言,并不是每个留日学生出身的作家都是如此。像“五四”退潮以后的周作人,以及写过《兰生弟的日记》,又译过岛崎藤村的《新生》,先后在东京高等师范学校和东京帝大学习的徐祖正等一批京派教授作家,就都是自由派。

相反,留美学生似乎更注意新文学形式的探索。胡适提出“八不主义”,发表《文学改良刍议》,最重要的一点就是强调国语的文学,强调废除古典文学的一切清规戒律。我们只须将胡适与周作人两人在“五四”初期的论文比较一下。胡适的《论短篇小说》《谈新诗》《建设的文学革命论》《易卜生主义》等,几乎对小说、诗歌、戏剧、语体等各领域的形式都奠定了理论基础;而周作人这一时期最著名的论文,如《人的文学》《平民文学》《日本近三十年小说之发达》等,几乎都是着眼于文学思想概念的改变,即使介绍日本文学也着眼于创作特点的介绍。对于日本借鉴西方文学的特点创造现代文学,还提出了一个著名的论点:“创造性的模仿。”我们还可以比较一下 30 年代的两个诗人——留日学生郭沫若和留美学生闻一多两人对新诗的贡献。郭沫若是逞才气,不管三七二十一地大喊大叫,突破一切诗歌的规律,将古今中外的经验全都写到诗歌里去,首先是在诗的精神内容上,奠定了浪漫主义诗风。而闻一多的诗虽也是浪漫主义,但他更注重的是诗歌形式的探索，更讲究格律布局。所以他的诗的气魄要比郭沫若小得多，但诗风却要更高雅一些。另一个留学英美的诗人徐志摩，抒情诗写得比闻一多洒脱，但他的诗也相当注重形式的探索，与郭沫若诗的粗犷也不一样——这大概就是留学英美的学生与留日学生对新文学所贡献的不同侧重点，及他们之间不同的文化性格与文学气质。

他们之间还有一个不同，留学英国的作家，基本上都崇尚英国浪漫主义文学，他们身处保守的英国文化环境中，对于新崛起的现代艺术几乎没有什么感受，徐志摩是唯一受过乔伊斯（James Joyce）《尤里西斯》（Ulysses）影响的作家，但他的模仿仅限于不用标点符号。[①]另一个让徐志摩钟情的是英国女作家曼殊斐儿（Katherine Mansfield）的温情脉脉的小说，但对于更为敏感地表达着现代人感受的弗吉尼亚·伍尔芙（Virginia Woolf）却没有能充分地注意到。至于留美学生中，有一大批人都受到哈佛大学（Havard University）教授、新人文主义者白璧德（I. Babbitt）的影响，他们崇尚古典主义，卢梭（Jean Jacques Rousseau）以下就不屑一顾，因此对“五四”时期流行的浪漫主义思想颇不以为然。这批人中有学衡派的梅光迪、胡先骕、吴宓，稍后还有新月派的梁实秋。只有胡适例外，他倒是注意到了美国新崛起的意象派诗歌（Imagist Poetry），他的“八不主义”与意象派诗人罗威尔女士（Amy Lowell）在《意象派宣言》中推出的六条标准有很多相似的地方。这是胡适善于吸收国外先锋艺术来推动国内文学改革的一个聪明例子。但有趣的是，尽管当时许多人都看出了这两者的关系——比如朱自清、刘延陵、梁实秋、梅光迪都曾指出过这一点，可是胡适却始终不曾承认。他宁肯说他的文学改良主张是受但丁（Dante）、乔叟（Chaucer）这些古典作家的语体革命的影响。正如有的研究者说，胡适之所以这么做是因为他考虑到意象派诗歌在美国也是刚刚崛起的新思潮，还未得到美国正统文学界的认可，他不敢因此而失去国人对白话文运动的信任。他假托自己是受了但丁、乔叟这

① 参见徐志摩《康桥西野暮色》，《徐志摩诗集》，浙江文艺出版社 1983 年版，42 页。

些古典艺术大师的影响，也正是想借助这些成功的例子来抬高自己。[①]从这些例子来看，留英美的学生确实受到他们所在国的文化环境的影响；在对外来文学的选择上，态度是保守的，或者是暧昧的。而留日学生正相反，也许日本当时正处于欧风美雨的侵袭下，19 世纪末到 20 世纪初，日本文坛上也演出了各种欧洲文艺思潮，从浪漫主义到自然主义，又流行着世纪末的各种现代思潮，诸如表现派、象征派、未来派等等。正如出身京都帝国大学，又是创造社的主要成员之一的郑伯奇所指出的："创造社的浪漫主义从开始就接触到世纪末的种种流派。"[②]也就是说，留日学生所接受的浪漫主义思潮不是很纯粹的，它总是和各种现代思潮联系在一起，带上现代思潮的烙印。这种状况并非创造社所独有。再推前一点，鲁迅写《摩罗诗力说》的时候，也毫不例外地将介绍拜伦（Byron）、雪莱（Shelley）、普希金（Pushkin）和介绍尼采（Nietzsche）、叔本华（Schopen hauer）夹杂在一起。周作人在 1921 年写的《三个文学家的纪念》中，把福楼拜（Flaubert）、陀思妥耶夫斯基（Dostoyevsky）和波德莱尔（Baudelaire）放在一起加以论述，视为一体。——大致说来，留日学生在吸收外来影响方面是相当庞杂的、混乱的，也可以说是多元化的；但比起留学英美的学生来看，他们比较不保守，多吸取了与 20 世纪精神相通的现代哲学和文学思潮，光凭这一点来说，他们有了这份精神，后来他们中的一部分人皈依马克思主义并走向革命，也是顺理成章的事情。他们在文学上的生命力，确实比留学英美的作家更强有力一些。

有了上述这一大致的印象以后，我们似乎可以进一步来探讨，为什么留日学生在中国现代文学上能够形成上述两个特征？为什么他们在政治态度上比较激进，在文学上更加具有强烈的 20 世纪现代精神？这似乎要从留日学生的处境与环境说起。

在当时有一本写留日学生的通俗小说，叫《留东外史》，作者向恺然，是在 20

① 参见王润华《从新潮的内涵看中国新诗革命的起源》，《中西文学关系》，台湾东大图书公司 1978 年版。

② 参见郑伯奇《中国新文学大系・小说三集导言》，良友图书公司 1935 年版，第 13 页。

年代曾经以平江不肖生的笔名写过一些很出色的武侠小说作家。他在这本小说中，从一个侧面讽刺了民国初年留学界的腐败情况，他说："原来我国的人，现在在日本的虽有一万多，然除了公使馆各职员，及各省经理员外，大约可分为四种：第一种是公费或自费在这里实心求学的；第二种是将着资本在这里经商；第三种是使着国家公费，在这里也不经商，也不求学，专一讲嫖经、谈食谱的；第四种是二次革命失败，亡命来的。"①

这话虽出于小说家言，而且语多讥讽，不足为信，不过他对这四种人的概括，倒是十分有趣的。如果我们把它改造一下，不妨改成以下四种：

一、是正经求学，学习各类政治军工商科学，以求毕业后谋个正经职业。

二、投着资本、或者没有资本，只是在日本经商赚钱的，如同现在许多去日本留学的人，名曰"留学"，实为"扒分"(打工)者。

三、无心学习专业，借留学为名追求个人欲望——说好的，是个性的追求；说坏的，专讲嫖经食谱。

四、流亡到日本的革命志士，有爱国的，也有颓废的(辛亥革命以后，清朝的遗老也亡命过日本，如王国维)。

如果不带贬义地看这四种赴日人士，大概与文学有关的只能是后两种人。因为前两种人中，正经读书的多半不忙文学，说好听些，与救国有直接关系，说难听些可以谋个好饭碗。学政治的可以当政客，学军事的可以当个军阀，学工商经济的可以办实业，学科学的至少能找个薪水很高的技术工作。至于学文学的人，在当时恐怕不会像现在这样受人尊敬吧！所以我曾大约统计了一下，新文学初期至20年代的留日作家中，几乎都是半路出家搞文艺的；真正科班学文学出身的，先前只有钱玄同，他是早稻田大学文学系的学生，但那时候的文学大约与新文学创作也非一回事，钱玄同也从没搞过创作，他是个著名的语言学家；再后一些学文学的是创造社的冯乃超和穆木天，一个在东京帝国大学学过美学

① 平江不肖生(向恺然)《留东外史》，岳麓书社1937年版，第1页。

和美术史，一个在京都帝国大学学过法国文学，俩人都创作过象征诗歌。但似乎后劲也不足，很快就改行去搞政治或者去搞翻译了。所以正经求学想当作家的，实在没有什么人。第二种人是为了“扒分”才去日本经商的，与文学更无缘分。所以，剩下来的只能是第三和第四种了。

我指的第三种人，绝不是向恺然在《留东外史》里写的那些只会嫖女人的不学无术之徒，也不是鲁迅先生笔下的那些把辫子盘在头顶上，跳舞跳得咚咚响的“清国留学生”。我想说的这种留学生，在国内时多半出身旧式家庭，精神受着传统礼教的压抑，个性处于委顿状态；他们一到了日本，除了每天的开销多少要家里补贴一些外，其他方面都摆脱了日常的束缚，不再需要低眉顺眼，装出一副老实样子去讨长辈的喜欢，也不需要整天跟自己并不相爱的旧式妻子厮守在一起，甚至也没有中国社会环境对年轻人的种种有形无形的压迫。他们在新的生活环境里自由地接受着来自全世界的各种新思想，慢慢地个性从沉睡中醒来，有了追求自身幸福的欲望。对年轻人来说，最现实的幸福莫过于恋爱自由，这在国内是被视为大逆不道的。直到1922年，湖畔诗人汪静之在一首诗中说，他要“冒犯了人们的指责”，才能够“一步一回头地瞟我意中人”。①而留学生在国外，这个禁忌打破了，那时离婚法还没有，但不管家里有没有妻子，他们都可以自由放任地去寻找意中人。这一点，我们从一些留学生后来的自白中都不难找出例证。周作人就这样说，他到东京后：“在伏见馆（周的住宿处）第一个遇见的人，是馆主人的妹子兼做下女工作的乾荣子，是个十五六岁的少女，来给客人搬运皮包和拿茶水来的。最是特别的是赤着脚，在房里走来走去。”于是惹得这位学子赞美了一番女子的“天足”，并得出结论是日本人“生活上爱好天然，与崇尚俭朴”②。这个结论可以说是支配了周作人的一生，他不久就娶了日本女子羽太信子做妻子，这位日本女子也支配了周作人的一生。周作人对日本很有好感，直到晚年，他还重申自

① 汪静之《过伊家门口》，《蕙的风》，亚东图书馆1922年版。

② 周作人《知堂回想录》，香港三育图书文具公司1980年版，第176页。

己在东京的这几年留学生生活，“是过得颇为愉快的”，“没有遇见公寓老板或是警察的欺侮”，“也没有受过大的国际事件的刺激”。[①]这种对日本的良好感觉，应该与他在那儿轻而易举地找到个人幸福有关，以致后来影响了他的政治命运。再举一个反面的例子，是郁达夫。郁达夫也是一到日本就关心日本的女人的，他在回忆录里这样说：“独自一个在东京住定以后，于旅舍寒灯的底下，我街头漫步的时候，最恼乱我心灵的，是男女两性间的种种牵引，以及国际地位落后的大悲哀。”[②]郁达夫在这里所说的“国际地位”问题，无疑是指他由于是中国人而受到日本少女的轻侮。他们叫他“支那人”，那种轻蔑的语气，使神经敏感的郁达夫自尊心受到极大的伤害。出于一种报复，也是出于一种自卑，他终于去了一次日本的妓院，出卖了自己的童贞。[③]关于这一点，郁达夫后来都变态地把它写进了他的代表作《沉沦》里面。郁达夫没有周作人那么幸运，他始终对日本民族歧视抱着憎恨的态度。他终于在1945年9月17日，被日本宪兵杀害于苏门答腊的武吉丁宜附近。他是1938年底在抗战中到南洋从事抗日爱国文化活动的。（日本铃木正夫教授为此做过切实的考证，对郁的研究很有贡献。他在去年出的一本专著《苏门答腊的郁达夫》，中译本最近在上海出版。）

这两个一正一反的例子似乎也不能够概括这一类的留日学生，各人的情况总是多种多样的，但这里似乎说明了一个倾向，即后来投入新文艺运动的那些留学生，几乎都不安心于他们从事学习的专业，他们在一个相对自由开放的社会环境里寻找着远比求专业更为宝贵的东西，那就是个性的自由发展，个人欲望的获得满足。为了追求这一点，他们宁可放弃专业学习，放弃有保障的社会地位，而从事那充满着骚动与宣泄的文学事业。或者可以说，从事新文艺正是他们追求个性的一个必然结果。他们的恋爱、浪漫、创造，用弗洛伊德（S. Freud）的观点来看，多少与此有点关系；这在他们的作品中也可以看出。这些

① 周作人《知堂回想录》，香港三育图书文具公司1980年版，第188页。

②③ 郁达夫《雪夜》，《郁达夫文集》第四卷，花城出版社1982年版，第94页。

留日学生几乎无一例外地喜欢在创作中袒露自己内心的隐秘，把宣泄个人隐私视作一种艺术要求。所不同的只不过有些人直率一些（如郁达夫的小说、郭沫若的诗），有的含蓄一些（如鲁迅的《野草》），也有的喜欢借第三人称来完成这种宣泄（如张资平的小说、田汉的戏剧），还有的尽管不搞创作，但在理论上坚持维护这种自我暴露的权利（如周作人的批评）。

再说第四种人，即是广大革命者。有的是因受到政治压迫流亡到日本去的，也并非以留学生为限，如梁启超就可以说是第一代从日本转而搞文学的知识分子。梁启超原来是搞政治的，跟着康有为搞变法，变法失败后他亡命日本，看出了文艺是宣传改良思想的有力手段，于是转而鼓吹文艺。当时日本知识分子在明治维新的鼓舞下，追求政治上的进一步民主化，他们一再发起自由民权运动，争取民主权利，反对君主政体；另一方面就利用小说的形式，对人民进行思想启蒙教育，这就出现了许多政治小说。梁启超当时的处境与这些日本的民主战士差不多，他从失败中感悟到利用通俗形式向民众启蒙的重要性。因此他翻译了日本政治小说《经国美谈》（矢野龙溪著）和《佳人奇遇》（柴四郎著）。他自己也写政治小说，如《新中国未来记》等。1902年梁启超在横滨创办《新小说》杂志，公开号召“小说界革命”，他强调中国要改革民众教育的话，“欲新道德、新宗教、新政治、新风俗、新学艺，乃至新人心、新人格，必新其小说”。在《论小说与群治之关系》中，提出了“欲新民，必先新一国之小说”的观点，很显然，梁启超这种功利主义的启蒙文学论，既是对中国儒家文学功利观的继承和发展，又对以后的新文艺运动发生过极其深刻的影响。有的论者把他比之为日本明治维新第一个最杰出的提倡“文明开化”的福泽谕吉，我看倒有些相似之处。第四种留学生，不管他是因为政治原因逃到日本的，还是自觉寻求救国真理的，都受过这种观点的影响。鲁迅在日本弃医从文，筹办《新生》杂志，翻译《域外小说集》，介绍被压迫民族的文学，大都出于这种启蒙主义的文学观。陈独秀在二次革命以后亡命回到上海，准备筹办《新青年》时，也同样怀着这一想法。①

① 参见汪原放《回忆亚东图书馆》，上海学林出版社1983年版。

我们似乎应该看到，这两种人是留日学生中投入新文学运动的主要力量。虽然他们出发点不很相同，一是出于启蒙的目的，一是追求个性的发展，这就导致了新文学的两种文学观念，启蒙的文学和唯美的文学。前者以《新青年》为代表，后者以创造社为代表。但由于他们的唯美是以个性的伸张为基础的，所以又与反社会的革命运动极易产生共鸣。在这个基点上，创造社成员后来由唯美(Art for art)倾向革命文学，以至参加实际革命斗争，也是很自然的事，也是很典型的事。

另外，如果从外部环境来看，留日学生与留英美的学生也是不同的。后者可能是生活在一个比较安宁、富裕的社会环境里，西方民主政体的优越性表现得特别明显，这对中国留学生来说是一个相当成功的榜样。所以留英美的作家在心目中都有一个理想社会的模式，他们深信中国只要彻底实行民主，走欧美民主的道路，一定会带来光明的前途。他们是带着一个现成的样板回国的，所以他们比较坚定，自有主张。在黑暗如磐的中国社会里，他们往往两面不讨好，既反对国民党的独裁专制，也反对共产党的暴力革命。而留日学生则不同，日本国本身没有给他们提供什么可行的样板，日本当时本身即处于动荡改革之中，它在留学生眼中是一个成功地学习了西方的榜样，至于学什么和如何学，对留学生来说还是模糊的。当时在政治上接受了一点民主主义，也接受了一点社会主义和无政府主义，也有个别人读过几本马克思主义的书；在文学上也接受了一大堆各种各样的思潮，根本无法找出一个现成的方案或样板来。这就决定了留日学生回国以后，在政治上和文学上的态度，基本上是不稳定的。他们总是处于不断探索、不断否定自我、不断追求、不断接受一个比一个更新的思潮的阶段。从人生的磨炼上看，留日学生比留英美学生所走的心路历程和人生历程要坎坷得多，艰难得多。

另一方面，在国内的社会环境与文化环境中，留日学生的处境也比留英美学生要不安定得多。当时留学英美的知识分子，回国后很容易进入上流社会，待遇也较优厚；而留日学生，恐怕一来是人太多，而且杂，二来当时国内对日本的印象不太好，总以为日本文化是模仿了欧洲，从日本学来的欧洲文化科学，总是二手货，比不上从欧美学来的。当时有一句话，把留学欧美的称为镀金，留学日本的称为镀银。银子虽然在赔款时也值钱，但跟金子比成色总要差一点。所以镀银回国的学生在找工作上、待遇上都不如镀金的学生。举一个例子，当时商务印书馆编译所里，进了一个留英美的学生，每月薪水是 350 大洋，进一个留日学生，每月薪水只有 240 大洋，多少是受了歧视。我们在新文学历史上也可以看到，留英美回国的知识分子，几乎都有很安定的生活保障，大都当上了大学教授——大约只有朱湘，因为脾气不好，才弄得走投无路，离开安徽大学外文系主任的职位跳长江自杀了。然而留日回来的知识分子，大约除了《新青年》的一批人马以外，生活大都是动荡不安的，连大名鼎鼎的郭沫若、郁达夫都始终摆脱不了卖文为生的清苦生活。这其实也不见得是坏事，倒是促使了这些作家拼命写作，写得多名声也渐渐大起来。我们今天看来，留英美的作家在创作数量上是无论如何也比不过留日出身的作家的。当然，因为穷，因为生活不安定，留日学生也比留英美学生更勤奋，更倾向社会革命，那更是自然的事。

我们可以回顾一下，从清末起，到日本去过的作家大约有四代人。第一代从 1898 年戊戌变法失败开始陆续东渡日本，由寻找救国真理转向从事文艺运动。这一代人中，除梁启超、章太炎外，大多数都是在日本留过学的，如王国维(1902)、鲁迅(1902)、周作人(1906)、苏曼殊(1903)、陈独秀(1902)、钱玄同(1906)、欧阳予倩(1902)、夏丏尊(1905)、杜国庠(1907)等等。这里王国维似乎可以不算，因为他只在日本待了半年不到就因患脚气病回国了，日本对他似乎没有什么太大的影响；他第二次去日本是作为遗老身份去的。第二代是 1911 年在辛亥革命前后赴日本的，由从事各种专业学习转向搞文艺，如郭沫若(1914)、郁达夫(1913)、成仿吾(1910)、张资平(1912)、田汉(1916)、郑伯奇(1917)等等。第三代是在“五四”以后去日本留学的，他们已经受着新文艺的洗礼，到日本以后决定了自己的人生道路，如穆木天(1920)、夏衍(1920)、丰子恺(1921)、谢六逸(1920)、彭康(1920)、朱镜我(1920)等等。第四代是在大革命失败以后去日本，或为流亡，或为留学，继而从事文艺运动的，如任钧(1928)、胡风(1929)、周扬(1929)、楼适夷(1929)等等。蒋光慈和茅盾在那段时期也到日本避过一阵子，然后回国参加了左联。第一代人从日本回国发起了新文学运动；第二代人回国推进了新文学运动；第三代人回国后，一部分继续从事文学运动，一部分则由提倡"革命文学"而转向搞政治；第四代人回国后一律参加左联——从文学革命到革命文学，再进而左翼文学运动，留日学生所起到的作用以及他们的特点，是很一贯的。

说到第五代——大约就是像我这样，在30年代中期前后去日本留学的，这批人数量也不算少，文学生活也很活跃，和国内文艺界联系也很密切，可谓声气相通，那时候左联还有个东京支部，它是由卢木森堡(任钧)、华蒂(叶以群)、张光人(胡风)等人在1931年冬建成的，1935年末由于左联的解散，1936年又由于两个口号的论争，才无形解散。但它对日本的中国留学生文化活动，影响是积极的、深远的。那时由留学生组成的文艺社团也颇活跃，如杂文社(它的刊物《杂文》出版三期后，被日方警察查禁，又改为《质文》，继续在东京出版，不仅刊登留日学生的文章，也刊登过当时流亡日本的郭沫若、邱东平等人的文章，以及国内重要作家鲁迅、茅盾等人的文章)、东流社、文海社、新诗歌会、演剧协会等。刊物除前述的《杂文》外，还有《东流》《文海》《新诗歌》以及《留东新闻》的副刊。东京左联支部解散前后，还出版过文艺理论杂志《文艺科学》和文艺理论丛书，对介绍马克思主义文论影响很大，这批留学生1937年抗战爆发后都先后回国。这一代人现在还健在并继续从事文学创作、研究和教学的，据我所知，还有林林、杜宣、林焕平、雷石榆、谢挺宇、孙钿等。

可惜我在日本的时间不长，学业也没有完成，因为我刚到日本第二年的7月，就发生了卢沟桥事变，中日战争爆发了。当时在日本的留学生都主动地放弃了学业，回国参加神圣的保卫祖国的战争。我也就这样结束了这段留学生生活。从抗战爆发后，留日学生大概依然是有的，但与新文学运动就没多大关系了。

最近几年，中国又有大批青年人涌至日本，有的是读书，有的是赚钱，也有的是边读书边赚钱，各类情况都有，他们也可以算做第六代留日学生吧。

1990年10月间，我曾应母校——东京日本大学文理学部之邀，携老妻任敏赴日访问和讲学，我在东京、横滨、神户、大阪、京都等地都碰到了好些在那里攻读博士学位的中国同学，大陆和台湾的都有，也有许多中国青年，或者初衷如此，或者迫于环境而仅仅以赚钱为目的在异地生存着、奋斗着。不管是莘莘学子，还是勤奋艰苦的淘金者，都在这几年来兴起的“留学生文学”中有生动具体的描写，如《上海人在东京》《东京的月亮》《上海女子闯东洋》等等。这说明中断了半个多世纪的留日学生文学活动在新的历史环境中又复活了。那次我在神户停留期间，又看到在日本关西地区（神户、大阪、京都等地）的留日同学所办的大型文艺刊物《荒岛》创刊号，尤其感到欣喜。但愿他们与已回国的青年朋友一起能为中国的新文学的建设与繁荣做出自己的新的成绩与贡献，把从“五四”新文学运动开端的留日学生的优良文学传统继承下去并发扬光大！我这么期待着。

1996年3月于上海

本文系作者1996年6月赴台北参加“百年来中国文学学术研讨会”时提交的论文，原载台湾“中央日报”，收入《贾植芳文集·理论卷》，上海社会科学院出版社2004年版

《新中国文学词典》序

潘旭澜

在各式各样词典已经很多的情况下，我们郑重而又不无惶恐地向读者推出这一本。不是要锦上添花，不是要随波逐流，更不敢增加文字垃圾。希望会得到知音。

从中华全国文学艺术工作代表大会到现在，中国大陆的文学，既是以前文学的延续，又因社会的巨大变化而在整体上与以前有明显不同。

这几十年的历程，风风雨雨，曲曲折折。各种各样的作者和作品，难以计数。或大或小的事件和热点，接踵而至。其规模庞大而又波谲云诡，在中国以至世界文学史上都不曾有过。此中形形色色的重要现象，艺术上的长短得失，理论上的是非因果，几辈人的传承更替，各种文学道路的不同结果，以至整个流程的变迁轨迹和经验教训，必将继续引起海内外文学爱好者的兴趣和思考。如果作为20世纪下半叶中国社会的一面特异的镜子、人类文化一个不应忽视的组成部分，更会吸引知识界作多方位、多层面的观照。

于是，编撰和出版翔实、客观、新颖、比较全面、下限较近的词典，帮助人们了解这几十年中国大陆文学的本来面目，显得日益迫切。

然而，编写这样的词典有一些特殊的困难。我们既没有哪个机构为依托，也未曾申报立项要求人力物力支持，自然就缺乏有些人或单位轻易可得的现成条件，更是足以望而却步。不过，从另一方面来说，也自有一些方便之处。譬如，不直接间接代表任何机关团体，不必曲意接受张三李四意见，不用搞什么照顾和摆平，不受某些利害关系的干扰。所以也并非一无是处，全不可为。

1986 年，我冒出一股傻劲，决心主编这部词书。遂即开始筹划，并邀约几位同行分头准备。在同江苏文艺出版社商定出版协议后，这项自发的民间学术工程正式开工。原计划收词下限为 1986 年，后来改为 1989 年春季，释文则在可能范围内向后延伸。历时五六年，完成了这部词典。我们以诚实、艰苦的劳动，力求知识性、客观性、稳定性、学术性兼具，可信、可查、可读、可存，普及与提高相结合，尽可能适应海内外专业和业余广大读者的需要。

它破除已往一些论著"左"的观念、偏狭框架、谬误成见的束缚。既重视作家、作品运动、论争，也注意常被忽视的评论家、翻译家、编辑家等文坛人物，还注意文学机构、刊物报纸、读者反映、各时热点、特定词语等文学现象。所收人物、作品，兼纳各种不同观念、倾向、风格、作用，顾及曾有的地位与影响，以存真实。作品、著作还选收旧体诗词、通俗小说、戏曲和影视文学剧本、古代和外国文学研究与介绍、重要的工具书和资料书。在四千二百多词条外，附录了几项重要资料。词条释文，力求知识密集与叙述客观，简括说明迁延性现象的来龙去脉、前因后果，注意摒弃一些虚假和歪曲的陈说。凡此种种，都为了客观地展示几十年来中国大陆文学立体运行、双向互动的本来面目。

尊重实际，是科学应持的态度，编撰工具书尤其如此，但实行起来则非常之难，我们只能在多方面局限下尽力而为。无征不信，是工具书的基本准则之一。应当注重第一手资料，不能随便引录而以讹传讹，更不能急于求成而剪刀浆糊。为此，我经常以"宁拙毋巧、宁慢毋快"与同人共勉。有些现象和人物，由于文献资料不足或属于其他辞书范畴，而未收入。

参加这部词典编撰的都是从事文学工作的中青年学者。他们有些论著，已经受到读者的好评，还有一些成果近期将相继问世。同人中的严肃认真、一丝不苟、求实求是的科学态度，勤勤恳恳、不厌其烦、锲而不舍的敬业精神，是支撑这部辞书的重要支柱。我也分担和重写各种类型的一些词条。不过，这只是为这部书所做的工作的一小部分。

排印之际，知道这部词典已被列为全国1991—1995年重点图书，但愿不徒具虚名。如果，它能被海内外读者视为忠实的朋友，对各自的阅读、教学、写作、研究、编辑有助益，我们将感到莫大的欣慰。

原载《复旦学报(社会科学版)》1993年第2期，发表时略有删改

论文学研究方法论的历史、现状及其发展趋向

陈鸣树

前些年，由于文艺创作生产力的解放，伴随着创作上真正的百花齐放般的繁盛，创作的形式、方法从单一化走向一种有序的多元，几乎把20世纪后期的方法都来试验一番，这就使得文学研究的方法也随着对象的突破而突破。因为方法，正如恩格斯所说，本是对象的“类似物”。就这样，掀起了一股“方法论”的热潮，于是，褒之者认为激活理论思维，使之从惰性和惯性习惯思维中摆脱出来；贬之者则认为是“赶时髦”，把当时输入的一些新术语讥之为“名词轰炸”。更有甚者，似乎革新传统方法，就是背弃传统方法，并由此引申到对马克思主义基本方法的淡化或疏离。事实上，我想并非完全如此。作为一个20世纪的文学研究者，应该了解20世纪的一切文化现象，即使为了批判对方。那种视而不见或不视不见的鸵鸟式的心态无助于保卫马克思主义的纯洁性。

我们且追溯一下文学研究方法的历史形态。在文学还没有独立以前，中国古代也可以说还没有一种自觉的文学研究方法论。儒家的“思无邪”标准，“兴、观、群、怨”作用，都是以政治伦理道德作为参照系的。孟子的“以意逆志”说、“知人论世”说，或可作为社会学和传记学批评的雏形。老、庄的批评方法是主张取消功利目的的。“无为而无不为”曾被近人解释近似康德的目的与规律的统一，因此，道家的批评方法倒反而显出一种超然的审美态度。他们从方法论上开拓了一种非理性的潜意识的审察。对后世审美的印象批评方法影响是很

大的。但由于他们提倡“不落言筌”，他们的方法很难为世人说法，从而导致过于空灵。

文学研究方法的初步获得自觉意识是文人觉醒的中古时期。人的初步觉醒引发了对人的品评，又引申到对文的品评。于是，风骨、风神、风力、神韵、情致等等一些品评人物的新概念逐渐输入了文艺批评。如曹丕的《典论·论文》便涉及文学本体、体裁、风格的研究。刘勰的《文心雕龙》是中国文学研究方法论的一次重大的突破。它几乎囊括了20世纪初英人圣茨勃雷（Saintshnry）所归纳的十三种方法的初始形态。它有本体论、文体论、创作论、批评论诸方面。《文心雕龙》的出现，现在大多数学者肯定其受印度因明逻辑的影响，因此，作者的理论框架，极尽严密之能事，这也反证了中国文学研究方法还缺乏一种严密的逻辑思维的习惯，缺乏体系性与思辨性。

嗣后出现的钟嵘的《诗品》，用评人之法品诗，开启了中国风格研究方法直观性的学风。司空图的《二十四诗品》，创意境之说，提出“味外之旨”，扩展了用形象比喻的印象批评方法，以至于使后来汗牛充栋的诗话词话曲谈都延续了这种方法，几乎成为中国古代文学批评方法的主流。中国后起的小说批评，大多是评点方法。这种结合精读文本（Text）发出的感兴，似有几分类似西方的“新批评”的方法。它的缺点是缺乏在细密分析基础上的整体把握的综合，而且未能专注，因此未能产生像西方那样繁荣的小说理论。

在近代中国，伴随着每一次思想解放运动，新观念与新方法都同时输入。1904年，王国维在其《论近年之学术界》一文中如此大声疾呼：

> 外界之势力之影响于学术岂不大哉……自汉以后，惟以抱残守缺为事……佛教之东，适值吾国思想凋敝之后，当此之时学者见之如饥者之得食，渴者之得饮。……自宋以后至本朝，思想之停滞略同于两汉，至今日而第二之佛教又见吾矣，西洋之思想是也。

对王国维这样一位寖馈国学的大师，又时当中国人向西方寻求真理的时代，有这样的提法，当不致受到疵议。问题是为什么有这样的提法，王氏在同年所写的《论新学语之输入》一文中说得很清楚：

> 国民之性质各有所特长，其思想所造之处各异……我国人之特质实际的也，通俗的也，西洋人之特质思辨的也，科学的也，长于抽象而精于分类……吾国人之所长宁在于实践之方面，而于理论之方面则以具体为满足，至于分类之事，则除迫于实际之需要外殆不欲穷究之也。……故我中国有辩论而无名学，有文学而无文法，足以见抽象与分类二者皆我国人之所不长。……言语者思想之代表也，故新思想之输入即新言语输入之意味也，十年以前西洋学术之输入限于形而下学之方面，故虽有新字新语，于文学上尚未有显著之影响也，数年以来形而上学渐入于中国……处今日而讲学已有不能不增新语之势。

这里说得很明白，新观念、新方法、新语言的引进，乃是补传统之不足，其所以然乃不得不然。

“五四”的思想解放运动，以一种拥抱世界文明的恢宏气魄，迎来了各种各样的新观念新方法。马克思主义也正是在这时，作为一种新的世界观和方法论为中国人所接受的。

在我国 20 年代初期，西方文学研究的方法终于陆续介绍进来。1923 年的《小说月报》连载了英国海德赛（W. H. Hudson）的《研究文学的方法》，并推荐了一批世界文学批评名著，如亚里士多德的《诗学》、盖荣与史格德合著的《文学批评方法与资料》、丹纳的《英国文学史》、圣茨勃雷的《欧洲文学批评史》、柏斯奈特的《比较文学》、肖曼的《文学分析论》、温彻斯德的《文学批评原理》等。圣茨勃雷在 1900—1904 年出版的《欧洲文学批评史》中，把文学批评分为十三种方法，即：主观的方法、客观的方法、归纳的方法、演绎的方法、科学的方法、判断的方法、历史的方法、考证的方法、比较的方法、道德的方法、印象的方法、赏鉴的方法、审美的方法等。当然，这样的分类未必科学，但这毕竟是对文学研究方法在世界范围内一次新的总结。它后来也启发了中国的文学研究，如罗根泽先生的《中国文学批评史》就引用了圣氏的上述方法并有所影响。

1921年戴叙清编著了《文学方法总论》，流于一般。1932年，陆一远译印了盖尔多耶拉的《文学史方法论》，但盖氏将文学史的研究仅仅归结为“内在研究法”（指对作品）、“溯源研究法”、“演进研究法”、“积极研究法”（指作品所受影响而言）四种，显然都停留在知性层次。1933年宋桂煌译出了英人韩德生的《文学研究法》，它首先将“文学”界定为“对人生的一种批评”，“文学根本是以文字为媒介的一种人生的表现”。因此，文学的研究几乎等同于对人生的研究，这可算得是一种准社会学的批评方法。当时还出版了梁实秋的《文学批评论》，实际上提示了一种文本的求解的方法，他认为“批评的主要努力还是在于根据常态的人生经验来判断作品的价值”，他认为“最好的研究方法是在作品里去研究，不是到作品外面去研究”。

1931年陈彝荪写的《文艺方法论》，是中国较早提出以阶级斗争的观点来衡量作品得失的一部著作，他提出的批评标准是“从作品对社会的建设是否可以利用的地方”为依归，这就有些近于工具论了。

嗣后，瞿秋白于1932—1933年译出的恩格斯致玛·哈克纳斯、致保尔·恩斯特、列宁的《列甫·托尔斯泰像一面俄国的镜子》《LN托尔斯泰和他的时代》以及普列哈诺夫的《唯物史观的艺术论》等，才真正提供了科学形态的马克思主义文学研究的方法论。不仅如此，瞿氏还充分估计要正确运用这一方法论的艰难性和重要性。他说：“文艺是社会科学之中‘最细腻’的一种，也是唯心论的方法根深蒂固的地方。文艺不比政治经济学者或一般历史学方面，都有现代互辩法（按：即辩证法——引者）唯物论的学者的详细的研究，而文艺方面只有一般的指示。因此，唯物论的文艺理论，还需要专门的细致的研究，文艺方面的各种科学都需要彻底的重新估价。这是二十世纪的伟大的工作。”[①]可见，要掌握科学形态的马克思主义之不易，瞿氏自己在实践中有时也不免偏颇。但对“唯物论的文艺理论”进行“细致”的而不是粗糙的研究，是达到真正的科学形态的唯

① 《瞿秋白文集》，人民文学出版社1953年版，第564页。

一法门。

40年代占主流的文学研究方法论，见之于毛泽东的《在延安文艺座谈会上的讲话》。《讲话》的历史贡献在于文艺为政治服务即工具论的强调，这在民族斗争阶级斗争空前激烈的战争气氛中是可以理解的。因此，它必然引申出批评中政治标准第一、艺术标准第二的方法。

50年代文学研究方法论是根据地传统的引申和发挥，另外借鉴了苏联的经验和俄罗斯伟大批评家的传统。60年代由于与苏联修正主义的决裂，提出了马克思主义文艺理论中国化的命题。但是，当时党的政治思想路线还没有改革开放，谈到文学研究方法，也只能面向过去，在中国古代文论中汲取有益的养料。当时周扬引用刘勰的“酌奇而不失其真，玩华而不坠其奇”，成为传诵一时的名句，用来附会革命现实主义与革命浪漫主义两结合的创作方法与批评方法。而“两结合”中的“革命浪漫主义”，后来事实证明是一种脱离经济发展基础的浪漫空想。至此，文学研究方法论已从一种小农的偏狭心理和主观愿望偏离了马克思主义文艺的方法论的科学形态。在“文革”前夕不断鼓吹的“大批判”风潮，呼唤着一种更为可怕的极“左”狂潮的到来。至此，文学研究方法论已完全走向辩证唯物主义和历史唯物主义的对立面，从而自我消解。

直到党的十一届三中全会所提出的拨乱反正实事求是的路线，一切才恢复了生机。通过实践是检验真理的唯一标准的讨论，文学研究方法论才有可能真正回到科学的唯物主义基础上。这是又一次从“左”的桎梏中摆脱出来的思想解放运动。首先必须睁眼看世界，这样各种各样的新方法才有可能引进。而引进是了解对方以至批判对方的前提。也唯有如此，才能强化马克思主义的洞察力和分辨力，才能深化马克思主义文艺学方法论自身。

为什么在80年代中期会产生“方法论热”？第一，睁眼看世界以后，才发现许多新的文学现象，新的研究方法，渴望获得了解。第二，作为对被“四人帮”歪曲的马克思主义文艺学方法论的一种反拨，循着理性的召唤，寻求有序的多样性，激起了勇于探索的勇气。第三，对文学研究方法本身的研究向来是一个薄弱环节。文学研究方法的对象是文学，其本体内涵应当是文学本性有层次的全面的展开。因此，在多样的寻求中获得对文学本性更切近的解释。第四，马克思主义在当今世界，首先面临着自然科学的挑战，而“自然科学领域中每一个划时代的发现，唯物主义也必然改变自己的形式”①。另外，社会的发展、生产力的发展也会直接地向马克思主义提出发展的任务。这便使马克思主义的文学研究方法论获得更丰富的形态，更勇于吸收异体文化来壮大自己。第五，从世界范围来看，文学研究方法论在19世纪以前，并没有引起人们特别的重视和兴趣。到了20世纪，由于文学本身及外部科学（社会学、心理学、语言学、自然科学理论）的发展，文学研究方法论才提了出来，并引起热烈的关注。这种变化的内部原因，则在于文学创作方法的更替嬗变，反映生活的角度不断转换，形式的演化变迁，流派思潮的竞相涌现，诸如意识流、魔幻现实主义、非小说化的新小说、人类学意识小说、哲学、文化意识小说、荒诞的表现手段等，一切情绪、心理、印象模式的变化，都会给当代的文学批评、文学史、文艺理论的研究带来新的课题。在这些新课题面前，传统方法（大多是现实主义小说的对应物）显出了它的局限性，新方法便应运而生。

在“方法论热”的那几年里，我国出了不少书，基本上可以分为三类：一类是译介当今世界上出现的新方法；一类是试着运用新方法研究我国自己的文学现象；一类是试着编著新方法的教材或专著。我认为第一类最有成绩，尽管有些译文不尽妥帖，或者有着轻率从事的缺点，但功不可没。当然，也必须看到，有些所谓“新方法”，其实早已介绍到了我国。如在三四十年代，朱光潜先生在《文艺心理学》中就介绍过弗洛伊德、容格、理查兹以及格式塔心理学。朱自清先生在《诗多义举例》一文中说：“读了英国Empson的《多义七式》(Seven Types of Ambiguity)觉得他的分析法很好，可以试用于中国旧诗。”于是他选了古诗十九首中的一首，陶渊明《饮酒》一首，杜甫《秋兴》一首，黄鲁直《登快阁》一首，作为

① 《马克思恩格斯全集》第4卷，第224页。

“新批评”方法在中国第一次的实验。

威廉·燕卜荪(Empson)的《论含混的七种类型》(1930)是他二十四岁时写的成名作。它通过三十九位诗人、五位剧作家、五位散文家的两百多篇作品归纳出来一些规律。这便是此书能震惊一时的生命力所在。燕卜荪的老师理查兹说:“我认为自那之后,没有任何文学批评,可能有过如此持久而重大的影响。”但对我国来说,因为已经懈怠了几十年,现在重新提出,使人有新鲜之感。

此外,社会学方法的深化,心理学方法进一步引进,比较文学方法的热潮,以及对“俄国形式主义”、“新批评”、“原型批评”、现象学、阐释学、接受美学、结构主义、解构主义较为系统的广泛介绍,都是这几年的事。一般来说,除传统的社会学方法、比较文学方法、心理学方法外,新方法有两个特点:一,与哲学有着一身二任的血缘关系,像现象学、阐释学、结构主义、解构主义,本身既是哲学理论,又是美学—文艺学理论;二,注意文本的向心研究,即文本的解读和破译。我想,我们如果不执滞一隅之见,其中每种方法未必没有可取的养料。

在“方法论热”中,除了对原著的评介以外,已编了《文艺新学科新方法手册》(1987年,上海文艺出版社)、《当代新方法》(1990年,上海人民出版社)、《当代新术语》(1988年,上海人民出版社)起到了推广文学研究新方法的普及作用。

在“方法论热”的第二类成果中,产生了试用新方法结合中国实际的一批科学研究成果。例如鲁枢元用心理学方法研究文学,林兴宅用系统论方法写出了颇为引人注目的《论艺术的魅力》《论阿Q的性格系统》,季红真的《文学批评中的系统方法与结构原则》,黄子平用原型批评方法写出了《同是天涯沦落人——一个“叙事模式”的抽样分析》。林兴宅以系统论为指导所建立的理论框架一个最大的优点就是一变过去对艺术魅力的研究,并不再停留在经验性的描述上,找到了模型,找到了科学的论证。林兴宅在建立这个模型时,又参之以皮亚杰的发生认识论,因此,使艺术魅力的生成机制得到了进一步的说明。但作者在另一篇文章中,对阿Q性格元素中所排列的十对矛盾就忽略了相互联结点。季红真则在辩证唯物主义和历史唯物主义基础上,重新阐释了系统与结构的原则。因此,她认为应该考虑到:一、表层结构与深层结构;二、内部结构与外部结构;三、静态结构与动态结构。作者特别告诫,分析具体作品时不要割断历时性的研究,而作文学史研究时,不要忽略共时性的研究。这是她对系统论观点运用的一个范例。黄子平的文章虽然选择了原型批评,但始终紧扣它的历史文化背景,因此,它迥异于那种对号入座式的"神话追寻",也没有堕入缥缈的玄思,他揭示原型,乃从人间出发而归于人间,它们每一次演化变异不是神的原因而是人的原因。黄子平的原型批评的引进,证明只要不是绝缘式的生搬硬套,不丢掉行之有效的基本分析方法,是介入而不是取代,那么原型批评会有很大的发展潜力。

在"方法论热"中,第三类成果是出版了一些论文集、教材和专著。在教材中,1986 年江西人民出版社出版了《文学批评方法论基础》,该书在《内容提要》中说:"本书是我国第一部较系统阐述文学批评方法论的原理的著作……可供高等学校文科作为'文学批评方法论'选修课的参考教材。"但该书在体系上是不周全的,它认为文学批评有三个基本类别:一,逻辑方法;二,批评模式;三,横向方法。而"逻辑方法"却只限于归纳、演绎、分析、综合以及分类、类比、比较、证明、反驳,大都从形式逻辑着眼,根本没有谈到对理论思维生命所系的辩证逻辑,例如没有谈到历史的方法如何与逻辑的方法相一致,特别没有谈到对社会科学研究具有普遍意义的从抽象上升到具体的理性方法原理。另外,在"批评模式"一项中,也仅仅介绍了心理批评、原型批评、形式主义批评、结构主义批评、社会批评、比较文学等有限的几种方法,且看不出它们发展的时序性。特别是把系统论等自然科学理论放在"横向方法"项内,显得十分不协调。因为自然科学理论对文学批评方法的介入是具有涵盖性的,不是横向的移入。正是在这个意义上,马克思说:"自然科学是一切科学的基础。"该书"文学批评方法的具体运用"一章,概括"文学批评的基本过程"为:1.意识到问题并对其加以分析;2.思维加工;3.提出思想;4.对思想加以检验。在写作实践上又分为:A.选题;B.思维加工;C.立论;D.论证。这不过是在写作学范围内的一些常识。编者都未能提到理论思维的层次上作出具有创造性意义的指导。这作为一本高校的"文学批评方法论”的参考教材是远远不够的。

1990年江苏人民出版社出版的《文艺学方法通论》是一部四十万字的巨制，但全书的理论框架似亦缺乏内在的逻辑。作者把文艺学方法归结为五大范式，即:文艺学经验方法、文艺学美学方法、文艺社会学方法、文艺心理学方法、文艺学本体方法。这既不符合文艺学方法论的实际(因为方法对应于文学本性全面地展开，不可能先验地设定范式)，也作茧自缚地局限了自己。如谈到《文心雕龙》，作者把它归入经验方法，但它何尝不涉及美学方法(《辨骚》《明诗》《风骨》《定势》《情采》《物色》等)、社会学方法(《时序》《才略》《程器》)、本体方法(《熔裁》《声律》《章句》《练字》《指瑕》等)。复次，作者将马克思主义文艺学方法论归入美学方法一类，大大缩小了它的普泛性。事实上，它正是社会学方法突破性的发展。美学观点与历史的观点相统一意味着必须从作品的历史内容出发，寻求作品美学表现的和谐度。因此绝对不能把马克思主义文艺学方法论归入一种美学方法。可能作者也不能解决这一矛盾，不得不割裂了马克思、恩格斯与普列哈诺夫，把他们分置在美学方法与社会学方法两种分类中。另外，该书没有一个统辖全局的理论主脑，可以涵盖一切方法，形成一个体现20世纪大文化背景制约下的有机网络。

相反，胡经之、张首映著的《西方二十世纪文论史》(1988年，中国社会科学出版社)以作者系统、作品系统、读者系统、社会—文化系统作为理论框架，取得了较为妥帖的归属，虽然这一分类近于艾布拉姆斯的四分类法。

陈晋的《文学的批评世界》(1989年，上海文艺出版社)以上篇“观念与本体”、中篇“类型与方法”、下篇“发展与历史”展开它的体系，虽然限于篇幅未能充分地深入与展开，但这体系是开放性的，意犹未尽之处可以由读者去思考或参阅其他书籍。

要之，前几年的“方法论热”的兴起和它的消歇以及深入，迫切要有一本关于文艺学方法的方法论著作。

对方法本身的研究，实际上基于对文学本身的研究。文学研究最主要之点是文学本性有层次的全面的展开。以任何一种方法作为唯一的参照系，任何不符合文学本性的研究，都是有悖于科学形态的。因此，要预测文学研究方法论发展的未来趋势，必须是更完满地体现文学的本性，而不是抹杀或阉割文学的本性。

当世界上形形色色的新兴方法涌来时（在改革开放以后，这种趋势是必然的），立足于科学形态的理性思维即辩证唯物主义与历史唯物主义的文学研究工作者，应该保持清醒的科学头脑，以一种能涵盖诸种方法（不论新旧）的原理对待一切，分辨与选择一切。这样才能避免两种盲目性，即：或者以为任何一种新方法都不值一嗤、不屑一顾的盲目性，那是一种背弃理性思维的幼稚性，不知道人类思维的开拓与方法的演进的必然性；或者对任何方法一概顶礼膜拜，无条件接受，这种盲目性在于不懂得方法是对象的对应物，分属于不同的认识层次，这里就有一个选择的过程。

我曾在拙著《文艺学方法概论》（1991 年，上海文艺出版社）推出方法的对应性和两极否定性、层次性、互补性三个原理，试图解决如何界定方法、选择方法的问题。所谓对应性原理，这就是说，在界定任何一种方法时，必须与对象相适应，因为“方法不是某种跟自己的对象和内容不同的东西”，恰恰相反，方法是“对象的内在的原则和灵魂”（黑格尔）。如果说，这一原则是唯物主义的基本命题，那么，方法的两极否定性则是辩证法的基本体现，方法是主体与客体的中介，它一方面固然决定于客体，另一方面也连接于主体。方法作为达到目的的手段、工具，它通过两极否定作为中介，即：既否定表现在目的里的直接的主观性；又否定表现在方法里的直接的客观性。这就是说，在执着自己目的的时候，必须避免一种无视于客体制约性的纯粹主观性，同时，也要避免脱离目的的追求的纯粹客观性，因为达不到任何目的，也无异取消达到目的的方法自身。

方法的层次性原理是界定任何一种方法的认识论标尺，按照康德的表述：感性认识及其方法，属于“容受表象的能力”，知性认识及其方法，是属于获得“知识之能力”，只有理性认识及其方法，才能获得“原理的能力”。

互补性是一种客观世界的本源现象。导源于客体的思维方法，也具有互补的特征。由于文学本性展开的多面性，既然不是一二种方法可以穷尽，也不是一个批评家都能全盘掌握，这就使得客观上出现的具体方法之间具有互补的必要性和可能性。

我想，无论将来文学研究的方法如何演变，上述三个基本原理大体上可以涵盖一切、说明一切、鉴别一切，并作为选择各别方法的标尺。

未来文学研究方法论的发展趋向，我想可以从这四方面来看：

一、早在本世纪以来，自然科学的冲击，使社会科学和人文科学也不能自外于物理世界，如果说，牛顿的经典力学曾给人们带来了古典时代的秩序，那么，现代自然科学的新发现的确找到了物理世界的新秩序，那就是无序中的有序，这几乎相当于当代的人文状况。自然科学在寻求新方法中正在更新自己的方法，而这种方法所提供的视野将以它的普泛性联系到一切学科，其中应该包括文学研究的学科。如果说，运用19世纪的实证主义方法还能对左拉的小说作出精彩的层层深入的解剖，那么，对富有当代意识的一切作品，一种具有多元形态、主客交感、歧义衍生的作品，就不是机械切割的方法所能奏效。这就充分说明，自然规律的新的揭示，将有助于加深对人的新认识。

二、从人类认识运动来看，首先是朴素然而混沌的整体性的世界观；继而是对事物分体研究的方法，“这是最近四百年来认识自然界方面获得巨大进展的基本条件”，但是，“这种做法也给我们留下了一种习惯：把自然界的事物和过程孤立起来，撇开广泛的总的联系进行考察，因此，就不是把它们看作运动的东西，而是看作静止的东西；不是看作本质上变化的东西，而是看作永恒不变的东西；不是看作活的东西，而是看作死的东西。这种考察事物的方法被培根和洛克从自然科学中移到哲学中以后，就造成了最近几个世纪所特有的局限性，即形而上学的思维方法”①。现在则面临第三个认识运动的阶段，它扬弃了第一阶段的朴素的整体观的混沌性、模糊性，也扬弃了第二阶段的分割性、机械性；综

① 恩格斯《自然辩证法·导言》。

合了第一阶段的整体性、第二阶段的精密性。因此，未来的认识运动及其方法将倾向于综合研究方法、科际整合方法，微观研究与宏观研究相结合的方法。

三、从审美的角度来看，未来的研究方法的变动也将基于观念上如下一些变化，即从静态的价值判断兼及人物性格可变性的动态分析；从仅仅以必然性为依据同时注意到偶然性这样一种直接现实性，存在着的可能性。另外，审美从群体化到个体化、小型化、分散化的转变也将影响到文学研究方法的多样化。

四、在预测未来文学研究方法的发展趋势时，社会学方法、历史传记方法仍会有一定的地位，因为文学作品必然联系于社会，而作家的生活也一定会介入作品。

我想在这里特别强调的是科学形态的马克思主义的理性思维仍将作为最高层次的哲学意识（一般方法）指导着文学研究中的个别方法和特殊方法。因为它的生命力在于生生不已的自我衍化过程中能促使思想的增值，促使思想群的产生。而这，正是一切科学研究包括文学研究的生命力所在。在这里，我愿意郑重地引用马克思的一段名言作为本文的结束。马克思说："理性一旦把自己的正题安置下来，这个正题，这个思想就会自相对置，可分为两个矛盾的思想，即肯定和否定，'是'与'否'。这两个包含在反题中的对抗因素的斗争，形成辩证运动。'是'转化为'否'，'否'转化为'是'。'是'同时是'是'和'否'，'否'同时成为'否'和'是'。对立面就是通过这种方式互相均衡，互相中和，互相抵销。这两个彼此矛盾的思想的融合，就形成新的思想，即它们的合题。这个新的思想又分为两个彼此矛盾的思想，而这两个思想又融成新的合题。这种增值过程就构成思想群。同简单的范畴一样，思想群也遵循这个辩证运动，它也有另一个与自己矛盾的思想群为自己的反题。从这两个思想群中产生新的思想群，即它们的合题。"①

原载《学术月刊》1992年第6期

① 马克思《哲学的贫困》。

沈从文的“浮沉”与现代文学的研究

吴立昌

一

“浮沉半世纪，生存近偶然。”[①]沈从文对他的一生颇为感慨系之。然而作为小说家的沈从文的这种“浮沉”，却是很值得研究的。

半个多世纪前，还是一个二十岁小伙子的沈从文，脱离了湘西旧军队，风尘仆仆来到北京城，用在故乡“读那本用人事写成的大书”[②]所积累的生活经验，在饥寒交迫的窘境下，埋头创作，锲而不舍，终于日渐摆脱了寂寞，引起文坛的注目。郁达夫风雪寻访沈从文即为生动一例。自此，沈从文就以他那具有浓厚湘西乡土气息、传奇色彩和独特艺术风格的小说吸引了众多读者。在不太长的一二十年内，他的小说、散文（包括少量诗歌、戏剧和评论）结集成册（集名不同，内容互有重复者除外），至少五十种以上。和任何大作家一样，在这么多数量的作品中，真正的“锦绣”“珠玑”往往是少数。像歌德这样的多产作家，据车尔尼雪夫斯基和托尔斯泰不约而同的看法，真正经得起时间考验的也仅占十分之一左右。伟大如歌德，尚且如此，沈从文又何能例外。不论沈从文在中国现代文学

① 沈从文《拟咏怀诗》，《花城》文艺丛刊第 5 集。

② 沈从文《从文自传》，上海第一出版社 1934 年版。

史上的是非功过应该怎样评定,他在当时的影响却是无法否定的历史事实。30年代,当斯诺编选现代中国短篇小说选《活的中国》时,鲁迅和他曾有过一次谈话。鲁迅的意思是,“自从新文学运动开始以来,茅盾、丁玲女士、郭沫若、张天翼、郁达夫、沈从文和田军大概是所出现的最好的作家”①。鲁迅把沈从文放在“最好的作家”之列,这不会是随便的。

沈从文不仅五十年前名噪中国文坛,而且是在国外具有较大影响的中国少数现代作家之一。前二年,在国外某次关于中国文学的会议上,一位英国学者在评价中国现代文学时,就把沈从文和鲁迅、闻一多并列,看成是中国文化的代表。沈从文的中篇小说《边城》②“是在世界范围里已受到热烈欢迎的一部作品”。美国有人更盛赞沈从文的代表作品,“是世界上好多文学者永远要看,而且要给自己的子女看的”,他的书,“虽然在台湾还是禁书,可是这几年来香港出版了很多,再版也不少。华侨与学者都喜欢看这些作品”③。

外国学者的研究,各有各的观点和评价,我们自可独立思考,决不应该盲从。但是,沈从文在国外受到重视而在国内却销声匿迹的原因倒是值得研究的。解放后的中青年读者知道沈从文的恐怕为数不多,因为他早从文坛隐退;以前的旧作,仅在1957年出过一本《沈从文小说选集》,也只印了两万多册,就像撒胡椒面一样,早已湮没无闻。林彪、“四人帮”横行的十年,整个文坛被夷为瓦砾一堆,等着沈从文的当然只能是不堪忍受的精神和肉体的折磨。

在以往一些现代文学史里,他偶尔出现,地位却不美妙,随着文艺界思想批判运动的“深入”,对他否定的调子也越来越高。记得解放初某部新文学史著

① 尼姆·威尔士《现代中国文学运动》,《新文学史料》1978年第1辑。

② 朱光潜《从沈从文先生的人格看他的文艺风格》,《花城》第5集。朱文把《边城》的女主人公翠翠当作书名,乃误记。

③ [美]金介甫《给沈从文的一封信》,《花城》第5集。最近又读到金介甫刊在《钟山》1980年第4期的《沈从文论》,虽然该文的观点尚有值得商榷之处,但作为一名外国学者,在国外收集那么多资料,又在访华期间先后与沈从文交谈十二次之多,之后更去沈从文的湘西故乡游历一番,相比之下,国内研究者却缺乏这样的条件。这正反映了我们在研究自己民族的作家方面,还处在落后状况。

作，对他多少还在艺术上有所肯定，遣词造句也还心平气和；接着出版的一些文学史，要么有意避开，要么把他归之为没落的资产阶级文学流派，措词亦更加严厉；待到50年代末至60年代初，某些著作更是对他毫不含糊地展开了“批判”和“斗争”，一直“上纲”到“反动文人”的地位。于是，对沈从文的研究便成了“禁区”，谁也不敢问津。

粉碎“四人帮”以来，人们越来越相信，实践是检验真理的标准。沈从文在文学研究领域的待遇也开始有所改善。新出版的一些现代文学史已不再把他打扮成反面角色了。有人还吟出了这样的诗句：“我论文章尊‘五四’，至今心折沈从文。”①有的刊物还集中数篇文章正面介绍沈从文。不管这些评价如何，至少表明人们已敢于并努力要对这位作家进行实事求是研究的愿望。作家本人也希望人们运用“历史唯物主义严肃认真态度，不带任何成见”②研究自己的作品。在思想解放的今天，这希望该不至于落空吧！

二

过去否定沈从文的根据，不外乎他的作品不写压迫和剥削，没有表现阶级矛盾和阶级斗争，把农村和旧军队描绘成“世外桃源”等等；作家本人则是“新月派”或是与该派关系密切，挨过鲁迅和“左联”的批评，抗战之后又有错误言论。凡此种种，不能说统统属子虚乌有，但也不是件件确凿，而且即使真有其事，也还有个如何看待的问题。

之所以会对沈从文做出全盘否定的判断，我认为，主要是对作家只看一面，忽略或无视另一面。比如，只看到作家没有激烈的革命言论，而忽视了他对新旧军阀统治的不满；只看到他对左翼文学的理论和实践不感兴趣，格格不入，而

---

① 荒芜《赠沈从文同志》，《文汇报》1979年10月4日。

② 沈从文重新发表《从文自传》时的作者附记，《新文学史料》1980年第3期。

忽视了他对艺术风格的惨淡经营；只看到他与胡适、徐志摩等人过从颇密，而忽视了他对左翼作家被捕杀深表同情以至于谴责反动当局的事实……鲁迅曾批评过那种形而上学片面推断的方法：“口头不说‘无产’便是‘非革命’，还好；‘非革命’即是‘反革命’，可就险了。”①过去对沈从文的论断方法庶几近之。

鲁迅还说过，左翼作家“不但要那同走几步的‘同路人’，还要招致那站在路旁看看的看客也一同前进”②。从沈从文作品的整个倾向看，他对左翼作家所反对的目标——国民党反动政权，并无好感，更没有为其辩护、效劳。然而，他对配合无产阶级政治的革命文学也产生反感。在尖锐的阶级斗争中，“沈从文是不懂政治的”③，他实际上是属于“自由主义”的中间作家一类。对于他们，左联的态度也有个变化过程。1931 年秋，丁玲主编的《北斗》就改变了以前《拓荒者》对“自由主义”的中间作家的关门主义政策，而采取诱导的态度。这无疑是正确的。这样不仅有利于团结许多中间作家，而且可以更大限度孤立敌人，壮大自己，冲破国民党的文化“围剿”。所以，我们今天衡量一个 30 年代作家的政治倾向，不能仅仅以他对左联的态度为转移，而应把他放在当时中国人民和三大敌人矛盾的总情势下进行全面分析，才能做出公正的历史评价。

批评一个作家或一部作品，总有个标准，尽管对此目前尚有不同意见，但有一点却是一致的，即把政治当作批评作品的唯一标准的做法应予彻底纠正。所谓“政治唯一”，就是只看作品的政治倾向，甚至只看它是否配合了某种政治运动或某项具体政策，而不管其艺术的优劣。于是，批评往往变为对作家作品的政治鉴定。这种“左”得可笑的倾向表现在现代作家研究中，就出现了对沈从文这一类当时在政治上处于中间状态而艺术上却很有成绩的作家全盘否定的现象，同时也出现了对某些政治内容是革命的，但艺术形式却很平庸甚至粗劣的作家作品肯定过头或盲目吹捧的情况。这样的批评和研究，在今后的现代文学

---

① 《三闲集·路》。

② 《南腔北调集·论“第三种人”》。

③ 丁玲《一个真实人的一生》，《人民文学》第 3 卷第 2 期。

研究领域里面再不应该蔓延下去了。

三

片面评断沈从文，还有一个原因，就是缺少比较。西方流行一种“比较文学”的研究方法，解放前曾有人介绍过，解放后很少有人提起，“比较文学”自有它特定的含义，我们无须生吞活剥地搬用，但是用马克思主义基本观点和科学方法，对各类文学现象进行比较的研究还是应该的。我们不仅要对各民族文学之间的相互影响和相互联系进行比较研究，也需要对本民族作家的思想艺术特点及其相互影响和联系进行比较研究。因为“真的、善的、美的东西总是在同假的、恶的、丑的东西相比较而存在，相斗争而发展的”①。俗话说，“不怕不识货，只怕货比货”。任何事物，只有在比较中才能见出真伪，见出优劣，同时显示出自己的特色。给一个作家以怎样的历史地位才算恰当，把他放在同时代作家群中进行认真细致的比较研究，是不可或缺的一环。遗憾的是我们的文学研究却忽略了这个重要环节，经常见到的是孤立的就作家论作家，再加之“政治唯一”的标准作怪，即使有所比较，也只是比作家的政治立场甚至家庭出身、本人成分，难得见到从作家作品的思想和艺术统一的角度进行比较的批评文字。

沈从文的作品中，描写旧军队和农村生活的占很大比重，而这类题材在20年代末至30年代屡见不鲜。如果将这类题材的作品做点比较分析，也许会发现沈从文自有他的思想艺术特点，同时也会更准确地看清他的弱点和缺点。比如短篇小说《丈夫》②，写的是一个农村妇女为生活压迫去船上当妓女，丈夫从乡下赶来看妻子的故事。从题材看，颇近似柔石的《为奴隶的母亲》和罗淑的《生

① 毛泽东《关于正确处理人民内部矛盾的问题》。

② 发表于《小说月报》1930年4月第21卷第4期，收入《从文子集》。

人妻》。后两篇写的是农民为生活所迫不得不出典或出卖自己妻子的悲剧。三篇情节不尽相同，但都揭示了一个可悲的黑暗现实：为了生活，丈夫只好把妻子出卖给别人作生儿子或泄欲的工具；妻子则完全丧失了人的价值。柔石和罗淑的小说着重从妻子的角度，对黑暗现实直接发出愤怒的控诉，其思想艺术特色，文学史上已有定评，毋庸赘述。而对《丈夫》，则很少有人提及，纵使提及，也是彻底否定。其原因恐怕是从小说看不到有多少直接的正面的揭露性、控诉性的文字。确实，小说重点不在具体描写丈夫如何为生活所迫而让妻子出卖肉体的痛苦经过，而是表现丈夫的一种精神状态。他忠厚老实，但在生活的重压下变得精神上自轻自贱，麻木不仁。这样的农民当然不能从某种抽象的政治概念去要求他有什么反抗精神或树立什么理想。然而他毕竟是一个人，当他目击妻子在给别人侮辱、玩弄的时候，一种最起码的做人的尊严，终于使他不堪忍受，愤怒地把老鸨给他的妻子的卖身钱全扔了，带着妻子回乡去了。这是一种无言的反抗，一种千百年来压抑在农民内心深处难以诉说的悲哀。作者自己曾说过，“对于农人与兵士，怀了不可言说的温爱”①。作者对小说里这对农村夫妇可悲的命运虽未直接表态，但对他们的同情和“温爱”之情却流露于字里行间，从而显示了作品的基本倾向。

沈从文自己在从事文学批评时，倒很注意比较，收在《沫沫集》②的一组评论可以为证。他论冯文炳（废名）的风格，就比之于周作人、许钦文、鲁彦和他自己；论施蛰存和罗黑芷，不仅将施、罗对比，还要与鲁迅、茅盾、丁玲、郁达夫等比较；论朱湘的诗，则比之于胡适、徐志摩、闻一多；论刘半农的诗，又比之于郭沫若、沈尹默、俞平伯。他能在众多作家中娴熟地从不同角度比较各人的长短和优劣，尽管有些类比并不精当，但此种方法正是我们的文学批评多年来所缺乏的。

---

① 《边城》题记，《大公报》“文艺副刊”1934年4月25日。

② 上海大东书局1934年4月版。

四

二十多年内，创作了五十本以上的小说散文并形成独特艺术风格的沈从文，近三十年却沉浸到文物考古研究中去了。虽然沈从文早就酷爱这门学问，并在工作中取得很大成绩，但有的同志仍然“觉得他因此而放弃了文学创作究竟是一件很可惜的事”①；有的同志谈到他刚到历史博物馆：“他的工作是为展品写标签，无须乎用太多的脑子。但我为他那精密之极的脑子搁下来不用而深深惋惜。”②沈从文自云：“本非驰驱具，难期装备新。只因风格异，俗谓喜离群。”联系他一生的创作道路，这几句诗倒是很切实的自我解剖。凭着他对故乡人民生活的熟悉了解和“温爱”之情，完全可以站在新的立场，运用新的观点，以他那自然平淡、清灵隽永的笔致描绘解放了的湘西汉族和苗族人民的新生活，回叙往日农村和军队所发生的一切人事的变化，从而使作品闪射新的光彩。可是，沈从文没有这样做，所以人们深为惋惜。

1956年冬，沈从文返湘西作了一次愉快的旅行。大约苗家姑娘那“充满青春生命健康愉快的歌声和笑”③，再次激起了老作家对故乡的眷恋之情，从而产生了表现这种新生活的创作欲望。次年春夏间，在《沈从文小说选集》题记中，他又披露了自己的心思：“希望过些日子，还能够重新拿起手中的笔，和大家一道来讴歌人民在觉醒中，在胜利中，为建设祖国、建设家乡、保卫世界和平所贡献的劳力，和表现的坚固信心以及充沛热情。我的生命和我手中这枝笔，也必然会因此重新回复活泼而年青！”尔后二十年，作家的希望没有兑现，固然有他的主观因素，但这期间，文艺界的批判运动接踵而至，直到那“毁灭文化”的十年，如此乖舛的客观环境恐怕不能不对作家的重新提笔起制约作用。其实，搁笔或基本搁笔三十年的，何止沈从文！

---

① 朱光潜《从沈从文先生的人格看他的文艺风格》。

② 黄永玉《太阳下的风景——沈从文与我》，《花城》第5集。

③ 沈从文《湘西苗族的艺术》，《龙凤艺术》。

当然，继续执笔的著名老作家也还有那么几位，有的作品的数量还不算少，而且努力熟悉他们原来不熟悉的新的人物和新的生活，这种创作热情实在令人钦佩。然而，他们的新作，在内容和形式完美的统一，人物形象的塑造，保持并发展自己的艺术风格等方面，却缺少新的突破。他们的代表作，能在广大读者中间留下深刻印象的似乎仍然是四五十年前的成名之作。作为我国社会主义文学成就的标志，主要不是他们，而是一批从战火纷飞的年代中锻炼出来的中年作家(今天也都是老作家了)和解放后崛起的优秀青年作家。由此退一步讲，即使沈从文重新握管挥毫，能否“回复活泼而年青”，能否继续写出具有独特风格的小说，并有所突破，有所提高，仍然是个未知数。这些现象说明了什么？是否我们的老一辈作家都已“江郎才尽”？是否因为他们不熟悉新的生活？像高尔基在革命胜利后写《阿尔达莫诺夫家的事业》和《克里姆·萨姆金的一生》那样，写一些自己所熟悉的旧时代生活的作品为什么也罕见？诸如此类的许多重要问题，都值得治现代文学和当代文学的同志认真思考和回答。

五

被人们遗忘了三十年的沈从文，今天终于又引起了人们的注意，作家本人似也有重返文坛的意向。对于研究者来说，沈从文那么多数量的作品，犹如一块未开垦的处女地，值得探索和研究的内容是颇为广泛而丰富的。

比如，目前哲学界、文艺界正在讨论的“人性”问题，在读沈从文作品时，也要经常遇到。他曾经把自己的习作比作是建筑一座“精致、结实、匀称”的“希腊小庙”，“这神庙供奉的是‘人性’。”他的代表作中篇小说《边城》所欲表现的就是一种“优美，健康，自然，而又不悖乎人性的人生形式”①。这种“人性”与阶级社会里的阶级性关系如何，它包含哪些具体内容，作家又是如何表现的，等等，都有仔细研究的必要。

① 《从文小说习作选》“代序”，良友图书公司1935年版。

与“人性”问题有关的是对沈从文作品里面经常出现的爱情描写的评价。过去的研究者皆认为沈从文笔下出现的青年男女之爱，都是一种超阶级的原始的“生命力”。确实，沈从文对“生命力”的赞颂在作品中经常可见，但这并非都是抽象的概念，而是植根于一定的现实土壤的。沈从文善于用现代心理学分析爱情悲剧产生的原因。他在一篇表现青年寡妇因追求爱情自由而遭封建势力迫害致死的小说中有这么一段分析：“生命发展与突变，影响于黄毛丫头时代的较少，大多数却和成年前后的性青春期有关。或为传统压住，挣扎无从，即发疯自杀。或突过一切有形无形限制，独行其是，即必然是随人逃走。惟结果总不免依然在一悲剧性方式中收场。”①此话意思很明显，即是说，爱情的悲剧往往是因为周围的环境(如封建道德、社会恶势力等)对青年男女性的要求压抑所造成的。这种议论很有弗洛伊德心理分析之嫌。如果先撇开弗洛伊德不谈，只从作品的实际出发，这种议论是否有合理的因素和科学的根据？是否违背了马克思主义关于社会存在决定社会意识的普遍规律？我认为，对于文学创作、批评鉴赏，以及作品的社会效果，不仅需要从哲学、美学，也需要从心理学去分析研究，而这方面在我们的文学理论中却是个空白，能不能从沈从文的作品进行一些类似的探索，逐步填补这个空白呢？

前不久，有文章在介绍西方意识流小说时，曾经谈到这个流派对中国现代文学影响，并举出沈从文和废名为例。沈从文创作最旺盛的年代，恰恰是伍尔芙、乔依斯等意识流代表人物的作品在欧美流行的时期，是否影响到中国，影响到沈从文，也不妨注意一下。总之，接触一些沈从文的作品，是会发现不少有趣而有意思的理论问题值得我们的探讨。

沈从文的“浮沉”，不能不引起人们的思索，实事求是进行分析研究，多开拓一些现代文学研究的“禁区”就是这种思索带来的主要结论。

原载《复旦学报(社会科学版)》1981年第2期

---

① 《巧秀和冬生》，《文学杂志》1947年6月第2卷第1期。

《中国现代文学理论批评史》引言

王永生

“中国现代文学理论批评史”是以“五四”至中华人民共和国成立以前文学理论批评发展情况作为研究对象的一门新兴学科。它和 20 世纪 20 年代开始创建的研究先秦至“五四”前夕文学理论发展的“中国古代文学理论批评史”相衔接，共同完成我国文学理论批评史学科的建设。

自从有了文学现象，就有对于文学现象发表各种看法的文学理论批评产生。在最早的诗歌总集《诗经》里，有一些诗就说到了作者写诗的目的，直接或间接地述及诗歌的社会作用，可以看作我国古代文学理论批评的萌芽，《左传·襄公二十九年》中吴季札在鲁国观乐的那段议论，比较系统地记载了季札对于《诗经》的评论，反映了奴隶主统治阶级对于诗乐的所谓“观风”的功利主义要求，表明了我国文学理论批评有着相当悠久的历史发展传统。学习与了解文学理论批评的历史，有助于我们总结与汲取既往的经验教训，为发展与繁荣今后的文学事业，做出文学理论批评的应有贡献。

如同“前天”“昨天”和“今天”“明天”的密切关系一样，为了今天和明天的社会主义文学事业更加蓬勃地发展，我们应该系统地回顾先秦以来我国文学理论批评发展的漫长历史，总结其带普遍性的发展规律，汲取其可取的有益的经验教训，在这方面我们的文艺工作者还需以很大的精力，继续做大量的艰苦细致的研究工作。然而，正如“前天”与“昨天”同今天的密切关系还不尽等同的道理相似，就“五四”运动以来我国在马克思主义影响下获得迅猛发展而发生重大历史性变化的文学理论批评，相对来说，却更应引起我们高度重视地进行认真回顾，做深入细致的经验总结。

中国现代文学理论批评同整个中国现代文学发展的历史一样，是新民主主义革命现实土壤上的新的产物，同时又是旧民主主义革命时期文学理论批评的变革发展的结果。“五四”新文化运动和文学革命，是中国现代文学理论批评史的伟大的开端。适应新的时代的需要，它吸取了欧洲资产阶级革命以来文学理论批评的许多有益成分，也利用了我国文学理论批评传统中长期积累的可取经验。尤为重要的是：它是在十月社会主义革命影响下，在马克思主义与马克思主义文学理论的传播下，一开始就作为“五四”新文化运动的一个重要组成部分，在反帝反封建的伟大革命运动中发表文学革命主张，提出战斗口号，向封建旧文学猛烈攻击，催促与鼓舞了新文学创作的诞生与萌发，成为服务于当时反帝反封建革命总任务的新文学运动的重要一翼。

早在19世纪末叶，我国资产阶级改良主义文化运动就日趋高涨。谭嗣同、夏曾佑等提出了“诗界革命”，梁启超等竭力推行“新文体”，黄遵宪则提出了“吾手写吾口”，要求摆脱旧诗格律的束缚。梁启超在《论小说与群治之关系》、王无生在《论小说与改良社会之关系》等文中更强调小说的政治意义与社会教育作用，使小说的地位获得提高，使一些宣传新思想、暴露旧世态的小说获得了发展。辛亥革命前夕，随着“文明新戏”的兴起，以及围绕“春柳社”演出《黑奴吁天录》，又为输入话剧、改革旧戏而涌现了一批戏剧改良言论。近代文学批评的这些新的因素的出现，为新文学的产生作了若干准备，但上述文学革新主张都未曾引起广泛的讨论，造成较大的声势，同时也因时代条件不够成熟，反对封建旧文学的要求很不彻底，一些积极主张改良的代表人物，虽多数提倡白话，但在文学创作实践中仍大都未能改变古汉语为主的实际状况，至于对帝国主义更缺乏本质的认识，在文学改良的上述一系列主张中，尚未能反映这方面的革命要求。

“五四”以后，由于无产阶级登上了历史舞台，由于它所领导的人民大众的反帝反封建斗争的蓬勃展开，历史已进入了新民主主义革命时期。以《新青年》及稍后出版的《每周评论》《新潮》《晨报副刊》《学灯》《少年中国》等为主要阵地兴起的新文化运动，在1918年以后，特别是1919年五四运动以后有了新的发展。李大钊、陈独秀、鲁迅等人连续发表了宣传新思想，鼓吹文学革命主张的重要文章，首先高举了反对封建主义文化的旗帜。胡适《文学改良刍议》、陈独秀《文学革命论》、周作人《人的文学》等文先后发表，具体阐述了反对文言、提倡白话、反对旧文学、提倡新文学的文学革命内容。1918年7月、11月，李大钊先后发表《法俄革命之比较观》《庶民的胜利》《布尔什维克主义的胜利》等文，正确分析了第一次世界大战后的世界形势，揭示了资本主义必败、“劳工主义”必胜的发展趋势，并满怀激情地向我国人民阐述了十月革命的巨大胜利以及“走俄国人的路”的重大意义。早在1918年即已组织“新民学会”，团结湖南革命知识分子展开反军阀斗争的毛泽东，“五四”后不久又创办《湘江评论》，发表《民众的大联合》等文，宣传依靠人民群众进行彻底反帝反封建革命的思想。周恩来等在天津成立的“觉悟社”，恽代英等在武昌成立的“利群书社”等等，也团结和影响了一部分热烈追求新思潮的青年知识分子，投身风起云涌的五四新文化运动。早期共产党人邓中夏、萧楚女、瞿秋白、沈泽民等在《贡献于新诗人之前》《艺术与生活》《荒漠里》《文学与革命的文学》等著名文章中，也相继积极宣传初步的马克思主义文学主张。声势浩大的新文化运动不仅推动了新诗、新小说、新剧等文学革命创作实绩的涌现，也促使有关文体的文学批评活动的开展与有关理论课题的探讨。

在诗歌领域，胡适《谈新诗》以及就康白情《草儿》、俞平伯《冬夜》两诗集所作的评论，宗白华《新诗略谈》、康白情《新诗底我见》、周作人《论小诗》以及围绕胡适《尝试集》与郭沫若《女神》，乃至稍后就汪静之《蕙的风》所开展的诗歌评论，分别具体阐述了新诗从内容到形式诸要素进行重大变革的各种主张，探讨了新诗发展中一系列重要理论问题。其中周作人等关于日本俳句小诗与泰戈尔诗作的介绍，郭沫若、宗白华、田汉共同探讨新诗问题的《三叶集》、闻一多等人关于新格律诗的探索，李金发、穆木天、梁宗岱等人关于象征主义诗歌的引进、倡导等等，都是“五四”时期较有影响的文学理论批评活动。

在小说领域，全新的文学批评也纷纷涌现。传统的小说批评主要是评点式的，如李贽、金圣叹关于《水浒》的评点等等，近代虽有了《小说杂考》《孽海花考证》等考证式评论，以及《〈官场现形记〉叙》等序跋一类评论，稍后梁启超等人在《新小说》上还曾发表了《小说丛话》等形式较为新颖的小说评论文字，但这些小说评论基本上仍未脱评点小说章法与诠释作品的窠臼。随着“五四”前夕开始的对“黑幕小说”“鸳鸯蝴蝶派小说”的批评、清算，在《新青年》《小说月报》《文学旬刊》《创造季刊》上先后出现的小说评论，大都从革命民主主义思想高度，探讨小说应有的社会意义，以及小说创作从思想内容到艺术表现技法的革新，有的还就小说的艺术特点对作品作了简要的评析。其中较有影响的，如围绕鲁迅《呐喊》、郁达夫《沉沦》、叶绍钧《隔膜》、徐玉诺《到何处去》的评论，以及对冰心、卢隐的对比评议等等。在这期间关于小说批评工作成绩卓著的首推茅盾。他在我国开创了就一个时期小说创作倾向进行综合述评的评论，如《评四五六月的创作》《自然主义与中国现代小说》等。这些文字体现了“五四”时期文学批评的最高理论成就。周作人在“五四”初期，开辟了《自己的园地》，成为我国最早的专栏评论家。《小说月报》自茅盾主持编务后，更在第十二、十三卷中专设了“创作讨论”“创作批评”栏目，对小说创作较广泛地发表读者的评论、反响。

在戏剧文学领域，由易卜生社会问题剧在中国的绍介，逐步引向了关于旧剧存废之争的讨论，以及关于“文明新戏”走向没落的根由探究，进而对陈大悲提倡的“爱美的”戏剧及与此相对峙的“职业的”戏剧的讨论，至此，“为人生”的戏剧主张受到了新剧界的普遍重视。稍后又展开了对余上沅、赵太侔倡导的关于“国剧运动”的理论探讨与评论活动。在上述戏剧文学评论中，田汉、欧阳予倩、洪深、熊佛西等先后发表了许多重要见解，对戏剧改革与新剧适应时代前进步伐涌现新的剧作等方面，发挥了重要的作用。

在文学思想斗争方面，早在“五四”初期就同林纾为代表的封建守旧派文人进行了交锋；稍后，又同以梅光迪、胡光骕、吴宓等编撰的《学衡》杂志以及在章士钊等主持下复刊的《甲寅》作为主要阵地的封建复古势力作了反复较量。这些南北呼应的复古派代表人物，以“学贯中西”为标榜，摆出一副“仗义执言”的姿态，叫嚷要“昌明国粹，融化新知”。他们连篇累牍地在《评提倡新文化者》《论新文化运动》《评新文学运动》等文中，对白话文、白话新诗大肆攻击，并公然提出取消“白话文学”的荒谬主张。“现代评论派”文人陈西滢甚至说什么新文学运动以来出版的作品“还不如英人一季出的书”，在文化上“三等国的头衔我们已经受之有愧”（《西滢闲话》）等等。封建复古主义的这些言论刚一露头，立即遭到鲁迅、郁达夫、成仿吾等人的驳斥。在“五四”初期曾作为资产阶级代表人物参加新文化运动，起过一定进步作用的胡适，在20年代初便公然为帝国主义辩护，倒向了新文化运动的对立阵营。这时对于胡适以及“现代评论”派买办文人所开展的批判斗争，以及对于维护封建旧文学、鼓吹“读书救国”“本位主义”和一部分“鸳鸯蝴蝶派”文人所展开的批评，又成为文学战线两种文学思想不可调和的矛盾冲突与搏斗的焦点。

坚持反帝反封建斗争的新文学阵营，同形形色色的复古逆流及其他错误思想所进行的激烈交锋，既批判了各种错误言论，澄清了理论思想是非，为新文学创作的繁荣与发展扫清了道路，又在实际文艺思想斗争中提高了进步文学批评队伍的理论水平与战斗能力。

鲁迅在“五四”时期的文学思想斗争中发挥了作为英勇旗手的巨大作用。早在“五四”前夕，鲁迅就在《新青年》上发表了一系列“随感录”，高举反封建大旗，对于阻碍文化革命洪流前进的各种反动势力，进行了针锋相对、不屈不挠的斗争。嗣后，在“问题与主义”的论争中，在对封建复古派所做的清算中，以及对于“现代评论”派买办文人所开展的思想批判中，鲁迅都冲锋陷阵，积极影响与带动了一大批进步文化战士，坚持有理有力、克敌制胜的战斗。茅盾在“五四”时期的文学思想斗争中也发挥了重要作用。他以强烈的政治敏感与高度的理论识见所写作的一系列文学批判文字，对于反对新文化运动的种种错误言论作了有力的清算。成仿吾在“五四”时期也是较著名的文学评论家。他所撰写的《新文学之使命》《读章氏〈评新文学运动〉》《艺术之社会的意义》《从文学革命到革命文学》等，也曾为新文化运动的鸣锣开道发挥了重要的社会影响。

“五四”时期的文学理论批评，作为新文化运动的重要一翼，在宣传文学革命主张、扶植新文学创作的茁壮成长、抗击和批判各种反动文艺逆流与错误文艺思想等方面发挥了重要作用，为马克思主义文学思想在中国的传播与发展积累了初步的理论成果；但“五四”时期文学理论批评也存在一些缺点与不足的方面。

首先，在反帝反封建斗争中兴起的中国现代文学理论批评，本身便是中国20世纪初叶复杂的阶级关系在文学批评领域的反映。正像新文学创作的发展情况一样，评论者队伍的构成也异常复杂。参与文学批评工作的大多数文艺工作者，在十月社会主义革命取得伟大胜利以后，虽然热烈向往社会主义，要求学习马克思主义，并努力通过各种渠道汲取我国资产阶级文化思想中进步的有用的成分，为使我国新文学赶上新时代前进的步伐而多方探求。但限于传播者当时思想认识水平与研究中国社会现实状况的深入程度，在积极鼓吹文学革命、捍卫广大劳动人民利益而写作各种类型的文学评论时，不免带有小资产阶级的某些思想特点，表现出不同程度的片面性与绝对化倾向。对于某些否定文学革命的错误言论，批判时据理分析尚不够透辟，尤其是对产生某种谬见的社会根源与个人思想根源，往往未能着重剖析。

“五四”时期进步文化工作者们对于国外文艺思潮、创作方法等等，做了大量的介绍、引进工作，付出了艰辛的劳动，取得了很大的成绩；但在对某些文艺思潮、创作方法进行介绍、引进时，尚不免存在不同程度的生搬硬套情况。比如关于自然主义与现实主义、积极浪漫主义与消极浪漫主义的界限，在早期便有某些混同理解的现象；对于新浪漫主义、唯美主义、象征主义等等，一些人在当时认识尚欠全面，缺乏有分析地吸取。甚至国外的一些颓废派艺术，也曾被个别文艺社团与作家无批判地作肯定介绍。

此外,“五四”时期文学批评在对作家、作品进行评析时,还存在不同程度的形式主义缺憾。一些评论文章往往仅就作品某些局部的问题逐一评点,只有少数论者能就作家的思想与作品的表现联系起来作通盘的评析。有的评论家往往单纯就道德的角度议论作品的是非,而其道德观又往往陈旧,不合时代潮流。比如某些人对汪静之《蕙的风》、郁达夫《沉沦》的指责便是典型事例。有的论者则注意作品的政治倾向性较多,往往只侧重就文艺的社会功利方面论析作品的成败,而不同程度地忽视对作品的艺术特色,对作家的艺术个性进行探讨与评析。

1927 年春夏,国民党蒋介石、汪精卫集团相继叛变革命,中国革命进入了由无产阶级领导、以农村武装割据、实行土地革命为主要形式的第二次国内革命战争时期。在文艺领域内,由于无产阶级的政治思想影响不断增长,1929 年前后,出现了翻译和出版马克思主义理论书籍的热潮。1930 年,许多革命文艺工作者在中国共产党领导下成立了左翼作家联盟,结束了革命文艺队伍中因倡导无产阶级革命文学而产生的意见分歧,并摆脱了某些人的宗派情绪与门户之见。

早在 1928 年初,经过整顿的创造社和由蒋光慈、钱杏邨等人组成的太阳社,在《创造月刊》《文化批判》《太阳月刊》等期刊上就正式倡导了无产阶级革命文学运动,将 1923 年郭沫若以及邓中夏、恽代英、萧楚女等提出的无产阶级革命文学主张引向深入,力图在新民主主义革命阶段摆脱资产阶级思想影响,自觉地把所从事的文学活动同无产阶级领导的整个革命斗争事业联系起来,以适应当时我国革命蓬勃发展的新形势。郭沫若的《英雄树》、成仿吾的《从文学革命到革命文学》、蒋光慈的《关于革命文学》、李初梨的《怎样地建设革命文学》,以及冯乃超、钱杏邨、阳翰笙等人,都先后发表了关于建设无产阶级革命文学的基本主张。他们鼓吹文学的阶级性,强调文学应当在反对帝国主义、反对国民党反动派血腥镇压群众的斗争中发挥战斗作用。他们反对“为艺术而艺术”的种种观点，认为无产阶级革命文学从内容到形式都必须进行一番改革，应该歌颂新人物，反映新生活，从而才能使文学“得到民众的理解与欢爱”。他们强调革命作家应当掌握先进的世界观，努力克服“小资产阶级特有的劣根性”，“获得真正普列塔利的意识”，才能创作出无产阶级文学作品。

一批年轻的革命文艺战士们在1928年就倡导无产阶级文学所发表的上述言论，将这以前对革命文学问题的理解引向了深入，在当时产生了强烈的反响。年轻文艺战士们有感于急剧发展变化的政治形势，要求文艺更好地适应时代与革命阶级的需要发生巨大的变革，要求文艺工作者努力摆脱资产阶级与封建地主阶级的思想影响，自觉地把所从事的文学活动同无产阶级领导的整个革命事业联系起来，具有不可磨灭的积极意义。然而由于倡导者们多数尚处在由小资产阶级革命知识分子向无产阶级转化的过程中，一时还不能较好地掌握马克思主义理论武器的要领，对当时中国社会性质、革命任务等问题还缺乏深刻了解，对革命形势的分析判断也欠准确、精当，特别是对“五四”以来文学革命的成败得失缺乏正确的实事求是的估价，忽视了关于革命文学的倡导同“五四”文学传统中早已萌发的革命文学因素的有机联系，因而在宣扬一系列可取的革命文学主张时，便在不同程度上夸大了文艺的社会作用。模糊了民主主义和社会主义两个革命阶段的界限，将资产阶级中具有爱国民主倾向的进步分子，以及大量的小资产阶级的革命民主主义激进派一律视为革命对象，甚至对我国文化革命主将鲁迅也乱加指斥，采取了粗暴的谩骂与攻击、排斥的态度，分明超出了革命队伍内部文艺论争中相互尊重、共同探讨文艺问题的范围，表现出种种小资产阶级文人的恶习。

革命文学倡导中所出现的上述种种不良倾向，以及这一时期倡导者言论中某些偏颇，当即引起鲁迅、茅盾以及一大批革命文艺战士的不满。在1927年革命形势下已初步实现世界观的飞跃的鲁迅，这时以革命事业的大局为重，以共产主义战士的革命襟怀坦然对待来自革命文艺队伍内部某些人的漫骂诽谤，尽管在同友人的通信中流露了对有关倡导者“拼命攻击”的不满，但在大量的答辩性评论文字中，却不计较个人恩怨，始终把注意力集中于对一些事关重大的理论课题的探讨，将无谓纠葛引向健康的论争轨道，使革命文学的倡导与理论探索，取得了更多的积极成果。他不仅有理有力地批评了革命文艺队伍中上述某些人的错误，而且尊重中国共产党关于成立革命作家统一组织的意见，参加了“左联”的筹备工作，并在左联成立大会上发表了著名的《对于左翼作家联盟的意见》，总结了革命文学某些倡导者应吸取的教训，申述了左联的战斗纲领，就建设革命文学的许多重要课题提出了十分精辟的见解，并语重心长地指出了左翼进步作家应坚持的生活道路与应注意的思想修养，显示了马克思主义思想光辉与理论威力，成为中国现代文学理论批评史上的重要文献。

“左联”成立以后，十分重视文学理论批评工作，专门设立了“马克思主义文艺理论研究会”，积极组织力量翻译与介绍马克思主义文艺理论，出版了包括马克思、恩格斯五封重要信件与列宁论托尔斯泰等重要论文在内的一系列马列文艺论著，以及普列汉诺夫、卢那察尔斯基、拉法格、梅林、高尔基的重要文艺论著，撰写、发表了包括《马克思恩格斯和文学上的现实主义》(瞿秋白)在内的大量介绍马克思主义文艺观点的文字，对于加强文艺工作者的思想理论武装发挥了无法估量的重要影响。“左联”的马克思主义文艺理论研究会还以“中国无产阶级作品及理论的发展之检讨”“外国马克思主义文艺理论的研究”“中国非马克思主义的文艺理论的检讨”等课题，作为研究会的主要工作内容，开展了大量的文学理论批评活动。

30年代初，无产阶级革命文学倡导以后的第一批作品陆续出现。在获得最初的可喜成绩的同时，作家思想意识以及创作方法等方面的一些弱点也在有关作品中有所暴露。左翼文艺战士既充分肯定这些作品所表现的新题材、新主题的重大意义，肯定这些作品对黑暗现实与上层社会腐败进行抨击、鞭挞的巨大社会功绩，与此同时也对它们的某些缺憾与不足之处，比如未能揭示革命前途，对现实生活中的革命主流反映不力，作品基调较为低沉，以及忽视艺术表现手腕，等等，提出了严肃认真的批评。1930年5月，阳翰笙在《读了冯宪章的批评以后》一文中对蒋光慈小说《冲出云围的月亮》《丽莎的哀怨》所提出的批评，1932年7月，瞿秋白、茅盾、郑伯奇、钱杏邨在阳翰笙的小说集《地泉》重版时所分别写作的“序言”，便反映了左翼文学批评的这一基本面貌。

阳翰笙的小说集《地泉》包括《深入》《转唤》《复兴》作为“三部曲”类型的小说，在无产阶级革命文学倡导的初期单独出版时，都曾获得一定的好评。随着左翼文艺运动的发展，文艺工作者们纷纷不满于以《地泉》为代表的这种公式化、概念化倾向，因而包括作者本人所作自我批评在内，五位评论者同时写序对小说进行了重新评价。尽管瞿秋白、茅盾等人进行评论时，仍不免受苏联“拉普”的影响，依然强调作家要“运用那社会科学的要素——唯物辩证法，并且以这辩证法为工具，去从繁复的社会现象中分析出它的动律和动向”，将认识现实的一般法则同形象地反映现实的艺术法则简单地混同视之，但毕竟已逐步认识到《地泉》一类曾获好评的革命文学早期成果确实存在“脸谱主义”和“方程式”倾向，以致产生“没有深切地感人的力量”的弊端。瞿秋白、茅盾等人在有关《地泉》的序言中呼吁，作为“指导文坛的批评家”，决不应“推波助澜，增长这种倾向”，而应正视“文坛上还留遗着此种风气的余毒”。

茅盾的小说《蚀》与叶绍钧的小说《倪焕之》等以小资产阶级知识分子为小说主人公，并以他们的生活道路和失败命运为中心，展开关于时代和社会面貌描写的小说，也曾在20年代末、30年代初引起不同的评价。茅盾的《读〈倪焕之〉》和《从牯岭到东京》，既反映了某些文艺工作者对于大革命失败而引起的消沉幻灭情绪，以及对投身新的战斗的渴求，也反映了某些作者对于小说创作题材、主题以及文学作品如何展现时代生活主流等文艺创作课题的思考和认识。茅盾对其创作小说《蚀》所做的深刻剖析，以及对于《倪焕之》所做的肯定评价，像鲁迅当年对其《阿Q正传》所持看法一样，在文学理论批评中坚持了现实主义传统，大力肯定了作家从实际生活出发，对于黑暗现实与特定社会背景下各色人等所受折磨进行淋漓揭示的必要性与严肃性，与此同时也表示了作家对展示新的生活、新的人物的强烈向往。

1931年至1932年,“左联”大众化研究会还组织了关于文艺大众化问题的认真讨论。鲁迅、瞿秋白、周扬、夏衍等积极撰文,不仅使左翼作家在认识上对文艺“面向群众”问题大大提高一步,而且在创造最易为广大读者接受的大众化文艺形式方面,付诸一定的实践,使1930年春早就揭开序幕的这一场文艺问题讨论,不致停留于纯理论的切磋。1934年夏,讨论更就新旧文学形式的关系,如何对待旧形式、如何创造新的民族形式等问题进一步引向深入,从而对于革命作家在实际行动上正视并力图解决革命文艺脱离群众问题起了一定的促进作用。

1933年四月,周扬发表《关于社会主义的现实主义与革命浪漫主义》,详细地论述了社会主义现实主义创作方法的基本内涵和现实依据,将社会主义现实主义较系统地介绍到我国。1936年,周扬又进一步发表《现实主义试论》,对于我国文艺工作者正确认识世界观与创作方法问题,认识现实主义传统及其在新时代的发展问题,都起了一定的积极作用。

一些未参加“左联”组织的进步文艺工作者,这时也和“左联”成员们一道,以《文学》《文学季刊》《文丛》等期刊为阵地,积极开展文学评论活动。赵家璧主编的十卷本《中国新文学大系》,专门就“建设理论”“文学论争”编了两卷理论批评文字专集,系统回顾与检阅了新文学运动第一个十年(1917—1927)在文学理论批评领域的发展概貌。鲁迅、茅盾、郑伯奇、郁达夫、洪深、朱自清、周作人等一大批著名作家、评论家为《大系》的各种文体的创作选辑分别撰写序言,各自从理论上对于某一文体创作的发展概况进行了认真的理论总结,对于诗歌、小说、散文、戏剧文学等文体的艺术规律,作了较深入的探讨。稍后,生活书店关于《文学百题》的征稿与出版,《文学》月刊《我与文学》专辑关于近六十名当代作家创作经验的汇集问世,这些理论批评成果在30年代文学理论批评的历史发展中,也都曾发挥了重要作用。

在各种文体的理论批评方面,较之“五四”时期又涌现了一批新的建设性成果。在诗歌领域,郭沫若、艾青、朱自清、戴望舒以及“中国诗歌会”诸成员,在这一时期为诗歌的紧跟时代前进步伐、抒发人民之情，以及诗歌形式的多样化、群众化等方面分别做出了各自的理论贡献。在小说领域，鲁迅、郁达夫、郑伯奇、巴金、老舍等人都曾联系小说创作实际，尤其是本人的实践经验，为现代小说的理论建设发表了重要的见解。30 年代“小说作法”研讨的兴起，有的虽不免流于概念搬弄，然而就其主流来讲，仍不失一定的理论意义。在戏剧文学的领域，上海艺术剧社、左翼戏剧家联盟、“南国社”诸成员，以及其他剧作家在这一时期大都投入了戏剧评论活动。郑伯奇的《中国戏剧运动的道路》，田汉关于“南国社”戏剧活动的理论总结，欧阳予倩的《自我演戏以来》，洪深、夏衍、曹禺等关于创作经验的总结，以及对一些剧作的评析，都曾为现代戏剧文学的理论建设做出了积极的贡献。在散文领域，鲁迅、周作人、林语堂等人关于杂文小品的理论探讨，钱杏邨关于《现代十六家小品序》以及何其芳、李广田、钟敬文等人关于散文评论的开展，也曾为现代散文的理论建设发挥了重要作用。随着电影事业的繁荣与发展，电影文学理论批评在 30 年代也逐步活跃。夏衍、洪深、尘无等人都曾先后为电影文学理论建设与影评的开展，做出了各自的贡献。

在 30 年代文学理论批评中发挥重要作用的尤其是瞿秋白与冯雪峰。他们与鲁迅以及其他革命作家一道，共同战斗在捍卫马克思主义文学理论、发展无产阶级革命文学的第一线，积极评介马克思主义文学理论，为左翼文学理论批评的发展，立下了不可磨灭的功勋。瞿秋白、冯雪峰为鲁迅杂文的战斗地位与艺术价值所做的评论，在中国现代文学理论批评史上留下了光辉的一页。瞿秋白的《〈鲁迅杂感选集〉序言》一文，还深刻论述了鲁迅的思想特点及其发展道路，对鲁迅思想作了马克思主义的精辟分析，对于现代作家研究，具有重要的典范意义。茅盾在这一时期写作的大量独具识见的作家作品评论，比如关于冰心、丁玲、卢隐，以及叶绍钧、徐志摩、许地山创作的系统评述，对于文艺工作者坚持革命现实主义道路，对于作家更自觉地掌握有关艺术规律，提高作品的思想性、艺术性，做出了重大的理论贡献。尤其是关于冰心以及叶绍钧《倪焕之》

的评论，较深入地从社会环境对作家的影响来考察作家的思想发展，并从作家的思想发展正确评析作品，为实事求是地联系特定的时代背景评价作家作品树立了范例。

在“左联”时期，以本间久雄《文学概论》为代表的国外文学基础理论大量在我国评介。蔡仪、巴人、以群等人积极撰写《文学论初步》《文学初步》《文学底基础知识》等，为加强新型文学理论建设付出了开创性的艰辛劳动。韩侍桁、朱光潜、钱锺书、马宗融等人关于西欧文论和文艺思潮的评介，也为推动我国现代文学理论批评的建设发挥了一定的作用。自 20 年代末胡适的《白话文学史》、鲁迅的《中国小说史略》问世以后，在 30 年代陆续出现了系统研究我国古代文学发展历史的热潮。郑振铎的《插图本中国文学史》《中国俗文学史》、刘大杰的《中国文学发展史》，以及陈钟凡、郭绍虞、朱东润、罗根泽等人的几部《中国文学批评史》的相继出版，对于系统整理古代文学遗产，总结历史经验，尤其是对于吸取前人文学批评的积极成果，建设与发展具有中国特色的革命文学理论批评，有着重大的理论意义。稍后，陈子展《中国近代文学之变迁》、吴文祺《新文学概要》以及张若英编《中国新文学运动史资料》、乐华图书公司编《当代中国文艺论集》、李何林编《中国文艺论战》、苏汶编《文艺自由论辩集》的先后问世，对于我国文学理论批评的建设与发展，特别是中国近现代文学史学科的建立，也具有一定的积极意义。

像“五四”时期文学理论批评一样，“左联”成立前后这一时期的文学批评同政治领域的两个阶级、两种思想的斗争也密不可分。它紧密配合政治战线、军事战线反击国民党反动派的反革命“围剿”，在抗击帝国主义、国民党反动派的“文化围剿”中，取得了节节胜利，并在斗争中发展壮大了无产阶级文艺的力量，扩大了马克思主义文学思想的阵地，促使无产阶级革命文学创作冲破反动统治者文化专制主义的种种法西斯政策，获得空前的繁荣、发展。比如作为我国现代文学思想斗争史上重要战役的对于“民族主义文学运动”的清算，对于梁实秋等人鼓吹超阶级的抽象“人性”论的批判，以及关于胡秋原、苏汶等人所持“第三种人”立场与鼓吹文艺绝对“自由”等观点的批评，等等，都取得了一系列文学理论批评的重要成果。

同“五四”时期文学评论情况相比，这一时期文学理论批评对于评论对象的艺术成败引起了较多的注意。比如鲁迅为青年作家柔石、殷夫、叶紫、萧军、萧红等人作品所写的序言，瞿秋白关于《子夜》《三人行》以及张天翼小说《二十一个》所做的评论，郭沫若的《论郁达夫》《关于曹禺的〈雷雨〉》，以及冯雪峰关于丁玲小说《水》的评论、胡风的《林语堂论》《张天翼论》，苏雪林的《〈阿Q正传〉及鲁迅创作的艺术》，等等，由于逐步重视了艺术规律与文学特点的探讨，使这些文学批评文字更能切合评论对象实际，更能有助于文学创作的繁荣与艺术水平的提高。

“左联”时期文学理论批评较之“五四”时期有了长足的进步。无产阶级革命文学评论无论在政治思想水平方面，还是就理论建树而言，都大大向前迈进了一步。“左联”成员们在这一时期带动了广大进步文艺工作者，为无产阶级革命文学批评的积极开展，付出了辛勤的劳动。但由于“左联”某些领导者受了“左”的思想影响，未能更好地从中国社会和文学运动的实际出发，在理论批评方面往往在一些做法上有生硬搬用外国经验的情况；对于有些马列文论的评介，由于对真假马克思主义缺乏足够的鉴别能力，以致所评介的不免夹进一些非马克思主义杂质，甚至含有严重错误的成分；在个别文艺问题的论争中，对于一些属于人民内部的错误文艺观点，采取共同讨论的做法不够；在组织工作方面没有尽可能多地团结争取盟外进步作家、评论家共同战斗，表现出一定程度的关门主义。凡此种种，使“左联”时期文学批评与理论建设受到一定程度的损失，未能取得更多、更显著的应有成就。

1931年“九一八”事变与1932年“一·二八”淞沪抗战爆发以后，全国军民抗日热情普遍高涨，尤其是1935年的“华北事变”和“一二·九”爱国学生运动的爆发，更极大地推动了各阶层人民的抗日救亡运动。地处上海的革命文艺工作者，由于战争形势同中共中央一度失去了联系，对中央关于建立抗日民族统一战线思想在领会上存在一定的局限，对于新形势下发展与壮大无产阶级革命文学的策略、途径，以及一系列具体的方针、政策，在革命文艺工作者内部存在一定的认识分歧，因而在文坛上出现要求文学在抗日洪流中发挥更大作用的各种战斗口号时，曾产生了“国防文学”与“民族革命战争的大众文学”的“两个口号”论争。通过这场规模较大、为时较久的群众性论争，使广大爱国文艺战士进一步加深理解了党的抗日民族统一战线思想，并就诸如在贯彻抗日民族统一战线的新时期文学中如何坚持无产阶级领导，如何保持和发扬左翼文艺的革命传统，要不要以抗日为中心题材，要不要提倡进步的创作方法，以及创作自由、文学批评态度等文艺事业发展中的一些理论课题，充分交换了彼此的看法，取得了不少积极成果。鲁迅的《答托洛斯基派的信》《论现在我们的文学运动》《答徐懋庸并关于抗日统一战线问题》，周扬的《关于国防文学》《现阶段的文学》《与茅盾先生论国防文学的口号》，茅盾的《关于引起纠纷的两个口号》《关于〈论现在我们的文学运动〉》，郭沫若的《国防·污池·炼狱》《蒐苗的检阅》，以及胡风的《人民大众向文学要求什么?》、徐懋庸的《“人民大众向文学要求什么?”》、冯雪峰的《关于文学运动几个问题的意见》等文，都是这场中国现代文学理论批评史上重大论争中，提出不同见解、各具代表性的重要评论文字。这场取得不少积极理论成果，促使文学在抗日救亡斗争中发挥更大作用的重要文艺问题论争，由于论争参与者部分成员夹杂了个人意气用事、从小团体出发等闹无原则纠葛的干扰，不免分散了爱国进步作家团结对敌的力量。1936 年 10 月，论争终于逐步停止，为后一阶段文艺界更广泛地团结抗日，打下了较扎实的基础。

1937 年，抗日战争全面展开。相当多的作家、评论家放下了原定的写作计划，投入了抗战的伟大洪流，或进行抗日的文化宣传，或从事实际的救亡工作。文艺工作者亲身经历战火洗礼，感受到颠沛流离的苦痛，耳闻目睹了抗日战士大量可歌可泣的生动事迹，与人民大众有了较多的接触和了解，既扩大了生活视野，丰富了生活积累，也受到深刻的教育，促使思想感情朝革命化发生进一步的变化。使“五四”以来新文学运动中一直存在着的文艺与群众在某种程度上脱离的问题，从而发生一定程度的变化。

随着战地通讯、报告文学、街头剧、街头诗的蓬勃涌现，在文学批评领域进行有关文艺新品种的理论探讨与评论介绍的文章也逐步增多。比如周立波《谈谈报告文学》、茅盾《关于“报告文学”》、沈起予《报告文学简论》、何其芳《报告文学纵横谈》，以及关于丘东平、华山、宋之的、骆宾基、刘白羽等优秀报告文学的评介，关于田间等人街头诗的评论，关于街头剧《放下你的鞭子》等的介绍，等等。1939 年前后，解放区还开展了关于秧歌剧问题的讨论。

战争的环境与急剧发展的革命形势，使文艺战士们虽无暇撰写长篇巨制的文学评论专著，然而紧密联系文学创作实际，考察与研究文艺事业发展中不断涌现的新情况、新问题，扶植新品种，总结新经验，写作短小精悍、开门见山、尖锐泼辣、形式多样的文学评论，却使抗战时期文学批评带来了许多令人耳目一新的新特点。从内容讲，绝大多数评论改变了过去空泛评论、一味引经据典，夸夸其谈的状况，就参加评论者队伍来说，较之以往更带广泛性。此外，这一时期开展文学问题的讨论较多，同 30 年代的情况相比，参加讨论者思想一般比较活跃，尽管并非所有的讨论都取得了一致的认识，但就多数情况看，人们在抗日大目标一致的前提下，彼此开诚相见，互相切磋，共同探讨的气氛较浓，因而有助于理论水平的提高与文艺事业的前进。

1938 年 10 月，中共中央毛泽东主席在六届六中全会上所做的《中国共产党在民族战争中的地位》的重要报告，于 11 月 25 日以《论新阶段》为题，发表于《解放》周刊，其中提出了“把国际主义的内容和民族形式”“紧密地结合起来”，创造“新鲜活泼的、为中国老百姓所喜闻乐见的中国作风和中国气派”的问题，在革命作家与评论家中引起强烈的反响。从 1939 年开始，在延安首先展开了关于民族形式问题的学习、讨论。接着在各抗日民主根据地先后展开了讨论，在重庆等国民党统治区还发展为规模较大的一场不同意见的论争，广泛涉及了从文学理论到创作实践的一系列重要课题，将我国现代文学理论批评史上几经讨论的文艺大众化问题，继续引向深入。在此前后，在重庆等地还围绕张天翼《华威先生》、宋之的《雾重庆》、袁水拍《马凡陀的山歌》、陈白尘《升官图》等作品，开展了关于暴露反动统治者假抗战、真投降，以及其他黑暗现实有无必要的讨论，稍后，还针对一部分文艺工作者存在的“反对作家从政”的糊涂观念，以及梁实秋之流鼓吹的文学“与抗战无关”“文学贫困”等错误言论展开了批判讨论。处于“孤岛”时期，以上海为中心的华东非沦陷区还开展了关于“鲁迅风”杂文问题的讨论。

1942年5月，毛泽东主席又发表了著名的《在延安文艺座谈会上的讲话》，从而揭示了中国现代文学理论批评史的新的篇章。《讲话》总结了“五四”以来革命文艺运动发展的基本历史经验，联系延安和各抗日民主根据地文艺工作的实际状况，解决了无产阶级革命文艺发展中一系列重大的理论与政策问题，发展了马克思主义文学理论。《讲话》明确指出了文艺为“最广大的人民大众”“首先是为工农兵”服务的方向，要求作家把“了解人熟悉人的工作”放在首位，认真投身于工农兵群众的火热斗争生活。《讲话》还批评了当时文艺队伍中所存在的种种错误文艺思想，要求文艺工作者在评论活动中除了把“政治标准放在第一位”，首先从政治思想上检验文学作品是否“利于抗日和团结”，是否能“鼓励群众同心同德”“促成进步”；还得“按照艺术科学的标准给以正确的批判，使较低级的艺术逐渐提高成为较高级的艺术”，以实现“革命的政治内容和尽可能完美的艺术形式的统一”。《讲话》还就文学批评必须坚持动机与效果相统一的原则评析作家的文学创作，必须克服宗派主义，“容许各种各色艺术品的自由竞争”等问题发表了重要看法。《讲话》这个在中国现代文学批评史上具有划时代意义的重要文献的发表，对于无产阶级文艺事业在无产阶级整个革命事业中发挥了齿轮和螺丝钉的作用，对于革命文学批评的健康发展，发挥了不可估量的作用。

在《讲话》影响下，作家作品评论与文学问题讨论等文学批评活动在全国各地更进一步蓬勃开展。比如解放区关于评剧改造问题的讨论，关于一些错误文艺思想的批评，关于长诗《王贵与李香香》、歌剧《白毛女》以及赵树理小说所开展的群众性评论活动，等等。在国民党统治区，关于现实主义问题、关于世界观与创作方法关系问题的讨论，关于《论主观》所引起的论争，以及华南一带关于《虾球传》的讨论、上海《文汇报》关于小资产阶级是否能作文艺作品主角问题的讨论，等等。这些文学批评活动无论就评论成果的理论深度，还是在文学批评原则的掌握上，都比以往的文艺问题的讨论大大前进了一步。比如 1945 年在周恩来直接领导下重庆《新华日报》所展开的关于剧作《清明前后》（茅盾）、《芳草天涯》（夏衍）的讨论，在这一时期的文艺问题讨论中便具有一定的代表性。表面看来，这次讨论似乎是对两个作品如何评价方面存在某些分歧，实际上却反映了一系列文艺观点上的重大原则性争议。

不少评论文章认为，《清明前后》作者能正确看待黑暗现实，能从生活实际出发，揭露官僚资本主义势力对民族资产阶级的摧残。它难能可贵地通过作品人物之口，以似疯实醒的语言控诉了“到处全是血腥气”的社会。这些评论者还认为，剧作及时提出了抗战胜利后民族资产阶级出路这个重大社会问题，具有很大现实意义。不足的是剧情比较沉闷，对话过于冗长，人物形象不够鲜明。《芳草天涯》也是较成功的剧作，作者意在引导知识分子正确处理恋爱纠纷，以集中精力于抗战事业。在剧作矛盾冲突安排与表现人物复杂心理方面，也不乏精巧的笔墨，但由于剧作对有关知识分子的软弱性原谅与同情过多，把解决某些纠葛的根本途径放在确立一个抽象的伦理观念上，过分夸大了爱情纠葛的作用和影响。对于上述这两个剧本，多数人既肯定其反映了一定的生活真实，又指出其不容忽视的思想与艺术局限。但有的评论文章却将作品扣上了“公式主义”“教条主义”“客观主义”“自然主义”等帽子，并由此认为在当时一些作品中，已背离了现实主义道路，存在着“师承自然主义的客观主义的倾向”，是作者们“以自我主义的方法收集资料而就大写小说”。因此，在评论者何其芳、邵荃麟、林默涵等人，同胡风、王戎、吕荧之间便产生了意见分歧，而其焦点则在于如何理解现实主义的创作原则，以及如何引导作家克服视野不够开阔、生活积累不足，引导作家正确认识与处理政治与艺术的关系，在重视文学的艺术特征，艺术规律的同时，注意克服“非政治倾向”等等。不少评论家认为，究竟是一味指斥作家存在“客观主义”倾向，鼓吹发扬“主观战斗精神”作为诊治药方，还是要求作家坚持与发扬现实主义传统，深入生活实际，与广大人民群众结合，更深入、更广阔地反映人民群众要求与愿望，确非一般的意见分歧。

稍后，对于沙汀的小说《淘金记》《困兽记》《还乡记》的不同看法，以及对于路翎小说《财主底儿女们》等的见解纷纭，也反映了类似的问题。沙汀的小说比较深刻地反映了抗战以来国统区农村的生活与斗争，艺术上也形成了独特的风格，尽管作者存在生活面与政治视野不够开阔的不足，在一定程度上影响其反映现实的深度与广度，但在作品中却对时代生活本质进行了着力开掘，较深刻地反映了现实生活的主要矛盾斗争。路翎的小说取材广泛，能从各个生活侧面反映当时社会的黑暗与人民所受的苦难，艺术上也表现出一定的特色，较注意作品结构、剪裁和人物精神世界的刻画，但由于作者对工农群众缺乏正确认识，受展示“精神奴役的创伤”思想支配，将笔下的工农形象表现得较为苍白，大都愚昧、软弱、奴性十足，且往往带有神经质，因而引起不少评论者的非难。

在上述这些讨论中，王戎的《从〈清明前后〉谈起》《“主观精神”和“政治倾向”》，何其芳的《关于现实主义》，吕荧与何其芳的《关于“客观主义”的通信》，以及默涵的《写什么》《再谈写什么》与邵荃麟执笔的《对于当前文艺运动的意见》等都曾产生一定的社会反响。胡风除了写作收入在《在混乱里面》《逆流的日子》两本论集里的一些评论文字以外，还专门写了《论现实主义的路》，积极参与了上述不同文艺见解的争论。

在抗战时期的文学理论批评活动中，胡风是多产的文艺评论家。除上述评论成果，他的关于丘东平《第七连》与田间诗作的评论，以及为积极参加当时“民族形式问题”的讨论而写作的《论民族形式问题》，都曾产生一定的社会影响。此外，在抗战时期黄药眠关于闻一多诗作的评论，关于当时大量涌现的政治讽刺诗的评议，以及稍后为批评舒芜《论主观》而写作的《论约瑟夫的外套》，李健吾关于《爱情三部曲》（巴金）、《边城》（沈从文）、《上海屋檐下》（夏衍）的评论，都曾在文艺工作者中引起强烈反响。罗荪所撰写的《抗战文艺运动鸟瞰》《抗战前后的武汉文坛》《再论"与抗战无关"》，以群所写的《中国电影的新路向》《一九四一年文学趋向的展望》《重庆剧运的回顾》《略谈接受文学遗产问题》等等，都是深入考察当时文艺运动实际，能切中时弊地发表文艺见解的重要评论。

在抗战时期与解放战争时期，在艰苦的战争环境下，许多文艺工作者在文学理论批评的建设方面，也继续付出了辛勤劳动。李何林的《近二十年中国文艺思潮论》、冯雪峰的《论民主革命的文艺运动》、刘雪苇的《论文学的工农兵方向》、艾思奇的《抗战文艺的动向》与《抗战中的陕甘宁边区文化运动》、胡绳的《鲁迅思想发展的道路》、周扬的《论赵树理的创作》《表现新的群众的时代》等等，都分别对当时的文艺运动做出了一定的理论贡献。尤其是周扬在延安着手编纂的《马克思主义与文艺》一书，将马克思、恩格斯、列宁、毛泽东，以及普列汉诺夫、高尔基、鲁迅等人关于文艺的重要论述，分别辑录编为若干专题，供人学习领会。编者为该书精心撰写的序言，更系统地论述了马克思主义文艺观点，为马克思主义文艺理论建设与马克思主义文学批评的积极开展，曾起了重要的推动作用。此外，郭沫若在这一时期写作的《"民族形式"商兑》《历史·史剧·现实》《斥反动文艺》，茅盾在这一时期写作的《为诗人们打气》，以及关于赵树理、姚雪垠、萧红作品的评论等等，在当时都曾产生较大的理论影响。

艾青、田间、臧克家、闻一多、任钧以及"七月"诗派诸成员，为诗歌更好地适应急剧发展的抗战与解放战争形势，在鼓舞群众革命斗志方面，也进行了许多有益的理论探索。任钧《略谈诗歌工作者当前的工作和任务》、闻一多关于田间诗作、何其芳关于柯仲平诗作的评论等等，都曾获得强烈反响。冯雪峰关于欧阳山《高干大》、冯乃超关于《马凡陀的山歌》、陈涌关于孔厥创作道路、杨晦关于曹禺与沙汀创作、萧三关于张志民《王九诉苦》的评论，以及何其芳《大后方文艺与人民结合问题》、适夷《一九四八年小说鸟瞰》等等，都为革命文学批评的发展与革命文学创作的繁荣发挥了较好的作用。

抗战时期与解放战争时期的文学理论批评，也注意对于敌对文艺思想与反动文艺行径作严肃的不可调和的批判、斗争。比如抗战初期对于周作人等文艺败类投降媚敌的言行曾进行了愤怒声讨。稍后，对于颂扬国民党特务统治、宣扬法西斯思想的《战国策》杂志与《大公报·战国》副刊中陈铨等人所散布的“中国必亡”等失败主义谬论，对于国民党文化特务张道藩等所推行的反动“文化政策”以及“戡乱文学”之类，革命文艺工作者也进行了必要的批判、斗争。抗战胜利后，重庆、香港进步文艺界还对一些持“中间路线”立场、鼓吹“纯正艺术”“自由主义文学”等错误文学主张，也曾一一进行了严肃的批评。

1949 年 7 月初，在北京召开了第一次中华全国文学艺术工作者代表大会，对于“五四”以来新文学运动的三十年历史经验作了全面的总结。中共中央毛泽东主席出席大会并讲话，周恩来副主席作了政治报告，郭沫若作了《为建设新中国的人民文艺而奋斗》的总结报告，茅盾与周扬分别就国统区与解放区文艺运动，作了《在反动派压迫下斗争和发展的革命文艺》和《新的人民的文艺》的报告。第一次文代会及其重要报告对于我国现代文学理论批评的发展状况，作了系统的回顾与总结。

第一次全国文代大会的召开，标志了我国新民主主义文艺运动的终结，社会主义文艺运动的开始。我国现代文学理论批评发展的重要成果及其经验教训，将在新的历史条件下发扬光大，获取更辉煌、更巨大的成就。

我国现代文学理论批评发展的上述简单回顾表明，中国现代文学理论批评发展的历史是学习借鉴外国进步文学理论，批判继承本国优秀文学理论遗产，并正确处理两者关系的历史。“五四”初期，我国学术思想空前活跃，世界范围的各种社会思潮大量涌进我国，仅以文学思潮而言，不但现实主义和浪漫主义两大思潮在我国“不足十年间，双管齐下，跑完了欧洲近代一二百年的历史”[1]，而且象征主义、自然主义、唯美主义、新浪漫主义以及与弗洛伊德心理学说相联系的现代主义等等，也相继引进，在我国产生程度不同的影响。这些创作原则有的经过消化，为我国作家所部分地吸取，有的经过适应本国现实土壤的改造，作为文学表现的某些手段，为我国作家采用，对于我国现代文学适应时代与世界形势需要获得迅猛发展产生了重要作用，但在一个时期内，也曾在这个方面一度出现生硬照搬、消化不够的某些不良倾向，一度出现对继承本国优秀文学理论遗产注意不够的片面性与否定本国文学理论批评传统过多的偏激情绪，到了 20 世纪 20 年代，这种状况才逐步改变，愈来愈多的新文学运动倡导者从事了古代文学理论批评遗产的整理工作，在大力译介国外文学理论著作的同时，又系统建立了“中国古代文学理论批评史”的新兴学科，这对于我国新文学运动的健康发展产生了重要影响，文学艺术的发展，本来就不应出现割断历史的情况。五四运动以后新文学的发展实际上也同我国近代文学有着千丝万缕的历史联系。“五四”文学革命适应新的时代需要，汲取了欧洲资产阶级革命以来文化和文学方面的许多有益成分，同时不论一些新文学运动倡导者是否完全承认，依然也有意无意地不免利用了近代中国历史发展中积累的“思想资料”，以及近代文学变革中某些可取的成果。而且西方文艺复兴以来各种思潮在中国的传播，也早从 1840 年以后逐步为近代中国文化注入了新的内容，历史无法割断，任何有意无意的割断都将给文学发展带来一定的损害。前面已经述及，在五四新文学运动中也无法否认地汲取了谭嗣同、夏曾佑等提出的“诗界革命”和梁启超等推行“新文体”等近代文学变革的积极成果，不仅“春柳社”等新剧演出活动跨越了新旧民主主义革命两个历史阶段，而且作为我国文化革命主将的鲁迅以及郭沫若、茅盾、田汉、欧阳予倩等老一辈新文学运动倡导者们，大都在“五四”以前便参加了文学活动。早在 1907、1908 年，鲁迅就发表了《摩罗诗力说》《文化偏至论》《破恶声论》等具有重大影响的文艺理论专著，梁启

① 郭沫若《浪漫主义和现实主义》，《红旗》1958 年第 3 期。

超、夏曾佑、王无生等人在晚清时代写作的有关小说理论文字，在“五四”以后对于小说理论建设仍继续产生了不可忽视的影响。即便就文学理论批评本身而言，也不可能割断历史的联系。因此，当新文学队伍中某些人一旦克服了思想认识上的片面性，正确处理了理论建设方面的中外古今关系，便使我国新兴的无产阶级文学理论既能更好地汲取国外进步文化思想的有益营养，又能更深地植根于民族文化的土壤，对于革命文学事业的繁荣与发展，更能做出应有的理论贡献。

我国现代文学理论批评发展的上述简单回顾还表明，“五四”以来我国理论批评发展的历史是马克思主义逐步在中国占领阵地，逐步扩大影响，逐步同中国社会实际与文学发展实际紧密联系，从而逐步取得具有中国特色的发展的历史。在新文学运动发展的第一个十年中，马克思主义以及马克思主义文学理论，便先后在中国陆续传播。但在最初的年代里，马克思主义只是作为一种先进的文化思想，同当时被广泛引进的包括资产阶级进步思想在内的众多先进文化思想一道，不加区分地被一并视为至宝进行学习、译介。除少数具有初步共产主义思想的革命知识分子以外，一般即使积极从事马克思主义的介绍者对其认识不免也较为肤浅，往往未能深切地联系本国革命斗争实际与文学发展实际，因此，尽管在新文学运动第一个十年的后期，早就有人纷纷提出了革命文学主张，但因对本国现实状况缺乏深入了解，一些即使可取的见解，难免也显得空泛。“左联”成立后，关于马克思主义与马克思主义文学理论的学习、宣传，在联系本国革命斗争实际与左翼文艺运动发展实际方面的情况发生了较大的变化。正由于它在实际工作中切实发生了巨大的革命影响，站在和人民大众相敌对立场的人们，惊恐于马克思主义的威力，发表了种种抵制和攻击马克思主义与马克思主义文学理论的荒谬言论。基于马克思主义本身的战斗性与捍卫马克思主义所必须坚持的原则性，在20世纪30年代，马克思主义与反马克思主义的这类严肃的斗争，较之前一时期要激烈得多，频繁得多。正是在这样的斗争中，马克思主义愈来愈广泛、深入地被人们所了解、接受，马克思主义文学理论同中国文学运动实际也因而发生了愈益深切的联系。不少文学理论批评文学在阐述文学的阶级性、文学的社会功能等问题时，大都能较准确地运用马克思主义基本观点武装群众，澄清各种错误理解，驳斥种种诽谤真理的荒谬言论，甚至还涌现出诸如瞿秋白的《〈鲁迅杂感选集〉序言》以及宣传马克思文艺观点的其他一系列具有较高马克思主义水平的文艺论著。但从这一时期总的情况看，从建立具有中国特色的马克思主义文学理论体系的要求看，还存在一定的差距，唯有到了 1942 年中共中央毛泽东主席《在延安文艺座谈会上的讲话》以及《新民主主义论》等光辉论著系统总结了“五四”以来革命文艺运动的基本历史经验，为我国无产阶级文学事业的发展，制定了一整套路线、方针、政策，针对延安及各抗日民主根据地文艺工作的实际情况，解决了发展无产阶级革命文艺运动的一系列重大的理论课题，从而在我国现代文学理论批评史上揭开了马克思主义普遍原理同中国革命文艺实践紧密结合的新的一页。在《讲话》指引下，广大文艺工作者对于一系列文艺问题进一步开展了理论探讨，无论在理论建设的深度上，也无论在同文艺运动发展实际的密切联系方面，都向前迈进了一大步。这一切为建设具有中国特色的马克思主义文学理论体系，奠定了重要基础。

我国现代文学理论批评发展的上述简单回顾还生动具体地表明，正像整个中国现代文学运动的历史发展过程的基本情况一样，“五四”运动以来我国现代文学理论批评虽然出现过种种逆流和其他复杂的成分，也出现过反复和其他种种曲折，但从理论批评的总的发展情况来看，其主流和居主导地位、占绝对优势并获得了巨大成就的，则是无产阶级领导的人民大众的反帝反封建的文学理论批评，即具有新民主主义性质的文学评论。它是整个中国现代文学运动的重要组成部分，是为促进和繁荣新民主主义文学创作服务，为新民主主义文学创作总结经验教训，指明前进方向，并为其扩大社会影响发挥鸣锣开道作用的。而整个中国现代文学运动又是无产阶级领导的人民大众的反帝反封建的新民主主义革命事业的重要一翼，自从中国共产党诞生时开始，就十分重视对于包括文学理论批评这一重要组成部分的文学事业的领导，这是我国现代文学理论批评获得健康发展，马克思主义在我国从逐步传播到具有中国特色地发展的根本前提。

文学事业的无产阶级领导，主要是通过无产阶级思想影响及其政党的路线、方针、政策的贯彻获得实现的。在中国共产党正式成立以前，以李大钊、陈独秀、毛泽东、周恩来等为代表的具有初步共产主义思想的革命知识分子，在“五四”前后早就不懈地从事马克思主义的宣传，发表文化革命主张，带动与影响一大批小资产阶级革命民主主义激进分子，并团结一部分有反帝反封建要求的资产阶级知识分子，结成了反帝反封建的文化统一战线，使“五四”时期新文化运动得以蓬勃发展，取得了辉煌的战果。早期共产党人瞿秋白、邓中夏、恽代英、萧楚女、沈泽民，以及在革命斗争实践中逐步实现无产阶级思想革命化的鲁迅、郭沫若、茅盾、成仿吾、蒋光慈等先后提出了革命文学主张，使马克思主义的学习、传播，逐渐深入我国文学发展实际，使我国现代文学理论批评在马克思主义指引下，获得长足的发展。1930 年 3 月，中国左翼作家联盟在上海成立，“左联”内设有中国共产党的“党团”（党组），由此我国无产阶级革命文学运动的发展产生了一系列革命变化。它既结束了左翼文艺战士分散作战的局面，加强了对马克思主义文艺理论的学习、翻译与宣传，加强了与国际无产阶级革命作家与国内其他革命群众团体的联系，也使党对文艺事业的领导，由一般地实现思想领导而进一步加强了组织的领导，使革命文艺事业成为无产阶级革命事业的整个机器中的有机组成部分，使革命文学理论批评在马克思主义指导下成长发展，从而进一步获得了组织上的保证。在苏区与逐步涌现的各抗日民主根据地，党对文艺事业的领导更结束了处于地下状态的党组织主要通过党员个人的言行贯彻党的意图、党的决议的局面，而将包括文学理论批评在内的整个文艺工作置于党的宣传文化部门直接领导之下，按照党在一定革命时期所规定的革命任务全面贯彻党的路线、方针、政策，使文学理论批评成为实现党对文艺工作领导的重要途径之一。这又进一步为使我国革命文学理论批评在党坚持正确路线进行革命和建设时期得以健康、蓬勃发展，获取了更可靠的保证。

我国现代文学理论批评发展的上述简单回顾还表明，在现代文学理论批评史上充满了两个阶级、两种思想的斗争。正是在这种文艺思想的交锋中，马克思主义文艺理论在我国获得了逐步的传播，以无产阶级思想为指导的革命文学创作与革命文学批评也从而在我国得到不断的繁荣与发展。从"五四"时期反对封建复古主义的一系列斗争与"问题与主义"论争，以及对以《现代评论》错误言论为代表的买办资产阶级思想的批判，对以鸳鸯蝴蝶派为代表的封建没落文人与资产阶级颓废主义创作倾向的清算，到30年代粉碎国民党反革命"文化围剿"的斗争，乃至抗战时期与解放战争时期对于"战国策"派，对于汉奸文艺以及对于危害人民革命事业的各种反动文艺观点的批判，都反映了无产阶级文艺思想与资产阶级、封建地主阶级文艺思想激烈搏斗，马克思主义文艺思想与形形色色的反马克思主义文艺思想交锋对垒的过程。文学理论批评史上的这种两个阶级、两种思想的斗争，同有关时期政治领域的斗争往往密不可分，它被中国革命历史发展各个阶段的性质与任务所决定，又成为有关历史阶段革命斗争的一个组成部分，影响着整个革命斗争形势的发展。但是，在我国现代文学理论批评史上一些重大的文艺问题论争，并不能全部简单地归结为两个阶级、两条道路的搏斗或维护与反对马克思主义的两种思想、两条路线的交锋。比如"五四"初期一些文艺社团关于不同文学主张的分歧，20年代末关于革命文学的论争，30年代关于"国防文学"与"民族革命战争的大众文学"的"两个口号"论争，以及在这前后关于一系列文艺问题的讨论，等等。在这些文艺问题论争中，尽管持不同见解者有较大的认识分歧，往往众说纷纭，但就论争中多数参加者而言，其不同文学主张、见解，往往属于从不同角度对某一问题的不同思考，这里既包含彼此的思想认识的某些差异，也有某种程度的思想方法的正误偏颇，甚至也不免有个别论点与提法上的片面性与不尽妥当之处，还可能有因某种相互误解而引起的无谓纷扰。因此，就多数人的情况看来，这里既有可资相互补充的可取的不同见解，也暴露出某些人因思想政治水平局限或思想方法偏激所存在的论断失误与理解不尽准确之处。通过讨论乃至激烈争论，彼此有了不同程度的认识提高，论争大都取得了积极成果。尽管在一部分争论中存在着不应有的种种偏向与失误，曾走过应该引为教训的弯路，但从有关文艺问题论争所取得的积极成果的全局来看，绝大多数论争都是有益的，都是有利于促使文学理论批评发展与文学评论工作者认识提高的。在有关论争中所出现的偏差、失误、虽是可以避免的、应该避免的，但在文艺事业前进过程中，在革命文艺队伍中存在种种认识分歧，却又是可以理解的、无法避免的。就文艺问题的相互切磋、共同提高认识的意义来讲，开展类似的论争，不仅是正常的、有益的，而且对于文学理论批评的发展是不可或缺的。不能把我国现代文学理论批评史上所有一切文艺问题论争，都不分青红皂白地一律视为两个阶级、两种思想的搏斗，将某些论争中所暴露出的某些文艺工作者的论点偏颇与失误不恰当地上纲上线，做出不切合历史实际的错误结论。

我国现代文学理论批评发展的上述简单回顾还表明，一定的文学理论批评不可能凭空发生、发展，也并非单凭某一个人的主观意愿的驱使，而在理论建树的深度广度方面有所进展。它需要一定的现实土壤，需要建立在文学创作乃至整个文学事业发展的基础之上。它是一定阶段文学发展经验的总结，又是推动文学事业继续前进的动力。它固然接受当前世界文学潮流、文学思潮的影响，又不能割断同前人所积累的有益理论成果的历史联系。它需要不断研究文学事业前进过程中所涌现的新问题，不断总结前进道路上正反两个方面的新经验，也需要认真地从现阶段革命文学事业所面临的总任务出发，并适应现有条件下文艺工作者所能接受、理解的思想认识水平，进行切合实际的理论阐述。考察与衡量一种理论见解的有无积极意义，是否深刻，是否有所创新、有所前进，主要看其是否比前人就某一问题，或某一问题的某一侧面，更明确地做出了什么新的解答，或更准确、更清晰地进行了具体论述；而不能脱离一定的主客观条件，孤立地对某一文学见解判断是非优劣，论评得失成败。回顾“五四”以来30年文学理论批评发展的历史，可以不难理解，若离开一定的历史条件来看现代文学理论批评发展的起步阶段，某些文学主张似乎是幼稚可笑的，十分肤浅的，但联系当时文学发展乃至整个社会发展诸方面情况，却应看作是十分可贵的，值得充分珍视的。可以这样认为，没有最初的这些看似幼稚、肤浅的认识，便没有嗣后发展的一切。对此若在认识上有所偏离，就谈不上正确评析我国现代文学理论批评史上种种现象的历史本质。

我国现代文学理论批评发展的上述简单回顾还表明，文学理论批评的发展，并不是直线式的、以均等速度前进的。在发展过程中，它固然受着一定的经济基础与各种社会意识形态的制约、影响，同一定时期世界范围内的文学思潮，同一定时期的文学创作有着密切的联系，也同一定时期人们的认识水平以及人们在认识世界过程中所出现的种种特殊情况分不开来。由于人们的认识有一个逐步深化的过程，由于人们之间所持立场、观点、方法的不尽相同，以及人与人之间的思想水准不可能完全一致，即使一定时期整个理论批评发展在某些问题上达到了一定的高度与深度，甚至已初步形成了体系性的理论认识，诞生了诸如《在延安文艺座谈会上的讲话》这样的马克思主义基本原理与中国文学发展实际相结合的经典性文献，为建立具有中国特色的马克思主义文艺理论体系奠定了重要理论基础以后，依然会出现对某些问题的理解混乱，甚至对于有关重要论著的某些论点出现截然不同的解释，使已经明确解决了的理论课题重新陷于迷误，使某些问题的理解不免走上回头路，走上曲折的路。如何看待文学理论批评史上这类复杂的现象？如何剖析一种理论主张的得失是非？如何评价一种理论批评论著的功过成败？如何肯定种种文学评论活动的理论贡献，做出应有的历史评价？实践证明：必须遵循辩证唯物主义与历史唯物主义原则，坚持实事求是地对具体问题作具体的分析。一定要细致地弄清有关文学理论批评现象的基本面貌，了解有关课题领域人们认识的既往历史情况，以及当时人们一般的理解状况，才能从而将有关的理论见解与评论活动置于历史条件的纵横联系中做出比较分析，在比较中对其做出切实的应有评价。一旦出现某一论著的某些具体论点与提法在嗣后有所改变时，一定要准确区分是由于形势的发展，或所面临的任务有所变化，在基本原则未变的前提下的某些更易，还是因在进一步的实践检验中发现论点、论断的谬误或不够严密所做的改动修正。而一旦出现当时或嗣后有人对某些论点、论断产生明显的误解，做出种种歪曲解释时，则要准确区分是原著的疏漏或阐述不清等主要原因所造成，还是由于不同的立场、观点、方法对原著所产生的不同反映，从而在历史研究中过细地将别人所作不尽符合原意，甚至明显歪曲原意的某些解释、引申、发挥，进行恢复原貌与本意的辨正，从而对其做出符合历史实际的应有的评价。唯有这样，才不致在复杂的历史现象面前产生迷惑，才能通过历史发展情况的回顾，明确今后坚持什么，发展什么，以及如何坚持、如何发展的具体内涵，才能完成研究历史发展过程、总结历史经验的主要任务。研究一切历史现象应该是这样，研究我国现代文学理论批评发展的历史情况，也应该是这样。

上述关于我国现代文学理论批评发展的简单历史回顾，实际上也大致勾画了“中国现代文学理论批评史”所研究的对象、范围，以及它所侧重研究的角度、方面，它和其他“姐妹”学科的相互关系。

前面已经述及，“中国现代文学理论批评史”和以先秦至“五四”前夕文学理论批评发展情况为研究对象的“中国古代文学理论批评史”一样，均以一定历史时期文学理论批评发展情况作为主要研究对象。它和“中国古代文学理论批评史”一脉相承，正像“中国现代文学史”和“中国古代文学史”紧密衔接的关系一样。有人曾误以为“有了‘中国文学理论批评史’，便包含了‘中国现代文学理论批评史’的内容”，而不知道截至目前，“中国文学理论批评史”或“中国文学批评史”实际上只是“中国古代文学理论批评史”的代称，正如“中国文学史”并不包括“中国现代文学史”的内容一样。为了弥补“中国文学批评史”只研究五四运动以前文学理论批评现象的不足，填补这一重要学术领域的空白，应该建立以“五四”至中华人民共和国成立前文学理论批评为研究对象的一门独立学科。

如前所述，自五四运动以来，我国文学理论批评在马克思主义影响下，获得了迅猛发展，发生了重大的变化。在多种文学体裁、样式领域，广大进步文艺工作者根据马克思主义的普遍原理，曾进行一系列理论课题的探究，为建立具有中国特色的马克思主义文学理论体系，经历了艰苦摸索的过程。其中开展过不少文学理论问题的论争，也同形形色色的反马克思主义文艺思想进行过不可调和的斗争。在我国政治领域斗争风云的影响下，在世界范围内各种文艺思潮影响下，我国现代文学理论批评的发展，也曾受了“左”与“右”的种种错误思想的干扰，积累了极其丰富的正反两个方面的经验。“中国现代文学理论批评史”正是要系统地回顾这些情况，总结历史的经验教训，探讨这一时期文学理论批评发展中一些带规律性的问题，为今后更进一步建立和发展具有中国特色的马克思主义文学理论体系，使文学理论批评更好地促进社会主义文艺创作繁荣，在建设社会主义精神文明中发挥作用，做出应有的贡献。

“中国现代文学理论批评史”和“中国现代文学史”也是密切相关的两门“姐妹”学科。两者都研究同一时期的文学运动发展情况，研究同一时期文学思潮的演变，但其所探究的侧重点各有不同。作为现代文学史，重点研究文学创作情况同整个文学运动，以及文学思潮发展的关系，侧重总结文学创作方面的成败得失、经验教训；而现代文学理论批评史，则主要就文学理论批评发展的角度，探讨其同整个文学运动、文学思潮发展的关系，从理论批评建设着眼，考察有关文学主张、文学论争在理论建树方面所做的贡献，所具有的历史意义。由于一定的文学创作和文学理论批评现象本身具有密切相关的联系，所以这两门“姊妹”学科之间，又含有相互交叉的部分内容。比如在现代文学史中，论述某一时期文学创作的发展、某一作家在创作道路上的成长，不可能不涉及所受到的有关理论批评活动的影响；在现代文学理论批评史中，当评述有关文学创作经验的总结与有关文学评论活动的理论建树时，也不可能不涉及某一时期、某一作家的创作，但前者往往并不需要对有关文学理论批评见解作系统评述，而一般较多地通过创作活动本身的成败得失，展现某一理论批评主张的是非功过。在现代文学理论批评史中也涉及一定的文学创作现象，但往往并不直接总结、评述某一时期、某一作家的创作，而只是对有关时期文学评论所作有关创作成败的总结、评价，进行再总结、再评价的工作。

“中国现代文学理论批评史”也对一些文学体裁、样式的理论建设情况进行研究，以揭示有关文体的理论批评发展概貌，因而少不了要涉及中国现代小说、诗歌、散文、戏剧文学和电影文学等方面的创作情况，但正像它和“中国现代文学史”在研究文学现象方面的侧重点有所不同一样，而不可能如同中国现代“小说史”“诗歌史”“散文史”“戏剧文学史”“电影文学史”那样，系统地总结有关现代小说、诗歌、散文、戏剧文学、电影文学创作本身的概貌，去评价有关文体创作的成败。

“中国现代文学理论批评史”也包括探讨有关历史时期文艺思潮演变、文艺思想斗争与文艺问题论争的内容，然而，它不可能完成“中国现代文艺思潮史”和“中国现代文艺思想斗争史”的全部任务。这里依然存在一个研究的侧重点互有差异的问题。“中国现代文艺思潮史”“中国现代文艺思想斗争史”也讲有关思潮、论争的过程，交待其来龙去脉及其最终在理论批评与创作上所产生的影响；而“理论批评史”则着重探讨一定的思潮同一定的理论批评现象的互为因果的联系，着重总结有关文艺问题论争与文艺思想斗争的思想收获与理论成果。如今所要建立的“中国现代文学理论批评史”这一学科，同50年代末问世的一些“中国现代文艺思想斗争史”，尤其是同十年动乱时期曾一度掀起的标以“路线”“搏斗”字样的一些“斗争史”“大事记”之类，更存在明显的泾渭之别。那些“斗争史”在“左”的思潮影响下，曾将“五四”以来整个文学发展过程，简单地归结为两个阶级、两条道路、两条路线生死搏斗的历史，把不同时期针对具体的文学问题所开展的某些论争与讨论，不加区别地一律看作是敌我之间你死我活的斗争，将其同各种反马克思主义的文艺思想的斗争，同帝国主义、封建主义势力在文艺问题上的交锋，同粉碎反动统治者“文化围剿”的搏斗等等，都一概并列为文艺领域“一线相串”、毫不停顿的一个个“斗争战役”，这样来看待问题和认识问题，显然不符合文学发展的实际情况。

本书的编写是作为“中国现代文学理论批评史”学科的一项开拓性起步工

作。根据现有认识，目前主要阐述自五四运动直到中华人民共和国建立为止的文学理论批评发展概貌，揭示在马克思主义指引下我国文学理论批评一步步成长、发展，逐步朝着建立具有中国特色的马克思主义文学理论体系方向迈开大步的历史。它系统地总结文学理论课题探讨、文艺问题论争与文艺思想斗争的理论收获，回顾国外文艺评介与引进，以及各种文体的理论建设等方面的情况，考察有关的历史经验教训，探讨某些带规律性的文学理论批评现象发生、发展的原因等等。随着对于我国现代文学理论批评历史的进一步深入研究，人们对这一新兴学科的性质、任务与主要内容将会形成更为成熟的看法。本书的体例及其所列纲目，将会做逐步的调整与充实。

由于我国现代文学理论批评发展走过了三十年左右的长期历程，为较清晰地展示发展的脉络，拟大致以十年左右为期，暂分三个历史阶段进行分编阐述。第一个十年，以 1927 年为界，大致相当于现代文学史上“从文学革命到革命文学”的发展阶段。就文学理论批评的发展来讲，面临着百废待兴的草创局面，各种文学思潮纷纷涌入我国，各种文学理论课题曾被热烈地进行逐个探讨，最终为适应大革命形势发展，酝酿提出了关于革命文学的主张。第二个十年，以 1937 年为界。这一时期从革命文学论争开始，广大进步文艺工作者通过相互切磋、相互启发，尤其是当“中国左翼作家联盟”成立以后，左翼文艺战士们对于马克思主义文学理论的学习、译介进一步形成了高潮。“左联”还组织了文艺工作者进行了一系列文艺问题的理论探讨，开展了广泛性的文学评论与作家研究工作，并有力地以文艺批评武器粉碎了反动统治者的“文化围剿”。这一时期较之既往的第一个十年，在文学理论建设方面有了长足的进展。第三个十年，相隔时间幅度略有超过，它包括了 1942 年召开延安文艺座谈会前后，大批革命文艺战士投身抗日战争与人民解放战争，面临新的战斗任务，在新的战斗环境中研究新问题、总结新经验的整个历史阶段。毛泽东《讲话》这一划时代的文艺理论经典文献发表，是这十一二年由群众性研究新问题、总结新经验的集其大成的光辉文艺论著。它的发表以及发表前后广大革命文艺战士对一系列文艺问题的理论探讨与文学批评活动，使我国文学理论批评建设获得了重大突破，为建立具有中国特色的马克思主义文学理论体系，奠定了重要的理论基础。所以第三个“十年”也可看作马克思主义普遍原理同中国革命文学运动相结合走上更为成熟的阶段。

以下，拟就三个“十年”的我国现代文学理论批评发展情况，分编进行具体阐述。

本文系作者《中国现代文学理论批评史》一书引言，贵州人民出版社 1986 年版

琵琶千载颂相知

——试论曹禺的历史剧《王昭君》

徐培均　王继权

曹禺同志新编历史剧《王昭君》的发表，给社会主义百花园增添了一朵色彩瑰丽的奇葩。本文拟就这个戏的题材演变、形象塑造和创作方法作一些探讨，并试图提出一些建议，以期在舞台上看到更为完美的艺术形象。

一

王昭君的名字，在我国文学史上是与蔡文姬、崔莺莺、杜丽娘、林黛玉等一系列妇女形象排在一起的。她的故事在许多民族中间广为流传。然而，塞上的青冢埋藏着王昭君的艳骨，时代的尘沙掩盖了王昭君的真容，她的琵琶千百年来只奏着一曲悲悲切切的哀音，一提到她的名字，人们就会在眼前出现一个哭哭啼啼远嫁匈奴的悲剧形象。但是历史上的王昭君并不是这个样子，《汉书》中说：

> 竟宁元年，单于复入朝，礼赐如初，加衣服锦帛絮，皆倍于黄龙时。单于自言愿婿汉氏以自亲。元帝以后宫良家子王嫱字昭君赐单于。单于欢喜，上书愿保塞上谷以西至敦煌，传之无穷；请罢边备塞吏卒，以休天子人民……①

① 《匈奴传》。

《后汉书》中说：

昭君字嫱，南郡人也。初，元帝时，以良家子选入掖庭。时呼韩邪来朝，帝敕以宫女五人赐之。昭君入宫数岁，不得见御，积悲怨，乃请掖庭令求行。呼韩邪临辞大会，帝召五女以示之。昭君丰容靓饰，光明汉宫，顾景裴回，竦动左右。帝见大惊，意欲留之，而难于失信，遂与匈奴。①

前后《汉书》成书之日，去昭君之世未远，所载应该是真实的。它不仅说明了昭君的里居和出身，而且描述了昭君临别时的仪态和内心感情。特别是“乃请掖庭令求行”一句话，已把昭君性格的基本特征，非常集中地揭示了出来：她的出塞和亲，不是被迫远嫁，而是自愿请行。这里，昭君作为一个为了民族友好而出塞和亲的正面形象，不是已见端倪了吗？

揆诸历史，“和亲”也不完全是消极行为，也曾起过一定的积极作用。西汉从高祖九年（前 198 年）起，中经惠、文、景帝，直至武帝元光元年（前 134 年），六十余年间，对匈奴实行和亲，一直保持友好关系。元光二年，汉匈之间不幸发生冲突，这种世代相传的友好关系便整整中断了一百年。直至元帝竟宁元年（前 33 年），形势才发生变化。这一年，呼韩邪第三次至长安朝见汉元帝，“自言愿婿汉氏以自亲”，元帝以“后宫良家子王嫱字昭君赐单于”，昭君被封为宁胡阏氏。正像这个封号所显示的一样，汉匈再次联姻，使得西北一带呈现了和睦、安宁的承平景象，中断了一百年的友好关系从此得到了恢复。

我国自秦代以来就形成一个多民族的统一的国家。各民族之间，时而和睦相处，时而互相侵扰，但民族团结总是历史发展的主流。这种现象，当然受当时的政治经济所制约，然而当时政府所采取的措施是否适应历史潮流，也有很大关系。从这个意义上说，汉王朝实行“和亲”，王昭君远嫁匈奴，对缓和民族矛盾、促进民族团结和国家统一的影响是较大的。当然，“和亲”是出于统治阶级政治上的需要，正如恩格斯所说，“是一种政治的行为”，“是一种借新的联姻来

① 《南匈奴传》。

扩大自己势力的机会”①，主要目的是为了“朝廷”的利益，但由于和亲而取得和平，使各民族人民免罹战祸，这种和亲也是符合人民利益和适应历史发展的。因此可以说，“昭君出塞”标志着汉王朝由战争政策到和平政策的转变；昭君虽是一个普通的“良家子”，但她的出塞却肩负着加强民族团结的政治使命：她带着汉族人民的深厚情谊和高度文化来到匈奴，在兄弟民族之间架设了一条友好的桥梁。历史完全证明了这一点。如汉平帝元始元年至五年(1—5年)，王莽邀请昭君的长女须卜居次访问长安；王莽天凤元年(14年)，封昭君的侄子王歙为和亲侯、王飒为展德侯，出使匈奴；天凤五年，匈奴又派昭君的长女须卜居次和她的女婿须卜当、儿子须卜奢，以及昭君次女当于居次的儿子醯椟王，再次出使长安。前后五十年间，一直友好往来，长城内外出现了一片“边城晏闭、牛羊布野”的太平景象。

由于昭君出塞在民族关系史上起过这样的作用，因此不仅汉、胡民间流传着许多美丽的传说，历代诗人也竞相吟咏。据不完全的统计，歌咏王昭君的诗，唐以前有二十多首，唐代的有六十多首，宋、元、明、清的更多。清代胡丹凤编的《青冢志》中，所收历代咏昭君的诗达四百余首。有的对“和亲”的历史作用，作了热情的肯定；有的则对昭君出塞，表示同情惋惜；有的诗人则借题发挥，对统治者进行讽喻。如唐代张仲素说：“仙娥今下嫁，骄子自同和；剑戟归田尽，牛羊绕塞多。”②认为这种刀枪入库、马放南山的“同和”局面，是由于昭君出塞而形成的，可算说出了问题的实质。宋代王安石写了两首《明妃曲》，以无比激愤的语言描绘了昭君出塞时的心情：“家人万里传消息，好在毡城莫相忆。君不见咫尺长门闭阿娇，人生失意无南北。”“汉恩自浅胡自深，人生乐在相知心。”③诗中虽把昭君出塞和陈皇后幽居长门宫相提并论，表露了一些王昭君的失意和哀怨心情；但写王昭君无论汉人或胡人，只要相互知心，就乐于出嫁，这种追求真挚感

① 《家庭、私有制及国家的起源》。

② 《全唐诗》。

③ 《王文公文集》。

情、向往幸福生活的坚强意志，仍然是符合王昭君这个特定人物的心理的，同时也是有利于加强汉匈团结的。

然而大多数诗人对昭君的出塞却是贬多于褒。西晋石崇的《王昭君辞》①，是现在所见最早的咏昭君的诗。他写的昭君不仅自己哭哭啼啼，而且“仆御涕流离，辕马悲且鸣”，充满了悲伤的情绪。这首诗为昭君手中的琵琶定下了基调，以后的诗人大多从这根哀弦上弹出怨悱之音。北周庾信说：“别曲真多恨，哀弦须更张。”②唐代崔国辅说：“一回望月一回悲，望月月移人不移。”③在一些著名诗人的笔下，王昭君的艺术形象虽更为丰富完美，但她性格的基调仍然未变。李白为她哀叹：“燕支长寒雪作花，蛾眉憔悴没胡沙。”④杜甫深致惋惜：“一去紫台连朔漠，独留青冢向黄昏。画图省识春风面，环佩空归月夜魂。”⑤白居易寄予同情：“满面胡沙满鬓风，眉销残黛脸销红。”⑥在这些诗人的笔下，王昭君是一只被迫离群、在时代风暴中挣扎的孤雁。她的尸骨虽长眠青冢而她的灵魂却穿着旧时的宫衣，乘着月色回到大汉帝国的宫廷。这还算是带有某种程度的美化，另一些诗人则把昭君出塞看作民族屈辱的象征。如唐代戎昱在《咏史》诗中说：“汉家青史上，计拙是和亲；社稷依明主，安危托妇人。岂能将玉貌，便拟静胡尘。地下千年骨，谁为辅佐臣？”⑦这样写来，不仅汉朝皇帝被刺为屈辱求和的昏君，就连王昭君本人，也被轻蔑地视作民族投降的牺牲品了。

到了13世纪，由于民族矛盾加剧，统治者软弱无能，人民备尝离乱之苦，王昭君在这个历史条件要求之下，又从诗歌的园地走上了戏剧舞台。通过具体的戏剧冲突，通过载歌载舞的艺术表演，王昭君作为悲剧人物的典型日益完整，并日益深入人心。这方面的作品，最为著名的是元代马致远的《破幽梦

① 《玉台新咏》。
② 《诗隽类函》。
③⑦ 《全唐诗》。
④ 《李太白集・王昭君》。
⑤ 《杜工部集・明妃》。
⑥ 《白氏长庆集・王昭君诗》。

孤雁汉宫秋》[①]。它采用西晋葛洪《西京杂记》中虚构的情节，写宫廷画师毛延寿在民间选妃时向王昭君索贿，遭到拒绝，遂怀恨在心，将其容貌画一破绽。后来元帝巡行后宫，听到琵琶声，巧遇昭君，结为情侣。毛延寿畏罪潜逃，把昭君的真容画像献与匈奴。于是匈奴单于率兵前来，指名要娶王昭君。汉元帝无力抵抗，不得已将王昭君嫁与匈奴。昭君被迫"和番"，行至边境，投江自尽。最后以魂归汉宫作结。全剧弥漫着悲伤、凄切的气氛。王昭君虽被作为一个爱国主义的形象来描写，但从今天来说，是不利于民族团结的。后来，明代有陈与郊的《昭君出塞》[②]，无名氏的《和戎记》[③]和另一无名氏的《青冢记》[④]。清代有周文泉的《琵琶语》，还有京剧的《汉明妃》[⑤]。直至现代，许多地方剧种也有这类剧目。情节虽略有不同，但基调并无二致，都是对王昭君的命运寄予同情和怜悯，对统治者的屈辱求和表示愤慨和谴责。王昭君总是被写成一个受命运摆布的悲剧典型。

"作为观念形态的文艺作品，都是一定的社会生活在人类头脑中的反映的产物。"[⑥]古代诗人和剧作家之所以这样描绘王昭君，是跟他们的时代和阶级分不开的。诚如董必武同志所说："词客各摅胸臆懑，舞文弄墨总徒劳。"[⑦]尽管那些作品写得凄婉动人，具有一定的艺术魅力，然而都不免存在时代和阶级的局限，不能如实地反映历史的本来面貌，也不能鼓舞、教育和团结今天的各族人民。

敬爱的周总理为了歌颂我国各民族的团结和民族之间的文化交流，生前曾提议曹禺同志创作历史剧《王昭君》。曹禺同志接受周总理的提议，一反千百年来的传统写法，以如椽之笔，替王昭君翻了案。在他的笔下，昭君出塞这件事，

---

① 《元曲选》。
② 《盛明杂剧》。
③ 《古本戏曲丛刊》。
④ 全剧佚，《缀白裘》中存《送昭》《出塞》两折。
⑤ 见北京市戏曲编导委员会编《京剧汇编》。
⑥ 毛泽东《在延安文艺座谈会上的讲话》。
⑦ 1963 年参观昭君墓题诗，引自《人民文学》1979 年第 8 期，第 102 页。

再不是民族屈辱的象征，而是汉匈两族人民团结友好的标志。王昭君也不再是一个哭哭啼啼的悲剧人物的典型，而是一个具有远见卓识、勇于为民族团结做出贡献的美好的妇女形象。二千多年来被颠倒了的历史，重新被颠倒了过来，这不仅是文艺舞台上一出精彩的剧作，而且是我们这个多民族统一国家形成历史上一曲激动人心的颂歌！

二

文学艺术同历史著作不同，它是通过艺术形象反映历史生活与现实生活的，既要注意历史的真实性和生活的完整性，也要注意人物的个性特征。它所使用的不是一系列素材的罗列，也不是理论上的论证，而是生活本身的具体形象。一句话，是通过个别反映一般，是通过具有个性特征的人物形象概括它那个时代的社会生活及其本质规律。

就王昭君这一题材来说，往日民间传说和文人作品中的王昭君固然是个感情丰富、性格突出的人物，但她不符合生活真实，违背了历史的本质规律。而历史文献中的王昭君，尽管事迹真实，但人物形象却十分单调，难以感人。在新编历史剧《王昭君》中，曹禺同志从历史唯物主义出发，根据简单的历史素材，用典型化的手法，塑造了一个有血有肉、个性鲜明的王昭君。这个艺术形象既是历史的，因为她符合历史的真实；又是崭新的，因为在我国文学史上，她是首次出现，带着从来不曾有的思想光辉。

《王昭君》的主题是写民族团结，但它没有作简单的政治图解，而是从人物关系、性格冲突中将主题予以自然而然的显示。贯串全剧的是王昭君与呼韩邪的婚姻关系。通过他们两人的关系把两个民族的关系纠葛在一起，组织了错综复杂的戏剧矛盾，勾画了雄伟壮丽的历史画面，刻画了绚丽多姿的人物性格。特别是那首《长相知》民歌，更见作者匠心所在。如果说，王昭君与呼韩邪的个人关系把两大民族的关系串在一起的话，那么，《长相知》这首取自汉乐府的民歌则是把各种思想凝聚在一个焦点上，一会儿“相知”，一会儿“相疑”，产生一个又一个情节，一次又一次冲突，波澜起伏，扣人心弦。从全剧来看，《长相知》这首民歌前后共出现四次。第一次是出现在阴森沉闷的后宫，王昭君面对姜夫人死板的“德言工容”的说教和孙美人晚年神经错乱的表现，手挽琵琶，唱出了《长相知》第一声；第二次是在庄严肃穆的建章宫便殿，在皇帝和单于面前，她犯颜而唱这首民间俚曲；第三次是在匈奴龙廷月下谈心之后，她用这首民歌委婉陈情；第四次是单于识破敌人阴谋、与昭君心心相印之际，她抚琴而歌，深通款曲。每逢剧情开展的关键时刻出现这首民歌，确实起到了画龙点睛的作用。因此我们不妨说，《长相知》是一首贯串全剧的主题歌。在人物性格刻画中展示主题思想方面，曹禺同志是颇见功力的。他在刻画王昭君性格时，总是紧紧抓住思想感情的深处，予以深入的开掘，细致的描绘，让她手中的琵琶奏出民族团结的颂歌。

刚和观众见面的王昭君，是一位温柔沉静的姑娘。她丰容靓饰，顾盼多姿，在那秋水般的明眸中蕴藏着深邃的智慧和坚强的意志。她很善于想。作者从“想”字入手，挖掘她思想深处的奥秘；从“想”字入手，刻画她外柔内刚的性格。“深”，可以说是这个戏的特色之一。戏的背景是汉元帝竟宁元年“单于复入朝”，“自言愿婿汉氏以自亲”，中断了一百年的汉匈友好关系开始恢复。戏一开场，王昭君所处的规定情境是太液池边正在举行欢迎呼韩邪单于的隆重仪式。有人争着要看，有人避在一旁，而这时的王昭君，却“半天不说话”，在“想一件事”。她想的是一个人的生命有几年，关在这“森森的宫墙”里又要几年。“现在我想出去，就从这个门堂堂皇皇地出去。”这个想法是严酷的现实生活在她头脑中的反映；而正是这个想法，使她与现实产生了强烈的矛盾。

王昭君爱想，可是宫廷里给她安排的是不准想。宫中的女官、她的姑姑姜夫人叫她“心不乱想”，“要想，就想天子，皇帝。”后宫佳丽三千人，一个普遍宫女想见到皇帝，谈何容易！“哲学家以三段论法说话，诗人则以形象和图画说话……”①为

① 《别林斯基选集》第二卷，第428页。

了说明想见皇帝是此路不通，作者特地塑造了孙美人的形象。她是一个六十岁的老宫人，天天盼望见皇帝，满头青丝盼成了白发，连皇帝的影子也没有见到。这样的悲剧人物在古代的宫廷里是屡见不鲜的。唐代白居易就曾在《新乐府》中写过一个上阳白发人，“入时十六今六十”“红颜渐老白发新”①，那形象是感人的。现在曹禺把她写进自己的剧本里，让她作为王昭君的一个陪衬，一面人生的镜子，就发掘出更深的社会意义。孙美人按照宫中的教诲，“心不乱想”，只想皇帝，最后落得神经失常，在一片“接驾”的梦呓中结束了可悲的一生。紧接着作者用对比、烘托、渲染的手法，掀起了全剧的第一次高潮：一面是在一片哭泣声中报道孙美人的死讯，一面是老黄门在香烟缭绕中宣读晋封王昭君为美人的诏书。一悲一喜，互相对照，那空气似乎凝结，叫人窒息、沉闷。这摆在面前的现实，迫使王昭君急遽地去想，去想她个人的命运。片刻，她做出自己的抉择：“这里有过孙美人，永远不会有王美人的！”形象本身活生生的逻辑，揭示了王昭君自愿请行的必然性，非常令人信服。

曹禺同志不仅善于以锐利的笔触去挖掘人物深邃的内心世界，而且善于组织尖锐的戏剧冲突，去揭示人物的崇高品质，阐发剧本的主题思想。建章宫便殿召见一场，先寥寥几笔介绍匈奴方面反动贵族的险恶用心和劳动人民对民族和好的热望，然后浓笔重彩描绘一场扣人心弦的斗争。这时候，汉元帝陪着呼韩邪单于在便殿上等候，宫娥仪仗迤逦摆开，文武百官鹄立两旁。刚刚目睹孙美人悲剧的王昭君，怀着一腔激动来到了。这样的时刻和这样的场面，她何曾见过。于是这位善于思考的姑娘暗暗提醒自己，不要“怯生生，虚恍恍，空张惶”；又安慰自己：“可六宫却羡慕我，一天便见到了，一位单于，一位皇上！”最后放大胆量：“管他什么！我淡淡妆，天然样，就是这样一个汉家姑娘。”这感情写得多么细腻，多么生动，多么富于诗意！读者（观众）完全被带进了人物的心灵深处，透过那风韵万千的仪态，窥见一颗纯真的勇敢的心。然而好戏还在后头，

① 《白氏长庆集》。

当汉元帝叫昭君唱一支由他自己度曲的《鹿鸣》之歌以燕嘉宾时，她却回奏没有学过，并且提出来要用一首民歌——《长相知》来代替。谁都知道，违抗圣旨是要杀头的。王昭君竟敢不唱御作而唱俚曲，无怪乎举朝为之震惊。可是昭君却镇定自若，在国舅玉龙请求将她交付掖庭治罪的时候，她还是侃侃而谈：

> 于今，汉匈一家，情同兄弟，弟兄之间，不就要长命相知，天地长久吗？长相知，才能不相疑；不相疑，才能长相知。长相知，长不断，难道陛下和单于不想"长相知"吗？难道单于和陛下不要"长不断"吗？长相知啊！长相知！这岂是区区的男女之情，碌碌的儿女之意哉！

一席话，情真意挚，理直气壮，深深地打动了汉元帝，也感动了呼韩邪，说是"恰恰说到我们的心上了"。在这里，王昭君的内在的精神之美爆发出耀眼的火花，剧本中民族团结的主题也"从场面和情节中自然而然地流露出来"①，产生了激动人心的艺术力量。

曹禺同志善于在典型环境中塑造人物的典型性格。在他的剧本里，时代背景、环境气氛、哪怕是一草一木的描绘，都是与人物的思想感情密切结合的，做到了心与境谋，情与景合，形成一个富于诗意的美学境界。看过《王昭君》之后，"月下谈心"一场戏就给人留下这样难忘的印象。那是一个夏天的夜晚，北国的草原，一片宁静。然而在这平静的外表下面，却掩藏着两股感情的潜流。先是呼韩邪单于跪在前妻玉人阏氏石像前面，诉说心头的苦闷。继而王昭君披着一身月光上场，自抒心曲。他们都是采取独白的方式，场上的气氛给人的感觉一个是静，一个是深。由于反动贵族温敦的挑拨离间，他们之间的关系已罩上了一层阴影。此刻，昭君感到，单于虽近在身旁，却又如隔万里。经过一番难堪的沉默，呼韩邪终于启齿："昭君阏氏，你穿得少了吧？"这样的语言，像夏夜的凉风，吹开了王昭君的心扉："单于，我是自愿请行，来到胡地的。""比这月亮还亮的，是女人的心"；"比这圆月还满的，是一个女人希望得到的恩情。"于是单于感

---

① 恩格斯《致敏·考茨基》。

动了，问她“你不怪我谈起从前的阏氏吗?”昭君回答得好:“您能不忘记玉人，难道有一天您会忘记我?”一片至诚，亲切而又感人。代表着两个民族的心，一下子靠拢了，又一次构成了“长相知，不相疑”的崇高境界。

人们欣赏文艺作品，往往不喜欢“白开水”，而喜欢“醇酒”。我们觉得有意境(或境界)的作品，就像醇酒一样诗意盎然，韵味无穷。王国维在评价元杂剧时说:“何以谓之曰意境？曰写情则沁人心脾，写景则在人耳目，述事则如其口出也。”[①]就是说意境不仅是情景交融，而且要个性分明，让“每个心灵都找到一个面目分明的领域”[②]，这样才能感染读者和观众。曹禺同志的《王昭君》正是具有这样的特色，即以上述一场戏而言，那夏夜的北国草原，好风明月，清景无限，多么富于诗意；那细致抒情的独白和对白，又是多么娓娓动听，感人心脾。我们阅读这个剧本，仿佛是在欣赏一幅美丽的图画，聆听一曲美妙的音乐，又仿佛是在神游两个“面目分明”的心灵的领域，在获得优美的艺术享受的同时，受到了崇高的思想情操的熏陶。至于剧本中民族团结的主题，在这里远不是一个空洞的政治口号，而是一种带有浓厚感情色彩的思想境界。

没有高山，不见平地。《王昭君》虽以人物性格和意境的深邃见长，但它十分注意情节结构和节奏的安排。有时候细雨和风，冲突平缓，有时候急风暴雨，斗争激烈。在最后两场戏中，作者让矛盾进一步激化。那个反动贵族温敦和休勒，制造汉军压境的谣言，又下手谋害小王子婴鹿、打碎玉人石像，而且将这一切嫁祸于昭君，以图破坏她与单于的关系，从而破坏汉匈关系，达到篡夺龙廷政权的目的。戏中阻挠昭君晋庙加封阏氏大典是一个波澜，发生武装叛乱又是一大波澜。在障碍重重、剑拔弩张的冲突中，进一步刻画了王昭君决不辜负朝廷和黎民百姓、誓死保卫民族团结的一片忠贞。

总之，作者运用历史唯物主义的观念和典型化的手法，将史与剧结合起来，

---

① 王国维《宋元戏曲史》。

② 丹纳《艺术哲学》第三编。

塑造了一个有血有肉有个性的王昭君的艺术形象。她沉静温柔，善于思考；她勇敢坚毅，善于斗争。她不再是含愁带恨、踝躞远行的孤雁，不再是悲悲切切、哭哭啼啼的悲剧人物的典型，而是一个胸怀远大理想、满腔似海深情、为了民族友好而献出自己青春的光荣使者。从这个艺术形象身上，我们看到了西汉时代民族关系的历史风貌，看到了汉匈两族人民要求团结友好的强烈愿望。“长相知，不相疑”，我们中华民族将世世代代运用昭君琵琶弹奏出这样的颂歌。

三

通过历史剧《王昭君》，可以看出曹禺同志在创作道路上迈出了新的一步。

在现代文学史上，曹禺同志是一位人所熟知的杰出的现实主义剧作家。他写历史剧，一再强调要忠于历史、忠于历史唯物主义；但历史剧究竟不是历史，它是历史生活在今天作家头脑中的反映，必然会有所想象，有所丰富，必然带有今天的时代精神。在《王昭君》中，我们看到了严肃的历史真实，也看到了强烈的时代精神。可以说，这个戏以革命现实主义为基础，并让革命现实主义与革命浪漫主义巧妙地结合起来。郭沫若同志在论述浪漫主义与现实主义的特点时说：“前者主情，后者主智。”①情与智在《王昭君》中是显而易见并存着的：既有浓郁的感情、深邃的意境，也有对民族关系清醒的认识和对民族友好的衷心珍爱；既有对历史生活精雕细刻的描绘，也有对美好理想的热烈赞颂。情智相融相生，革命现实主义与革命浪漫主义交相辉映，形成一首色彩瑰丽的史诗。

革命现实主义和革命浪漫主义的精神渗透在《王昭君》整个剧本中，但作为一种创作方法来说，它必然表现在艺术手法上。我们在前面说过，古代诗人曾经把王昭君当作一只漂泊无依的孤雁而寄予同情，可是在曹禺的笔下，她则是一只翱翔天空、遨游北国的大雁。当她处于深宫时，她向往自由：“我要像一只

---

① 《浪漫主义与现实主义》。

雁，在碧悠悠的、宽阔的青天里飞起来多好。”她憧憬塞外：“连大雁都向北飞了呢，多么长的一群啊！”在这雁身上，还寄寓着大鹏的性格，她说：“大鹏乘风飞上天，一飞就是九万里。”这些想象，非常符合王昭君此时此地亟欲挣脱樊笼的心理，因而也是真实感人的。在剧本的结尾，作者更以一种神奇的彩笔，让一床昭君亲手绣成的合欢被，化作金色的大雁，乘风上天，在五色云霞中，纵情地鸣唳，自由地飞翔；并托这只大雁把“中原万里无限心”，把春天的温暖带到塞南塞北、四面八方，借以象征祖国的统一，象征各族人民的团结和友好。这些想象都富有思想意义。

为什么在《王昭君》中，作者能够运用“两结合”的创作方法呢？推其原因，觉得有以下几点：

第一，这是跟作家思想解放的程度分不开的。在“文化大革命”中及其以前的一段时期内，由于“左”的思潮干扰，曹禺同志“好像拘束多了”①，未能驰骋彩笔描绘中国人民的生活；可是“四人帮”一粉碎，他就焕发出朝气蓬勃的革命精神，决心遵从周总理的教导，要为民族团结写一首赞歌。他牢牢记住：“关于写这个戏，周总理指示我的基本精神是：民族团结，文化交流。”②在剧本发表时，他还在《献辞》中写道：“我把这个剧本献给祖国国庆三十周年，并且用它来纪念我们的敬爱的周总理。”③这一切，都说明为了民族团结，为了执行周总理的遗言，他解放了思想，满怀激情地写这个戏。思想一经解放，激情不可遏止，想象的翅膀就会在广阔的空间自由翱翔。这样，在创作《王昭君》时就自然采用“两结合”的创作方法。

第二，同题材本身的特点大有关系。“王昭君”是个历史题材，千百年来经过文人的加工、民间的传诵，它本身就充满了浪漫主义的气息（当然有些是消极的浪漫主义）。如今曹禺同志要写这个题材，就自然会考虑采用浪漫主义手法。

---

① 周恩来1962年2月17日《对在京的话剧、歌剧、儿童剧作家的讲话》。

② 《关于话剧〈王昭君〉的创作》，《人民戏剧》1978年第12期。

③ 《人民文学》1978年第11期。

从生活是文艺创作的唯一源泉这一含义来说，古代的题材是历史生活；现代关于王昭君的民间传说，可以说是历史生活在今天的反映。曹禺同志是一位热爱生活的作家。为了写好王昭君，他曾先后到内蒙古、新疆等地深入生活。在那里，他亲眼看到了王昭君的青冢，从兄弟民族口中听到了许多激动人心的美丽的故事。王昭君在兄弟民族中间似乎成了一位美丽仁慈的女神。这一切，尽管与剧本所要求提供的情节无直接关系，但那种浪漫主义精神，肯定会感染作者，使作者产生激情，产生瑰奇的遐想，把他的思路带入无比广阔的天地，从而编织出美丽动人的故事。

第三，是受了形式与内容相互关系的制约。一般说来，话剧是现实主义的艺术，用话剧这种体裁来写历史剧，这种做法就包含浪漫主义在内。写得好，也可以把现实主义与浪漫主义结合起来。曹禺同志突破了现代话剧的形式，戏中广泛地采用独白和旁白，细致地刻画人物的内心活动。像“月下谈心”一场，王昭君和呼韩邪的大段独白，音调铿锵，节奏鲜明，像朗诵诗，更像戏曲中的唱词。如果谱上曲，照样可以演唱。此时台上的人物，表面上没有交流，内心的感情却是一脉相通的。这种夸张的手法，在现代话剧中，特别是在中国的现代话剧中很少见过。再如，“便殿召见”一场，王昭君上场时，作者为了夸耀她有惊人的美艳，特地让时间停顿下来，以旁白形式逐个地描写在场人物的反应：有的说，“不爱上她是个傻子”；有的说，眼前出现了“一片春光”；有的说，暗夜里“陡然升起的月亮”……时间、空间不受限制。“传中紧要处，须着重精神，极力发挥使透。”[1]无关紧要处，则超越时空，一笔带过。这是传统戏曲中常用的手法。《王昭君》很巧妙地运用了它，从而使剧本增添了浪漫主义的色彩。

综上所述，可以看出，在《王昭君》中，曹禺同志的创作方法确实有所突破，有所迈进。《王昭君》的成就标志着革命现实主义与革命浪漫主义进一步的结合。这是曹禺同志创作道路上一块光采晔晔的界石，愿曹禺同志从这里继续前

---

① 王骥德《方诸馆曲律》。

进，攀登又一重艺术高峰！

现在发表的《王昭君》，还不是一个完整的排练本。曹禺同志谦虚地说：把它“先拿出来，请人民群众提意见”，以便进一步修改。为了让剧本改得更好，我们想提几点不成熟的看法，供作者参考。

首先我们觉得戏里有些地方的矛盾冲突还不够强烈。作为主人翁的王昭君，还没有始终处于矛盾的尖端。总的印象是出塞之前人物性格置于戏剧冲突之中刻画，戏很感人；出塞之后则略感游离。虽然作者也写了匈奴贵族的阴谋破坏，矛盾确实很为紧张；但到昭君出场，这些矛盾并未紧紧地纠葛在她的身上，或者略一冲突，矛盾就解决了。希望在这些地方能让王昭君卷入斗争的旋涡，进一步刻画她的个性特征。

其次，关于昭君为什么会自愿请行这一点，作品虽作了说明，如：她不愿被锁在死气沉沉的深宫、父亲守边而死留有民族要和好的遗言，特别是孙美人的悲惨遭遇给她提供了现实的教训，等等，应该说理由是相当充分的。但是，这些除最后一点外，都是用叙述、介绍的形式表达的，没有通过矛盾冲突把它形象地显示出来，没有充分写出王昭君是怎样逐渐理解和亲的必要性和重要性。在这些方面是否可以先写王昭君从孙美人的下场想到出塞，再赋予情节，让她在现实斗争中进一步认识到出塞和亲的意义；也就是说，进一步写出王昭君思想性格的发展过程。

尽管稍有不足之处，《王昭君》仍是一个优秀的剧本。我们相信，经过作者精益求精的提炼加工，该剧必将在舞台上放射出更加灿烂的光彩！

原载《社会科学》1979年第4期

也谈文学研究会会员

苏兴良

在参加《文学研究会资料》编辑过程中，笔者曾多方寻觅当年印行过的《文学研究会会员录》，但终而未得，于是不得不做一些初步的会员考证工作。去年得知当年文学研究会（以下简称文研会）会员、现旅居美国的顾一樵先生将其珍藏的《文学研究会会员录》寄给老作家冰心，冰心又转赠给中国现代文学馆的消息，很是兴奋，无奈因教务缠身，一直未能赴京亲睹这份珍贵史料。幸喜《新文学史料》1989 年第 3 期载有刘麟同志的《关于文学研究会的会员》一文，披露了《文学研究会会员录》的一些内容，并列出《新文学史料》1979 年第 3 辑所载文研会会员名单中空缺的五十二人姓名，使我们对这份珍贵史料略知一二。刘麟同志在文章中还对《文学研究会资料》所收《文学研究会会员考录》一文提出许多宝贵的意见，但有些问题仍然值得商榷，笔者愿借此谈谈自己的看法。

一、文研会读书会是文研会的"外围团体"吗？刘麟同志通过一番考证，认定"读书会的性质，套用一个现时的用语，相当于文学研究会的'外围团体'"。对此笔者不敢苟同。请看《文学研究会会务报告（Ⅱ）（Ⅴ）》[①]的"成立纪事"，文中写得明白：读书会及其分组，都是成立会上经集体讨论决定的，"并推朱希祖、蒋百里、郑振铎、许地山四君为读书会简章起草员"。在 1921 年 3 月 21 日文研

① 《文学研究会会务报告》，《小说月报》第 12 卷第 2、6 号。

会临时会上，“朱希祖君又提议以后大家对于读书会，应极力注意。大家都非常赞成”。可见，读书会纯系文研会内部的读书组织，而非什么“外围团体”。

读书会既然是文研会的内部组织，其成员理所当然地为文研会会员，根本不存在当然会员与非会员之分。刘麟同志认定读书会是“外围团体”的三个根据同样也是不能成立的。其一，他以《文学研究会会员录》中没有杨伟业的名字，而断定杨伟业虽然在读书会分组名单有其名，但不是文研会的当然会员。事实上，杨伟业不仅参加了读书会，还参加了文研会 1921 年 1 月 4 日在来今雨轩举行的成立会，此事有《文学研究会成立会摄影》为证①，郑振铎当年还在照片上写着杨伟业的名字。试想，文研会总不会让一个非会员屡屡参加组织内，特别像成立会那样重要的活动吧！至于会员录中没有其名，那可能是遗漏了。因为文研会并不像今日党团组织那般严密，许多会员的入会志愿书是由主持会务的郑振铎代填的。在笔者访问过的文研会会员中，有的就未填写过志愿书之类的东西。如叶圣陶、郭绍虞是文研会的发起人，都说没填过什么表格；许杰是主要会员，也说没填写志愿书。实际上，不少会员的志愿书是由郑振铎或其他会员征求本人同意后代填的，这样《文学研究会会员录》就难免有遗漏和差误之处，例如黎锦晖、刘延陵、蒋方震的籍贯都搞错了，所以会员录中漏掉个把会员也是可能的。杨伟业的情况可作如是解。

其二，关于沈泽民的入会时间，刘麟同志文章引录茅盾的两段回忆后得出结论，“沈泽民于 1922 年加入文学研究会则是没有疑问的”。这又不对了。查 1921 年 2 月 15 日发行的《少年中国》第 2 卷第 8 期内《会员消息》：“张闻天沈泽民已由日返沪。”显而易见，张、沈二人从日本返回上海的时间当是 1921 年 1 月间，而并非 1922 年。茅盾回忆为 1922 年系误记。1921 年 3 月 3 日郑振铎在致周作人信中报告说：“限制会员资格实是必要的，我们的会，现已有四十八人。”②

---

① 《文学研究会成立会摄影》，《新文学史料》1980 年第 4 期。参见该刊同期朱金顺《介绍“文学研究会成立会摄影”》一文。

② 郑振铎致周作人信，《中国现代文艺资料丛刊》第 5 辑。

沈泽民的入会号数是第45，可知沈泽民早在1921年3月3日之前就入会了，并在文研会内积极从事外国文学的译介工作，仅1921年一年内就在《小说月报》上发表了15篇译著作品。既然沈泽民早在1921年3月之前就参加文研会，那么在1921年6月公布的《文学研究会读书会各组名单》中有他名字也就不奇怪了，根本不存在他是读书会里的所谓“非当然会员”的问题。

其三，刘麟同志根据沈泽民所谓1922年入会的错误前提，来推断张毓桂在参加读书会时“同样也还没有成为文学研究会的会员”。由于前提错了，其结论自然也错，这里勿须赘述。

综上所述，认定读书会是文研会“外围团体”、读书会成员有文研会当然会员与非当然会员之分的看法，是不符合实际的。

二、关于杨伟业、张闻天、陈毅、徐雉、冯雪峰等五人是否为文研会会员问题。刘麟同志认为拙作《文学研究会会员考录》中的史料根据“并不可靠”，故对上述五人的会员资格提出疑义。关于杨伟业本文前面已论证确为文研会会员。陈毅是1924年在北京中法大学读书时参加文研会的，拙作已引录陈毅本人和入会介绍人王统照之间的赠答诗为证，他的会员资格该不会有问题吧！张闻天于1921年1月从日本回国后就开始在《小说月报》上发表著译，并有长篇小说《旅途》、散文集《狱中记》(与汪馥泉合译)、戏剧《狗的跳舞》《倍那文德戏曲集》(与沈雁冰合译)等四个单行本列为文研会丛书出版。故阿英在《中国新文学大系·史料索引》集的《作家小传》中称张闻天是“文学研究会干部”。胡愈之于1982年8月30日也致函《张闻天选集》编辑组，肯定张闻天参加过文研会。①那么，《文学研究会会员录》中为什么没有张闻天的名字呢？可能有两种原因：一是像杨伟业那样被遗漏了，二是他入会时间是在会员录印行之后，即他1924年1月从美国返回上海之后。还有冯雪峰，以文研会成员身份参加“左联”筹备工作的线索，是夏衍提供的。夏老是“左联”筹备工作的参加者和当事人，他的回

① 参见程中原《张闻天与新文学运动》，江苏文艺出版社1987年版，第31页注①。

忆目前也还没有史料证明其不可靠。

至于徐雉是否加入文研会的问题，唐弢为《徐雉的诗和小说》一书所作的《序》中说："作为文学研究会会员，很早便在《小说月报》《文学周报》《诗》等刊物上发表作品的，有两个姓徐的诗人，一个是徐玉诺，另一个便是徐雉。"还有徐雉的侄儿徐雪寒在《诗人徐雉的一生》中也述及"徐雉同志参加文学研究会，就是在东吴大学读书时期"。笔者在搜集文研会资料时也发现徐雉与文研会关系非同一般，他有二十多首诗作发表在文研会会刊上，并与《诗》刊编者叶圣陶、刘延陵关系密切。他的第一部诗集《雉的心》出版前先由刘延陵通阅提批评，后请叶圣陶为之作序。另外30年代的《社会新闻》中的文章也将徐雉与王统照叶绍钧并列为文研会中人。基于上述资料，笔者在所作《文学研究会会员考录》中认定徐雉为文研会会员，并征引了徐雪寒的记述和鲁迅在《伪自由书》"后记"中摘录《社会新闻》上的一段话。《社会新闻》之类刊物上的文章可否作为史料加以引证，这完全可以讨论，但刘麟同志对此大加引申渲染，着实令人遗憾。

刘麟同志的文章对上述杨伟业等五人的会员资格提出质疑，一个主要根据是说这五人在《文学研究会会员录》中"榜上无名"。大家知道，这份会员录印行于1924年初，仅是份文研会部分会员名单(1924年以前入会的)。倘若置文研会成立纪事、成立会摄影、会员消息、会刊编辑人员名单等等众多原始材料于不顾，仅以这份会员录为惟一凭据，来判定其会员与否，这未免有失偏颇。

关于文研会的会员，赵景深在《现代作家生年籍贯秘录——文学研究会会员》一文中曾说："它的会员经过正式登记的只有一百七十二位。曾经用仿宋字印过一本道林纸的会员录，计会员一百三十一人。"①赵景深所说的这种会员录，而今已由中国现代文学馆收藏，它真实记录了一百三十一位会员的姓名及有关情况。至于第131号以后的会员名单，赵景深在同一篇文章中说："我却留了一个底子，这些都不曾印行，我是从入会志愿书上抄下来的。"可惜当年赵景深只

---

① 赵景深《文坛忆旧》。

抄录下二十三人，尚有十八人姓名空缺着。如果张闻天、陈毅、徐雉、冯雪峰等四人居于这空缺的十八人之列的话，那么仍有十四人不知姓名。现在笔者手头还有个线索：一、徐霞村。徐霞村曾于1927年和郑振铎、陈学昭同船赴欧洲游学。他在1980年给笔者的信和自传稿中均称自己于1928年自欧洲"回国后参加文学研究会和水沫社"。二、徐公美。徐公美有戏剧集《歧途》作为文研会通俗戏剧丛书由商务印书馆出版。赵景深在《文人剪影》一书"孙福熙"篇中，记述一张文研会会员当年聚餐后合影照参加者的情形时提到徐公美的名字："……蔚南仿佛摆着柴霍甫沉思的神气坐在那儿。徐公美大约也是坐着的。后面站着的一位是虎虎有生气的刘虎如。"徐霞村和徐公美的文研会会籍问题，笔者尚未查到确凿史料证明，这里姑且存疑，有待继续探求。史料工作是项艰苦细致的工作，但只要孜孜以求，总会不断有所发现，譬如搞清文研会的全部会员名单也并不是不可能的。

原载《新文学史料》1990年第2期

近百年文学大师论

——兼论巴金在中国现当代文学上的原创性和杰出贡献

唐金海

在20世纪之末和21世纪之初，人们回顾和总结近百年文学时，文学大师成了引人注目、思考和争议的重要话题。

一

何谓文学大师？近百年文学长河中有没有文学大师？哪几位大体上已被公认为是文学大师？这是一个诱人的话题，也是一个能进一步激活文学理论家、文学史家和作家智慧的话题。毋庸置疑，在一个相对完整的世纪已然结束、新世纪已然展开之际，人们有理由回眸既往，对文学领域作总体性审视，从而遴选出足以体现这个时代和领域一流的文学思想和艺术水平的代表人物——即通常人们所说的文学大师（泰斗、巨擘、巨匠等）。历史和时代造就了这些人物，而这些人物也从各自不同的侧面透视出历史和时代一流的文学智慧，并进而通过这些人物将一定时代一流的文学智慧载入人类辉煌长存的文学史册。

中外文学史证明，不是所有的时代都能产生文学大师的，没有或不能产生文学大师的时代，正如没有或不能产生哲学大师、史学大师、书画大师、音乐大师等的时代一样，是没有精神火花的平庸的时代，是精神萎靡的、在生活和艺术领域黯然无光、无色、无声和无趣的可悲的时代，人类的精神和物质的文明进程都将滞后或陷入泥淖。

因而近百年有无文学大师，以及文学大师智慧的高度和深度，就成了衡量这一时代文学甚至文化精神高低、优劣和深浅的关键。

我们所说的文学大师，通常指在文学创作和研究领域，分别在特定的时代对文学长河做出过具有原创性的、经典性的和杰出贡献的作家、理论家（在同一大范畴的单个领域或兼及几个领域卓有成就者）。近几年，有研究者（包括一些作家自身）已用各种方式从多种侧面表达了自己对近百年文学大师的见解——或是否入选一套大师文集，或是否获得中外官方或民间某些重要的文学团体评审的大奖，或在文学史中予以定位，或直接写论文和专著给以评价，也有相当自信或自我感觉忒好的作家作自我评价，或常与世界公认的大作家比附高低长短……

从上述文坛纷繁的现象看，这种评定虽有一定程度的共识，但分歧还是明显的，有时候甚至完全对立：有的遴选出来的“文学大师”充其量只是二三流的作家，而有的卓有贡献的作家又被打入另册。分歧的原因虽有种种，有一点却是关键：即何谓文学大师？评价文学大师的基本标准是什么？

对此，似乎中外文学史上还没有一位经典作家或权威学者在理论上令人信服地、严谨而完整地论述过。——这固然使后人缺少了某些参照和启示，倒也使这一论题更具有诱惑力和挑战性，使后来者具有了更自由、更广阔的探索的空间。

对中国现当代文学大师这一论题深入的研究，需要文学界，甚至文化界，包括文学的接受对象——几代读者——的集体智慧；同时，也可以有不同的方法、不同的视角和切入点，或作宏观和微观的探讨，或进行理论和具体的分析，或与西方大作家进行比较，或作历史和现实的双重考察……

由众多具体的、各别作家的研究，科学地上升到抽象的、普遍性的理论，再以这种抽象的和普遍性的理论来观照、解析、评价万千具体和各别的作家——

如果不是教条式的一概而论，如果不掺杂非文学的种种因素（政治斗争派别、文学小圈子利益等），又如果充分考虑到众多作家和作品、评论家和著作的丰富、复杂、鲜活的个性，那么这种由众多具体到抽象，再从抽象反观万千具体的研究方法，可以使我们在评价文学大师基本标准的探索道路上，逐渐接近和把握真理。由此综观近百年中国现当代文学史，20 世纪 80 年代以前，还很少以“文学大师”为题来评价作家的历史地位的。就总体而论，并综合以往和当前学术界众多研究者相近于“文学大师”的观点，研究者们对以下作家和文学评论家都曾程度不同地论述和触及过，他们是：梁启超、王国维、鲁迅、周作人、胡适、郭沫若、茅盾、郁达夫、林语堂、夏衍、田汉、徐志摩、朱自清、闻一多、沈从文、老舍、巴金、冰心、钱锺书、胡风、曹禺、梁实秋、张爱玲、艾青、金庸等。

很显然，面对这一长串名单，争论是必然的。在笔者看来，虽然上述作家和评论家对近百年文学都做出过自己独特的贡献，都在当时或当下产生过很大或一定的影响，有的也可在文学的单个领域评为大师，如散文大师朱自清，武侠小说大师金庸，诗歌大师艾青等，但文学的单个领域的大师更应指某种文体创作的大师，与涵盖文学多个领域、作品中较为丰富的思想和艺术含量的经典性，以及作家的人格力量等近于兼备的文学大师的评价还是不同的。以上列出的在近百年文学长河上星光灿烂的名单中，绝大多数作家已经作古——其中有的堪称文学大师，基本上已有共识，如鲁迅、胡适、沈从文等，有的尚待更充分、更深入的研究，如周作人、郁达夫等。

我们一定已注意到，上列名单中，尚健在人世的，只剩下巴金和金庸了。如前所述，如将金庸定位为武侠小说大师，是比较符合实际的，庶几无太大异议。那么，巴金呢？在近百年中国现当代文学史上，能否将巴金以文学大师的桂冠来定位呢？——在这里，任何偏见、浮躁、激烈、迎合都是非科学的，我们仍然应对巴金作深入的、具体的学理性研究，通过评析巴金的全部作品、漫长的创作道路、创作思想，并将老作家置于中国近百年文学史和文化史大背景上去考察——着重考察和评析巴金在近一个世纪的文学活动中，对中国现当代文学有哪些原创性的经典性的杰出贡献——才可望接近真理，具有说服力。而以文学大师为论题，通过对在近百年文学长河中具有一定典型意义的巴金的研究，也可以丰富和加深我们对文学大师理论的探讨，也有助于我们对近百年文学长河中文学大师的深入考察。

二

说巴金在近百年中国文学史上有一定的典型意义，是基于如下一些事实。即巴金是中国划时代的“五四”文化运动的产儿，他的创作活动从他发表第一篇文章的1921年算起，有七十余年的漫长历程，创作和译作一千万字左右，涉及的文学样式有诗、散文、中短篇小说和长篇小说；他早年热衷于多种激进的青年活动，留法回国后的一段较长时期内，译介和编写旨在宣传自己信仰的“安那其”思想的书籍，并以空前的激情创作了大量的文学作品，创办文化生活出版社，关注和投入革命的学生运动和全民的抗日救亡运动。1949年以后，在热情讴歌新的社会生活的同时，也自觉不自觉地卷入了当时主流体制发动的几次政治运动；在十年浩劫之后，又曾焕发了创作的青春，因而在20世纪八九十年代，先后获得了法、意、美、日等国家或文化学术团体授予的荣誉称号。然而，在巴金漫长的一生中，又先后遭到极“左”思潮的冲击，以及国家体制多次严酷的批判和批斗，夫人萧珊惨遭迫害，因病致死，家人受难，他本人身心亦遭伤害。综观巴金的一生及其创作，毁和誉、荣与辱、褒和贬贯串了老作家的一生。但巴金终以他几部里程碑式的文学作品，以及“讲真话”的人格、“永远燃烧的心”的矢志精神而受世人敬仰。——凡熟悉中国近百年历史和文学史者都应知道，以上对巴金简要的概述，在中国现当代文学长河中，是具有一定的典型性的。

以丰富、复杂、闪光的中国现当代文学史为参照，巴金的原创性和突出贡献表现在哪些方面？

20世纪二三十年代，茅盾、叶圣陶、冰心、郁达夫、沈从文、蒋光慈、丁玲等作家，都写过一些青年或青年知识者的形象，而巴金在多部中、长篇小说中描绘的一长串系列青年形象，如杜大心、张为群、李静淑、李冷、吴仁民、李佩珠、陈真、高志元、方亚丹、周如水、敏、惠、德等，是迥异于上述作家的，是巴金的独创。巴金笔下的杜大心、李佩珠等青年，他们几乎都是那个时代一群特殊的年轻“革命者”：热情、执着、无畏、正义，而又偏激、忧郁、狂热、神经质，却几乎都有一颗为信仰而献身的火热的心。在遇到革命和恋爱的冲突时，他们又几乎都是服从“第一需要”的“革命”；“革命”的方式是集会、散发传单、争论、演讲和暗杀等，他们的命运归宿多半是为了信仰而牺牲生活的幸福和爱情，并在恐怖活动中“壮烈殉道”——他们几乎都带有虚无的“安那其主义”思想的色彩和性格基调。在20世纪初叶，这种“色彩”和“基调”，与其时狂飙突进的时代，与“五四”前后一些青年知识分子的苦闷和追求相合拍，所以，巴金的中篇小说处女作《灭亡》[①]一经问世，很快引起文坛瞩目。叶圣陶称其是一部“蕴蓄着伟大精神的少年的活动与灭亡”[②]的书；刚果伦同时也指出了《灭亡》迥异于别的作家和作品的“特色”：“这是虚无主义的个人主义者的创作。”[③]在以后陆续出版的小说《死去的太阳》《新生》《雾》《雨》《电》，甚至30年代初出版的长篇小说《家》等，其中的不少青年知识者的形象虽然与《灭亡》中的杜大心有别，但人物的思想渊源和性格基调都与《灭亡》有着或显或隐的牵连。作者曾多次说过，他是“流了眼泪来写”这些青年的，他“喜欢”他们（她们），因为“《爱情的三部曲》里面活动的人物全是我的朋友”。巴金根据自己青少年时代沉浸的生活，以及一群热血青少年朋友激进的活动和性格塑造的人物形象，丰富了二三十年代文学人物画廊——为同时代的别个作家未曾创造和难以创造的独特的一群；而巴金笔下的这些系列形象，不仅折射出中国特定时代社会生活的若干真实面貌，而且历史已证明，那些含有虚无思想的青少年系列形象的人性描写——精神、感

---

① 1928年8月写成，1929年连载于《小说月报》1—4期，1929年10月开明书店出版。

② 《小说月报》1928年第20卷“内容预告”。

③ 《1929年中国文坛的回顾》，《现代小说》第3卷第3期。

情、性格、心理等，在人类历史以及中国的社会生活中具有一定的普遍性——虽然年轻巴金当时的艺术笔力似嫌不足，但那些系列群像依然获得了持久的认识价值和生命力。

巴金对中国现当代文学原创性和突出贡献还表现在，巴金的整个文学道路，就是长时期的坚持控诉和反抗封建专制、封建礼教的道路，而且具有相当的深刻性。这在新文学作家中也是很少见的。自然，反封建专制、封建礼教、封建传统和宗法制，鲁迅达到了中国现当代文学史上无以媲美的旷代罕见的尖锐性和深刻性，但鲁迅不幸在30年代中期(1936年)病逝。其他如茅盾、冰心、老舍、郁达夫、田汉、曹禺、沈从文、冯文炳、庐隐、张天翼、赵树理等都写过多寡不一、深浅有别的反封建的小说，但他们创作的主要成就不在此，如冰心以爱的哲学统摄一生，郁达夫以自传体的私小说张扬个性，叶圣陶则以描写“灰色卑琐人生”见长，沈从文却是以展示湘西人情风俗驰誉，张天翼擅长对卑琐灵魂的讽刺，赵树理的反封建又仅止于对封建婚姻的故事叙述。……而巴金的反封建不仅时间长，内容丰富，而且激烈，具有深度。尤其是从长篇《家》《春》《秋》到20世纪80年代中后期的随笔封笔之作《随想录》，间隔半个世纪左右，横跨两个截然不同的时代，面对时间的流逝、年龄的增长、社会的瞬息多变和万千世相，以及个人及家庭的风雨坎坷、悲欢离合，巴金反封建专制、反封建礼教的“燃烧的心”始终如一，斗志弥坚。30年代，他对封建专制的罪恶多次发出“我控诉”的呼号，80年代坚持说反封建的杰作“《家》没有过时”。一些有影响的巴金研究者，曾一再论析巴金思想感情的热烈、真诚等，却往往回避论述他的思想已达到的深度，甚至说“巴金的时代已经过去了”——如果是指巴金作品的畅销、巴金的社会热点“过去了”，也许不无道理；但如果指巴金作品已经过时、巴金的反封建思想已经过时，这显然是一种浅见。一个很普通而又令人深思的问题是：为什么巴金文学创作七十余年，没有停止过对封建专制、封建礼教、封建秩序、封建的宗法体制的揭露、控诉和批判呢？这个问题其实不难回答：对几千年中国历史本质的把握，对几千年中国思想史的感悟，对自己生活的时代国情、民情以及现存秩序的耳闻目睹，这正是巴金一辈子坚持反封建专制的根本原因，也正是巴金反封建专制的思想具有深刻性的根本原因。在这里，要列举中国历史和现实中的种种封建现象来论证巴金反封建思想的合理性和深刻性完全是多余的。尽管随着社会的发展变化，中国的封建主义的种种内容和形式也已随之发生了复杂的变化，但封建因素还长期存在，特殊时期和特殊场合还相当猖獗，这也是不争的事实。仅此一端，即可见巴金的作品没有过时，仍有生命力。巴金文学作品思想上的深刻性，还表现在老作家多方位、多角度，层层剖析地反封建专制。毋需列举巴金散文及短篇小说中的很多文字和细节，仅以经典之作《家》来看，巴金通过书中众多的人物如高老太爷和觉新等，形象地解剖了封建制度的专制性，解剖了封建制度精神支柱的麻醉性，解剖了封建制度的残酷性、腐朽性和虚伪性，解剖了封建制度的顽固性等。对于巴金反封建思想的持久性和深刻性，似乎也是为一些巴金研究者所疏忽的，然而，这些，正是巴金对中国现当代文学以至世界文学的又一个突出的贡献。

在整个中国文学发展史上，20 世纪初叶产生了划时代的“五四”新文学。所谓“划时代”——不是割断历史，而是指具有承上启下的里程碑的意义——主要指文学具有了新的思想意识、新的生活内容、新的人物形象、新的语言载体、新的表现形式，以及新的具有经典性意义的多部文学作品和多位文学大师等。巴金对具有划时代意义的新文学的突出贡献是多方面的。除以上论述之外，另有贯穿《激流三部曲》全书的唯一形象高觉新，这是一个在思想和艺术上具有很高典型性的人物形象：他自己明明身受封建礼教的压迫和伤害，又以封建礼教去麻醉和伤害比他更年轻的一代；他一方面不满封建礼教和封建规范，一方面又执行和维护这种礼教和规范；他对封建礼教的最高主宰百依百顺，奉行“作揖主义”，又暗中同情和支持叛逆者去寻找“新的光明”“新的路”。作家是以他熟悉的大哥为模特儿来塑造高觉新的，因而在觉新形象上倾注了很多心血和感情，艺术笔力饱满而从容，深情而自然。这一人物的艺术价值已超越了文学作品艺术形象的范畴，获得了思想层面和哲学层面上的超时空意义。那些为维护和巩固某种违背历史和时代趋势、违背人民大众利益和违背人性、正义、公道的“权威”“霸权”，以及为专制体制内形形色色的代表人物的利益而一边“作揖”、一边巧言粉饰执行“圣旨”的言行，那些身受其害却又身获其利，因而压制、劝导或蒙骗别人就范的言行……这是一种具有普遍性的复杂而深层的人性描写。虽然在巴金全部作品中，具有类似觉新这样的历史感、哲学感和艺术上的立体感的形象仅此一个，但“这一个”在最完美的意义上，恰恰是黑格尔老人在理论上阐发的“这一个”的形象体现。——高觉新，这是中外文学史上堪与高老头、安娜・卡列尼娜、于连、浮士德、布鲁姆、冉・阿让、贾宝玉、阿Q等媲美的、不朽的艺术典型。自然，要把握觉新这样的形象，仅从文本意义上去判断，是难悟深髓的。这与真正深入把握和评论高老头、安娜・卡列尼娜、布鲁姆、浮士德、贾宝玉等丰富深邃的思想艺术内涵一样，还必须了解和熟悉作品及其形象产生的历史背景、文化思潮、民族特色、作者生活时代的人文环境，以及作者自身的思想演变等。巴金对高觉新形象的创造，是老作家对中国现当代文学的又一突出贡献。

虽然巴金不厌其烦地一再声称自己“不是文学家”，认为“写作的最高境界是无技巧”，是“写作同生活的一致”，但巴金依然在长期的创作实践中，在文体创造、叙事方式和语言风格上，形成了自己的特点。不过，巴金的上述几方面，在中国现当代文学史上并没有产生过很大的影响，唯有关于中长篇小说“三部曲”的形式，是巴金引进西方小说“三部曲”而运用于自己写作实践中的一种“创造”。据作家有意和无意为之及研究者的归纳，巴金计有《灭亡三部曲》《爱情的三部曲》《激流三部曲》《火三部曲》《人生三部曲》。三四十年代较多地运用“三部曲”形式创作的还有茅盾。他们的这一实践，对20世纪中后期中国文坛上长篇小说三部曲的涌现，起到了积极的推动作用。

就以上简约概括，不难看出巴金七十余年文学道路上的基本实绩。其中具有激烈的“安那其”色彩的青少年革命知识者的系列群像，作者对他们的人性描写，具有超越时空的普遍性的意义——虽然，多半人物描写的艺术功力不足，但这些群象属巴金的首创，在文学史上就具有了原创性，为文学史提供了崭新的人物形象。此外，巴金关于反封建制度的激烈、持久和深度，关于觉新艺术典型的塑造等，也是对中国现当代文学史的突出贡献。——巴金文学作品中的这些内容，在文学史上都具有一种经典性。如果再从另一侧面继续考察，巴金对乡土和人民的深厚挚爱、宣泄情感的叙事笔调，对青年男女悲剧命运的描绘，一些短篇小说和散文创作的精美，以及随想录中直面现实、直抒真情的随笔的力度和老到的文笔……这些在文学史上虽不属原创，但仍然体现了巴金文学创作的追求、才能和特色。

三

通过对巴金“这一个”文学写作的原创性、经典性和杰出贡献的概括的分析，有助于我们理解中国现当代文学史上关于文学大师的评价标准，能否使我们对文学大师理论的探讨丰富些、加深些？

巴金已以自己千万言的著、译，七十余年的社会活动，以及百余年的命运、人格和理想追求，为自己树起了一座丰碑。正如50年代初一位法国学者所说：“巴金的作品，是中国文艺复兴和社会革命的动人的传述，它好像我们古代的醉人的歌曲，永远要留在人间！它是我们新中国的读物，等到这个时代过去后，虽然那时或者也许有比他更大的思想家和文学家出现，可是他的作品如同珍贵的文献一样，永远要被后人保存着。”①

半个多世纪过去了，此言仍铮铮作金石声。信哉，斯言。

原载《复旦学报（社会科学版）》2005年第5期

---

① ［法］明兴礼《巴金生活和创作》，王继文译，上海文风出版社1950年5月版。

《文学改良刍议》探源

——胡适与黄远生

沈永宝

自从《文学改良刍议》面世以来，谈论"文学革命八事"源流者不乏其人，关于它的来源至少有过四说，即桐城古文说、《文史通义》说、"古文辞家胥能言之"说、《意象派宣言》说。但据笔者考证，此四说皆不能成立(另文详述理由)。那么，"文学革命八事"究竟源出于何处呢？笔者曾在《陈独秀与黄远生：〈文学革命论〉源流考》一文中指出，黄远生的新文学思想"不但是陈独秀，其他新文学的主要骨干都程度不同地受过他的影响"①。这里所谓"新文学的主要骨干"所指首先是胡适，他的"文学革命八事"与黄远生新文学思想不无关系，黄远生的"根本救济""形式革命""与一般的人生出交涉，法须以浅近文艺普遍四周"等即是"八事"重要理论支点，胡适以此为基础，多方吸取思想营养，衍生出了完整的"八事"。

一

新文学运动是失望于辛亥革命的知识分子所发出的呐喊，发其先声者为黄

① 《复旦学报(社会科学版)》1992年第3期。

远生。对中国政治的反省和忏悔，寄希望于文艺复兴式的思想文化改造，为黄远生新文化思想的一大特色。

自清王朝政府派遣五大臣出洋考察宪政起到 1913、1914 年议政潮流，这 20 年间是个谈政议政的时代。此时先进的知识分子有一种共同的信仰，认为西洋物质文明和政治法律组织比中国的程度高，至于精神文明及各种社会伦理观念、文学思想等等，中国的还是至高无上。前者可以学习西方，而后者则无此必要。所以他们对于西洋政治观念极为热心，而对于西洋文学、伦理道德不愿提倡，对于中国的旧伦理旧道德更不敢批评，文章还是以“汉魏六朝的八股”（吴稚晖语）为贵。可是辛亥革命不久，原有的信仰破灭，他们发现西洋的富国强兵之策、政治法律在西洋大见成效，而移植到中国之后令人大失所望。于是一部分人失望之余开始反省，领悟到真正的文明枢纽在于社会改造，而社会改造的前提则是国民思想的更新，即伦理道德文学观念的更新。

黄远生也是谈政议政的政论家，由于他的敏感和觉醒，较早地就领悟到旧政治与旧文学、旧伦理本属一体，政治改革只有辅以伦理道德文学观念的变革，才能收到成效。他以欧洲“文艺复兴为中世纪改革之根本”为鉴，提出了从改革文艺下手，引进外来思想，改造国民精神，为政治改革奠定基础的改革方略。黄远生写下了《致〈甲寅杂志〉记者》《反省》《忏悔录》《国人之公毒》《新旧思想之冲突》一系列论文阐述这种新信仰，其中《致〈甲寅杂志〉记者》[①]对这种方略说得最为简洁明了。

这个以欧洲文艺复兴为模式，注重思想文学革命的新信仰，确实与“寻常批评家见象为言者有别”。所谓“见象为言”的“寻常批评家”主要是指章士钊为代表，包括陈独秀、李大钊、高一涵、杨永泰、易培基、张东荪、渐生、杨端六、李剑农、周鲠生等一批《甲寅杂志》骨干，当时他们正以白芝浩等政治理论为武器，抨击劳乃宣、刘廷琛及客卿古德诺的复辟说。他们的信仰是政治制度改革为一切

① 刊出时题为《释言》，《甲寅杂志》1915 年 10 月 10 日。

改革的根本，一切改革须从政治下手。因此章士钊对黄远生的新信仰不以为然，在刊登《致〈甲寅杂志〉记者》同时加了一则比黄远生《致〈甲寅杂志〉记者》更长的按语(复信)，其中说："提倡新文学，自是根本救济之法，然必其国政治差良，其度不在水平线下而后有社会之事可言，文艺其一端也。欧洲文事之兴，无不与政治并进。"章士钊主张政治改革为一切改革的根本，中国改革理所当然地应从政治改革下手。黄章如两面旗帜，黄远生的旗帜上书写着思想革命、文学革命，而章士钊的旗帜上书写着政治改革、谈政议政。黄远生旗帜竖起来之后不久，原先政论团体《甲寅杂志》大将如陈独秀、李大钊、高一涵等先后站到了黄远生旗帜之下，以陈独秀为盟主组织了《新青年》新文化团体，《甲寅杂志》团体却风流云散了。五六年之后，章士钊站在《新青年》对立面，反对文学革命和思想革命，正是黄章主张分歧的延续和激化。

黄远生提出信仰之时，胡适正在太平洋彼岸的美国留学。《致〈甲寅杂志〉记者》刊出于 1915 年 10 月 10 日出版的《甲寅杂志》第 10 期。《甲寅杂志》第 4 期起由上海亚东图书馆出版经销。亚东老板汪孟邹与胡适交谊极深，曾托胡在美国留学生界销售《甲寅杂志》，又由于汪孟邹的介绍，胡适与《甲寅杂志》主编章士钊取得联系，从 1915 年 3 月起，他们开始通信往来，章向胡约稿，胡的著译《柏林之围》《非留学篇》先后刊出于《甲寅杂志》第 4、10 期。胡适作为《甲寅杂志》撰稿人，从第 4 期起，应该每期得到一份《甲寅杂志》，而刊登黄远生《致〈甲寅杂志〉记者》的第 10 期又有胡适所作的《非留学篇》一文，因此他得到一份《甲寅杂志》第 10 期有双重可能。

胡适身在美国，但一直关注着祖国的共和国实验，袁世凯图谋复辟扼杀共和国野心暴露之际，他忧心如焚，感到中国之病冰冻三尺非一日之寒，"此七年之病，求三年之艾"，但究竟什么是"艾"呢？他自己也不十分清楚。先是说建设中国根本大计在于对外"增进世界之人道主义"，对内"兴吾教育，开吾地藏，进吾文明，治吾内政"(1914 年底)，不久又说"今日祖国百事待举，须从尽力始克有济。位不在卑，禄不在薄，须对得住良心，对得住祖国而已矣……'执事者各司其事'，此七字救国之金丹也"①。皆泛泛而谈，并无多少新意。这"艾"决治不了"七年之病"。不久，他读到了《致〈甲寅杂志〉记者》，心被震撼了："这封信前半为忏悔，后半为觉悟。当日的政论家苦口苦心，确有很可佩服的地方。但他们的大缺点只在不能'与一般之人，生出交涉'，这一句话不但可以批评他们的'白芝浩——戴雪——哈普浩——蒲来士'的内容，也可以批评他们的精心结构的政论古文，黄远生的聪明已先见到这一点了，所以他悬想将来的根本救济当从提倡新文学下手，要用浅近文艺普遍四周，要与一般的人生出交涉来。……这封信究竟可算是中国革命的预言。"②大概由于当时给他的影响特别深刻的缘故，1932 年 10 月 30 日他在北大作讲演时再次提到《致〈甲寅杂志〉记者》，对其中主要观点记忆犹新。

胡适读到此信不久，《留学日记》里出现了一个此前未曾涉及的话题"造新因"。1916 年 1 月 4 日"论造新因"标题下写道："今日国事败坏，不可收拾，决非剜肉补疮所能收效，要须打定主意，从根本下手，努力造因，庶有死灰复燃之一日，若事事为目前小节细故所牵制，事事但求目前设想，事事作敷衍，事事得过且过之计，则大事终无一成耳。"同年 1 月 11 日、1 月 25 日日记又有"造新因""再论造新因"两则札记，其中后一则写道："适近来劝人，不但勿以帝制撄心，即外患亡国亦不足顾虑。倘祖国有不能亡之资，则祖国决不如打定主意，从根本下手，为祖国造不亡之因，庶几犹有虽亡而终存之一日耳。"1 月 31 日胡适致威利姆教授信再次提到这个观点，说"我对中国目前进行革命不抱希望，虽然我对革命者是深表同情的。作为我个人意见，我认为应该从基础做起"。"我个人的态度是：'不论发生什么，让我们教育人民，为我们的后代建立起一个比较好的基础。'这必须是一个非常缓慢的过程，但人民是急躁的，我却相信：'这个缓慢的过程是唯一的过程，它是革命和演进必不可少的。'"在短短的一个月内，四次

---

① 曹伯言、季维龙编著《胡适年谱》，安徽教育出版社 1986 年版。

② 《五十年来中国之文学》，《最近之五十年——申报馆五十周年纪念》，上海书店影印本 1987 年版。

提到“造新因”绝非偶然，正是《致〈甲寅杂志〉记者》“根本救济”思想给他的启发所致。此后，这一观点被反复提到。6 月 7 日日记更用“根本救济”的观点来评论戊戌政变的得失。

这个“造新因”的思想逐渐演化，即日后成为所谓打定主意，20 年不谈政治，专在思想文艺方面努力，从非政治的因子上为中国政治建筑一个革新的基础的思想，此为胡适奉行一生的信仰，并影响了他的文学观点，主张文学于世道人心有所作为。1916 年 7 月 2 日日记写道：“吾又以为文学不当与人事全无关系。凡世界有永久价值之文学，皆尝有大影响于世道人心者也。”

“文学革命八事”胎孕于 1916 年 2 月，而“造新因”思想产生于 1916 年 1 月。所以“造新因”思想正是孕育“文学革命八事”母体之一。“文学革命八事”从萌芽到成熟都充满了“从根本下手，努力造因”的精神。在胡适看来，思想革命是一切改造的基础，政治社会的改造非先从思想改造下手不可。由此观照中国文坛，看到中国旧文学之弊与思想革命的历史使命格格不入，于是提出文学革命的要求。当他于 1916 年 2 月 3 日第一次提出“文学革命八事”中的三事时就指出中国旧文学弊端所在就在于“无物可言”。以后又一再(1916 年 4 月，1916 年 8 月)强调这个观点，指出今日言文学革命“当注重言中之意，文中之质，躯壳内之精神”。在此观点指导之下，“不无病之呻吟”“不摹仿古人”两事又产生了。由于这“三事”均由“造新因”观点演化而来，因此胡适将三者统称为“精神上之革命”。不仅如此，胡适在具体阐述“三事”时更体现了思想革命倾向。说到言之有物的所谓“物”，即为“高深之思想”“动人之情感”。还说“思想之在文学，犹脑筋之在人身。人不能思想，则虽面目姣好，虽能喜怒感觉亦何足取哉。文学亦犹是耳”。“吾所谓情感也，是为文学之灵魂。文学而无情感，譬人之无魂，木偶而已，行尸走肉而已。”说到“不无病呻吟”时痛斥暮气沉沉的感喟之文，提倡“奋发有为”的蓬勃朝气的战斗精神。①至于“不摹仿古人”一事在给陈独秀信中

① 《文学改良刍议》，《留美学生季报》1917 年 3 月春季号。

写成“不摹仿古人，须语语有个我在”。这更是提倡文学的“人生化”精神，要以人的文学排斥那“非人”的文学。

总之，《致〈甲寅杂志〉记者》关于“根本救济”的思想，与胡适“造新因”思想的联系，无论是从时间上的衔接，还是内容上的一致性都可以得到证明。可见这个观点正是“文学革命八事”的理论支点之一。

二

注重“文的形式”的革命是胡适“文学革命八事”又一重要理论支点。胡适对当时文学状况下了一个结论：“以文胜质”，即“重形式而去精神”。而他认定形式上受到束缚，精神也不能自由发展，即使有良好的内容也不能充分表现，因此文学革命必须从“文的形式”革命开始，求得语言文字和文体的解放，打破那束缚人的精神的枷锁和镣铐。

笔者考察胡适“文学革命八事”形成的过程发现，“文学革命八事”就是在“文的形式”的革命思想指导下由零碎的单个观点整理成系统思想的。“文的形式”革命思想形成于1916年初，随之“文学革命八事”也就开始发生了。2月2日胡适提出了最初的文学革命的“三事”：须言之有物，须讲求文法，当用“文之文字”时，不可故意避之。作为提出这三事的理由是“适以为今日欲救旧文学之弊，须从涤除‘文胜’之弊入手，今人之诗（南社之诗即其一例），徒有铿锵之均（韵）貌似之辞耳，其中无物可言，其病根在于重形式而去精神，在于以文（form）胜质（matter）”[①]。4月17日又增加了不无病而呻，不摹仿古人二事。提出的理由为“文胜之弊，至此而极，文学之衰，此其总因矣”[②]。1916年8月又增加了不用典、不用陈套语、不讲对仗三事，至此提出了完整的“文学革命八事”。提出的

① 《1916年2月2日胡适致任鸿隽信》，《新文学史料》1991年第4期。

② 《藏晖室札记》卷十二，上海亚东图书馆1939年版。

理由为“综观文学堕落之因，盖可以‘文胜质’一语包之。文胜质者，有形式而无精神，貌似而神亏之谓也。欲救此文胜质之弊，当注重言中之意，文中之质，躯壳内之精神”①。由此可以清楚地看到“文学革命八事”虽然是分三次提出的，但每次所阐述的理由，无一例外不是为了救治文学上的“文胜质”，即“重形式而去精神”的弊病的。笔者以为“文的形式”的革命思想是“文学革命八事”的总纲，正是有了这个总纲之后，才有文学革命意义上的“文学革命八事”的诞生。胡适致朱经农(1916 年 8 月 17 日)、致陈独秀(1916 年 8 月 21 日)信中曾将“文学革命八事”分为“形式上之革命”和“精神上之革命”两部分。划入“形式上之革命”的五条固然注重形式改革，就是属于“精神之革命”的三条也无不针对“重形式而轻精神”而言，从内容角度来纠正“文胜质”弊端的。所以偏重于形式革命确是“文学革命八事”最显著的特色。

那么胡适这种“文的形式”的革命思想源于何处呢？梁启超，不会。梁启超在这个问题上一直主张“旧瓶装新酒”。他说：“过渡时代，必有革命。革命者，当革其精神，非革其形式……能以新风格含新意境，斯可以举革命之实矣。”②那么时人的看法呢？更不是。梅光迪对于胡适的主张简直不屑一顾，说那是“徒于文字形式上的讨论无当也”③。南社盟主柳亚子对于胡适的主张表现出不以为然的态度，说文学革命“两言尽之矣”：“所革在理想，不在形式。形式宜旧，理想宜新。”我们寻找“文学革命八事”的源头，不能不揭开这种特色来源的秘密。据种种迹象显示，黄远生的《忏悔录》《国人之公毒》等即是其源头所在。

《忏悔录》《国人之公毒》先后发表于《东方杂志》第 12 卷第 11 期(1915 年 11 月 10 日)第 13 卷第 1 期(1916 年 1 月 10 日)。《忏悔录》论及中国人之思想束缚桎梏于旧日习惯形式之下，“有形不死而魂先死者”“有形而无神”“见有形而不见有身”，触及形质问题。《国人之公毒》更是一篇清算、声讨中国传统文化

① 《胡适致陈独秀》，《新青年》1916 年 10 月第 2 卷第 2 号。
② 梁启超《饮冰室诗话》。
③ 转引自胡适《留学日记》1916 年 2 月 10 日。

里面形式主义弊端的檄文。《国人之公毒》认为“自汉尊孔之后，已渐渐养成独断主义形式主义之空气，至宋而其毒益深。至明立八股之制以来亦既若干百年”，形式主义根深蒂固。“八股云云即任取圣贤之大义微言作为题目，而在彼皆用顾字一承而字一转为已足”。这种形式主义无往而不相宜，致使“吾国所有一切现象，莫非八股”，文学艺术更是如此，“任是何种武戏，何种文戏，其节目排场必系千剧一律。夫戏剧与小说盖今日欧美人文艺大宗，认为时代思潮之产物者也。以吾国戏剧言之，演一神仙则其排场作法，开腔道白，亦犹之演官场也。乃至演其他各剧无一不同一形式”。“小说，十有八九，必讲妖怪，讲状元、宰相，讲大团圆，《红楼梦》中贾母不待说书之终，而预料其结果之必如是云云”。如此等等不一而足，中国文学“莫非八股”。黄远生的这个论断，推倒了梁启超和时人的看法，独树一帜。

此文震撼了当时文坛，不少人由此获得理论力量。胡适指导的《新潮》杂志骨干人物之一的汪敬熙曾说“自民国五年一月《东方杂志》发表黄远生先生的《国人之公毒》一篇文章之后，有许多人都同声说，我们中国各种坏处的根源就是思想界，并且又说如想改革中国，第一步就须改革思想”①。可见《国人之公毒》发表时读者之多，影响之大。以后来成为《新青年》同人的几位新文学闯将而论，几乎没有人不知道此文的。陈独秀在六篇文章中(仅我所见)提到此文主张，胡适高足罗家伦、傅斯年更有多篇文章阐述和评价此文观点。傅斯年的《对于旧家庭的感想》附启说，中国国民受三种主义主宰，“第一是形式主义”，“一般人只管形式，不管事实”。又《中国学术思想界之基本误谬》指出的中国学术思想七大基本谬误，均是对《国人之公毒》基本观点的阐发，其中“重形式而轻内容”列为第七项。罗家伦所作《近代中国文学思想的变迁》把“文学革命八事”与《国人之公毒》直接联系起来，他指出“国语文学的精神就是‘人生化’的精神”，“既然大家发现人生的价值，而想造成一种‘人生化’的文学：所以凡是‘非人’

① 汪敬熙《什么是思想?》，《新潮》1919 年 4 月第 1 卷第 4 期。

的，妨碍人生的东西，都应当放在排斥之列。但是最没有人性，缚束人生最利害的，就是旧文学了，中国人无处不受'形式主义'的流毒，而以文学为尤甚。黄远生所谓'乌龟八股'中'顾字一承，而字一转'的形式，盖无所往而不宜。[①]做古文则有幽渺冥玄的'家法'，做诗则有'蜂腰''鹤膝'的限制……诸如此类，把人的性情，不容一点存在。所以弄到后来，稍微有点天才的人都不愿意做古文律诗，也是这个道理。这样'非人'的出品，一旦'人'觉悟了，那里能够容他存在呢?"

此外，涉及《国人之公毒》反对形式主义的文章简直不可胜数，由此可见黄远生文学上反对形式主义思想整体上的影响，说明胡适"文学的形式"革命主张的出现绝非偶然。

胡适的《五十年来中国之文学》高度评价了《致〈甲寅杂志〉记者》在新文学运动中的意义，但也没有忘记《国人之公毒》。他指出："'八股'，岂但是一种文章格式而已，把全国的最优秀分子的聪明才智都用在变文字戏法上，这种精神上的病态养成的思想习惯也是千百年来不容易改变的——这是老祖宗遗留下来的孽障，是我们这个民族的根本病。"这似乎是对《国人之公毒》精神的最简要概括。而且，《国人之公毒》里有几乎完全一致的话：自明立八股以来，"数千百年以上，至少亦数百年之遗传，种之于吾人，至今虽欲不受其毒，亦可得乎"。"静观吾国所有一切现象，莫非八股"，"致令全国之聪明智慧，皆锁置于'形式'独断之沉狱，而在今日，人人皆受此毒"，"既全受之，乃曰公毒"。再说，黄远生1915年11月起发表关于中国人受八股之毒，其形式主义"有形不死而魂先死者""有形而无神""见有形而不见有身"的意见，胡适1916年2月起提出中国文学之病在于"文胜质""有形而无神""存形式去精神"之类的观点，两者之间无论是精神还是时间上都存在着内在联系。

笔者确信胡适读到过《国人之公毒》。此文发表于1916年1月10日《东方

---

① 此处原文还有这样几句话："黄远生于民国三四年之际，颇有新文艺思想发现；惜其未能充分发表，即已早死。此见《国人之公毒》一文。"

杂志》第13卷第1期。胡适留美期间,从未中断过与国内的联系,除本文第一节提到他与《甲寅杂志》的关系之外,其他联系实在很多。胡适一度主编过的《留美学生季报》,出版发行地不在美国而在上海,先后由中华书局、商务印书馆代印。《留学日记》里时常有阅读上海报刊的记载,所提到的阅读的报刊有《国粹学报》《国风报》《小说月报》《时报》《民国报》《大中华》《大共和日报》《新共和国周报》,有时未写出所读报刊名称,而只写"读上海报纸"。胡适没有每天记日记的习惯,日记所记读报情况仅一小部分,漏记或不记的应该比记的多得多。汪孟邹托胡适催收《甲寅杂志》代售款项,并寄《青年杂志》1、2、3期都有案可查,可是胡适的日记里均无记载。又据胡适1917年初统计,1916年胡适收到来信超过千件,复信也近此数,可日记中有记载的不过十来件。这大量的遗漏里就可能有与《东方杂志》上《国人之公毒》有关的材料。

笔者不妨推测一下胡适接触《国人之公毒》几种可能。其一,他读到了《致〈甲寅杂志〉记者》,受到极大震撼,由此产生进一步了解黄远生的愿望,因而关心搜求黄远生的文字,并通过上海的朋友,特别是亚东图书馆老板汪孟邹获得《国人之公毒》。其二,黄远生本是报道袁世凯政府宫廷消息和发表政治评论的著名记者、新闻界巨子。1915年9月他从袁世凯羁绊中挣脱出来,南逃上海,在《申报》等大报上连续刊出反对帝制、拥护共和的启事,12月在美国旧金山被杀害,更是一大新闻,这本来就容易引起各界的注意。再说从1915年11月10日《东方杂志》第12卷第11期至1916年2月10日第13卷第2期,连续刊出黄远生长篇论文《忏悔录》《反省》《国人之公毒》《新旧思想之冲突》《想影录》。除《忏悔录》放在第二条,余均放在第一条刊出,影响极大。胡适的上海朋友如汪孟邹认为特别重要,有供胡适一读之价值,因此主动地给他寄去《国人之公毒》,使得胡适有一读之机会。其三,《东方杂志》不仅牌子老,历史悠久,而且材料丰富,在学术界有很高声誉,说不定留美同学中就订有这种刊物,胡适可以很方便读到它,如同看《时报》一样。其四,《青年杂志》1915年9月创刊后,陈独秀每期寄给胡适。陈独秀读到《东方杂志》上黄远生的文字,推崇备至,并改写成社论,对黄远生的观点大加发挥，此时陈胡已就文学改革问题开始通信，展开讨论，陈独秀出于推崇，将刊登《国人之公毒》的《东方杂志》和《青年杂志》一起寄给胡适，这也不是没有可能。以上四种可能性只要有一种是事实，胡适就是《国人之公毒》的读者。

胡适在《逼上梁山——文学革命的开始》里说，他在1916年2—3月间，已仿佛认识了中国文学问题的性质，认清了这个问题在于“徒有形式而无精神，徒有文而无质”。这个时间值得注意。《国人之公毒》刊出于1916年1月10日《东方杂志》第13卷第1期，此刊辗转流传到美国胡适手中也需要二三十天，两者时间上正好吻合。

三

“文学革命八事”中充满着“普及行远”思想，而这种思想同样与黄远生有关。

早期胡适也有他的文学“普及行远”观。《麓堂诗话》中有两句话：“作诗必使老妪听解，固不可。然而必使士大夫读而不能解亦何故耶?”胡适对此颇为欣赏，抄在《期自胜生随笔》(1907)中。此时胡适有改革思想，然而只主张改革那些连“士大夫读而不能解”的弊端，却并不希望改到连“老妪”也能“听解”的程度。他对古文并无好感，甚至有些讨厌，1911年8月25日写完《康南耳传》结论部分，如释重负，不无感慨地写道：“约三百余字，终日始成；久矣，余之不亲古文，宜其艰如是也。”可以说以后他对古文的不满与日俱增，臭骂古文为“半死”文字云云，然而至1915年底他还没有想到否定古文，更没有主张白话文，所谓革新思想未能超越古文变革范围。1915年6月6日他还认为，“吾国文本可运用自如。今之后生小子，动辄毁谤祖国文字，以为木强，不能指挥如意，徒见其不通文耳”。1915年8月26日又作《如何可使文言易于教授》一文，虽然指出“汉文乃是半死之文字”，然而认为不应加以废除。他说：“汉文所以不易普及者，其故不在汉文，而在教授之术之不完。同一文字也，甲以讲书之故而通文，能读书作文；乙以徒事诵读，不求讲解之故，而终身不能读书作文。可知受病之源，在于教法。”基于这种认识，他提出了一些改良措施，如提倡古文文法，提倡古文标点符号，提倡“用逐调分读之法”读词，等等，所有这一切虽立意在“普及”，然其基本立场在维护古文，试图通过改革，消除古文弊端。

在此期间胡适虽然不曾主张以白话代替文言，可是他写过不少白话文章。他在《安徽白话报》《国民白话报》《竟业旬报》上发表为数不少的白话文字，尤其是他主编《竟业旬报》时特设“白话”一栏，所写的如《爱国》《独立》《苟且》《名誉》等杂感，连载小说《真如岛》均为白话。这些白话实践与他的主张似乎存在着矛盾，其实不然。当时的胡适把“士大夫”与“老妪”分得十分清楚，一整天才写三百来字的《康南耳传》《如何可使文言易于教授》和《去国集》中的诗是给“士大夫”阅读的，而那些白话文字则是给“老妪”们看的。胡适在《五十年来中国之文学》一文中说：晚清白话文提倡者“他们最大的缺点是把社会分成两部分：一边是‘他们’，一边是‘我们’。一边是应做古文古诗的‘我们’。我们仍不妨仍旧吃肉，但他们下等社会不配吃肉，只好抛块骨头给他们吃去罢”。我想这不仅仅是胡适对晚清白话文运动所作的历史评价，也是对他自己言行的反省和忏悔。总而言之，1915 年底前的胡适虽有在古文范围内进行改革的言行，却无以白话替代文言的思想。胡适在 1919 年写的《我为什么要做白话诗》一文里坦白承认，当时他“还不曾主张白话代替文言”。可见，当时的胡适仅是古文补救派，“普及行远”云云，“普及”只及到士大夫；“行远”只行到少数读书人。所以称赞这些言论为革命未免过誉。

1916 年起，胡适的“普及行远”观为之一变，“普及”的对象从士大夫扩大到“老妪”，“行远”的目标由少数读书人到“最大数之国人”，与之相应的由原来主张保守文言转向以白话代替文言。这保守与革命之间的桥梁就是黄远生的“普及行远”思想。

胡适思想的变化就发生在 1915 年底读到黄《致〈甲寅杂志〉记者》和《国人

之公毒》之后不久。1915 年前，胡适的文学改革主张固然未逾越古文的范围。然而他毕竟是有改革志向的人，他写文章分为“他们”与“我们”，而那些写给“他们”看的文章写得多了，潜移默化地改变着他的观念，渐渐地产生了从古文范围改革走向白话文改革的内在要求。黄远生的《致〈甲寅杂志〉记者》“普遍四周”的思想又给了胡适以极大启发，从根本上改变了他的“普及行远”的观点。1916 年 7 月 2 日《留学日记》就写道，“吾以为文学在今日不当为少数人之私产，而当以能普及最大多数之国人为一大能事”。同月 26 日致任叔永信又说，“吾辈生于今日，与其作不能行远不能普及的《五经》、两汉、六朝、八家文字，不如作家喻户晓的《水浒》《西游》文字”。后来，他把这个观点正式写入《文学改良刍议》。“普及行远”的观点的这种根本性变化，正是胡适接受《致〈甲寅杂志》记者》等文观点留下的痕迹。

胡适在此种新的“普及行远”的观点触发之下，对文坛进行反省。继梁启超新文体之后，以章士钊为代表的政论文学继之而起，《甲寅杂志》即其阵地，它们以修饰、谨严、逻辑，有时不免掉书袋的风格风行于世，因为“读的人须十分用气力，方才读懂”，效果大受限制，至 1916 年当日的许多政论机关都烟消云散了。1916 年以后，国中几乎没有一个政论机关，也没有一个政论家；连那些日报上的时评也都退到纸角上去了，或者完全取消了。这种政论文学的忽视消灭，我至今还说不出一个所以然来。但《甲寅》最后一期里有黄远生写给章士钊的两封信，至少可以代表一个政论大家的最后的“忏悔”。还说黄远生所谓“不能‘与一般的人生出交涉’”这句话，正是《甲寅》政论家的“大缺点”，这不仅可以批评他们的政治思想，“也可以批评他们精心结构的政论古文”。胡适也是《甲寅》作者之一，这反省和忏悔当然也包括他自己，从此方才领悟到“一边是应该用‘白话’的‘他们’，一边是应做古文古诗的‘我们’”，“这种态度是不行的”。①

① 《五十年来中国之文学》，《最近之五十年——申报馆五十周年纪念》。

“普及行远”作为新文学的目标，胡适为此进行了艰难的探索。在“普及行远”的观点指导下，1916 年 2 月 3 日胡适提出的文学改良三事中便有作诗“当用‘文之文字’时不可故意避之”一条。认为“诗之文字，原不异于‘文之文字’”。虽然胡适提出这一条立意在强调言之有物，但是“因为注重之点在言中的‘物’，故不问所用的文字是诗的文字还是文的文字”①。所以主张“文之文字”可以入诗，无疑在提倡用浅近平易文字写诗，使之“普及行远”。

同是在这种“普及行远”思想指导下，“不用典”“不讲对仗”二事也诞生了。关于用典与否问题，胡适前后主张并不一致。1915 年 8 月 3 日《留学日记》《读白居易〈与元九书〉》一文中认为，文学分为理想、写实两派，理想主义“以理想为主……言事则为乌托邦，咏物则驱使故实，假借比喻：‘楚宫倾国’以喻蔷薇，‘昭君环佩’以状梅花。是理想主义文学也”。这里的“楚宫倾国”“昭君环佩”均是用典，胡适认为这是理想主义文学的必备特征。至 1916 年 8 月致陈独秀信（刊出于 10 月）却振振有词地批评起刊出于《新青年》的谢无量长律“古典套语一百事”，说“尝谓凡人用典或陈套语者大抵皆因自己无才力，不能自铸新辞，故用古典套语，转一湾子，含糊过去，其避难趋易，最可鄙薄！在古大家集中，其最可传之作，皆其最不用典者也”。《文学改良刍议》更是甲乙丙丁一二三四数落“用典”之非，前后胡适判若两人。至于“不讲对仗”同样立足于“普及行远”，其概括的意思就是“文当废骈，诗文废律”，正因为要“普及行远”，所以有废骈废律之说。

应该指出：黄远生的“普遍四周”“与一般的人生出交涉”的思想，固然诚如胡适所说，具有从根本上否定“精心结构”的古文的意义，然而由于黄远生的早逝，其主张未能充分发表，对胡适来说，黄远生的“普及行远”观的意义主要在于破除了他对古文的迷信，拓展了他的文学改革思路，从追求通过古文内部改革达到“普及行远”的牛角尖里钻出来，另辟蹊径。胡适正是以黄远生的“与一般

---

① 胡适《尝试集自序》。

的人生出交涉”“普遍四周”的主张为目标进行探索的。在此探索过程中以1916年4月5日日记“吾国历史上的文学革命”为标志，胡适受到了易鼎新的《文言改良浅说》①文言进化论述的影响和启发，举一反三，产生了“历史进化的文学观念”。这一观念的基本精神是“白话文学之为中国文学正宗，又为将来文学必用之利器”，白话必然代替文言。通过白话代替文言的改革，将新文学“普及行远”至“最大多数之国人”。至此，文学革命不仅确立了渡向彼岸的伟大目标，而且寻找到了抵达彼岸的有效工具。不过当时胡适还没有意识到白话代替文言应为文学革命的基本理论，所以至撰写《文学改良刍议》时这个观点的运用仅限于“不避俗语俗字”一事，到了《文学改良刍议》发表之后由于陈独秀和钱玄同意见的启悟，胡适才产生了更为成熟的思想。此前《新青年》第3卷第1号(1917年3月17日)钱玄同写给陈独秀的信中说，胡适“不用典”着墨虽多，而论述并不圆满，究其原因，在于立论不在白话。“白话中罕有用典者。胡先生主张采用白话，不特以今人操今语，于理为顺，即为驱除用典计，亦以用白话为宜”。胡适折服于其说：“正是一针见血的话。”②胡适由此触类旁通，感悟到“白话工具”说应是他“文学革命八事”的“基本理论”，它可以解释“八事”中任何一事，因为“向来旧文学的一切弊病——如骈偶，如用典，如烂调套语，如摹仿古人，——一切都可以用一个新工具扫的干干净净”。此后的胡适“把一切枝叶的主张全抛开，只认定这一个中心的文学工具革命论是我们作战的‘四十二生的大炮’”③。与此同时，胡适将“文学革命八事”改成四项条件和“国语的文学，文学的国语”十字方针。至此，黄远生的改革文学，使之能与“一般的人生出交涉”“普遍四周”的思想得到十分完满的阐发。由此可知，黄远生的“普及行远”思想确实也是“文学革命八事”又一重要理论支点。

笔者对“文学革命八事”来源可以作这样的概括：黄远生的新文学思想奠定

① 《留美学生季报》1915年9月第2卷第3号秋季号。

②③ 《中国新文学大系·建设理论集导言》，上海良友图书印刷公司1935年版。

了“八事”的思想基础，注入了现代意义上的革命精神。但是，这并不是说“文学革命八事”就是照抄黄远生类似的东西，恰恰相反，胡适以黄远生新文学思想为基础构成了“八事”框架，而将它充实和丰富起来的则是多方面的影响。从纵向说接受了前人的革新理论主张；从横向说接受了同时代人的新文学思想，整个过程呈现出错综复杂的关系，对此笔者将另外著文分别详加论述。

原载《上海社会科学院学术季刊》1995 年第 2 期

京派文学:在现代与传统之间

许道明

一

京派,作为一个形成于20世纪二三十年代的作家群体,它的意义不仅在指示了某种风格和流派,更重要的是:它的存在表明了现代中国文学的丰富性已经不是量的概念,它作为一个侧面反映了“五四”文学的巨大生命力。这种生命力的显著特征在于:它培育了现代,并且呼唤出了现代文学的综合性趋势。严格地说,这种已冒头的综合性趋势在中国没有得到理想的发展,因此,花些力气检讨京派文学是有一定的现实意义的。

京派作家的学艺活动在依持广泛的中西文学冲突背景的同时,还相当敏感地接受了几乎与这一背景相变奏的现代观念与传统文化的冲突。关于复兴民族文化和重塑民族文学的吁诉,集中体现了他们在这一方面的愿望和热情。他们以学贯中西、博古通今的学养优越称世,由此又相当杰出地发展了这一方面的兴趣,而时代所提供的条件和要求,进一步使他们的理想、兴趣、热情从可能走向现实。

京派作家中的相当一部分中坚都属于“五四”之后的一代,感受过“五四”的狂风骤雨。对传统文化的批判,对现代观念的渴望,曾是“五四”的底色,而“暴躁凌厉”则是它的基本氛围。京派作家的前驱周作人大概是这一时期最重要的理论批评家。关于“人的文学”的标举，影响深远，但他在反传统的战斗中也毫不例外地带着“浮躁”的色彩。他往往更多地专注于传统中某些“显功能”上的缺陷，甚至不惜作出某种情绪化的吹胀，严重地忽视了对传统“潜功能”的合理关注。这一时期的周作人给人留下最深的印象大抵在：只看取人性在传统重压下急需伸张的一面，却往往轻视它被外力制约和刺激的一面。普遍的急功近利，致使他沉浮在潮流的表面，扮演一个英勇而又愚笨的助产婆角色，在剥离血污的同时，将有助于新生婴儿发育的细胞、营养也一起抛弃了。传统文化等于儒家文化，等于孔家店，一概属于打倒之列，这是当时一般的风尚，缺乏清理分析也是周作人等作家的一般思想特征。

俟“五四”落潮，社会的原因和文学运动内在的原因，使新文学斗士的心智结构随生理年龄的渐进而变化，包括周作人在内大多出现了对传统反顾的眼光。他们在程度上虽有差别，但对“浮躁”的删削，却大体一致。胡适，这位对日后京派作家产生过重要影响的人物，在《新思潮的意义》中标举了一种新的事实和新的要求。他将“国故整理”看成是发扬和扩大新文学运动成果的一翼，附和着深入文学的革命的生命。钱玄同似乎在心头上浮现起悔其少作的感怀，被业师章太炎再一次“召唤”，于是一头钻进了小学音韵之类。刘半农对传统的看法相对暧昧些，他的去欧洲，似乎为了寻找西方的援手，而其实质却是为传统寻找新的生存理由。后来成为京派作家的一些文学青年直接从这种氛围中铸塑和生发自己的文学理想和学术生命。现代的观念，关于人的价值的张扬，对他们有着说不尽的敏感和激动，不过，“五四”那类“一扫以往”的气魄在他们面前已失却了早先的光彩。相反，沉潜地看取传统文化，继之作出力所能及的清理，赋予其现代意义，倒为他们心向往之。他们对于周作人和胡适的尊崇，也是以此为衡量尺度的。

对传统不再持简单否定的方式，进一步说，现代文化不仅不以传统的错误和完全消失为前提，而且还可能在新的环境中通过对传统的重新阐述和运用来谋求进步。对于历史持续性原则的确认，贯穿在京派作家的艺术批评和文学创作之中，他们之于中西文学融汇的根基部分也由此生发，许多受人重视的作品，不是在复述传统，但都带有重续传统的气息。朱光潜对于克罗齐历史学的清理，提供了某种规范，具有方法论的意义。克罗齐的历史观包含有两条互相冲突的线索，朱光潜说：其一“全体真实界沿着一条单线进展，每一刻的历史情境都必依据而且包含全体过去的历史”；其二，“许多历史家所见到的历史都沿着许多条复线进展”，“每个历史家所见到的历史是他在某一现时现境所得到的一种特殊认识”。①我们远不能说朱光潜已经完美地整合了克罗齐二元论的历史观，但他对克罗齐历史观中的两条线索的清理极富意味。尽管朱光潜所做出的调和极其有限，但他始终关注传统的巨大影响和现代观念的合理洞照，在实践上有意义，也是他能够适应“五四”落潮后文化认同混乱的基本理由。他在美学和文学上的许多意见，与此都有着密切的关联。

传统文化作为一种历史的现象，是一种静态的凝固物，立足于现时的需要给予重新估衡，不仅合理而且必需。“五四”对传统的态度虽说偏激，但就其本身还属常态，它朗然高扬现代观念，功垂青史。问题在于它严重忽视沉积在现实中的文化传统。这类文化传统则是一个动态的流向，对它不是肯定抑或否定的问题，而是如何使它适应现时的需要。将传统文化和文化传统不看作等同物，沈从文议论“读经”的文字是著例。对当时盛行的“读经”，他显然持讽喻态度，因为他立足于现时的需要，做出了严正的判断：“想想目前中国是什么样一种可怕情形，就会了然上古典籍不能应付当前事实，或许再也不忍心随声附和，让烟鬼的子孙还用经书毒害一次了。”②同时，他又大体赞同冯友兰对中国文化传统的楬橥，说了方向很不相同的一些话：“我们若承认儒墨道哲学思想，刚勇、朴实、超脱，与这个民族光辉不可分，有一点值得注意，即当前读书人中正如何缺少这种优美德性。”③

---

① 朱光潜《克罗齐哲学述评》“历史的单线进展与复线进展”。

② 《新烛虚·论读经》。

③ 《新烛虚·一种态度》。

传统文化中某些部分在当代生活中的意义,以及对于文化传统对整个民族文化发展的支配力的清醒估计,使京派作家有别于“五四”先贤,具备了长远而平实的眼光;从现实发展的特性和需求着眼,个体经验的介入,分析手段的建树,大体又是他们从“五四”先贤承续下来的最有价值的部分。

于是横贯在京派作家面前的是一个相当棘手但又不能不正视的课题:现代观念与民族传统的沟通。几乎同他们对待中西文学的看法互为表里,他们并没有兴趣夸大现代观念与民族传统之间的相异部分,相反从民族文化发展重塑的角度看取它们之间相合的部分。问题的着眼点,还是一个历史持续性的问题。一般地说,他们着重在现代科学与传统的人文精神、现代的抽象思维分析方法与传统的整体思维综合、创作上的现代的典型塑造与传统的意境营建等方面,作出了相应的努力,而正是这些方面,对今天特别有启发意义。

二

对国事民瘼的关怀而感时忧国本是我国知识分子的精神传统,因着现代中国种种困蹇愈演愈烈,“五四”以降,大多数作家,无不具备忧患的哀感:对社会种种黑暗面的揭发,对被侮辱被压迫的弱小者寄予巨量的同情。它自然是现实人生对作家们的刺激,同时也自然地联系着民族文学“哀民生之多艰”的传统。只有鲁迅的小说,也许是个例外。他的人道哀感,浩茫的忧患意识却大多出自现代观念的熔铸。百来本异域小产,加上一些医学知识,通过他个人的条件,也包括通过他的特别敏感的经验世界,引发了他的小说创作。他是那样热衷于揭发弱小者的精神创伤,对人的精神异化的惨状的活剥时,又因为它们从某种更深的层次上接通了传统,所以作家本人成为“五四”新文学以现代观念致力于沟通民族传统的杰出典范。

人的生存是一种社会属性,京派作家对于人的生存状态的观察与思考,乃至于对自身生存状态的省察和慨喟,大抵也是“交惠”于社会的刺激。朱光潜心仪陶渊明的醇炼超脱，向为世人诟病，其实，这是很皮相的判断。没有现代生活的教训，没有对于现代人包括朱光潜亲历的生存状况的深入体察，他是很不必去发挥“渊明诗篇篇有酒”的；陶渊明“要借酒压住心头极端的苦闷，忘去世间种种不称心的事”，于是，“酒对于他仿佛是一种武器，他拿在手里和命运挑战”。“在近代人看来是‘逃避’……逃避者自有苦心，让我们庆贺无须饮酒的人们的幸福，同时也同情于‘君当恕醉人’那一个沉痛的呼声。”①朱光潜作不成“无须饮酒的人”，倒是一个出于自我备受生存磨难、惺惺惜惺惺的“恕醉人”的君子。对于他来说，“酒”还不是主要的，“酒”在他身上同时又转演为“文学”，以耽溺于文学求得“逃避”“超脱”，用艺术化的态度来处置现实人生，这些都是他那善感的心灵对自身生存状况的反应。同封建道德文学观念绝然不同，它们标志着个性的觉醒，闪烁着耿亮的现代色彩，但它们又透过一个现代中国文学家的心智深层，自然而然地借手于古代的传统。这类情况相当普遍，在某些京派作家看来，古代传统重新被人认识，又能发生作用，情形虽有“同”“异”之分，但都可从现代生活与古代传统之间所产生的关系中见出。所谓“同”，是“一个时代的精神在过去某某诗人的身上发现同点，起了共鸣”；所谓“异”，是“一个时代正缺乏某某诗人的精神，需要他来补充。”冯至说过一段很有意思的话：

> 以近三十年而论，在民十左右，青年人的情感经过五四运动得到解放，但是无论在政治上或社会上以及两性的关系上都不易寻得出路，于是陷入感伤的或傍徨的状态，所以后主词，《漱玉词》，甚至《饮水词》和《两当轩集》都成为当时一般青年心爱的信物。这是由于“同”。至于同时兴起的对于屈原的不断的研究与推崇，可以说是由于“异”，因为《楚辞》里那样丰富的想象，强力的表现，浓挚的深情，正是当时所缺乏的。②

当朱光潜在讨论陶渊明时附带谈到杜甫，以为他是一位较之渊明具有更普

① 《诗论·陶渊明》。
② 《杜甫和我们的时代》。

遍民生忧患感的诗人时,冯至不仅从他所拈出的"同"的立场上,发挥了和朱光潜相同的意见,他更从抗战胜利前后的中国社会需要出发,从"异"的立场上,发微了时代缺乏杜甫精神的思想。是时代精神的新内容,也是现代观念中的更生层面,触发冯至特别严重地看待杜甫的"执着精神"——"在中国诗人中更有谁把一个时代整个的图像融汇在像杜甫在天宝之乱前后与夔州以后所写的那样的长篇巨制里的呢?只有作人执着,作诗也执着的人才会有如此惊人的成绩"①。冯至对杜甫的亲切感,表面看来和朱光潜很不相同,但实质却是相通的,并且都潜在着现代观念与民族传统的融合。

比较而言,京派作家数量甚丰的作品更突出地显示着侧重于自我表现的主题思路,一般表现出对于生命忧患的意识,它们似乎更蕴含着现代性的意味。沈从文、废名、凌叔华、李健吾的小说大都具备这样的性质,而京派中的诗人几乎无例外地抒发过人生苦闷的悲歌。这类体察感悟生命的自觉,有来自旨在表达人性异化的西方现代文化思想的触发,自然也根源于对自身际遇的反省。前者大致给他们提供了深刻把握自身的可能,不是一味地宣泄悲苦、抑郁,而后者按他们的生活方式论是完全可以把他们逼进纯粹个人主义的樊篱之中的。然而,事实上他们的作品一般并没有表现为某种纯粹的个人性,以及类似那种令人陌生得惊讶的失落感、荒谬感,相反,常常会道出常人已有而无法说出的思想。正是因为他们是一个中国人,民族文化深层结构中的某些内容才始终对他们发生着规范的作用。

梁宗岱是梵乐希的弟子,他的诗学的现代品格无需怀疑,然而他如痴如醉地颂扬着李白,用类似"宇宙意识"那样摩登到绝顶的概念来穿透李白是如何表达他对生命的失望、悲观与凄惶,并且还直溯李白的借着庄子想象的大鹏,独能凌迈卓绝,豪放飘逸。②这里,从庄子的《逍遥游》,"焯赫乎宇宙,凭陵乎昆仑",到

① 《杜甫和我们的时代》。
② 《诗与真二集·李白与哥德》。

李白的吞吐大荒，再到现代的“焯赫意识”，连成一气，表达了梁宗岱对从宇宙角度透视人生、发抒生命苦闷的喜好。那是一种超越黑暗社会力量的人格体现。李白对梁宗岱一流京派作家的基本启示，即在把自己对于个性自由的向往潜匿于茫茫无限、万世长新的宇宙之中，用一个想象的世界和眼前的情景融合起来。李白诗歌兼具屈原的悲观的乐观主义和庄子的乐观的悲观主义，他的矛盾性恰好贯通了京派作家作品中的矛盾性，也反照着他们思想上的矛盾性。

三

现代观念与民族传统的融合，表现在思维方式方面，京派作家大都显得特别从容，成绩也相当突出。

毫无疑问，经由“五四”的文化转换，尤其直接负笈西方，京派作家对于思维方式上的现代特征是相当敏感的。实证实悟的西方批评，注重分析、解说的功能以及“始、叙、证、辩、结”的运思程序，对他们并不陌生。然而，中国人习惯了的那一套，对他们依然有着不可低估的支配力量。

对于知性概念的缺乏信任，中国传统思维侧重于把握具有丰富并存性的整体，对于事物、经验和现象往往喜好作整体妙悟。这类朗然打着审美性印记的思维，大利于创作，但无法获致固定性的概念法则，距离西方现代思维方式太大了。综合运思与条分缕析，宽泛笼统与精确固定，启悟性功能与说明性功能，这些大体是中国传统思维模式与由西方文化催发的现代思维模式的差别。追寻两者的互补性，便成了京派作家的理想。

朱光潜尊重庖丁解牛式的运思，分门别类厘清概念，求得精确性，在所有京派作家中大概他是最善于说理的了。他的一些最重要的著述，《文艺心理学》《谈美》《诗论》，一般都被科学主义的思维氛围笼罩着，精进而简洁，明晰而雄辩。然而，就其整体上看，却往往给人以左顾右盼、兼容并包的印象。当他似乎在用克罗齐的“形相直觉”在“文艺心理学”的枝干上清理时,同时又用“断续线”的中介论看取枝干外的枝桠、绿叶、红花;当他强调了灵感在艺术构思阶段的神力时,同时又说明这类神力与“读万卷书,行万里路”的天然关联;当他注意艺术与人生的区别,并且不惜鼓吹艺术的独立自足时,到头来还不敢把人生最后逐出艺术之门……他崇拜科学主义和理性主义,但同时又不敢漠视科学主义和理性主义带来的局限,而这正是可由我们民族传统的某些优长来弥补。因此,既肯定分析,同时又关注综合,成为朱光潜,以至于其他京派作家思维方式的最重要的特点。他们鼓吹有机观,西方的这一精进的观念在严格的意义上是可以用我们民族的整体观来解读的。李长之说得相当生动,他说:“五四运动主张明白清楚,是一种好处,但就另一方来说,明白清楚就是缺少深度,水至清则无鱼,生命的幽深处,自然有烟有雾……”①

李健吾作为京派的杰出批评家,他的实用批评或许可以给我们亮出京派作家思维方式同传统思维方式最显明的连结。心仪福楼拜,集中体现了他对现代科学主义的神经,因而使他在梳理人物心灵流程,以及对技巧细节张力的描述上多有胜见,但是民族文化传统对文学批评影响的深层的潜在性和非自觉状态,又同时流溢在他的批评篇什之中。作为一个现代批评家,他对作品的肌理有相当精细的发现,集中地描述对象的个性,作出了这样的判断:沈从文先生是热情的,然而他不说教;是抒情的,然而更是诗的。即便这类判断的传达外壳已经偏离现代批评的章法了,但毕竟还是明晰的。恐怕是民族传统批评对于整体和谐的信赖,使李健吾进一步说出了如下的判断:

> 《边城》是一首诗,是二佬唱给翠翠的情歌。《八骏图》是一首绝句,犹如那女教员留在沙滩下神秘的绝句。②

这类批评的运思特征,完全是中国式的,它冲破了概念范畴的局限性,指向点

---

① 《迎中国文艺复兴》。
② 《〈边城〉——沈从文先生作》。

兴，逗发人们感悟品味作品完整生动的气韵。因此，从某种程度上可以说，以李健吾为代表的京派批评家，有着现代人足够的明智，同时也有着旧传统中国人的趣味。现代的科学主义与传统的人文主义，批评与诗意，有机地整合在他们身上，他们是富有传统人文主义气息的现代批评家，又是现代批评家中最富诗意的人。

四

在文艺思想上，京派作家大多调和于表现论与再现论之间，然而，表现论毕竟是他们守持的基本。他们的关顾再现论诚然是他们的明智，初看是趋赴“允执其中”，深究一下，不难发现，就他们中的一些主要人物而言，再现论对于表现论的互补是以再现论必须纳入表现论的轨道为前提的。有关这一特征的揭示，有利于把握观察京派作家沟通现代与传统的新视点。

京派作家主要是从西方近代浪漫主义文艺中领悟到文学的表现论的，是一种现代人的心态趋促他们对主体自由的尊重和向往。从英国诗人华兹华斯到德国哲学家尼采，朱光潜主要汲取的东西正是在表现理论。他所孜孜矻矻于“情趣与意象”“主观与客观”“浪漫的与古典的”“表现的与再现的”等等的介说和调和，多是借重华兹华斯和尼采的。他说，尼采用一部《悲剧的诞生》说清了这些道理，而华兹华斯则用一句话说清了。这句话是诗人时常自言的经验：“诗起于经过在沉静中回味来的情绪。”①这句话在朱光潜的理论文字中征引得相当多。而正是这句话被当代浪漫主义理论家艾布拉姆斯看成是“提出了有关诗歌本质和标准的一套命题”，对于“诗歌是情感的表现或流露，或是情感起关键作用的想象过程的产物”的规定，“当时几乎所有的重要批评家都作过大致如此的陈述”。②作

① 《诗论·诗境界——情趣与意象》。

② M.H.艾布拉姆斯《镜与灯——浪漫主义文论及批评传统》，郦稚牛等译，北京大学出版社1989年版，第156页。

为一个文艺理论家，朱光潜由华兹华斯而表达了自己对于表现论的理解：

> ……感受情趣而能在沉静中回味，就是诗人的特殊本领。一般人的情绪有如雨后行潦，夹杂污泥朽木奔泻，来势浩荡，去无踪影。诗人的情绪好比冬潭积水，渣滓沉淀净尽，清莹澄沏，天光云影，灿然耀目。“沉静中的回味”是它的渗沥手续，灵心妙悟是它的渗沥器。①

这类启悟性的描述直然是中国式的，重了悟而不重论证，但我们倘若连带地看取他的《诗论》，借着其中西合璧的体貌，却传达着许多有关现代与传统的话头。《诗论》既是融汇中西文学的佳构，同时又是沟通现代与传统的杰作。

中国传统文学以表现论为基干，强调个性和情感在文学中的特殊地位，是传统文化的一般特色。无论“诗言志”抑或“诗缘情”，概莫能外。尤其类乎华兹华斯对表现理论的概括，既有利于张扬“五四”以后勃发个性自由的现代文学观念，同时又相当亲切地与民族传统表现理论最有光彩最带普遍意义的部分接上了头。刘若愚曾对中西文学表现理论作过比较，他的基本看法几乎可当作朱光潜《诗论》的诠释：中国的表现理论家，除了一两个像李贽和金圣叹那样的激进者以外，并不像西方表现理论家那样重视激情，并将其视为艺术创作的先决条件。大多数中国表现批评家，都会乐于接受华兹华斯的诗是“强烈感情的自然流露”的理论，但当以“真诚”或“真挚”代替“强烈”。②其实，多数京派作家大抵宽泛地拥有表现的文学观念，即便不最显眼，却程度不等地用“抒情”和“真情”作为尺度规范着自己的理论和创作。

李长之对司马迁的激赏并不是偶然的。他看重司马迁的那份人类的情感，一种压抑的情感的洪流，那里的寂寞和不平，永葆生命的鲜丽和雄迈；他看重司马迁赤裸裸地接触着一切人物的本质，又能烛照一切人生的底层，同时又是一个永不衰竭的浪漫诗人，因此，他的识力并没有将他拖入理智而演成了悲剧的

---

① 《诗论·诗境界——情趣与意象》。

② [美]刘若愚《中国的文学理论》，四川人民出版社 1987 年版，第 128 页。

一生。李长之站在现代批评家的立场上说出了这样的颂辞：齐人的倜傥风流，楚人的多情善感，都丛集于司马迁之身。周、鲁式的古典文化所追求于“乐而不淫，哀而不伤”者，到司马迁手里，便都让他乐就乐，哀就哀了！所以我们在他的书里，可以听到人类心灵真正的呼声。以《诗经》为传统的“思无邪”的科条是不复存在了，这里乃是《楚辞》的宣言：“道思作颂，聊以自救兮！”“发愤以抒情！”司马迁直然是第二个屈原！①

京派作家本身都不缺乏浪漫的气息。他们以自我为中心，为发脚点，往往表现出强烈的自我倾向。在创作上，他们的中心兴趣全都可以归结到一个明显的本源上，即对于抒情的膜拜。在他们诗歌创作的大旗上闪亮的，是“抒情诗”三个大字。京派的诗歌理论家几乎没有一个人不拥有对于抒情诗的出色感觉，程度不一地都信奉我们的民族是一个最富抒情诗传统的民族。比如，朱光潜对中国何以抒情诗较为发达有过专门的探讨②，《诗论》也有相同性质的篇幅。不是依凭彼此关联的生活经验，而主要展示“瞬间的情感高峰”，大抵是他们对于抒情文体的理解。当然，民族抒情性传统继续在京派文学中生发是一回事，京派抒情诗比传统抒情诗稍显得复杂些，包含有现代人的生活、现代人的情绪所引发的变化。

顺便提一下，和文学表现理论、抒情诗有关的是意境。京派理论家对意境理论的重视，一如朱光潜在《诗论》中所做的；他们的创作家在作品中对于营建意境的热情，一如沈从文、废名等小说所呈示的特色，集中体现了他们对民族文学传统的珍重，同时也体现了他们将这种传统作出了具体而有深入意味的发展。于是，从一个重要的角度遵循了历史持续性的原则，生动表达了他们沟通现代观念与民族传统的心态和努力。

---

① 《司马迁之人格与风格》第一章。

② 朱光潜《长篇诗在中国何以不发达》，《申报月刊》第3卷第2号。

五

京派作家对民族文学传统的反顾,是对于“五四”精神深入期的反应,它是一个合规律的现象,也是对于“五四”形成中国文化断裂说法的一个具体驳论。马克思说:“人们自己创造自己的历史。但是他们并不是随心所欲地创造,并不是在他们自己选定的条件下创造,而是在直接碰到的、既定的、从过去承继下来的条件下创造。一切已死的先辈们的传统,像梦魇一样纠缠着活人的头脑。”①京派作家在他们生活的时代,用他们实践的自觉性和巨大的精力接近这一法则。由他们参与清理扬弃了传统文学负面而沉积下来的民族文学传统,同样又由他们参与用现代的观念和学识吹泛起现代文学灼目鲜丽的波澜。

在沟通融合现代观念与民族传统的领域内,京派作家所做出的成绩,表明他们曾经是一支生力军,为现代文学发展增添了属于他们而为后世无法忘却的篇页。现代观念在他们的全部工作中,绝不是一般的观念,因着它,京派作家具备了对于以往文学的方向性选择功能;因着它,京派作家在他们力所能及的条件下赋予文学传统以新锐的色泽;并且也因着它,京派作家才涌动起类乎“文艺复兴”“重造传统”的激情!当然也有必要指出,脱离现实中心的思想生活方式,曾使他们的有关努力缺乏某种深沉的色调;对审美层次的倾斜,在形成他们独特的优长的同时,也使他们沟通现代与传统的工作短少了恢宏的气概。

原载《复旦学报(社会科学版)》1993 年第 4 期

① 《路易·波拿巴的雾月十八日》。

中国新文学史研究的整体观

陈思和

一、新文学是一个开放型的整体

源远流长的中国文学长河，在20世纪发生了一次影响深远的激变，不仅时代的河床改变了它的流向和流速，而且，由于外来的新源流的汇入，水质也发生了变化。"五四"以后，中国文学传统的生命力以崭新的面貌开始了它的发展历程。

"五四"以来，中国政治生活屡生巨变。人们习惯以政治标准对待文学，把新文学拦腰截断，形成了以1949年为界的"现代文学"与"当代文学"的学科概念。这是一种人为的划分，它使两个阶段的文学都不能形成各自完整的整体，妨碍了人们对新文学史的深入研究。

文学创作是人类的一种精神活动，它既来源于社会生活，是社会生活的反映，又具有相对独立的发展规律，有其自身的历史继承性与发展逻辑。根据社会发展史或者政治史来划分文学的时期，无法准确地体现文学发展规律。现代文学史的分期不一定要与现代政治史的分期一致，文学有自己的道路，它的分期应该是对作家、作品、读者三个方面进行综合考察的结果。

如果我们不是以作家的年龄或作品的类别为标准，而是将作家群体的出现及其创作倾向综合起来考察，我们不难发现"五四"以来的新文学史，可以划分为六个特征各异的文学层次：

第一个层次是“五四”一代的知识分子，代表者有蔡元培、陈独秀、胡适、鲁迅、周作人、沈雁冰、郭沫若、郁达夫、徐志摩、田汉等等。他们生活在两个世纪之交，一方面看到了旧制度以及传统经济方式的式微，另一方面又接受了外来文化的影响，能够比较理性地看待社会转型期所发生的各种变化，并及时地作出相应对策。他们离开了传统仕途，开始与社会生活发生较为密切的联系，从辛亥革命到五四运动，他们都留下了积极行动的痕迹。他们走的是非仕途的“士大夫”道路，企图通过思想文化领域的革命来恢复他们在政治文化方面失去的中心地位。这一代人最终掀起了一场新文化运动，开创了中国20世纪文学的新格局。

第二个层次是三四十年代活跃在文坛上的作家，主要代表有巴金、老舍、沈从文、胡风、冯雪峰、艾青、丁玲、夏衍、曹禺以及稍晚些的钱锺书等，他们中有不少人来自农村，但多数聚集在现代化的大城市里，直接接受了五四新文化的教育，如巴金所说的，是“五四运动的产儿”。北伐结束后，大批知识分子被抛出了政治中心圈，回到文坛重操旧业，成为政治权力的放逐者。他们从事创作，有的是借助文学的幻想来重温政治梦，也有的慢慢适应了自身的社会位置，在政治圈外建立起新的价值标准。与前一层次的作家相比，他们的创作没有那样博大恢宏，但更富有感情的敏锐性与个人生活的可感性，作品的数量与质量都是可观的。他们开始摆脱西方文学思潮流派的制约，形成个人的独有风格。他们是文坛上群星璀璨的一代；其创作活动一直延续到40年代末，标志了五四新文学的成熟。

第三个层次是在抗战烽火中诞生的，形成于当时的敌后抗日根据地，代表作家有赵树理、孙犁、周立波、柳青、郭小川等以及作为理论代表的周扬。抗战给知识分子重新提供了直接参与庙堂的机会，促使大批作家弃笔从戎，投身于前线或后方的抗战活动。但在这一场以农民为主体的民族战争中，知识分子的理想一再受挫，并由于战争文化的规范，知识分子在实践中不断失落自己在政治中心圈内的地位，逐渐地被逐向文化边缘。这个过程在50年代以后继续着，从“胡风事件”到“文化大革命”，始终充满了这类冲突，直至知识分子独立的政治地位完全丧失。这一时期的文学创作也曲折地反映了这个过程。

第四个层次与第五个层次在时间上是并行的，只是两个不同空间的知识分子群体试图重返庙堂的梦想，文学创作反映了这一心态。第四个层次形成于50年代的大陆，他们中的代表是王蒙、刘宾雁、流沙河、邵燕祥、高晓声、陆文夫、张贤亮等等。他们属于50年代学生出身的知识分子群，思想敏锐，富有理想，文学上的师承也是多方面的。他们最早表现社会主义社会内部的矛盾与冲突，反映和平时代人们的生活愿望与生活方式，力图把文艺从战争的阴影下摆脱出来，重新恢复知识分子干预生活的职能。但在1957年的反右运动中，他们都遭到了整肃，被驱逐到社会的最底层，与普通的工人农民生活在一起，直到“文革”后才恢复了写作的权利。这一代人备受磨难，却没有失去生活的信念，他们在良知的召唤下又重新握笔，写出了揭露社会矛盾、表达人民心声的文学作品，由于他们在文坛上梅开二度，被称为“重放的鲜花”。

第五个层次是指崛起在五六十年代台湾文坛上的一批作家，有白先勇、七等生、王文兴、王祯和、黄春明、陈映真、余光中、罗门、洛夫、姚一苇等。他们中无论是跨海迁台作家，还是台湾本籍作家，都受过当时弥漫西方文坛的现代主义文学的洗礼，他们崛起于50年代，提倡现代诗，介绍现代主义文学，以新的审美观念冲破了冷战留在文坛上的浓重阴影，还了文学的本来面目。与此同时，他们中的一批台籍作家又高擎起“乡土文学”的旗帜，用现实主义传统来干预政治与生活，直接投入了政治活动。由于台湾特殊的政治环境与历史环境，也由于台湾经济由海岛渔港向现代化工业都市的迅速转型，这一切在文化上、文学上都引起反响，70年代的“乡土文学论争”正反映了文学上本土文化与西方文化的冲突。

第六个层次则是80年代崛起的文学新生代。在大陆有张承志、张炜、韩少功、莫言、王安忆、残雪、北岛、王朔等，在台湾或海外有黄凡、林燿德、宋泽莱、张大春、平路、王幼华、简政珍等等，他们大都在50年代以后出生，传统政治历史的纠葛在他们身上并不曾发生多少影响，他们抛弃了传统的政治信念，呼吸着现代世界文化的空气，以新的文化人面目出现在文坛上，重新确认知识分子在现代社会安身立命的位置。他们面对着21世纪的到来，在历史与未来相交合的一瞬间，为20世纪文学的结束准备着精彩的闭幕词。

在这六个层次中间，前后跨越的作家为数不少，但一般来说，每一个层次都拥有相对稳固的作家群。如果我们作进一步的观察，还可以发现，第一、二层次的作家群在素质上相当接近，或可以说第二层次作家只是第一层次作家的文学生命的延续，他们主要是从庙堂中分离出来的知识分子，坚持了一种独立于庙堂而履行政治使命的广场立场。他们在创作中表达了改造中国的落后现状、提倡民主与科学、用西方现代文明的价值体系来建设新中国的迫切情绪，由此形成五四新文化传统。但这只是一种较纯粹的知识分子启蒙传统，它与庙堂、民间同时处于相对立的立场：而对庙堂它必须坚持现代知识分子对现代政治和社会现状的批判；面对民间它负有改造国民性的责任，清除封建传统文化散失在民间的残余，这就使现代中国的庙堂、广场、民间的三种价值取向长期处于潜在的对立状态①，从“五四”到30年代，文坛上发生的许多论争都与这个内在矛盾有关联。第三、四、五层次，表面上看似乎有很大的差异，尤其是大陆作家与台湾作家，在思想立场、艺术趣味及知识结构上都有很大的不同，但这些不同处都是比较外在的，而从一些更为本质的方面，如对人生、对文学艺术的理解，以及知识分子与政治的关系等等，却有着内在的相似性。他们在对“五四”传统的继承上都有所偏离。由于抗战以及抗战以后东西方冷战的局势，政治体制对文学以至文化格局的钳制加强，文学创作不能不在整个时代的意识形态中发展，“五四”形成的知识分子独立传统受到不同程度的摧残。与此同时，在大陆由于抗

① 关于现代知识分子转型中的价值取向问题，请参考拙作《试论知识分子在现代社会转型期的三种价值取向》，原载《上海文化》1993年11月创刊号。已收入《陈思和文集·告别橙色梦》第5辑。

战而崛起的民间文化传统和在台湾由于光复而崛起的本土文化传统都加盟于知识分子的文学创作，起到抗衡意识形态的作用，政治意识形态、知识分子独立意识和民间文化传统的“三分天下”格局得以建立。直到第六个文学层次中，海峡两岸的新生代作家的创作才出现了摆脱政治冷战后的新的迹象。

在作家的“代”与创作倾向发生变化的同时，文学的读者群也有着相应的变化。读者是文学的接受主体，在文学完成的整体过程中，它不是消极被动地接受文学作品，而是以积极的创造性的参与，对文学发展进行反制约。这种反制约包括两层内容。其一，读者在接受文学作品的同时作出积极的反应，以一般公众的思想认识水平与审美趣味，重新解释文学作品。这种公众的解释，往往与创作主体的本来意图不相符合，但由于它体现出某种社会舆论力量，所以通常又反过来为创作者所追认①，因而鼓励了创作者去适应乃至迎合某些社会要求。其二，读者群作为一个文学的接受群体，其思想趣味与审美趣味往往反映了社会对文学的一般要求，在日趋商品化的社会里，文学创作往往是创作者赖以谋生的手段，不管创作者自觉与否，他们总要寻求以致投合属于其个人的读者群，并且接受他们的阅读检验。我们过去过多地强调了创作者是教育者，强调文学对读者的教化作用，却忽视了另一面，即读者是创作者的“上帝”，读者对文学有着更内在的制约作用。从新文学的发展来看，新文学的读者群就发生过相当明显的变化。

新文学最初的读者群，主要来自五四新文化运动影响下的知识分子，包括青年学生和有一定文化程度的市民阶层。②这些读者的意愿或多或少都反映出

---

① 新文学史上有两个例子都说明这种“追认”的作用。一是鲁迅的《狂人日记》发表后，被一般公众认为其主题是“暴露礼教吃人”，作者后来给以追认（这个问题可以参考《中国新文学发展中的忏悔意识》，《陈思和文集·新文学整体观》，广东人民出版社 2017 年版）。二是曹禺的《雷雨》发表后，一般读者认为是“暴露大家庭的罪恶”，作者也表示愿意“追认”（参见曹禺《雷雨》初版序，文化生活出版社 1936 年版，第 4 页）。

② 茅盾在《从牯岭到东京》一文中对当时新文学对象的估价是：新文学的对象不是工农劳苦群众，而是小资产阶级知识分子。他驳斥一些“革命文学”的倡导者时说：“什么是我们革命文艺的读者对象？或许有人要说：被压迫的劳苦群众。是的，我很愿意我很希望，被压迫的劳苦群众‘能够’做革命文艺的读者对象。但是事实上怎样？请恕我又要说不中听的话了……你的‘为劳苦群众而作’的新文学是只有‘不劳苦’的小资产阶级知识分子来阅读了，你的作品的对象是甲，而接受你的作品的不得不是乙。”（《小说月报》1928 年 10 月 10 日第 19 卷第 10 号）

五四时代人们新的理想和要求，他们从鸳鸯蝴蝶派的都市小说趣味里摆脱出来，渴望看到新的时代思潮在文学中体现出来。他们在社会变动中大都处于彷徨之中，既不满社会现状，又无力在改变社会现状的斗争实践中有所行动；既反感于旧式家庭、封建婚姻制度，又不敢付诸行动（或是有所行动却得不到社会舆论的支持）。因此，他们对文学作品能够表现反抗封建传统、要求个性解放与恋爱自由的主题特别欢迎。他们渴望英雄，尽管他们自己做不成英雄；他们渴望爱情，尽管他们自己得不到爱情。在审美趣味上，他们因为受过一些新文化教育而多少自觉倾向于高雅，希望能多多接受西方文学的熏陶。这就是这一阶段新文学创作特点的客观构成基础。到 1937 年抗战爆发，读者群发生了重大变化。一方面是原有的读者群发生分化，一部分人成为这场民族战争的中坚力量，他们在现实斗争中找到了精神的依附力量，不再动摇彷徨，也不再需要从文学中得安慰；另一方面是大量农民的社会地位在战争中获得了提升，随着他们阶级意识的提高，文化要求也相应强烈起来，尤其是 1940 年代抗日民主根据地内的“各种干部、部队的战士、工厂的工人、农村的农民，他们认了字，就要看书、看报，不识字的，也要看戏、看画、唱歌、听音乐，他们就是我们文艺作品的接受者”①。读者成分的改变，势必会要求文学作品从思想内容到审美趣味发生相应的改变。1949 年以后，大陆的文学对象被明确地规定为工农兵以及其他劳动人民。他们在一个新的政权建立之初，渴望了解这个政权是怎样取得胜利的，以及自己如何适应投入到新政权所领导的事业中去。这就决定了这一阶段的文学作品所包容的政治教育作用被特别强化。“文化大革命”时期把所谓“样板戏”当作文艺的典范，乃是这种倾向发展到极端的畸形现象。“文化大革命”结束后，文学的对象又变得宽泛了，读者层次的复杂化必然带来文艺创作的多样化与复杂性。原来长期受新文学排斥的通俗文学也进入文学殿堂，以适应读者

① 毛泽东《在延安文艺座谈会上的讲话》，《毛泽东选集》合订本，人民出版社 1968 年版，第 806—807 页。

群中的娱乐化要求。文艺创作的百花齐放，也许正是在这种多层次、多方位的读者群及其审美趣味的影响与制约下，才可能真正得到实现。

作家、作品、读者三位一体所构成的不同的文学层次，在不同的时间与空间中互相继承、补充、发展、更新、相成相依，形成了中国新文学史的开放型整体。各个文学层次的异同现象揭示了文学发展的客观规律：它们分别以“五四”、抗战和80年代开始的海峡两岸政治变化，构成了中国新文学史的三个阶段，形成了一个开放型的整体。

正因为新文学的整体是开放型的，它的每一个阶段也同样具有开放的特性。我对每一个文学阶段的时间采取模糊的态度，而不确定它们的具体界限，正是考虑到这个特性。任何一个文学阶段所包含的作家、作品、读者三个组成部分都不会简单地被否定、被淘汰、被消灭，即使在它逐渐失去了时代的中心地位和社会影响以后，也还是能在一个较长的时期内作为一种文学思潮的余波而存在并发生影响。而新的文学阶段的兴起，也绝不是以前一阶段的简单否定者的面貌出现的。它产生于前一阶段无法解决的内在矛盾之中，又作为前一阶段的合法继承者而执行自己的历史使命，使新文学的内在精神在发展中获得进一步的高扬。

二、新文学与世界文学的整体框架

20世纪中国文学作为一个开放型整体的另一个基本特征，即它的发展运动不是一个封闭型的自身完善过程，它始终处于与世界性的社会思潮和文学思潮的不断交流之中。它的开放型意义，在纵向发展上表现为冲破人为割裂而自成一道长流，恰似后浪推前浪，生生不息，呼啸不已；在横向联系上则表现为时时呼吸着世界文学的气息，以不断撞击、对流、互渗来丰富自身，推动本体趋向完善。它的整体性意义除了自身发展的传统力量以外，还在于它与世界文学共同建构起一个文学的整体框架，并在这样一个框架下，确定自身的位置。

文学的发展历史也许能够证明，文学在与外界生活的相互作用之下，有可能从无序状态进入有序状态，并自觉地趋向平衡。这在以往的中国文学中主要反映为国内经济生活与政治局势变化的制约，但自“五四”以后，由于中外文学的直接对话，横向性的影响也开始对这种文学的发展演变趋向发生影响。虽然它不是根本性的，但对于文学的表现方式提供了具体的样板。文学间的影响是一种很复杂的关系，似乎很难绝对地分清这样一些经常被人们用绝对化的口气说到的问题：究竟是接受者首先根据自身需要去选择外来影响，还是外来影响首先以自身的魅力对接受者施加了某种影响？

接受者在文学交流互渗过程中无疑扮演了重要的角色。他们虽然从国外接受了各种各样的新文学营养，但潜隐于心底的生命之根依然是自己的民族性。这种民族性会不自觉地成为一把尺度，决定着接受主体的选择态度。小至个人大至民族，似乎都离不开接受主体的生命之根。五四新文学开创以来，救国救民的社会责任与追求真理的渴望，使中国知识分子以异常积极的姿态面对西方的思想学说与文学思潮，他们是有选择权力与选择能力的。20 世纪初的美国流行着各种文学潮流，胡适把美国诗坛上刚刚掀起的意象派作品中反传统的因素引为知音；而几乎与胡适同时去美留学的梅光迪等人，则选择了态度更为保守、趣味更为高雅的白璧德人文主义作为追求目标，成为胡适提倡新文学的敌人。这种同一文化背景下的背道而驰，正说明了当代个人选择外来影响的绝对自由。以后，每一次外来文学影响的大规模传入中国，都是国内接受者出于某种需要而选择的结果。30 年代左翼文学的掀起与世界“红色三十年代”的关系，40 年代以后的战争文学与苏联卫国战争题材的关系，以至新时期文学与西方现代主义文学的关系，简单地看就是这样：外来文学之所以在中国能寻到它的落脚地，是因为中国本身滋生了适宜它们落脚的环境。

可是我们如果换一个角度看，接受者在这场西学东渐的过程中也未必都是主动的，有时候情况正相反：接受者在决定选择以前，很可能已经被选择对象改造了面貌，所以他的这一表面主动的行为，实质上仍然是被动的和不得不然的。

夏志清在《中国现代小说史》中举过一个有趣的例子。他指出：中国作家对世界文学的知识“由于他们所处的环境特殊，他们对西方文化的了解，也是片面的、不完整的。当时较具影响力的作家，几乎清一色的是留学生，他们的文章和见解，难免受到他们留学所在地时髦的思想或偏见所感染。说真的，我们即使把自由派与激进派的纷争看作留美、留英学生与留日学生的纷争也不为过”①。这一看上去十分极端的论点确实也解释了某些现象。第一次世界大战前后，英、美国家秩序尚且稳定，尤其是美国的资本主义体制正处于欣欣向上的阶段，表现出民主政体的优越之处，在这种环境下的中国求学者，很容易从欧美的民主政体中产生金黄色的梦想。而日本自明治维新以后，国内政治思想一直处于尖锐冲突之中，再加上俄国 1905 年革命失败以后，许多革命者亡命日本，使得日本的社会主义思潮猛然高涨，在中国留学生思想上打下了烙印，文学上相应地也发生类似的状况。这似乎又表明，接受者个人的趣味在选择外来影响上并非绝对地自由任性，因为接受者总是在特定的环境、氛围、对象面前做选择，而所有这些传播主体和传播环境都可能会给他某种暗示，引导或者阻止，迫使他不知不觉地受到影响，去选择这种而不是那种外来文化作为自己的榜样。

也许正因为难以分清接受主体与传播主体在互相作用的过程中谁是主动的一方，我们似乎只能看成双方同时存在的一种关系。这种关系是客观存在的，传播主体——世界文学通过种种途径传播到中国，与本土的环境相结合以后，成为各种各样的变体；接受主体——中国知识分子通过种种选择接受了外国文学，并把它们移植到中国以后，使中国世界化。这双方的运动所构成的千经百纬的过程系统——可以类推到任何国与国之间的文学思想的交流——成为世界文学整体框架中的体内经络与动脉。

认识这种关系在世界文学整体框架中的作用是十分重要的。长期以来，我们在研究 20 世纪中外文学交流时往往只强调一面而偏废另一面。当强调了传

① 夏志清《中国现代小说史》，刘绍铭等译，香港友联出版社 1979 年版，第 17 页。

播主体的影响时，就容易把这种影响视为文学发生的根本动力，甚至得出五四新文学是外国文学在中国移植的结论；同样，当强调了接受主体的选择时，又往往夸大了民族性和自我选择标准，没有看到中国文学对世界文学的开放，不单单是为我所用的拿来主义，而且确实是在"拿来"的同时改变了自我的面貌。由于这是一种双方共存的关系，两者的比重不同，融化度不同，都能够导致各种可能性。传播主体有时显得强大，能够改变一个时代的文学，如五四时期许多文艺样式都学自西方，后来成为中国新文学的基本样式；有时显得脆弱，往往很快就败北于本土的传统力量，具体表现在某些作家身上，如何其芳，早年作为一个唯美抒情诗人受过西方象征主义的深刻影响，但随着抗战，这种影响在他的创作中就丧失殆尽了。同样，接受主体也有不同的情况，有的作家早年接受过的外来影响，可能到了中年以后随着选择标准的不同而被克服，如鲁迅身上的"进化论"和尼采思想的命运即是如此。但也有不少作家，一生的创作都为某种外来影响所左右，无法摆脱。在研究中国新文学与世界文学的整体框架的关系中，我以为只能从整体上把握两者的关系，把各种可能性都考虑进去，无法从某一种可能性中引申出什么规律来。

如果我们进一步考察这种过程系统本身，就会发现有两个信号点是闪烁不定、贯穿整个过程的。这就是中外文学关系中的同步态与错位态。它们或则同时闪示，或则交替出现，不断调节着中国新文学在世界文学整体框架下的位置。世界文学框架的同一性与整体性，要求框架内的各种组成部分都必须协调、和谐，互相能够感应来达到沟通，这就是文学的同步态；可是，虽则各国文学在互相影响之下有趋向这种同步态的可能，但各国文学的发生与生长又不能不受到本国政治、经济、民族等各方面力量的牵制而千变万化，造成不协调与不和谐，这就呈错位态。这两种信号各成一套系统，成为中国新文学与世界文学之间运动过程中的两大标记。

同步态是中外文学交流中最重要的标志之一。这个概念的出现，几乎与世界文学这个概念一样久远。歌德在 1827 年 1 月 31 日与爱克曼的谈话中提出

“世界文学”这一概念时，就曾注意到中国一部古典传奇与他自己的《赫尔曼与窦绿苔》以及英国作家理查生的小说在创作情调上有许多类似的地方。[①]二十年后，马克思与恩格斯在《共产党宣言》中再度重申“世界文学”时，对各国文学的同步态作出了更为科学的解释。他们指出：资产阶级由于开拓了世界市场，使一切国家的生产和消费都带有世界性，“各民族的精神产品成了公共的财产。民族的片面性和局限性日益成为不可能，于是由许多种民族的和地方的文学形成了一种世界的文学”[②]。随着人类科学事业日益发达，世界区域间的隔阂日益缩小，不同国家与地区的人们在互相交往中惊异地发现：他们所面对的问题竟是那么的相同。20世纪以来，世界性的战争造成了人的生命观念、生存观念、价值观念、道德观念等一系列的变化，法西斯细菌的灾难使人们产生对专制的恐怖与厌恶，对民主、和平的渴望与追求；工业技术的高度发展带来人与自然、人与社会以及人与自我之间平衡关系的破坏，对天体宇宙奥秘的进一步揭示以及对人体生命奥秘的进一步探求动摇了固若金汤的几千年传统理性的地位……这些现象几乎是不分人种、不分国度、不分制度地同样困扰着人们的精神世界。这就使世界文学的同步态成为一种不可避免的现象。中国虽然经济上长期处于不发达状态，但自进入20世纪以来，几乎也同样经受了世界性的灾难，随着工业建设的发展与现代化进程的加快，许多发达国家曾出现过的问题也同样会降临这块黄土地，而且由于渊源深长的东方文化的熏陶，当这种文化面临真正解体时，会使人对一切陌生的现象格外敏感。这种同步态决定了五四时代中国知识分子与世界现代意识在精神上的相通，也决定了30年代左翼文艺运动与世界反法西斯的民主倾向的精神相通，甚至也决定了“文革”后的中国青年知识分子与苏联“解冻文学”以及欧美等国经过“五月风暴”“越南战争”以后出现的

---

① 歌德的原话是：“民族文学在现代算不了很大的一回事，世界文学的时代已快来临了。现在每个人都应该出力促使它早日来临。”（《歌德谈话录》，爱克曼辑录，朱光潜译，人民文学出版社1982年版，第113页）

② 马克思、恩格斯《共产党宣言》，《马克思恩格斯选集》第1卷，人民出版社2012年版，第404页。

某种精神现象的相通。这种文学的同步态使中国新文学在发展中充满着现代意识的生机与力量，揭示着中国新文学发展的脚印。

错位态则相反。在中外文学交流中，错位是常见现象，而这种现象正是出于中国社会环境的特殊性。封建主义僵而不死与资本主义姗姗来迟，给中国的现代文明建设造成了巨大的障碍。这就使中国现代知识分子总是一代一代地去重复前辈的使命，对封建主义的文化遗产进行批判。一些老而又老的主题在中国作家的创作中始终常青——如婚姻问题上的反封建等。它在社会发展上是一个悲剧，在文学发展中也呈现出停滞。它使文学主题总是黏在一个原点上，当世界文学反映出充满当代性的焦虑时，中国的新文学还只能从西方的古典文学中去汲取去寻觅古老的武器。但是错位态又十分真实地表现出中国文化发展的独特道路，它总是与世界处于那么的不和谐之中：第一次世界大战给西方带来了传统观念的毁灭，继而促使了现代意识的生成；而在中国，战争却给人带来了"公理战胜强权"的希望，促使了个性的进一步发展。第二次世界大战以后，西方人从长期冷战中进一步失去理想的依附，转向个人的现代反抗意识；而在中国，由于战争把几千年来压在生活底层的中国农民卷上了政治舞台，从而使农民意识在中国现代政治生活中产生了很大的影响。某种意义上说，错位构成了新文学的独特道路，虽然这是一条付出沉重代价的独特道路。

我不能同意有的学者在论述中外文学交流意义时所认为的："东方文学对西方文学的影响，主要地表现为东方封建文学对西方近现代文学的影响。这一影响趋势，则决定于西方文学向东方寻求新的题材、新的灵感、新的想象力和新的审美情趣的冲动和激情，而绝不意味着任何改变西方近代的文学观念和体系的意向。"①这个结论如果仅仅是指歌德与伏尔泰的时代，也许是这样，但是随着西方现代意识的形成，随着西方知识分子反传统、反理性的需要的增强，东方文

① 曾小逸《论世界文学时代》，曾小逸主编《走向世界文学：中国现代作家与外国文学》，湖南人民出版社 1985 年版，第 15 页。

化不再是过去像中国瓷瓶一样仅为西方人提供一些可有可无的生活摆设。恰恰相反，西方人所掀起的"东方热"，无论对中国还是对日本、印度为代表的东方文化的向往，都是怀着极为严肃的心情，抱着探求人生奥秘的渴望，以求解决西方社会在物质文明高度发展下产生的种种精神危机。说近的，20世纪的诗人庞德、叶芝，小说家乔伊斯，戏剧家布莱希特等人对中国古典文学的学习，直接帮助他们冲破了西方传统的文学观念以及表达方式的束缚，生成新的艺术语言与艺术形式；说远的，正如毛姆在《刀锋》中所描写的主人公拉里那样，他从古印度哲学中获取人生真谛，从而改变了他在现实生活中的处世行为。拉里这一形象的意义当然不在于他个人道德的完善，他代表着一种西方人的文化向往：向东方文学的靠拢。①

对于东方文化是否包含着许多今天尚未真正释放的热能，我们现在给出答案实在为时过早。但我总认为，今天再重复五四时代把中国传统文化与封建性因素等同起来加以轻薄的态度是不对的。我们今天面临的开放，应该是双向的：一方面向外国开放，不但吸取西方古典文化精髓，还要大量吸取西方现代文化，使现代意识成为今天人们的生活常识；另一方面向传统开放，破除封建主义对传统文化的长期禁锢与歪曲，使中国文化内核释放出真正的积极的热能，为现代意识所沟通而超越时空、弥布宇宙，这不仅对中国建设本民族的现代化有极为重大的意义，对世界未来也将是一种贡献。

三、传统与发展：作为一种方法论的提出

人类的文学艺术就审美价值而言，只有丰富变化，没有新旧更替。严峻的时间对它常付出特殊的情意。古希腊的神话史诗、中国古代的唐诗宋词，无论经过多少岁月的磨蚀，始终像初生的婴儿一样充满着艺术活力，总是给人以新

① 参阅毛姆《刀锋》，周煦良译，上海译文出版社1982年版。

鲜的情趣；同样，现代艺术，无论如何怪诞，如何费解，只要还有人理解，也总是属于文学传统的一部分。正如艾略特所说："一种新艺术作品之产生，同时也就是以前所有的一切艺术作品之变态的复生。"①这就是传统的力量。文学不管怎样革新，总无法摆脱自身的文化背景与文化传统。艾略特把历史的意义看作是具有永久性的因素，认为历史不但包括过去，还包括现存的过去影响。每个作家在写作时，除了他所处的时代背景对他制约以外，过去——整个文学传统也同时制约着他，组成了一个"同时间的局面"。文学传统也不是遥远的僵死的存在，它永远是一种与现实紧紧联系的、处于流动状态的过程，就像河水汩汩不断地从源头流出以后，必然要受到种种自然环境的制约，河床也时刻影响着河流的急缓流变一样。文学艺术只有置于这个过程之中，才不会僵化，不会变成没有生气的古董。正是这种发展的力量，使文学永远保持着新鲜活泼的生命力。

传统与发展，构成了文学整体的两端。传统的相对稳定性，是识别一国文学与别国文学、一地区文学与别地区文学的根本标准，它偏重于考辨文学的继承性和凝聚性；发展的轨迹，体现了文学史的运动过程，它偏重于研究每一时期、每一作家的独创之处或与前代文学的相异之处。凝聚与变异相交而成的坐标，是文学整体研究所依据的主要框架。文学发展的轨迹实质上也是传统变异的轨迹。传统的稳定性是作为文学整体而存在的，但每一部新作品的产生，每一种新的外来影响的冲击，都可能促使这个整体内部固有的结构发生变动。经过一番内部调整和重新组合，新的因素在传统的庞大体系中占得一席地位，然后再归于稳态。事实上，发展是不停顿的，随着新的文学作品绵绵不断地产生，文学整体也处于不断地自我调整之中。因此，我们对文学作整体的考察时必须看到：传统是发展中的传统，发展又是传统在各个时代的变体。

虽然中国新文学是以传统文化的叛逆者的姿态载入史册的，但在它的基因里又何尝缺少传统的古老血液？任何一个现代作家所贡献的全部创作成果，又

① 艾略特《传统与个人才能》，曹葆华译，《现代诗论》，商务印书馆 1937 年版，第 112 页。

何尝具备绝对意义上的创新？新文学发展史业已证明，不管六个文学层次怎样互相交替，不管三个发展阶段怎样互相取代，也不管时代给文学打上怎样不同的烙印，它们之间总是存在着一些稳定的因素，显示出传统的力量。

不妨从一个文学流派的变迁来看看传统与发展的关系。20年代，从乡土文学与抒情文学中分化出以冯文炳（废名）为代表的田园抒情小说。冯文炳是陶渊明的崇拜者，他的小说以描绘自然状态下人性的纯朴与美、反衬现实社会的丑恶为特征，寄感情于田园之中。30年代，沈从文把这一流派推向了高峰，他进一步把大自然的原始状态与近代的社会文明对立起来，追求一种通过自然本色反映出来的由山水美、人情美构成的艺术境界。由于过分追求自然的神秘与原始性，回避现实生活的重大课题，这一流派在后来也出现过一些夏朵勃利昂式的浪漫主义倾向，如无名氏的《北极风情画》等。但在抗日民族战争爆发后，这一流派的健康因素在第二个文学发展阶段中重新得到了发扬，从《白洋淀纪事》到《风云初纪》，孙犁以浓郁的乡土风光、优美的儿女情调，成功地发展了田园抒情小说的艺术魅力，并且注入了时代精神，扫除了这一流派原有的沉静消极的审美趣味。直到“文革”后，私淑孙犁的作家仍不在少数。然而，孙犁的风格毕竟是属于战争年代的，在劫后余生的80年代的中国，即使孙犁本人也不再写《荷花淀》那样的篇章了，他的追随者自然也面临着选择：像早期的贾平凹，可以说是孙犁最好的继承者，在他最初的小说集《山地笔记》中，有不少作品算得上是这一艺术流派的摹品。可是标志他的艺术走向成熟的，却是他的《商州初录》。在这部蕴含着民间风俗的笔记小说中，处处留下了魏晋文学的精神气韵，有些地方甚至表现得过于直露。如《桃冲》一篇，写渡船老汉在轻舟自横的境界中吟哦“采菊东篱下，悠然见南山”的细节，虽未必恰当，却令人体会到作者夫子自道的用心。这又使我想起青年作家李杭育笔下的那个迎着葛川江夕照，孤寂地划着一只破船的渔佬儿。这个渔佬儿的形象很接近海明威《老人与海》里的那个背时英雄桑提亚哥，但在渔佬儿的身上，却能体会到一种中国文化的特征。他不具备桑提亚哥那样超越时空的高度抽象意义，正相反，在他倔强与不妥协的个性背后，体现了一种不屑争世的独善其身的内在精神，而这种精神，正是陶诗中所体现出来的不为五斗米折腰的精神。尽管，贾平凹未必师承冯文炳，李杭育未必师承孙犁，孙犁也未必师承陶渊明，但是一根若隐若现的线把他们连在了一起。仿佛是一条五彩长带，每一段都抹有不同时代的色彩，纵是陶渊明，又何尝不是传统美学境界的一个窥探者呢？这个例子表明了文化传统影响的深刻性，同时又告诉我们，一个独具风格的作家的可贵之处，并不在于重复传统，而在于创造出传统的"变体"。沈从文不同于冯文炳，贾平凹不同于孙犁，他们都是在转益多师中实现了继承与独创的统一、传统与发展的统一。

文学的整体观作为一种研究方法，不同于就事论事地对研究对象作出评论分析，也不同于简单地对两个研究对象进行比较，它是把研究对象放入文学史的长流中，对文学的整体进行历史的、能动的分析。如图所示：

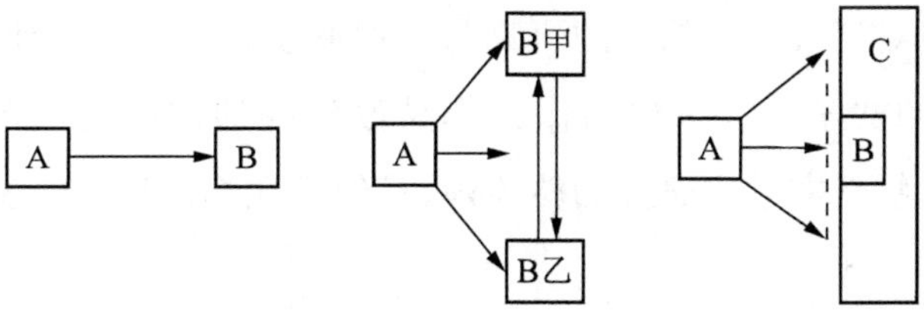

单向型的研究　比较的研究　整体的研究

图中A表示研究主体，B表示研究对象，C表示文学史框架。孤立的文学研究是一种单向型的研究，它能细致入微地深入文本内部，最大深度地阐释它的内在含义，但是由于单向视角的局限，它只能依靠主观的渗透来评价对象，主观色彩过强，最好的批评往往是鉴赏性批评。比较的文学研究由三个视角组成，研究者面对的有三者：B甲和B乙，以及甲乙两者的关系。由于两者关系千变万化，批评者固有的批评模式失去力量，能够比较接近研究对象的本体，但因为它的研究结果只是在两者的比较中体现出来，仍不可能全面地整体地认识对象。整体的文学研究面对的不仅仅是两个平列的文本关系，而是研究对象在文学史长流中的关系，它也需要作分析，那是对研究对象内在的含义与整个文学传统的关系的分析；它也需要作比较，那是指研究对象与文学整体的比较，所以它的视线必然是多向的、完整的。

作为一种方法论，整体观将结束新文学史研究中人为割裂所造成的“鸡犬之声相闻，老死不相往来”的局面，打破以 1949 年为界线的人为鸿沟，把 20 世纪第一个十年为开端的新文学看成一个开放型的整体，从宏观的角度上把握其内在的精神和发展规律，可以使现代文学研究把本体研究与其对以后文学的影响结合起来，将其在时间上的有限性与文学影响的无限性结合起来，以历史的效果来验证文学的价值，避免前人走惯了的封闭型的研究道路；同时又可以使当代文学的研究能够处处用历史的眼光来考察每一种新出现的文学现象、每一个新产生的文学流派以及每一部新发表的优秀作品，把它们看作新文学整体的一部分，分析它们从哪些传统中发展而来，研究它们为新文学整体提供了哪些独创的因素，使对当代文学的史的研究与批评逐步成熟。这对于我们从根本上改变目前出版的文学史专著仅为作家作品论汇编的偏向是一个有效的促进。从这一意义上说，新文学史研究的整体观，是值得我们研究工作者重视的。

原载《陈思和文集·新文学整体观》，广东人民出版社 2017 年版

中国现代文学学科发展概述①

陈思和

在中国高校教育体制内，中国现代文学②是独立的二级学科③，规定开设各种必修课和选修课，设置硕士和博士的研究生学位课程。中国现代文学学科具有较长的学科史和具体的学科内涵。如果我们追溯它的学术研究史，大致可以分为三个阶段：

第一阶段："新文学"的研究阶段(1917—1949)；

第二阶段："现代文学"的研究阶段(1950—1985)；

第三阶段："二十世纪中国文学"的研究阶段(1985—　)。

"新文学""现代文学"和"二十世纪中国文学"三个概念代表了不同历史阶段对这门学科的不同认识。

---

① 本文是笔者正在撰写中的《中国现代文学史教程》"导论"的一部分。

② 现代文学的学科概念，在1950—1979年期间主要是指1917年新文学运动开始到1949年中华人民共和国成立这一期间的新文学；以后内涵逐渐扩大，从晚清到当下的中国文学都包括在内。

但是，由于大陆教育体制把1949年以后的中华人民共和国文学称作"当代文学"，教育部设定的学科全名为"中国现当代文学"。但笔者认为，目前学界流行的"当代文学"概念是一个与实际内涵不相符合的概念。contemporary含有当下的意思，当代文学应该是指当下文学，即在进行中的文学。所以，本教程所讨论的"现代文学"主要内涵是20世纪的文学，新世纪(21世纪)开始的文学作为当下文学，将放在结语部分给予阐述。

③ 中国教育部设定"中国语言文学"为一级学科，其下属八个二级学科：汉语言文字学、语言学理论及应用语言学、中国古代文学、中国现当代文学、文艺学、比较文学、文献学、少数民族语言文学。

第一阶段:“新文学”的研究阶段(1917—1949)

“新文学”是五四时期陈独秀、胡适、钱玄同、刘半农等同人参与编辑的《新青年》杂志发起的一个强调白话为主要语言、西方文艺复兴以来形成的各类文学样式为主要形式、旨在批判中国传统社会及其文化的落后现象、提倡人的自觉和人性高扬的文学运动。“新文学”的对立面,一是表现传统士大夫阶级没落情绪的贵族文学及其形式(旧体诗、骈体文、桐城派古文等),二是新兴于文化市场的以消遣为主要功能的市民大众文学①(鸳鸯蝴蝶派以及各类通俗文学)。“新文学”的“新”,代表了以世界先进自然科学与先进社会科学为标志的现代人的追求目标(科学与民主),也代表了中国人以世界先进国家为参照系努力发展未来的方向。新文学运动因为紧接着的一场声势浩大的学生爱国运动(1919)而得到普及,产生深远影响;它提倡白话文的主张,最终也获得国家教育部门的认可和采纳(1921)。陈独秀、胡适、鲁迅、周作人、钱玄同、刘半农、郭沫若、郁达夫、成仿吾、沈雁冰、郑振铎等都是这一文学运动的奠基者,他们在“五四”都发表了许多批判旧道德、提倡新文学的激烈主张,这些主张可以看作是“新文学”最早的理论。

关于“新文学”的研究,可以追溯到20世纪30年代。1935年上海良友图书公司出版赵家璧主编的十卷本《中国新文学大系》②,第一次系统汇编了新文学最初十年(1917—1927)的主要成果,分成建设理论一卷,文学争论一卷,小说三卷,散文两卷,新诗、戏剧、资料各一卷,编选者胡适、郑振铎、茅盾、鲁迅、郑伯奇、周作人、郁达夫、朱自清、洪深、阿英各人撰写的长序,总结新文学各个领域

① “市民大众文学”是范伯群先生提出的概念,建议以此取代文学史上“鸳鸯蝴蝶派文学”或“民国通俗文学”的概念。本文采用范先生的观点,参见范伯群《中国市民大众文学百年回眸》“自序”《请为他们戴上“市民大众文学”的桂冠》,江苏教育出版社2014年版。

② 赵家璧主编《中国新文学大系》,10卷,上海良友图书公司1935年初版,上海文艺出版社1980年出版影印本。

的成就，并由蔡元培写总序。这些执笔者大多是新文学运动中的主将，他们的地位和眼光决定了这套书的特殊价值。尤其是各卷导言，从不同分类和不同认识层面上总结了新文学的十年历史，合订在一起，形成一部有重要学术价值的新文学史的雏形。同时，20 世纪 20 年代末到 30 年代初，国内若干高等院校设置了新文学的课程。现在能够找到的两种文献：一种是王哲甫撰写的《中国新文学运动史》[①]，是作者在山西省立教育学院的授课讲义；另一种是朱自清在清华大学的授课讲义，讲的是“中国新文学研究”[②]。这表明了一个信息：在 30 年代初，“新文学”的研究已经从一般的文艺批评中脱离出来，作者有了文学史的研究眼光，并且让“新文学”进入了高等院校课堂，虽然是少数的高校开设这样的课程，但标示了新文学研究已经含有学科的雏形。[③]

新文学运动早期涌现许多文学批评家，他们都属于一些新文学团体，宣传自己团体的文学主张，攻击别的文学团体，如文学研究会的沈雁冰和郑振铎，创造社的成仿吾，语丝社的周作人，新月社的闻一多和梁实秋，中国左翼作家联盟的瞿秋白、冯雪峰、胡风等，他们的文学批评成为新文学理论的重要遗产。30 年代中期，北京大学、清华大学、燕京大学等高校的教授们介入新文学批评，尤其是关于新诗理论的探讨，朱光潜、梁宗岱、叶公超等文学批评家引进西方文艺理论，形成比较学理化的文艺批评。当时最杰出的书评家李健吾，用刘西渭的笔名对一些著名作家的创作进行精湛而独到的艺术分析。刘西渭充满感悟、抒情的文艺批评，不仅摆脱了作家圈子的狭隘意识，也摆脱了意识形态化日益严重的批评阴影，对以后的作家研究产生了良性的影响。1942 年 5 月，毛泽东在延安整风期间召开的文艺座谈会上做了重要讲话，阐释了抗战期间文学艺术与政

---

① 王哲甫《中国新文学运动史》，杰成印书局 1933 年初版，上海书店出版社 1986 年出版影印本。

② 朱自清《中国新文学研究纲要》，《文艺论丛》第 14 辑，上海文艺出版社 1982 年版。

③ 据胡楠最近发表的《文学教育与知识生产：周作人在燕京大学（1922—1931）》，周作人在 1922 年由胡适介绍进入燕京大学国文系，建立现代文学组，开设新文学课程。起初是文学通论、习作以及讨论等，后逐渐扩大，添设了近代散文、日本文学、新文学之背景等课程，近代散文课程里包括了新文学作家的散文作品。应该说，这是新文学进入课程的最初雏形（《现代中文学刊》2014 年第 1 期，第 39—50 页）。

治、战争以及人民大众生活的关系，提出了文艺为政治服务、为工农兵服务的号召，并对于投入抗日实践的知识分子如何适应这一新的形势提出了具体的途径。毛泽东的文艺思想和理论，是中国共产党在长期对敌斗争的实践中总结了许多经验教训以后获得的集体思想结晶，对以后的现代文学研究产生了重大影响。

第二阶段："现代文学"的研究阶段(1950—1985)

"现代文学"研究阶段是中国政治局势发生根本变化(1949)以后开始的。这里指的"现代"，不是世界意义上的 modern，也不是时间意义上的 contemporary，它是一个特定的政治概念，指 1919 年到 1949 年的"新民主主义"革命时期，因此，现代文学也曾经被理解为"新民主主义革命时期的文学"，与 1949 年以后的"社会主义时期的文学"相衔接。中国现代文学史是中国共产党领导下的中国革命史普及教育的组成部分。从大的文化背景看，抗战以来中国意识形态形成了一种特殊的战争文化范式，在战争结束以后，国共两党内战阴影和以美国、苏联为代表的世界两大阵营之间冷战思维都继续支配了研究者的文化心理。这一点，海峡两岸没有什么差别。不过中国现代文学研究的主流在大陆，其特点更加明显。在大陆，出自巩固新政权和加强意识形态的需要，现代文学研究被置放到重要的教育位置，通过高校设置二级学科来保障学科经费、研究队伍以及教育途径。但是，出于同样的原因，现代文学在学科建设中也表现出许多局限，国家政治权力及其意识形态对学术的制约也相当明显。在"新民主主义革命"的话语框架以外的，或者在 20 世纪五六十年代的政治运动中被排斥的作家以及相关文学现象，都无法进入文学史的视域，或者得不到正常的研究。

这一期间的"现代文学"作为一门学科被纳入了学术体制，主要表现在现代文学史的编写和鲁迅研究队伍的建立。中国现代文学史是配合高校开设课程而编写的教材，代表著作有王瑶、丁易、刘绶松、张毕来、唐弢等学者分别主编的现代文学史，这些著作对现代文学的性质、意义以及作家作品评价的描述基本一致，逐渐形成了固定的文学史模式。第一部作为学科建设而编写的现代文学史，是王瑶撰写的《中国新文学史稿》[①]，虽然书名还沿用了“新文学”的概念，但已明确地将1919年到1949年划为一个特定的历史范围。王瑶是朱自清的学生，研究中古文学的专家，他在治学方法上延续了朱自清的《中国新文学研究纲要》的传统。《中国新文学史稿》完成于1955年(胡风冤案)之前，受到的政治干扰还比较少，资料搜集比较齐全，为现代文学研究奠定了一个大致的基础和框架，成为后来几代人学习现代文学的入门书。这部著作放到今天来读自然有许多不足，如作品分析比较粗疏，缺乏理论的深度，对于非左翼作家的文学成就也未能给以应有的评价，但依然代表这一时期现代文学研究的水平。

与现代文学史编写成绩相匹配的，是关于鲁迅的研究。鲁迅作为五四新文学运动和30年代左翼文艺运动的领袖之一，生前就是一个充满争议的人物。30年代鲁迅加入了左翼作家联盟并成为盟主，瞿秋白撰写了《〈鲁迅杂感选集〉序言》一文，用马克思主义的观点论述鲁迅的阶级定位、鲁迅思想从进化论到阶级论的转化、鲁迅杂文的意义等问题，体现了鲜明的党派立场，对后来的研究者产生深远影响。鲁迅去世以后，毛泽东对鲁迅的高度评价，使鲁迅的声誉在中共党内越来越高。1949年以后，鲁迅亲炙的弟子冯雪峰、胡风、李何林等在50年代初期的鲁迅研究中都发挥过重要作用，把鲁迅的精神传播开去；另一批鲁迅生前的朋友许寿裳、台静农、黎烈文等在台湾光复(1945)后迁居台湾，把鲁迅和新文学的精神火种也带到经历了五十年殖民统治的台湾。但是在1949年后的白色恐怖下，台湾左翼文化遭到国民党政府的整肃，现代文学也成为一个被禁止的话题。而在大陆，1955年开始的一系列政治运动中，胡风、冯雪峰、萧军、

① 王瑶《中国新文学史稿》，上册于1951年由开明书店出版，下册于1953年由上海新文艺出版社出版。1982年由上海文艺出版社出版修订本。

黄源等鲁迅的学生都受到迫害，李何林的学术也遭受批判。但是关于鲁迅的研究仍然在高校里进行，出产了一批以资料文献为主的研究成果(代表性成果是50年代和70年代末两次编辑、注释的《鲁迅全集》)。其次是左翼文艺运动的研究，这一时期最有贡献的学者是丁景唐，他主持修订瞿秋白、左联五烈士等人的传记资料，并且搜集影印了五十多种左联以及其他宣传革命文化的刊物，为学术研究保存了大量的珍贵历史文献。此外，薛绥之曾编撰全国第一套大型现代作家研究资料(1960)，奠定了这个学科最初的文献资料基础，后来薛绥之又主编《鲁迅生平资料丛抄》共十一册，惠及后学。那一时期其他现代作家的研究成果有曾华鹏、范伯群关于郁达夫的研究、钱谷融关于曹禺的研究、扬风关于巴金的研究、叶子铭关于茅盾的研究等等，在他们的文章里，对研究对象抱有同情的理解，比较客观地论述了现代作家的创作道路和创作特点。

在“文革”时期，现代文学研究经历了极“左”路线的摧残，成为“重灾区”。但在“文革”结束以后，现代文学因为与当代政治运动的密切关系，成为80年代拨乱反正、解放思想的前沿学科，出现了百家争鸣的繁荣局面。中国现代文学学会在王瑶、严家炎、樊骏等学者的领导下，积极推动了全国高校和社会科学院的现代文学研究的学科建设工作。中国社会科学院文学所主持两套大型国家社科项目的编撰工作：一套是《中国现代文学史资料汇编》，分甲、乙、丙三种，甲种是“中国现代文学运动、论争、社团资料丛书”，乙种是“中国现代作家作品研究资料丛书”，丙种是“中国现代文学书刊资料丛书”，甲种和乙种的丛书囊括了新文学史上大部分作家以及文学社团、文学运动等资料汇编；另一套是《中国当代文学研究资料》丛书，着重于1949年以后从事创作的作家创作资料。两套丛书出版数量相加大约有几十种。这是动员全国学术力量参与进行的集体项目，规模巨大，内容繁复，所搜集的资料大多都曾经被封存在政治禁区中，逐渐被人遗忘，现在重新搜集整理这些资料并公开出版，有力地支持了研究者恢复实事求是的治学精神，大量历史文献资料的出土，为现代文学学科建设奠定了扎实的基础。更重要的意义还在于，这两套大型资料集的编撰者，主要来自高校的一大批中青年学术骨干，他们通过翻阅报刊、辨析材料、查访相关人士等等，掌握了某一领域的大量第一手资料，成为学有专攻的专家。

第三阶段："二十世纪中国文学"的研究阶段(1985—)

王瑶在《中国新文学史稿》规定了现代文学作为一个学科的范围和规模，梳理出1919—1949年间的"五四新文学""三十年代左翼文学""四十年代后的延安解放区文艺"的文学主流。这种以三十年为时间界限的现代文学学科很快出现了内在的局限性。1978年中共十一届三中全会以后，中国逐渐走上了实事求是、解放思想、改革开放的道路，思想文化领域的极"左"路线遭到清算，被迫害的知识分子得到平反昭雪，现代文学史上的经典著作被允许出版并获得关注，这就打开了现代文学研究的空间，学术研究领域的禁区都被取消了。另一方面，1949年以后的文学创作已经有了三十多年的历史，尤其是在"文革"结束后，文学创作出现一个高潮，在社会上产生重大影响。面对新的文学状况，原来的现代文学学科的定义显得过于狭隘，在时间范围和空间范围都限制了研究的进一步深入。现代文学作为一门学科，是研究中国现代社会的组成部分，所以，它不能被看作孤立的现象。如果把它封闭在三十年的时空范围，上不衔接20世纪初社会转型的文化特征，下不联系当代文学的发展流变，这样等于扼杀了这门学科的生长因素。1985年5月，中国现代文学学会在北京中国现代文学馆(万寿寺)举办青年学者创新座谈会，北京大学黄子平、陈平原、钱理群三位学者联名发表了论文《论"二十世纪中国文学"》，提出"二十世纪中国文学"的概念，以取代"现代文学"的概念。他们对于"二十世纪中国文学"的定义是这样解释的："所谓'二十世纪中国文学'，就是由上世纪末本世纪初(即指1900年前后——引者按)开始的至今仍在继续的一个文学进程，一个由古代中国文学向现代中国文学转变、过渡并最终完成的进程，一个中国文学走向并汇入'世界文学'总体格局的进程，一个在东西方文化的大撞击、大交流中从文学方面(与政治、道德等诸多方面一道)形成现代民族意识(包括审美意识)的进程,一个通过语言的艺术来折射并表现古老的中华民族及其灵魂在新旧嬗替的大时代中获得新生并崛起的进程。"[①]"二十世纪中国文学"的定义空泛而乐观,体现了80年代中国知识分子的进取心态。1985年距离20世纪的真正结束还有十五年,后来事实证明,90年代的中国文学走向完全越过了这三位作者对文学发展所寄予的乐观想象,出现了无法预测的"无名"状态[②]。但是"二十世纪中国文学"概念的提出,对现代文学研究视域的开拓起了很大的作用。首先,这个概念把清末民初的文学、五四新文学以及当下正在进行的文学联系起来进行整体考察,"二十世纪中国文学"是整体的概念,凸出了文学内在发展的一致性,淡化学术界把近代文学[③]、现代文学和当代文学作为三个不同性质的学科之间的差别,消解了原来意义上的"新文学"和"现代文学"两个概念,从而拓展了研究者的学术视野。其次,它把中国文学的发展与中国社会的现代化进程联系在一起,突出了文学的现代性转型而淡化原来把文学依附在新民主主义革命的意识形态,扩大了现代文学的内涵与范围,许多原来因为政治原因不能容纳的文学现象逐步得到客观的评价。其三,这个概念强调了"进程"一词,在提倡者的描绘下,20世纪中国文学成为一个充满动感、包孕强大生命力的开放性的流动体。它与世界文学保持了密集的信息沟通,凝聚了20世纪中国社会变化中不断增长的新的民族意识。它不仅经历文学自身的变化,也用艺术形式折射出时代与社会发展变化的信息,在当时,20世纪并没有结束,社会发展和文学发展都处于变化之中,

---

① 黄子平、陈平原、钱理群《论"二十世纪中国文学"》,《二十世纪中国文学三人谈》,人民文学出版社1988年版,第1页。

② "无名"状态是笔者对20世纪某几个阶段中国文学状态的一种描绘。"无名"状态指的是中国社会进入相对稳定、开放、多元的时期,人们的精神生活日益变得丰富,以往那种重大而统一的时代主题再也拢不住民族整体的精神走向,于是出现了价值多元共存的状态。但"无名"不是没有时代主题,而是多元并存,文学创作只是反映了时代的一部分主题,但不能达到统一的状态,如20世纪民国初年、30年代(1937年以前)以及90年代。关于"无名"与"共名",可参《陈思和文集·新文学整体观》第2辑中的《共名与无名:百年文学管窥》。

③ "近代文学"是中国学界的一个概念,指的是1840年鸦片战争以后到1919年五四运动期间的历史阶段的文学。按照官方的提法,也叫作"旧民主主义革命时期的文学"。

这种没有设置下限的文学史运动的叙述，给学科的发展提供了丰富的多种可能性。

《论"二十世纪中国文学"》的作者们说，他们是在各自的研究中不约而同地抓住了这个新的"文学史概念"。事实上，1985 年学术创新和学术探索的气氛鼓励了更多的研究者想到这个文学史命题的生长性意义，尤其是把晚清文学与五四文学相联系、把 1949 年前后的现代文学和当代文学相联系并视为一个文学史整体加以考察的方法，在当时许多学者的研究中已经体现出来。当人们把晚清文学、现代文学和当代文学（指 1949 年以后的文学）视为一个整体加以考察时，就会发现对文学史的整体研究获得的信息要明显大于对各个时期文学的孤立研究，其意义不仅仅在于沟通了各个时期的文学，而是试图用一种新的研究视角来重新认识文学史的某些既定结论，现代文学史的许多现象可以在晚清文学中找到源头，也可以在 1949 年以后三十多年的发展中检验其生命力；反之，当代文学发展中层出不尽的新现象也可以从历史源流上考察其存在的合理性。这种整体观的方法导致了研究者对以往文学史固定模式的质疑，也导致了 1988 年"重写文学史"的发生。

学术界关于"重写文学史"的提出，不是为了重新写一本反映当今学术水平的文学史著述来取代以往的文学史，而是提倡一种新的理念，提倡一种新的治学风气，即文学史应该如何写法，如何处理作家与文学史的关系，这些问题是可以自由讨论、多元并存的，未必有定于一尊的观念。1988 年上海一家理论刊物开辟一个"重写文学史"栏目（1988—1989）①，发表了一系列重新评价作家赵树理、柳青、郭小川、何其芳、丁玲等人作品的文章，这些文章并没有跳出作家作品研究的范围，但因为用了"重写文学史"的栏目名称而引起争论，也因此推动了

① "重写文学史"栏目刊于《上海文论》杂志（徐俊西主编）1988 年第 4 期到 1989 年第 6 期。主持者陈思和、王晓明，栏目每期都有主持人的话，表达了"重写文学史"的主张。每期栏目都发表两到三篇论文，最后一期整本杂志为"重写文学史"专号。每期主持人的话已收入《陈思和文集・告别橙色梦》第 1 卷第 4 辑。

文学史的深入研究。90年代到21世纪最初十年期间，文学史研究（包括断代文学史的研究）有了深入的进步，学术界出版了多种有新意的现当代文学史著作，都可以视为“重写文学史”所获得的成果。

这个阶段的学科史研究也注意到海外关于中国现代文学研究的成果，尤其是夏志清的《中国现代小说史》的出版，在海外引起过巨大反响，后来传到中国大陆，也产生过重要的影响。夏志清当时的政治立场与内地学者有着深刻分歧，但他用西方经典文学的标准来解读中国现代文学作品，梳理出鲁迅、茅盾、张天翼等代表的左翼文艺，沈从文、师陀等代表的乡土民间文艺，张爱玲代表的现代都市文艺以及钱锺书代表的知识分子的讽刺文艺四大传统，基本上反映了中国现代文学的基本格局，比起内地学者以新民主主义革命的标准独尊左翼文艺传统，显然是更加全面和符合历史真实。此外，以李欧梵的《中国现代作家中的浪漫一代》与王德威的《被压抑的现代性：晚清小说新论》等著作为代表的海外汉学研究成果，在不同历史时期对中国现代文学研究也产生过较大的影响。

那么，接下来的问题是：新世纪以来，中国文学发生了很大变化，文学史研究也出现了许多新的元素和新的现象，“二十世纪中国文学”是否已经成了一个过时的概念，目前我们的文学史编写以及同时期的相关文学史著作，是否仍然属于这个研究阶段呢？

本文认为，现代文学学科经过90年代的沉稳发展，知识分子人文激情被实实在在的资料发掘和边缘拓荒所取代，原先的研究空白被逐渐填补，学术地图被重新描绘，学术视域进一步得以开拓，所取得的学术成果，已经超越了当年学术界对“二十世纪中国文学”的期待和想象。但是，我们在21世纪初期发现并提出讨论的所有文学史问题，都没有离开时间范围的20世纪文学现象，包括：如何看待近代文学（尤其是晚清民初文学）与五四新文学的关系，如何评价民国时期旧体诗词、文言文的创作，如何评价市民大众文学（通俗文学）的价值，如何评价中日战争期间（从甲午战争算起）的日据台湾文学、伪满文学、沦陷区文学，如何整合中国大陆文学与台湾文学、香港文学，如何处理文学与戏曲、影视文学的关系,等等。这一系列的问题,在学术领域都没有得到充分的讨论,也没有进行更加深入的研究,但如果归结起来,这些问题在学术视域上都已经逸出了新文学的范畴,主要集中在新文学传统的发展与本来不属于新文学范畴的文学现象之间的关系问题,但这些问题都是属于20世纪中国文学范畴内还没有得以解决的问题,也是重写文学史的根本问题。

当然,21世纪的文学已经有了十五年的发展,并且产生出许多难以用20世纪文学的概念范畴去概括的新现象,如新媒体视野下的文学创作现象,但是这些问题尚处于萌芽状态,还不足以进入文学史层面的研究。相反,21世纪文学中最令人鼓舞的现象,是80年代崛起的作家群体,经过了近三十年的坚持和努力,取得了足以骄人的成绩。这一批作家基本上都是在五四新文学传统的影响下成长起来的,他们起步于1985年的文化寻根文学,逐渐在创作中摆脱了文学为时代精神传声筒的局限,克服了新文学传统中某些狭隘的意识观念,恢复了五四新文学传统中关注社会现实、批判社会和历史文化中的种种阴暗面的恢宏气象,以及多方面吸收世界文学中表达现代精神的艺术技巧,在21世纪创作出辉煌的新文学实绩。我们从这些作家的创作中看到的是一个多世纪以来新文学从发生、发展、沉沦而后获得飞跃拓展的完整历程。他们具有个人风格的成熟作品可能是在21世纪最初十年中完成的,但是他们创作的累累硕果却体现了20世纪中国文学经过一个世纪的努力的完整意义。

因此,现阶段的现代文学史研究,无论从问题意识的发现,还是从当下文学创作立场而言,都还没有摆脱20世纪中国文学的研究阶段。唯有需要补充的是,20世纪中国文学的概念的理解,应该从特定的意义角度改变为常态的时间意义,把它看作是中国现代化转型过程中人们精神历程的发展和追求。这种追求必然也是多样性和多元价值的追求,如马克思所呼吁的,要求每一滴露水在太阳光的照耀下闪耀出无穷无尽的色彩。从“新文学”到“现代文学”再到“二十世纪中国文学”,内涵在不断扩大,意义也越来越丰富,不仅是五四新文学传统的核心价值得以坚持和发扬,同时还将吸收更为宽广的文学力量,多层面地表现和反映社会各阶层的精神状态，即使是新文学运动早期批判过的被视为敌对力量的文学，也要对其进行甄别和研究，发扬其精华，保留及理解其在现代化进程中所反映的复杂的感情世界。

中国现代文学作为一门二级学科，具有一个鲜明的特征，即文学史的时间下限具有无限发展的可能性。这门学科，是中国在社会经济现代化过程中相应发展而来的“现代学”的一个组成部分，它在中国社会性质没有发生根本变化的前提下，将会长时期地发展下去。中国现代文学是一个漫长的历史过程，而 20 世纪一百年，仅仅是其启程的第一步，“二十世纪中国文学”作为中国现代文学发展历史的一个特定概念，它完整地涵盖了晚清文学、民初文学、五四新文学以及 1949 年以后海峡两岸文学等所有的文学信息与文学潮流，波澜壮阔，浩浩荡荡，把我们带向 21 世纪的未来。

修订于 2015 年 9 月 10 日

原载《陈思和文集・新文学整体观》，广东人民出版社 2017 年版；初刊《同济大学学报（社会科学版）》2015 年第 5 期

20世纪中国文学史研究的几个问题[①]

陈思和

作为一个特定的文学史概念,"二十世纪中国文学"被视为一种常态的时间意义,从而能够包容更加丰富的内涵和更加复杂的文学形态。"新文学"和"现代文学"两个研究阶段都含有强烈的排他性和斗争性("新文学"反对的是传统的"旧文学";"现代文学"含有的"新民主主义革命文学"的属性,排斥了特定政治立场下的"不革命"或者"反革命"的文学。)但是,我们在现代化进程的基础上构筑起常态的时间意义的"二十世纪中国文学",就是要避免各种排他性的内耗,搭建一个多层面的平台,将各类不同观念和形态的文学现象并置于同一个文学史平台之上,比较客观地来评价其价值得失,以此来阐释20世纪文学发展中悬而未决的各类问题。

这当然只是一种文学史的理想。现代文学的内在冲突是客观存在的,新文学运动一开始就是在排斥形形色色的旧传统文学的论战中发生的,现代文学学科也是在维护"新文学运动—左翼文艺运动"的核心价值上建构起来的,现在要淡化历史形成的鸿沟,把各种不同甚至对立的文学现象并置在一起给以客观评价,必然会构成文学史叙述的困难。因此,如何克服价值观互相矛盾的拼凑式的文学史叙述,建构新的文学史理论话语,是文学史写作面对的最大挑战。解

---

① 本文是笔者正在撰写中的《中国现代文学史教程》"导论"的一部分。

决文学史理论问题需要深入的探讨和展开学术争鸣，这不是本教程所能够完成的任务。本教程只能以编者研究文学史的一得之见，通过本教材的思路与结构，尝试回答 20 世纪中国文学史的一些重要问题，大致归纳为以下三点：

一、在晚清到民国的文学大潮中，如何看待五四新文学运动的意义，以及如何看待新文学传统与整个 20 世纪文学的关系

在以往以新民主主义革命为核心价值的文学史叙述中，“新文学运动—左翼文艺运动”具有毋庸置疑的权威性，它既是现代文学史螺旋式发展的起点，也是价值判断的基本标准；“新文学运动—左翼文艺运动”对立面的文学，均受到排斥和批判，现代文学史叙事正是围绕这些批判斗争而展开的。但从 20 世纪 90 年代开始，中国现代化进程逐渐成为文学史叙事的核心价值，晚清西学东渐思潮逐渐成为现代文学史的发生起点。海外汉学对于晚清接受西方影响的文学翻译、通俗小说、戏曲改革以及其他各种现代文化因素，做了大量的有价值的研究。这些研究成果在晚清到民初文学之间构成了新文学以外的另一个文学场域，它一直延续到抗战以前的市民大众文学和战争期间的沦陷区文学。这个文学场域与新文学场域之间存在着长期的冲突和互动，彼此消长，它们之间的关系不是双翼并飞和谐发展，而是在不同审美观念的冲突中向对方转化，达成部分的融合。如：民国时期市民大众文学不仅继承了晚清文学中的许多现代性因素，而且也从新文学那里认同了反对强权、尊重人权等因素；而新文学在排斥通俗文学的同时，也努力采取大众化的手段来吸引市民读者。到了抗战发生、民族危亡之际，新文学排斥通俗文学的倾向逐渐收敛，在民族形式讨论以后，这两个文学场域达到了一定程度的融合。但是在这样一个从冲突到融合的过程中，新文学的一方始终占据了话语的主导权。这是不容怀疑的。

那么，当文学史叙述放弃了昔日的批判思维和斗争模式，以客观的态度把以往不见诸文学史或者仅仅扮演了被批判角色的某些文学现象，诸如传统旧文

学形式(旧体诗、文言文等)、市民大众文学与新文学一起展示于现代文学史,人们不禁要问:新文学当初的斗争意义在哪里?它在20世纪中国文学史上承担了怎样的意义?新文学运动与从传统自然发展而来的文学现象构成了怎样一种关系?这是本教程要回答的第一个问题。为此,本教程引入两个20世纪中国文学史的关键词:先锋与常态。①

“先锋”,指的是20世纪中国文学发展中产生先锋意义的文学因素,首先是体现在五四新文学运动中。先锋文学是20世纪初的世界文学现象,在第一次世界大战前后,意大利首先出现未来主义(Futurism)文学思潮,后来又蔓延到俄罗斯;紧接着,法国出现了达达主义(Dadaism)、超现实主义(Surrealism)等先锋诗歌,德国出现了表现主义(Expressionism)的文学,等等。先锋文学区别于19世纪末流行的后期象征主义(Symbolism)、唯美主义(Aestheticism)、颓废派(Decadence)等文学思潮,更加强调对现实的批判和斗争,企图通过对文学自律的调整来达到文学推动社会生活的目的。为了达到这一目标,先锋文学不惜采用批判、否定传统文化的强硬态度,以及夸张变形的现代艺术手法。先锋文学的政治态度是激进的,往往自觉地与现实中的激进政治团体相结合,实现自己的政治目标。在20世纪初世界资本主义进入成熟阶段的特定环境中,西方的先锋文学思潮必然是短暂的,它很快就会发生分化,最激进的部分融入激进的政治运动中去。从中国20世纪第二个十年的政治环境来看,一方面是晚清激进主义革命余波的回荡,另一方面是民国初年颟顸混乱、乌烟瘴气的共和政治,两者冲撞激荡起思想文化领域的先锋思潮,有其必然的原因。五四新文化运动中包含了先锋性,它起先来自社会下层的激进主义思想力量,与主流政治团体和权力阶层没有太深的联系,所以才能够形成对社会政治的深刻批判和对传统文化的全然否定。新文化运动是不完全的先锋运动,它的思想内涵具有复杂的

① 关于先锋与常态的问题,参见《陈思和文集·新文学整体观》第2辑中的《先锋与常态——现代文学史的两种基本形态》。

知识渊源和文化背景，但是其主导思想，尤其是由此派生的新文学运动，体现在语言革命、文体形式革命以及思想内容的尖锐性和批判性，构成了先锋文学的主要成分。

五四新文化的先锋性决定了现代文学史发展进程不再是依据社会生活的现代化进程渐进演变，它是通过对自身处境的深刻反省和历史追问，造成文化传承的断裂，从而把被认为是先进的外来文化楔入其间，建立起一个文化发展的新坐标。新文化运动中大量西方文化的输入和引进，迅速改变了中国文化传统的发展模式，同时也迅速改变了中国人传统的思维模式，包括马克思主义、列宁主义和一般社会主义思潮在内的西方先进文化直接推动了中国现代化进程，也推动了中国革命，使之成为世界革命的一部分。新文学运动不仅仅普及了现代世界文化知识，而且以其自身的先锋性，通过欧化语言改造了传统中国人的语言模式和思维习惯；通过引进西方文学新形式，激活了现代汉语的表达和抒情能力，营造符合现代人精神需要的审美观念；通过崭新的为人生的文学内容，使文学批判与社会生活的进步紧密相关。文学不再是被动地因循社会变化而变化，而是走到了生活的前面，引领和推动社会进步，成为一面英姿飒爽、猎猎作响的风旗。

五四新文学运动本身是由各种社会进步力量组合起来的统一战线，它以先锋性因素为核心，在 20 世纪中国文学史上树立旗帜、引领风气、推动进步，成为整个 20 世纪文学发展的核心力量。新文学的先锋性因素与其他形形色色的文学现象（也包括新文学自身的非先锋性因素）的关系，构成一种先锋与常态的关系。所谓“常态”的文学，也就是随着社会生活发展而逐渐发生演变的文学现象，它包含了传统文化因循沿革的传承（如旧体诗词、古典白话小说、文言文、骈体小说、传统戏曲的改良等）、相随现代器物更新而出现的新文学形式（如电影、新剧、副刊、翻译等）以及与大多数市民农民的审美习惯相符合的通俗文学，甚至包括这些文学所隐含的权力运作下的意识形态的宣传。常态的文学是大多数人能接受的文学，因为常态文学的对象包含了多层面的接受者，常态文学也是多层面的，它的最高层面与新文学是同一的。这也就是说，新文学与作为一种先锋的新文学运动还是有所区别的。新文学的核心是超前的先锋文学，但它也包含了常态的文学因素，如新文学也追求大众性和普及性，也有一部分新文学创作并不是那么激烈和超前，尤其到了 20 世纪二三十年代，先锋文学逐渐被社会的主流体制所接受，或者被都市时尚文化所容纳，新文学的先锋性渐渐地为大众性所取代。这时候，要么出现更加激进的文学思潮来更新先锋的意义——譬如左翼文艺运动，要么就使原先的先锋因素消融于常态的大众文学。永远站立在先锋立场上不断击进的大勇者，终究是少数的先驱者，譬如鲁迅。鲁迅参与了 20 世纪上半叶的两场文学先锋运动，并且发挥了引领的作用。

常态文学表现出来的是文学的常态，它是以多层面的形态出现于文学史。除了最高层面的常态文学属于新文学的一部分（如市民文学的杰出代表老舍的小说，抗战时期无名氏、徐讦的言情小说，沦陷区张爱玲的小说，以赵树理为代表的抗日民主根据地小说等）外，大部分常态文学还是与新文学保持了距离，有的还相去甚远。虽然在现代性框架下，各类文学都有可能展示于文学史体系的不同层面，但是从内涵来说，毕竟还是五花八门、百鸟齐鸣，丰富而复杂。民国都市通俗文艺和新媒体文艺（如电影广播、报刊连载、说书、戏曲改编、连环画等等）代表了市民大众文化市场的主要产品，是常态文学的主体部分；在国统区和沦陷区（包括伪满洲国、日据台湾在内等地区）体现统治者权力意识的官方文艺也是常态文学的一个特殊层面；还有距离新文学更远的如前清遗老遗少的旧文学创作（旧体诗词、笔记小说等），多样的文学内容，构成了常态文学的多层面性，也决定了 20 世纪中国文学的丰富复杂的多元形态。

20 世纪前半叶，中国是一个后发展国家，在两千年帝制被推翻、民国刚刚建立、民族资产阶级利用世界大战的机会努力发展资本主义的时候，西方资本主义社会已经出现了严重危机，其自身内部产生的社会主义思潮和现代主义思潮，都是资本主义社会的反叛力量。西方先锋文化正是产生于欧洲社会矛盾剧烈冲突之中。欧洲资本主义的危机与社会矛盾的冲突导致了第一次世界大战的爆发和俄罗斯十月革命的胜利。世界大战的结果给中国资本主义带来了“公理胜过强权”的自信，十月革命的胜利又给中国带来了社会主义信仰。于是，中国的先锋文化思潮毫不犹豫选择了后者，推动了中国反帝反封建革命。这是作为亚洲后发展国家特有的现代化道路。五四先锋文化提出的反帝反封建革命既包含了资产阶级革命的任务，也隐含了社会主义革命的要求。中国革命的双重意义和前沿性质，使得资产阶级政治力量（国民党）始终无法不受挑战地单独推行自己的社会理想和革命目标（三民主义）。先锋文化的彻底批判精神和反帝反封建的旗帜，使得整个中国社会在进取现代化的过程中弥漫着激进主义的爆发力，吸引了大量热血沸腾的优秀青年投奔到时代的革命潮流中去。这种作为核心力量的先锋性的存在，就成为常态文学的明显或者潜隐的榜样，凝聚了常态文学中最高层面的批判现实主义文学和市民阶级抒情文学的理想性。由于激进的社会批判包含了社会现代化进程的必然要求，即使受到猛烈批判的市民阶级及其文化也不能不受其正面影响，而逐渐地发生自身的蜕变，以迎合时代的要求。这就是中国市民大众文学所呈现出来的进步性。现代文学以新文学的先锋性为核心，来批判、吸引、影响常态文学的多层面发展轨迹，带动了现代文学的整体发展。

本教程以“先锋/常态模式”来描述现代文学的发展轨迹，是以先锋性因素与社会先进文化的结合为前提的。但是需要强调的是，这只是针对中国新民主主义革命时期的特殊背景而言的。从一般的社会发展与文学创作的关系而言，常态文学是最普遍的现象，一个成熟的市民社会里，稳定而正常的发展，文学所呈现出来的都是常态，只有在中国现代化进程的特殊环境里，政治革命与文学运动紧密地结合在一起，文化建设和文学运动才会被一波又一波的先锋运动所刺激和激活，形成了动荡相激、新旧更替、否定之否定的运动轨迹。但先锋性因素给现代文学创作带来的负面影响也是明显的，由于强烈的政治情结和过于迅速的新旧更替观念，现代文学始终停留在青春文学的热情伤感以及二元对立思维的粗暴状态里，很难产生真正的伟大创作。何况先锋性因素也不是天然与思想的先进性联系在一起，在强烈批判传统因袭的社会弊病时，也可能滑向另外一些反理性的社会思潮。欧洲未来主义思潮的分化，以马里内蒂(Marinetti，1876—1944)为代表的意大利未来主义运动后来转向法西斯主义，便是著名例子。这些问题，我们在研究 20 世纪中国文学史的过程中还会继续深入探讨。

二、晚清到民国的文学大潮中，如何看待中国的反帝反封建的文学运动与日据台湾的殖民地文学之间的关系

由于以往现代文学研究局限于新民主主义革命的范畴，日据台湾文学基本上被排除在研究视域之外。1949 年以后，国民党政府迁台，海峡两岸处于近半个世纪的军事对峙状态，两岸的文学经过短暂交往后又被隔绝，这就导致了中国现代文学研究(包括 1949 年以后的文学)中台湾文学始终不在场。近三十年来两岸关系日趋缓和，文化交流也越来越频繁，文学史著作尝试拼接两岸文学。但是文学史体系的建构是需要文学史理论支撑的，拘泥于新民主主义革命为范畴的现代文学史理论，则无法把台湾文学完整纳入现代文学史体系和框架，只有在 20 世纪中国文学的理论视域下，才有可能梳理中国大陆文学与台湾文学之间的有机联系。对此，本教程需要引入一个理论视角：中国现代文学史上的殖民地文学。

本教程把 20 世纪中国文学史的起点设定在甲午战争后的乙未割台事件(1895)。虽然中国在鸦片战争(1840)以后一再受到西方列强的军事侵略，而且每一次军事抵抗失败总是伴随丧权辱国的割地赔款，香港被迫沦为英国殖民地，还在更早时期，北方大片土地被俄国沙皇所掠夺。但是所有这些失败都不如甲午战争的失败那么强烈地在中国人(尤其是士人阶层)的文化心理上构成刺激。1895 年 4 月 17 日，日本帝国与清政府正式签订《马关条约》，清政府在日本的强势压力下被迫签署割让与战争毫无关系的台湾、澎湖列岛，形成日据台湾特有的殖民地政治、经济、文化的格局，由此派生出特殊的殖民地文学。

甲午战败和乙未割台让清廷统治下的中国士大夫阶级受到了极大震惊，紧

接着发生了在京举人“公车上书”事件，维新救亡的思想广为传播。1898 年光绪召见变法运动的领袖康有为，颁布“定国是诏”，宣布新政变法，开始了总共才一百零三天却深刻影响中国命运的戊戌变法。变法失败后，流亡者（梁启超为代表）逃亡日本，创办《新小说》等刊物，鼓吹新思想和文学改良。同时，一批被变法所牵累的官员相继南下，毅然放弃传统仕途，开始了新的人生选择：严复闭门翻译，陆续译介《天演论》等西方社会科学著作，推动思想文化领域的启蒙；张元济加盟商务印书馆编译所的建设，开创了现代出版媒体的发展道路；蔡元培先后进入绍兴中西学堂、上海澄衷学堂、南洋公学等处从事教育，提倡新学等，现代思想传播、现代出版、现代教育等一系列知识分子的民间岗位开始被确立，一部分接受了先进思想的传统士大夫开始向现代知识分子转型，以启蒙为特征的新文学运动也由此而起滥觞。

从中国的社会性质而言，鸦片战争以后，中国的丰富资源和广阔市场就一直成为西方列强觊觎的对象，中国屡遭军事侵犯，国土和主权一再沦丧，直到 1900 年的庚子事变，八国联军侵犯北京，清廷不得不签下城下之盟《辛丑条约》，中国最终沦为半殖民地半封建的社会形态。其结果导致半殖民地体制下丧失主权的清政府也完全丧失了民心，从此革命、立宪两股政治力量此起彼伏，直接动摇了爱新觉罗氏的专制政权；另一方面，半殖民地的经济形态破坏了闭关锁国的自然经济，外资不断投入中国市场，促使了资本主义商品经济发展，中国在经济上蒙受列强的剥削与掠夺，但因为打开了国门，思想文化上开始吸取资本主义文明的进步因素，用来批判自身落后的封建文化。在日本由明治天皇自上而下推行的脱亚入欧的维新运动，在中国则是由一批被迫与庙堂分离、凝聚在民间的思想启蒙者轰轰烈烈地发动起来，封建专制的政治秩序由此动摇，一场与传统的替天行道、取而代之的农民起义有着根本区别的革命——以民主与科学为旗帜的思想革命势不可挡地产生了。半殖民地半封建社会下产生的新文化思潮及其重要一翼新文学运动，与日本殖民统治下的台湾的殖民地文化及其文学，构成了现代文学史视域下的巨大张力。两者有相通的一面，但在不同的社会形态构成的环境下，也形成了各自的特点和差异，甚至是紧张的对立。本教程要描述的两岸文学，正是中国现代文学领域的半殖民地社会与殖民地社会的两种不同文化、文学思潮双重变奏的发展过程。

第三世界国家，无论是殖民地社会还是半殖民地社会，都是殖民主义者全球扩张和野蛮统治的产物，都同样面对着殖民主义宗主国的侵略和奴役，因此，两种社会形态下的文学在本质上都具有反帝性质。但是在表现形态上还是有较大的不同。在中国大陆，随着半殖民的资本主义因素发展，封建自然经济逐渐解体，从这个角度来看，半殖民是促进半封建的直接原因，也即是马克思所说的殖民的“双重的使命”①。所以，中国大陆知识分子从西方先进国家学来的现代文明，是摧毁封建传统文化的有力武器，新文学运动的主要任务是反封建的启蒙使命。但是面临国破家亡的被殖民的日据台湾，反帝反殖就成为文学更重要的主题。中国现代文学的反帝反封建的性质体现得更加完整了。如果将两岸文学置于 20 世纪中国文学史的系统里加以比较的话，可以看到文学史呈现的丰富性和差异性，超出了单一社会形态下的文学状态。

台湾在荷兰东印度公司殖民时期，就有大量汉人移民垦殖，中原汉文化随之输入。明末爱国文人沈光文流亡台湾，支持明郑政权抗清复明，写下大量感时忧国的诗篇。清廷征服台湾以后，沈光文留在台湾，组织遗老文人建立东吟社，继承明末文人结社的爱国精神，开创了台湾汉文化传统。②经过清廷近三百年的统治，汉文化通过科举功名培养出一个台籍士绅阶层，加上赴台官吏文士的来往交流，逐渐滋养了本土的汉文化传统。乙未割台，瞬息之间台湾改属日

---

① 马克思《不列颠在印度的统治》《不列颠在印度统治的未来结果》，《马克思恩格斯选集》第 1 卷，人民出版社 2012 年版，第 848—863 页。

② 施懿琳在《从沈光文到赖和：台湾古典文学的发展与特色》中有一段论述：“沈光文与清吏及诸寓公共组诗社，并不只是单纯的文人吟咏酬唱，而是具有与遗老互通声气，共抒怀抱，并借以延续传统文化命脉的苦心。东吟社虽然终究在康熙二十五年(1686)因清廷严厉地查禁学社而终止活动，但是，它为台湾诗学的发展，播下第一棵种苗，而有往后清代、尤其是日治时期诗社活动的蓬勃发展。这在整个台湾文学史的发展上，具有值得重视的开创之功。”(春晖出版社 2006 年版，第 25 页)

本，这对于深受儒家传统熏陶的台湾士绅来说，无异是亡国灭族。于是一部分台湾士绅毅然发动起义，采取各种措施，号召民众自发进行武装抵抗，“全台除台北台南两城不战而降外，各地（后山除外）都曾激烈抵抗日军之入侵，死伤无数”[①]。台湾民间自发的抵抗活动连绵不断，一直到1915年“西来庵事件”[②]被镇压以后才算平定下来。但原住民的抗日活动，一直延续到1930年的“雾社事件”[③]。在漫长的被征服的岁月中，台湾文学创作中的民族主义情绪非常强烈，台湾诗人们（洪弃生为代表）用写实的笔法记录了整个抗日过程中可歌可泣的真实事迹，抗议台湾被割让、讴歌抗日战斗中死难烈士、揭露和嘲讽日本占领台湾后推行的政治制度改革、经济掠夺、城市规划、风俗教育、医疗卫生等等，成为这一时期台湾诗文创作的重要题材。可以说，诗人们用诗歌记录了一部台湾被殖民的痛史。[④]这部分爱国诗人的抗日写实诗歌与另外一批流亡内地、思念台湾故乡的爱国诗人（丘逢甲、许南英为代表）的诗歌创作，构成了台湾被割裂以后的反殖民文学的第一乐章。

中国的近代文学中，从鸦片战争失败到甲午乙未惨变再到庚子事变，也不乏文人的反对列强侵略的爱国诗作，但是从晚清文学发展趋势而言，戊戌变法

---

① 周婉窈《台湾历史图说：史前至一九四五年》（增订本），联经出版有限公司2009年版，第116页。

② “西来庵事件”也称“噍吧哖事件”。1915年，余清芳领导的农民武装和另外两股抗日武装（分别以罗俊、江定为首）一起发动武装起义。起义队伍在台南噍吧哖地区袭击日本警察，开展大规模的战斗。起义失败后，日军屠杀了数千名噍吧哖地区民众，并且经法院引“匪徒刑罚令”审判，被告达1957名，其中判处死刑866名，有期徒刑453名。这一判决引起了日本国内社会舆论的严厉批评。后台湾总督府改死刑为无期徒刑，其他也减轻一等，但已有95名被执行死刑。起义领袖余清芳和江定都曾经参加过乙未割台时的抗日武装斗争，所以这次起义可以看作是乙未抗日的余波（参见周婉窈《台湾历史图说：史前至一九四五年（增订本）》）。

③ “雾社事件”：台湾原住民所属泰雅族的赛德克族群，因为与日本警察长期冲突积压了相互间的仇恨，终于在1930年爆发了暴力反抗事件。先是以马赫坡社头人莫那·鲁道为首的原住民袭击派出所和正在雾社公学校举办活动的日本官方人士和居民，日人死亡人数达139人。接着日本军警实行报复性大屠杀，雾社死亡人数达644人，雾社总人数减少一半以上（参见同上）。

④ 本文这一段叙述，参考了许俊雅《台湾写实诗作之抗日精神研究——1895—1945年之古典诗歌》，台北“国立”编译馆1997年版。

失败以后，新民启蒙的文学大潮汹涌而起，救亡主题很快转向了启蒙主题，大量西方思想文化被引进介绍，激发了以提倡西方文明为目标的新思想的传播。从批判官场腐败到鼓吹反清革命，以及混杂在市民大众文学里的人的自我意识觉醒、追求人性解放的潮流，逐渐成为文学发展的主流。帝国主义通过控制半殖民地的政权来掠夺资源，中国大陆民众遭受本国政权和帝国主义双倍剥削，首先激化的是国内的阶级矛盾，所以，清政府以及后来的历届民国政府无不成为中国革命的头号对象。启蒙文学也必然把批判锋芒首先指向本国统治阶级以及维护其统治利益的封建儒家文化，而不是像台湾文学那样，首当其冲的是殖民者的侵略和统治。中国大陆现代文学中比较直接、尖锐地表达反帝意识，大约是在 1925 年“五卅”事件。1931 年日本军队入侵东三省，扶持伪满洲国，中华民族的危亡又一次迫在眉睫，现代文学的反帝意识才成为比较普遍的现象。这是继日据台湾反殖文学以后的第二个反帝反殖文学的高峰。

与反殖民意识相关的问题是如何对待随殖民而来的现代文明。现代文明是人类社会发展到一定历史阶段，随着人类科学技术进步而达到的物质和精神的文明程度，它透过具体生活方式和内容表现出来，与人民大众发生密切关系。现代文明是一种人类文化选择，也是人类的共同财富，任何国家随着社会进步和生产力提高，或快或慢都会接受现代文明，实施现代化教育、卫生、交通、媒体以及其他现代生活方式。但是随着殖民主义兴起，殖民者用枪炮占领被殖民地区以后，为了掠夺资源而在被殖民地区修建铁路、投资工业以及强行推行现代生活设施，“现代性”往往被舆论渲染成殖民者的属性。这种舆论把人类文明简单划分成“现代文明”与“野蛮文化”的对立，被殖民地文化被渲染成“野蛮”文化，只有殖民者才能给“野蛮”地区带来现代文明。用福泽谕吉的话说，日本在甲午战争战胜清廷，是因为“文明战胜野蛮”①，在侵略者的眼里，整个汉民族的

① 转引自吕正惠《殖民地的伤痕：脱亚人欧论与皇民化教育》，吕正惠《殖民地的伤痕：台湾文学问题》，人间出版社 2002 年版，第 92 页。

传统文化都是野蛮的。这一论述本身就充满了帝国主义的野蛮性，在刚刚经受惨痛失败的台湾知识分子心理上造成伤害尤其为大。日据台湾的早期诗文里，诗人们一方面以新奇的眼光描写大量西方器物和现代科学的成果，表明台湾士人接受世界新事物并不保守，但另一方面，对日本殖民当局推行的各种现代殖民制度（警察、教育、卫生等）进行了冷嘲热讽和尖锐批判，表达了诗人们对殖民政策的抗拒。日据时期的台湾主流文学里，作家们是把西方现代观念和文明成果，与殖民当局推行的现代管理制度区别对待的，因而怀有复杂的感情和心态。20世纪30年代抗日战争爆发后，日本当局在台湾加紧推行“皇民化”运动，进一步把现代文明与日本文化画上等号，鼓吹用所谓的“文明进步”来“改造”台湾。当时许多台湾作家在被迫表现“文明”与“野蛮”冲突时，也都流露出复杂的心态。[①]但是这样的文化认同的痛苦，在中国新文学发展中是很少见的。在中国半殖民地的大环境下，民众对来自西方的现代文明（包括现代管理制度）没有反感，尤其是知识分子（大多数经过留学而熟知西方现代生活的作家们），都是把实施现代文明、改变中国传统生活陋习视为社会进步。鲁迅还曾在小说《肥皂》里辛辣讽刺那些有意歪曲现代生活观念的内心肮脏的中国绅士。在新文学一代作家看来，拒绝现代生活是落后保守的民族劣根性的表现。抗战爆发以后，新文学的主流意见都是强调坚持在抗战中推进五四新文学传统，在战争中改造自身民族的陋习，学习世界先进国家的现代生活观念和方式，这是中华民族在现代战争中凤凰涅槃的必然途径。不同的环境不同的处境，导致文化价值和认同上很不一样的结果。

热烈拥抱现代文明，是中国现代文学的一个重要特点。但是殖民地台湾受到宗主国日本的控制，在话语权上，现代文明成了侵略者自己给自己贴上的标记，这才给台湾文学带来了某种屈辱的阴影。同样的问题也反映在批判封建性

---

① 吕正惠在《殖民地的伤痕：台湾文学问题》一书里通过文本分析，对这个观点有深入的论述，可以参考。

的传统文化风俗上。台湾新文学运动在中国新文化运动的影响下，对传统文化与旧文学发起猛烈批判，这个批判运动虽然时间不长，却包含了比半殖民地中国更复杂的内涵。日本明治维新并非是完全“脱亚入欧”，日本学习西方的先进文化是不彻底的，天皇专制的封建政治形态，以儒学为精神支柱的专制化意识形态，都没有改变。只是把儒家忠君爱国的传统观念偷梁换柱，改造为“忠”天皇制，“爱”日本国。与西方殖民主义一样，日本殖民者用野蛮手段镇压台湾民众的反抗运动，又利用了台湾汉学传统中与日本传统文化相通的部分，进行文化侵略和征服。日据时期台湾汉学教育被废除，日语教育（公学校）取代汉文教育（书院），但是因为日语里含有大量汉字，日本文化里固有汉诗形式，所以殖民统治者仍然鼓励台湾士绅建立诗社，创作汉语旧体诗词。在沦陷的最初二十年里，台湾文人的旧体诗词创作得到了长足的发展。吊诡的是，汉诗既能够与殖民当局进行文化沟通，也保留了汉民族的文化记忆。因此，这种旧文学形式具有双重的含义：一方面它被殖民当局文化侵略所利用，但同时又因为保存了汉民族记忆而成为一种抵抗侵略的形式。台湾民间风俗（包括迷信宗教活动）也同样如此，在现代文明的观照下，它确实有封建迷信、落后的一面，但是在保存台湾民间文化传统方面，民俗民风又展现了台湾民众对于殖民当局文化政策的疏离与抗拒。以此考察台湾新文学运动对旧传统的批判，必须对这样一种复杂现象采取双重的评价标准。赖和为代表的台湾新文学的作家的创作，都呈现出双重的意义。①

殖民地文学的语言特征与半殖民的文学也不一样。五四新文学运动作为一种先锋运动，其语言特征是大胆破坏传统汉语的纯粹和规范，引入大量外来语新词和陌生语法，包括外语单词的植入、西方语法的引进、文言文的戏谑化、口语方言的直接使用等等，形成了一种读者感到陌生、难读的欧化白话。欧化

---

① 本文这段论述，参考了游胜冠《殖民主义与文化抗争》，群学出版有限公司 2012 年版；赵稀方《历史与理论》，花城出版社 2014 年版。

白话是西方外来影响进入中国的产物，但这种白话文有力地区别于传统口头白话（古典小说使用的说书人的白话），造成了对中国传统思维习惯的强力冲击，虽然不通畅，但有革命性，在长期的运用实践中起到了改造国民旧思维的功效。现代汉语创作就是在欧化白话的自觉实践与自我否定的辩证发展中慢慢形成了新的成熟规范。而台湾文学语言则是在殖民者铁蹄下艰难、畸形发展起来的。日本殖民当局是把台湾作为国家领土的一部分来经营的，除了强行推行殖民政策、掠夺经济资源外，还实行文化“同化”政策，强行推行日语和日本文化的教育。抗日战争全面爆发前夕（1937 年 4 月 1 日起），殖民当局废止报刊汉文栏，中文写作几乎没有空间。而第二代作家在日语教育下成长起来，能够用日语创作。也有少数作家（郭秋生、蔡秋桐为代表）为了维护台湾主体性而进行台湾话文创作，因此，汉语（文言和白话）、台湾话文、日语三者互相交杂、逐步交替的关系，形成了杂糅的日据台湾殖民地文学的语言特征。直到战后光复，这种殖民地语言的创作才被扭转过来。因此，我们在讨论中国现代文学史框架时引进殖民地文学的概念，就意味着不仅仅面对汉语文学创作，还要面对一部分日语创作的文学现象。语言没有阶级性，任何民族语言都是人类长期生活实践的产物，只是在殖民侵略的时代，语言的使用被打上了民族霸权和民族压迫的烙印。日语文学传统本身有着悠久的历史和丰富的内涵，台湾新文学第二代作家在日语教育下也能迅速掌握日语的表达，创作了非常优秀的文学作品。

日本统治台湾的时间并不长，只有半个世纪就随战争失败而告结束，所以，台湾被殖民的文学可以被理解为中国现代文学史框架中的一个特殊的部分。台湾经近三百年汉文化的浸淫，台湾士绅阶层早就融入了汉文化传统，日本虽然军事上占领台湾，但在文化上要彻底隔断中国文化的影响并非易事。割台以后，大陆与台湾的文人之间交流相当频繁（梁启超与林献堂的交游，张我军介绍中国新文学运动，刘呐鸥与穆时英、施蛰存等人的文学活动，李万居与章太炎、胡风、黎烈文的往来，吴坤煌与东京左联雷石榆、魏晋的文学活动，以及胡风从日语翻译台湾、朝鲜作家的短篇小说集《山灵》在上海出版等，都是很好的例子），台湾新文学运动的重要刊物和左翼刊物上大量引进大陆作家的作品①，而且日本殖民当局虽然在大传统上企图隔断汉文教育，推行日语教育，但在小传统领域却并无作为，也没有禁止中国文学的输入。据台湾学者研究，即使是日本殖民当局主办的媒体如《台湾日日新报》（包括《汉文台湾日日新报》）上，刊载约三千篇汉文通俗短篇小说里大约三分之二以上来自中国的文言笔记小说和通俗故事。②更遑论其他民间通俗刊物以及宣传儒教的刊物上转载中国文人的作品。③从民间立场来看，中国大陆与台湾在文化上的联系与影响并没有被完全隔断。

中国现代文学史上被殖民的文学并非仅限日据台湾文学，它是一种动态的文学现象。甲午战争后，台湾澎湖列岛被割让，但日本帝国主义的殖民侵略野心没有因此遏制。从历史的角度看，1915 年强迫中国政府签订《二十一条》不平等条约和 1919 年巴黎和会上要求转让德国在中国山东的殖民权益，都是日本帝国主义对中国领土的变相侵略，直到 1931 年“九一八”事变和 1937 年全面侵华战争等，都是中日甲午战争的延续。战争期间形成的伪满洲国文学，汪伪控

---

① 参见许俊雅《〈洪水报〉〈赤道〉对中国文学作品的转载——兼论创造社在日治台湾文坛》，《台湾文学研究学报》第 14 期，2012 年 4 月，第 169—218 页。

② 据许俊雅在《日治时期台湾小说的生成与发展》披露：“大约从 1906 年开始，至 1934 年，《台湾日日新报》约刊载了三千篇汉文通俗短篇，其中大约有两千多篇是中国小说（含笔记丛谈、新闻故事）的直接转载或改写摹仿之作。台湾汉文小说的发展历程里，大量中国文言笔记小说、鸳蝴派小说几乎充斥在各报刊，但因未交代作者、出处，有时又做了各种隐瞒手法，因此迄今学界未悉这些作家、典籍曾如是广泛被台湾人阅读，进而产生摹仿借鉴学习之路程。……就笔者目前初步之整理，可发现三千多篇汉文文言之作，即使至 30 年代末，仍有为数不少的中国文言笔记小说被刊载，方之台湾新文学的蓬勃发展，这现象又说明了甚么？文言通俗小说在台湾的发展，透过刊载脉络的清理，将可发现中国文学的影响可能远超出我们的想象。”（文讯杂志社主编《百年小说研讨会论文集》，文讯杂志社 2012 年版，第 19—52 页）

③ 据许俊雅在《日治时期台湾小说的生成与发展》指出：“除了日本统治初期的儒教利用，台湾在清末以来，宣扬孔教的团体与个人，逐渐崛起，活动日多。早中期与宣讲、鸾堂关系甚大，到了皇民化运动前后，汉文遭到打击、压抑，但推扬孔教的活动，却未受禁止，反而鼓励其进行，出版汉文杂志，最有名者如施梅樵主编的《孔教报》，及其后的《崇圣道德报》。甚至《风月报》都转载刊登了丁寅生《孔子演义》，自 1939 年 7 月 24 日第 90 号起连载至《南方》188 期 1944 年 1 月 1 日停刊止，百回之作连载至九十三回，即使《风月报》改为《南方》仍继续连载，未尝中断，不能不说是相当特殊的现象。这与 30 年代末刊行的《孔教报》《崇圣道德报》对儒家孔子的宣扬必然有密切关系。”（同上，第 19—52 页）

制下的华北、华东沦陷区文学，也都是未完成的被殖民的文学，与日据台湾文学同属于日本侵略政策下的“大东亚文学”，有着既相通又不同的特征及其运作规律，这是现代文学史的一个连续性的现象。只有我们引进了殖民地文学的概念，才能对这一文学现象做完整的考察和研究。

三、为什么把1937年抗日战争全面爆发作为中国现代文学史的重要分期？如何理解战争对20世纪中国文化以及文学发展的影响

把1937年抗日战争全面爆发作为20世纪中国文学史的重要分期，虽然早有学者提出过这个命题[①]，但本文引进了日据台湾的殖民地文学，抗战对于文学史的意义就变得更加重要了。因为在全面抗战之前，台湾的殖民地文学与中国大陆的半殖民地文学之间虽互有联系，总体上还是各行其道，呈现出比较丰富的文学无名状态。而在1937年卢沟桥事变以后，战争全面爆发，两岸文学都进入了战争的“共名”状态[②]，两岸文学都被强制性地置放在同一个战场空间。这时候文学的性质发生了变化，两者之间出现了对峙的关系。

抗日战争全面爆发前，两岸的文学发展轨迹非常接近。日据台湾文学五十年被殖民的历史，按照日本对中国的侵略步骤而言，大致可以分为三个阶段：第一个阶段（1895—1931）是殖民地文学内部的冲突蜕变时期，从被殖民到反殖民，促成了以反殖与启蒙为主旨的新文化（1920）与新文学运动（1923）。这个时期台湾文学经历了由士绅阶级为主体的传统诗社向知识分子为主体的新文学

---

① 刘志荣《抗战爆发：中国二十世纪文学史上的重要分界线》，章培恒、陈思和主编《开端与结束——现代文学史分期论集》，复旦大学出版社2002年版，第241—260页。

② “共名”在本教程中是一个与“无名”相对应的概念，指的是某个历史时期的文化状态。“共名”是指“当时代含有统一而重大的主题时，知识分子思考问题和探索问题的材料都来自时代的主题，个人的独立性被掩盖在时代的主题之下”。这样的文化状态就构成了“共名”。如抗战就是一个大的时代共名。关于“无名”与“共名”，可参考《陈思和文集·新文学整体观》第2辑中的《共名与无名：百年文学管窥》。

转换过程。在第一次世界大战后民族自决理念的鼓舞下，1920 年台湾新文化运动的标志性刊物《台湾青年》创刊，公开发表思想启蒙的言论，几乎是步了《新青年》发起新文化运动的后尘。1923 年以后，五四新文学运动提倡白话文的主张在台湾获得响应，台湾新文学运动也轰轰烈烈地开展起来。从张我军猛烈批判台湾旧文学，到台湾新文化阵营不断“左倾化”，逐渐催生出激进的左翼文化运动。这个过程也重复了中国五四新文学运动到左翼文艺运动这两个先锋思潮相交替的过程。中国大陆的先锋运动导向了文化运动朝政治革命发展，推动了中国共产党的产生、第三国际的介入以及国共两党合作发动北伐战争，新文学的骨干纷纷参与了这场革命战争。而同一时期以蒋渭水为首的台湾知识分子成立台湾文化协会(1921)，向殖民政府提出争取民族自决、地方自治和议会制度等权利，同时，反对殖民主义经济压迫的劳工运动、农民运动也此起彼伏，各种思想倾向的政治团体纷纷崛起，分裂组合，百家争鸣，1928 年作为日共支部的台湾共产党成立，成为台湾最激进的政党。直到 1931 年“九一八”事变爆发，日本当局加紧对殖民地的控制，台湾所有的政治团体都被取缔，所有的政治活动都被镇压。这形势与早几年(1927)发生在中国大陆的国共分裂、“清党”以及革命进入低潮的形势也相差无几。中国大陆的现代文学也是在政治陷入白色恐怖以后才转向了左翼文学运动，通过文学创作来延续新文学的先锋精神，于是文学创作进入繁荣阶段，各色各样的文学实验和文学流派都出现了，五四第二代作家胡风、巴金、沈从文、老舍、曹禺、丁玲、萧红、艾青、夏衍、戴望舒等，迅速成为文学的中坚力量，创造了“三十年代”民国文学的黄金时期。这时期，台湾文学的第二阶段(1931—1937)也是由政治运动转向文学创作，同样进入了政治高压下的文学创作繁荣时期。当时文学运动所发起的许多讨论，诸如乡土文学、台湾话文、文艺大众化等对文学史产生深远影响的议题，都是在这一时期展开的。台湾的新文学第二代作家用日语创作，并且在日本和中国大陆文坛上都产生了影响(如杨逵、吕赫若、龙瑛宗的小说)。这时期台湾新文学也出现了多种风格并存的现象，杨逵等人的激进左翼书写，巫永福、翁闹等人的现代主义意识的写作，杨炽昌为首的风车诗社的超现实主义、刘呐鸥在中国大陆的新感觉派以及龙瑛宗、张文环、王昶雄等人的创作，构成了丰富多元的文学格局。所以说，1937 年战争全面爆发之前，两岸文学的发展基本上是协调与同步的。

但是战争改变一切，首先是两岸都结束了丰富多元的文学无名状态，进入战争时期的共名状态。作为侵略者日本的殖民地，台湾文学被纳入战争体制，殖民者需要被殖民地的奴隶充当战场上的炮灰，就提倡“皇民化”，让台湾人民顶了“皇民”的资格去送死。台湾文学的第三阶段（1937—1945）进入了丧失反抗能力、被“皇民化”的时期。尤其在太平洋战争（1941）爆发以后，日本当局在台湾施行法西斯的战时体制，任何自由反抗的空间都被封闭，文学只有一条出路，就是“皇民化文学”①。这一时期的台湾文学中，除了“潜在写作”②以外，几乎所有能公开发表的文学作品，哪怕是违心的、被迫的、不得已的，都只能被纳入支持战争的“皇民化文学”。这一时期，唯一能够在文学写作中稀释、消解甚至悄悄抵御日本殖民主义的同化政策的，是一批坚持写实的文学作品包藏了民

① 关于皇民化运动和台湾文学的关系，陈芳明在《台湾新文学史》（上）中是这样解释的：“所谓皇民化运动，并不止于政治、经济、军事的总动员，甚至文化的层面也深深受到波及。皇民化运动也不只是在台湾推动而已，凡是在日本统辖下的土地，包括朝鲜、‘满洲’、桦太、北京、南京、上海等地，都网罗在此庞大运动的阴影之下。在这段时期，台湾作家的文学活动都被迫要配合日本的战争国策，而配合国策所产生的文学作品，就是文学史上所定义的皇民化文学。”（联经出版事业公司 2011 年版，第 158 页）

② “潜在写作”，是指在哑声的时代，有许多被剥夺了正常写作权利，或者虽然没有直接受到迫害但写了作品无法发表的作家，他们依然保持了对文学的热爱和创作的热情，写下许多当时环境下无法公开发表的作品，直到环境发生变化以后，才公开出版。本教材把这类作品称为“潜在写作”。关于“潜在写作”，可参考《陈思和文集·新文学整体观》第 2 辑中的《我们的抽屉——试论当代文学史（1949—1976）的潜在写作》）陈芳明在《台湾新文学史》（上）描述 1937 年中日战争全面爆发以后的台湾文学状况：“从 1937 至 1945 年战争期间，文学发展大约可以分为两个阶段。第一阶段，亦即从 1937 至 1941 年，是作家不能发声的时期。第二阶段，亦即从 1941 至 1945 年，是作家不能沉默的时期。这两个阶段的分野，在于 1941 年太平洋战争的爆发。”（第 158 页）陈所指的“不能发声”是指作家不能发出自由之声，但还能保持沉默，不附和殖民者的主流意识形态，但到了“不能沉默”的阶段，作为一个作家，他们连沉默的权利也没有，只能配合战争宣传。在台湾，一大批原来抵抗、批判殖民统治的作家也不得不违心写作来配合“皇民化”；但笔者还是愿意引进“潜在写作”的概念，强调即使在日本殖民统治强权下，还是有台湾作家的潜在写作，如吴浊流的长篇小说《胡志明》（出版时改名为《亚细亚的孤儿》）。

间的隐形结构：书写台湾现实生活场景和民族风俗以及台湾人在国族认同上的极其痛苦的内心意识。应该补充的是，日本当局把文艺纳入战争，成为侵略战争工具的文艺政策，不仅仅是针对台湾的，当时日本国内的文艺政策也是如此，许多日本作家，不管是左翼作家还是唯美作家，都被纳入"笔部队"的编制，参与了侵略战争。①当时被日本占领的中国沦陷区，也发生类似的情况。只是日本军事占领各地区的情况不一样，掌控的程度也不一样而已。如在上海、北平等地区的中国作家中，还是有很多人用潜在写作或者回避战争政治来保持文学的艺术独立性。

同样，在中国大陆，全面抗战也改变了"五四"以来新文学的发展方向。如果说，新文学运动是一个具有先锋文学因素的思潮，其在近二十年的发展中逐渐融入各种各样的文学因素和文学潮流，进而在汇集成为文学主流的过程中，原有的先锋精神也逐渐地被消解和被丧失；从"五四"初期新文学运动到左翼文艺运动是一个文学先锋精神的式微过程：从社会的文化的紧张对立关系进入到政治的党派的紧张对立关系以后，其内在的先锋文学因素也开始衰亡。对于这种变化来说，抗战则是一个分界，外来情势剧变促使文学的先锋性迅速转换为民族主义的政治激进态度。五四新文学是一种先锋运动，它的主体是思想解放、冲破了传统文化观念的先进知识分子，由知识分子推动思想启蒙和民族救亡运动；而在抗战全面爆发以后，一个新的伟大的民族主体觉醒了，千百万中国农民走上了战场，成为抗日救国的主要力量。随着农民阶级在政治上军事上的地位急剧上升，他们在文化上的自我解放的要求也被激发出来，成为当代文化建构的重要内容。战争使知识分子为中心的启蒙文化开始瓦解，文学与战争、与战争的主体农民之间的关系，都发生了变化，先锋运动消失了，知识分子精英

---

① 日本在战时也有许多作家被迫"转向"，被纳入"笔部队"参与侵略战争，但是还有很多作家在战场上发表了反对战争的作品(如石川达三)，也有的作家以强调艺术上的美与人性，进行"艺术的抵抗"。见叶渭渠、唐月梅《日本文学史・现代卷》第8章《黑暗的战争年代与文学》，经济日报出版社2000年版，第292—324页。

独占主流的现象受到遏制，民间文化形态进入了当代文化建构。原来由知识分子精英对庙堂统治者的斗争和对国民性的改造同时展开的文化冲突，转向了庙堂意识形态、民间文化形态和知识分子精英传统三者有条件的妥协与沟通，取得了对外抗战的一致性。“三分天下”并存的局面由此形成。文学与战争紧密结合，充当宣传工具，与“抗战无关”的文学受到了抵制和批判。当代文化建构中的战争文化心理在此时被普遍接受。[①]

抗战对现代文学史的影响还不仅仅表现在战争期间，在这一场战争结束以后，战争因素已经深深楔入民族文化心理。抗战胜利后，中国大地上的战争没有结束，国共两党之间的战争、世界范围内的美苏两大阵营的冷战，一直影响着民族文化建构中的战争文化心理。因为战争的关系，文学与政治、政权、国家的关系越来越紧密，尤其是在1949年后海峡两岸军事对峙的格局下，两岸的文学都被纳入战争思维模式中去，都在政治意识形态支配下运作；而在香港，除了市民大众文学格外繁荣外，美元操作下的文学创作和“左”“右”两派文学的对峙，也都形成了文学运作的基本格局。但是，战争思维的大格局中仍然存在着多层次的创作现象，可以分出主旋律的、现实批判主义的、偏重艺术与内心的，以及潜在写作等层面。在中国大陆，经过了数次政治运动，以鲁迅为偶像的先锋精神在现实层面基本上已经消失，但是新文学作为一种新传统被纳入国家意识形态的建设，进入了被学科化、文献化、经典化的阶段，新文学的精神传统通过学院的教学和研究转化为一种学科形态，保存在大量的历史文献与文献叙述中，并得以传播；现代文学的经典作家和经典作品也被合法地树立起来，在教学和研究中获得延续。但是正因为进入了学院的学科体制，五四新文学的先锋精神隐隐约约地隐藏于新文学传统的大叙述中，通过师承的学术血脉依然在慢慢流淌、延续，薪尽火传。

---

① 关于抗战形成的战争文化心理问题，可参见《陈思和文集·新文学整体观》第2辑中的《当代文学观念中的战争文化心理》。

抗战的规模几乎蔓延到整个中国的东部和中部，太平洋战争以后甚至蔓延到东南亚和南洋地区。大规模的战争使中国的政治、军事、文化的地图发生了根本性的改变，文学地图也随之发生了变化。1937年以前，五四新文学运动的影响自然也波及全国各地，但文学集中繁华之地基本上不离京沪沿线，而全面抗战打破了这种狭小的分布格局，先是东三省的沦陷促使一批作家流亡内地，加入了新文学的队伍。1937年战事爆发，战争裹挟了作家艺术家的迁徙和流亡，武汉、香港、桂林、重庆、延安等等，相继成为中国文学的精英荟萃之地，形成了多元的文学中心。战争中政治军事地图的不断变化，促使作家艺术家们渐渐地相应分布在不同政治性质的三个区域：国民党统治下的大后方、共产党控制下的抗日民主根据地以及日本侵略军占领的沦陷区。这三大区域构成了战后中国的政治版图，也构成了战后的文学版图。如果我们将全中国版图视为一个整体的话，那么，不难认识到这三大版图始终存在于20世纪后半叶的中国土地上，只不过区域面积和土地上的主宰者在不断地变化之中。首先是国共两党的大规模战争改变了中国政治领导权的比重。原先占有大部分领土的国民党政权最后退守到台湾，维系着国统区的政权命脉；原先以延安为中心的抗日民主根据地随着战争的胜利渐渐扩大解放区，直至占领了整个中国大陆；其次，日本在战争中终遭失败，退出了在中国的殖民地，伪满洲国已经覆灭，台湾省被国民党政府占有，但作为近代中国被殖民的国土并没有完全收回主权，还留有受殖民统治的香港和澳门。香港在战前文学并不繁荣，但随着1949年的战事，南下北上的大流徙造成了文学的畸形繁荣。英国在“二战”以后经营香港与日本统治台湾有很大的不同，但仍然具有鲜明的殖民地文化的特征，1949年以后的香港文学构成了不同于中国大陆和台湾的文学特点。战争造成的三大区域的文学面貌，直到20世纪末的90年代，随着两岸政治变化以及关系缓和，香港、澳门回归等因素，才渐渐发生了新的变化。

以上三个问题的提出，都是为了更好地理解20世纪中国文学发展的规律，先锋与常态的关系是考察1937年以前现代文学运行发展的一个视角，以抗战为分界是考察1937年到20世纪末大中国文学版图的文学状况，而殖民地文学的提出，可以更全面地考察中国20世纪文学运行的状况及其特点。这正是本教程所追求的文学史理论的创新和突破。

2016年3月写于上海鱼焦了斋

原载《陈思和文集·新文学整体观》，广东人民出版社2017年版；初刊《文学评论》2016年第6期

海派电影传统与中国电影学派的建构

周 斌

在中国电影经历了改革开放40年的变革发展，并正在从电影大国向电影强国转换发展之际，学术界开始积极倡导建构中国电影学派，显然，在这样的时刻倡导建构中国电影学派是十分必要的，也是非常重要的。因为这既是坚定文化自信的具体体现，也有助于进一步推动中国电影在深化改革、不断创新的基础上继续快速发展，顺利完成从电影大国向电影强国的转换。

无疑，任何艺术学派都不可能是凭空建构起来的，都有其一定的文化渊源，并继承了一定的美学传统；只有以此为基础，并不断适应时代需要进行创新发展，才能形成独具艺术特点和文化内涵并有长久美学生命力的艺术学派。为此，当我们大力倡导建构中国电影学派时，也应该深入梳理其文化渊源和美学传统，在传承其优良基因和个性元素的基础上，依据当下新时代的需要，实现创新性转化和创造性发展，努力建构有坚实文化基础、丰厚思想内涵和独具艺术特点与美学品格的中国电影学派，其中海派电影传统乃是建构中国电影学派时不可忽略的一个重要内容。

一

众所周知，上海是中国电影的发祥地和海派电影的诞生地，电影传入中国以后,首先在上海落地生根,一些外国商人相继在上海的茶楼、饭店、公园和一些娱乐场所开始放映电影,以多种手段吸引市民观众前来观赏这种新奇的娱乐样式,以便从中牟利。当越来越多的普通市民喜爱看电影以后,西班牙商人雷玛斯便于1908年在上海虹口海宁路与乍浦路口搭建了一座可容纳250人的虹口活动影戏园(1919年后改名为虹口大戏院),这是在上海修建的第一座电影院。由于电影放映业有利可图,所以中外商人纷纷加入竞争,至1939年,上海已有影剧院多达五十多家,不少影院建筑豪华、设施先进,其中如大光明电影院就有"远东第一影院"之称。正是通过众多影剧院不间断地放映各类中外影片,才使电影这一新兴的现代艺术得以普及,成为上海都市广大市民观众所喜闻乐见的一种主要审美娱乐样式,由此也促进了电影产业和电影创作的繁荣发展。

虽然1905年北京丰泰照相馆摄制了中国第一部影片《定军山》,但该片是一部戏曲纪录片,它记录了京剧名家谭鑫培主演的《定军山》中"请缨""舞刀""交锋"等片段,还不是具有独特创意和艺术、技术难度更高的故事片。中国第一部故事片则是1913年由当时在上海从事新剧演艺和评论工作的郑正秋编剧,郑正秋和张石川合作导演的《难夫难妻》。该片以郑正秋家乡潮州的封建买卖婚姻习俗为题材,以嘲讽的手法揭露和批判了不合理的封建婚姻制度,具有明显的反封建主义主旨。这部短故事片是我国摄制故事片的开端,它不仅有事先写好的电影本事,而且还有专人担任导演。同时,其意义"还在于它接触了社会现实生活的内容,提出了社会的主题。这在普遍把电影当作赚钱的工具和消遣的玩意的当时,是可贵的"①。可以说,《定军山》和《难夫难妻》的相继问世,标志着中国民族电影正式诞生。

但是,《难夫难妻》这部短故事片是由外国人投资组建的亚细亚影戏公司出品的,该公司1909年由美国人宾杰门·布拉斯基创办于上海。1912年,布拉斯基将公司和部分资财转让给上海南洋人寿保险公司的美国人依什尔和萨弗,由

① 程季华主编《中国电影发展史》,中国电影出版社1981年版,第19页。

于这两个人不熟悉中国国情，所以他们便邀请了上海洋行广告部买办张石川担任顾问。1913 年，张石川又邀请了郑正秋、杜俊初等人组织了新民公司，专事承包亚细亚影戏公司的编、导、演业务，影片拍摄资金和技术则由亚细亚影戏公司提供，所以《难夫难妻》还不是由中国人自己的电影公司投资拍摄和出品的影片。1916 年张石川、管海峰集资在上海徐家汇创办了幻仙影片公司，并租用了意大利侨民阿·劳罗的器材和摄影场开始拍片。这是中国第一家在经济上摆脱了外国商人的自主投资和管理的影片公司。该公司拍摄的故事片《黑籍冤魂》以同名文明戏为剧作蓝本，由张石川、管海峰导演。该片通过一个封建大家庭因吸食鸦片导致家破人亡的悲剧，在一定程度上反映了帝国主义的鸦片倾销给中国社会带来的非常严重的恶劣后果，具有较明显的反帝倾向。尽管《难夫难妻》和《黑籍冤魂》在艺术和技术上还较为简单稚嫩，但却为海派电影和中国电影的创作发展奠定了良好的基础，较好地显示了国产电影艺术应有的社会价值和美学价值。

虽然幻仙影片公司在摄制完成《黑籍冤魂》后，终因资金短缺而歇业，但此后由中国人投资的民营电影企业则在上海不断出现，促进上海电影产业有了较快发展。据 1927 年初出版的《中华影业年鉴》统计，1925 年前后在上海有 141 家电影公司，1926 年在上海有近 40 家电影公司拍摄过影片。虽然其中不少电影公司是“空壳公司”和“皮包公司”，但仍有一部分电影公司在国产影片的创作生产等方面做出了成绩和贡献。从 20 世纪初至 30 年代，在上海从事电影摄制的一些主要电影公司如当时在上海的商务印书馆活动影戏部（成立于 1917 年，至 1926 年影戏部与馆本部分离，另组国光影片公司）、中国影戏研究社（成立于 1920 年）、上海影戏公司（成立于 1920 年）、明星影片公司（成立于 1922 年）、长城画片公司（1924 年从美国迁回上海）、神州影片公司（成立于 1924 年）、友联影片公司（成立于 1924 年）、大中国影片公司（成立于 1925 年）、天一影片公司（成立于 1925 年）、大中华百合影业公司（成立于 1925 年）、华剧影片公司（成立于 1925 年）、开心影片公司（成立于 1925 年）、民新影片公司（成立于 1926 年）、南国电影剧社(成立于1926年)、联华影业公司(成立于1930年)、艺华影业公司(成立于1932年)、电通影片公司(成立于1934年)、新华影业公司(成立于1934年)、国华影业公司(成立于1938年)等。这些电影公司虽然存在的时间有长有短,创作拍摄的影片有多有少,影片的艺术质量也有高有低,但是,它们都为海派电影和中国电影的发展做出了不同程度的贡献。其中特别是明星公司、天一公司、联华公司、艺华公司、电通公司、新华公司等,其成绩和贡献尤为显著。可以说,中国民族电影产业诞生后,也首先在上海繁荣发展起来,并取得了实质性的进展。

仅以明星影片公司为例,该公司由张石川、郑正秋、周剑云、郑鹧鸪和任矜苹共同创办,初期公司决策层统一于"补家庭教育暨学校教育之不及"的制片方针,倡导"明星点点,大放光芒,拨开云雾,启发群盲"的创作宗旨。由郑正秋编剧、张石川导演的《孤儿救祖记》是明星公司早期影片创作中最能体现其宗旨的一部颇有影响的作品。该片围绕家庭内部的遗产争斗,叙述了一个善良与邪恶、忠诚与背叛、财富与教育的家庭伦理故事,编导运用"误会、苦难、转折、团圆"的通俗文艺叙述方法,细致真切地描述了家庭亲情、小人离间、骨肉分离、最终团圆的过程。影片上映后引起轰动,广受市民观众的欢迎和好评。该片既使明星公司获得了艺术声誉和商业利益的双赢,由此解决了公司的财政危机,奠定了其继续发展的基础;也为海派电影和中国电影开创了一种家庭社会伦理片的模式。同时,"这部影片不仅关注了当时中国逐渐从传统社会向商业社会变化的现实,而且体现了传统文化价值观,在电影艺术形态的把握上也基本成熟,形成了中国民族电影的基本轮廓,赢得了观众的热爱和尊敬"①。此后,这种家庭社会伦理片成为海派电影和中国电影创作的一种主要类型,先后出现了一些颇有影响的成功之作。其中如郑正秋的后期代表作《姊妹花》于1933年在上海新光大戏院公映时,曾创造了连映60多天的票房纪录,深受广大观众喜爱和欢迎。而郑正秋的学生蔡楚生的代表作《渔光曲》于1934年在上海金城大戏院上

① 尹鸿、凌燕《百年中国电影史(1900—2000)》,湖南美术出版社、岳麓书社2014年版,第13页。

映后，连映了84天之久，打破了《姊妹花》创造的纪录，由此可见广大观众对家庭社会伦理片这种类型片的喜爱和欢迎。

可以说，以明星影片公司为代表的一批民营电影企业，在海派电影的创作生产和市场营销拓展等方面做出了显著贡献，为中国民族电影产业的发展奠定了坚实的基础。而以郑正秋为代表的早期海派影人，在艰苦的环境中筚路蓝缕、不断探索，为形成海派电影的美学特色和艺术魅力倾注了心血，做出了很大贡献，是海派电影的奠基者。

从总体上来说，海派电影汲取了海派文化和江南文化的营养，以都市市民的生活状况和思想情感为主要表现对象，并以都市市民观众为主要的观影群体，其创作注重满足他们的娱乐审美需求，并坚持多元化的艺术创作实践，追求多样化的电影美学风格，而地域性、通俗性、包容性和开放性是其较为显著的特点。早期海派电影一方面着重向好莱坞电影学习借鉴，另一方面则注重从中国传统的戏曲、戏剧和通俗文学作品中汲取营养，以形成自己独具的中国民族特色和海派文化特色。正是在20世纪初上海电影产业的拓展变化和电影创作生产的多元实践中逐渐形成了颇具特色的海派电影传统。

二

20世纪30年代，在左翼文化运动影响下，上海崛起的左翼电影是海派电影的创新性发展，它适应了当时的时代潮流、社会变革和观众审美需求变化的需要。在海派电影原有的叙事内容中增添了进步的思想意识，扩大了其题材范围，深化了影片主旨，较鲜明地体现了时代精神，并塑造了一些具有典型意义的新的银幕形象，由此提升了海派电影的美学品位，并为中国电影贡献了一批精品佳作。

左翼电影的崛起既与一批受过五四新文化运动洗礼的进步知识分子进入电影界参与电影创作生产和理论批评等紧密相关，也与中共电影小组的成立及其卓有成效的组织领导工作分不开。虽然在此之前已有田汉、洪深、欧阳予倩等一些进步知识分子进入电影界，并创作拍摄了一些有新意的影片，但因其力量单薄，故影响有限。而以阿英、王尘无、石凌鹤、司徒慧敏为组员，夏衍为组长的中共电影小组则有计划地动员和组织了一批左翼文艺工作者从文学、戏剧、音乐、美术界转入电影界，分别进入明星、联华、艺华等电影公司，成为电影创作各个部门和一些报刊电影理论批评阵地的骨干力量。同时，在中共电影小组的直接领导下，还成立了电通影片公司，增强了左翼电影的创作生产力量。左翼文艺工作者团结了上海电影界原有的一批进步、爱国的海派影人，齐心协力、迎难而上，掀起了左翼电影运动的高潮，使之成为20世纪30年代上海影坛和中国影坛的创作主流，并对此后的海派电影和中国电影的创作发展产生了很大影响。“左翼电影运动的重要影响在于其参与者不仅仅有左翼人士，还广泛地整合了各种社会身份、民族资本家乃至国民党的进步力量。它极强的包容性使得各种艺术风格、各种表达形式、各种美学追求都得以在同样的意识指导下充分发展和实现，而它内部本身也一直伴随着各种论争、质疑。在这种论争过程中，它不但更明确了自己的目的、任务，强调了电影的‘内容’，也使如何表现‘内容’进入讨论。虽然它以改造电影的思想（内容）为主要任务，却也在艺术革新（形式）方面留下了诸多成果，使‘三四十年代中国电影’在某些方面达到了相当的高度，至今还成为海内外学者关注的重要命题。从数量上看，左翼电影不是30年代中国电影的全部，但其不仅改变了当时中国电影的整体面貌，而且夯实了中国电影勇于承担社会文化责任和强烈的忧患意识。这是一场影响数十年的电影运动，它留下了丰富的遗产与资源。”①此言甚是。

无疑，以夏衍为代表的一批左翼电影工作者，以其颇有成效的创作实践和理论批评，有力地推进了海派电影和中国电影的创作发展，他们团结并影响了郑正秋等一批海派影人，以丰硕而优质的创作成果在中国电影史上书写了新的篇章。其中以都市生活为题材内容的海派电影也有许多颇具影响的成功之作，

① 尹鸿、凌燕《百年中国电影史（1900—2000）》，第41页。

无论是表现都市底层民众痛苦生活和悲惨命运的《上海 24 小时》《香草美人》《压迫》《城市之夜》《都会的早晨》《挣扎》《马路天使》《都市风光》等影片，还是描述都市各类被压迫和欺凌之女性命运的《女性的呐喊》《三个摩登女性》《脂粉市场》《前程》《母性之光》《新女性》《女儿经》《女人》《自由神》《神女》等影片，抑或是描写各类都市知识青年不同命运和人生道路的《时代的儿女》《肉搏》《生之哀歌》《桃李劫》《十字街头》《风云儿女》等影片，以及直接表现都市民众在时代感召下积极参加抗战的《共赴国难》《奋斗》《民族生存》《烈焰》等影片，都从各个不同的角度和不同的侧面展现了各类都市市民的生活状况、命运遭遇、思想情感和斗争追求，不同程度地揭露和批判了黑暗的社会制度、反动的统治阶级、腐朽的上流社会和无耻的殖民主义者之罪行，不仅进一步延续和深化了早期海派进步电影创作所体现出来的反帝反封建的思想主旨，切合了时代的需要，满足了观众的需求，而且在电影艺术和电影技术等方面也有了显著提高，其中如袁牧之的《马路天使》、沈西苓的《十字街头》、吴永刚的《神女》等影片已成为中国电影史上具有长久美学生命力的精品佳作。

1937 年全面抗战爆发以后，在上海"孤岛"时期，由于明星影片公司等毁于战火，再加上客观环境的日趋恶劣和大批进步影人离开上海去内地和香港参加抗战文化工作，故而海派电影的创作生产进入了低潮时期。但是，在此期间仍在"孤岛"坚守岗位、坚持斗争的于伶、柯灵等进步海派影人，则相继创作了《女子公寓》《花溅泪》《乱世风光》等一些颇有影响的现实主义影片，使海派进步电影的优良传统在艰难困苦的条件下仍然得以延续和发展。而《木兰从军》等一批历史题材的古装片，也以"借古喻今"的艺术手法，较好地表达了爱国抗战的思想情绪，引起了广大观众的共鸣。正如有的学者所说："孤岛电影以更加个人化、多样化和商业化的方式完成了抗敌御侮、保家卫国的时代命题，并在中国电影史上第一次达成了家与国置换、伦理与政治置换的叙事格局。这是中国民族影业在特殊历史时段里的一种生存智慧，依靠这种生存智慧，孤岛电影实践着另一种电影抗战，成功地保全了中国商业电影和类型电影的流脉，使其在 1945

年以后的中国电影里大放异彩。”①

1945年抗战胜利以后，许多在内地和香港的电影人复员回到上海，开始了战后上海电影的创作生产活动，他们先后组建成立了昆仑、文华、清华、国泰、大同等电影公司，使上海电影产业能较迅速的恢复和发展。其中昆仑影业公司是阳翰笙等人按照中共领导人周恩来的指示，团结了一批进步影人先以“联华”同人的名义成立了“联华影艺社”，后来为了进一步壮大力量，遂并入昆仑影业公司。该公司既是国统区内在中共领导下的一个电影创作生产基地，也是20世纪40年代新现实主义电影创作运动的中坚力量。它相继创作拍摄了《八千里路云和月》《一江春水向东流》《万家灯火》《关不住的春光》《丽人行》《希望在人间》《三毛流浪记》和《乌鸦与麻雀》等进步影片，产生了很大影响。同时，文华影业公司也相继创作拍摄了《假凤虚凰》《夜店》《艳阳天》《小城之春》《不了情》《太太万岁》《哀乐中年》等一批各具特色的影片。另外，海派影人还巧妙地利用国民党官办电影企业先后创作拍摄了《遥远的爱》《天堂春梦》《还乡日记》《乘龙快婿》《幸福狂想曲》《街头巷尾》等影片。另外，其他民营电影公司也陆续有一些影片问世。

上述影片既代表了海派电影创作所取得的显著成就，也是该时期中国电影创作最有影响的代表作。这些影片题材内容丰富，形式类型多样，思想内涵深刻，主要人物个性鲜明，使海派电影的美学传统有了新的拓展。可以说，海派电影和中国电影的发展由此进入了一个成熟阶段，其中既有如史东山的《八千里路云和月》和蔡楚生、郑君里的《一江春水向东流》这样通过一个演剧队或一个家庭的经历遭遇较全面反映抗战期间和战后各阶层民众生活状况与命运波折的史诗性影片，也有如沈浮的《希望在人间》和汤晓丹的《天堂春梦》等着重描写知识分子在战后的命运遭遇和气节情操的影片；既有如沈浮的《万家灯火》和郑君里的《乌鸦与麻雀》等叙述各类都市小市民战后的痛苦生活及其幻想与觉悟

---

① 李道新《“孤岛”：另一种电影抗战》，《中国艺术报》2005年7月28日。

的影片，也有如陈鲤庭的《遥远的爱》和《丽人行》等注重描写各类女性在抗战中不同的生活道路及其觉醒与成长的影片；既有如张骏祥的《还乡日记》和《乘龙快婿》等揭露与讽刺国民党接收大员战后“劫收”丑剧的影片，也有如赵明、严恭的《三毛流浪记》和佐临的《表》等表现都市社会流浪儿童不幸遭遇的影片；还有如费穆的《小城之春》等以战后社会为背景，描写小知识分子精神苦闷和爱情纠葛，并在艺术上独具特色，充分体现了东方美学传统的影片。

这些凸显出新现实主义美学风格的海派电影之精品佳作，不仅使中国电影成为世界影坛上新现实主义电影流派的重要代表之一，堪与意大利新现实主义影片相媲美；而且这些影片所体现出来的广泛的人民性，也为中国电影从“市民电影”向“人民电影”的转换发展奠定了坚实的基础。

三

新中国成立以后，新生的人民政权在接受国民党官办电影企业的基础上成立了上海电影制片厂，后又对一些民营电影企业进行了公私合营的社会主义改造，最终都并入了上影厂，由此对上海电影产业进行了重新整合。同时，部分解放军文工团成员也由组织安排进入了上影厂，开始成为电影创作生产和各项行政管理工作的骨干。这样的生产体现和创作、管理队伍就保证了“文艺为工农兵服务、为无产阶级政治服务”的文艺方针得以贯彻落实。

由于当时国产电影创作生产的指导方针和电影创作、生产、管理的体制、机制之变化，以及电影创作生产和管理队伍的变化，在强调“为工农兵服务”的“人民电影”的发展过程中，适应时代和社会需要的表现工农兵生活内容的影片成为创作主流，而以表现上海都市市民生活为主的海派电影的文化特色则被淡化了，其地位也相应降低了。从旧社会过来的海派影人虽然对新时代、新社会充满了艺术表现的热情，但如何在银幕上进行恰当、生动的艺术创造还需要经历一个探索的过程。正如有的学者所说：“所谓‘上海派’的艺术经验和艺术追求，在一定程度上成了他们被新社会接纳的障碍，因为随着社会主义革命的需要，新中国电影在美学精神上割断了与新中国成立前传统的联系，甚至许多方面是在与旧传统的对立上确立新的美学原则和存在的。”此前他们的创作曾接受了左翼电影的影响，“只是他们所熟悉的左翼电影以批判既有制度为主要创作方式和美学原则，因此他们没有意识到新生政权首先需要的是对新社会毫无保留的歌颂和赞扬”①。他们以往的创作受观众和市场的影响较深，而对政治与电影的结合则缺乏经验。因此，他们在政治与艺术、时代要求与传统继承的夹缝中努力探索前行。而在此过程中，也难免会遭受各种挫折。

虽然建国初对电影《武训传》《关连长》《我们夫妇之间》等一些影片的批判，以及此后接连不断的各种政治运动之冲击，对海派影人思想上和创作上都产生了很大影响，不少人抱着“不求艺术有功，但求政治无过”的心态从事电影创作。但是，海派电影的美学传统并没有中断，其艺术特色也仍然体现在部分海派影人创作拍摄的影片之中，使其显示出与主流电影不太一样的文化特点与美学风格。其中无论是表现解放前革命者在上海都市艰苦复杂的生存环境里为了实现革命理想而坚持斗争的《铁窗烈火》《聂耳》《51 号兵站》《永不消逝的电波》等影片，还是描写资本家、运动员和艺人解放前后不同生活状况和命运遭遇的《不夜城》《女篮 5 号》《魔术师的奇遇》《舞台姐妹》等影片，抑或是着重叙述新时代、新社会各类都市市民日常生活、思想观念和人际关系发生显著变化的《春满人间》《钢铁世家》《万紫千红总是春》《大李、小李和老李》《如此爹娘》《今天我休息》《女理发师》等影片，在题材内容、人物塑造、类型样式、文化特色和美学趣味等方面，均可以看到海派电影传统不同程度的体现和延续，其中多部影片还凸显了一定的新意，表现了海派影人在电影创作中求新求变的艺术追求。

例如，桑弧的《魔术师的奇遇》是新中国第一部彩色立体宽银幕故事片，该片较好地运用了立体电影的新技术手段来展现新的都市生活环境，并把立体片

① 尹鸿、凌燕《百年中国电影史(1900—2000)》，第 103 页。

的艺术特点与杂技、魔术等有机结合在一起，增强了影片表现生活的真实感和活泼有趣的喜剧效果。又如，谢晋的《大李、小李和老李》为了凸显喜剧片的特色，则把一些上海市民观众非常熟悉和喜爱的滑稽戏演员请来与电影演员一起拍摄影片，将两种表演风格较好地统一在一起，也使影片产生了很好的喜剧效果。2018 年上海国际电影节期间，特意为该片配音的沪语版问世，既以此向谢晋导演致敬，也使影片更具有鲜明的海派文化特色。至于谢晋的《舞台姐妹》不仅通过一对越剧姐妹解放前后在上海都市社会的命运遭遇，展现了多种海派文化的景观，而且还通过越剧戏班的流动表演拍摄出了江南水乡的诗情画意，显示了江南文化的若干特色。另外，鲁韧的《今天我休息》作为一部歌颂美好生活，塑造社会主义新人形象的轻喜剧片，编导把民警马天民在休息日赴约会途中的所见所闻、所作所为像串珍珠一样有机组合在一起，由此既展现了较为广阔的都市生活画面，表现了都市民众新型的人际关系，也形成了一系列喜剧性的矛盾冲突，使喜剧效果真实自然，并具有浓郁的生活气息。

同时，这种求新求变的电影观念和艺术追求也同时表现在一些海派影人在电影理论领域的探讨方面，例如，徐昌霖的《向传统文艺探胜求宝——电影民族形式问题学习笔记》《电影的蒙太奇与诗的赋比兴》等论文，结合一些影片具体阐述了电影创作应如何向中国民族文艺和传统美学学习借鉴等问题，表达了一系列自己的见解和认识，对后人颇有启发意义。而瞿白音的《关于电影创新问题的独白》则详细阐述了电影创新的重要性和必要性，并对各种公式化、概念化的创作现象提出了批评。这些文章表达了海派影人在理论上对中国电影民族化和艺术创新等问题的探讨与诉求，在当时的时代环境里，这样的认识和见解无疑是十分可贵的。

四

改革开放以来，在中国电影不断变革发展的历史进程中，海派电影的美学传统也随着思想解放运动的深入开展和海派文化的持续倡导，不仅得以延续和发展，而且还焕发出新的美学生命力。

一方面，上影厂等国营影视企业在经历了企业改革的阵痛后，形成了新的合力，并在创作生产等方面有了新的拓展。另一方面，一批民营影视企业也陆续问世，并日益显示出多元化的创作趋势。由此既进一步增强了上海电影产业的实力和活力，也使海派电影有了更多的创作生产基地。

在新时期之初，当国产电影创作经历了伤痕、反思、改革等阶段时，海派影人也随之相继创作拍摄了《苦恼人的笑》《小街》《他俩和她俩》《燕归来》《大桥下面》《张家少奶奶》等一些表现各类都市民众在“文革”中的命运遭遇和情感波折，以及在粉碎“四人帮”后的历史新时期迎来的人生新阶段和显示出来的精神新面貌。此后，海派电影创作大致有以下几种情况。其一，以旧上海都市生活为内容的各种类型片创作相继出现了一些各具特色的作品，如《蓝色档案》《开枪，为他送行》《马素贞复仇记》《子夜》《七月流火》《上海舞女》《百变神偷》《夺命惊魂上海滩》《王先生之欲火焚身》《人约黄昏》《上海伦巴》等，均较明显地凸显了海派影人在电影创作拍摄中的类型意识和市场意识。

其二，以上海的一些重大历史事件和重要历史人物为题材内容，把上海红色文化和海派文化交融在一起的主旋律影片创作也呈现出了独特的美学风貌，如《开天辟地》《陈毅市长》《上海纪事》《邓小平 1928》等影片即是如此。

其三，以改革开放历史进程中的上海都市生活为题材内容，注重从各个不同的侧面表现都市各类不同人物的生活状况、精神风貌和理想追求，展现了新时期以来海派文化的新景观。如《快乐的单身汉》《毛脚媳妇》《邮缘》《女局长的男朋友》《烛光下的微笑》《情洒浦江》《留守女士》《都市情话》《我也有爸爸》《都市萨克斯风》《红帽子浪漫曲》《美丽上海》《东方大港》等影片即是如此。

自 20 世纪 90 年代以来，随着国产电影中合拍片数量的日益增多，也有一些以上海都市社会的现状与历史为题材内容的合拍片，其中不乏若干优秀作品。如内地与香港的合拍片《股疯》和《罗曼蒂克消亡史》就颇具特色，受到好评。前者是一部喜剧片，编导用轻喜剧的艺术形式生动地描绘了 90 年代上海市民热衷于炒股的现象，显示了商业大潮和经济利益对普通市民的影响与冲击，并通过对股票市场的涨落起伏与人们生活戏剧性变化的描写，从一个侧面表现了普通民众经济观念的转化。后者则是一部黑帮片，着重描写了抗战期间旧上海的众生相以及黑帮与日本人错综复杂的关系。片中的黑帮大佬王老板、陆先生和张先生分别影射了上海青帮三巨头：黄金荣、杜月笙和张啸林，表现了他们对日本人的不同态度和不同命运，影片采用多线叙事，以沪语对白为主，叙事中暴力与情欲交织，较深入地揭示了动乱年代人性的复杂性。这两部影片的成功也说明了海派电影的持续发展已不再局限于海派影人的创作，新旧上海都市社会的题材内容得到了更多电影创作者的青睐。

上述各类影片既生动、形象地表现了上海这座国际大都市的历史变迁和社会发展，以及各类都市市民的生活状况和思想情感在历史发展潮流中的各种变化，也具体、细腻地演绎了海派文化的特色和景观。这些影片不同程度地延续和拓展了海派电影的美学传统，使之在改革开放的历史新时期有了新的拓展，由此显示出新的艺术活力和美学生命力。

与此同时，海派影人在电影理论和电影史研究等方面也有较多新的贡献。例如，郑君里的《画外音》、赵丹的《地狱之门》和《银幕形象创造》、张瑞芳的《难以忘怀的昨天》、吴贻弓的《灯火阑珊》，以及《张骏祥文集》《郑君里全集》《桑弧导演文存》等著作和各类海派影人的传记与口述历史记录，均是海派影人的人生历程和艺术创作之经验总结。这些著作既是电影导演理论、电影表演理论以及电影史研究的珍贵史料，也是海派电影传统的重要组成部分。

无疑，海派电影是中国电影的重要组成部分，而海派电影传统也是建构中国电影学派不可忽视的重要资源。珍惜海派影人的历史贡献和海派电影传统的美学精华，是建构中国电影学派的一项重要基础性工作，应该得到各方面足够的重视。当下，海派电影也需要面向新时代在弘扬自身美学传统的基础上有新的拓展，从而为中国从电影大国向电影强国的转换和发展做出新的贡献。

显然，中国电影学派的建构既要重视对既有美学传统的总结与传承，也要重视适应新时代需要的创新性发展；既要重视对域外各国电影及其美学理论的学习借鉴，也要重视汲取中国文化传统和中华美学的营养。只有这样，才能很好地完成中国电影学派的建构。

原载《电影新作》2018年第4期

中国当代小说的转型

王东明

上　　篇

一

毋庸讳言，中国当代小说曾经长期生长在封闭性社会文化环境，几十年一以贯之的小说形态先天不足而又后天失调，由于受到种种因素(文学的和非文学的)掣肘，活力缺失，功能萎缩。

如果将历史上溯几年，我们不难从解放区文学的阵营里找到当代小说的雏形。应该承认，在当时的历史条件下，解放区文学能够对抗住国民党的文化封锁而有声有色地生存、发展，这本身就是中国文学史上的一个奇观。然而，历史翻了一页又一页，当代小说仍然笼罩在那个雏形的影子里。

20世纪50年代，人们对文学与政治、文学与生活、内容与形式、批判与继承、民族化和民族风格的理解，有不少在今天看来是偏狭的，但在当时却视如天经地义，对创作发生了决定性的影响。因此，尽管在五六十年代之交长篇小说创作出现了前所未见的高潮，《创业史》《红日》《红岩》《红旗谱》《青春之歌》等一批长篇力作标志着小说艺术难能可贵的长足进步，我们仍然可以这样认为，当代小说几乎从刚刚起步就踏上了一条坎坷之路，作者的艺术创造性自觉不自觉地被束缚住了。

标准划一的"民族风格"成了这个年代小说家面前找不到阿里阿德斯的线头的迷宫。人们匍匐在它下面,并且以"愈是民族的,愈是世界的"自慰。承传而少扬弃,守成而少创新,是许多小说家的共同心态。

封闭的文化环境加剧了中国当代小说的艺术贫血症。对西方现代文学的排拒,本来就使得自身的发展失去了必要的参照,对俄苏文学的先热后冷,更是关闭了通向世界文学的窗户。自封导致固步而不自知,愈加自封,没有参照,没有激活,当代小说艺术的凝固、僵化,呈现出必然之势。

渐趋凝定的小说形态遂呈现出下列特征:1.以政治任务为圭臬,衍生出集中、划一的主题形态;2.审美取向、认知模式受制于政治因素,惯于以理想化、绝对论剪裁生活;3.工农兵形象居主角,僵硬的典型人物(性格)和戏台式的典型环境;4.万变不离其宗的情节结构,单线推进的故事;5.忽略技巧、不求差异与变化的叙事方式。

二

转机终于姗姗来临。社会历史的大转折将人们带入了新时期,包括小说在内的文学在结束了一段时间的惯性运动之后,走向了联结着过去与未来的新起跑线。思想解放运动给当代文学争得了开放的文化背景。"两个凡是"之类的现代神话一旦破除,许多有形无形的文学禁忌随之湮灭,作家的艺术生产力解放了,文学在新旧杂陈中拉开变革的序幕。

当代小说以短篇这一迅捷的体裁为基地,在直面十年动乱的严峻的生活、反思建国以来的曲折道路的过程中,开始了对濒临绝境的传统小说技巧的恢复与修整,并以《从森林里来的孩子》《受戒》等接通了当代小说史上几成绝响的抒情小说支脉,以《我是谁》《剪辑错了的故事》等显示了借鉴外域、融入新机的可能与前景。这些作品在当代小说艺术转型的进程中,成为踏进新野的前驱。

理论界关于文艺与政治关系问题的讨论及对“工具论”的破除，关于现实主义的讨论，关于文学中的人性、人道主义问题的讨论，为当代小说的艺术转型做了舆论准备，起到了拓荒与铺路的作用。所有这一切都预示着小说转型期的到来。

王蒙充当了这场攻坚战的主将，他用“集束手榴弹”硬是在既有的以不变应万变式的叙事模式上炸开一道缺口，让“意识流”流向渴望着“春之声”的小说世界。与此同时，他还写下了一系列颇具理论价值的理论文字，巩固、扩大战果。

传统的小说观念动摇了，传统的现实主义创作手法失去了定于一尊的地位，传统的情节和结构模式受到了咄咄逼人的挑战……一石激起千层浪，“意识流”及其引起的连锁效应，改变了当代小说的历史进程。它不仅使小说家们普遍意识到旧小说形态对艺术创造力的束缚，而且让他们领略了拿来主义给小说创作带来的活力。

七八十年代之交更加引人瞩目的文学现象是中篇小说的异军突起和日趋繁荣，它不仅标志着小说功能的分化进入了一个新的层面，促成了中国当代小说格局的改变，而且为小说艺术的转型开拓了广阔的实验场，提供了充分的可能性。许多小说家正是在中篇的世界里实现自己创作的转轨的。

由于体式的特点，中篇小说比较便于吸纳新的审美趣味和传统的审美习惯所做的整合。因而，当代小说许多尚为人所陌生的因素，如象征、隐喻、反讽，常常率先或突出地由中篇体现出来，而小说技巧的演进，如叙事连续性的中断、时空关系的切割、结构形态的开放与多元化，在中篇领域也最为明显。如今在长篇领域一试身手的作者，多数都曾是中篇创作的中坚，与其说这是小说发展合规律的必然，毋宁说是中篇创作使他们登上了一个新的台阶。类似的创作转换，其实都加入或充实了当代小说的转型。

然而，这一切只是整个转型期的一个开端。人们普遍关注的是旧艺术传统的分化和旧艺术秩序的瓦解，而非小说现代化的建设，甚至对已经初露端倪的革命性逆转也因缺乏必要的心理准备和理论准备而未果敢地推开。有的则陷入了艺术上的流寇主义，缺乏扎硬寨、打硬仗的韧性。

三

从“意识流”开始，新时期小说加入了新时期文学“向内转”的势态，形形色色的心理、情绪、感觉、梦幻涌入了小说，出现在小说中的一切都被心灵化、主体化了。伴随着主体意识的被唤醒，小说家跨入了1985年。

1985年无疑是中国当代文学史上值得大书特书的一年。“寻根小说”和“新潮小说”联袂而至，是这一年度小说界的盛事，也是中国当代小说转型的枢机。

尽管作为一种文学思潮的“寻根文学”，被一些论者认为是在东西方文化大冲撞大交汇的总体背景下，人们在被动局面中所做的主动反应，韩少功以《文学的“根”》一文率先打出“寻根”的旗帜，所激起的反响之强烈，仍然出乎一般人的意料。文坛几乎一下子失去了平静，小说创作的形势和格局发生了微妙的变化。在《系在皮绳扣上的魂》《异乡异闻》《遍地风流》《归去来》《五个女子和一根绳子》《沉睡的大固其固》《爸爸爸》《老井》《小鲍庄》《天狗》《井》等作品中，人们明显感受到作者艺术思维方式的转换和整体地把握生活能力的提高。文化视野的开拓，使作者不再根据某种既成的思想、理念去剪裁生活，而是在广阔的文化背景上展示生活的丰富多彩和内在逻辑，多层次、全方位地审视具体的生活形态。或回首沉重的往昔，追思历史的遗音；或在悠长、迷离的时空里探索民族性格、民族生力的遗传密码，在旷远、浑然的文化景观中透出当代生活的启示录；或摄取现实的世态人情，展示当代人积淀着文化传统的生态和心态。因此，深山野地，大漠荒原，风习礼俗，异闻逸事，一经作者文化意识浸润，便获得了超越性的容涵。

无论读者作者，任何人也不能无视“寻根文学”的存在，即使是曾经或正在叱咤风云的小说家，也得在“寻根文学”面前做出新的姿态，面临新的抉择。“寻根文学”改变了整个文学版图中创作个体的坐标。它对本民族文化原生状态的重视，直接启示了“新写实小说”作家对社会群体或个体生存本相的勘探。由“寻根”衍生出的一系列“寻找”意向，也持续了不短的时间，成为小说界的热点。经由“寻根文学”勃兴的“新笔记体小说”也在文坛争奇斗妍了好一阵。“寻根”派作者重视悟性直观的创作追求和对感性经验的崇尚，则一度代表了共同的审美风尚。

在不少人的印象中，“新潮小说”是跟刘索拉《你别无选择》、徐星《无主题变奏》一道翩然而至的。说它们“新潮”（后又称之为“伪现代派”），主要是因为所传达的“麦田守望者”式的情绪心态在本土不免显得“超前”，也因为小说“夸张嘲讽故意粗俗但又忍不住炫耀高雅的情绪型叙述语调”和“无中心人物无秩序无主次情节无故事‘无结构’的结构”。①人们的视野更多地落在前者，而对于后者体现在小说形态意义上的新质却未引起足够的重视。这也许是特定时期的审美风尚所致，但也能够说明其时判断一篇小说是否“新潮”，主要是依据它的内容意蕴。

很快地，“新潮小说”的重心发生了置换，即由内容的时髦转向形式的摩登。马原、残雪成了“新潮小说”最具代表性的作家。

这不仅仅是因为他们的作品是小说艺术转型的标本，更是因为他们在这一转型过程中充当的先锋角色。尤其是马原，小说艺术的深刻转型多半与他有关。绕开马原来谈现代故事的崛起与小说本体的复归，谈叙述方式的演进等，都显然是一种不明智之举。不单是洪峰，“后新潮”的不少小说家都笼罩着他的身影。尽管随着小说背景的移位，原先由强烈的文化反差获取的创作优势丧失了，马原式的操作方式也构成某种定势，马原小说的魅力减弱了，但在“西藏的故事”时期的马原，确实为推进当代小说的转型立下了殊勋。至于残雪的贡献是在另外一面，她那些梦魇、谵语般的文字，显示了小说形态革命的无限可能性，也显示了当代小说进入转型期后所具备的气度和决心。

① 参见许子东《当代中国青年文学的三个外来偶像》，《文艺理论研究》1988年第3期。

四

1986年，虽然“寻根文学”陷入了虚脱，没有出现更多的照亮文坛的小说新人，也没有出现更多《红高粱》《古船》式的扛鼎之作，但探索、创新成了小说界的深沉律动，并且渗透到小说的每个艺术层面。

不少小说家由此开始了自己的艺术蜕变，王蒙(《活动变人形》)、蒋子龙(《饥饿综合症》系列)、谌容(《减去十岁》)、张洁(《他有什么病》)、李国文(《危楼记事》系列)、从维熙(《风泪眼》)、林斤澜(《矮凳桥风情》)、王安忆(《小城之恋》)、张抗抗(《隐形伴侣》)、郑万隆(《远雷》)、赵本夫(《枯塘记事》)等，都加入了这一行列，这当然不是巧合，而足以表明在过去一年里发生的一切，正促使小说家在变化了的小说世界中寻找自己的位置，以积极的姿态与之对应。这种寻找、对应取向的汇合，也就成为中国当代小说转型的指向。

当代小说的转型率先在被认为是中国当代文学“熟地”的革命历史题材领域有了“采样”。莫言的《红高粱》、乔良的《灵旗》这两篇以深沉意蕴实现了对题材的超越的作品，不仅显示出一种全新的审美意识，极力使历史主体化、心灵化、生命化，而且以一种人们前所未见的叙述形态和小说元素的组合方式，承载起主体灵性对于历史的激活。的确，将这两篇作品同五六十年代的许多革命历史题材小说放在一起比照，能够说明很多问题。而它们的差异，恰好成了当代小说转型的生动注脚。

同样可作为当代小说艺术转型注脚的是“叙事人”在1986年的突出表现，在叙事诸元素中，意识到“叙事人”的独立存在和使叙事人成为叙事形态越来越活跃的因素，是中国小说叙事艺术的一大进步，而这也就是在1986年前后才达到的。

不少人忽略了1986年小说文体上的变化，这自然会影响到他们对该年度小说的总体评价。实际上，就在这一年，文体变革的步伐加快。一些小说家在

“寻根”的浪潮减退下来后迅速转向了文体的探索，或者使已经进行的文体变革自觉化，或者以鲜明的文体意识为指导，着意于新文体的探求。李锐的《厚圭》系列，正是在这样的背景下问世的。它所体现出的文体追求，多半源自对“新笔记体小说”和重氛围、情调的“新潮小说”的整合。

五

自 1987 年以来，随着商品经济大潮的冲击和文化失范的影响，社会的价值取向发生了倾斜，在夹缝中生存的文学似乎出现了种种危机。

社会文化的变动引起文学格局的变化，在文学内部也因此发生功能分化和结构调整。纪实文学、通俗文学一时间与所谓“纯文学”分庭抗礼，当代小说从内到外都随之产生或大或小或显或隐的变化。

有人将这段时间的文学概括为“无主流的文学浪潮”，当然不无道理。但就小说而言，从中梳理出互相对峙而又互补的“后新潮”与“新写实”两路来，并不是十分困难的事，而且，进一步认为它们大抵能够反映这几年小说的面貌，也不见得过于唐突。

经由马原、洪峰等人，“新潮小说”实现了向“后新潮”小说的转换。其实，这种以“以超越浪漫主义和反叛现实主义、向传统的理性观念挑战为己任，注重在作品中表现和弘扬自我”①的现代主义精神为核心的“新潮小说”，在中国的土地上并未获得自由、充分的生长，主要构成其感知内容的异化感、孤独感、荒诞感、混乱感，缺少广泛的感性现实的依附，形式技法方面的意识流、心理分析、象征、变形等也与本民族的审美习性存在较大落差。因而，“新潮小说”的艰窘可以说是与生俱来的。然而，它们的作者却表现出可贵的艺术热情和实验勇气，毕竟在“六神无主”的文坛为之争得了一席之地。“新潮小说”对中国当代小说家思

① 王宁《西方文艺思潮与新时期中国文学》，《北京大学学报》1990 年第 4 期。

维定势的冲击和具有新质的思维模态的建树，对中国小说中深层的心智模式和感知内容的启迪性影响的丰富，对当代小说形式技法的现代性拓进，是毋庸置疑的。尽管它们有着令人生厌的矫情和故作姿态的深刻，有着过多来不及消化的摹仿和自己也把握不定的实验，但在推进中国当代小说的转型方面，却功不可没。

从“新潮”到“后新潮”的转换是悄悄进行的，以致今天人们也很难辨明它们的差异，甚至干脆就将它们混为一谈。实际上，“后新潮”是就其后现代主义倾向而言的。当代中国社会在文化转型中出现的文化失范、商业化浪潮的兴起，使得西方后工业、后现代社会的产物——后现代主义，在这块文化薄土上有所萌芽，加上多元的文化选择和传承以及绝对超前的感知方式，在一部分先锋小说家的作品中终于催生了具有后现代主义因子的“后新潮小说”。

这种几乎从一开始就走了极端，造成阅读的颠覆的小说，注定了在当代小说转型期中要扮演一个悲剧角色。时下对之颇多訾议，以为它是这几年文学疲软的肇事者。这实在有欠公允。在探索小说世界的可能性方面，“后新潮”小说家可谓兢兢业业，用心良苦。何况因为有这群人的劳绩，形形色色的小说才在多元互补的文学格局中稳健地占有了自己的位置，而当代小说也才能从总体上保持着一种探索前行的张力。

还应该注意到“后新潮”群体晚近所做的一系列调整、变化。其中，比较突出的是向故事返归的意向，曾被搁置一旁的故事（情节性）重新得到尊重与珍视。这说明了他们正在不断克服自身的封闭性，偏离一些危及自身生存发展的审美规范。这也是中国当代小说转型期透露出的新信息。

六

早在《钟山》1989年第3期倡导“新写实主义”之前，敏感的读者就已经从《烦恼人生》《白涡》《风景》《塔铺》《曲里拐弯》等作品中感受到了审美意识的新变。在先锋小说(包括“新潮小说”和“后新潮小说”)和传统现实主义小说的双重背景衬托下,这批小说显示出明显的新质。其核心在于对民族生存本相的勘探和对生活原色魅力的显示。等到《钟山》亮出“新写实”的旗帜时,这股创作浪潮其实已颇为可观了。

随着“意识流”向“生活流”的演进,人们对种种过滤生活和人物的做法越来越表示出极大的反感。到“寻根”阶段,不少作者的关注中心,已经转为人自身的生命活动的构成及其形态,对事物作切近实存和本在的还原,是许多小说共同的审美趋赴。在纪实文学热中,逼近生活本相和生命实体,也成了共同的审美取向。显然,80 年代初期就已开始形成的这股创作潜流构成了“新写实”潮流的重要背景。

1987 年,米兰·昆德拉这位认为作家的职责就是“存在的勘探者”的捷克作家,以他的《生命中不能承受之轻》等作品倾倒了不少审美趣味纯正的中国读者,成为一些小说家的新偶像,米兰·昆德拉的创作,对“新写实”浪潮具有启迪性影响。

对“后新潮”小说背弃传统,以形式为本位的做法进行艺术反动,对写实传统予以一定的尊重,重形式(怎么写)也重题材(写什么)。这也是“新写实”小说兴盛的一个契机。

“新写实”之“新”,包含两层意思。其一是“写”(写法)的新。这主要得力于对现实主义小说、先锋小说艺术手法的兼收并蓄,甚至将自然主义手法融汇其中。具体表现为:1.沉入人生现实底层和个体生命深层的视角;2.扩散性的故事结构支撑全篇(部)小说;3.偏离典型化原则,以人物性格的消解换取人物命运的呈示;4.客观内敛的叙事风度。其二是“实”(事相)的新。具体表现为:1.个体在现实人生中的命运际遇;2.食、性等具象化的生命形态;3.不避“丑”“恶”的人性真实;4.琐屑、平凡,充满偶然性、随机性的日常生活事件。所有这一切都意味着当代小说形态发生了一系列深刻的变化。

“新写实”小说的中坚池莉、方方、刘恒、刘震云、范小青等,在聚集于“新写实”的旗帜下之前，都有过一段不短的创作经历。加入“新写实”阵营，是同他们艺术上的蝉蜕连在一起的。他们不约而同地选择了“新写实”这个现象本身就能说明“新写实”具有较大的包容性，而这又是以其形态的开放与丰盈为基础的。

“新写实”小说一开始就显示出吸纳、消化多元文化承传的气度和在多种向度上调节、重组自身功能的能力，这既是中国当代小说的转型趋于成熟的标志，也为中国小说汇入世界文学主潮，在更高、更新的审美层面达成一致增添了希望。“新写实”小说的兴盛，标志着当代小说转型趋于成熟，也预示着这一转型期告一段落。

下　篇

一

上面，笔者对中国当代小说的第一个转型期作了一番匆匆的巡视和梳理。在此基础上，潜入小说形态的内部，作进一步的考察和比较，应该说是一件更有意义、更有必要的工作。

先说小说主题形态的演变。

在当代小说的前“十七年”，创作主体始终难以摆脱对政治的依附地位，教科书式的既成的思想、观念，甚至一时颁行的政策、条文，取代了作家的感悟与认知，因此，单一、集中，成为这一阶段主题形态的总体特征。在“文化大革命”中，“三结合”的创作原则之一是“领导出思想”，可以说是推向了极致。

关于新时期小说前近十年的主题形态，季红真在《文明与愚昧的冲突》一文中作了详尽的论述。她所勾勒的小说主题由表及里的演进过程——“从社会政治的批判到民族文化的思考”是符合实际的。然而，在这一阶段，小说主题在指向丰富中毕竟显露出模态的逼仄。这一点似乎常常为人忽略。小说主题的阶段性演变和集体式迁移，都是随着社会思潮落点的转移发生的。批判极“左”政治与“伤痕文学”“反思文学”连在一起，对经济体制改革的关注与“改革文学”连在一起，“文化热”则同“寻根文学”有着某种对应关系。这种主题模态在深层上映现出主体并没有从根本上摆脱过去的依附状态，只不过依附的对象有所改变。说到底，主题的丰富只是由于这个对象的不确定。

这一阶段主题形态的一大特点是：追求深度和力度，在这个需要哲学而又哲学贫困的年代，小说成了社会启蒙的普及读本。作家的社会责任感的驱使，读者从文化饥荒中解脱出来后的阅读期待，都促使小说承载甚至连作家本人也来不及消化的理性思考。一篇小说的轰动效应，首先取决于它的思想内涵的深度和力量。这也在一定程度上刺激着作家的这种追求。于是，迎纳哲学，弘扬理性，增强思辨，成为小说主题指向的热点。大多数小说则在对社会思潮的省悟、认同中取得了一定的深度和力度。当然，也有一些在故作深刻有力状。

从 1985、1986 年开始，随着文学意识的凸现、主体意识的觉醒，作家对历史、现实的感知方式发生了变化，小说的主题形态也出现了由表及里的变化。

从表象看，沿着“寻根小说”和“新潮小说”两路，延伸出亦分亦合的两种主题指向。一是由对过往愚昧、贫困的生存情状的情感否定和对原始生命力的感性形式的渴求，演进为对现实生存状态的勘察和现实形态生命意志的探寻；一是由对现代人骚动不宁的内心世界的表现和精神故乡的寻找，渐变为对个体感知世界的开掘。倘若没有主体灵性对于历史的激活，《灵旗》的主题就不可能出新。从这里可以看出作家艺术思维方式的改变，对小说主题形态带来的深刻影响。

对主题的多义性、多层次以至不确定性的追求，是这一阶段小说主题形态的明显特点。实际上，早在“意识流”小说风行时，就透露出这种意向。到 1985 年前后，追寻容量成为变革了的小说观念的重要构成，小说的诗化、散文化倾向，象征、隐喻成分的加入，都造成了小说思想意蕴的丰富、隐蔽。读者也获得了更多想象和思考的再创造的余地。

最近几年，通俗小说、纪实小说的兴盛，导致了小说功能的分化。尤其是纪实文学大潮汹涌，一些原来由小说负载的颇具深度、力度的思想，成了纪实文学赢得轰动效应的关键。小说向本体复归，向故事复归。因而，小说的主题形态也出现了相应的调整。不少小说家（如马原、格非、孙甘露）的作品（文本）里，甚至在叙述和语言的操作过程中消解了主题。一些“新写实小说家的作品也表明他们对叙事层面的关注超过了对思想内涵的兴趣”。

二

谈到当代小说在人物塑造方面的演进，许多人喜欢用“从写英雄到写普通人”来概括，并摆出不少美学理论的依据，说明这是如何地了不起。应当承认，概括可以多种多样，这不失为一种。但如果细究起来，想想写英雄就一定不如写普通人，反倒觉得有些勉强。其实，写什么很难分出艺术的高下。张一弓的小说，被人看出一个英雄系列来，并更进一步指出作者心灵深处有一种英雄情结。[①]但这些毫不影响《犯人李铜钟的故事》《赵镢头的遗嘱》《流星在寻找它失去的轨迹》等在总体上超出同时期大量写普通人的作品许多，成为公认的佳作。

新时期之前的小说，往往习惯于对人物作单纯的政治化或道德化的定性描写，人物的阶级属性决定了一切。于是，人物被严格限制在正反两大阵营之中，连邵荃麟提出“写中间人物”，也遭责难。进入新时期后，随着思想解放的深入和人对自身认识的深化，把人当人，写真人活人，成为小说家朴素的“人学”意识。《内奸》《流逝》等作品推出了一些当代文学人物画廊中前所未见的形象。旧商人田玉堂和张家少奶奶欧阳端丽在卸除了阶级属性的重负后，显示出作为社会的人的丰富性和生动性。这类变化可算作中国当代小说人物塑造现代化演进的第一步。

随着对人、人性认识的深入和勘察人生视点的下沉，当代小说揭示出相当的人性深度。在“新写实”小说家笔下，对人性恶的批判性审视达到令人战栗的

① 孙荪《英雄主题的变奏》，《文艺报》1988年5月14日。

地步。而在《狗日的粮食》《风景》等作品里，人性恶正是人物形象的有机构成，化入了个体生命的存在形式。

着力于人物精神世界和非理性世界的开掘，也是中国当代小说人物塑造进入新的美学层次的表征。注重人物外部行为动作的刻画，是以牺牲人物内心世界的揭示为代价换取并承袭下来的，当作民族风格的一部分，甚至到了当代，仍然受到出土文物般的保护。人们终于接受了心理刻画的技法，但只视为外部刻画的辅佐。“意识流”使这一传统的欠缺暴露无遗，色彩斑斓的内心世界显示出无穷魅力。于是，“心态小说”领得文坛风骚。人的心理、意绪、情感，构成自足的艺术世界，大大丰富了描写的空间。

对非理性因素的探寻，近年来成为一个敏感的话题。确实，把非理性因素的艺术效用夸大到不适当的程度，以至于在文学创作中以非理性取代了理性，甚至干脆认为艺术就其本质而言就是非理性的，这种矫枉过正无疑将断送文学的生命。但从积极的意义上看，非理性作为人的精神世界的构成部分，应该在文学创作中占有一定的地位。当代小说人物塑造方面非理性因素的渗入，正是基于这样的认识。这种探索帮助作家突入人物精神世界隐秘的深层，实现多侧面、多层次、多角度的人物塑造，无疑促成了当代小说人物形象的血肉丰满。

对于中国当代小说来讲，“典型环境中的典型人物（性格）”从一开始就被赋予经典的意义。人物形象的成功与否，取决于其典型化的程度。福斯特的小说理论中对“圆形人物”和“扁平人物”的区分，所以在中国小说（理论）界得到热烈的共鸣，实非偶然。

前“十七年”的当代小说确实创造出了一批像朱老忠、梁三老汉、许云峰那样的“典型环境中的典型人物”，但对典型和典型化的胶柱鼓瑟，也造成了人物形象塑造的徘徊，而以为以此可以包打天下，客观上便限制了当代小说艺术的发展。

“意识流”小说构成了对典型化原则的第一次冲击。王蒙以小心翼翼的机智力图使典型化的对象泛化：“我们可以着重写人的命运、遭遇——故事，也可以着重写人的感情、心理;可以写人的幻想、奇想,还可以着重写人生存于其中的自然环境——风景;可以写人的环境氛围、生活节奏,也可以着重写人物——性格。”①

人们可能会忽略《迷人的海》中一老一少两个海碰子的类型化倾向,但不至于对典型和典型化经典意义的丧失感到不可思议。到 80 年代中期,典型已经不是人物(性格)唯一的形态,典型化也已不是人物塑造的唯一方式。在《你别无选择》《无主题变奏》等小说中,人物的情绪心态淹没了性格,共性覆盖了个性。他们作为某种群体的类的代表,走进人们的视野。在一些“寻根小说”和颇具先锋意味的小说中,人物则被符号化了。一些“后新潮”小说和“新写实”小说则全力贯注于叙述过程和故事情节,使人物性格处于消解状态。

今天,典型化和类型化都已成为人物塑造的重要方式而并行不悖,它们的审美价值也有待读者与时间来检验。原先对典型和典型化的独尊与对类型和类型化的轻慢一起成了历史。

三

在某种意义上,小说的结构乃是小说家依据自己的情感认知对生活秩序的重建。因此,结构并不仅仅是形式意义上的结构,而是一种有生命的形态。小说家的思维方式、人生态度、价值观念、审美眼光、感觉方式,都投射、渗透其中。

中国当代小说在前近三十年的历史中,传统的情节结构模式的统治地位始终没有动摇,这固然表明小说家艺术创造性的羸弱,却也是封闭的文化环境的必然结果。

伴随着“意识流”风靡文坛的心理结构,成为中国当代小说第二种主要的结构形态。它打散了情节结构的因果链和时空秩序,按照心理活动的某些规律重

---

① 王蒙《对一些文学观念的探讨》,《漫话小说创作》,上海文艺出版社 1983 年版,第 51 页。

建时空关系，直接展现人物的内心世界。同时，它以流动跳宕的开放形态，构成对传统情节结构首尾呼应的封闭形态的反动。事件来龙去脉的简略，为人物内心感受和思想、情绪的活动赢得了更广阔的空间。小说的篇幅并未拉长，容涵却大大丰富了。

心理结构的成功，使作家在结构小说时多了参照。将情节结构与心理结构综合起来，寻求理想的表现自己生活感受和艺术意蕴的结构方式，遂成为作家在小说结构方面进行探索的共同取向。张贤亮在创作《灵与肉》时的做法具有一定的代表性："我试用了一种不同于我过去使用过的技巧——中国式的意识流加中国式的拼贴画。也就是说，意识流要流成情节，拼贴画的画面之间又要有故事联系。"①主人公许灵均的意识流动构成小说的结构框架，叠印的历史和现实生活画面断断续续地组成一定的情节。更多的作家则保留一定的情节框架，但并不叙述一个有头有尾的故事。或者以有意的中断、空白、悬置等手法，造成结构的疏漏，表现某种独特的意蕴。或者以人物的感觉、意绪、心理的编排充实其中，力求最大限度地获得人物形象的丰满和故事情节的生动。

小说的诗化、散文化的倾向，为小说结构形态的新变提供了契机。前者催生了意象结构，其功能在于，通过主体意向与客体对象的契合完成一定的象征与隐喻，《北方的河》《迷人的海》《北极光》等都采用了这种结构；后者则直接孕生了散文化结构这样一种"无结构的结构"，这种结构方式使小说于舒卷自如之间接近了生活的自然状态。汪曾祺的小说大都如此。

到1985年前后，对结构形态的探索、尝试逐步深入，西方结构现实主义小说给中国小说家以新的启示，并置型（板块式）结构成了探索、尝试的热点。实际上，小说系列化也是这一结构形态的变形。贾平凹的长篇小说《商州》是较早采用这种结构的长篇，但未能取得预期的成功。引人注目的是王安忆在《大刘庄》《小鲍庄》中的实践她表明了小说结构尚有很大潜力供人们开发，结构完全

① 张贤亮《心灵和肉体的变化》，《鸭绿江》1981年第4期。

可能超越情节，参与叙述。同时期的马原在《冈底斯的诱惑》中也显示了这种结构的魅力和优势。

结构形态所发生的每一个变化，都表明了小说家对结构的思考越来越深入了，而每一个变化都有力地推进了当代小说的艺术变革，变革了的当代小说反过来又呼唤着结构形态的更新；促成了当代结构形态在不断变化中日渐丰富多彩。

但结构形态毕竟具有相对的稳定性。前些年的多变是以传统结构模式的单一、凝定为前提的。近两年小说结构形态的递嬗相对平缓，除了“新写实”小说多见的扩散性故事结构、先锋小说偶见的迷宫式结构等外，似未出现引人瞩目的新结构方式。现在活跃文坛的作家对结构形态也似乎没有表现出明显的兴趣，他们那绝对个性化的感知方式，在一定程度上决定了小说结构形态的飘忽无定。要想作一种归纳、概括，显然是十分困难的。

四

中国当代小说最深刻、最显著的变革，是围绕着叙述方式发生的。

严格地说，叙述方式迅猛异常的变革，是从1986年前后开始的。不是说在这之前的当代小说在叙述形态上没有或隐或显的变化，而是说在缺乏对小说形式的真正关注、缺乏明确的叙述意识的年代，不可能达成对这些变化的自觉，变化多半成为技巧意义上的零敲碎打。有人曾对中华人民共和国成立以来的《文艺报》等刊物作过统计，发现三十年中“对小说形式的研究，几乎是没有的”[①]。这就从一个侧面反映了当代小说以往在叙述方式上的单调。

“意识流”不仅给中国小说提供了一种新的叙述方式，而且为叙述形态的变革作了很好的铺垫，但对它的革命性意义，人们显然缺乏足够的估量，它的变化也被方枘圆凿于传统小说的技艺中。这在一定程度上延缓了叙述形态革命的

① 参见程德培《小说本体思考录》，上海文艺出版社1987年版，第5页。

进程。传统的叙述模式受到了震荡,但尚未被颠覆。不过,人们已经感觉到:革命或迟或早总会发生。

就在新时期文学第一个十年与第二个十年的交汇点上,“小说是什么”这个古老的命题又一次困扰着中国小说界和理论界,驱使人们进入对小说本体的思考。注重形式探索,成为当代小说发展的新趋势。国外符号学、叙述学理论的引进,开阔了作家的艺术眼光。于是,叙述方式被推到了小说艺术变革的前沿。最初的变革是从叙述层面着手的,并迅速扩张到叙述者(叙事人)、叙述视角、叙述结构、叙述语言等各个层次。

在叙述层面,首先表现为叙述的连续性的中断和零散性的增强。前者相对于小说的叙事时间而言,它切断小说的线形运动及支撑其后的因果链,追求一种表现的自由。后者则偏重于开拓小说的叙事空间,以获得更为丰富的容涵。这一做法使小说各叙事单元的独立性大大增强了,彼此之间的情节联系则被减弱了,而代之以联想联系。但叙事单元之间保持着意义张力,使读者借助想象和联想参与再创造。小说可以于计白当黑之中产生审美增值效应。

对于叙事性作品来讲,叙述方式的特征首先体现在叙述者的设置上。在很长时间里,中国小说对叙述者的设置表现出明显的随意性。叙述者即作者,并且超越作品的内在关系,充当无所不知无所不能无所不在的操纵者,成为叙事模式的重要构成。叙述者与作者的同一,虽然增加了小说的可信性,但也拘囿了小说的表现空间,造成了读解的麻烦。

很难确切地说从什么时候开始,叙述者以独立的姿态,介入了小说的事件、情态、关系。如同新小说派作家比托尔所说的“作者在作品中引进一个他本人的代表,即用‘我’向我们讲其本身故事的叙述者”①。大量的“我”涌入小说,成为其中的一个角色,控制着叙述内容。而此“我”与作者分离开来了,已非本“我”。作者从“我”的位置脱身出来,叙述者之“我”也受到小说内在关系的制约

---

① 比托尔《小说技巧研究》,《文艺理论研究》1982年第4期。

而不再全知全能。但整个叙述过程都渗入了叙述者的心理内涵和感觉印象，成为个性化、相对性的不可重复的产物。

叙述视角与叙述者的设置密切相关，因而，叙述者与作者的分离独立，最先波及叙述视角。

与传统情节模式相辅相成的全知全能视角，曾经以不变应万变地规范人们观察小说形象体系的距离、角度和视域，超稳定式地参加了叙述模式的构成。叙述视角几乎成为小说理论探讨的盲点。作家对此也缺乏起码的关注。这一切便是当代小说叙述视角在80年代之前的全部历史。

“意识流”以个体的意识流动映现形象，自然而然地脱离了全知型视角。新的视角显示出了它的魅力：人物对于世界的个人化感悟与理解在一定的限制中被凸现出来。张辛欣的一系列心理小说，就突出地体现出这一点。

将新旧叙述视角放在一起比较，人们自然而然地会发现，在限制中观察世界有时比无所不知更为意味深长，也更符合人类的认识规律。于是叙述视角的探索渐成风气。叙述视角的名目也逐步多了起来，有了所谓半知型视角、自知型视角、旁知型视角、内视角与外视角等。在1985年前后，出现了“童年视角”热，莫言、苏童的部分小说都采用这种叙述视角，并且获得了引人注目的成功。莫言在《红高粱》中，以第一人称“我”讲述“我爷爷”“我奶奶”的故事，并不断进行叙事权的移交，或者作客观第三人称的悄悄转换，有人称之为“超全知型视角”。方方的《风景》，也很有些“超全知型”的意味。

当单一视角显得难以立体地展现叙述对象的各个层面时，叙述视角的复合化、多元化趋势便顺理成章了。马原的小说常常展开多种视角，去逼近生活的本来面目。《大元和他的寓言》就是以三个人物三种视角完成了马原自我的再造。显而易见，视角的交叉复合可以使一篇小说容纳不同的叙述内容，显示出不同的色彩、情调、节奏，使完整的事物经由析解更接近事物本身。小说的叙述时空也得到了拓展。

叙述方式的现代化演进，打破了传统的叙述程式，使中国当代小说的叙述形态呈现出一派生机，小说家进入叙述过程后获得了前所未有的自由度，纷纷开始了现代叙事风格的建构。

五

任何一次深刻的文学变革，终将指向语言，并通过语言来实现。中国当代小说的转型也印证了这一点。

诚然，“文学是语言的艺术”在五六十年代就已成为创作的信条。但这并没有对实践中的小说语言形态产生明显的效应。在许多人的观念中，语言不过是创作过程的副产品。是作者与作品之间的被动式媒介。小说的语言选择带有某种既成性。作家的语言风格亦如此。

然而，到 80 年代，有人再次强调“文学是语言的艺术”时，这句话的意指显然有很大变化。当代小说的语言革命，正是顺着这一意指推开的。

1986 年“寻根文学”的式微，使不少作者转向了小说语言的思考和实验。现代语言的理论引进和阐发（包括创造性误解）成为这种思考和实验的思想库。对小说本体的探索也与之相呼应。这是小说语言革命的重要契机。

最初的变革毕竟表现出对汉语言结构的尊重，没有构成对语言规范的猛烈冲击。然而，汉语“一个个语词就像一个个基本粒子，可以随意碰撞。只要凑在一起就能‘意合’，不搞形式主义。用西方语法的眼光看，汉语的句法控制能力极弱。只要语义条件充分，句法就会让步。这种特点使汉语的表达言简意赅，韵律生动，有可能更多地从语言艺术角度考虑，同时，这也使得汉语语法具有极大的弹性，能够容忍对语义内容作不合理的句法编码”①。不少作者正是针对了汉语言结构的这一特点，随意地进行不合理但却合情的语词组合，使小说语言的基本单位变得活跃异常，利用语言义和言语义的偏离，使语言的表意功能增

① 申小龙《中国语言的结构与人文精神》，光明日报出版社 1988 年版，第 8 页。

值。何立伟、阿城的作品，大致都可归于此类。

但这种对传统语言规范的顺应式改造，极易混同于修辞意义上的遣词炼字，它的美文化倾向也流露出一定的古典意味。

小说语言形态的急剧变革，在很大程度上基于人们对语言自身局限性的认识。语言的囚笼，使人们在把握世界时失去了原先的自信。既然人只能“以语言方式拥有世界”（伽达默尔语），这就注定了小说家把握世界的过程同时也就是对语言自身局限性的抗争过程。

先锋小说在这种抗争中充分显示出其先锋作用。“反语言”导致了当代小说语言的粗鄙化倾向。对叙述过程中的注重，促使写作话语化，语言操作化。一系列的语言实验从总体上表现为对日常语言的超越。余华、残雪，甚至包括莫言的一些作品对世界的独特感受，正是凭借了超常态的语言释放、传达出来的。而把语言的实验推向极端的是孙甘露，他的早期作品在一种无指涉的虚构中，将文本变成了词语的堆砌。

就在这一阶段，一些原来从事诗歌创作的青年，从“新生代”群体中分离出来，加盟小说创作，这在很大程度上为小说语言形态的变革增添了活力。

语言形态的变革，促进了语体的变化。鲍昌在对 1987 年的中短篇小说作了散点透视后指出：“今年有不少作品，采用亦文亦白、文野并济的风格，形成新文言体。一如近年来形成的新方言体，势头正在看长。”①显然，语词、句式等方面的探索，终将使原有的语体构造发生变化，进而催生出新的语体。

一批又一批作家纷纷致力于独具个性的语言风格的建树。如果说早几年小说界最流行的口号是“寻找感觉”，那么到晚近最流行也最使不少小说家苦恼、兴奋的则是“寻找语言”。这无疑是中国当代小说转型最激动人心的景观。

因此，当汪曾祺说出“写小说就是写语言”这句话并且引起小说界广泛的共鸣时，也就显示了当代小说语言革命所达到的空前“启”后的深度。

---

① 鲍昌《1987 年中短篇小说散点透视》，《小说选刊》1988 年第 1 期。

六

转型，并不意味着成熟，更不意味着成功。作为一个动态的过程，它常常是与失范连在一起的。中国当代小说的转型亦是如此。近几年的文坛始终未能摆脱一种危机感。小说的现状为许多人所不满。读者对小说的疏离，成为最困扰小说界的现实。创新与摹仿，也令小说家伤透了脑筋。客观地说，这一切都与小说的转型和转型的小说密切相关。那么，缺失、病灶在哪里呢？

从主题形态的演进线索不难看出，当代小说越来越疏离现实、疏离读者。这一倾向实肇始于“寻根文学”。尽管“寻根文学”的倡导者一开始在理论上也标举以当代意识、文化意识烛照、洞察人的基本生存行为和生命的自由状态，但在具体实践形态却体现为当代意识的虚无缥缈，而所烛照、洞察的，又毕竟与现实生活相距遥远。“新潮小说”曾以一定的现实战斗意识在青年读者中引起热烈的反响，但不久便转而偏重于个体心灵体验的吐露，这些心灵体验显然缺乏现实的土壤，对一般读者来说，成了过于“超前”的奢侈品。而这种吐露如果说起初还是真诚的，后来则近似于机械性运作了。“后新潮”小说更进一步要消解文本的深度意义模式，使写作成为个人的私事。“新写实”小说尽管表现出力挽狂澜般的气概，敢于直面惨淡的人生，描绘现实的世态人情，但毕竟缺乏深沉厚重的理性穿透力，缺少足够的思想力量。显然，疏离现实势必引起相当广泛的读者的疏离。其结果将危及文学自身。

导致读者疏离的另一重要原因在于小说形式上的变异。对形式的变异，从总体上说，应该予以肯定、鼓励。但具体而言，似应持两面观。尤其是对于一些激进的、偏执的实验，更须权衡得失利弊。中国当代小说在很长时间忽略形式，确实造成了艺术发展的阻碍。转型期中对形式的关注，显然是了不起的进步。但视艺术即形式，形式即一切，以形式取代了内容，不能说不是走向了另一个极端。一些小说家独尊形式，以为形式可以代替作家对生活的感知，成了形式的奴隶。他们一味追求抽象、荒诞、变形，沉溺于视角的混乱、结构的倒置、时空的错杂、语言的游戏。在很多情况下，他们不是基于自己独特的审美感受去寻找相应的艺术形式，而是为形式而形式，为新潮而新潮，这就注定了他们构筑的是一个头足倒置、拒广大读者于门外的沙龙。

疏离读者，终将为读者所疏离，这已为文学史反复证明。当代小说在这方面已有不少教训值得记取。但是，这不应导致以美学品位的降格以求迁就读者，因为那样做的结果，只能是把当代小说引向末路。

当代小说转型期中，小说家似乎一直未能摆脱摹仿的阴影，而且在一些被视作"新潮""现代派"或以此自诩的作者那里，摹仿快要成为一种时髦，而摹仿对象的更替，则似乎成了创新。马原之于罗伯·格里耶和博尔赫斯、残雪和余华之于卡夫卡，甚至张承志之于艾特玛托夫、莫言之于福克纳……人们总能发现他们"千里姻缘一线牵"，还有马尔克斯的《百年孤独》、塞林格的《麦田里的守望者》，人们也不止一次读到它们的中国化"描红"本，以至于有人甚而把前几年的小说统称为"摹仿的小说"。应该说摹仿曾经是促使当代小说步入艺术之轨的重要手段。但是，摹仿不是目的，更不是创新。失去重心、迷失自己的摹仿，只能导致艺术的僵滞。中国当代小说倘要走向真正的成熟，就必须尽快从摹仿的阴影下摆脱出来。

至今小说还缺少史诗式的传世之作，缺少艺术上的"大气"，缺少催人奋进的人格力量……说到底还是缺少鲁迅式的大家。当代小说家毕竟少些直面人生的勇气，少了些献身艺术的真诚，少了些艺术探索的韧性，同时，又似乎多了些急功近利的浮躁、老庄式的超然和把玩文学的潇洒。创作主体的自身素质，显然与小说艺术进一步发展的要求构成了深刻的矛盾。因此，中国当代小说的前景，很大程度上取决于著作主体的素质能否得到充分的提高。尽管当代小说在近十年中已经实现了全面、深刻的艺术转型，但同时又留下了不少发人深省的问题。"生机与危机共存"，用这句话来概括小说的转型与转型的小说，想来还是十分恰当的。

原载《复旦学报(社会科学版)》1992 年第 5 期

诗意:放逐与收复

——论“第三代”诗中的“他们”与“莽汉”现象

李振声

“他们”诗的发起人和首席理论阐释人是韩东。韩东诗的大致景观是,一个日常性的普通心灵在纷乱的现代生活中的平静独步,从不做出显山露水和左冲右突的姿态,也不对诗的妄想、亵渎、诠释过多地加以理会,擅长采取以退为进的策略,从不可抵抗的生存命运中解脱出来,或远离惨痛的肉体上和精神上的折磨,以及大起大落的悲欢离合,事件从不轻易发生,即使发生了,也并非如你期待的那么惊心动魄,有始有终,一切经验皆平淡如水。在语言上,他的诗从一开始就拥有一种懒散的放任风气,所有热闹、紧凑的事物或景况,都可以被他化解为肌质松散或迂缓琐碎、沉闷乏味的散文句式,有意地把诗写得平淡无奇,有意地用心表浅。好处是明净,缺点是平淡。一种意义上体现了抒写者自觉的哲学式的明悟(韩东本科毕业于山东大学哲学系),另一种意义上也意味着一种出于根性的抑郁和放不开。在一开始的时候,有着背离“朦胧”诗和“文化寻根”诗①所体现的社会和民族拯救者的激情冲动,向非社会、民族和非英雄的个人抒情转换的意义。

在精神质地上,韩东的诗大致可以分为两类。一类是,你可以明确地感觉

① 参见《复旦学报(社会科学版)》1991 年第 3 期拙文《“文化寻根”诗的意义与命运》。

到他在说着一些东西的时候，同时又掩去了另外一些东西，也就是说，没说出来的东西与说出来的东西之间既存在某种影射关系，又存在某种抵触、消解关系，因而语义蕴涵有发散性较强的伸越力量。《有关大雁塔》属于此类。其特点是，抒写者为了保持对世界直观冷静的体认，常常不动声色到冷漠的地步，他仿佛用这样一种口气在对你说话：世界既不像有的人告诉你的那么有意义，也不像有些人所说的那么荒诞，它存在着，就像你当下直接感受到的那样矗立在你的眼前，如此而已，至于别人附加在它身上的种种意义和价值，既和你无关，也未必对它合适，因而尽可以不予理会。读这类诗，你会觉得，韩东的用心表浅，看重简单和单纯的表达和理解，其实都是有意为之的，韩东有一种策略，有一种心机，他其实心机很深，他与语言一道密谋策划，以冷眼旁观的方式，在字里行间东闯西荡，然后冷不防地揭穿我们已经习惯了的生存景况背后的一些空洞和悖谬。韩东怀有一种坚持现象学立场的人通常都有的野心，他的目的是想用这种浅表的用心，把原来附加在抒写对象身上的意义和价值统统消解掉，或者像现象学所做的那样，把它们悬搁起来，放进括弧之内，视而不见，来个眼不见为净，这样，只剩下抒写者与抒写对象之间当下的直观的因而显得十分单纯的关联，他认定这种在关联状态中产生的印象和感觉才是抒写者真正拥有的经验，因而才是真实可信的。

韩东还有一类诗是直接诉说他对底层生存者平凡生活的熟知程度的，感情是年深日久的温暖。《温柔的部分》具有这方面的代表性，这首诗讲述诗人对寂寞而又朴实的乡村生活的亲情，以及如今无法重新走进这份曾经把温柔植入他性格的生活，就像赫拉克里特断言人无法两次走进同一条河流一样，诗人对此怀有真实的悲哀，他像农民对待自己的庄稼一样，对待自己的这份经验和感情。不过，这种诚挚的温情在韩东最初一批诗作那里，有时会被一种庸凡的幽默和琐碎的轻松感所消除或变质，变形为《我们的朋友》《给病中的哥哥》等等。对韩东说来，像这类小打小闹、装疯卖傻的变体性诗作，带给他的是一种看不出多少精神独创性的，并且有趋时媚俗之嫌的危险。在 1985、1986、1987 这些年头，到处挤满了能写这类东西的人,以致惹得前辈诗人公刘要忍不住抱怨,那年头写诗的竟比街上排队上公共厕所的还要多,言下之意是,这帮毛头小伙子竟把写诗看得比生理排泄还要随便。所幸的是,韩东懂得浅尝辄止,稍纵即收,所谓“但开风气不为师”。不过考虑到韩东在“第三代”诗中的某种领风气之先的特殊位置,这类诗对“第三代”中曾经泛滥一时的趋赴凡庸的冲动,负有不可推卸的责任。

韩东1987年后的诗作,大多写得不那么表浅,从外观上就给人一种很有寓意的迹象。《一种黑暗》,由注意到树林中扩散开来的黑暗的各种形态,联想到一种“在任何时间中禁止陌生人入内”的黑暗,这显然是一种使人焦虑的黑暗,因为它意味着在人的认知能力的尽头之外,还有很多东西存在着,包括人自身的许多东西,至今仍淹没在一种人所无从看清的状态中,它是人对自身命运常常怀有捉摸不透的不安和惊慌的一个源头。《二月一日》也许是韩东最明白地表达了他在一个喧闹的时代要求精神独处意愿的一首诗,但同时也是内部裂隙再明显不过的一首诗。“我仅是一个骑单车的人和一群人错过,或者让他们从后面赶上”,这些都无所谓,他只希望在星辰下享有这样一种庄严的秘密:“从桌椅之间走向自己……”然而遗憾的是,这种精神独处原则并没有坚持多久,更不用说坚持到底了,因为抒写者留下一句话,希望能在一片水面上给自己留一块矗立塑像的地盘,不管这片水面有多么自然,也改变不了这个心愿世俗到了家的事实,这后一个心愿足以把他前面的精神独处心愿抵消得一干二净,因为后一个心愿表明了抒写者在骨子里其实是耐不了真正遗世独处的精神所需要承受的那份寂寞的。

含有歧义的《三月的书》给读解提供了多种可能,诗中,抒写者与工地处于“一窗之隔”的位置,工地开工时,“我”读着一本书,这本书和工地有一种微妙的对应和反讽关系,工地上所进行的和将展示出的一切,在书中正被描述或已经预言过了,日夜不停的工地表明四月将有大厦拔地而起,而“我”读着的书里却早已描述出大厦的十六种倒塌方式,然而到了最后,不管“我”怎样已读过了有关大厦“死亡的篇章”，工地的蒸汽锤仍然坚实有力地运作着。书是一种知识性存在物，工地和大厦是一种现实性的存在，书与工地之间的巨大间距，一方面表明了书写者对人类认知的超越性和预见性的惊讶，在事物来临之前，就能察知它以后的走向和最后的结局，这似乎是人类所拥有的值得夸耀的智慧，另一方面，又何尝不可以将之读作是对人类认知所难免的虚妄性质的揶揄和警告呢？不管书上怎么危言耸听，大厦依然按自己的程序一步步臻于完成，它并没有因为书上的预知和推断而改变自己的实存方式，最深刻的真实，总是存在于书和认知以外的地方。世界的存在确实有着“物自体”的性质，对它，我们至多只能说，我认为，我觉得怎么样怎么样，然而它和我们所认知的，并不是同一回事。从韩东一贯的思路来看，恐怕后一种读法更符合诗的本意些。《为病中于小韦所作》在宁静的巧智中深藏了一种不打算大声说出，但却因此而格外让人揪心的诚挚和痛楚，某种意义上可以看作是《温柔的部分》的延续或延伸。事实是疾病在对诗人亲近的那个人一步步威逼，人的生命趋于暗淡之中，但在诗人眼里，却成了病者在为自己选择一种放弃，是他放弃了美好的职业制作“楼群和花园/以及怎样安放一个月亮”，放弃了入睡前大声朗读的习惯，改为默默静读，然后是遗忘书本、直接入睡，最后是在睡眠中放弃炎症……这种对置人于绝地的炎症的放弃，既意味着生命的持有者已经一无所有，生命之灯已经燃到尽头，同时又意味着，他的意志力量直到最终还处在一种主动的位置，不是病魔褫夺尽了他的生命，而是他的生命意志觉得已经没有什么需要再放弃的了。在这种受动和主动关系的有意颠倒中，我们感到了一种深入骨髓的对友情对生命的珍爱和伤痛。

于坚最初是裹挟着云南边地的神奇和粗犷闯进世界的，在最早的诗作里，他写了边地人的性格气质与自然相互创生的景观：高原上的人显得特别沉默和孤独，大河就像高原鼓起的血管，居住在河边的山民们，怎样用谈论上帝般的敬畏口气谈论河流……与南京的“他们”诗群结盟之后，于坚旋即以他的《尚义街》系列组诗、《芸芸众生》组诗和似乎永远不会有个完结的《作品……号》，表明了他可能是在韩东不怎么擅长的天地里显得最精力充沛和咋咋呼呼的抒写者。

当代诗主题的庄严性究竟是从什么时候失去它的优越地位的呢?也许要求做出精确的答案是件难事,不过,我想,至少可以在于坚身上获得一个大致的索解,至少从于坚开始,诗已不再强调命运重大的外部转折点的意义,或者说,重大的外部转折点和命运遭受的变故,在他心目中不再可能显得像以前的诗人(譬如"朦胧"诗人)那么刻骨铭心了。既然世界的价值已经变得模糊不清,原有的价值体系的优越地位已经不复存在,那就应当深信不疑,在生命过程的任何时刻拣取到的任何碎片中,都包含着生命的意义,而且人的整个命运也可以由此被表达出来。于坚有一首诗题名为《在旅途中不要错过好机会》,可以用来直接标明他的诗歌精神特点。他不是那种只管自己低头赶路的孤寂的苦旅者,他是在旅途中不肯错过和放弃任何一个机会的享乐型行吟诗人,气性浅凡,容易满足,对什么都不太计较。比起试图不忽略任何外部重要事件、强调命运的重大转折点这些前辈诗人循守的诗思格局,他宁愿致力于从一个日常事件的全面展示中获得各种浅表的综合印象,宁愿终日摭拾任意的日常生活碎片,而不喜欢对世界的完整统一做出描述。在他的诗里,现实不过是一堆杂乱无章的组合,而人与事都是现实的碎片,人的生命不过是一系列盲目、浮躁和重复的姿态。

> 我生活在人群中
> 穿普通的衣裳
> 吃普通的米饭
> 爱着每一个日子

"我"善于在很小的房间里接待很多的朋友,但只是止于泛泛之交;非常担心和远方的朋友见面,唯恐见面时各怀心思或者因为该说的话都已说过而陷入冷场;为自己心爱的姑娘出于从众心理而去喜爱毕加索、萨特和弗洛伊德而感到忧郁;再或者是那些发生在文科大学生宿舍里的显然夸饰过了的恩恩怨怨、吵吵闹闹;乃至途中遇见的与旷野结友的白鹭,等等等等。举凡当代青年所拥有和遭遇到的世俗经验，都可以进入于坚的诗歌话语。他的诗歌文体是一种富于时事性的表述模式，每一个瞬间遭遇的时间片断都能冲激他的感性，感受的触须全面介入具有直接可感的当下世界，及时而粗糙。他似乎根本无意于自己的价值，完全屈从于客观的压力，甘心情愿充当当代世事浮躁的书记员，语感畅直，不加整饬，创作机缘表现出一种很明显的即兴、短暂的心理特点。一方面犹如卡通片，毫无节制地展示当代世事浮面景观的五光十色，另一方面也透露出价值准则的漂移不定所带来的悬浮感，以及由此而来的感情和认知的随意挥霍和粗浅化、表面化。

对这种浮光掠影、缺乏定性的精神存在方式，于坚后来曾在《独白》一诗中表露过某种怀疑，他把这种怀疑或者说自我审视的场景设置在一个月光如水的秋夜，他让自己那颗在劫难逃、无处躲藏的心灵在寂静的秋夜里看到自己徒劳无获、一无所有的形象："自己看着自己　赤身裸体的小丑/一次次从时间之镜上滑下"，无法在"时间之镜"上驻足，更不用说留下印痕了，这当然是一件令人悲哀的事，从而不无懊悔地设想，"也许早就应该像石头一样沉默/在一条河流中得到安息"，但又同时痛感世俗的欲念和冲动已经对他纠缠得太深，以致无法摆脱做一个"永远的戏子"的命运，在"你不上台，别人就将你扮演"的无情法则的支配下，因为惧怕被世俗社会冷落遗弃的处境，而身不由己地与之周旋，随其沉浮。这注定了反省和自我怀疑在于坚的整个旅途中，出现的时间只能是非常短暂的，它几乎只是一个闪回，只是在旅行者心里一闪而过，并没有让他从此踌躇不前或迷途知返，他继续匆忙地赶着不会有什么结果的路，向世人转述一些道听途说或根本未经心灵磨砺的粗糙的感觉和同样粗糙的联想，譬如筑路以及与筑路相关的人和事(《事件：铺路》)，或者晚餐桌上开启的啤酒瓶盖以及由此牵扯到的琐屑的方方面面。

于坚的《我的父亲》和《感谢父亲》，则提示了另外一种景观，尽管它们同样呈现一种琐碎的情形，但在琐碎中用反语述说了当代中国人都几乎难以幸免的某种特定因素所造就的窘迫的、错位的、卑微的、扭曲的生存环境和人格状态，同时也暗示了这种人格上的卑微也起码负有容忍、纵容乃至助长和促成这种可怕的时代弊病的责任,因而它在某种意义上带有自我作孽、自作自受的性质,由此,抒写者表面上的轻浮和佯狂与诗中隐含着的某种历史的辛酸和沉痛,构成了张力。

如果说,"朦胧"诗把精神苦难看作诗歌生成的内在意义根源,把诗人与现实的对峙和批判关系看作生存的基本处境,孤独的个人通过拒绝现实而获得自我本质,那么,急于消解"影响焦虑"压力的"他们""莽汉"诗群,却从一开始就将精力和心思投注在确立与之逆反的姿态上。在他们的前辈那里,深度意义和终极价值的取向注定了"抒写"是致力于对被抒写的实存世界的全身心投入,而现在,这些年轻的诗人却尽力毫不犹豫地挥力斩断抒写者与被抒写者之间的任何感情纠葛,于是,往常的那种诗对实存世界的深切关注便转换成一种隔着距离栅栏的平心静气(如在韩东那里),或无所顾虑的游戏赏玩(如在于坚那里)。"他们""莽汉"诗群这种得风气之先的姿态,曾鼓动和引导了许多涉世未深的诗歌初习者对"朦胧"诗所拥有的现实批评精神的轻率遗弃。大胆引进关于个人的题材,袒露自己的压抑、不幸、欲望和野心,历史现实中的行为和事件,伦理的戒条和神秘宏大的情景不是纷纷退隐,就是一无例外地受到嘲弄,短暂、琐屑、卑微的行为和场景,乃至粗俗的嘴脸和不雅的谈吐,纷纷出演主角,从而形成一种对底层经验的全面开放局面。诗作者对最平庸、最被视作禁忌的词汇毫不鄙弃,不仅大量使用以往曾被认定毫无诗意可言的日常词汇,甚至不少城市无赖的话语也开始在诗中大模大样出现,刻意将卑微拔高,美化凡庸,人物呢,不是怨气冲天,就是自鸣得意。诸如此类的情况,一时成为风气。一批等而下之的诗文本,或者是,以自我藐视博取平凡亲切的意图,与恣情轻薄的自虐狂效果之间缠夹不清、界限暧昧,或者是,精神空间完全为俗世需求所挤扁和夷平,诗中充满了阵阵世俗的喧哗:种种炽烈的人欲,琐碎的日常经验,迫在眉睫的生存障碍,到处是粗浊的喘息和低姿态的祈望,并且出现了一片追求轻薄的机智的腔调,这种腔调体现了一种没有严肃目的的机灵人之间彼此炫弄心智机巧的精神性纵欲的特色。某些冥思的独白或超凡的情怀受到冷遇或有意淡忘乃至嘲弄，某种纯精神的激动、重大的思索和对生存价值的紧张探讨，似乎成为不切实际的东西而遭到大多数人的拒绝。结果是，一面在对“朦胧”诗和“寻根”诗的拯救者姿态和归依终极价值的做法表示某种正当的异议的同时，一面却栽进了使生存与抒写趋于浅薄的凡庸之境的怀抱。如果说，这类诗在最初的时刻，还有着对某种当下现实经验做出诚实关怀的用心，具有切实把握瞬间体验和力求自然、力避矫饰以及还原真实人格等等意义，那么随后，那些最初在心里激荡着的对既成传统和规范的对抗性激情，就完全为一种普遍可重复和模仿的琐屑和浅薄所变质和退化，变成一种浅薄心灵的狂欢宴饮，一种凡庸生命乐趣的集会。对现实的批判性距离和对意义的追寻，以及由此而生的道德的期待和焦虑被统统取消后，个人便获得了一种无所期待的“自由”，沉浸在既无怀疑又无焦虑的满足之中，道理很简单，一无所有，也就一无牵挂，或者反过来也可以这么说，一无牵挂这种心态的现实代价，则是一无所有。种种屏障由此而起，诗人又被引向新的牢狱，在一种虚假的明澈中，屈服于新的盲目性。

不愿意将希望落实在过去或将来，不希求什么永恒意义，对过去和将来无动于衷，而一门心思只想穷尽现在的一切，这表面上看来很像加缪在《西西弗斯的神话》中所反复阐扬的主张：对现在要说“是”，对未来要说“不”。但是，由于加缪的“现在”，实际上指的是这样一种情况，即平庸无奇毫无意义的世界与人自身深含的对幸福与理性的渴望之间的对立和分离状况，而他对现在要说“是”的意思又是指，人清醒地意识到自己的痛苦命运，并且不回避这种命运，从而义无反顾、永不停息地对之做出自己的反抗，情况就像西西弗斯那样，诸神罚他不停地把巨石推向山顶，而巨石由于自身的重量又滚下山去，没有比这种无效无望的劳役更能折磨人的惩罚了，西西弗斯却带着对诸神表示蔑视的微笑，坚定地走向无尽头的磨难，一遍又一遍，永不停歇下来。加缪的意思是很明白的，那就是坚决拒绝把人对现实苦难的意识和反抗这一当下的使命，借助任何一种口实来加以延宕和推卸。

然而,诗除了通过现实世界提示出另一个精神世界,别无他途可以随意选择。诗所需要的追问世界本源的激情,信念的提出与归依,意志,想象力和精神洞见,对人性的冷峻认知,对不可知力量的敬畏之心,对生存困境的预感和警觉,这些宏大诗意的精神源头,一旦因为某些表面的社会需要而遭到冷遇、轻侮或被置换、取消,诗人就将因此陷入精神和意义的耗尽和人在世俗生活中的沉沦这互为因果的双重悲苦之境,诗也将不可避免地沦落为物化现实的某种装饰物,它除了向世人提供寻欢作乐式的光滑的虚幻表象外,就再也提供不出其他像样的东西了。

意义和价值总是为有准备的心灵所准备着的,对不具备辨认价值取向和思想实力的诗作者来说,仅仅骄矜于文化相对开放时代价值取向趋于多元的有利格局,仍将最终在重建意义和价值的众多可能性面前,陷入六神无主、无所适从的困境。"多元"不是逃避价值和意义追寻的遁词,不是拒绝价值和意义光亮的盾牌,也不是消解博大和渺小这类悬殊的价值事物界线的理由。黑格尔的确说过,一切存在者皆合理,但请注意,他可从来不曾说过,一切存在者的合理程度都是相等的这类昏话。

"莽汉",一帮大大咧咧、精力过剩、行为莽撞甚至粗鲁的青年汉子,他们不想让对世界和实存作苦心积虑的思考和感悟这类事折磨自己的神经,也努力回避一切圆润的想象,逃离所有刻意的体验和感受,毫不遮掩地走进一种粗放直率的行为状态和经验格局。①最早的"莽汉"诗的背后,显然站着惠特曼和他的《草叶集》的影子,在惠特曼的庇护和怂恿下,他们不以恣情谈论俗世的种种情景为耻,反而觉得足以夸耀自己的勇气、精力和宽宏大度的气量等等。和惠特曼一样,他们尤其不避忌在诗中直截了当地谈论对性的兴趣,而在同辈诗作者

① 参见李亚伟执笔《莽汉主义宣言》,徐敬亚编《中国现代主义诗群大观 1985—1988》,同济大学出版社 1988 年版,第 95 页。

那里，这类情况通常都是通过隐喻、暗示、寓言和联想等七曲八折的方式稍稍涉及。惠特曼《自我之歌》中的一段诗也同时成了初期“莽汉”诗的写照：

惠特曼，一个美国人，一个粗鲁汉，一个世界纵情声色……饥餐，渴饮，传宗接代。

通过我受禁忌的声音，
性和肉欲的声音……戴着面纱的声音，
　　我揭掉了这层面纱
由我把这些猥亵的声音净化与转化……
交欢对我来说并不比死亡下流。

“莽汉”诗在清醒地意识到前于他们的“朦胧”诗和“寻根”诗由于过于看重自己精致或高深的姿态而不得不付出趋于装饰化、表演化的代价的同时，却又身不由己地、不知不觉地陷入了另外一种显得夸饰的自我束缚之中：刻意向人们表明自己不受约束的天性，天性是一种自然本能之物，刻意却是一种人为的东西，由此构成一种悖论。

“莽汉”的生存姿态是一种自我悖反的生存姿态，“莽汉”诗的语言表达模式同样也是一种自我悖反的格局，这就是说，他们一边因生存的不适意而发出灵魂的狂乱而又沉痛的呼啸，另一方面又用粗鄙的反讽和戏谑手段翻弄它们，严肃的目的和很不严肃的手段，构成了一种悖反关系。

李亚伟在开始写诗时就公开声称，自己的诗是为中国的打铁匠和大脚农妇演奏的轰隆隆的打击乐，但是其实“莽汉”诗人并非一群靠吃力气饭度日的山野汉子。他们起先不过是一帮不怎么安分守己的文科大学生，最早的一些诗作，多半是对他们自己觉得毫无创见因而显得枯燥无味的大学教学，以及被这类教学折磨、肢解得意趣索然的传统文学表示不满和发出牢骚，只是这类牢骚和不满不再是出之于瞻前顾后、小心翼翼的语调，而是出之于少有顾忌的戏谑和反语，甚至放肆的亵渎语气。李亚伟的《中文系》、万夏的《红瓦》可以当作这方面的代表作来读。当“莽汉”诗人纷纷告别中文系，开始用头，用牙齿，用果断和勇气,去碰撞真实的而不再是想象的外部世界之墙,领略“棋与棋的格杀”般的实际人生的严酷时,他们又学会了和荒山一起野蛮的孤独和沉默,还学会了以厮混超脱厮混,以悲愤消除悲愤(李伟《硬汉们》)。由于比较实在地感到了时代和生存本身的压力,以及诗在这种境况下的命运,它究竟能有什么作为一类的问题,表面的骚动和喧哗便开始沉淀下来,一种真正的试图保持个体性的精神突围和闯荡,便朝四处辐射开来,而这些情形便注定了,那种有意粗鲁、大大咧咧的“莽汉”诗光景,既来得仓促,也将去得仓促。现在,使李亚伟感到难受的,并不是站在塔尖上无人理喻的孤独,而是因为这个世界已经事先准备好了太多现成的东西,以及由此而来的“拥挤”感,“你想想一个人最难受的是什么吧/可不是那种站在塔尖上的孤独感/而是因为/世界上有了什么我才难受/才这么站着的啊”,现成之物作为别人或前人的创造,构成了后来者生存的限度和威慑,好像一种宿命感和生命的大限预先提示给你,让你觉得干什么都好像白干,因为你所做的一切,似乎都只是在重复别人已经做过的,真正容你舒展手脚的时机早已逝去,从而使你顿生生不逢时的嗟叹,但你又不得不使出浑身解数与前辈和同代人进行智慧的角力,放弃角力也就意味着放弃作为诗人的全部生存权利,但这种角力在根本上又总是几乎显得无望。“要不要用别人的老办法/等到傍晚我们到郊外出去走一走呢!走到默契的时候就面对面站在河边/要不要让月亮来插一手呢”,正像一个想真实地表达爱情的人,对别人惯用的爱情俗套作出的唯一反应只能是拒绝一样,一个诗人也只有通过拒绝踏上别人的言路才有可能保全自己独立自足的精神立场。但拒绝之后又能有什么新的路数呢?依然十分渺茫(《我站着的时候》)。或者是,想象挤出拥挤的世界的出路,但一味耽于想象,反而几乎把想象者自己挤在了一边,遗忘了他的真实处境,而想象者面对的,仍是“整个下午只得孤零零/活在一片远景里”(《世界拥挤》)。至于靠出入酒家,凭着酒劲“朝人生的另一面抵过去”的策略,其语象本身所预示的全部虚幻性,更是十分明了(组诗《峡谷酒店》)。

问题的困境性质不仅在于客观上所必须承受的压力,还在于承受外部压力的诗人自身仍处于一种无力的犹豫不决，以致坐误良机、痛失突围机会的状态。组诗《河》原本可能是李亚伟写来调侃诗人好耽于幻想而怯于实际行动这种性格特点的，但你又何尝不可以把它读作是对当代诗所遭遇的困境的一种喻指呢？“河”无疑具有测定突围者主体能量，如意志、勇气的尺度的意义，它是一种临界，一旦跨越，突围者的处境和其外部压力的形势，都将同时为之改观。“涉过去你就是马/你闯进杭州/天下就改朝换代”，然而，你偏偏是个提不起来的刘阿斗，只爱在山下造塔，去河边饮酒，你不想涉足这条河，因为你顾虑太多了，担心涉过了河，原有的一生就此成为一去不复返的往事，担心越过了棋局马就不再是马……太珍惜已有东西的结果，只能是在想象中揣测涉河之后的种种好处，在一场脱离现实的征战中，用幻觉收复失地和解放人民。尽管一路上布满了成功的预兆和机会，但由于你怯于涉河，裹足不前，它们最终只能一一“从它原来的姿态上消逝”。客观的限制和自我束缚，这是诗所遭遇的双重困难。从诗与人的同构对应关系的意义上讲，这也是当代人的生存所遭遇到的根本性困难之一。

明眼人不难看出，李亚伟早些光景的那种表明性格直爽、显得好惹是生非的语调，正在让类似组诗《河》所体现出的一种宽松的，甚至明显精致和情意绵绵的语象所替换，到了组诗《一篇关于琼子的散文和五首爱她的诗》，更是体现出一种固执己见的行吟式的或流浪侠客式的温婉怀旧的心肠。此时李亚伟的抒写角度，也已经明显偏离初出茅庐时的立场，它不再是诗作者直接的自我写照或自白、自传，而转换成对一个外在的他者的叙述或抒写语气，抒写者（李亚伟）与被抒写者（困兽、行者、侠士、酒客……）之间，在形象和外观上，不再显得密不可分、浑然一体，而是明显拉开了间距，尽管从实质上说，这类侠士、酒客形象，不过是诗作者的替身，是他的第二自我，但这种客观外化的抒写格局，却使得一些本来不便由诗作者直接出面说出的内心隐衷，现在可以借助外在的他者之口来随意说出。如果要究问这种变化的原因，那么，显然是因为诗人的价值、情感以及个人的幻想基础发生了微妙变化。当个人在客观世界面前感到了陌生、不适、无力和惘然时，以往那种以个人自我抒怀为主的一意孤行、过于鲁莽的“莽汉”抒写方式，自然也会随之陷入危机，诗人不禁会提出质疑：它是否过于天真、空洞乃至浅薄了些呢？这样，改变抒写格局就会成为诗人做出的一种本能性反应。

那么，随之而来的行者或游侠，以及旅程中不可缺少的小酒馆，在李亚伟诗作中越来越占据十分突出的位置，它们又意味着什么呢？这些在李亚伟诗中出现得越来越频繁、稠密的词和意象，既表明了人物令人歆羡和佩服的自由洒脱、无拘无束的生命状态，以及一心一意完成某一使命的超常意志，也表明了他们的处境具有令人担忧的动荡不定的性质，他们正置身于一种失去家园没有归宿的任意浮浪之中，失去了固定的生存空间，与占据正统的社会集团有着相当大的间隔，行动具有往往由偶发性事件所支配的即兴的特点，在疏离于人群聚居地的孤旅生涯中，还必须时时辨认方向，一次次走进迷途，然后再一次次重返正道，同时还必须时时提防和应付种种猝不及防的厄运和困顿。

这种种语象当然不可能与语象的制作人或构想者的内部心理经验无关，换言之，诗中人物的处境，某种意义上正是对当代诗人现实处境和心境的一种喻指，一种转喻和影射。游侠的生存景况是，在一个缺乏公道和公正的价值裁定的时代，指望通过自己个人的裁决力量去解决问题，那么，当代诗人的命运又是怎样呢？

当代价值中心的解体，使诗人在为自己获得某种真正独立自主的思想和想象权力而感到欢欣鼓舞的同时，也感到了内在生命从此因失去某种共同的认同、无所依靠而被抛入一种孤立无援和漂泊无定之境，“生活在别处”，兰波的诗句再明白无误地点明了这种尴尬和窘迫，真正的归宿地，那个足以安身立命之所，从此变得漫漶不清，它总是出现在你追寻之外的地方，总是宿命般地与你失之交臂，于是，永劫不复的精神流浪，便成为可以向诗人提供生命意义的唯一来源。这一处境，和诗人想象中的江湖时代的侠士之间，显然具有某种类比和同构对应的性质，所不同的只是具体的时代背景，以及前者姿态更主动些，游侠是在有失公道的世道面前主动选择用个人的裁决和行动去解决问题，当代诗人则显得被动些，他是因价值中心解体而不得不走上孤独的精神流浪之途的。明白这一层，就不难理解李亚伟对游侠生涯，对野地孤寂会那么情有独钟，以及他何以要不厌其烦地将游侠、酒徒在诗意的背景上凸现出来，毫不吝啬地把想象的热情全部投注在他们身上。李亚伟实际上还是在自我写照，只是不像当初那么自信和自大，而多少带点自怜自慰的味道。但不管怎么说，抒写角度的变化毕竟带来了使诗思得以拓宽的效果，一方面表达了古今对比的感慨，对古代侠士酒徒超群脱俗的生命行迹的神驰向往，不是恰好印证了当代诗人生命力和精神自主程度的萎缩和虚弱吗？另一方面，又何尝不可以说，侠士、酒客的生命方式并非只属于过去的时代，它其实还在延伸，对生命和精神的自由度的追求是人的天性，这种天性是不甘心受特定时间和地点支配的，就这个意义说，古今是可以相通的。需要注意的是，这么一来，李亚伟就和他初出道时所反对的那种主张“寻根”并且认同于“根”的“整体”诗，在精神意趣上快坐到同一条板凳上了。意识到对既成秩序公开挑战的难度，以及由此导致的对于既成秩序的某种内在隐忍，使我们看到了这个时代深刻的精神冲突。

棋局之于实际人生经验的象征和暗示关系，不仅在小说家阿城手里曾有过出色的运用，似乎也受到李亚伟、万夏这类诗人的特别关注，李亚伟的组诗《河》中的“河”与涉河之“马”，就都带有取譬于中国象棋格局的某些特征，至于万夏的《黑白子》，则通过围棋的对局，讲述了这样一个寓言：一颗子在落盘之前，似乎拥有无限的可能性，一旦落入棋盘，就被摄入一种整体过程，并与之发生相生相克的关系，可能性就因之受到了限制，对下棋者说来也一样，一经进入棋局，他原有的一切愿望、意念、想象，便统统消失在棋盘之外，只有棋盘在支配着你，看起来是你在下棋，实际上是棋在下你，这种棋对人的控制，甚至达到了使弈棋者“不说一句话/从生到死/一个心眼”这种惊心动魄的地步。在既成的生存格局和诗歌秩序面前，当代诗人的处境一如弈者的处境，一切貌似主动的努力，终将化解为被动的受控。如果说，这种巨大的秩序力量对人的控制，在小说家阿城那里有一种类似于棋呆子王一生“呆在棋里舒服”那样一种获得归宿般的踏实感，那么，它在李亚伟、万夏这里，却构成了一种引起生存的焦灼、紧张、压抑、不安乃至绝望的心理反应的原因，以及不断地再次跃起，四处闯荡，试图寻找到哪怕是一丝缝隙般的突围机会的心理压力和心理动力，从而给“莽汉诗”的外观带来了特别多变的特点。万夏的《词，内心》《词，房子》《词，刀锋》诸诗，表明了一个诗人对词语的敏感、谨慎，以及精细的分辨力和警畏心。在诗人看来，用来表达内心的词和内心的关系，就好比人面对一个打破了的花瓶一样，破碎了的花瓶显然已不复是完好时的花瓶，同样，被词语所表达过的内心，也不复是本原意义上的内心，词既是一种表达的通道，又是一种阻隔之墙，内心在被词语表达出来时，实际上总要被词筛漏或遮蔽和扭曲掉一部分东西，为了保全内心的完整，我们有时不得不拒绝表达和交流。我想，鲁迅当年在《野草》的一开头之所以写出“当我沉默着的时候，我觉得充实；我将开口，同时感到空虚”，也大概可以在这里找到一部分的解释。然而，在诗人看来，让自己处在一种孤单状态，这也不是一个什么长宜之计，因为“频繁地关窗”的结果，又将致使我们不断地“错过天晴的机会”，或者“失去一季的风暴”，这对我们说来同样意味着一种无可弥补的损失。词又像一间房子，既使思想和精神居有定所，又使它们从此受到拘囿，常常被身不由已地引导到自己本来意愿的反面：“被放弃的斧头和头颅一样/等着被凶手拿/向人民递出的手又使自己背离了其它方向。”最后，词既像划开皮肤的锐利刀锋，给我们命名和洞悉事物提供了便捷，但同时又“以看不见的边缘削弱我们投去的目光”，甚至像大风沙中骤然搅起的石头和砂，致使“我们在迷途中夭折”。词性的狡诡无常一至于此，选择诗这种在极端的层面上开发词的种种潜在用法的行当，所谓为诗者，能不慎乎？

万夏还特别醉心于一种悬空想象所营造的我们所无法亲验的超现实的迷幻之境，他将类似梦境的场景设置得引人入迷，或是倾听“密云不语之响”“一策卦辞落地的声音”，以及蒙上双目的僧人在垮塌的塔顶上敲击出的疯狂钟声

(《疯钟》),或是莅临空谷,像望气一样望水或使望水仅仅成为一次幻象(《空谷》),长诗《空气、皮肤和水》更是呈现出万夏这方面的才能有逐渐加强和集中的趋势,在阅读这类诗时,我们会身不由己地顿生置身于干宝《搜神记》一类志怪传奇世界氛围时的那种感觉。

《纯粹的人》的本事应该是一段诗人经历过的注定无望的爱情,这首诗恐怕是近年来我所读到的情诗中最出色的一首,那种透彻心肺的痛失之感被表现得如此别出心裁,以至于我们有理由相信,配得上接受这首诗的人是有福的。万夏还有不少诗作实际也是这个故事的回声,可见这段经历在他心头有着非同一般的力量。这份现实中的挫折经验给万夏带来的后果之一,是妨碍了他对异性较为直接和切实的了解,以至于进入他诗境的女性身上,都不约而同地流动着神秘的超凡脱俗的纯净美丽和轻灵飘逸,仿佛水中月,梦中花,一道可望而不可即的距离总是横亘在抒写者和抒写对象之间。在《关于农事的五首诗》里,纯粹而又直接的话语所写出的诗人对乡村农事某种经验上的熟谙,实际上是对女性纯净如水这一预设观念的一种背景铺垫和氛围营造,居住在洗练明澄、使人感到亲切熟悉的种种农事细节和物象中的女性,在恍惚之间升华到了一种神秘的超现实的幻觉境界:

……她磨着镰刀
又在木盆中漂麻,面临了收获
种子一旦收割
握在手中,才成为事实
农事变成了树下拣栗子的幻象
她与陶瓷、地主、石磨一起混杂在收获中
或将收获的盛景酿在酒中
从她如嫣的微醉中开放出来
并享受她……

对纯洁女性的敬畏,指望在诗意那里触摸尚未或永无可能实现的一切,这种对意淫心理的诗意化诠释的心理背景,则是诗人在现实中的受挫。此外,这组“农事诗”所抒写的清贫、寂寞的生存状态中的善良柔情,淡淡的诙谐和淡淡的人生哀愁和迷惘,也因为远离城市的嘈杂、倾轧,远离阴谋和种种使人心受到侵害的威胁力量,显得格外安宁、朴实和纯真,因而足以搅动一切心性浮躁者的懊悔之心,使之生出渴望能重新活一遍的心理冲动。

不难看出,置身于突围之阵之后,一种趋于精美、细致的抒情意趣,就或多或少、有意无意地开始进入万夏和李亚伟的诗境中,它们表明了抒情性文化作为一方必要的立足之地,可以让诗作多增添一个层面,给诗人多提供一份施展才情的空间,因而,要紧的还不在于匆匆忙忙地排斥什么或张扬什么,而是一种融合的气度和心态。

确切地说来,一旦置身于突围之阵,就意味着李亚伟、万夏们已经开始走出“莽汉”时期,事实上,早在1986年,短命的“莽汉”就已寿终正寝,因为在这一年,包括李亚伟和万夏在内的“莽汉”们的大部分,一把扯碎了“莽汉”的紫荆冠,与从“整体”诗中分道扬镳出来的一拨子诗人会合协议,重新改换门庭,挂起了一块名曰“非非主义”的门楣。

“莽汉”们多变的外观,似乎不应该看作一桩坏事,事实上,它表明了诗人在消化、接纳和表达思想和经验上,对实际时势的顺应能力和自我调整能力。“莽汉”诗不是那种“知其不可而安之若命”,为了避免失败干脆放弃行动的角色,这一点与“他们”诗人韩东有所不同。韩东的习惯性思路是,既然意识到了行动近于无效或无望,那么何必再徒劳地做出行动的姿态呢?在认识到问题的不可能解决之后,干脆放弃问题,这样就不再会有痛苦意识了,这是一种以放弃为获取的思路,这也是韩东们的诗作外观一直比较恒定的原因之一。

原载《文学评论》1995年第3期

“中国现当代文学研究”的“史学化”趋势

郜元宝

一

我想探讨一下“中国现当代文学研究”的“史学化”问题，看看最近三十年左右，这门学科怎样被“逼”着一步步迈向“史”的研究的道路，以及在这过程中都处理了哪些老问题，又碰到哪些值得重视的新问题。

任何一门人文学科风尚的改易都不会仅仅起因于学科内部，而往往更多地受到社会政治和思想文化等外部力量的推动。就“中国现当代文学研究”来说，最切近的影响莫过于社会公众对现当代文学的态度之丕变。1988 年 1 月 30 日《文艺报》发表阳雨（王蒙）《文学：失却了轰动效应以后》（《人民日报》2 月 9 日转载），引起广泛讨论。王蒙主要讲 80 年代后半期文学创作“失却了轰动效应”，但受到直接影响的还有“新时期”以来一度热闹的“现当代文学研究”（不包括古代和外国文学以及相应学科）。从那以后，不仅整个“现当代文学”失却了轰动效应，“现当代文学研究”这门学科的地位也急剧跌落。

前些年文学界有“唱盛”和“唱衰”两派真真假假“争鸣”过一回，似乎并没有取得什么共识。但可以肯定，如何估价“现当代文学”的成绩，不同意见的差距目前还很大。不管是将“现代”和“当代”笼统区别开来强分轩轾，还是把“当代”分成几个阶段区别对待，都限于学术界内部，无助于激发社会公众对

“现当代文学”任何一个阶段的兴趣。至于“现当代文学研究”，有时“当代”比“现代”热闹，有时“现代”比“当代”显得更成熟，或者“新时期”一度被抬到“回归并超越五四”的高度而备受关注，一度又被视为毕竟属于过渡阶段而逊色于“90 年代”和“新世纪”，甚至不如“新左”起来之后被大肆炒热的“十七年”与“文革”文学——但这些也都只是“现当代文学研究”为了回应不同阶段社会文化环境所做出的内部调整，作为一门学科而言，无论如何都已经是“门前冷落鞍马稀”了。

“失却了轰动效应”云云，始终没有引起思想文化界足够的重视。仿佛这只是一种局部现象，交给“现当代文学学科”慢慢消化就可以了。其实，不论是文学和文学研究“失却了轰动效应”，还是思想文化界对此无动于衷，都值得认真思考，这并非一件小事。

如果一个时代整体的文学氛围急剧减弱，文学创作水平大面积滑坡，那么其他文化部门再怎么繁荣，也很可怀疑，至少是很不均衡。高校里的人意识不到这个问题的严重性，成天有开不完的学术会议，听不完的学术讲座，弄不完的学术（学科）检查与评估，真是一派繁荣（繁忙）景象！须知这种繁荣（繁忙）对整个社会文化的辐射十分有限，至少不能和 80 年代有影响的一篇小说、一首诗、一出话剧相比。学术和文学的不均衡发展导致的结果是高端人文科学界要与国际接轨，要办一流大学，而广大社会公众的精神食粮却主要依靠限量入关的欧美大片或大戏，偶尔刮来的“韩流”，五六个在“新时期文学”和“先锋文学”（所谓“纯文学”）阶段取得原始资本的“一线作家”不定期勉力推出几部“小长篇”，“80 后”与“90 后”的“青春写作”，盛演不衰的“抗日神剧”，明星们“爸爸去哪儿”之类搞笑剧和花絮。这些都还属于面子上能起“点缀”作用的“文化”，其实更接地气、更能吸引大众参与的乃是麻将和跳神这些历史悠久生命力更强的“国粹”，见缝插针遍地开花的“大妈街舞”，以及充斥于微博微信的各种八卦与攘袖而谈国事的“深度好文”。

在这幅 90 年代和“新世纪”中国文化略图中，曾经被蔡元培称为“一般艺术的总代表”①的文学这台主发动机基本停运了。这难道不严重吗？一句“失去轰动效应”就能打发过去吗？在这种情况下大肆鼓吹“文化创意产业”，更显得极其荒怪。没有文学，何来文化，又能发展怎样的“文化创意产业”？

我曾多次呼吁要继续讨论这个问题，为此专门写过小册子《为热带人语冰——我们时代的文学教养》，可谓强聒不舍，甚至还引鲁迅杂文《算账》来吆喝。鲁迅认为“前清”几代人用不能自由说话的代价换来乾嘉学术的“繁荣”，其实是“折本”买卖。若按鲁迅的方式为当下文学和学术“算账”，会不会得出类似结论呢？但因为是谈“文学”，没有“学术性”，故应者寥寥。

毋庸讳言，“中国现当代文学”在80年代一度走红，政治推力不容小觑。80年代初周扬准备在1962年文艺政策调整期制定的“文艺十条”基础上再搞一个新的“文艺十条”，当时他召集一些人拟定十条意见，其中第六条说发展文学事业，“要讲两个传统，两千多年的民族文化传统和‘五四’以来新文化的传统。这两个传统都要继承，我们首先要继承的是‘五四’以来的传统”。正是从这个角度出发，周扬支持巴金建现代文学馆的建议。②但周是“现当代文学”这个“小传统”的局内人，又惹了满身是非，所以他那个旨在“反左”并试图为文艺立法的“新十条”后来并未被采用，《周扬文集》也没收这篇文章。90年代以来，权威部门以“不争论”的态度讳言“现当代”一些悬而未决的历史问题，对“现当代文学”这个“小传统”的学术研究也从一时的显学而备受冷遇，其光彩完全被“国学热”、古代文学研究和各种咨政性的新兴社会科学所掩盖，至于有学者提出的建立“现代学”的构想更成了空谷足音③，这就不啻从学术研究角度关闭了向最近的历史获得思想资源的一个重要通道。

“现当代文学”地位的提高是80年代“思想解放”的直接产物，“思想解放”

---

① 蔡元培《文学在一般文化上居于怎样的地位？》《文学和一般艺术的关系怎样？》，两文都是1935年蔡元培为郑振铎、傅东华主编的《文学百题》（生活书店出版）而作，引文参见高平叔编《蔡元培语言及文学论著》，河北人民出版社1985年版，第305、307页。

② 周扬《关于新“文艺十条”的谈话》，顾骧《晚年周扬》，文汇出版社2003年版，第178页。

③ 参见王一川《中国现代学引论——现代文学的文化维度》，北京大学出版社2009年版。

是执政党在当时历史条件下主导的一场针对自身历史的反思，而最便捷的一个方式就是反思与中国革命休戚与共的“中国现当代文学”的历史。“现当代文学研究”作为一门学科被冷落，是塞翁失马，焉知非福。“中国现当代文学”正唯其不再被动地展开新一轮重写历史的翻案式学术操作，这才有可能反躬自省，主动清理本学科内部的真正问题。

“中国现当代文学研究”的“史学化”要求正是在这个背景下提了出来。

二

当然这一问题的提出绝非一蹴而就，而是经历了相当剧烈的学术转轨的阵痛。

首先，因为80年代后半期以来“现当代文学”以及相关学术研究备受冷落，导致了人们（包括“现当代文学”创作与研究专业人士）从功利角度出发，贬低“现当代文学”的社会功能与审美价值。于是出现了一个非常吊诡的现象：本学科既是研究“中国现当代文学”，自然应牢牢把握研究对象，才能确保其“学术性”；但恰恰本学科的研究对象被普遍认为“价值”不大，即使从审美标准来说，也是“一种‘说来惭愧’的文学”①，那么本学科究竟要研究什么才算有“学术性”呢？

这确实是令人困扰的一个问题。90年代初，“现当代文学研究”许多从业人员普遍都有一种深重的学科危机感，觉得继续研究中国现当代文学已经不能给当代思想文化提供什么有分量的学术成果了。②长远看，也不能与外国文学和古

---

① 洪子诚《问题与方法——中国当代文学史研究讲稿》，生活·读书·新知三联书店2002年版，第58页。“说来惭愧”是洪子诚引王晓明的话，参见王晓明《〈二十世纪中国文学史论〉序言》。

② 《上海文学》1993年第6期发表王晓明等《旷野上的废墟——文学和人文精神的危机》，很快引发全国范围“人文精神讨论”。“危机”说最初从现当代文学领域提出，问题意识与现当代文学学科有关。正如王晓明所说：“文学的危机实际上暴露了当代中国人人文精神的危机，整个社会对文学的冷淡正从一个侧面证实了，我们已经对发展自己的精神生活丧失了兴趣。”但后来的讨论蔓延到众多人文学科，文学问题被掩盖。“人文精神讨论”高潮过后，现当代文学学科危机感不仅没有缓解，反而更加严重。（转下页）

代文学分庭抗礼。外国文学情况不太清楚，据说翻译小说销量一直高过本土原创作品。至于古代文学，似乎没听说过有危机感。古代文学研究据云更有学术难度，而难度就代表高度。中国不仅有“深废浅售”的古训，也有鲁迅揭示过的“崇拜‘难’的脾气”①，不管是真“难”，还是假“难”。不仅如此，古代文学研究还属于“国学”和“文化遗产”，即使洪水滔天，研究古代文学的大师们仍然可以像“鸟头先生”那样被供在“文化山”上写考据文章。

但“现当代文学研究”内部不同领域的境况也有区别。文学研究分三大块，文学理论、文学批评和文学史。和“中国现当代文学”有关的许多“理论”一度很热，如五六十年代“现实主义”“写真实”“人民性”“世界观与创作方法”“形象思维”“人物性格”“典型”“介入生活”“社会主义新人形象”和 80 年代“现代派”“意识流”“人道主义”“异化”“主体性”“小说叙事模式”等。一个时期不讨论这些“理论”话题，就很难从专业角度进入“中国现当代文学研究”。但 90 年代以后，学术界不仅对“中国现当代文学研究”的理论兴趣锐减，“文学理论”本身也越来越不受欢迎，差不多成了架空的怪物。仅仅因为教育部继续承认“文艺学”这个传统专业，各大学才坚持开设“文学理论”这门课，但教师们各显神通，所讲内容早就与以往“文学理论”大相径庭。至于它能否像 80 年代那样与“现当代文学”相互促进，就不得而知了。

跟“文学理论”相关的“文学批评”处境更糟。过去习惯的批评模式是作家作品和文学现象的分析，即作家论、作品论、现象论。这些批评操作如今既不能

(接上页) 2001 年同一家杂志推出李陀等关于“纯文学”的讨论，是前一场讨论返回现当代文学内部的继续，但说法变了，从指责社会冷淡文学转向追问文学为何被冷淡(有关“纯文学”讨论，参见毕绪龙《“纯文学”讨论迷思》，《山东理工大学学报(社科版)》2006 年第 2 期)。2005 年 5 月王晓明在华东师范大学中文系主持召开“中国现代文学研究：重建学科的合法性”国际学术研讨会，推出《文学性问题讨论集》。2005 年 12 月王晓明又在上海大学主持召开“鲁迅与竹内好”国际研讨会。两次会议反思对象都不再是冷淡文学的“社会”，而是误入“纯文学”神话的文学本身。从此，借助“新历史主义”、福柯“话语权力”、西方马克思主义等有关理论解构“纯文学”的意识形态神话，将一切文学现象还原为权力运作的历史过程，俨然成为新的学术时尚。但 2001—2002 年“纯文学”讨论，2005 年两次会议，都不提洪子诚 1999 年出版的《中国当代文学史》，而正是这本书真正成功地将文学史描述为各种权力交替运作的结果。

① 《南腔北调集·作文秘诀》，另参见《热风·随感录四十七》。

像“十七年”和“文革”那样操有生杀予夺的特权，又缺乏原创的“理论”，更不具备上下几千年宏阔的历史视野，只是围着作家打转的抬轿子营生，当然说不上“学术性”。何况还有“红包批评”和“批评的缺席”之类的谴责雪上加霜，其名声比过去“棍子批评”好不到哪里去，学者瞧不起，读者不爱看，“批评家”自己也很少苦心经营。啃完几十万字一部长篇，搜索枯肠写出几千字不受待见的“评论”，岂不大大“折本”？

与“中国现当代文学研究”有关的“文学理论”“文学批评”大面积塌方，只剩下“文学史”还差强人意，于是本来三足鼎立变成了文学史研究一统江山。原本就侧重研究“现代文学史”的学者们自然得其所哉，觉得可以大展拳脚，而原本侧重研究文学理论、业余做点文学史研究的学者们则干脆放弃文学理论，转而专门研究文学史的某个问题。至于批评家们，倘若无力转向“现代文学史研究”，至少可以近水楼台，将一直关注的当下文学转化为历史对象来研究。所幸 80 年代成长起来的几代批评家不像俄罗斯的别、车、杜那样短命，他们赶上了“拨乱反正”与“和平崛起”的时代，从事文学批评一晃就数十年，即使一点也不追溯历史，直接批评的当下文学也不知不觉变成了一段甚为可观的历史，这就给他们提供了大好的机会，可以顺理成章地完成由批评家到文学史家的身份转换。

以批评家的根底做文学史研究，固然时时显得史学训练不足，但文本解读的敏感一定程度上也能有所弥补。如今被 80 年代成长起来的批评家们当作历史对象来研究的同时代人的文学创作毕竟也已经过去二三十年，这二三十年的历史间隔足以让他们能够和对象之间拉开距离加以历史的审视。王瑶、唐弢和“夏氏兄弟”那一辈学人讲述“新文学”，洪子诚、董健、孔范今等一辈讲述 50—70 年代的当代（社会主义）文学，陈思和、丁帆、於可训、程光炜、陈晓明、孟繁华、王彬彬、张闳、洪治纲、张清华等讲述 80 年代文学，都有一段历史间隔，使他们能够较为从容地转换角色，即从当初的文学批评家身份转换为后来的文学史家身份，不像更年轻的 80 后、90 后批评家们，一上来就落入批评空气稀薄而文学史空气浓郁的“学院批评”时代,似乎处理任何一个当下文学问题都必须首先叙述历史,“提前作古”,省略了文学批评这个环节,一下子跳到文学史研究的阶段,弄得学究气十足而缺乏文学批评应有的简洁明朗的作风。

这是一点题外话。总之,“中国现当代文学研究”现在基本就等于“中国现当代文学史研究”了。

三

其实,学界对“中国现当代文学研究”的历史兴趣一开始就很浓郁,其中“现代文学研究”的“史学化”程度尤其明显。中国“新文学”从诞生之日起就始终经受着历史的挑战,也始终思谋如何回应历史。“新文学”开创者们每提出一种主张,无不建立在重新叙述历史的基础上,那种彻底“重写文学史”的气魄是七十年后局限于“现当代文学研究”内部的新一轮“重写”不可比拟的,但二者在文学史建构的整体意识上声气相通。1949 年以后,以王瑶为代表的一代学人对“新文学”或现代文学的书写,与新的时代背景下重塑历史的政治使命紧密相连,头等大事就是用文学史讲好大历史。“思想解放”的“新时期”以来,在“重写文学史”和“二十世纪中国文学”的声声呼吁中,“中国现代文学研究”在历史维度的一系列大动作先后登场。章培恒教授楬橥“中国文学古今演变”论述框架,试图将古代、近代和现当代一气贯通;陈思和教授鉴于 90 年代和“新世纪”文学出现的一些新质,继“中国新文学整体观”和“重写文学史”之后又提出“不可一世论文学”的时间跨度更大的文学史视野;在魏绍昌、严家炎、吴福辉、陈子善、袁进等学者相继开展“海派文学”“新感觉派文学”“新都市文学”“鸳鸯蝴蝶派文学”“新武侠文学”研究的同时,范伯群教授以一己之力在更大范围更丰富的历史细节的基础上努力整合中国现代文学的“雅”“俗”两股潮流;海外(世界)华语暨华人文学、少数民族文学和“边地”写作、网络与新媒体文学、“民国文学”“东北沦陷区文学”的研究,还有黄修己先生所谓“文体史”“思潮史”“阶段性和地区性的新文学史”①，也都在重新梳理历史线索的基础上蔚为大观。

上述研究侧重于现代文学内部的史的探索，但现代文学的存在范围不限于文坛，因此“现代文学研究”的触角注定要突破文学的界线而伸向更大的历史时空。

和当代“专业作家”的显著不同在于，现代文学家们往往既属于文学界，又属于其他社会生活领域，尤其在中国现代政治舞台上经常能看到文学家们活跃的身影。现代文学史和现代社会史（特别是社会史的集中表现即政治史）紧密交织在一起，不仅作家们经常涉足政治或被政治所波及，作品所描写的也往往是现代政治的那些关键内容，所以现代文学研究许多课题都要横跨文学史和政治史两个领域，如“光复会”与周氏兄弟，“新文学”与“五四运动”，“三一八惨案”与国民党，“革命文学”高涨与“大革命”失败，“革命文学论争”、“左联”成立与中共的文艺政策，“民族主义文学”与国民党，更不用说抗战时期国统区文学、沦陷区文学和陕甘宁边区文学三大板块所呈现的文学与政治的错综复杂关系了。

政治以外，现代书刊出版与流通体制、稿费版税体制、民间社团存在方式、大学教育体制、国境内外人口流动管理体制、外交、战争、交通、金融、各种法律（如婚姻、财产、兵役）制度以及地方文化习俗等，也无不牵动着现代文学的神经枢纽。比如研究鲁迅小说《祝福》，必须了解当时绍兴和中国民间一般祭祀方式和寡妇再醮问题；研究《伤逝》和《离婚》，必须考虑当时的婚姻制度；研究后期鲁迅思想，必须研究“托派”问题和 30 年代上海租界的特殊文化空间；研究《死水微澜》，必须了解“保路运动”前后四川“袍哥”这一特殊人群以及所谓“反洋教”的社会风潮；研究《子夜》，必须对民族资本、买办资本、官僚资本、证券交易、军阀割据、上海及周边工厂农村的实际生活状况略知一二；研究巴金的《家》，也要

① 参见黄修己《中国新文学史编纂史》的第十一章《其他文体史的编纂》、第十二章《其他类别的新文学史著》。

注意高家因地租难收而投资西蜀实业公司股票，最后一场大火令股票成了废纸，所以高家的败落，不单单是道德沦丧所致[①]；研究沈从文、周文、路翎一些涉及部队生活的小说，最好有一点当时兵役制的知识；研究周作人“落水”前后思想脉络，不得不深入了解国、共、日本和“京派”文人四种力量围绕周氏的复杂纠结；研究《围城》，最好知道抗战时期人口流动、交通线、大学管理体制；研究张爱玲 40 年代的创作，必须了解上海“孤岛”和沦陷期各阶层日常生活；研究孙犁“抗日小说”，必须对八路军山地战有所了解；研究《讲话》与“延安文学”，必须了解 1942 年前后延安的政治生态；研究丁玲《水》，须知它的题材背景是中国近代十大灾荒之一的 1931 年十六省大水灾，而研究《我在霞村的时候》《太阳照在桑干河上》，则须了解当时华北地区的土改以及西北抗日战场像“贞贞”这样饱受敌人欺凌和我方军民误解的“女间谍”存在的可能性；研究柳青《种谷记》《铜墙铁壁》和杜鹏程的《保卫延安》，需要对边区民众创造的“变工队”模式以及胡宗南部队兵力部署与进攻路线略知一二。

总之，无论在现代文学内部展开“史”的探索，还是研究文学与政治以及其他社会生活的接壤，都构成了对“中国现代史”的必要补充，可视为“中国现代史”的重要分支。缺了这一分支就不可能有完整的“中国现代史”。“中国现代文学研究”可以称得上是一门够格的专门史学，符合一切专门史学的所有条件，比如这门学科所处理的对象是晚清至 1949 年相对而言已经“完成”了的历史，几乎所有作家均已“作古”，研究者和研究对象之间有足够长的距离，不像正在进行中的“当代文学”尚无清晰的时间下限，研究者身在其中，缺乏客观冷静的学术研究和评判所必需的历史距离感，而且无论研究对象的存在与发展，还是研究者自身的观念与方法，都不能不受当下政治与政策导向的直接影响，所以长期以来“现代文学研究”对“当代文学研究与评论”保持着显著的“学科优势”。

---

① 黄修己《中国现代文学简史》，中国青年出版社 1984 年版。此处参见黄修己《中国现代文学史编纂史》，北京大学出版社 1995 年版，第 241 页。

四

但90年代以来，学界对“当代文学研究与评论”的历史兴趣也急剧增高。

首先，要求习惯于瞄准文学创作的“文学批评”突破当下视野而汇入整个“现当代文学史”脉络的呼声此起彼伏[①]，有些学者如程光炜教授就明确主张“用现代文学的方式来研究当代文学史”，就是要像研究现代文学那样从历史维度平心静气重新检讨几代学人亲身经历的“当代文学”，“把批评的状态转型到学术研究的状态当中”，“渐渐形成一个研究当代文学史、而不是总是在那里写评论文章的风气”。[②]程光炜教授与他的团队坚持多年“重返80年代文学”并进而对50—70年代文学展开同样的精耕细作，就是很有影响的一种试验。这在上文谈批评家身份转变为文学史家时已经提到，不再赘述。

其次，和现代文学一样，当代文学也是当代中国社会历史一个有机组成部分，不深入研究1949年以来中国当代社会的历史变迁，就不可能理解当代文学的纵深。何况当代文学除了许多写到当代以前历史事件的作品，还有大量作品直接涉及当代中国重大历史事件（所谓重大历史题材），它们几乎构成了中国当代文学历史演进的骨干，这就更需要研究者必须具备有关这些历史事件的起码常识。

再次，“当代文学”并不像人们想象的那样是“现代文学”在1949年左右突然休克之后诞生的，而是和1949年之前的“现代文学”有着千丝万缕的联系，许多学者（钱理群、洪子诚、陈思和、刘志荣）都主张要从40年代（《讲话》发表或抗战胜利）开始梳理“当代文学”的发生学意义上的“开端”。既然“当代文学”就在“现代文学”腹中孕育，至少它的一部分内容完全可以用研究“现代文学”的方

---

① 杨扬《重返文学史——对中国当代文学批评的一种新期待》，《上海文学》1992年第4期，徐俊西主编《上海五十年文学批评丛书》，华东师范大学出版社1999年版。

② 参见程光炜、魏华莹《在“当代”与“历史”之间——程光炜教授访谈》，《学术月刊》2013年第7期；程光炜、杨庆祥《文学、历史和方法》，《当代作家评论》2010年第3期。

式——“史学化”方式——加以审视。

最后，随着时间的自然推移，人们越来越无法回避一个奇妙的事实，即已经“完成”了的“现代文学”不过三十年，但正在进行中的“当代文学”却拥有了六十多年历史，而且还在不停地向前延伸，时间总量早就已经超过“现代文学”一倍以上。研究具有六七十年时间跨度的“当代文学”，其历史感和学术性为何不及研究只有三十年历史的“现代文学”？

所以90年代以来，“当代文学研究与评论”的“史学化”兴趣日益浓厚，而所采取的操作方式则几乎完全仿照“现代文学研究”。比如在“当代文学”范围内也提出了“文学史断代”与“分期”的问题。有的“当代文学史”著作对“当代文学”的分期远远超过现代①，而过去一些现代文学研究的权威学者（如王瑶先生）一直认为“断代”和“分期”是“中国现代文学研究”作为一门成熟的学科所特有的课题。②另外“经典”和“大师”的确立，不同等级作家在文学史写作上“见章见节”的不同安排，当代文学研究“史料学”问题，也都被提出来引起广泛讨论，许多已故或在世重要作家研究资料、传记、年谱乃至年谱长编也纷纷出版，这些都是“当代文学研究”模仿“现代文学研究”走向“史学化”的标志。

对仍然身处其中的“当代文学”完全做到“客观”“公允”的研判，煞有介事地进行超然历史叙述，自然还很困难。洪子诚先生说：“现代文学史研究，相对说可能是‘很’‘成熟’了，在这种情况下，要有所进展，主要是寻找对‘规范’的偏移；对‘当代文学’而言，则是寻找使之‘规范’和‘稳定’的路子。”③所谓“规范”和“稳定”，就是要求当代文学研究摆脱单纯关注当下的那种批评模

---

① 比如董健、丁帆、王彬彬主编的《中国当代文学史新稿》就将“当代文学”划分出许多不同时期，仅“十七年”和“文革”文学，就有明显不同的六七个阶段。

② 参见王瑶《中国现代文学史的起讫时间问题》，《中国社会科学》1986年第5期；旷新年《中国现代文学史分期的政治学与文学》，《涪陵师范学院学报》2002年第6期。丁帆《中国现当代文学史断代谈片》（《当代作家评论》2010年第3期）和黄发有《文学会议与中国现当代文学史的分期问题》（《中国现代文学研究丛刊》2013年第8期）则干脆把“断代”“分期”视为“现当代文学史”共同的基本学术问题，而不是现代文学史研究专有的问题。

③ 洪子诚《问题与方法——中国当代文学史研究讲稿》，第15页。

式，尽可能获得类似“现代文学研究”那样成熟稳定的“史”的研究的“规范”。“现代文学研究”是否真的已经获得了成熟稳定的“规范”姑且不论，至于为“当代文学研究”寻找“稳定”的“规范”，至少目前还是显得有点超前。比如，海内外学者对“十七年”和“文革”文学以及相关戏剧电影的“再解读”，就因为急于建立某种“规范”，毫不掩饰其明确的社会政治立场，而很自然地激起了同行的批评。①

尽管有种种困难，类似 80 年代中期唐弢、施蛰存等先生“当代文学不宜写史”的意见很少再听到了，相反为“当代文学”提前修史的热情空前高涨。②90 年代末至“新世纪”，一批高质量的当代文学史教材陆续问世，如洪子诚《中国当代文学史》，孔范今主编《二十世纪中国文学史》，董健、丁帆、王彬彬主编《中国当代文学史新稿》，陈思和主编《中国当代文学史教程》，陈晓明《中国当代文学主潮》。虽说这些教材或个人著作与大学中文系课程设置有关，但不同的体例安排还是体现了各自的文学史意识。比如，或者注重文学发展的客观社会历史和文化环境而相对省略传统的作家作品的艺术分析（洪子诚）；或者截断众流，将客观社会历史和文化环境化约为“五四”以来“启蒙”精神的消长起伏，以此考察在这过程中文学所扮演的角色（董、丁、王主编之《新稿》与孔范今主编之《二十世纪中国文学史》）；或者将上述问题进一步凝聚为对作家作品和文学思潮的深入解读，外貌上更多保留传统文学史以作家作品为主体展开叙事的格局（陈思

① 程光炜《再解读思潮与历史转型——以唐小兵编〈再解读：大众文艺与意识形态〉等一批著作为话题》，《上海文学》2009 年第 5 期；王彬彬《〈再解读：大众文艺与意识形态〉初解读——以唐小兵文章为例》，《文艺研究》2014 年第 6 期；王彬彬《〈再解读：大众文艺与意识形态〉再解读——以黄子平、贺桂梅、戴锦华、孟悦为例》，《扬子江评论》2014 年第 2 期。

② 1985 年 10 月 29 日《文汇报》“文艺百家”争鸣专栏第 42 期发表唐弢《当代文学不宜写史》，引起一场“当代文学应不应该写史”的讨论。1986 年 2 月 17 日《文汇报》以编者名义发表《关于“当代文学应否写史”的讨论来稿综述》，意在总结，但此后陆续仍有文章发表。当时争论焦点并非一般地反对撰写“当代文学史”，而是何种意义或哪一段的“当代文学”可以写新史。赞同可以写史的呼声显然越来越高过笼统反对写史的意见，其实反对当代文学提前写史的唐弢先生本人似乎也忘记了，他主编的三卷本《中国现代文学史》从 60 年代初到 80 年代的漫长过程，其中的困难应该一点也不小于纂修当代文学史，而历史上许多当代人写当代史的例子也不容抹杀。

和、陈晓明)。这些教材各具特色,但也因为急切地要将当代文学(1949 年至 90 年代)提前入史而激起同行的商榷与反思。其中,"当代文学史"的"史"的脉络和界限应该落在何处,仍是中心问题。但这些商榷反思并不能阻止当代文学研究的史学化趋势,只能刺激当代文学研究更快进入各人所理解的真正历史研究的深处。

总之 90 年代以来,"中国现当代文学研究"有意无意都要显示其"历史癖与考据癖",似乎非此就没有"学问"和"学术性",就得不到其他人文学科的尊重,就不符合马克思所谓一切研究只有成为真正的历史研究才是科学的论述,这已经是大势所趋。

五

"中国现当代文学史研究"尽管有其特殊性,但好歹也算是一门历史科学,然而如果和其他历史类人文学科(社会史、制度史、思想史、文化史、学术史)相比,似乎仍然感到底气不足。你的"历史癖与考据癖"与人家的"历史癖与考据癖"不是一码事!

首先,文学之"史"和其他学科之"史",都是"史",但总显得没那么货真价实。文学史尽管非常肥硕,讲述内容气象万千,但长期以来占据统治地位的文学史模式是在交代了一定的客观历史背景之后,尽量凸显作家主体的思想意识和文学手法的流变。换言之,将文学史的主体设想为浪漫主义的主体精神史和心灵史及其外在投射的艺术形式的嬗变史,其中主体精神史和心灵史亦即文学作品通过作家主体所反映的一个时代情感想象的流变,乃是确定不移的重中之重。

如此设想的作为文学史基本追求目标的情感想象偏于主观世界,很难外化和落实为公共知识谱系。社会史告诉我们某年某月发生了某事,这是确凿无疑的,或者是作为确凿无疑的事实被讲述出来,但文学史家若说某年某月中国人的情感想象如何如何，肯定得不到普遍认可。他顶多只能说某年某月某位作家某部作品的某个方面传达了某种情感想象。这种文学史叙事即使有说服力，它所揭示和描绘的内容比起真实发生的历史事件来，还是没有同等的重要性和“学术价值”。在长期奉行辩证唯物史观的中国学者们看来，文学史处理的“史”是在其他学科更大更确凿的“史”的框架内发生的精神现象，它始终是从属性衍生性的，是“上层建筑”的一部分。

其次，所谓文学反映一个时代的思想感情，并非像古人所相信的“诗言志”那样简单的有感而发，往往受制于一个时代占统治地位的意识形态，最终是一种扭曲的反映，不能直接传达当时大众真实的思想感情。这样问题就更大了，文学史家辛辛苦苦挖掘的材料，包括从作品中精心阐释的“意义”，究竟有没有资格充当历史研究的材料？早就有社会学家质疑 50—70 年代文学的“红色经典”对于研究那个时期的中国社会究竟有多少史料价值。①对人文学科的公共学术平台（或“学术共同体”）来说，“中国现代文学”之“史”的研究所提供的“知识”与其他历史研究很难融通，也很难进行平等对话。

这就毫不奇怪，“中国现当代文学史”作为专门史学的存在理由一直饱受怀疑。当然这也不只是针对“中国现当代文学”，一般的中国（历代）文学史也遭遇到相同的问题。文学史和社会史的界限究竟何在？有真正独立的文学史吗？从文学本身能看出文学史的发展脉络吗？如果说文学史也是一门“专史”，我们可以一视同仁地看待它和其他领域的“专史”吗？这类问题甚至逼迫文学史家们不得不回过头去，重新检讨现代中国的文学史撰述的世界学术潮流和意识形态背景，对现代中国的文学史撰述之史的追问一度成为学术热点。②但这主要发生在古代文学史领域，而以黄修己教授为代表的现代文学史编纂的反思则展开

---

① 如杨念群《“风景”的再发现与“劳动”的再定义》对蔡翔《革命/叙述：中国社会主义文学—文化想象》的批评，《读书》2012 年第 5 期。

② 清末两部冠名《中国文学史》的著作，即黄人（1857—1914）《中国文学史》（国学扶轮社印行，无出版年月，可能在 1900—1914 年作者于苏州东吴大学执教期间）和林传甲（1877—1921）《中国文学史》（武林谋新室出版，日本宏文堂 1910 年初版）一度成为许多中国学者研究的课题。

了很不相同的学术路径，有关文学史撰述的经验总结仍然局限于中国学者的文学史编纂工作内部，并没有跨出专门的文学领域，而与其他“专史”领域进行融通和对话。但90年代以来，对“现当代文学史研究”更尖锐的发问不是来自文学史的编纂队伍，而是来自与“中国现当代文学史”“共时”的现当代中国历史的研究者。比如最近就有学者认为，一定要写现当代文学史，只有党史专家才有资格。不懂党史，许多文学史过程很难讲清楚。①话说得很满，但也不能说毫无道理。

正因为有上述种种对“现当代文学史”学科价值和合法性的质疑，在许多从事具体历史研究的学者看来，文学史家很可能是最没学问的低层次学者。现当代文学史从业人员本身也有一种挥之不去的自卑感，总觉得矮人一等。

上述来自人文社会学科其他专门史学的学科优势的压力，进一步刺激现当代文学研究朝着新的史学化境界迈进，从而造成近年来一些值得注意的转变，或者说新的风尚与趋势。

其一，干脆改行做别的。许多优秀的现当代文学史研究者在90年代纷纷改行从事思想史、文化史、制度史或“文化研究”去了。这一部分研究者尽管还想时时反顾旧乡，希望从文学中继续寻找新的研究的有用的材料，但如此“征用”文学作“材料”，往往会“误读”文学。比如，“文化研究”与“中国现当代文学研究”如何很好地结合起来，至今还没有得到很好的解决。

其二，原来从业人员尽管恪守本职工作，但越来越不满足于过去单纯的文学研究，而总想将自己的文学研究朝“史”的方向做大做强。强大到何种程度才好呢？就是取得和其他历史研究学科平等对话的资格。在方法论具体操作上，就是尽量使文学研究所追求的“史”的“知识”挣脱“纯文学”的束缚，进入“真正的历史研究”，以至于能和党史融通，和现代中国的政治史、制度史、思想史、学

① 商昌宝、徐庆全、胡守常《不尽如人意：史学视域中的文学史》，《名作欣赏》2016年第3期。

术史、宗教史、人口史、外交史、教育史、语言变迁史、翻译（文化交流）史、性别史、民族史、地方志、租界史诸如此类的“史学”融通。①

以文学史和思想史关系为例，“新世纪”之初就有人指出，现代文学研究“越来越往思想史靠拢”，这很可能脱离文学而被“思想史”问题所左右，强调文学史和思想史的分野应该予以注意。②2002 年 1 月中国社会科学院文学研究所、上海社会科学院文学研究所、华侨大学在福建泉州联合主办“中国思想史与文学史”学术研讨会，讨论“中国思想史与文学史的互动关系”“中国思想史对文学史发展及特征的影响”“具体的学术思潮与断代各体文学的关系”“思想家对文学家的影响”等主题，多数代表肯定文学史与思想史的关联研究，只是强调不能忽视文学史研究的独特性而已。③

上文列举 80 年代中期以来方兴未艾的“中国现当代文学研究”之“史”的探究，许多内容仍然局限于传统的“中国现当代文学史”学科范围，仅仅在时间空

---

① 关于中国现代文学研究与中国现代专门史学的融通，这里仅举数例，恕不展开。比如从 50—60 年代至今以丁景唐、王观泉、倪墨炎、陈铁健、王铁仙、郑择魁、胡明、袁小伦、王锡荣、王彬彬等学者对瞿秋白、陈独秀、张闻天、鲁迅、茅盾和“左联”的研究，温泽远、王培元、黄昌勇、朱鸿召、袁盛勇等对丁玲、王实味和“延安文学”的研究，李辉等对“胡风集团”的研究，就深刻体现了打通“现代文学史”与“党史”的愿望。其他如汪晖对现代思想史与文学史关系的研究，杨剑龙、袁进、王本朝、许正林等对中国现代基督教史与现代文学的研究，马有义、马燕、马梅萍、何清等对汉语伊斯兰教文学的研究，张福贵、张中良、朱晓进、倪伟、李怡、张全之等对 30 年代民国政治与文学的研究，李永东等对现代租界与现代文学的研究，钱理群、吴晓东、李怡、陈青生、刘晓丽对大后方、上海“孤岛”和东北沦陷区文学的研究，陈平原、姚丹、王彬彬、谢泳、罗岗、李光荣等对现代高等教育（民国教育）与现代文学的研究，杨扬等对民国出版与文学的研究，沈永宝、王晓明、李楠等对现代文学与民国报刊史的研究，朱晓进、郜元宝、高玉、文贵良、刘进才、刘琴、张昭兵等对现代汉语史与现代文学之互动关系的研究，李今、毛尖等对现代文学与电影史的研究，都从不同角度追求文学研究与某一现代中国专门史学的结合。

② 温儒敏《思想史能否取替文学史》，《中华读书报》2001 年 10 月 31 日；赵宪章《也谈思想史与文学史》，《中华读书报》2001 年 11 月 28 日。

③ 相关文章还可参见贺照田《为什么转向思想史》，《中国社会科学院院报》2003 年 2 月 24 日。贺文认为文学史研究进入思想史研究乃由文学史问题的复杂性所决定，不可避免，也不必忧虑。此外，《天津社会科学》2006 年第 1 期“思想史与文学史关系研究”专栏刊载张宝明《问题意识：在思想史与文学史的交叉点上》、张光芒《思想史是文学史的风骨》、姚新勇《由“文学史”到“思想史”：原因、张力与困惑——关于由文学史转向思想史研究现象之思考》、林岗《思想史与文学史》，大部分作者也都基本肯定转入“思想史”领域会有利于“文学史”研究的深入。

间上做一些补苴罅漏的工作，但不可否认也有大量论著突破了传统文学史框架，深入到文学运动所依托的“大历史”中，从文学的角度出发，试图与中共党史、民国史、城市史、战争史、灾祸史、外交史、思想（思潮）史、学术史、宗教史、语言史（语言政策与语言规划史）、性别史（尤其是妇女史）、租界史等专门史学构成直接对话关系。近三十年“中国现当代文学研究”队伍获得更新的显著标志，就是从文学研究领域涌现了许多偏重史学研究的中青年学者。但毕竟本业是文学，史学训练大多属于后天“恶补”，屡屡被“正宗”史学研究者指出破绽，也在所难免。

以上说的是“中国现当代文学研究”和中国现当代“大历史”研究的其他学科努力融合。如果把范围再缩小一点，对文学活动直接依托的“文学体制与文学生产”的探索，也显示了一种强烈的深度历史研究的意识。近年来中国现当代文学史“体制研究”“制度研究”蔚然成风，文艺政策、文学领导和组织机构、新闻出版和各种媒体、重要报纸杂志、大学与文学教育、文学会议、稿酬制度、文学奖励和扶持等等，成了“中国现当代文学史研究”的“显学”，青年学者趋之若鹜，新作新著迭出，是一个特别值得注意的现象。

关于“文学体制与生产方式”（洪子诚），后发的当代文学史研究成绩似乎要超过现代文学。与洪子诚先生的研究同时，杨匡汉、孟繁华、旷新年、李洁非、贺桂梅、王尧、路文彬、吴俊、王本朝、洪治纲、黄发有、斯炎伟、张均、王秀涛、蔡新水、邵燕君、董丽敏、何平等研究“共和国文学”“国家文学”概念弥合破碎的“当代文学”的可能性（与“民国文学”的倡导相呼应），“十七年”文学与同一时期国家政治的关联，“文革文学”与文学领导机构及文艺政策变迁，“新时期文学”的发生与性质界定，整个当代文学时期关键报刊、文学会议和文学奖励与扶持制度对创作与批评的影响，“先锋文学”周边环境，网络上下对文学生产方式的改写，皆引人注目。这可能是因为现代“文学体制与生产方式”研究起步虽早，但在现代文学史编纂高潮的 80 年代中期前后，关于现代中国社会和文学的大历史观基本定型，难有突破①，同时新材料的发掘也遭遇瓶颈，而且不管是“现代文学”还是“民国文学”，其“文学体制与生产方式”对文学进程乃至作家个性的制约似乎没有达到洪子诚所谓当代文学“一体化”之后那种无远弗届无微不至的程度，或者说，现代时期的“文学体制与生产方式”更加多样化，但因此也就激发不起研究者们特别浓厚的兴趣，只是因着具体研究对象的差异而加以个别的处理，难以从“文学体制与生产方式”这个角度形成统一的文学史叙述模式。当代文学则相反。首先，长期以来“当代文学”主要是“文学批评”处理的对象，来不及纳入“文学研究”的范围。一旦“文学批评”让位于“文学研究”，人们发现被印象式的“文学批评”忽略的“文学体制与生产方式”原来大有用武之地，不仅许多材料和问题从来不曾被利用被提出，而且当代“文学体制与生产方式”对文学进程和作家个性乃至作品形式的影响远超现代，因此正如洪子诚所说，即使你不喜欢这种似乎远离文学的研究，但“文学体制与生产方式”的许多问题深深嵌入了当代文学史各个角落，“你想要躲也躲不开”②。

比起传统的研究模式，研究“文学制度与生产方式”确实容易“出成果”，因为这跟以往研究文学史时套用现成历史叙述，简单讲讲社会历史背景，或者为了个别研究（尤其作家传记）的需要做些零星考证，有了根本的区别。即希望在研究某一文学现象时真正系统而全面地进入包括文学在内的“大历史”，同时尽

① 80年代中期乃至以后关于“现代文学”大的史观基本定型，许多新说法，如基于“启蒙与救亡的双重变奏”理论的各种文学史写法和提法，各种关于“现代文学”定性和阶段划分方式，甚至和现代文学有关的40年代开始的当代文学“一体化”的提法，仔细辨析起来，都可以追溯到50年代初期王瑶、蔡仪、张毕来、丁易、刘绶松以及起步于60年代初而完成于80年代初的唐弢三卷本文学史的基本框架，比如作为这三十年现代文学史编纂集大成的“唐弢本”对现代文学的基本定性，仍然是“新民主主义论”的框架，但表述更细致，即认为现代文学是“无产阶级、革命小资产阶级和资产阶级三种不同力量在新时期实行联合的结果，其各个组成部分之间有着原则的区分”，同时也指出一些成员（如何其芳等）在不同阶级之间的转换，最后强调“居于主导地位、占有绝对优势并获得了巨大成就的，则是无产阶级领导的人民大众的反帝反封建的文学，亦即新民主主义性质的文学”。这种表述以及与之保持高度统一的对文学史各阶段的划分与阐释实际上涵盖了后来几乎所有貌似新颖的提法。

② 洪子诚《问题与方法——中国当代文学史研究讲稿》，第203页。

可能避开先验历史叙事的干扰，用自己的材料和方法挖掘文学进程背后或之中的真实历史。“文学体制与生产方式”探讨的都是看得见摸得着的政策导向、制度设施、人事变更，比捕风捉影阐释作者“寄予”或“反映”的“思想情感”显得更加确凿，也比80年代风行一时的“结构主义”“形式主义”“符号学”和“新批评”多少有些迂阔神秘的研究更能直击要害。①

这也是洪子诚先生倡导“文学制度与生产方式”研究在“专史”方向上超越前辈学人的地方。如前所述，自有新文学史研究以来，就不断有人主张新文学史是一门科学的“专史”。比如周作人就说过，“既然文学史所研究的为各时代的文学情况，那便和社会进化史，政治经济思想史等同为文化史的一部分，因而这课程便应以治历史的态度去研究。至于某作家的历史的研究，那便是研究某作家的传记，更是历史方面的事了。这样地治文学的实在是一个历史家或社会学家，总之是一个科学家是无疑的了”②。王瑶先生80年代初明确指出，“文学史既是文艺科学，也是一门历史科学，它是以文学领域的历史发展为对象的学科，因此一部文学史既要体现作为反映人民生活的文学的特点，也要体现作为历史科学，即作为发展过程来考察的学科的特点”。为此他一再强调“文学史”不能写成“作家作品论的汇编”，“作为历史科学的文学史，就要讲文学的历史发展过程，讲重要文学现象的规律性”和“来龙去脉”，“文学史不仅要评价作品，还要写出这个作品在文学史上出现的历史背景，上下左右的联系，它给文学史增添了什么，做出了什么样的贡献，对后来的文学发展有什么样的影响”。③但王瑶先生理解的“文学史”之“史”仍然限定在“文学”的范围，很难走到这个范围之

① 最早提倡从“文学体制与文学生产”角度研究当代文学史的洪子诚先生就说过，“80年代在理解新批评派的文本中心，或文本自足的观念时，还颇有点费劲；或者说，这种‘痼疾’（按指从社会政治背景来理解文学的习惯），使我一直没有办法完全认同新批评的观点”。参见《问题与方法——中国当代文学史研究讲稿》，第191页。

② 周作人《中国新文学的源流》，《周作人自编文集》之《儿童文学小论·中国新文学的源流》，河北教育出版社2002年版，第8—9页。

③ 王瑶《关于中国现代文学研究工作的随想——在现代文学研究会学术讨论会上的发言》，《中国现代文学研究丛刊》1980年第4期。

外。这是王瑶先生那辈学者的学术环境有以致之，尽管他们的历史意识非常强烈，但除了遵循政治权威的既定历史论述，一般很难对于包括文学在内的大历史的“来龙去脉”上下议论于其间，所谓“文学史”之“史”只能是局限于文学内部的“小历史”，只能在这个被小心翼翼切割出来的相对独立的“小历史”中寻找“发展规律”。所以王瑶先生特别推重的还是古代文学史叙述中常见的那种作家之间互相影响的事实，特别是一定思潮流派中后起作家对前辈作家的“继承与发展”，所谓“因变”“通变”的关系。王瑶的下一辈学者也基本秉承这一文学史叙述模式，如黄修己先生就一再强调，“论述作家作品的历史地位，历史作用，应该是文学史著的重要使命”①，“寻找作家创作的家族关系，这也是文学史家所应负的责任”②。这样的文学史叙述自然容易给人造成一种印象，似乎文学史是相对封闭自足的一条以文学精神与文学形式为主体的特殊历史线索，这条线索和外部环境等“大历史”的关系，除了政治权威既定解释之外，就无法呈现更加丰富的细节真实。所以尽管黄修己先生在1990年代初理直气壮地说“新文学史可以名正言顺地归于史学，为专史之一”，但同时又不得不承认，“新文学史作为专史，除了具有史学的一般共性，还有它专门研究文学历史的特性，但有关这方面的知识，并没有多少现成的、系统的东西”。既坚持新文学史是“专史”，又承认这个“专史”还没找到自己的“特性”，关键是因为这个“专史”和其他“专史”的关系没解决，用黄先生自己的话说，就是“长期以来对新文学史的文史双重性格，缺乏足够的认识”③。简单地说，就是在90年代以前，中国新文学或现代文学史的研究主要还是局限于“文学本身”的“小历史”，未能真正将文学这个“小历史”融入“大历史”，从文学的“小历史”出发，真正取得对“大历史”独立发言的资格。

相比之下，洪子诚这辈学者及其学术上的追随者们走得更远些，他们不满

①② 黄修己《中国现代文学史编纂史》，北京大学出版社1995年版，第240、280页。

③ 黄修己《中国现代文学史编纂史》，第1—2页。

足于在所谓文学史内部谈论文学的历史发展过程(这也谈不清楚),而试图走出文学研究者自我设置或被他人所规定的藩篱,努力去触碰那些可能对文学起“决定性影响”的“外部因素”,也就是以往相对自足封闭的文学史进程之外的那些和文学息息相关的“大历史”的问题。“文学制度和生产方式”之所以受到特别的重视,就因为这是“文学史”和“大历史”之间最重要的中介。“中国现当代文学史研究”在“史学”方向上取得真正的突破,并非首先发生在一向具有“学科优势”的“现代文学史”研究领域,而是势不可挡地发生于一向比较贫弱的“当代文学史”研究领域,这似乎有点令人感到意外,其实也在情理之中:一方面当代文学史研究者们有更多接触当代文学史之外的“大历史”的热忱与材料,另一方面,不同于现代文学史研究者们长期饱受更具“学科优势”的“现代史”的压力,90年代以后当代文学史研究者们并不觉得“当代史”有什么压迫性的“学科优势”,许多当代文学史研究者掌握的当代大历史的材料未必逊色于研究当代中国其他领域的“专史”学者,因此他们可以真正“出入文史”,一举克服黄修己先生所谓“新文学史的文史双重性格”带来的问题。

因此尽管80—90年代之交“向内转”的文学理论声犹在耳,但“中国现当代文学研究”已经不可逆转地被压缩为“中国现当代文学史研究”,而“中国现当代文学史研究”通过一系列“向外转”的操作,又进一步从“内部研究”彻底转向主要着眼于历史的“外部研究”。似乎这才脚踏实地,有点“史学研究”的模样了。这就好比在“红学界”,老老实实研究小说《红楼梦》不被承认,只有从小说《红楼梦》跳出去,研究作者的家世生平、时代背景、版本源流,甚至研究小说所影射的清代政坛秘辛,才算有学问。

这是90年代至今“中国现当代文学研究”一种普遍趋势,我姑且称之为“由文向学”或“由文向史”,即不管是放弃“中国现当代文学研究”,还是将“中国现当代文学研究”改造和提升为“中国现当代文学史研究”,努力靠向真正的历史研究,总的思路无非都是认为文学研究本身不算学问,非要放弃文学研究,或者对文学研究来一番彻底改造,使之成为一种够资格的专门“史学”,这才有希望上升到“学问”“学术性”高度，和其他史学研究平等对话、知识共享。

上述观察可能很不全面，但这个趋势基本上有目共睹，或许是思考与“中国现当代文学研究”有关的全部问题的一个基本出发点。

六

说到“中国现当代文学研究”的历史化趋势，不能不首先想到陈寅恪先生的“诗史互证”。一些致力于将“中国现代文学研究”史学化的学者也确实喜欢引陈寅恪为有力的援助，比如王彬彬教授批评“中国现代文学研究与中国现代历史研究两不相干的现象”，提倡“中国现代文学研究与中国现代历史研究的互动”，就反复举陈寅恪为例。[①]但有了这个参照，恰恰也更容易看出“中国现代文学研究”史学化在目前存在的问题。

这主要表现为，虽然对“中国现当代文学研究”进行了“由文而学”或“由文而史”的改造与提升，但毕竟大多数学者的主业在“文”而不在“史”，所以史料的搜集、甄别和解读皆甚感吃力，同时“文”这一面往往又不能兼顾，以至于出现“有史而无文”的偏枯。尤其在“新历史主义”和福柯等人的“话语政治”“话语权力”理论的影响下，许多现当代文学研究者轻易取消了原来认为是文学所特有的一些问题，他们相信所谓文学所特有的问题其实都可以转换和消弭为历史（主要是政治史）。似乎一旦讲清楚了某个政治史的关节，文学问题就迎刃而解，或干脆不在话下了。结果，历史问题的考索既不清楚，原本要解决的文学问题也被搁置一边。比如，应该怎样看待鲁迅晚期杂文对国民党不抵抗政策的批评？一些研究者从民国史角度出发，挖掘鲁迅当年很难知悉的国民党上层对日谋略和国共两党复杂关系的细节，从而得出鲁迅的批评不得要领的结论。姑且

---

① 王彬彬《中国现代文学研究与中国现代历史研究的互动》，原载《文艺争鸣》2008 年第 1 期，此处引自王彬彬《应知天命集》，人民文学出版社 2014 年版。

不管这个结论是否可靠，能否据此解决鲁迅晚期杂文的全部问题呢？显然不能，因为鲁迅晚期杂文之得失并不完全取决于当今学者所追认的“政治正确”。关于鲁迅与“三一八惨案”，鲁迅与苏联的关系的研究，都存在类似的偏颇，即以实际上并不能成为定谳的零星考据和后人眼里的“政治正确”充当文学史评判的唯一标准，用“大历史”的眼光看待文学的“微历史”，鲁迅所说的“文艺与政治的歧途”在这里似乎可以完全合并起来了。

对柳青《创业史》的评价也有类似问题。目前通行的观点是在否定柳青的合作化主题与阶级分析方法的前提下，承认其丰富的生活细节和传神的人物描写，甚至认为其生活细节和人物描写也被合作化主题和阶级分析方法系统改造和扭曲过了。另一种观点则认为柳青对合作化运动一直有独立见解，这主要表现在他不满一窝蜂搞高级社，违背了 1953 年制定的相对务实稳健的过渡时期总路线思想。不仅如此，柳青与这以后的“大跃进”、人民公社和农业学大寨的潮流都格格不入。正是这种异端思想带来了《创业史》第一部的辉煌，也使得《创业史》后续几部迟迟不能完成。[①]这两种观点都着眼于历史，针锋相对，但思考方式很接近，都是用优先考虑“政治正确”的所谓历史研究来取代文学研究，结果都认为柳青是一位令人遗憾的被糟蹋的天才。《创业史》成功只能归于柳青在政治上的先见之明，《创业史》失败也只能归于柳青在政治上的赶潮流。总之作家完全被外在政治历史所决定，判断《创业史》的成败，只要看柳青在政治历史中的表现就可以了，小说本身不值得深入研究。

看来，如何在“由文而学”“由文而史”的同时保持文学研究的一些看家本领，自由地“出入文史”，做出精当的“诗史互证”，应是今后“中国现当代文学研究”追求的目标。

王彬彬注意到这个问题，所以他强调“互动”，希望“中国现代文学研究”和

---

① 参见刘可风《柳青传》所附“柳青和女儿的谈话”之“四”《未完成的〈创业史〉的构想》和之“七”《对合作化的长期研究和思考》，人民文学出版社 2016 年版。

"中国现代历史研究"能够出现"你中有我、我中有你"的局面，不是一边倒，以历史研究完全取代文学研究。他还特别为此批驳了《陈寅恪评传》作者、历史学家汪荣祖对陈氏"诗史互证"的误解。汪荣祖说："寅恪以史证诗，旨在通释诗的内容，得其真相，而不在评论诗之美恶与夫声韵意境的高下，其旨趣与正统诗评家有异。"王彬彬认为："陈寅恪的以史证诗，出发点固然主要不在诗的艺术价值。但是，如果认为以史证诗，全然与对诗的审美鉴赏无关，全然无助于对诗的艺术价值的评说，则又是颇为谬误的。实际上对文学的'内容'、'真相'的了解，与对其艺术性的鉴赏，往往是相关联的。对其'内容'、'真相'的了解越准确，对其艺术性的鉴赏就越到位。陈寅恪在以史证诗时，也决不只是'通释诗的内容，得其真相'。他常常在指出某种史实的同时，或多或少地引申到对诗的艺术性的评说。"这个批评很有道理，道出了"史诗互证"的真相。

或许也正是有感于此，洪子诚坦言，"从内心上讲，我很讨厌这个问题(按指他本人提倡和擅长的'文学体制与生产方式')，有时候会觉得离我想象中的'文学'很远"①。洪先生一直感到文学史研究的"文学"与"历史"界线不好划定，"文学史到底是'历史'，还是'文学'"，真不容易说清楚。他把这个问题概括为"文学史研究中的'文史之争'"，"'文学'和'历史'之间确实存在一些矛盾和冲突的方面。按照一般的要求来说，历史研究带有一种刚才说到的'真实性'或'可检验性'，但是文学本身的阐释更多地带有强烈的主观性。这两者怎么结合起来，这是一个问题"。尽管有此困惑，洪先生还是采取了他所说的文学史研究第一种"趋势"，即"把它写成像'历史'，关注演变过程，关注事实的联系，而且更多地强调文学作品的外部因素，重视外部因素对文学事实产生的决定性影响"。②他的《中国当代文学史》就偏重这些"外部因素"，具体说就是"文学体制和生产方式"，而这确实是过去当代文学史研究忽略的方面。该书揭示中国当代(尤其

① 洪子诚《问题与方法——中国当代文学史研究讲稿》，第 205 页。

② 同上，第 45—46 页。

50—70 年代）文学的社会政治和文化环境的细节极其丰富，多方面的创见、突破和对青年学者的引领之功显而易见。该书以及稍后出版的姊妹篇《问题与方法：中国当代文学史研究讲稿》的学术辐射力至今还远远没有充分展示出来。①

但姑且勿论“文学体制与生产方式”是否真能说清楚，即便乐观地估计这项工程最终能够完成，文学史的主体部分也未必就能水落石出，所以洪著《中国当代文学史》还是留下了许多空白。他以太多篇幅处理“文学体制和生产方式”，关注作家作品自然就不够。在“文学体制和生产方式”的知识背景下，读者主要看到作家主体被决定的命运。洪先生十分注意的作家“身份”在他笔下发生了根本性转移，即从精神体验、反抗和创造的主体转变为社会活动的主体，作家的社会活动、社会交往、文学论争、文坛际遇始终被置于文学史叙述的前景，洪先生引用过的普鲁斯特所谓跟作家日常身份不同的真正创造作品的另一个身份，亦即自我否定自我创造的那个相对隐秘的想象性“自我”的精神流变史，不得不大受压抑。

洪先生对此也颇感困惑，但他清楚地意识到首先要梳理文学史外部环境的问题，至于作家作品内部那些更隐秘和“神秘”的因素，应该在此之后予以考虑，“如果我们完全接受‘新批评’的观点，那实际上可能就没有文学史，或者文学史写成单独的文本阐释的组合。过分地强调作家的独创性，作家作品的不可替代性，这种文学史会变成什么样子呢？很可能变成作家作品评论的‘流水账’”，

---

① 关于洪子诚《中国当代文学史》对当代文学研究的学科意义，参见《文艺争鸣》2010 年第 9 期一组文章：谢冕《一束鲜花的感谢——祝贺〈洪子诚学术作品集〉出版》，赵园《有感于洪子诚先生文集的出版》，曹文轩《一个人与一个学科》，张志忠《建构复杂性的诗学——洪子诚的学术品格略论》，陈晓明《“一体化”：封存还是开放——洪子诚的文学史思想论略》，孙民乐《重塑文学史的知识品格——洪子诚文学史研究的意义》，张洁宇《学者姿态与学科意识——谈洪子诚先生的当代文学研究》，贺桂梅《文学性与当代性——洪子诚的当代文学史研究》，以及贺桂梅《穿越当代的文学史写作——洪子诚教授访谈录》（《文艺研究》2010 年第 6 期）。贺桂梅《文学性与当代性》开头一段话很有概括力：“洪子诚的《中国当代文学史》于 1999 年出版时，许多人认同钱理群先生的感叹：这本书标志着当代文学终于‘有史了’。显然，这里的有‘史’并不是指当代文学此前没有历史叙述，而是指这种历史叙述的有效性。”所谓“历史叙述的有效性”，主要是指超越以往局限于个别作家作品分析和浮面的社会思潮介绍的那种文学史叙述，努力呈现文学史得以展开的更丰富而系统的那些决定性的外部因素及其相互关联，也就是当代文学研究的“史学化”追求，而其方法论的核心统领，就是对“文学制度和文学生产”的优先关切。

“希望有一天，我们会有机会来试试看，试试看这种强调‘独创性’、‘文学性’标准的文学史写作，会暴露什么样的矛盾和问题”。

中国并没有“完全接受‘新批评’的观点”写成的文学史，但任何一个对过去流行的文学史著作稍有接触的人都会赞同洪先生这个说法，因为过去流行的文学史普遍无力处理文学发展的外部环境，故而不得不把重心放在“‘独创性’、‘文学性’标准”上，这就部分地暗合了后起的“新批评”。这是洪先生对文学史老问题切中肯綮的批评。但他又承认，“像我那样的挖空心思，为每个作家设计一个座位，这也反过来证明，文学史有时是多么乏味，多么没有意思”①。凡读过洪先生《中国当代文学史》的人恐怕都会有同感，不妨把这理解为洪先生在解决文学史老问题时遭遇的新问题。

现当代文学史研究是否非要变成韦勒克所说的“外部研究”才算真正达到了“史”的研究水平？其实韦勒克并无一锤定音的解答，他自己对此也颇为困惑：“写一部文学史，即写一部既是文学又是历史的书，是可能的吗？应当承认，大多数的文学史著作，要么是社会史，要么是文学作品中所阐述的思想史，要么只是写下对那些多少按编年顺序加以排列的具体文学作品的印象和评价。”②我们不妨顺着他的思路继续追问下去：包括文学在内的现当代中国人的思想情感果真完全受制于可见的“外部”历史？共同经历的可见的“外部”历史固然极易被遮蔽，所以“外部”历史的发掘工作显得极其艰难而珍贵，但是否因此就应该压抑相对来说不可见而同样容易被遮蔽的“内部”历史吗？除了洪先生所说的缝隙中偶尔仅存的一些“‘自由表达’的可能”之外，“内部”历史是否完全受制于“外部”历史而绝无“自由表达”之可能？“外部”历史不也是一种被决定的主体活动的结果吗？那么决定“外部”历史的除了文学之外的社会政治，作家和同时代大多数国民“主观内面生活”是否也是决定性因素之一呢？抑

① 洪子诚：《问题与方法——中国当代文学史研究讲稿》，第46—47页。

② 勒内·韦勒克、奥斯汀·沃伦《文学理论》，刘象愚、邢培明、陈圣生等译，江苏教育出版社2006年版，第302页。

或这里所说的“外部”和“内部”压根儿就是历史的两个面相，之所以被区分为“外部”和“内部”，只是因为我们不善于一眼看出二者的血肉联系？洪先生敏锐地提出：“中国当代作家艺术的普遍衰退，跟外部环境有非常重要的关系，但是也不能完全把责任归到环境归到外部压力上，在作家的心性结构、价值观念、文化修养上，或者说‘内部因素’上，会出现一些什么问题？”[①]既然如此，那么作家主体，包括整个“文学场域”的主体性参与者，他们的“主观内面生活”之重要性真的逊于“文学体制和生产方式”诸如此类“决定”文学史进程的“外部因素”吗？

这样的追问或许又会迫使我们重新回到20世纪60年代初普实克和夏志清那场争论所涉及的一系列问题，或者从他们的问题再出发，将文学史“内”和“外”两个问题真正糅合起来加以思考。

能否开展这样的工作，关键还是要看文学史研究者能否紧紧抓住文学史参与者“主观内面生活”这个中介，也就是“人”的因素。说穿了，“文学体制和生产方式”这些“外部因素”如果真如洪子诚先生所说，对文学进程起着“决定性影响”，那么这种“决定性影响”最终仍要落实为文学史中一个个具体参与者的行为意愿。如果一切都被“外部因素”决定好了，这样叙述出来的文学史究竟要诉诸怎样一位不可知的“决定者”和怎样一双“看不见的手”？文学史如果始终由“决定者”和“看不见的手”在书写，那么作家、批评家、文学机构的组织和领导者、普通读者的思想、情感、想象、下意识、梦幻、选择、意愿，以及包含所有这些内容的个人应该承担的历史责任，又该落在何处？撰写一部全然不诉诸个人主体性的“被决定”的文学史，意义何在？

七

所以我觉得，与其推崇陈寅恪的“诗史互证”，不如重新审视鲁迅对中国古

① 洪子诚《问题与方法——中国当代文学史研究讲稿》，第59页。

代文学和新文学的论述，特别是《中国小说史略》《魏晋风度及文章与药及酒之关系》《上海文艺之一瞥》《中国新文学大系小说二集序》等经典的文学史描述方式，即牢牢抓住作家主体为中介来考察社会政治、思想文化与文学演变的关系。

从“中国现当代文学史研究”现状看，最大的问题还是“作家缺席”。不是说这些文学史著作没有举出作家们的生平活动、作品和创作谈，也不是说这些文学史著作不曾致力于给一个个作家安排适当的文学史位置，“排座位，吃果果”（洪子诚），而是说都不曾像鲁迅那样对于作家，无论他们处于怎样的思想文化潮流，无论受到怎样的“文学体制和生产方式”这些“外部因素”影响，都能“秉持公心”，画出他们在这些复杂环境和过程中所显示的心态和灵魂的本相，如鲁迅对“魏晋名士”、明清小说作者、才子+流氓的“革命文学者”的心态与神情的描摹。

这样的描绘才是有血有泪有哭有笑的活的文学史，即使到头来仍然证明是被决定的，至少也让读者看到了文学史通过怎样的主体遭际而被决定着。目前一些现当代文学史著作最大的遗憾就是仅仅告诉我们，无论现代还是当代作家都是被决定的，文学史主体不是作家，而是决定作家的政治制度以及商业手段。现当代（尤其当代）作家在这种姑且假定是真实的被决定状态下心里究竟怎样想，文学史家都还缺乏力透纸背的描绘。

这绝不是说，要取消或弱化对“文学制度与生产方式”的研究，取消或弱化包括对文学在内的各种社会思潮的研究，取消或弱化对重要作品的细读；而是说，所有这些方面的研究都要进一步得到加强，以至于真正可以和作家主体的心态沟通，看到作家主体在所有这些方面所呈现的精神活动的真相——在这一层面，文学史的叙述或许不必那么烦琐，那么长篇大论，那么迂回曲折，而很可能只需要三言两语的评骘。鲁迅分析“魏晋风度”，主要只是告诉读者“名士”们的精神为何显得“清峻，通透”，他们的作品为何显得“华丽，壮大”，“非汤武而薄周孔，越名教而任自然”的真实心态是什么，为什么有人整天喝酒吃药，有人喜欢“扪虱而谈”，或者一生气就拿着宝剑追杀苍蝇。文学史研究在别的方面做得再好，倘若缺乏这副笔墨，就是“明于礼义而陋于知人心”，画龙而不能点睛。

令人特别困惑的是，一些最有影响力的当代文学史著作的编撰者们都曾经（或仍然）是他们所经历的不同阶段“当代文学”的亲历者和与之发生密切接触的批评家，他们对作家们的情况比较了解，也有大量独立的作家作品的精彩论著，可是一旦进入文学史描述，或者说一旦他们的身份从批评家转换为文学史家，以往对作家们的抵近把握似乎就一律派不上用场，难以放置到各自的文学史框架之中。

当代文学史读者最不好理解的问题，是那些从“现代”跨入“当代”的作家们的创作和人格为何出现巨大反差，前后判若两人，中间始终缺乏对主体内部变化的合乎情理的解说。这个看似明白却似乎永远也说不明白的问题，如果完全推诿给起“决定性影响”的“外部因素”，那么文学史家至少也应该合情合理地描述出这些作家在被决定状态下怎样一步步完成思想、人格和创作上的“改造”，否则读者只好像当年郑振铎先生那样奇怪阿 Q 竟然要革命，革命之后为何又要被“咔嚓”，人格上似乎是两个人。当代文学史家们能否令人信服地说明，这些作家从“现代”跨入“当代”之后出现的巨大反差，尽管使他们外表上看起来似乎判若两人，而实际的思想变化还是有迹可循——就像鲁迅当年负责地告诉郑振铎，革命前后的阿 Q 在人格上还是一个？

80 年代以来，现代文学研究一个很大的麻烦是既要为大部分“鲁迅骂过的作家”逐一平反，同时又不得不在根本上继续保持对鲁迅的高度评价，其间出现了种种有趣的解决之道，一时也难备述。比如，抬高“鲁迅骂过的作家”的同时，在逻辑上不得不暗地里批评鲁迅“骂错了”，沿着这个思路就会进一步思考鲁迅既然这么容易“看错人”，一定还有哪些地方也很不恰当，于是不断“扩大战果”，逐渐形成高抬“现代文学”“民国文学”而贬低鲁迅的风气，好像鲁迅不属于“现代文学”“民国文学”，好像那时候只有鲁迅独自发狂，战斗，到处“乱骂人”。另一种做法也是暗地批评鲁迅“骂错了”，不过调子缓和得多，就是认为之所以“骂错人”，是大水冲了龙王庙，一家人不认一家人，鲁迅和被骂的人之间精神上是相通的，都属于“自由主义”，都具有“民国范”。这两种解决鲁迅与当时文坛左中右三种力量全面对抗关系的“历史研究”势必把鲁迅的社会批判和文明批判的合理性慢慢从“现代文学”或“民国文学”挪开，而往下延伸到“当代文学”中来，结果“现代”或“民国”的鲁迅批评民国的时候，许多地方基本上都错了，而如果让鲁迅继续活着，帮我们批评“当代”，倒恰到好处，得其所哉！这显然是隔断历史的做法。

被隔断的“现代”与“当代”的关系，在“现当代文学研究”不断历史化的过程中被部分地重新提出。早在80年代陈思和的“中国新文学整体观”与钱理群、黄子平、陈平原等人的“二十世纪中国文学”的提法，其实已经是旨在“打通现当代”了。但如何打通？当时主要着眼于文学思潮、流派的历史断裂与重新接续。到了90年代，“当代文学史”研究的“一体化”概念提出来之后，就更清楚地落实到从20年代中期“革命文学”理论与初步实践、30年代以上海为中心的左翼文学运动、江西苏区红色文化、30年代末至40年代初以延安为中心的新民主主义文学与“工农兵文学”的雏形、50—70年代的“社会主义文学”的一脉相承。这些不同阶段的文学相互之间存在复杂的差异性甚至激烈冲突，但先后接续的基本谱系总算梳理得比较清晰了。这种文学史梳理以“文学制度与生产方式”为主要着眼点，某种程度上也确实成功地“打通”了现当代，却依然无法描写出那些“跨代作家”乃至“跨代”知识分子群体的心理流变。正是在这一点上，鲁迅描写“革命”前后阿Q的生态与心态及其最终命运时所把握到的历史的深层脉动，仍然值得我们深思。鲁迅写阿Q，视野绝不局限于一个无业游民的心理，而是想着全体国民。人所具有的阿Q基本都兼收并蓄了。阿Q也生活在一个易代之际，也算一个“跨代”国民。如果阿Q识文断字，也是一个“跨代作家”。文学史家能否像鲁迅写“革命”前后的阿Q那样烛照“跨代作家”们的灵魂深处呢？

若能做到这一点，那么夹在“现代文学”和“新时期文学”之间的“当代(社会主义)文学”(1950—1970)对于今天的广大青年读者的陌生感与异质感或许可以得到部分的消除。否则，无论对于起“决定性影响”的“外部因素”的历史重建如何完备，这段文学史的许多现象还是会显得非常有“异质感”而难以理解。换言之，难以理解的主要不是1950—1970年代的“文学体制与生产方式”，而是在这种“文学体制与生产方式”作用之下发生急剧变化以至于和之前的“现代文学”几乎无法接续、和之后的“新时期”与“新世纪”文学也无法“相认”的那些“当代作家”的真实内心。

但怎样才能知道“被决定”着的作家们的真心？既然可靠的文学史材料多半来自“决定”文学史进程的“外部因素”，那么即使有“鉴别灵魂”的文学史家站出来，又能让他从哪里去寻找可以见出作家们真心的材料？依靠极少数较能披沥真心的“潜在写作”？依靠写作年代难以确认的“抽屉文学”“地下文学”？还是老老实实以公开发表的作品为材料进行正面强攻，或者避开正面，从可能存在的文本缝隙中抓住偶尔漏出的一点光亮？

这样写出的文学史将呈现怎样一种形态？比如，1950—1970年代“当代（社会主义）文学”是“五四”新文学直至“新世纪”文学百年历史中一个脱出常规的“异数”，还是仍然和前后不同阶段的文学保持着深刻的历史关联和巨大的历史同一性？① 继50—70年代“异质性”或“被异质化”的文学阶段之后崛起的“新时

① 钱理群把这一时期文学延伸到40年代，认为40—70年代中国文学是“毛泽东时代的文学”或曰“共和国文化”“中国式的社会主义文化”，“它与中国传统文化和五四新文化自然有着深刻的联系，也显然受到外来文化（首先是马克思列宁主义）的深刻影响。但应该承认与正视，它是一种有别于传统文化、五四新文化与外来文化的独立的文化形态，它在近半个世纪的发展中已经形成了与特定的政治、经济体制相适应的自己的观念、哲学，自己的思维方式，心理结构，情感方式，伦理道德，行为准则，甚至有自己的文体，话语方式，并且经过半个世纪的体制化的灌输，已经渗透到大陆人的心灵深处，成为集体无意识，形成了新的国民性。”这就提出了消解这段历史时期文学的陌生化与异质感的一种思路，用洪子诚的话说，是“在‘全球化’的历史语境”如何理解文学史“这种‘异质化’，这种‘异类的声音’”。对这段文学史及相关学术研究，洪子诚本人提出如下思考：“我和另一些人经常使用‘一体化’的说法。这个说法不是意味着这个时期的文化、文学的单一性，事实上仍存在复杂的，多种文化成分、力量互相渗透、摩擦、调整、转换、冲突的情况。”“这个时期文学思想艺术存在的严重阙失，恐怕难以否认。在这种情况下，它的研究的魅力来自什么地方？一方面……现代中国的革命及其文化问题与成果，并未为‘历史’所尘封，仍具有现实的急迫意义。另方面，这种研究将可能尖锐地检验我们在处理存在争议、也让研究者困惑的历史和文学问题时的能力”。参见赵园、钱理群、洪子诚等《20世纪40至70年代文学研究：问题与方法》，《中国现代文学研究丛刊》2004年第2期。

期文学”真的“回归并超越了五四新文学”吗？90 年代至“新世纪”的文学新变，和“新时期文学”又具有怎样的内在联系，抑或纯粹是“后新时期”特殊的社会政治与思想文化这些“外在因素”（后现代精神、全球资本）直接作用的结果？如何理解上述文学史各阶段的断裂与连续的关系？

这还联系着另一些问题：“文学史”所治之“史”可以悉数还原为普遍的权力运作的历史过程，还是具有高于这种冷冰冰的历史的文学的特殊性，如亚里士多德所言，诗比历史更具有普遍性？文学史是对真实存在的过去的忠实记录，还是被一定的立场方法和价值标准的持有者主观叙述出来的图景？换言之，文学史是对外部决定性因素的重建，还是对内部被决定因素的重新阐释？“文学史”所提供的历史“知识”究竟如何才能和其他历史类的人文学科所提供的“知识”进行对话和共享？

这些问题恐怕还要一直存在下去，不断挑战中国现当代文学史的研究者们。

原载《中国现代文学研究丛刊》2017 年第 2 期

现代中国文学语言论争的五个阶段

郜元宝

一

“五四”到20世纪40年代末，围绕文学语言和一般应用文体的论争，先后经历五个阶段。

第一阶段即白话文运动时期，主题是“以白话代文言”。“白话”包括各方言区和各阶层丰富的口语，也不排斥依然活在当代人口头的一部分古白话书面语乃至成语和文言遗产，笼统称为“活人的语言”稍嫌宽泛，胡适后来将其凝练成作为“活的语言”的“国语”，白话文运动的目标就是让“全国的人渐渐都能用它（按即‘国语’）说话，读书，作文”①。这是建立现代民族国家日常语言生活及其上层建筑的必要条件，也可说是“五四”前后提出的诸多现代化方案中最基本的一条。以后的文化建设，包括复杂多变的文学运动，均有赖于这个语言现代化方案的渐次展开。

文学对这一现代化方案有独特的反作用力。胡适提出“国语的文学—文学的国语”的口号②，意在阐明“新文学”与新“国语”的互动关系，为“五四”前后白

① 胡适《中国新文学大系·建设理论集导言》(1935)。

② 胡适《建设的文学革命论》(1918年4月)。

话文运动奠定了比较稳固的总体理论框架。主角是“白话文”，因其语言基础是“国语”，周作人又称之为“国语文”，基本的策略，是鲁迅、傅斯年、刘半农、周作人、胡适等在“第一个十年”反复论述、后来又不断修补的所谓“博取”各地口语、外来（主要是欧化）词汇句法以及适量文言，再“杂糅调和，适宜地或吝啬地安排起来”[①]。诸家论述丰富，彼此也有差异，但大致不超出胡适的框架：“国语的文学—文学的国语。”

但这个框架相当宽松开放，给后来继续探索和论争预留了极大的空间。

“白话文”的语言基础是作为“活的语言”的“国语”，当时只能是以北方方言为基础的“官话”，但“五四”以后，“官话”不断变化，新“国语”不可能总停留于旧官话的水平，这就要处理不断变化的新国语及其书写系统与各地方言、外来（欧化、日化）语以及文言的关系。但具体怎样“博取”，怎样“杂糅调和，适宜地或吝啬地安排起来”？解决这些问题，不可能要求草创阶段的白话文理论一蹴而就。

比如方言与文学的关系。鲁迅反对纯用一地方言，也反对方言土语用得太多，太生僻，主张“博取”各地方言，并不在乎别人所嘲讽的“南腔北调”[②]，《阿Q正传》中赵太爷骂“阿Q，你这混小子”就是北方话。赵秀才骂阿Q“王八蛋”，作者特地注明这是未庄人平时很少使用的“官话”。胡适《文学改良刍议》(1917)只模糊提出“八曰不避俗字俗语”，在和林纾论战中，欣然欢迎对方作为罪状之一的“引车卖浆者之流”的口语。这都可以理解为部分地接纳方言。但胡适很快进而提倡“方言文学”，表彰“粤讴”代表的“粤方言文学”以及《海上花列传》代表的“吴方言文学”，认为这才是新文学语言的康庄大道，甚至还设想《阿Q正传》若纯用绍兴方言，当更加成功。[③]1934年有人将《阿Q正传》搬上舞台，让阿Q大讲绍兴话，鲁迅就不以为然，批评改编者是“随手胡调”，“眼睛也是为俗尘

① 周作人《〈燕知草〉跋》(1928年11月22日)。

② 鲁迅《〈南腔北调集〉题记》(1933年12月31日)。

③ 胡适《吴歌甲集序》(1925)。

所蔽”①,似乎就是对九年前胡适的“胡说”的答复。至于白话文要接近口语到什么程度,鲁迅和胡适的意见也相去甚远。胡适要求绝对的“白”,往往因为并不知道真实的口语是怎样的,而强迫自己的白话书面语竭力靠近想当然的实际并不存在的白话,因此弄得不伦不类,比如不说“胡适日记”,偏说“胡适的日记”,以为这就是彻底的白话了。鲁迅因为清楚地认识到“在进化的链条上,一切都是中间物”②,并不追求绝对的“白”,宁可满足于“文白夹杂”,他的文章在力争口语化的前提下,并不排斥文言和白话书面语固有的表现法。鲁迅杂文集没有一部的书名夹有“的”字以显示彻底的口语化。至于造句、选词(练字)方面离开口语之远,就更是和胡适形成鲜明对照了。鲁迅的杂文和散文诗中甚至故意使用大量对偶句,并坦率承认这是过去在私塾长期“做对子”养成的“积习”③,就更是胡适所不敢苟同的了。先驱者意见的不一致,为日后争端埋下了伏笔。

又比如,“五四”白话文理论对“欧化”的程度与方式并无明白界定。何为好的“欧化”,何为“恶劣的欧化”,始终扯不清。“欧化”主要表现为大量使用外来语呢,还是直接模仿西方的语法,也没有明确交代。等到 20 世纪 30 年代初提出“文艺大众化”,同时中国传统散文趣味浓郁而文言成分激增的“小品文”大行其道,“五四”初期未曾预料到的新的语言动向与“欧化”迎头相撞,于是欧化、文言和口语的比例以及各种语言要素“调和”的好坏与否,在“五四”一代人相互之间以及第二、第三代作家那里显出明显差异,这才引起不断的反省乃至激烈论争。在文学创作、文学翻译和文学批评中,大家对“欧化”的认识不断进步,获得不断自觉,不再停留在“五四”初期以“学衡派”为代表的围绕《马氏文通》功过的讨论,至于章士钊对“的底吗呢”的印象式批评,更不值一提了。比如鲁迅坚持“直译”,希望借此为中国输入更精密的语法,他的译文势趋于极端欧化,但鲁迅小说、杂文和散文诗就尽量口语化。尽管如此,必要时他也并不拒绝欧化语法,

---

① 鲁迅《且介亭杂文・答〈戏〉周刊编者信》(1934 年 11 月 14 日)。

② 鲁迅《写在〈坟〉后面》(1926 年 11 月 11 日)。

③ 鲁迅《南腔北调集题记》(1933 年 12 月 31 日)。

但鲁迅创作中的欧化语法不同于翻译，已经尽可能和口语、白话书面语乃至文言精心调和起来，成为“鲁迅风”的有机组成部分了。比如他的一些看似古怪却朗朗上口的长句子，以及李长之曾经拍案叫绝的杂文和《野草》中对于“然而”之类连接词的巧妙运用。

再比如，白话文的书写工具当然是汉字，但从白话文理论提出之初，汉字的地位就不很稳固。白话文倡导者们继承清末吴稚晖等人的“废汉文议”，相信汉字只是暂时工具，将来总要被拼音文字取代，甚至有“汉字不灭，中国必亡”的口号。胡适 1935 年写《中国新文学大系·建设理论集导言》时还说：“如果因为白话文学的奠定和古文学的权威的崩溃，音标文字在那不很辽远的将来替代了那方块的汉字做中国四万万人的教育工具和文学工具了，那才可以说是中国文学革命的更大的收获了。”可见“五四”以后，尽管大家都在使用唯一可用的汉字，但谁也没有放弃以拼音文字取代汉字的理想，形形色色的“新文字”方案层出不穷。具体到作家创作，对周作人所谓“因了汉字而生的种种修辞方法”①的借鉴与否和畸轻畸重，也就会造成语言风格上日益明显的差异，从而造成白话文阵营内部的分裂。周作人对新近作家“细腻流丽”的白话就感到不足，提出“涩味与简单味”的期待。②刘半农留法归来，对新一代作家的语言和做派深致不满，禁不住“老实说了罢”③。闻一多说新诗有“欧化的狂癖”，指斥许多新诗人“要把新诗作成完全的西文诗”，为此他在肯定“《女神》之时代精神”之后，马上又批评《女神》过于欧化而缺乏“地方色彩”④。鲁迅后来也指出胡适的白话文像“茶淘饭”，没有余味。⑤

---

① 周作人《谈龙集·〈扬鞭集〉序》（1926 年 5 月 30 日）。

② 周作人《〈燕知草〉跋》（1928 年 11 月 22 日）。

③ 刘半农《老实说了罢》。

④ 闻一多《女神之时代精神》，《创造周报》1923 年第 4 号；《女神之地方色彩》，《创造周报》1923 年第 5 号。

⑤ 鲁迅《二心集·关于翻译的通信》（1931 年 12 月 28 日）；《花边文学·玩笑只当它玩笑（上）》（1934 年 7 月 18 日）。

新文化阵营内部对理想的“国语的文学—文学的国语”的不同表述开启了日后纷争,但新文化阵营内部这种纷争的前提是肯定白话文的总体方向,与后来历次论争中因为不满白话文的时代局限而得出完全否定的结论,有本质的区别。

二

第二阶段是1928年“革命文学论争”。“创造社”个别人物20世纪20年代中期就提出“民众艺术”(成仿吾)和“阶级斗争”的口号。1928年前后,成仿吾更提出“印贴利更追亚”(小资产阶级)的“意德沃罗基”(意识形态)需要再次“奥伏赫变”(扬弃),而当务之急是革命的小资产阶级作家必须获得“Proletariat”(普罗大众)的“意识”,浑然忘记了不久前他们还将文学创作的规律、技巧与作家个性视为神圣不可侵犯的艺术之宫的柱石(“为艺术而艺术”)。经此急转弯,也不可能像“文学革命”时代那样从正面继续强调文学语言的重要性。[①]1924年,成仿吾还要求民众提高自己来迁就为民众着想的倾心创造的艺术家,到了1928年的“革命文学”论争中,革命的小资产阶级艺术家必须无条件地迁就民众,“克服自己的小资产阶级的根性,把你的背对向那被‘奥伏赫变’的阶级,开步走,向那‘龌龊’的农工大众!”阶级立场的大转变不仅需要在“意识形态”领域完成,还必须抵达语言层面,进到“文学革命”和“革命文学”初期都不曾梦想到的“文体永远被‘奥伏赫变’的时刻”。于是“革命文学”提倡者们一面批评“文学革命”时

---

① 成仿吾1924年的《民众艺术》认为,“民众的艺术”(民众自己拥有和创造的民间艺术)“只在浅薄的娱乐与低级的教化,它们还不知有人生的批评与美的创造。这样的东西,我们似不应假以民众艺术的称号”。而“关于民众的艺术”(用民族生活做材料写进作品)虽有艺术价值,但“大多数尚是从贵族的艺术家手里弄出来的——与静物般的民众未免太不相干了——实是不能称谓民众艺术的”。只有“为民众的艺术”,“特点是能给大多数人以精神上的益处与美感而不失艺术上的价值”,才配称为民众艺术,但这不必迁就民众的水平而放弃创造,民众须依靠教育程度的提高来学会欣赏,“艺术愈进化,便愈和民众无关,然而这是民众教育上的缺陷,不能把责任推到艺术的进化上来”。“艺术家只要稍存民众意识,他的作品不怕民众不能感受……”在这种“民众艺术”理论中,艺术家自然也不必迁就民众的语言。

代“有闲阶级”的“意识”和“趣味”，同时开始挑剔他们的语言“始终不能摆脱旧的腔调”。不仅如此，成仿吾还承认，即使“对于旧思想与旧文学的否定最为完全”的前期“创造社”本身，与“文学研究会”和《语丝》派一样，其“媒介—语体”都“与现实的语言相离那么远!”。这位创造社首席批评家的结论是：“我们如果还挑起革命的‘印贴利更追亚’的责任起来，我们还得再把自己否定一遍(否定之否定)，我们要努力获得阶级意识，我们要使我们的媒质接近农工大众的用语，我们要以农工大众为我们的对象。”[①]从此，“引车卖浆者之流”的语言就被戴上一顶阶级论的帽子，一跃而为“农工大众的用语”。

这或许就是30年代中期陈望道等一批上海文化人提出的“大众语”的前身?按照成仿吾的逻辑推下去，“革命文学论争”势必要涉及文学语言的大众化，但事实上，后来居上的“创造社”晚期诸君子并没有突出语言问题，整体上这场讨论基本忽略了文学语言。

不是他们不想提语言问题，而是有难言之隐。1928年“革命文学论争”的健将们自己的语言依然是成仿吾在《从文学革命到革命文学》中坦率承认的前期创造社的语言面貌“A.极力求合于文法。B.极力采用成语，增造语汇。C.试用复杂的构造”(也许还应该加上“不避欧化”)，甚至有过之而无不及。这样的“媒质—语体”不仅不能“接近农工大众的用语”，也“与现实的语言相离那么远!”甚至还比不上他们所反对、所鄙视的《新青年》、“文学研究会”和《语丝》派的清白爽利、自然多样、文从字顺、温文尔雅。创造社晚期诸君子嵌满西文和尚未取得大家认可的生造的外来语(理论术语)的文章，属于五六年前闻一多批评的“欧化的狂癖”，经常遭到论敌鲁迅的揶揄，他们当然不愿以己之短来攻人之长了。

语言的“奥伏赫变”本来是“革命文学”题中应有之义，但恰恰在这方面他们有难言之隐，只好轻轻滑过去了。

---

① 以上引文，均见成仿吾《从文学革命到革命文学》，《创造月刊》1928年2月第1卷第9期。

我把"革命文学论争"算作现代文学语言论争第二阶段，是想强调这场论争对文学语言的忽视本身也是一种语言思想和语言态度。文学革命的主要内容就是语言变革，从"文学革命"转到"革命文学"，竟然略过了自己也已经意识到了的语言问题，这本身就包含一种对语言的认识，说明"创造社"晚期诸君子虽然认为"五四"语言变革远没有完成，但比起"意识"的"奥伏赫变"，语言的"奥伏赫变"并不重要。其次，恰恰是这场整体上忽略语言的文学论争彻底结束了现代文学的"五四"时期，开启了一个新阶段，此后语言问题又被频频提起，但观念上已经和"五四"不同，许多地方恰恰是反"五四"的，其基本内容就蕴涵在以成仿吾为代表的创造社批评家初步表述的语言观念中，核心目标就是要把"五四"多元语言框架和语言方案压缩为以"普罗大众"为唯一服务对象的一元化语言道路。这个语言理想，"革命文学"论者因为自身的难言之隐而语焉不详，但总体的理论构想已合乎逻辑地包含了这一终极指向。有鉴于此，我认为"革命文学论争"是现代文学语言观念演进的重要一环，尽管其特点是在具体语言问题上留下大段空白，但这个空白必然会被继起的论争合乎逻辑地弥补，从而改变"文学革命"时期提出的那套平实宽广的语言现代化方案。

三

第三阶段，是由刚从中共领导岗位退下来而潜伏上海、关心指导正在兴起的左翼文学运动的瞿秋白对"大众文艺"的理论探索。这个阶段从内容和组织上延续了第二阶段，但作为一种"补课"，突出了第二阶段不曾深度触及的语言形式问题。郭沫若说："我所希望的新的大众文艺，就是无产阶级文艺的通俗化！"郭是1928年"革命文学论争"主导者之一，他所谓"通俗化"包括语言形式的通俗易懂，为"革命文学"忽略语言文字的缺陷"补课"。1931年11月左联执委会决议说："作家必须竭力排除知识分子式的句法，而去研究工农大众言语的表现法。"与"工农大众言语"相比，"五四"以来通行的白话文就显得落伍甚至反动了，瞿秋白称之为不古不今半文半白非驴非马的“骡子话”“骡子文学”。针对“五四”期间界线模糊的新“国语”，瞿秋白认为到了30年代已经出现了“各省人用来互相谈话演讲说书的普通话”，这“才是真正的现代的中国话”。具体地说：“新兴阶级在五方杂处的大都市里面，在现代化的工厂里面，他的言语事实上已经在产生一种中国的普通话（不是官僚的所谓国语），容纳许多地方的土语，消磨各地土话的偏僻性质，并且接受外国的字眼，创造着现代的政治技术科学艺术等等的新的术语。”[①]瞿秋白认为“五四”时期胡适等人提出的“国语”这个名称“本来是不通的”，他说“国语”有三层意思：一是相对于外国语而言的“本国（本民族）的言语”，一是由统治阶级指定的强迫少数民族共同使用的语言（“国定的言语”），一是相对于方言的“全国的普通话”。他认为自己所说的“现代的中国话”“中国的普通话”乃是第三种意义上的“国语”，并强调这个意义上的“国语”当时已进化到更加为大众所熟悉的程度，至于胡适之所谓的白话，他认为“已经被五四式的新士大夫和章回体的市侩文丐垄断去了”，所以“五四”时代开始建设的“国语”属于“官僚的所谓国语”[②]。诚如有学者指出的，瞿秋白的上述主张，“是从使用者的身份或语言作品的思想内容方面论断语言形式的，因而模糊了语言文字的全民性。这既抹煞了已行白话的普遍价值，也不利于传统语言成分的吸收和利用，而有碍于普通话的丰富和发展”[③]。主观化地人为切割语言共同体，给被切割为彼此孤立的未必真实存在的语言现象贴上阶级论的标签，这种研究语言的方式从“革命文学论争”中一露端倪，瞿秋白推波助澜，深刻影响了此后两个阶段的语言论争。

瞿秋白所谓“现代的中国话”“中国的普通话”，或者见于中共领导人通俗化著作（如瞿秋白的《东洋人出兵》以及早先为瞿所激赏的毛泽东《湖南农民运动

① 瞿秋白《学阀万岁！》（1931年6月10日）、《鬼门关以外的战争》（1931年5月30日）、《大众文艺的问题》（1931年10月25日）、《普洛大众文艺的现实问题》（1932年3月5日）等文。

② 瞿秋白《学阀万岁！》的一条自注，见《瞿秋白文集》（二），人民文学出版社1953年版，第699页。

③ 高天如《中国现代语言计划的理论和实践》，复旦大学出版社1993年版，第125页。

考察报告》)，但很难想象“在现代化的工厂里面”(比如上海产业阶级集中的地方)已有这种语言。《春风沉醉的晚上》(1923)那个女工陈二妹就是一例，她只能操“柔和的苏州音”，逼得郁达夫“只能把她的言语译成普通的白话”。郁达夫1932年创作的《她是一个弱女子》后半部分写冯世芬进入沪西和沪东的工厂，参加1927年上海工人迎接北伐军的大罢工和攻击孙传芳残部的武装暴动，以及1932年中日上海军事冲突过后冯世芬为过去的同学郑秀岳收尸，也仍然没有看到“中国的普通话”。相反，在瞿秋白亲自介入下完成的《子夜》里面那些只会说作家赋予的政治口号的工人语言多么虚假苍白，而稍后更加了解上海产业工人的夏衍的《包身工》(1935)恰恰透露了上海杨树浦纱厂内部华洋杂糅、方言和国语并存的真实的语言环境！《包身工》里面的语言和瞿秋白描绘的“中国的普通话”相差甚远。对此茅盾倒是有清醒认识，“在目前，我以为到底不能不用通行的‘白话’——宋阳(瞿秋白)先生所谓‘新文言’。现在通行的‘白话’，尚不至于像宋阳所说的那样罪孽深重无可救药，而且也不是完全读不出来听不懂”。与此同时，茅盾还对上海“钢铁工人，印刷工人，纺织工人，和码头工人”做了番实地调查，发现“五方杂处的大都市如上海的新兴阶级普通话还是一种上海白做骨子的‘南方话’”，“即使在一地的新兴阶级有其‘普通话’，而在全国却没有。宋阳先生所描写得活龙活现的‘真正的现代中国话’何尝真正存在。新兴阶级中并无全国范围的‘中国话’！”①《子夜》的工人语言虚假苍白，源于茅盾的创作理念，另一方面也是因为茅盾忠实于他所了解的上海产业工人的语言实际。他遵循着“五四”以来绝大多数新文学作家的语言策略，一律将人物的庞杂生僻的方言“译成”为通行的白话书面语，由此创造“国语的文学—文学的国语”，而不是把瞿秋白构拟出来的所谓“真正的现代中国话”硬塞给产业工人。

瞿秋白还规劝“最亲密的同志”鲁迅放弃“用文言做本位”的“直译”欧化文，转而追求“中国人口头上可以讲得出来的白话”。但瞿秋白在鲁迅那里碰了软

① 止敬(茅盾)《问题中的大众文艺》，《文学月报》1932年7月第1卷第2号。

钉子。正如在“革命文学论争”之后的回顾中鲁迅承认自己在思想内容上只能写“反叛的小资产阶级的反抗的，或暴露的作品”①，针对瞿秋白在语言形式上的过激要求，鲁迅也坚持认为他还不能创作或翻译“什么人全懂得的书”，他的读者必须是“有略能识字的”；针对他们，只有那“特别的白话”“四不像的白话”才是现实的。②鲁迅在这点上和茅盾的上述见解基本一致，他甚至提醒人们，文艺大众化的前提是作为大众的读者必须有“相当的程度——否则，和文艺即不能发生关系，若文艺设法俯就，就很容易流为迎合大众，媚悦大众。迎合和媚悦，是不会于大众有益的”。他希望有更多一些“为大众设想的作家，竭力来作浅显易解的作品，使大家能懂，爱看，以挤掉一些陈腐的劳什子。但那文字的程度，恐怕也只能到唱本那样”。因此当时所能做到的大众化，还只是“使大众能鉴赏文艺的时代的准备”，“倘若此刻就要全部大众化，只是空谈——若是大规模的设施，就必须政治之力的帮助，一条腿是走不成路的。许多动听的话，不过文人的聊以自慰罢了”。③这里的部分思想，颇接近成仿吾 1924 年《民众文艺》一文的观点，即在为大众着想时，更强调坚持作家自己的立场。成仿吾说：“不必迁就民众的水平而放弃创造，民众须依靠教育程度的提高来学会欣赏。”1930 年的鲁迅的话说得可比 1924 年的成仿吾重多了，他警告文艺家不能因为想赢取“大众文艺”的好听的名号而“迎合大众，媚悦大众”。“迎合和媚悦”，比成仿吾所谓“迁就”要严重得多，这主要也是因为作家鲁迅根据自己的实际经验，比批评家成仿吾更敏感地察觉到“文艺大众化”理论的负面因素可能给文艺带来的不良后果。

四

第四阶段，“大众语讨论”。1934 年夏汪懋祖（曾任江苏省督学、全国教育学

---

① 鲁迅《二心集·上海文艺之一瞥》（1931 年）。

② 这一节瞿秋白和鲁迅的话，均见《二心集·关于翻译的通信》（1931 年）。

③ 鲁迅《集外集拾遗·文艺的大众化》（1930 年）。

会专家会员、台湾东南大学教育系主任）等倡议“复兴文言”，激起以陈望道为首的沪上一批进步文人针锋相对，后者趁机发起“大众语讨论”，一则回击“复兴文言”的声浪，同时继续“文艺大众化”未竟之业，将“文艺大众化”讨论中提出的语言诉求再往前推进一步。这场讨论只持续两三个月，却承先启后，影响深远。

鲁迅在1934年8月2日《答曹聚仁先生信》中劈头就说：“关于大众语的问题，提出得真是长久了……”讨论不到两个月，怎么说“提出的真是长久了”呢？鲁迅未作解释。从他介入讨论的方式看，当时提出的一系列问题显然令他想起“五四”以来近三十年同类问题引发的诸多讨论，鲁迅是把大众语讨论当作“五四”以来有关中国文学语言和一般应用文体从未间断的连续讨论的一个环节来把握的。

当时讨论很热闹，这里仅对照上面三个阶段，看看“大众语讨论”在打击“复兴文言”和要求白话文更倾向大众的积极意义之外，是否存在一些认识的误区。

首先，针对白话文，当时虽然也有人说了一些公道话，比如《申报·读书问答》栏有言，“在五四时代，大众语运动史包含在白话文运动之中的。我们反对白话并不容否认白话在整个语文运动中所成就的那一部分：它宣布了‘文言’的死刑，指出了今后‘语文一致’的必然性”。还有人说：“白话文的基本词汇、语法，也是劳苦大众口语的基础的部分；在内容上，白话文现在创造了不少进步的作品，是理论翻译文的唯一工具。”①但主流意见是将白话文置于他们所提倡的“大众语”对立面，不承认“大众语”乃是“白话文”自身进一步提高和改善的方向之一，而想抛开白话文另起炉灶。这一点，无疑延续了“革命文学论争”和“文艺大众化”两个阶段的阶级论思想对语言现象的生硬处理。同时，“五四白话文”运动初期对方言的崇拜，对拼音文字的幻想，在“大众语讨论”中重新奏响。表面上，这似乎仅仅继承了第二、第三阶段对“五四白话文”的语言形式的否定，但否定了“五四白话文”在语言形式上的划时代意义，也就否定了“五四白话文学”

① 高荒《由反对文言文到建设大众语》（1934年）。

的巨大成就，因为白话文学和白话文密不可分。否定白话文学的巨大成就，企图后来居上，“彼可取而代之”，乃是“革命文学论争”和“文学大众化”发起者们的共同心态，尽管在否定的力度和程度上有所不同。“大众语讨论”继承了第二、第三阶段对“五四”新文学的形式和内容的双重否定。这并非“大众语讨论”主导者的初衷，而是他们的论述逻辑在客观上必然推出的结果。

对此鲁迅有清醒意识。出于政治和战略考虑，他公开介入和支持大众语讨论，甚至承认“在交通繁盛，言语混杂的地方，又有一种语文，是比较普遍的东西，它已经采用着新字汇，我想，这就是‘大众语’的雏形”（注意只是“‘大众语’的雏形”而已）。他也希望作家们为大众着想，“竭力将白话做得浅豁”。但与此同时，鲁迅接连提出了和当时多数人针锋相对的意见：“原有方言一定不够，就只好采用白话，欧字，甚而至于语法。”“但精密的所谓‘欧化’语文，仍应支持，因为讲话倘要精密，中国原有的语法是不够的”，又因为大众往往除了“妈妈的”之外，实在“说不出别样的话来”，所以“先驱者的任务，是在给他们许多话，可以发表更明确的意思，同时也可以明白更精确的意义”，而这只能仰仗白话，而非那些“姑且算是向大众语去的作品”，“要不然，我们就会自己缴了自己的械”。[①]在这意义上，胡适追问“大众语在哪儿?”，跟鲁迅的意见可以相通。至于“普及拉丁化”，鲁迅认为“要在大众自掌教育的时候”，也就是必须在大众取得政权之后，不单靠一班亭子间文人的吆喝。

鲁迅支持“大众语”，是从中国文学语言和中国大众欣赏能力一同提高的宏观视野立论的，同时又站在“五四”以来白话文和白话文学的立场来考虑理想状态的“大众语”和经过几十年努力已取得相当成就实际上也已通行适用的现代白话书面语的关系，这种态度和方法，和那些对将近二十年白话文和白话文学历史实践相对隔膜、在和“复兴文言”声浪对垒时过于强调策略和权宜之计、因袭了“革命文学”“文艺大众化”两个阶段的理论偏颇而未加充分反思的“大众

① 鲁迅《答曹聚仁先生信》(1934年)。

语”提倡者们之间，必然有很大距离。在《答曹聚仁先生信》发表之后不久，鲁迅又于1934年8月底和9月初在《申报·自由谈》长篇连载了《门外文谈》，进一步纠正“大众语讨论”的理论偏颇，主要针对大众语提倡者们否定和轻视现代白话书面语的错误态度，同时也深刻剖析了他们对于知识阶级与大众的关系的错误理解：

这一回，大众语文一提出，就有些猛将趁势出现了，来路是并不一样的，可是都向白话，翻译，欧化语法，新字眼进攻。他们打着“大众”的旗，说这些东西，都为大众所不懂，所以要不得。其中有的是原是文言余孽，借此来打击当面的白话和翻译的……有的是本是懒惰分子，未尝用功，要大众语未成，白话先倒……其实还是文言文的朋友……现在要说的只是那些好意的，然而错误的人，因为他们不是看轻了大众，就是看轻了自己，仍旧犯着古之读书人的老毛病。

读书人常常看轻别人，以为较新，较难的字句，自己能懂，大众却不能懂，所以为大众计，是必须彻底扫荡的，说话作文，越俗，就越好。这意见发展开去，他就要不自觉的成为新国粹派。或则希图大众语在大众中推行得快，主张什么都要配大众的胃口，甚至于说要“迎合大众”，故意多骂几句，以博大众的欢心。这当然自有他的苦心孤诣，但这样下去，可要成为大众的新帮闲的。

说起大众来，界限宽泛得很，其中包括着各式各样的人，但即使“目不识丁”的文盲，由我看来，其实也不如读书人所推想的那么愚蠢。……所以，新国粹派的主张，虽然好像为大众着想，实际上倒尽了拖住的任务。……“迎合大众”的新帮闲，是绝对的要得不得的。

由历史所指示，凡有改革，最初，总是觉悟的智识者的任务。但这些智识者，却必须有研究，能思索，有决断，而且有毅力。……他利导，却并非迎合。他不看轻自己，以为是大家的戏子，也不看轻别人，当作自己的喽啰。他只是大众中的一个人，我想，这才可以做大众的事业。

长期以来，鲁迅这些意见实在被过于忽视了，以为支持大众语的鲁迅和在上海亭子间提倡大众语的那些文化人都是一个想法。另外鲁迅这些话不仅针对大众语讨论中的“错误”有效，再往上溯，也同样适用于他对“革命文学”“文艺大众化”理论偏颇的针砭，甚至提前预知了第五阶段的“新国粹派”“‘迎合大众’的新帮闲”的登场。

五

第五阶段，40 年代初期“民族形式”和《讲话》发表前后。在“民族形式讨论”中，一方面是胡风坚持的中国新文学是“世界进步文学在中国新拓的支流”的说法，一方面则希望从“民间形式”“民族形式”中直接产生“中国作风和中国气派”。到了《讲话》，则是继“革命文学论争”、左联执委会决议、“文艺大众化”和“大众语”之后，从政策和原则的高度提出学习工农兵和人民群众的语言：

> 许多文艺工作者由于自己脱离群众，生活空虚，当然也就不熟悉人民的语言，因此他们的作品不但显得语言无味，而且里面常常夹杂着一些生造出来的和人民的语言相对立的不三不四的词句。同志们爱说“大众化”，但是什么叫做大众化呢？就是我们的文艺工作者的思想感情和工农兵大众的思想感情打成一片。而要打成一片，就应当认真学习群众的语言。如果连群众的语言都有许多不懂，还讲什么文艺创造呢？

为了响应这个高度政策性和原则性的号召，周扬甚至提出在小说的人物对话之外，还要对知识分子的叙述描写的语言进行一番“打扫”：

> 他（按指赵树理）在做叙述描写时也同样用的群众的语言，这一点我以为特别重要。写人物的对话应该用口语，应当忠实于人物的身份，这现在是再没有谁作另外的主张的了；唯独关于叙述的描写，即如何写景写人等等，却好像是作者自由驰骋的世界，他可以写月亮，写灵魂；用所谓美丽的辞藻，深刻的句子；全不管这些与他所描写得人物与事件，是否相称以及有

无必要。要创造工农兵文艺，这片世界有打扫一番的必要。①

周扬所谓“打扫”，正是鲁迅《门外文谈》所说的“扫荡”：“读书人常常看轻别人，以为较新，较难的字句，自己能懂，大众却不能懂，所以为大众计，是必须彻底扫荡的，说话作文，越俗，就越好。这意见发展开去，他就要不自觉的成为新国粹派。”厥后文章，乃果辗转不逾此界，都成了“新国粹派”“‘迎合大众’的新帮闲”的天下，“和人民的语言相对立的不三不四的词句”（毛泽东）被喝令禁止了，“写月亮，写灵魂——所谓美丽的辞藻，深刻的句子”（周扬）被“打扫”了，“较新，较难的字句”（鲁迅）被“彻底扫荡”了，中国文学语言还剩下来什么呢？这是研究那以后至今的中国文学时值得留心的一件大事。

也有反对的声音。比如关于群众语言，当时公认为最能采纳方言土语的小说家吴组缃就发表了一篇文章，叫《文字永远追不上语言》（1942），反对文学语言（他所谓“文字”）亦步亦趋追随方言土语，认为作家不必为了竭力靠近那实际无法靠近的异常丰富复杂的口语而放弃进一步锻炼提高“五四”以来的书面语。这是很有说服力的，尤其出于《一千八百担》的作者之口。

胡风和路翎则继承鲁迅思想，认为老百姓的语言资源有限，不足以作为文学语言的唯一依靠。他们甚至从“精神奴役的创伤”进一步提出“语言奴役的创伤”。群众语言是他们长期经受精神奴役而在语言上留下的“创伤”，如何值得作家们不加选择地匍匐膜拜？所以鲁迅所谓“给他们许多话”，乃是胡风、路翎的主要用力方向：

> 又谈到小说语言的问题。胡风说，我的小说采取的语言是欧化的形态，在这方面有过很多的争论。我小说人物的对话缺少一般的土语，群众语言。他说，他隔壁的朋友向林冰就说过，我写的工人，衣服是工人，面孔、灵魂却是小资产阶级。还说：“人物缺少或没有大众的语言，大众语言的优

① 周扬《论赵树理的创作》，原载《解放日报》1946年8月26日，此处引自《周扬文集》（一），人民文学出版社1984年版，第424页。

美性被你摒弃了，而且大众语言是事实，你不尊重事实了。”我说我的意见是，不应该从外表与外表的多量取典型，是要从内容和其中的尖锐性来看。工农劳动者，他们的内心里面是有着各样的知识语言，不土语的，但因为羞怯，因为说出来费力，和因为这是“上流人”的语言，所以便很少说了。我说，他们是闷在心里用这思想的——当然这种情况不很多，知识少当然是原因，但我，作为作者，是既承认他们有精神奴役的创伤，也承认他们精神上有奋斗，反抗这种精神奴役的创伤的。胡风便大笑了。喜欢大笑也是他的特点。我说，我想，精神奴役创伤也有语言奴役创伤，反抗便会有趋向知识的语言。我说，我是浪漫派，将萌芽的事物夸张了一点。胡风又大笑了。①

七十多年前的对话令人神往。他们在鲁迅的思想道路上探索，但有些方面比鲁迅想得更深，也说得更明白，更精彩了。这种探索，虽然在“打扫”“扫荡”知识分子语言的潮流中淹没已久，但后起的聪明的作者们还是不难加以赓续，只要有足够的探索精神和足够的知识储备。

结　语

以上简单回顾可以见出，“五四”白话文运动在语言观念上比较松散多元，此后历次论争对“五四”的先驱性开拓不无补苴罅漏之功，但往往因一时潮流的引导而偏于一端，未能妥善处理语言诸要素的关系，突出某一要素而压抑其他，或出于政治的需要拟想出并不存在的语言而要求作家采用，甚至从政治原则的高度勒令作家放下一种被贴了政治标签的语言，去学习另一种同样被贴了政治标签的语言。随着历史的演进，语言观念反而呈现混乱退化之势。将上述五个

① 路翎《一起共患难的友人和导师——我与胡风》（1989 年 4 月 23 日），原载晓风编《我与胡风——胡风事件三十七人回忆》，宁夏人民出版社 1993 年版，转引自鲁贞银、张业松编《路翎批评文集》，珠海出版社 1998 年版。

阶段视为连续展开的过程来考察，检讨后起的讨论如何应对先前的讨论所获得的认识成果，并结合各个时期文学创作与批评的语言实践，或可看出每个阶段语言论争的核心问题、进步意义和认识误区，为研判当下中国文学语言状况提供有益的借鉴。

原载《南方文坛》2015 年第 1 期

学院空间、社会现实和自我内外

——西南联大的现代主义诗群

张新颖

一

我希望下面将要做出的描述和阐释，能够引领着认识到达这样的地方：西南联大现代主义诗群的崛起，显示了中国新文学发展至此日日明朗起来的一个新现象，即学院讲授的文学——主要是近现代的西洋文学——对创作界产生了相当大的影响，推动新文学发生了深刻的变化。其实这一新现象的端倪早就出现（下文将略有述及），只不过要等到西南联大时期，这一现象才变得集中、突出、强烈，因而拓展出较大的探讨空间。

要达到这样的认识也许是一件不太困难的事，不过，认识到达了这样的地方，也就同时濒临着危险的情境。这个危险就是，认识跌落进早已存在的陷阱，认为现代主义的文学是学院的产物，是学院相对封闭的空间保证和促成了现代主义创作的繁盛。特别是，对比于当时中国抗日战争的大背景，对比于在这一大背景之下涌现出来的力图直接服务于抗战的大量文学创作，这一认识就会得到加强。这篇文章同样强调战争这一巨大的背景，而且特别要强调，西南联大这一学院空间，本身就是战争的产物，不仅不可能把战争这一大背景封闭在外，而且深刻地感受着战争所带来的种种信息，并对这种种信息进行了学院形式的转化。本文试图说明，正是经历了战争，在全民族的灾难和单个人的精神磨难之间，在共同的压力下和个人独特的生命感受之间，在异域的文学启迪和中国自身的现实境遇之间，崛起了西南联大的现代主义诗群。通过这一事实，我们对现代主义文学本身，也许能够加强一种感性认识：它与艰苦的磨难、巨大的创伤，甚至是深刻的危机紧密相连，而不是躲避在象牙塔内的文字制作；同时，对西南联大的现代主义诗歌创作，也许也能够加强一种感性认识：它是异域的文学启迪与中国自身的、个人自身的现实境遇和精神状况相激发、相摩擦而产生的，而它的成就，在很大的程度上就取决于互相激发和互相摩擦的程度。

如果认识能够同时到达以上所说的这两个地方，认识也许就到达了西南联大现代主义诗群的核心。到达了这个核心之后，我们就会发现，原来上面所说的这两个地方，其实是同一个地方。

二

在第一次世界大战之后的1922年，T. S. 艾略特的《荒原》发表。耐人寻味的是，这首轰动西方文坛的长诗，中译本是抗日战争即将爆发之时出版的，这首诗在现代中国影响最大的时期也恰恰就在抗战时期。这种影响不全是通过中译本产生的，在西南联大，课堂讲授和直接阅读原文是更主要的渠道。对于中译者赵萝蕤来说，她也是在学院里接触和翻译这首诗的。1936年底，赵萝蕤在清华大学外国文学研究所读研究生的最后一年，戴望舒听说她曾试译过《荒原》的第一节，就约她把全诗译出，由上海新诗社出版。在此之前，她已经听过美籍教授温德（Robert Winter）老师详细地讲解过这首诗，所以她的译者注基本就采用了温德的讲解。她还请青年教授叶公超老师写了一篇序，序言显示叶公超对作品及其作品的影响有着超出一般水平的理解，其中还说了这样一句话："他的影响之大竟令人感觉，也许将来他的诗本身的价值还不及他的影响的价值呢。"在卢沟桥事变前一个月，赵萝蕤在北京收到样书。这本书计印行简装三百本，豪华五十本。①

其实早在为赵萝蕤的译本作序之前三年，叶公超就写过一篇相当深入的评论，题为《爱略特的诗》，发表于 1934 年 4 月出版的《清华学报》第 9 卷第 2 期。叶公超对现代主义作品和文艺理论的兴趣和见识确实超出了当时的一般水平，他翻译过弗吉尼亚·伍尔芙的名作《墙上一点痕迹》(The Mark on the Wall)，并写了“译者识”，发表于 1932 年 1 月的《新月》第 4 卷第 1 期；他还特别津津乐道“新批评”理论奠基者瑞恰慈(I. A. Richards)的文学主张，为曹葆华译瑞恰慈著作《科学与诗》作序时，强调说：“我相信国内现在最缺乏的，不是浪漫主义，不是写实主义，不是象征主义，而是这种分析文学作品的理论。”②

30 年代现代主义诗歌创作的代表诗人卞之琳，也曾经谈到过他在北京大学上学时所受到的课堂影响。1931 年，叶公超代替遇难的徐志摩上英诗课，使那时正“借鉴以法国为主的象征派诗”的卞之琳发现了另外一个世界：“是叶师第一个使我重开了新眼界，开始初识英国三十年代左倾诗人奥顿之流以及已属现代主义范畴的叶慈晚期诗。我特别记得他在堂上津津有味教我们《在学童中间》一诗，俨然自充诗中已成‘头面人物’的叶慈督学，把我们当学童，在我们中间寻找变成当年幼小的女孩子茆德·甘(Maud Gonne)一副稚气的面貌而感慨系之。”叶公超接编《新月》杂志，发表了卞之琳《魏尔伦与象征主义》《恶之华拾零》等译文和译诗，“后来他特嘱我为《学文》创刊号专译托·斯·艾略特著名论文《传统与个人的才能》，亲自为我校订，为我译出文前一句拉丁文 motto，这不仅多少影响了我自己在三十年代的诗风，而且大致对三四十年代一部分较能经得起时间考验的新诗篇的产生起过一定的作用”③。

---

① 参见赵萝蕤《我与艾略特》《怀念叶公超老师》《艾略特与〈荒原〉》《我的读书生涯》等文，均收入《我的读书生涯》，北京大学出版社 1996 年版。

② 叶公超《曹葆华译〈科学与诗〉序》，原载《科学与诗》，商务印书馆 1937 年版，此处引自《叶公超批评文集》，珠海出版社 1998 年版，第 148 页。

③ 卞之琳《赤子心与自我戏剧化：追念叶公超》，《地图在动》，珠海出版社 1997 年版，第 286、287 页。

从赵萝蕤和卞之琳各自的初始接触现代主义作品、接受其影响从而进行研究、翻译或创作的个人经验，我们多少可以遥想一下当时清华和北大讲授西洋近现代文学的情形。后来，这样的情形就渐成气候，它把尚嫌孤立、微弱的个人经验连接起来，唤起一群青年互相呼应的现代感受和文学表达。这一时期，就是这两所学校和南开大学合并成西南联大的时期，叶公超仍然是这一氛围中引人注目的人物，卞之琳已经从当年的学生变为联大的教师。赵萝蕤虽然和陈梦家一起到了昆明，但由于夫妇不同校的规定，她就只好成为一个烧锅时腿上放着一本英文书的家庭主妇。在那时的教师中，对学生的文学创作予以较大支持和推动作用的，有闻一多、朱自清、李广田等，而其影响深入渗透到青年学生的现代感受和文学表达之中的，在讲授传播西方现代主义文学方面特别应该提到英籍讲师燕卜荪(William Empson)的《当代英诗》课，在创作方面特别应该提到也在联大任教的冯至所写的《十四行集》诗组，后者本身就是西南联大现代主义诗歌创作中最重要的作品。

燕卜荪(1906—1984)是新锐的批评家和诗人，来中国之前已经以他的诗和1930年出版的《七类晦涩》建立了他在诗坛和文学批评界的地位。他1937年初来中国，不久就跟着临时大学，到长沙、南岳、蒙自、昆明，同中国师生相处融洽。他当时写了一首题为《南岳之秋》(Autumn In Nanyue)的长诗，共二百三十四行，是他一生最长的诗作。这首诗抒写的是“同北平来的流亡大学在一起”的经验，其中有这样几句：

> 哪些珀伽索斯应该培养，/就看谁中你的心意。/版本的异同不妨讨论，/我们讲诗，诗随讲而长成整体。①

珀伽索斯是希腊神话中的双翼飞马，足踩过的地方就会泉水涌出，诗人饮了能够获得灵感。燕卜荪用在这里，特指那些共处的有文学才华的青年学生。诗中所描述的这种情形，到了云南的西南联大时期发展得更为充分。一方面，

---

① 此处用王佐良译文，引自《西南联大现代诗钞》，中国文学出版社1997年版，第85页。

“一个出现在中国校园中的英国现代诗人本身就是任何书本所不能代替的影响”，另一方面，燕卜荪讲课的方式也特别值得注意，“他只是阐释词句，就诗论诗，而很少像一些学院派大师那样溯源流，论影响，几乎完全不征引任何第二手的批评见解”。这样做的结果，就逼迫他的学生们“不得不集中精力阅读原诗。许多诗很不好懂，但是认真阅读原诗，而且是在那样一位知内情，有慧眼的向导的指引之下，总使我们对于英国现代派诗和现代派诗人所推崇的十七世纪英国诗剧和玄学派诗等等有了新的认识”①。联大的青年诗人们，如其中的王佐良后来回忆的那样，“跟着燕卜荪读艾略特的《普鲁弗洛克》，读奥登的《西班牙》和写于中国战场的十四行，又读狄仑·托玛斯的‘神启式’诗，他们的眼睛打开了——原来可以有这样的新题材和新写法！”②“他的那门《当代英诗》课……从霍甫金斯一直讲到奥登……所选的诗人中，有不少是燕卜荪的同辈诗友，因此他的讲解也非一般学院派的一套，而是书上找不到的内情，实况，加上他对于语言的精细分析。”“当时我们都喜欢艾略特——除了《荒原》等诗，他的文论和他所主编的《标准》季刊也对我们有影响。但是我们更喜欢奥登，原因是：他更好懂，他的掺和了文学才气和当代敏感的警句更容易欣赏，何况我们又知道，他在政治上不同于艾略特，是一个左派，曾在西班牙内战战场上开过救护车，还来过中国抗日战场，写下了若干首颇令我们心折的十四行诗。”③周珏良也回忆道：“记得我们两人（另一人指穆旦——引者）都喜欢叶芝的诗，他当时的创作很受叶芝的影响。我也记得我们从燕卜荪先生处借到威尔逊（Edmund Wilson）的《爱克斯尔的城堡》和艾略特的文集《圣木》（The Sacred Wood），才知道什么叫现代派，大开眼界，时常一起谈论。他特别对艾略特著名文章《传统和个人的才能》有兴趣，很推崇里面表现的思想。当时他的诗创作已表现出现代派的影响。”④

① 王佐良《怀燕卜荪先生》，《语言之间的恩怨》，天津人民出版社 1998 年版，第 108、107 页。

② 王佐良《谈穆旦的诗》，《中楼集》，辽宁教育出版社 1995 年版，第 183 页。

③ 王佐良《穆旦的由来与归宿》，《王佐良文集》，外语教学与研究出版社 1997 年版，第 466 页。

④ 周珏良《穆旦的诗和译诗》，杜运燮，袁可嘉编《一个民族已经起来》，江苏人民出版社 1987 年版，第 20 页。

当时的气氛，其自身的内部，似乎就存在着一种强烈的反差。一方面是战争期间的困难，另一方面则是初始接触现代主义文学时青年人那种特有的兴奋和沉迷。“联大的屋顶是低的，学者们的外表褴褛，有些人形同流民，然而却一直有着那点对于心智上事物的兴奋。在战争的初期，图书馆比后来的更小，然而仅有的几本书，尤其是从外国刚运来的珍宝似的新书，是用着一种无礼貌的饥饿吞下了的。这些书现在大概还躺在昆明师范学院的书架上吧：最后，纸边都卷如狗耳，到处都皱叠了，而且往往失去了封面。但是这些联大的年青诗人们并没有白读了他们的艾里奥脱与奥登。也许西方会吃惊地感到它对于文化东方的无知，以及这无知的可耻，当我们告诉它，如何地带着怎样的狂热，以怎样梦寐的眼睛，有人在遥远的中国读着这二个诗人。在许多下午，饮着普通的中国茶，置身于乡下来的农民和小商人的嘈杂之中，这些年青作家迫切地热烈地讨论着技术的细节。高声的辩论有时直至夜晚：那时候，他们离开小茶馆，而围着校园一圈又一圈地激动地不知休止地走着。”①当时出现了好几个诗社和文艺社，最早是蒙自分校的南湖诗社，到昆明联大的时候有南湖诗社扩大后改名的高原社，包括校外社员的南荒社、冬青文艺社、新诗社、耕耘社以及叙永分校的布谷社等。校园师生的创作，除了经常出现在大后方和香港等地的报刊上之外，还有一个最集中、最重要的聚集地：以昆明西南联大文聚社名义出版的《文聚》。

《文聚》1942 年 2 月创刊，初为半月刊，后改为月刊，再改为不定期丛刊，又改为《独立周报》的副刊，一直出版到 1946 年。创刊号的风格，基本上就是以后《文聚》的一贯风格。创刊号的头题就是现在可被视为中国新诗经典之作的穆旦的《赞美》，刊出后就受到赞美；其他的诗有杜运燮的《滇缅公路》、罗寄一的《一月一日》和《角度》、陈时的散文诗《悲剧的金字塔》和《地球仪》，都明显接受西方现代诗风的影响，所写却是切身的中国当下的现实和个人的精神境况。这

① 王佐良《一个中国诗人》，此文原载英国伦敦 Life and Letters 1946 年 6 月号，后又刊于北京《文学杂志》1947 年 8 月号。此处引自《蛇的诱惑》，珠海出版社 1997 年版，第 2 页。

一期的小说是汪曾祺的《待车》和林元的《王孙——大学生类型之二》，汪曾祺的这篇小说是他尝试意识流手法的试验之作。这一期的评论文章是佩弦（朱自清）的《新诗杂话》，散文包括李广田的《青城枝叶》、马尔俄的《怀远三章》和上官碧（沈从文）的《新废邮存底》。从创刊号也可以看出，我们不能说《文聚》是一个纯粹现代主义风格的杂志，可是毕竟能够感觉出中国式现代主义的倾向和分量。这从所发表的不同作家作品的数量也可以得到一点说明：据统计，由始至终的《文聚》，老师当中发表诗文最多的是冯至，学生当中发表最多的是穆旦。冯至除了发表散文、小说、诗之外，还有译诗，分别为《里尔克诗十二首》（第 2 卷第 1 期）和《译尼采诗七首》（第 2 卷第 2 期）。在现代主义性质的诗文作者和译者当中，还有这样一些名字十分引人注目：卞之琳、王佐良、杨周翰、郑敏等等。文聚社还计划出版《文聚丛书》，1943 年《文聚》第 1 卷 5、6 期合刊上登出广告，共有以下十种：小说类有沈从文的《长河》（长篇）、冯至的《楚国的亡臣》（中篇）、刘北汜的《阴湿》（短篇集）、林元的《大牛》（短篇集）、马尔俄的《飓风》（短篇集），散文集包括李广田的《日边集》、赵萝蕤的《象牙的故事》、方敬的《记忆的弦》，诗集是穆旦的《探险队》，还有卞之琳的译诗集《〈亨利第三〉与〈旗手〉》。到抗战胜利，出版了其中的三种：《〈亨利第三〉与〈旗手〉》《探险队》和《长河》。特别应该注意的是，《探险队》是穆旦的第一本诗集。经过时间的磨洗，我们今天显然更有充分的自信说，这三种和《楚国的亡臣》（后来改名《伍子胥》，由上海文化生活出版社 1947 年出版）正是其中最重要的。抗战胜利后，《文聚丛书》和《文聚》杂志也随着作者、编者离开昆明而停止了出版。①

三

在感受到一种强烈的现代主义氛围，并且阅读了一代青年诗人的现代主义

① 关于《文聚》杂志及其相关的情况，请参见《文聚》的负责人之一林元的文章《一枝四十年代文学之花——回忆昆明〈文聚〉杂志》，《新文学史料》1986 年第 3 期。

诗歌创作的实际成果之后，我们要问的是，为什么这一群诗人会和异域的现代主义文学相当迅速、相当强烈地产生出超乎寻常的亲近，甚至是心心相印的感觉？进一步要问的是，为什么这样密切的关系，对于尚处在创作初期的学生诗人来说，导致的结果就整体而言不是简单的模仿、生硬的照搬、横向的移植，而是绽开了中国自己的诗歌奇葩，造成了中国新诗史上光彩夺目的情景？

像通常我们可能会说的那样，是西方现代主义诗歌一下子打开了他们的眼界。可是，为什么他们一接触就觉得打开了眼界，而不是产生出别的反应？举一个相反的例子来说，早在这群青年诗人之前，徐志摩也接触过 T. S. 艾略特的作品，并且还写过一首诗，题目下标明拟这位英语现代诗人，其实二者间的精神距离相差很大。①为什么 T. S. 艾略特没有打开徐志摩的眼界？除了性格、气质、学养等个人性的因素之外，有没有更重大、更深刻的原因呢？西南联大的现代诗创作汇聚成群体性的气候，除了像燕卜荪的课堂讲授这一类带有一定偶然性的因素外，显然存在着超出个人性选择之外的原因。

从中国新诗的发展来说，到这一时期，正走到了一个转折点上。当年的局中人王佐良就说过，“西南联大的青年诗人们不满足于‘新月派’那样的缺乏灵魂上大起大落的后浪漫主义”②。这句话透露出否定和渴望新生的信息。其实对中国新诗的不满早就在滋生着，而且相当普遍。1940 年赵萝蕤在昆明应宗白华之约为重庆《时事新报》“学灯”版撰文《艾略特与〈荒原〉》，其中就有这样清醒的自问：“我为什么要译这首冗长艰难而晦涩的怪诗？为什么我对于艾略特最初就生了好奇的心？”她的回答是艾略特和前人不同，“但是单是不同，还不足以使我好奇到肯下苦功夫，乃是使我感觉到这种不同不但有其本身上的重要意义，而且使我大大地感触到我们中国新诗的过去和将来的境遇和盼望。正如一个垂危的病夫在懊丧、懈怠、皮骨黄瘦、色情秽念趋于灭亡之时，看见了一个健

① 徐志摩的这首诗题为《西窗》，副标题就是“仿 T. S. 艾略特”，《新月》第 1 卷第 4 期。

② 王佐良《谈穆旦的诗》，《中楼集》，第 183 页。

壮英明而坚实的青年一样”。她急切地点明，“艾略特的处境和我们近数十年来新诗的处境颇有略同之处”。接着历数艾略特之前的诗人诗作，用“浮滑虚空”四个字直陈其弊病。赵萝蕤身受“切肤之痛”，在这篇文章的末尾两段，她迫切要表达的其实正是中国的现实情境和对于中国新诗再生的呼唤：“《荒原》究竟是怎么回事，艾略特究竟在浑说些什么？这是一片大的人类物质的精神的大荒原。其中的男女正在烈火中受种种不堪的磨练，全诗的最末一节不妨是诗人热切的盼望，‘要把他放在烈火里烧炼他们’，也许我们再能变为燕子，无边的平安再来照顾我们。”“我翻译《荒原》曾有一种类似的盼望：我们生活在一个不平常的大时代里，这其中的喜怒哀乐，失望与盼望，悲观与信仰，能有谁将活的语言来一泻数百年来我们这民族的灵魂里至痛至深的创伤与不变不屈的信心。因此我在译这首艰难而冗长的长诗时，时时为这种盼望所鼓舞，愿他早与读者相见。”①

我们应该能够充分地感受到，从中国新诗发展的本身来说已经面临的转折和求变，因为现实的强烈刺激而变得格外迫切和必需，战争把现实强行推到了每一个人的面前，一般总是习惯于隔着一定距离看待和体会现实的知识者和青年学生，现在却不能不承受着和现实发生剧烈摩擦的切肤之痛。这种时刻忍受着的切肤之痛，使得身受者自觉到以前的思想、意识乃至文学的“浮滑空虚”。而“浮滑到什么程度，空虚到什么程度，必需那身知切肤之痛，正面做过人的人才能辨得出深浅”②。也就是说，对于现实的意识深入到了文学意识的内部，它和文学发展的自身要求融为一体，成为促成诗歌写作转折和变化的根本原因。

恰恰是在这样的时候，西方现代主义诗歌击中了他们的切肤之痛，并且磨砺着他们对于当下现实的敏感，启发着他们把压抑着、郁积着的对于现实的感受充分、深刻地表达出来。也许我们可以这样说，对于那些青年诗人而言，真实发生的情形并不是西方现代主义手法和中国现实内容的“结合”，却可能是这样

①② 《艾略特与〈荒原〉》，原载《时事新报》“学灯”版，1940 年 5 月 14 日，此处引自《我的读书生涯》第 7、8、18 页。

的过程:他们在新诗创作上求变的心理和对于中国自身现实的感受,在艾略特、奥登等西方现代诗人那里获得了出乎意料的认同,进一步,那些西方现代主义诗歌使得他们本来已有的对于现实的观察和感受更加深入和丰富起来,简而言之,西方现代主义诗歌使他们的现实感更加强化,而不是削弱;同时,西方现代主义诗歌自然地包含着把现实感向文学转化的方式,从而引发出他们自己的诗歌创作。

我无意把上面的观点推向极端,以为战争必然引发出西南联大的现代主义诗群,因为面对同样的现实,也即时地涌现出了直接、简单地应对战争,甚至是服务于战争的文学创作。但后面这一种不容否认的事实,同样也不能推导出战争必然引发简单化、公式化、口号化创作的结论。不同形态的文学创作和现实之间的不同方式、不同程度的关系,提醒我们注意现实本身的复杂性、人的现实意识的复杂性以及现实转化入文学的复杂性。在诸多的复杂性之中,一个同时具有清醒的现实意识和自觉的文学意识的作家和诗人,将做出怎样的更有意义和价值的选择和努力呢? 西南联大的诗人们,以他们实际的诗歌写作做了回答。

这是一种什么性质的回答呢? 我想借助于奥登的诗来弄明白这个问题。也许,我们读懂了他们喜爱的奥登的诗,就多少能够明白这是什么样的回答。奥登 1938 年春天和依修午德一起访问过中国的抗日战场,他的《战时》十四行诗组的第十八首,写的是一个普通中国士兵的死亡,他以感人的诗句让这种卑微人物的死亡在广阔的时代和历史中产生出意义:“他不知善,不择善,却教育了我们/并且像逗点一样加添上意义/他在中国变为泥土,以便在他日/我们的女儿得以热爱这人间……”有意思的是,据奥登和依修午德两人合著的《战地行》(*Journey to War*)一书说,奥登在武汉的文艺界招待会上朗诵这首诗,第二句翻译不敢直译,私自作了篡改。原诗的前两句是“他被使用在远离文化中心的地方/又被他的将军和虱子所遗弃”①,翻译把第二句改成“穷人与富人联合起

① 本文引用的这首诗的中译,采用的是穆旦的译文。

来抗战”。奥登的原诗和翻译的修改，可以为我们在上面所说的现实本质的复杂性、人的现实意识的复杂性以及现实转化入文学的复杂性，下一个很好的注脚。但要明白西南联大现代主义诗群的选择和意义，我们更应该读奥登的另一首诗:《“当所有用以报告消息的工具……”》,《战时》十四行诗组第二十三首。就我个人而言，我在第一次阅读这首诗的时候，十分震惊诗中的陡转:本来在说战局、“暴行”“邪恶”和人的沮丧、绝望、对恶劣时代的抱怨，突然出现了这样的诗句:“今夜在中国让我来追念一个人”(Tonight in China let me think of one)。这个被追念的诗人就是里尔克，他从1913年起沉默了十年之后，终于在瑞士缪佐的一个古堡里写下了他一生最伟大的作品《杜依诺哀歌》,以诗担负起了诗人的命运。在战乱时代，在现实的困苦和生存的压力之下，在绝望与信念、历史与个人之间，西南联大的那群师生，为什么要抱紧诗歌，孜孜于现代诗的创作呢?奥登的这首诗就是一个根本性的回答。他们试图以诗担负起他们作为诗人的命运，以诗担负起时代和现实的重量。也正是在这命运和重量的压力下，在这恶劣的时局中，他们的诗迸发出灿烂的光辉——这也正是在中国的现实和文学的关系中，令人十分震惊欣喜的陡转。

四

“今夜在中国让我来追念一个人”——那个时期在中国，在西南联大，确实有一个人常常追念德语伟大的诗人里尔克，而且像里尔克曾经经受的那样正经受着长时间的沉默。这个人即将爆发出来的诗章也将和里尔克的名字联在一起。这个人是冯至。

鲁迅在1935年称冯至“是中国最为杰出的抒情诗人”[①]，这一判断基于的是冯至1927年出版的《昨日之歌》和1929年出版的《北游及其他》两个诗集里的

① 《〈中国新文学大系〉小说二集序》,《鲁迅全集》第6卷，人民文学出版社1981年版，第243页。

作品，特别是后一种。而1930—1940年间，冯至几乎没有诗作。在30年代前半段，他在德国学习，"听雅斯丕斯讲存在主义哲学，读基尔克戈尔特和尼采的著作，欣赏梵诃和高甘的绘画，以极大的兴趣诵读里尔克的诗歌，而自己却一首像样子的诗也写不出来"。1935年回国后，感受着中国混乱困苦的现实，"'写不出来'的情况依然继续着，我与文学好像已经失掉了关系"①。到1941年，这个沉默期突然被打破，偶然写出一首变体的十四行，接下来就顺势而发。"这开端是偶然的，但是自己的内心里渐渐感到一个责任：有些体验，永远在我的脑海里再现，有些人物，我不断地从他们那里吸收养分，有些自然现象，它们给我许多启示：我为什么不给他们留下一些感谢的纪念呢？由于这个念头，于是从历史上不朽的精神到无名的村童农妇，从远方的千古的名城到山坡上的飞虫小草，从个人的一小段生活到许多人共同的遭遇，凡是和我的生命发生深切的关连的，对于每件事物我都写出一首诗：有时一天写出两三首，有时写出半首便搁浅了，过了一长久的时间才能完成。这样一共写了二十七首。到秋天生了一场大病，病后孑然一身，好像一无所有，但等到体力渐渐恢复，取出这二十七首诗重复整理誊录时，精神上感到一阵轻松，因为我完成了一个责任。"②

也许就是在这长长的沉默期内，冯至完成了蜕变和转化，其实质就如以歌德为对象的第十三首最后两句所说："万物都在享用你的那句名言，/它道破一切生的意义：'死和变。'"其情形恰如咏鼠曲草的第二首所说："一切的形容、一切喧嚣/到你身边，有的就凋落，/有的化成了你的静默：//这是你伟大的骄傲/却在你的否定里完成。"《十四行集》就是脱落旧皮、新生长出来的诗的躯体。多年来随时打开来读的里尔克的作品，逐渐地引领着冯至的诗，从早期的浪漫主义的情绪表露，蜕化为现代主义的沉思、凝想和对于世界的自觉担当。

《十四行集》里的叙述主体，是一个孤孤单单的个人，甚至孤单到如此的程

---

① 《自传》，《冯至选集》第2卷，四川人民出版社1985年版，第502页。

② 《〈十四行集〉序》，原载《十四行集》，上海文化生活出版社1949年版。《十四行集》的初版本是1942年桂林明日社出版的。本文以下所引《十四行集》里的诗句，依据的是上海文化生活出版社的版本。

度:在暴风雨夜的孤灯下,“我们在这小小的茅屋里/就是和我们用具的中间//也有了千里万里的距离”(第二一首)。可是这个个人不仅维护着自己的孤独,而且孜孜深化着自己的孤独。这种孤独,弥散着独自存在着、独自去成就的勇气和高贵。用他自己在别处的话来说,就是,“人之可贵,不在于任情地哭笑,而在于怎样能加深自己的快乐,担当自己的痛苦”①。然而,正像我们在里尔克身上所看到的那样,我们在《十四行集》里再次看到,这种生命体验的深刻的孤独,不是因为隔绝造成的(隔绝也没有能力造成生命体验的深刻孤独),因而这种孤独的主体也就不会有意把自身隔绝开来,恰恰相反,他所要做的却是最大限度地把自身敞开,自身向世界敞开,世界把自身充满。诗人把这样的存在意愿凝结成简洁然而恢宏的诗句:“给我狭窄的心/一个大的宇宙!”(第二二首)在这样的祈求里面,既包含着独与天地相往还的宽阔、深邃的境界,也蕴蓄着“孑然一身担当着一个大宇宙”②的责任和勇气。这样的人生态度必然渗透到诗艺,冯至也自然地从里尔克那里承接了一种可称之为敞开的诗艺,他说:“‘选择和拒绝’是许多诗人的态度,我们常听人说,这不是诗的材料,这不能入诗,但是里尔克回答,没有一事一物不能入诗,只要它是真实的存在者;一般人说,诗需要的是情感,但是里尔克说,情感是我们早已有了的,我们需要的是经验:这样的经验,像是佛家弟子,化身万物,尝遍众生的苦恼一般。”③

化身万物的经验,在第十六首里得到了相当质朴的呈现:“我们随着风吹,随着水流,/化成平原上交错的蹊径,/化成蹊径上行人的生命。”而人与人、人与物、人与自然宇宙的交流、融合、关联、渗透、呼应,这一切之所以能够进行,能够被敏锐地感受着,那是因为这个人的自身敞开着,只有处于敞开的状态,他才可以说:“我们准备着深深地领受,/那些意想不到的奇迹。”

这是第一首的开头两句。在总计二十七首诗当中,这一首不是最早写出来

① 《忘形》,《冯至选集》第2卷,第85页。

② 《一个消逝了的山村》,《昨日之歌》,第205页。

③ 《里尔克——为十周年祭日作》,《冯至选集》第2卷,第158页。

的，却放在开篇的位置，实在是非常恰当的安排。对诗组自身，它像一个序幕，又暗含着对紧接在后面的诗章的统领性的力量；对于诗人自身，它是一种自我状态的揭示，又是对延续着过去而来的目下的状态趋于深广的期许；对于读者，它是一种提示、启发，又是不容思索地降临到你面前的一个“奇迹”。接下来，随着诗章的逐一展开，我们承受着这样那样的经验和事体，心灵和思想送往迎来，最后终于迎来了自身的成熟和意义。诗组的最后一首带有总结的性质，但更重要的是它呈现出了自身敞开所获得的各种经验化合后而成就的提升和开阔，几乎可以说，这是趋向于无限崇高的提升和无限旷远的开阔——

> 从一片泛滥无形的水里/取水人取来椭圆的一瓶，/这点水就得到一个定形；/看，在秋风里飘扬的风旗，//它把住些把不住的事体，/让远方的光、远方的黑夜/和些远方的草木的荣谢，/还有个奔向无穷的心意，//都保留一些在这面旗上。/我们空空听过一夜风声，/空看了一天的草黄叶红，//向何处安排我们的思，想？/但愿这些诗像一面风旗/把住一些把不住的事体。

这个比喻后来还真地为人所取，称誉冯至的《十四行集》是“一面中国现代主义诗胜利的旗帜”，“影响了正在崛起的新一代诗人”。袁可嘉描述了当时他所身受的震撼：“1942年我在昆明西南联大新校舍垒泥为墙、铁皮护顶的教室里读到《十四行集》，心情振奋，仿佛目睹了一颗彗星的突现。”[①]毫无疑问，在当时西南联大现代主义思潮和诗潮的热烈气氛中，《十四行集》的出现是件大事。

不过，要把《十四行集》的影响具体到诗风上来考察，却是一件很令人为难的事。这期间存在着这样一个巨大的差异：从影响源来讲，冯至所浸淫的主要是来自德语系统的哲学思想、文学观念和诗歌风格，而西南联大的大学才子式青年诗人，他们中的大多数是外文系学生，当时所热衷的是英美二三十年代的现代诗和文论。基于影响源的不同，思想、观念、风格的差异，冯至的诗和学生

① 《“给我狭窄的心/一个大的宇宙”——〈冯至诗文选〉序》，《昨日之歌》，第7页。

诗人诗作之间的不同相当明显。要说相近和相通，在那一群学生诗人当中，大概可以举郑敏作为个别的例子。这跟郑敏是哲学系的学生有关系，她保持着沉思的习性，而且也像冯至一样嗜读歌德和里尔克。她的观物方式显然受益于里尔克，《金黄的稻束》这一类的作品也确实证明她和冯至接受过同源性的影响。话再说回来，如果说《十四行集》的出现是件重要的事情，其重要性主要还是体现为自身的成就而不是对青年诗人的具体可考的普遍性影响的话，那么这也恰好说明冯至在中国现代诗史上的独特不群。中国新诗所受西方现代主义的影响，大致上可以说主要来自于法、英、德三个语言系统，法国的象征主义之于中国的二三十年代的象征派，英美的现代派之于中国三四十年代的现代主义，都有相当可观的受影响者，可以开列出不少诗人的名字；与此相对照，承受德语系统现代诗影响而成就自身诗创作的，几乎没有几个人，可谓相当寂寥，冯至则是从这寂寥情形中突出来的一个。

五

在西南联大的现代主义诗群中，我们以冯至作为教师诗人的特殊个例；而在那群年轻的学生诗人——马逢华、王佐良、叶华、沈季平、杜运燮、何达、杨周翰、陈时、周定一、罗寄一、郑敏、林蒲、赵瑞蕻、俞铭传、袁可嘉、秦泥、缪弘、穆旦等①——当中，最杰出的就要数穆旦了。在穆旦的诗中，其实也能够感受到里尔克的影响，特别是在那些凝重、深思的品格比较强的诗作里，这种感受就更加明显。不过，构成影响主要成分的，还是英美现代诗。穆旦相当有意识地排斥传统、陈旧的意象、语言和诗风，自觉追求现代意识对于写作的完全融入，王佐良当时就在《一个中国诗人》的文章中指出，“他的最好的品质却全然是非中国的”，“穆旦

① 这些青年诗人的作品可参见杜运燮、张同吾编选《西南联大现代诗钞》，中国文学出版社 1997 年版。

的胜利却在他对于古代经典的彻底的无知”;然而,与此相对,“最好的英国诗人就在穆旦的手指尖上,但他没有模仿,而且从来不借别人的声音歌唱”。他以“非中国”的形式和品质,表达的却是中国自身的现实和痛苦,他“最善于表达中国知识分子的受折磨又折磨人的心情”。这种奇异的对照构成了穆旦的“真正的谜”。①

穆旦的第一部诗集《探险队》收了一首题为《还原作用》的短诗,在70年代中期与一个学诗的青年的通信中,他对这首年轻时代的作品作了简明的解释:“青年人如陷入泥坑中的猪,(而又自认为天鹅),必须忍住厌恶之感来谋生活,处处忍耐,把自己的理想都磨完了,由幻想是花园而变为一片荒原。”问题是,这样的现实感受和思想怎么以诗来表现呢?穆旦坦言是受了外国现代派的影响写成的,“其中没有‘风花雪月’,不用陈旧的形象或浪漫而模糊的意境来写它,而是用了‘非诗意的’辞句写成诗。这种诗的难处,就是它没有现成的材料使用,每一首诗的思想,都得要作者去现找一种形象来表达;这样表达出的思想,比较新鲜而刺人”②。“非诗意的”性质不仅是辞句层面的问题,常常贯彻了一首诗的里外。从根本上讲,这是源于自身经验的“非诗意”性。诗人在转达和呈现种种“非诗意的”现实经验的时候,是力求忠实于切身的个人经验,还是存心贴近或归顺于诗的传统与规范,这之间的分野必然导致相当不同的诗的品性。穆旦的追求,正是从他个人和他那一代人的实际经验出发,形成了他对于诗的观念并实践于创作中。他后来这样概括过他的这种自觉意识:“奥登说他要写他那一代人的历史经验,就是前人所未遇到过的独特经验。我由此引申一下,就是,诗应该写出‘发现底惊异’。你对生活有特别的发现,这发现使你大吃一惊,(因为不同于一般流行的看法,或出乎自己过去的意料之外),于是你把这种惊异之处写出来,其中或痛苦或喜悦,但写出之后,你心中如释重负,摆脱了生活

① 《一个中国诗人》,此处引自《蛇的诱惑》,第7、4页。

② 《致郭保卫的信(四)》,《蛇的诱惑》,第228、229页。

给你的重压之感，这样，你就写成了一首有血肉的诗，而不是一首不关痛痒的人云亦云的诗。所以，在搜求诗的内容时，必须追究自己的生活，看其中有什么特别尖锐的感觉，一吐为快的。”①

“追究自己的生活”，忠实于“非诗意的”经验，写出“发现底惊异”，从这一类的立场和取向来看，我们觉察到，诗的书写者力求把自我扩大成一个具有相当涵盖力和包容性的概念，自我充分敞开着，却又一直保持着独特的取舍标准和一己的感受性。经验居于诗的中心，成为诗的主体，因而必然导致诗的叙述成分大于抒情成分，甚至很多时候，抒情几乎完全被放逐了。以自我为中心的、封闭的抒情在现实经验面前一下子暴露出它的苍白、无力和可笑。也许并非完全出于无意，穆旦把一首明明放逐了传统抒情的诗称为抒情诗，它的完整标题是《防空洞里的抒情诗》。这首诗描述了人们逃避飞机轰炸躲在防空洞里的种种琐碎的细节，特别以零星的对话推进，诗作者透过散漫、空洞的对话，仿佛窥见了精神和现实中的某种隐秘。对话之中，夹诗作者的观察和感受：“寂静。他们像觉到了氧气的缺乏。/虽然地下是安全的。互相观望着：/O 黑色的脸，黑色的身子，黑色的手！/这时候我听见大风在阳光里/附在每个人的耳边吹出细细的呼唤，/从他的屋檐，从他的书页，从他的血里。”

在零碎、断续、无意义的细节和对话中，竟然出现了相当戏剧化的情景：那个看报纸消遣的人“拉住我”，“这是不是你的好友，/她在上海的饭店里结了婚，看看这启事！”而最突兀的还不是这种外在事实的戏剧化，相比之下，精神世界里的生死巨变更令人触目惊心，这首诗就是这样结束的——

> 胜利了，他说，打下几架敌机？/我笑，是我。/当人们回到家里，弹去青草和泥土，/从他们头上所编织的大网里，/我是独自走上了被炸毁的楼，/而发现我自己死在那儿/僵硬的，满脸上是欢笑，眼泪，和叹息。

在穆旦的诗中，我们特别容易感受到个人经验和时代内容的血肉交融、难

---

① 《致郭保卫的信(二)》，《蛇的诱惑》，第 224 页。

扯难分，不仅是那些写战时一个民族共同经历的艰难困苦生活的诗作，而且在另外一些他特别擅长表现的以知识者个人精神历程的变化和内心挣扎为核心的诗作里，如《从空虚到充实》《蛇的诱惑》《玫瑰之歌》等，我们也特别能够强烈体会到属于一个时代的普遍的状况和特征。穆旦的老师燕卜荪结合自己的创作实践，对诗发表过这样的看法："诗人应该写那些真正使他烦恼的事，烦恼得几乎叫他发疯。……我的几首较好的诗都是以一个未解决的冲突为基础的。"① 在相当大的程度上，穆旦的诗也可以作如是观。而且，使个人烦恼得几乎发疯的事和未解决的冲突，往往也正是使一个民族和一个时代烦恼得发疯的事和未解决的冲突。而就从个人之于普遍的状况之间的联系这一点，又让我们想到艾略特著名的《阿尔弗瑞德·普鲁弗洛克的情歌》，穆旦后来不仅翻译过这首诗，还翻译了美国批评家克里恒斯·布鲁克斯和罗伯特·华伦合著的《了解诗歌》一书中对于这首诗的详细阐释，他们关于这首诗达成了这样的认识："是否这首诗只是一个性格素描，一个神经质'患者'的自嘲的暴露？或者它还有更多的含意？……归根到底这篇诗不是讲可怜的普鲁弗洛克的。他不过是普遍存在的一种病态的象征……"②那么，由个人经验到时代的普遍象征，这个过渡是怎样完成的呢？对这个复杂的过程穆旦作过十分简要的提示："首先要把自己扩充到时代那么大，然后再写自我，这样写出的作品就成了时代的作品。这作品和恩格斯所批评的'时代的传声筒'不同，因为它是具体的，有血有肉的了。"③

穆旦是一个早慧的诗人，在西南联大，二十几岁的几年间，是他一生中创作最丰盛的时期，仅凭这一时期的诗作，就足以确立他在中国现代诗史上的突出位置。穆旦的诗提供了许多值得单独深入探讨的空间，譬如对于语言和经验之间的难以重合的现代敏感："静静地，我们拥抱在/用言语所能照明的世界里，/而那未形成的黑暗是可怕的，/那可能和不可能的使我们沉迷。"（《诗八首》之

① 转引自王佐良著《英诗的境界》，生活·读书·新知三联书店 1991 年版，第 169 页。

② 《外国现代派作品选》第一册（上），上海文艺出版社 1980 年版，第 87 页。

③ 《致郭保卫的信（三）》，《蛇的诱惑》，第 227 页。

四)再如个人认知对时代集体性叙述的破坏及其之间错综复杂的关系等等。而特别突出的,就是穆旦的诗深切地描述了敏感着现代经验的现代自我的种种不适、焦虑、折磨、分裂,这样一个现代自我的艰难的诞生和苦苦支撑,成就了穆旦诗的独特魅力和独特贡献。到1947年,他才三十岁,以一首《三十诞辰有感》总结自我生命的历程,我们也许会为其中这样的画像而深受震动——

在过去和未来两大黑暗间,以不断熄灭的/现在,举起了泥土,思想和荣耀,/你和我,和这可憎的一切的分野。

西南联大另一位重要的诗人郑敏,在许多年后,在纪念穆旦去世十周年的论文里,谈到过这首诗:"设想一个人走在钢索上,从青年到暮年。在索的一端是过去的黑暗,另一端是未来的黑暗……黑暗也许是邪恶的,但未来的黑暗是未知数,因此孕育希望、幻想、猜疑,充满了忐忑的心跳……关键在于现在的'不断熄灭',包含着不断再燃,否则,怎么能不断举起?这就是诗人的道路,走在熄灭和再燃的钢索上。绝望是深沉的:'而在每一刻的崩溃上,看见一个敌视的我,/枉然的挚爱和守卫,只有跟着向下碎落,/没有钢铁和巨石不在它的手里化为纤粉。'然而诗人毕竟走了下去,在这条充满危险和不安的钢索上,直到颓然倒下(1977年),遗憾的是,他并没有走近未来,未来对于他将永远是迷人的'黑暗'。"①

原载《当代作家评论》2001年第1期

① 郑敏《诗人与矛盾》,《一个民族已经起来》,第31页。

中国当代文化反抗的流变：从北岛到崔健到王朔

张新颖

一

从20世纪70年代中后期到90年代的今天，近二十年当代中国文化的变迁亦显亦隐，巨大而又繁复。人们明显感受到它的内涵和影响，却又无暇无力彻底条分缕析、追根探源，往往只是在惊奇、震荡、迷惑和惊愕中，来不及做出更充分、更有力的反应，就被一潮又一潮的时代洪流挟裹着向前奔去，奔向意义可能愈发暧昧的20世纪末和21世纪。

时间之流无法人为地斩断，但我们站在今天回头望，不妨就把我们所站之处暂时定为一个大的文化时期的终点。按照通常的叫法，这一文化时期被称作"新时期"，也有人把它命名为"后文革时期"。对这一文化时期细分，可以划为几个文化阶段，每一阶段都有自己的文化代言人。文化代言人的出现和确立，有赖于他的文化行为和时代精神的契合。在这里用"时代精神"一词，必须加以强调性说明：它不是冠冕堂皇的官样文章，不是意识形态的虚构和硬性规定，它甚至也不是席卷社会的潮流——它正好是这一切的对立面。真正的时代精神具有生成性，最初往往是隐而不现的，所以文化代言人的角色最初是一个类似于"先觉者"的形象，他把时代精神"发现"和"发挥"出来，继而在一定的社会范围内被接受并引起矛盾和冲突。由此,我们可以确立文化代言人所代“文化”之性质:这种文化伴随新生的时代精神而生,对于先它而在的社会来说,它是陌生的、异质的,它向已定的社会文化形态、结构、意识挑战,以便争取自己的合法存在和权利。那么,我们在这里所说的文化代言人,换成一个更清楚的说法,即是文化反抗的代言人。

具体说来,70年代中后期到80年代初,取得文化代言人资格的,非那些最优秀的朦胧诗人莫属,在本文中我选北岛为例;80年代末到90年代初,风行中国的流行文化表述则当推王朔的小说。对比一下,其间的差别可能会给人以出乎意料的感觉——

一 (1)“在没有英雄的年代里/我只想做一个人”

(2)“千万别把我当人”

二 (1)“卑鄙是卑鄙者的通行证,/高尚是高尚者的墓志铭。”

(2)“玩的就是心跳”

从为了重新确立人类的基本价值而不惜牺牲一切的庄严宣告,到价值中心被有意识地消除之后的游戏与颓废,这一文化变迁过程的中间跨度是非常巨大的,但其间的发展仍有迹可寻,而且,仍能非常自然地找出横跨这一中间地带的文化代言人:摇滚歌手崔健。

从北岛到崔健到王朔,接受的范围从小到大,接受者的层次却从高到低,从先觉者、文化精英到具有反叛意识的青年学生再到社会大众,基本上都有各自的对应项;从诗歌到摇滚乐到小说,其形式越来越趋向通俗,其精神内含呈现日益“向下”的变化。当三种具有内在关系又分明不同的文化表述在不同时期出现时,它们所遭遇的阻力由大到小,对社会的日常形态和一般意识所形成的挑战也由强到弱。大致说来如此,但具体的情形则要复杂得多。

二

奥斯维辛之后,再有诗,就是野蛮的。骇人听闻的并不是T.W.阿多诺的断言，甚至也不是那种刚刚经过的巨大创痛，而是“诗”对于创痛和灾难的视而不见、拒不承认和掩盖、化解。非常奇妙的是，“文革”的结束，并没有同时铲除作用于全民集体无意识的这种“诗情”，反而强化了它，使它愈加弥漫，愈加具有笼罩力。所谓“噩梦醒来是早晨”之类的普遍想法即是明证。时至90年代的今天，对于“文革”的心灵禁忌也许越来越少，但仍然很难保证从野蛮的“诗情”对无意识的“催眠”中普遍清醒了过来，仍然很难保证逃脱了意识形态那只神秘的手。①事实上确实有些变化令人啼笑皆非，而且不免要染上些绝望情绪：人们终于敢说那些灾难和创痛，但灾难和创痛无形中却变了质——它不再是人类的耻辱，而是个人的荣耀。“诗情”所散发的幸福意识不仅让人以为从此天下太平，而且掏去了以往创痛中的痛感，把灾难变成勋章别在迷醉和昏睡者的胸前。

回顾当前关于朦胧诗的争论应该是非常有意义的。这场争论从一开始到最后结束，都不是一场文学观念之争，局限于文学这个狭隘的概念中，永远也看不清争论的实质。当时指斥朦胧诗不是诗的人无意中点到了要害：朦胧诗人中最优秀的分子所写的确实不是那种“催眠”的诗，它拒绝同声合唱，拒绝借许诺未来以达到遗忘过去的目的的幸福意识，它要穿透普遍“诗情”的笼罩，发出不和谐甚至是刺耳的声音。从主流意识形态的立场上看，它当然是“非诗”。意味深长的是，当时朦胧诗的支持者和反对者中都有相当一部分人有意识地在文学范围内争论是非，单就“看不懂”的普遍论调来讲，一是暴露出文学基本感受能力的退化，另一方面，未尝就不是一种巧妙的托词：不是看不懂所写的是什么，而是经过“文革”摧残和“文革”后幸福意识的作用，彻底丧失了历史感和现实

---

① 巴金在最近的一篇短文中，对自“文革”结束至今一直在用的以“文革”为“梦”的隐喻性说法提出严厉的质疑。这是一位年近九十的老人在病中写下的，题为《没有神》，《新民晚报》1993年7月15日“文学角”专刊。全文如下：

我明明记得我曾经由人变兽，有人告诉我这不过是十年一梦。还会再做梦吗？为什么不会呢？我的心还在发痛，它还在出血。但是我不要再做梦了。我不会忘记自己是一个人，也下定决心不再变为兽，无论谁拿着鞭子在我背上鞭打，我也不再进入梦乡。当然我也不再相信梦话！

没有神，也就没有兽。大家都是人。

七月六日

感，丧失了正视真实生存情境的能力。

从朦胧诗本身来看，晦涩的情况也确实存在。但同样需要强调的是，晦涩仍然不是一个在审美范畴内可以解释的问题，本质上它是一种受压抑、受排斥的话语不得不采取的表达策略，顺从主流意识形态的话语表达是不需要而且也不可能晦涩的，晦涩本身即包含对主流意识形态的反抗。

在新时期伊始，一切向前看的主流导向下，北岛决绝地发表着一首首向后看的诗，诗成为抗拒个人或民族自发或被迫失忆的“法门”，成为自觉地承担历史和现实的阻暗重量的心灵形式。

我，站在这里
代替另一个被杀害的人
为了每当太阳升起
让沉重的影子像道路
穿过整个国土

——《结局或开始》

作为历史的见证者和受难者，当一种新的现实开始的时候，“我”都要出场，都要在场，不仅是为了提醒，更是为了使现实真实起来。这几行诗，可以概括北岛几乎全部作品的内涵，可以揭示北岛的写作和写作时代之间的一种紧张关系，正是与现实和历史之间的紧张关系，使北岛的诗获得一种既尖锐又厚重的文化冲力和审美效果。

“文革”结束以后，文学上向后看的视线引发出几乎是全民参与的轰动效应，一时之间，先“伤痕”、继“反思”，皆蔚为大观。但是，即使如此，北岛向后看的诗仍然是特立独行，有一种核心质的东西使之和一般向后看的文学相区别，傲然自成于潮流之外。这种核心质的东西即是关于时代连续一体的思想，它否认历史与现实是分裂的，所谓的分裂不过是意识形态的假象，而一般向后看的文学就接受了这种假象作为自己意识的基础，向后看成为一种现实所需要的姿态，历史成为新生现实的反衬，文学成为幸存者的文学——一句话，幸存者存活于新生的现实里，展示苦难，鞭挞历史。但是北岛拒绝承认自己是幸存者，拒绝承认全部现实的新生性，历史和现实之间，不是一种对照关系，它们并非各自孤立，而能够互相通达。正因为历史通向现实，所以为了保持现实感，必须向后看取历史；也因为看取历史的行为能够获得真实的现实意义，所以才能够与现实之间形成紧张、矛盾和冲突的关系，而不是把本身即具有重大意义的文化行为降格为只有在为现实服务的大前提下才被允许，才去实行。

而我们追随的是
思想的流弹中
那逃窜着的自由的兽皮

昔日阵亡者的头颅
如残月升起
越过沙沙作响的灌木丛
以预言家的口吻说
你们并非幸存者
你们永无归宿

新的思想呼啸而过
击中时代的背影
一滴苍蝇的血让我震惊

——《白日梦》

北岛出生于1949年，1970年开始写诗，起初只是在一个很小的圈子里传看；1978年底他和几位朋友创办文学刊物《今天》，共出九期。1986年5月新世纪出版社出版《北岛诗选》，同年12月作家出版社出版《五人诗选》，汇集了朦胧诗最具代表性的诗人北岛、江河、舒婷、杨炼、顾城的重要作品。两本诗选的出版，表示北岛所获得的社会认可，基本上达到了它所能达到的最高刻度。自此以后,国内再也没见过北岛重要的作品集出版。事实上,到1986年,文化和文学的形势都发生了巨大的变化,视线的转移就在自然而然中发生了。

这一年的5月9日,以纪念“国际和平年”为宗旨的中国百名歌星演唱会在北京工人体育馆举行,名不见经传的崔健跑到舞台上发出了“一无所有”的呐喊,像喊出了一个时代的感受,触动了时代最敏感的一根神经。

三

我还没来得及详细讨论北岛,就匆匆滑到了崔健。我设想,把叙述放在两人的“关系”中进行,可能会更容易说明他们自身,揭示一些问题。

崔健出生在1961年,比北岛可以说差了几乎一代,他开始产生影响时北岛的地位早已确立,但文化反抗的共通性却消融了一般情况下后来者有意无意的对立倾向,而且强化了一种自然的继承关系,使当代文化反抗的发展呈现出顺理成章的精神脉络。

一般说来,流行音乐免不掉媚俗的品格,它要投大众所好,大众才会使它流行。它迁就大众的思想惰性和审美习惯,又在保证被广泛接受的前提下,不断地小打小闹,花样翻新。它几乎不提出重大的历史、现实和个人的问题,即使偶尔有这样的问题,它也会用一种格式化的方式轻易地把它们解决或者化解掉,使问题获得廉价的答案或者变成一种无意义、不必要的提问从而使之退场。从某种意义上说,流行音乐是现代社会所需要的一种精美的包装形式,要揭示生命与存在的本真样态和情景,揭示隐而不现的时代精神,就必须经过一个艰难的还原过程,穿透层层包装。如果流行音乐试图还原和揭示真实,那它就具有了反对它自身的性质。正像任何一种领域和过程都会出现叛逆者一样,流行音乐的叛逆歌手也并非绝无仅有。从这种特殊的文化形式本身的情况来讲,流行歌手之所以能够成为某一阶段的文化代言人,具有尖锐的批判向度,预示新的文化意识的产生和推广,重要原因在于它的创作主体和接受主体是青年一代,他们作为一个社会的后来者，在被主流文化形态驯化的过程中，从受压抑、受排斥的现实感受中产生出反抗的情绪、思想和行为是非常正常的事。

摇滚乐从它诞生之初，就具有两方面的叛逆意义：其一是对流行音乐本身的反叛，其二是对广泛的社会文化的抗议。因此，当崔健第一次以摇滚的形式表达自己的时候，一代青年人，特别是年轻的知识者和受教育者，似乎一下子发现了恰切表达自我的形式，同时发现了自我表达的替代者。

崔健基本上继承了朦胧诗的精英式文化心态，在思想的深度、感受性和批判的向度上，二者常有极其相似的地方，特别是北岛和崔健，甚至表达时所用的意象，都可能产生异曲同工的效果。比如关于自由，北岛说，“自由不过是/猎人与猎物之间的距离”（《同谋》）；崔健来得更直接，“自由不过是监狱”，“你我不过是奴隶”（《这儿的空间》），如此而已。

使崔健和北岛容易沟通的基点，是他们都持有一种否定的态度，但北岛与他所否定的东西常处在势不两立的决绝情景中，“告诉你吧，世界/我——不——相——信！”（《回答》）崔健的否定通常没有如此的冷峻、剑拔弩张，面对同样被冠以“世界”之称的外物，他流露出些许的迷惘：“不是我不明白，这世界变化快”，“过去我幻想的未来可不是现在”，“我曾经认为简单的事情现在全不明白/我突然感到眼前的世界并非我所在”。《不是我不明白》是崔健的第一首摇滚作品，从这里开始的“新长征路上的摇滚”，一直是激情与困惑俱在，反叛与自省同生。

在北岛那里，自我是一个明确的概念，它在与它所否定的东西的对立中确立了文化立场和坚定的形象，它可以用一个类的概念来替换，比如，“在没有英雄的年代里/我只想做一个人”（《宣告》），“我”和“人”是同一的。而在崔健那里，自我则是一个等待明确又不可能明确的概念，它是一个正在展开的动态过程，无法定论。反叛确立了北岛的自我，崔健用它展开了自我。《新长征路上的摇滚》就显示了这样一个文化过程：

听说过　没见过　两万五千里

有的说　没的做　怎知不容易
埋着头　向前走　寻找我自己
走过来　走过去　寻找根据地

这里出现了一种奇特的“含混”,不仅社会的历史和个体的现实交结纠缠在一起,而且个体表达的方式似乎都在重复历史。其实,重复是假象,历史一开始就被表面温婉实则坚定地拒绝了——“听说过　没见过”,我所做的只是我自己的事。而“走过来　走过去”寻找自我的“根据地”的形象,内含了深重的迷茫和焦灼。崔健特殊的魅力或许在于,迷茫和焦灼的结合产生出来的不是低调的怨艾,却是愤怒的呐喊。

北岛和崔健的差别根源于他们各自所面对的社会文化背景,进一步说,即是:社会文化压抑了什么,文化反抗才会要求什么,而且,一时一地文化反抗的要求首先总是指向最迫切的内容。北岛是站在一片文化废墟之上的,在最基本的价值规范被践踏、被摧毁之后,他所要求的,就只能是最基本的内容,合理的社会和人生必须先要有一个前提。这样的文化反抗的悲剧性,正如北岛自己所表达的那样,“这普普通通的愿望/如今成了做人的全部代价”。到 80 年代中后期,社会文化的重心已有所变化,崔健追求的,已不是作为一个类概念的人的价值的恢复和确立,而变成为个体自我价值的寻找和选择。这一变化同时表明,北岛和崔健的不同,是文化反抗的过程和次序决定的,这个过程和次序无法逆转,不能颠倒,有了北岛那样的文化反抗,才会有崔健这样的文化反抗,二者之间隐含了非常紧密的联系。

崔健从 1983 年开始写歌,1985 年录制了第一盒音带《梦中的倾诉》,1986 年又录制了一盒《新潮》,但崔健不愿意承认他接触和创作摇滚之前的作品。他所认可的是真正产生了广泛深刻影响的作品,第一盒专辑是《新长征路上的摇滚》,收录了从 1986 年至 1987 年之间创作的九首歌,1989 年才由中国旅游声像公司出版,这是中国第一盒摇滚乐音带。1991 年,崔健第二盒摇滚专辑《解决》由中国北光声像艺术公司出版发行。

在“新长征”时期，几乎所有的歌都展示了个体的“我”“走”在“路”上或正要“上路”的情景，一个背叛者的自我寻找和自由追求过程艰难而又漫长，“一无所有”否定和拒绝了历史、现实以及其他的一切，“我闭上眼没有过去/我睁开眼只有我自己”(《出走》)，自我在一己之外失去了丝毫的依靠和凭借，但既然上路，就没有回头的道理，“我要从南走到北/我还要从白走到黑/我要人们都看到我/但不知道我是谁/要爱上我你就别怕后悔/总有一天我远走高飞/我不想留在一个地方/也不愿有人跟随”(《假行僧》)。踽踽独行的困难还在于，自我的内部常处于矛盾和纷争之中，不像北岛那样，所有的对立只存在于自我和外部世界之间，这里有一种撕裂的痛感正基于内心的复杂性，比如《从头再来》这首歌，“我不愿离开，我不愿存在/我不愿活得过分实实在在”和“我想要离开，我想要存在/我想要活得过分实实在在”，以及“我难以离开，我难以存在/我难以活得过分实实在在”，不同的思想和感受反复交替，互相撞击，个体心灵必须以非凡的能力来承受。

《解决》专辑显示出崔健引人注目的变化。如果说在“新长征”时期，精英式的文化心态使崔健必须注意感受性所包含的思想深度，保持一种自省和自律的精神，那么，《解决》则充分敞开了个体自我的感受性，去掉了精英式心态必然内含的拘谨，淋漓尽致，纵放悲歌，像《解决》，像《这儿的空间》，像《投机分子》，在最基本的意义上，都是力量和欲望以直接、痛快、放肆的方式在绝望中宣泄。就这一点而论，颇接近王朔最早引起文坛不安的那些小说了。

但从骨子里，崔健仍然保持了他自己的精神内核和表达方式，一以贯之，力避浅俗，更趋深广。《解决》专辑里的《一块红布》，即从个人的感受，上升为一代人的精神履历，一首历史的悲歌：

那天是你用一块红布
蒙住我双眼也蒙住了天
你问我看见了什么
我说我看到了幸福

这个感觉真让我舒服
它让我忘掉我没地儿住
你问我还要去何方
我说我要上你的路

看不见你也看不见路
我的手也被你攥住
你问我在想什么
我说我要你做主

我感觉你不是铁
却像铁一样强和烈
我感觉你身上有血
因为你的手是热乎乎

我感觉这不是荒野
却看不见这土地已经干裂
我感觉我要喝点水
可你用吻将我的嘴堵住

我不能走我也不能哭
因为我的身体已经干枯
我要永远这样陪伴着你
因为我最知道你的痛苦

北岛在《履历》一诗中，曾写到同样的被愚弄的经验：

我弓起了脊背

自以为找到表达真理的
惟一方式，如同
烘烤着的鱼梦见海洋
万岁！我只他妈喊了一声
胡子就长出来
纠缠着，象无数个世纪

崔健没有北岛这样冷峻，其间有这样一个差别：北岛写当时的经验，却加进了醒悟后的意识，以后来的清醒的眼光审视过去，显得愤怒而又有理性；崔健更注意直接袒露当时的经验，那是一种毫无理性可言的经验，是一种被“幸福”的虚假许诺迷醉了的经验，它真切地再现了在红色海洋的历史氛围中，人的自我意识彻底泯灭的悲剧情景。崔健这首歌的独特之处在于，它表达出了历史和人之间的难言的角色关系：明明是一出大悲剧，却在喜气洋洋的气氛和对未来的美好憧憬中上演。整首歌隐喻性地道出了一个难以接受的事实，即，人以被动和服从的态度，以和历史婚媾的方式，而成为荒唐和苦难历史的同谋。

说到同谋，想起北岛有一首诗题目就叫《同谋》。两个人从不同的角度达成基本一致的认识，从这里我们也许隐约可以理解，为什么两个人对这一块上演悲剧的土地都有一种复杂情怀，而决不因为被欺骗、受压抑就弃之不顾，或者只抱一种单纯、浅薄的仇恨。崔健唱“我要永远这样陪伴着你/因为我最知道你的痛苦”时，该是一种包含了多少辛酸无悔的心情呢？

四

王朔曾经这样谈到过崔健：“我非常喜欢崔健的歌儿，我第一次听《一块红布》都快哭了。写得透！当时我感觉我们千言万语都不如他这三言两语的词儿。它写出了我们与环境之间难于割舍的、血肉相连的关系。可是现在又有了矛盾和这种矛盾的复杂的情感。那种环境毕竟给了你很多东西。所以看苏联这种情况,我特矛盾。我们青年时代的理想和激情都和那种环境息息相关,它一直伴随着你的生命。"王朔是1958年生人,与崔健年龄相当,他对崔健的认同根源于历史对于一代人命运和情感的共同塑造。对于当下的社会现实,他们在感受、认识和行为等方面出现交叉点和重叠的部分,有着历史的根据和情理。王朔还特别评价崔健,"我看他是我们国家最伟大的行吟诗人。他的反映当代的东西是最准的,比大而无当的,泛泛的文化的那种,我更能理解"①。

文化反抗者一定不是社会生活中随波逐流之辈,但却必能敏感到社会生活的变化,抓住文化潮流和时代风尚的病症,一语击中,不待后发。《一无所有》可作如是观,崔健后来的作品《快让我在雪地上撒点儿野》亦复如是:

给我点儿刺激　大夫老爷
给我点儿爱情　我的护士姐姐
快让我哭要么快让我笑
快让我在雪地上撒点儿野

Yi Ye——Yi Ye——
因为我的病就是没有感觉

当代人在熙熙攘攘、声色犬马中追逐奔波,放情纵欲,根子上源于一种文化通病:"我的病就是没有感觉"。

可以试着提出一个问题:称自己更能理解崔健的王朔,是否也会以之为病呢?

王朔1985、1986年始引人注目,1988年走红运,几部小说被改编成电影,一时该年有"王朔年"之称。从此王朔愈发不可收拾,小说与影视俱热,热遍中国。

从文化反抗的意义上来比较、衡量,王朔在1985—1988年之间的作品显然

---

① 王朔《我是王朔》,国际文化出版公司1992年版,第75—77页。

更有价值，其中主要包括中篇小说《一半是海水，一半是火焰》《橡皮人》《顽主》和长篇小说《玩的就是心跳》等。当王朔初闯文坛，引起骚动不安乃至于愤怒和指斥的时候，批评界的有识之士却给以极高的评价，以为这些作品改变着文学的传统规范，是“当代文学中的颓废文化心理”的表现，并对这种颓废文化的意义予以辩证的论述：“它的反社会反规范反偶像精神不是体现在积极的反叛上，而是一种消极的自我享乐主义。在这种文化心理里，国家、民族、信仰、道德等在传统文化中被视为神圣的东西无不贬值，根本不占任何地位，唯一有意义的就是及时行乐，不需要明天也没有明天。‘颓废文化心理’绝对是反社会反规范的，但它没有任何高尚的内容和悲剧的精神，只是用极其庸俗的方式去吞噬、消耗，甚至腐化社会机能，促使社会的传统规范在嘻嘻哈哈的闹剧中瓦解消失。因而，它是消极的反社会的文化现象，——研究王朔笔下出现的颓废文化现象，我想应该认识这种消极的革命因素。”①

照崔健的说法，文化颓废主义是一种无感觉的病，从正面去看这种病的意义，即是吞噬、消耗、腐化社会机体。精英批评的洞见和摇滚歌手的感受在这里是暗合的。但是王朔本人基本上没有这种精英式的清醒意识，可能恰恰相反，他正是以平民化粗鄙化来亵渎任何高于一般层次的事物的，不管它是实体的阶层，还是思想意识，不管是政治上的，还是文化上的。这就决定了他和崔健之间的差异。即使他们有的时候看上去特别相像，这种差异仍存在。比如《解决》专辑里的《投机分子》，很容易看成是王朔小说的摇滚化，或者倒过来说，王朔小说是《投机分子》的文学化。这首歌赤裸裸地唱到：

朋友请你过来帮帮忙　不过不要你有太多知识
因为这儿的工作只需要　感觉和胆量
朋友给你一个机会　试一试第一次办事
就像你一十八岁的时候　给你一个姑娘

① 陈思和《笔走龙蛇》，业强出版社 1991 年版，第 191、192 页。

这里需要特别强调的是,在社会禁忌严重、道德僵化陈腐的时代,人的力量和欲望的直接、自由的表达,往往与颓废主义的行为表现被混为一团。这二者的区别正是崔健与王朔的区别。

现在必须来正面回答从一开始到这里的所有的叙述都一直关涉的问题了:文化反抗是靠什么来支持的?换句话问,即是,文化反抗者承担了什么?

北岛把自己看成是人类的一员,他以个体的自我来承担属于全部人的一切,特别是人的苦难:“如果海洋注定要决堤,/就让所有的苦水都注入我心中。/如果陆地注定要上升,/就让人类重新选择生存的峰顶。”(《回答》)到了崔健,个体自我的存在不强调人类的属性,而突出其独立自由的意义,承担变成了自己对自己的事,同时指涉当下的社会现实,沉重仍然是必然的,自我的矛盾和困惑、焦灼和愤怒,一切难以承担的东西都必须承担。那么王朔呢?他拒绝承担一切,拒绝超越性的关怀,他的个人主义也是虚假的,因为他缺乏自我审视的意识,回避个体内部的分裂性,他的文化反抗的形式就是他是时代的一种病,而这种病有可能产生反社会的意义。王朔不承担重量,因为这会很“累”,而怕累正是一种时尚。他曾比较崔健和艾敬的歌,说听了艾敬“一首所谓后现代的民歌”《我的一九九七》,“再听崔健的,咣咣咣,你会觉得有点夸张。哪儿有那么多有意义的痛苦?”跟艾敬的笑嘻嘻的具体小苦恼相比,“你会觉得那种大的泛泛的痛苦很累,她这小问题反而很真实”①。

一无承担的文化反抗能持续多久?文化反抗实质上正是靠所承担的文化重量来支持的,拒绝重量,等于拒绝了自我创生的根源。进入90年代,最初颇让一批人恼怒的王朔不但让大众习惯了,而且热得发烫红得发紫。本来,文化反抗的社会化适应过程是个规律,一种后起的与主体文化相对立的文化意识逐渐为社会大众所适应和接受,进而取代主体文化的位置,形成新的中心。然而王朔的情况显然不是如此。他的“病”似乎好得很快,“病”好了就主动地从文化

① 王朔《我是王朔》,第75—77页。

反抗的边缘位置上逃走，颇为自得地向中心地带挤靠，以媚俗代替了反叛，屈从和投好于商业潮流、主体文化、大众媒介、市民意识，其间虽然还保留了具有王朔式特征的反讽、调侃、弦外之音、插科打诨，但是其性质发生了根本的变化，成了为博得广泛赞赏而布置的精致的小摆设。王朔的“成功”正是从逃走开始的，他失掉了最先为他叫好的几个稀稀拉拉的具有自觉文化意识的敏感者，却赢得了整个民众的欢呼。

文化反抗在王朔身上的夭折，提醒我们注意消极的反社会行为进步意义的限度。文化反抗的实质存在于对立双方的紧张关系中，这决定了被反抗者对反抗者的“牵制”，文化反抗必须在这种不自由的关系中进行。但是，反抗者只是采取一切对立的态度和行为方式，而不能另外创生新的东西，那么也只能是被反抗者的“牺牲品”，因为消极反抗的方式其实是对被反抗者“牵制”的认同和无能为力，只不过是以完全走向其对立面的形式来表现这种认同和无能为力的。文化反抗必须不甘于被“牵制”，必须具有自我创生的意识、能力和文化实践，在不自由的关系中争取自由，确立新的超越性的文化价值，实现文化反抗的意义。文化反抗不止于为反抗而反抗，它在开辟一条无限展开的道路，从那上面不断地有新的意识、思想和精神通向现在和将来的现实。

五

本文自始至终避免使用一个已经在中国被部分接受的西方术语，“反主流文化”或“反文化”，而取“文化反抗”这样一个朴质的说法，当然是因为中国特殊的历史和现实赋予了这一个大的文化时期的此种文化现象以不同于西方的内涵和形式。北岛是从废墟和苦难之上站起来呼唤和捍卫人的基本价值与尊严的英雄，起点和性质俱迥异于西方的“反文化”。当然也不必否认中国当代的文化反抗过程中有西方文化（不仅只是西方的“反文化”）的影响，而且确有与西方“反文化”相沟通的地方，但它毕竟是“后文革时期”的文化自觉意识的产物。不管是北岛、崔健,还是摇身一变而为所谓的后现代社会的明星王朔,他们都是在新中国的政治、经济和文化环境中成长起来的,用崔健一首新歌里的叫法,就是"红旗下的蛋"。这样一种基本的身份和由这种身份带来的自我意识,决定了他们文化行为的独特性。随着20世纪末的来临,中国社会的世界性因素越来越强大,后现代的特征越来越明显,特殊的身份意识也就越来越模糊,特殊的历史也将成为遥远得有些虚幻的背景,"后文革"之类的术语将失去现实的指涉意义,文化反抗之路也就出现了新的困难,也会有新的方式和内容吧。

也许真如有人所说,这一个大的文化时期终结了。

原载《文艺争鸣》1995年第3期

1892:中国现代文学的起源

——论《海上花列传》的断代价值

栾梅健

作为数千年未有之大变局的晚清社会经济形态,构成了中国文学古今演变的深层基础与内在动因。正如马克思所指出的那样:“与资本主义生产方式相适应的精神生产,就和与中世纪生产方式相适应的精神生产不同。如果物质生产本身不从它的特殊的历史形式来看,那就不可能理解与它相适应的精神生产的特征以及这两种生产的相互作用,从而也就不能超出庸俗的见解。”①很显然,自 1840 年鸦片战争开始的我国古老封建社会形态的裂变与转型,其实正孕育与昭示着与工业文明相适应的中国文学现代性的萌生与发育。这是一条毋庸置疑的文学进化规律。

那么,到底是哪股文学潮流或者哪部文学作品在这文学巨变途中,承载起了筚路蓝缕、继往开来的使命,竖起了作为中国文学古今演变标志的界尺?在反复的比照与论证中,我们发现出版于 1894 年的韩邦庆(花也怜侬)的长篇小说《海上花列传》,应该正是人们长期搜寻的楚河汉界。

① 马克思《剩余价值论》,《马克思恩格斯全集》第 26 卷,第 295 页。

一

一个时代有一个时代的文学。当一场由农业文明向工业文明蜕变与转化的历史大潮在广袤的华夏大地上蔓延开来时,作为精神生产的文学艺术必然会反映出这股激流的风生水起与潮涨潮落,记录下这场狂澜巨涛的点点印痕。而《海上花列传》,正是给读者提供了最早的形象展示中国古老宗法社会向现代工商社会转变的历史画面。

在1843年正式开埠以前,上海还只是一个普通的海滨县城,其规模远不及北京、广州、苏州、杭州等古都名城,然而,在西方列强争先恐后地对中国经济掠夺与剥削的历史背景下,它襟江带海的特殊地理位置使它迅速以超常的速度膨胀起来,一跃而成为中国最大的对外贸易口岸。在1901年《申报》发表的一篇文章中如此写道:"夫论中国商贾云集之地,货物星聚之区,二十余省当以沪上为首屈一指,无论长江上下、南北两洋,以及内地市镇,皆视沪市如高屋之建瓴,东西各邦运物来华亦无不以上海为枢纽。"①在开埠以后短短几十年间,上海已成为车水马龙、万商云集的中华第一都会。

从普通的海滨县城到中华第一都会,在这期间正是"上海梦"的诞生与形成过程。从祖国的天南地北、五湖四海,甚至还有来自世界五大洲几十个国家的外国侨民,携妻挈子,趋之若鹜,共同汇聚到这东海之滨、黄浦江畔的春申江头。其中既有腰缠万贯、追本逐利的富商豪绅,也有迫于生计辗转谋生的下层民众。在这时,上海给"淘金者"们展示的已全然不是我国漫长封建社会中惯常的手工业作坊,以及作为农业经济附属地位的商品交换。火柴厂、缫丝厂、纱厂、机器面粉厂、卷烟厂、肥皂厂、毛纺厂、造船厂等等现代工业形式,以及洋行、保险、商行等等新型的贸易场所,都极其强烈地彰显出上海已经从中国传统的中世纪的

① 《申报》1901年2月13日。

经济模式中凤凰涅槃，蜕化而出。其历史巨变，根本不同于一般的朝代更迭与时序变迁，而是类似于英国圈地运动时期的工业革命，以及如杰克·伦敦所描写的一百多年前的美国西部开发浪潮。

《海上花列传》的文学价值在于，它留下了大上海开发早期难得的生活画面与文学图景。在小说开头，当刚从乡下出来打算到上海找点生意做做的农村青年赵朴斋，冒冒失失撞上早晨刚刚醒来的花也怜侬的地点，乃是上海地面，华洋交界的陆家石桥；当时便有青布号衣的中国巡捕过来查询。租界、巡捕和外乡农民，这几个独特的意象，俨然表明了上海的森严和另类。

最为另类的是作品中不同于传统小说的人物关系设置与安排。在中国古典小说中，与相对静止、保守的古老宗法社会相适应，人物关系大都被固定在家庭、种族与部落之上，显示出特定的人身依附关系与出身背景。在《儒林外史》《红楼梦》等作品中关于王冕、范进、严贡生、贾宝玉、林黛玉、贾雨村等人物形象，人们大致总能梳理出他们的氏族血统与社会往来谱系，了解到其固有的家庭角色与社会地位；而作者也生恐遗漏对人物身世、教育与社会往来的叙述描写与补充交代。唯其如此，人们才能把握住人物性格形成的轨迹，也才能建构起相对广泛而复杂的人物活动网络。而在《海上花列传》中，这一切都被弃之不理，或者已经变得无足轻重了。翻开小说，你感到的是一幅幅乱哄哄、无头无绪的人物画卷。不仅聚秀堂的陆秀宝、尚仁里的卫霞仙、西荟芳的沈小红、公阳里的周双珠、庄云里的马桂生、同安里的金巧珍、兆贵里的孙素兰、清和坊的袁三宝、祥春里的张蕙贞、东合兴里的姚文君……这些海上妓女，你不甚了解她们的出身背景、籍贯和部族，就是常常光顾妓院、堂子的嫖客们，例如吕宋票店的陈小云、永昌参店的洪善卿、兆信典铺的翟掌柜、风流广大教主齐韵叟、江苏候补知县罗子富、苏州名贵公子葛仲英、杭州巨富黎篆鸿，似乎是洋行买办的王莲生、杨柳堂、吕杰臣等等，作者也似乎无意交代他们的详细身份与过往经历。只是在四马路、山家园、静安寺、老旗昌、鼎丰里等活动场所，人们可以看到他们飘浮的身影与匆匆而过的一辆辆东洋车。这是一座无根的城市。这是一座夹杂着各种口音、混杂着各色人等的移民城市。它不同于《卖油郎独占花魁》中的那个南宋都城临安，也不同于《金瓶梅》中西门庆活动的那个清和县。这是一个真正现代的工商都会。《海上花列传》给人们记录下了这座东方大都会最初崛起时的移民景象，以及它所拥有的工商性质。

文学描写内容的转变还表现在小说中大量出现的新兴器物层面。正如一个时代有一个时代的文学那样，当一个转型了的时代在它的文学作品中必然会反映出那个时代所新出现的特定的生产工具和生活用品。这种描写，既是社会转型时的特定产物，也是区别于传统文学的重要特征。在《海上花列传》中，从照明用具、自来水、通信工具、交通运输工具，到普通的日常生活用品，都时时处处显示出西方近代物质文明的影响，流露出与农耕文明与乡村市镇的巨大分野。且不说洋灯、洋镜台、煤气灯这些中国传统中从未有过的新兴器物堂而皇之地装点着妓院、堂馆的门面，就是在黎篆鸿的老相识屠明珠的厢房内，“十六色外洋所产水果、干果、糖食暨牛奶点心，装着高脚玻璃盆子，排列桌上”，“桌前一溜儿摆八只外国藤椅”，都透露出浓浓的西洋情调与韵味。至于被时人称为东洋车的从外国传入的马车与人力车、被叹为鬼斧神工的现代通信工具电报，乃至赵朴斋帮助他妹妹赵二宝去南京寻找那位薄情寡义的史三公子所乘坐的长江轮船，都真切地记录下上海这座新兴大都会的工业性质与现代转型。

当然，作品还形象地记录下了更为内在的新型交易方式与内容。在我国古代自给自足的小农经济社会中，人们“生产、出售产品仅用以换取自己所不生产的生活和生产资料”①，是一种由商品→货币→商品的简单商品流通。即使到了明清时期江南一带出现了资本主义萌芽，形成了以实现更多的交换价值为目的的相对发达的商品流通，然而，由于缺乏如蒸汽机的这样的动力机械，因而，其商品流通的性质仍然只能属于“农商”的范畴，而不具备现代工商社会的特性。在《海上花列传》中，停泊在黄浦江畔的连接世界各国的远洋货轮，大马路上成

① 吴慧《中国古代商业》，商务印书馆 1998 年版，第 95 页。

群结队的洋人、巡捕和康白度[①],都反映着大上海这一通商口岸的商品高度流通与频繁往来。而那位开设吕宋票店的精明商人陈小云,他所从事的已不再是我国传统的贸易买卖,而是从西洋传过来的彩票奖券;至于那位管账胡竹山,也已不是人们想象当中的账房先生,而是颇带买空卖空色彩的投机客。还有那位会跟巡捕"打两句外国话"的王莲生,见自家对门的棋盘街失火,心中着急,急急地往回赶,然而这时别人笑话他道:"你保了险嘿还有什么不放心?"转而一想却也如此,不禁讪讪地笑了起来……凡此种种,都真实地映现出当时上海特有的商品交换方式与贸易准则,也为我们理解当时中国迅猛而新奇的社会转型提供了丰富的第一手材料。

在晚清,迅猛崛起的上海引起了小说家们的广泛关注。袁祖志的《海上闻见录》(1895 年)、孙家振的《海上繁华梦》(1898 年)、自署抽丝主人撰的《海上名妓四大金刚奇书》(1898 年)、二春居士的《海天鸿雪记》(1899 年)、张春帆的《九尾龟》(1906 年)……都或多或少记录下了这个光怪陆离、纸醉金迷的工商大都市形成的过程。不过,始载于 1892 年、正式结集出版于 1894 年的《海上花列传》,无论是产生的时间,还是描写的广度与深度,都无愧是表现我国现代工商社会萌动与发展的开山之作。

二

伴随着社会形态的巨大转型,建基于农业文明之上的一整套价值体系与伦理规范,都在十里洋场上海这一特定区域不可避免地出现了裂变、扭曲与变形,并进而诞生出一套与之相适应的伦理道德准则与价值规范。如果一部作品仅仅只是真实地记录下了社会大转变时期的历史画面,而没有能更进一步表现出掩盖在社会表象之下的新的社会伦理与思想内涵,那么,这部作品也就仍然不

① comprador 的音译,买办。

可能承载起继往开来、承前启后的分期重任，并体现出强烈的现代性特征。

值得重视的是，《海上花列传》在内在的思想层面上同样极其敏锐地感受到了时代风尚的巨变，并在对人物形象的刻画与描写当中留下了清晰的印记。

在我国，以妓女为主要描写对象的文学作品由来已久，不过，由于受制于特定的社会形态与思想观念，其主题意旨与价值取向也各不相同。封建社会中，个人，尤其是作为个体的妇女，其实被剥夺了独立的权利。马克思在《经济学手稿》中分析个人的生存状况时认为："我们越往前追溯历史，个人，从而也是进行生产的个人，就越表现为不独立，从属于一个较大的整体。最初还是十分自然地在家庭和扩大成为氏族的家庭中；后来是在由氏族间的冲突和融合而产生的各种形式的公社中。"①相应地，这种强烈的人身依附关系，这种粘合于家庭、氏族乃至扩大了的如国家形式的"公社"中的角色定位，使得我国古典文学，尤其是传统的妓女文学，在其思想层面上极其自然地缺少个性的解放与人格的张扬。

人们通过研究可以明显地发现："救风尘"是我国传统妓女文学中一个最集中的主题意象。或是因为贫困，或是因为疾病，或是因为父母双亡，抑或是因为战乱，恶势力的破坏，等等，无数年轻女子不幸堕入青楼，沦为妓女，然而，在她们内心几乎无一例外地不甘于屈辱的命运，想方设法希望跳出火坑。常言道老鸨爱钞、小姐爱俏，其实反映的一边是现实，一边是理想。在妓女这边，寻找到一个可以寄托自己身世的如意郎君，这才是真正的归宿。因为毕竟，男为女纲，夫为妇纲，如果没有了男人，如果没有了丈夫，她就永远没有依靠，永远过不上堂堂正正的日子。因此，在《卖油郎独占花魁》中，妓女美娘对老鸨刘四妈如此说道："奴是好人家儿女，误落风尘。倘得姨娘主张从良，胜造九级浮屠。若要我倚门献笑，送旧迎新，宁甘一死，决不情愿。"②同样道理，在《杜十娘怒沉百宝

① 《马克思恩格斯全集》第 46 卷，第 20 页。

② 《醒世恒言》，四川人民出版社 2002 年版，第 21 页。

箱》中，令名妓杜十娘红颜大怒、抱屈自尽的，是幻想破灭、遇人不淑的失悔。公子李甲由多情到无情的转换，彻底粉碎了她托付终身的美梦，也宣告了在古代社会中“百宝箱”对妓女命运的虚幻与无力。救风尘的主题表明了依附与被依附的关系。在封建的、男权的社会中，妓女们除了“被救”，其实并没有任何可以改变自己命运的可能。

然而，这一传统主题被《海上花列传》打破了。

妓院东合兴里的姚文君，这位刚入青楼、颇带几分古风的倌人，面对世风日下的海上妓院大惑不解：“上海把势里，客人骗倌人，倌人骗客人，大家勿要面孔！”这是妓女对海上妓院的惊人发现。而且，即使是嫖客，在上海也感觉不出妓院的温情与风雅。那位从内地跑到上海的两江才子高亚白，再也找寻不到如柳如是、董小宛那般的身影，再也难以重温载酒看花、诗酒风流的绮梦。嫖客钱子刚劝道：“难道上海多少倌人，你一个也看不中？你心里要怎么样的一个人？”其实，在高亚白心中满蕴的是古代风尘奇女子的印象，那个敬奉男权、时时期盼被救出火坑的弱女子。

至于“被救”，在这里则变成了一厢情愿的美意，甚至还变成了被变相敲诈的借口。妓女黄翠凤在嫁恩客罗子富后，设计利用黄二姐敲诈罗子富；周双玉假吞鸦片，迫使恩客朱淑人掏出一万大洋了断情债。只有那个刚从乡下出来不久的妓女赵二宝，对嫖客史三公子误听误信，真情相许，最后落得个被抛弃的下场，暴露出仍未改掉的乡下人本色。至于那个王莲生，与时髦倌人沈小红相处了好几年，以致萌生了打算要娶她回去的念头，然而沈小红却只是嘴上敷衍，并不真正实行，“起初说要还清了债嘿嫁了，这时候还了债，又说是爹娘不许去。看她这光景，总归不肯嫁人。也不晓得她到底是什么意思?”意思其实十分了然：男人已不再是女人唯一的依靠，妓女依靠自己身体的本钱似乎也已经可以逍遥自在地逛张园，乘东洋车，吃大餐，购买高档饰物。这起码在当时的上海畅行无阻。因此，同样是妓女的张蕙贞说道：“那倒也没什么别的意思。她做惯了倌人，到人家去守不了规矩，不肯嫁。”真是一语中的。

从满心希望被男人所救到这时怕“守不了规矩”，不愿意嫁，极其强烈地表明了我国妓女文学的重大转型。仍然是马克思的论述最为深刻：“……只有在现实的世界中并使用现实的手段才能实现真正的解放；没有蒸汽机和珍妮使用精纺机就不能消灭奴隶制；没有改良的农业就不能消灭农奴制；当人们还不能使自己的吃喝住穿在质和量方面得到充分供应的时候，人们就根本不能获得解放。解放是一种历史活动，而不是思想活动。”[①]正是社会形态的变更，正是上海市民世界的最初崛起，使得妓女们在“吃喝住穿”方面获得了相对充裕的保证，并从而鼓起勇气蔑视封建的等级与礼教，挑战传统的男权统治的权威。这时，“封建社会已经瓦解，只剩下了自己的基础——人，但这是作为它的真正基础的人，即利己主义的人”[②]。社会已经变化，作为衡量一个社会进化程度重要标尺的妇女解放，自然走在社会各阶层的最前列。《海上花列传》正是在这里显示出它极其宝贵的历史超越性。

鲁迅先生在《中国小说史略》中敏锐地指出：

> 然自《海上花列传》出，乃始实写妓家，暴其奸谲，谓“以过来人现身说法”，欲使阅者“按迹寻踪，心通其意，见当前之媚于西子，即可知背后之泼于夜叉，见今日之密于糟糠，即可卜他年之毒于蛇蝎”（第一回）。则开宗明义，已异前人……
>
> 其訾倡女之无深情，虽责善于非所，而记载如实，绝少夸张，则固能自践其“写照传神，属辞比事，点缀渲染，跃跃如生”（第一回）之约者矣。[③]

值得后来文学史研究者重视的，并不应该仅仅是鲁迅先生指出的《海上花列传》“记载如实，绝少夸张”的写实精神，而且还应该包括从该小说开始的“溢恶”主题在中国近代文学的滥觞。“《青楼梦》全书都讲妓女……认为只有妓女是才子的知己，经过若干周折，便即团圆，也仍脱不了明末的佳人才子这一派。”

---

① 马克思、恩格斯《德意志意识形态》，《马克思恩格斯全集》第 42 卷，第 368—369 页。

② 马克思《论犹太人问题》，《马克思恩格斯全集》第 1 卷，第 442 页。

③ 《鲁迅全集》第 9 卷，第 263—264 页。

然而在《海上花列传》,“虽然也写妓女,但不像《青楼梦》那样的理想,却以为妓女有好,有坏,较近于写实了”①。有好,有坏,既不同于传统文学中对妓女的单纯溢美,也不同于后来出现的《九尾龟》那样对妓女一味地溢恶。《海上花列传》在中国文学史中最先实现了异于前人的历史转折,那种与传统狎邪小说,乃至才子佳人小说完全不一样的方面。“溢恶”在当时是一种特定的时代语境,是那个刚刚从封建专制统治下走出来的市民阶级对传统价值体系的变异与颠覆,是新型社会形态在最初重构人的价值规范与道德信仰时所难以避免的错位与失序。在受工业文明冲击而传统观念土崩瓦解的上海,人们逐渐学会把个人当作商品的衡量尺度,把逐利当作终极追求的价值标准。那种种对嫖客的欺诈哄骗,对夫权观念的藐视,对三从四德的抛弃,乃至对风尘生涯的既感羞耻又不愿轻易放弃的独特心理,其实都曲折而真实地反映了那个转型时期的种种印记,那种芜杂的个性解放的要求与呼声。

这呼声是真实的,也是革命性的。《海上花列传》以写实的姿态暴其奸谲,不仅终结了我国传统文学中绵远久长的“救风尘”的主题,而且使文学史露出了人性觉醒的曙光。这部作品的文学史价值,理应得到人们的高度重视。

三

假如说《海上花列传》在主题意旨上的现代性特征,是我们在研究与对照中得出的结论,那么,其在艺术结构与文学语言上的现代性探索,则是作者韩邦庆的有意为之,一种主观性的刻意追求。

对于全书的艺术结构,作者在创作时有着清醒而明确的要求:

> 全书笔法自谓《儒林外史》脱化出来,惟穿插藏闪之法,则为从来说部所未有。一波未平,一波又起,或竟接连起十余波,忽东忽西,忽南忽北,随

① 《鲁迅全集》第9卷,第338—339页。

手叙来并无一事完,全部并无一丝挂漏;阅之觉其背面无文字处尚有许多文字,虽未明明叙出,则可以意会得之。此穿插之法也。劈空而来,使阅者茫然不解其如何缘故,急欲观后文,而后文又舍而叙他事矣;及他事叙毕,再叙明其缘故,而其缘故仍未尽明,直至全体尽露,乃知前文所叙并无半个闲字。此藏闪之法也。①

吴敬梓的《儒林外史》,是我国古代文学中杰出的长篇讽刺小说,对作者韩邦庆的影响颇深,然而仅就小说的结构而言,也正如鲁迅先生所批评的那样,全书缺少一个完整的组织结构,"虽云长篇,颇同短制"②。因而,韩邦庆决意改进,试图通过"穿插""藏闪"之法,将这部长达四十余万字的长篇小说在总体上从容布置,或隐或现,或藏或露,使整部作品在结构上张弛有致、浑然一体,成为"从来说部所未有"的探索之作。

应该说,这是作者在艺术结构上勇于探索、实践的体现,同时也是转型了的社会与时代对于文学艺术发出的要求。

在我国古老的封建宗法社会中,个人总是依附于特定的家族与部落,总是跳不出那个固定的氏族与血缘关系,总是不能进入到广泛的社会联系之中,因而表现到文学创作中,人物也总是活动在几乎是无法选择的家族圈子之内,深深地刻上了古老封建宗法社会的烙印。你看《红楼梦》,尽管头绪繁杂、人物众多,作者的触角似乎伸到了社会的方方面面,然而仍然是内亲外戚、三姑六婆构成了整部小说的主要人物谱系。即使是在商业活动较为频繁的《金瓶梅》中,围绕在主人公西门庆周围的也仍然是家族中人以及有限的社会交往网络。而且也正是如此,当吴敬梓试图脱离家族的限制去广泛地反映众多知识分子的丑态时,其作品便成了一个个儒林故事的汇编,而缺少了人物之间的自然联络。

这种漫长的家族式的游离状况,到《海上花列传》出现时受到了有意识的挑

① 《海上花列传·例言》,人民文学出版社 1982 年版。

② 《鲁迅全集》第 9 卷,第 221 页。

战。伴随着上海开埠以后十里洋场的迅猛崛起，人们建立起了一种新型的人际交往准则，以适应现代商品经济活动的需要。封建社会中那种主要停留在家族血缘间的情感互动式的人际交往，被更加功利化的商业性交往所取代了。在上海这个巨大的商业场中，人们只有适应与学会这种左右逢源的社交方式，才有可能获得生存与发展的必要条件。因此，无论是去大饭店设宴叫局，还是去妓院吃花酒，抑或是去茶楼打茶围、在朋友家碰和赌牌，其真正目的并不完全在于这些娱乐活动本身，而是有着各自利益上的考虑与盘算。打通各种关节，了解各地商情，招揽种种生意与项目，往往成了人们呼朋唤友、大肆铺张、酒酣耳热的真实意图。这是现代商业社会的内在要求。它将整个社会都联结起来，沟通起来，裹挟起来，每个人几乎都无法甘居斗室，超然世外。在这一社会转型的重大背景之下，韩邦庆试图通过“穿插”“藏闪”之法，探讨现代长篇小说的结构技巧，正是触摸到了艺术手法突破的时代足音。

在《海上花列传》中，故事从闯荡上海的青年农民赵朴斋跌跤起，到其沦落为妓女的妹妹赵二宝做梦止，叙述的似乎仍然是一个传统的外地家族群落在上海滩奋斗与沉沦的过程。然而其内容已全然不同。全书没有一条线索明晰、主题集中的主线，也没有浓墨重彩刻画众星拱月式的主要人物，有的只是一场场灯红酒绿、钏动钗飞的宴会与叫局，场景是多变的，人物是变换的，而且作者似乎也懒得介绍出场人物的身世背景与生活经历。在初读这部小说时，人们往往会在无限止的碰和赌牌、管弦嘈杂中不知所措，摸不着头脑。即使是在上海与赵朴斋唯一有血缘关系的舅舅洪善卿，在简单敷衍了几回以后，也彼此不闻不问，形同陌路。在这里，血缘已构成不了人际关系的纽带，人们最关心的是各自的利益关系。在《海上花列传》大大小小几十回的宴会与花酒中，表面上是称兄道弟、炫耀摆阔，其内底里真不知隐含了多少的阴谋与交易、利用与被利用。即如在小说刚开头，字画与古董商人陈小云几次欣然参加洪善卿的宴会，便是希望能够结交上来自杭州的富商黎篆鸿；而经过多次的周转与奔走，直至二十五回才终于遂愿。商品，也只有商品，才能把天南地北、毫不相干的人聚集起来，使社会成为一个有机的联络的整体。《海上花列传》正是在这里找到它得以“穿插”与“藏闪”的可能,从而实践着对我国传统长篇小说结构形式的突破与革新。

进行自觉革新的还有文学语言。

韩邦庆对用方言创作有着特殊的兴趣与使命感。他声称:“曹雪芹撰《石头记》皆操京语,我书安见不可以操吴语?……文人游戏三昧,更何妨自我作古,得以生面别开?”①因此,他在创作《海上花列传》时通篇采用吴语,使之成为吴语文学的第一部长篇小说。

其实,作者的这种探索并不是一时的心血来潮,或者是刻意的标新立异,而是有着相当坚实的社会基础。与开埠以后日趋繁华的上海相对照的是,作为几百年古都的北京已经显得暮气沉沉。政权已经失去了往昔的权威,那么与之相对应的京语与官话,是否仍然有压倒一切的优势?而反之,既然作为全国最大商业中心的上海货物能够畅行全国,那么它的吴语方言是否也有可能为全国人民所接受?这在当时王纲解纽、商品经济浪潮汹涌澎湃的当口,是足以引起文人们无限遐想的。其次,由于作品所描写的是妓女题材,上海妓院中苏州妓女的优越地位与走红程度,似乎也使得作者除非使用吴语,否则别无他法。且看二十三回中姚季莼包养妓女,大老婆找上门来时,妓女卫霞仙的一番辩词:

> 霞仙正色向姚奶奶朗朗说道:“耐个家主公末,该应到耐府浪去寻。耐啥辰光交代拨倪,故歇到该搭来寻耐家主公?倪堂子里倒勿曾到耐府浪来请客人,耐倒先到倪堂子里来寻耐家主公,阿要笑话!……”

假如我们把这段话翻译成普通话:“你的丈夫嘛,应该到你府上去找嘛。你什么时候交代给我们,这时候到这里来找你丈夫?我们堂子里倒没到你府上去请客人,你倒先到我们堂子里来找你丈夫,可不是笑话!……”以上这段翻译,尽管意思一点不差,然而其神情、口吻、韵味,确是大大地减少了。

---

① 海上漱石生(孙玉声)《退醒庐笔记》,此处引自《〈海上花列传〉作者作品资料》,《海上花列传》,人民文学出版社 1982 年版,第 613 页。

因此,作为“五四”新文学运动重要发起人的胡适先生对于《海上花列传》的方言写作推崇备至:“这是有意的主张,有计划的文学革命。……方言的文学所以可贵,正因为方言最能表现人的神理。通俗的白话固然远胜于古文,但终不如方言的能表现说话的人的神情口气。”并进一步期望:“如果从今以后有各地的方言文学继续起来供给中国新文学的新材料、新血液、新生命,——那么,韩子云与他的《海上花列传》真可以说是给中国文学开了一个新局面了。”①

尽管文学语言的变革仍有其政治的与文化的深层影响,并不能仅仅从经济层面找寻原因——《海上花列传》正是由于方言的创作而成为“一部失落的杰作”②。然而,作者韩邦庆在小说语言乃至艺术结构等方面的自觉探索,也正切合了当时社会转型时期的文学革命要求,是他对我国现代文学进行的勇敢而可贵的尝试。

原载《文艺争鸣》2009 年第 3 期

① 《海上花列传·序》,《胡适文存》第三集卷六,远东图书出版公司。

② 张爱玲《海上花开·译者识》,《张爱玲典藏全集》第 11 卷,哈尔滨出版社 2003 年版,第 14 页。

文学史线索中的巴金与鲁迅

——悼巴金并纪念鲁迅逝世六十九周年

张业松

一

巴金第一次出现在鲁迅笔下是在1934年10月6日。那天的鲁迅日记中说："夜公饯巴金于南京路饭店，与保宗同去，全席八人。"[①]这个"公饯"的饭局是《文学》月刊社为巴金赴日而设，本身没什么重要，也不是他们之间的第一次见面。此前此后他们还有很多次见面的机会，但"奇怪的是"，"见面的地方大都是上海的饭馆和旅馆"[②]。仅有的一次登门拜访，竟然是在1936年10月19日鲁迅逝世当天。那天上午，当巴金陪同曹禺如约赶到鲁迅寓所时，才知鲁迅已于清晨去世。

这样一份奇怪的际遇和缘分，使得"五四"以来的中国新文学史上两代大师之间的最后交往看起来就像是一种宿命。仿佛鲁迅有意识地约定了巴金来为自己守灵，而巴金也深明长者所望，不仅在整个丧葬过程中始终陪伴在侧，而且最终成为鲁迅的十二位抬棺人之一。[③]"鲁迅抬棺人"无疑是中国新文学史上最

① 鲁迅《日记二十三》，《鲁迅全集》第15卷，人民文学出版社1981年版，第173页。

② 巴金《鲁迅先生就是这样的一个人》，《鲁迅回忆录(散篇)》中册，北京出版社1999年版，第831页。

③ 历来关于鲁迅抬棺人人数有多种说法，孔海珠最新考订结论为十二人，分别是：巴金、鹿地亘、胡风、曹白、黄源、张天翼、靳以、姚克、吴朗西、周文、萧军、黎烈文，名单中单数位和双数位依前后次序各成一列。参见孔海珠《痛别鲁迅》，上海社会科学院出版社2004年版，第120页。

具象征意义的文化身份。时值鲁迅逝世六十九周年，如今，除开早已从文化界消失的曹白先生之外，为人所知的最后一位健在的鲁迅抬棺人也已经逝去。正如大众传媒纷纷传扬的那样，“一个时代结束了”。时代究竟是怎样的时代，所结束的到底是些什么东西，也许并不那么显而易见，人人得言其宜；我作为一名中国新文学的研习者，在得悉巴老的噩耗之后，反省自己对这位在诸种中国现代文学史教程中被专章叙述的“最后一位大师”的认识，也唯有深觉歉意，感到过去对他的重视和研习远远不够。但尽管如此，在这个共同塑造了中国新文学的基本面貌的两代大师的生死际遇再度交逢的特殊时刻，作为后来人的我辈瞻顾过去未来，尝试有所论断，应该正是分内之事。

本文认为，在以鲁迅的《伤逝》所体现的复杂意识为标高的中国新文学的后续发展中，巴金的《随想录》的出现十分重要，因为它终结了新文学此前数十年的单面发展，使之重新接续了“鲁迅文学”的深邃性，成为直面“新文化后果”、探触中国乃至整个东亚社会的“现代性困境”的利器。这一文学史线索为中国文学的未来发展所昭示的路向，值得充分重视。

二

在写于1980年的创作自述中，巴金曾详细列举自己“写小说”的“老师”，计有法国的卢梭、雨果、左拉、罗曼·罗兰，俄国的赫尔岑、屠格涅夫、托尔斯泰、高尔基，英国的狄更斯，日本的夏目漱石、山田花袋、芥川龙之介、武者小路实笃、有岛武郎，以及中国的鲁迅和“中国社会生活”①。这是一份很有意思的名单。不仅说明了鲁迅在他心目中的特殊重要性，更揭示了在巴金的文学师承中，直接的外国影响源占据了绝对主导地位。而这些直接的外源影响，无疑是更能体现“新文学”之“新”的。我以为，在文学师承的外源作用的主导性这一点上，既

① 巴金《文学生活五十年》，《巴金选集》第1卷，四川人民出版社1982年版，第4页。

体现了巴金与鲁迅的巨大不同，又揭示了二者之间亲和性的一个重要来源。

先从鲁迅说起。毫无疑问，鲁迅在中国新文学史上十分重要。其重要性体现为他以自己卓著的创作实绩为中国文学拓开了全新的局面。但若要追踪他的“新”的来源，则外源作用无论如何都不能算是绝对主导性的，相反，着眼于外源作用考虑，鲁迅的重要性和独特性毋宁正是来源于他所接受的文化影响过于庞杂，不够“新”和“纯”。换言之，鲁迅的重要性首先恰恰来自其文化身份的复杂性。与同时代的其他作家相比，鲁迅在成为作家的准备期中所接受的庞杂的知识可谓在中西两方面都入之甚深，而又不衫不履，既足以使之成为某一方面的专门家，如写作《中国小说史略》的“国学家”或讲授生物学的“新学家”，又最终阻碍了他朝某一专门的现代学术或既有的专业岗位方向发展，亦即在新旧两面都找不到稳妥的安身立命之所，而唯有“彷徨于明暗之间”“姑且举灰黑的手装作喝干一杯酒”。[①]然而也正是这种文化身份的复杂性所带来的意识复杂性，其焦虑和痛苦、希望与绝望，赋予了鲁迅文学独特的丰富性和深邃性，使得他能从没有路的地方蹚出路、从不可能中开掘出可能性。“生命的泥委弃在地面上，不生乔木，只生野草，这是我的罪过”，“但我坦然，欣然。我将大笑，我将歌唱”，“我以这一丛野草，在明与暗，生与死，过去与未来之际，献于友与仇，人与兽，爱者与不爱者之前作证”。[②]《野草》中这些谜一般的表达，其实正是鲁迅直面自己最深邃的意识世界，对自己做出的诚实解剖。而这些表达，也正是世所公认的鲁迅文学中最具价值的部分。

使事情变得更加复杂的是，正如巴金一再声称“我不是文学家，但是我写作了五十多年”[③]，鲁迅在最终决定破门而出[④]之前，也始终只是一个不情不愿或三心二意的文学家，他的“呐喊”与其说是为了改革社会，还不如说是为了安慰

---

① 鲁迅《影的告别》，《鲁迅全集》第2卷，第165页。

② 鲁迅《野草·题辞》，《鲁迅全集》第2卷，第159页。

③ 巴金《文学生活五十年》，《巴金选集》第1卷，第1页。

④ 即《两地书》中“三条路一条光”之议。见鲁迅、景宋《两地书·原信》，中国青年出版社2005年版，第196页。

自己和朋友。《呐喊·自序》中所谓“在我自己，本以为现在是已经并非一个切迫而不能已于言的人了，但或者也还未能忘怀于当日自己的寂寞的悲哀罢，所以有时候仍不免呐喊几声，聊以慰藉那在寂寞里奔驰的猛士，使他不惮于前驱……”以及“这样说来，我的小说和艺术的距离之远，也就可想而知了，然而到今日还能蒙着小说的名，甚而至于且有成集的机会，无论如何总不能不说是一件侥幸的事，但侥幸虽使我不安于心，而悬揣人间暂时还有读者，则究竟也仍然是高兴的”等，其实也都是诚实的告白，在述说着这样几件事：一、他没有成为小说家的充分主动性；二、他自己从这种“蒙着小说的名”的书写中得到愉悦；三、他为了“慰藉那在寂寞里奔驰的猛士”，甚至“往往不恤用了曲笔”，所谓“听将令”，也不过是一种“慰藉”方式。换句话说，鲁迅在以新文学作家身份第一次回顾自己的创作经历时，内心完全沉浸在一派非功利的纯美学意绪中，既不认为自己作为作家有何等高明，也不认为自己通过这些作品传播了何等重要的思想；他希望这些作品带给读者的，并非精神激励，而只是精神慰藉。

吊诡的是，在“创作怎样才会好”的问题上，永远是“非功利”远胜于急功近利。无论鲁迅自己如何不情不愿或三心二意，《呐喊》的横空出世，都已经把他送上了“五四”新文艺的巅峰，他想不做“思想界的先驱”和“青年导师”都已经不可能了。但这些外界赋予和认可的骄傲和荣耀，投影到他自己的内心，所带来的不仅不是同等的荣耀和骄傲，反而是更深的痛苦和焦虑。这种痛苦和焦虑在《伤逝》中得到了集中体现。

在《呐喊》结集到《朝花夕拾》终篇的1923—1926年间，鲁迅此前在个人生活上潜心经营的一大片“好的故事”被诸种突如其来的外力扯得粉碎：兄弟失和、遭遇爱情、官场免职、被迫离京，一连串的事件，导致他身心压力剧增。身体上是肺病两度恶性发作，“躺倒”①；心理上则表征为《彷徨》的满纸苦涩的死，和《野草》无边的黑。然而鲁迅的强大，也正从这里体现出来：“躺倒”的身体要靠

① 鲁迅《19360903致母亲》，《鲁迅全集》第13卷，第418页。

“年富力强”[1]站起来，不停顿地奔走于社会，上班、兼课、租房、买房、打笔墨官司和衙门官司；“彷徨”的内心要靠肆意的“大笑”和“歌唱”挺下去，不懈怠地“在冰山间奔驰”，“那我就不如烧完！”[2]在这四个年头中，鲁迅承受了一生中最大的身心压力，也为我们留下了今天看来其一生中最具价值的作品。我们今天认可他伟大，应该说他首先是伟大在这四个年头里。

在我看来，《伤逝》是鲁迅在这一时期（我称之为鲁迅作为新文学家的第二阶段）的创作中一篇特别具有纲领意义的作品，其间包含了鲁迅最深刻的自我意识和反省。基本上在《呐喊》中，我们只能看到第一层级的“启蒙”，无论是揭显历史的真相、外在的真相或是自我的真相，都是在叙事人对某些事情获得确信之后，再揭示给别人看。在这个意义上，我们说鲁迅创作是“现实主义”的，就是认可他使我们看到了过去没有看到过的东西，重新构造了我们对“现实”的理解和想象。然而对鲁迅来说，这个“揭出病苦，引起疗救的注意”的动机，并非是促使他进入新文学写作的主要动机，相反在这个动机上，他“并非一个切迫而不能已于言的人”。问题在于，无论是否积极主动，言者一旦开口，“叫喊于生人中”，就并不必然“如置身毫无边际的荒原”，而完全可能带来意想不到的反应和效果：“我是我自己的，他们谁也没有干涉我的权利！”——“这几句话很震动了我的灵魂，此后许多天还在耳中发响，而且说不出的狂喜，知道中国女性，并不如厌世家所说那样的无法可施，在不远的将来，便要看见辉煌的曙色的。”[3]这种令涓生“狂喜”的经验，以及这种经验所可能导致的后果，挑战着《呐喊》的作者这样的“厌世家”的经验。这个挑战，便是《伤逝》的起点，也是鲁迅第二阶段创作赖以勃发的核心之点。如果没有这样的挑战，《呐喊》的作者固然还会继续他的新文学创作，但那样的创作恐怕是难以导向由《伤逝》和《野草》所代表的文学家鲁迅的最深邃的意识世界的。

---

① 鲁迅《19360903 致母亲》，《鲁迅全集》第 13 卷，第 418 页。
② 鲁迅《死火》，《鲁迅全集》第 2 卷，第 195、196 页。
③ 鲁迅《伤逝》，《鲁迅全集》第 2 卷，第 112 页。

《伤逝》的文本内涵十分深邃，决不像它表面看起来的那样只是一个单纯的恋爱故事，或对《娜拉走后怎样》的形象化复写，而可以看作是对整个新文化运动的历史命运和困境的隐喻。正如新文化运动是从意义真空中创生意义的运动，涓生在这个文本中也是以“创世者”（主宰者）的身份存在的，他的命运和困境，连同他的意义匮乏，由他所投身的新文化运动所赋予，也是这个运动的写照。作为《伤逝》的文本世界里的第一主体，涓生创造了子君这样的新生主体，使得他们的世界由于她的出现而生气勃勃、意义充盈，但最终，又是他自己以“不爱”的名义亲手剥夺了附丽于她的意义，导致了新生主体的隐匿（消失）。从虚空中创生，复归于虚空，一个轮回下来，“创世者”涓生在堕入更深的虚空的同时，还负担了毁灭的罪孽，而到头来，这一整个的世界还是需要由他来承担。一个无意义的世界有赖于负荷着罪孽堕入虚空的主体去赋予意义。除此之外毫无办法。对这份无奈的深切意识和体察，是涓生的焦虑和痛苦根源，也是鲁迅的焦虑和痛苦根源。“我要向着新的生路跨进第一步去，我要将真实深深地藏在心的创伤中，默默地前行，用遗忘和说谎做我的前导……”①一种反对“瞒和骗”、以“揭出病苦，引起疗救的注意”为目的的反抗遗忘的文化努力，竟然走到了自己的反面，到了要“用遗忘和说谎做我的前导”的地步，这样的动机与后果之间的严重悖反，如果不是反讽，该是多么沉痛和辛酸。而“遗忘和说谎”在这里所以必要，与其说是因为真实和耻辱的分量过于沉重，直面之殊属不可承担，所以涓生要从根本上自我否定，真心将子君彻底遗忘，并以“说谎”掩盖自己在这一遭遇上的巨大失败，以图“新的生路”，还不如说是一种知耻之勇——“将‘谎狗’的旗子……插着生活，一直带进坟墓里去”②，而这种自愿负着耻辱的旗帜前行的行为，正类似于在葬仪中高擎招魂幡，其巫祝仪式功能，是为了“起死”……总之，《伤逝》让涓生陷入的，是极其复杂难言的处境和“后果”，而这个

① 鲁迅《伤逝》，《鲁迅全集》第2卷，第130页。

② 鲁迅《且介亭杂文二集·后记》，《鲁迅全集》第6卷，第450—451页。

处境和"后果",却是由他自己一手造成的。而"涓生"(谐音"捐生"?),也正是鲁迅自己和整个新文化先驱阵营的镜像,涓生的努力、成就、罪孽、"悔恨和悲哀",他的整个处境和"后果",也正是他们的。由此,这个作品所表达的鲁迅内心之苦,其苦何如,不问可知。

三

没有人愿意长期沉浸在难以言说的痛苦和焦虑中,也没有人在一种以"新"为名的追求中,不会期待这份"新"来得更加直接痛快点。我们因此有理由认为,鲁迅对自身作为新文学作家和新文化运动推动者所遭遇的状况也许并不像我们作为外人所想象的那样满意,他有足够的理由期望能够减轻自身在这个身份上所承担的痛苦,更有理由期待"新文化"能够名副其实地得到一种真正的"新",而不是始终由他这样的"老新党"去勉为其难。所以,当他把眼光从自身挪开,投向同一阵营里更年轻的伙伴时,他的赏识和鼓励、温和和亲切,一定更多地投向了那些更鲜明地体现了"新"的特点、"新"的气象和"新"的充沛活力的青年。而巴金,正是这样的青年,也正是鲁迅如此痛苦地工作所想要造就的新人中的一个代表。

1925年7月,鲁迅曾说:"没有冲破一切传统思想和手法的闯将,中国是不会有真的新文艺的。"①这个表述提醒我们,在鲁迅的观念中,"新文艺"是有区别的,一种叫作"真的新文艺",此外包括他自己所创作的,并不能称之为"真的新文艺"。我觉得,存在于鲁迅意识中的这种观念区分,其实很可以解释许多事情,包括他一直如此警惕社会和文化生活中的"故鬼重来"、如此不屈不挠地同一切中国传统意识和社会环境做斗争等等。所谓"真的新文艺",不仅是他的期待,也是他的一切辛苦努力的最终目标。

---

① 鲁迅《论睁了眼看》,《鲁迅全集》第1卷,第241页。

我们今天对于新文艺的认识和鲁迅作为新文艺开创者对新文艺的认识和期待，这两者之间有着相当大的落差，这个落差被我们一笔抹掉了，我们今天看到的只是鲁迅的深邃和巴金的"浅陋"。这种差别当然并非他们之间真实的文学史关联。事实上鲁迅生前对巴金作了极高的评价："巴金是一个有热情的有进步思想的作家，在屈指可数的好作家之列的作家。"①这提醒我们，站在文学史的末端向后看，我们看到的或许只是一个没有历史纵深感的平面，它篡改了历史的真实图景，需要我们时刻保持对理智的愚妄的警惕。我们要建立对历史的同情之了解，就需要从对这样的差异的意识开始，尊重人物的历史逻辑去看待他们的作为，这样才可望达到一个较为理想的清理文学和思想遗产的目标。

从当事人的角度，尤其从"五四"第一代作家寄予后代作家的期望这个角度来看，"真的新文艺"其实并不来自他们自己，而是来自巴金、曹禺、老舍、沈从文这些第二代的作家。而在这些人中，巴金的社会影响是最广泛的。

巴金无疑是标准的新文化人。离开老家之前他所接受的就是世界性的思潮，这个思潮对他影响至深。后来在政治上他也许放弃了无政府主义，但无政府主义作为一种道德理想，对他的影响保持终身。一直到他辞世前不久，我们仍然从报纸上读到"德高望重的文学前辈"匿名捐助"希望工程"的新闻，不用猜，就知道这是巴金了。巴金是20世纪中国文学史中在道德上无懈可击的作家，他一辈子无论做人做事，都力求尽善尽美。"无政府主义是一种思想上的乌托邦，任何乌托邦的最终目的都是不能转化为具体政治权力斗争的，正因为它无法实现，所以只能通过其精神力量融化到人们的具体日常性的伦理行为中，在人生的岗位上，点点滴滴地发挥着作用。"②如果不是这样的话，我们也许就不会得到《随想录》。《随想录》这样的以道德自洁为出发点的作品，只能来自有道德紧迫感的作家。

① 鲁迅《答徐懋庸并关于抗日统一战线问题》，《鲁迅全集》第6卷，第536页。

② 陈思和《巴金的意义》，《谈虎谈兔》，广西师范大学出版社2001年版，第311页。

而《随想录》也是旧时代作家进入新时期后留下的唯一一部重要的著作。所谓旧时代，这里指的是1949年之前；所谓新时期，指的是“文革”后。1949年之前成名的作家经历1950—1970年代的文化和社会秩序再造“实验”而能幸存到“文革”后的，为数并不少，而巴金是其中唯一一位能以新创作重新引领时代思潮的作家。这个事实提醒我们，巴金在他的文化承传之中必有独异之处。我认为，这个独异之处首先是无政府主义的思想和道德信仰。由于我对无政府主义并无研究，关于这种思想信仰如何作用于巴金没有什么特别的意见，但我想，对于这批进入新时期的巴金的同龄人来说，相似的社会经历导致不同的思想和文学结果，文化承传上的“异秉”的作用一定是决定性的。现在我们都知道，巴金自己也一再申说，他在“文革”后期所以能逃脱1950年代以来的思想阉割和意识催眠，是因为萧珊的死。毫无疑问这是事实。但我想，这一事实在巴金晚年的思想觉醒中所起到的作用，恐怕只是促动性的，而真正帮助他使自己的反思达到一个较深程度的，只能是他所秉承的思想资源。陈思和先生在他的巴金研究中一再提到克鲁泡特金伦理学对道德完善的追求深深影响了巴金，对此我深信不疑。

在20世纪50年代的入口，当巴金和他的同龄人来到一个“根本解决”的“新”世界面前的时候，大家发现，几乎一切都是未曾经验的，一个一直处于朦胧期待中的以“新”命名的社会的突然降临令人眩晕。当此之时，他们的心理活动和实际的人生动向是怎样的？稍微回顾一下就知道，激昂者有之，躁进者有之，盲动者有之，不安者有之，总之都在一种普遍的激动中：有机会离开的取消了行程；在国外的急急忙忙往回跑，曹禺如此，老舍亦然；在香港的胡风奔赴山东、东北解放区唯恐到迟。至少表面上，几乎所有人都在怀着急迫的心情奔向新政权，以各种方式参与新政权，或者努力改造思想，或者积极参与改造别人的思想，总之都在以高度的热情试图尽快融入新社会。其实这些都还是次要的，更主要的是，在经历一个不算太长的“改造”时期之后，他们差不多集体放弃了过去习惯的思想模式、思想方法和思想工具，甚至连马克思主义的社会批判也一并放弃,变成了党性第一、长官意志第一,变成了一切行动听指挥,变成了真诚地去检讨自己所谓的历史错误,乃至把自己的过去完全否定掉。一个人可以把自己过去的经历、努力完全不当一回事,全当作弃之唯恐不彻底的垃圾,为什么会发生这样的事情?郭沫若在"文革"初说他以前写的东西都应当烧掉[①],我们今天把这个当成笑话,认为这是郭沫若投机,个人品德有问题。其实不然,郭沫若的举止并非孤立个案,而是所有从1949年进入新政权的作家都经历了这样的过程。老舍要改《骆驼祥子》的结尾,曹禺要改《雷雨》,巴金也要修改、淘汰自己的作品,沈从文是吓到快要崩溃的程度,最后干脆连文学都不敢碰。虽然沈从文内心里不想放弃文学,但他很胆小,已经被吓怕了,他不要再从事文学工作,也不要在大学教书,而只想到历史博物馆去做一个最边缘的文化人。他采用的是逃跑和躲避策略。但同时一直到60年代中期甚至"文革"前,他都在偷偷写小说,只不过永远写不完,永远写不成,没有办法回复到像过去那样,真正把一个作品写出来。为什么会这样?

我觉得和他们在文化血脉上的先天缺陷有关系,他们的"失言"来自思想上的失血。思想失血可以是外力作用下的阶段性的,也可以是永久性的,但无论阶段性的还是永久性的,根子都很深。这批被"五四"新文化引导和启蒙的作家,大多秉承的是新文化的单一血脉,新文化给予和要求于他们的黑白分明的世界观塑造了他们前半生的人生轨迹和成就,也制约了后半生的思维。在1950年代的入口,甚至在整个1950到1970年代,他们面对的是一个被命名为"新"的国家和"新"的社会,而这个"新"的图腾正是他们一直在追逐的东西。当这个被追逐的对象以更庞大更眩惑的面目呈现在先天不足的孱弱思维主体面前时,这种"意识形态奇观"所造成的"意识形态占有"就将是致命的。1950—1970年代的中国作家以及中国文学界的整体面貌,是世界文学里一个非常典型的案

① 郭沫若说:"拿今天的标准来讲,我以前所写的东西,严格地说,应该全部把它烧掉,没有一点价值。"《向工农兵群众学习为工农兵群众服务(郭沫若副委员长在四月十四日人大常委会第三十次会议上的发言)》,《人民日报》1966年5月5日。

例，提供的是“思想改造”和意识形态占有在短时期取得大面积成功的例子。当然在普遍的思维剥夺中，也并非没有极少数清醒者，但这些极少数又不断被社会选择机制剔除，最终在社会公共场域里仍是意识形态一统天下。而且这些被剔除的人士也并非完全自外于这个被占有的过程，只是他们或者别有秉承或者别具禀性，所以才能在“苟全性命”的前提下避免在自由意志的空白地带陆沉。

在这个意义上，巴金从1950年代到“文革”后的思想经历，尤其是“文革”后期能从极左意识形态占有中成功逃离，并在随后贡献出《随想录》，淡墨重写20世纪中国新文学史上罕有的[①]二度辉煌，的确是中国新文学和新文化史上值得重视的经验。本文行文至此，一直在不加区分地使用“五四新文化”或“新文化”一词，其实这是有问题的。现在我应该指出，在我的理解中，“五四新文化”和“五四时代的新文化”这两个词组，在外延上是有区别的，后者的包含范围远远大于前者。在“五四时代的新文化”的包含范围内，像巴金所吸收的无政府主义这样的直接取自国外的“新文化”，才是尤其值得注意的部分。我要重申，如果不是因为源自无政府主义思想资源的道德催逼，巴金晚年很有可能得不到《随想录》。而这部作品除了在引领20世纪末中国社会思想潮流方面具备重要价值之外，其在20世纪中国新文学的历史线索中的地位亦十分重要——在我的理解中，是不可或缺的。

四

在文学史的线索中，《随想录》为什么重要？我的看法是：它使中国新文学在经历了漫长的追“新”的单面化发展之后，重新接续了鲁迅文学的余脉，在一定程度上回到了《伤逝》的意识层次——以“新文化”的参与和推动者（行为主

① 以1949年为界，能在其前后阶段取得大致相若的重量级文化成就的，除了巴金还有沈从文。只不过沈的后一阶段成就不再是文学创作，而是文物研究。

体)的身份,展开对"新文化后果"的反思。

所谓"新文化后果",是指在"新"的名义下实施的文化行为所导致的后果。在《伤逝》,行为和后果都有两重。第一重是涓生的"启蒙"导致了子君这个"她主体"的诞生。她的诞生曾令涓生"震动"和"狂喜",但当她按照自己的主体性去行动和成长时,涓生发现,她不仅日渐脱离了自己的控制,建立起她的"功业"和一个属于她自己的世界,而且大有反过来凌驾于他之上,以她的规则来规划他的生活的趋势:"这是我积久才看出来的……自觉了我在这里的位置:不过是叭儿狗和油鸡之间。"[①]"创世者"竟然沦落到与叭儿狗和油鸡争位置的地步,这样一种主体性的沦丧当然不可容忍,所以涓生要奋起"抗争和催逼"[②],着手捍卫自身主体性,对子君施以"再启蒙"。这个漫长的二度启蒙的最后手段,便是宣布"我已经不爱你了!"而它的后果,再一次出乎涓生的估计,严重到使他无法承担:子君的"主体性"不仅没有被"不爱"的意义所剥夺所降伏,反而更加坚强,支撑她从"男人的家庭"里二度出走,带着自己的勇敢和骄傲从他的世界里消失,给他的薄幸以沉重还击,促使他以叙事人身份为我们宣叙了他绵绵不绝的"悔恨和悲哀"。如前所述,这些"悔恨和悲哀"构成了鲁迅文学中和20世纪中国新文学史上最深邃的表达。其深邃性的实质来源,便是涓生意识到像自己这样的"创世者"和"救世主"说到底只是"僭主",不仅外强中干,而且根本无法承担自己的行为所导致的后果。

在《随想录》,"行为"是作为行为主体的巴金20世纪50年代之后紧跟政治和文化政策,"后果"则是——自取其辱。

这样的反省,直取20世纪中国历史上一切以"新"为名的事物的命门,将巨大的惶惑和焦虑推到主人公面前,批颊着鞭,令其在羞愤中自新;同时也将待解的疑问和痛楚推到读者面前,敦促求告,迫其在不安中有所作为。所以它们是重要的。

---

①② 鲁迅《伤逝》,《鲁迅全集》第2卷,第119页。

从“呐喊”开始，回到“伤逝”，巴金的文学道路看起来仍然像是一种宿命，仿佛注定了要与鲁迅相始终。幸耶非耶？从一面来说，中国新文学经历了几十年的发展，不仅仍然走不出生前渴盼“速朽”的鲁迅的阴影，而且长期未能在意识层次真正接近鲁迅文学的境界，这当然是一种悲哀；从另一面来说，经历漫长的单面化发展之后，能够有一部《随想录》来终结这种单面，重新接续鲁迅文学最深邃的余脉，毕竟还是幸运的。

对20世纪中国和中国文学来说，也许真正的宿命是在于社会功利和美学价值的难以两全。鲁迅不把自己当成一个作家，是因为他觉得作家应该是理想家，对于改造社会怀有强烈意愿，而他自己早就曾经沧海，没有了这样的动机；他在朋友的促动下拿起笔来，也只有个人的遣怀和对朋友的慰藉。结果，他所留下的“鲁迅文学”成为了文学中的文学。巴金也不把自己当成作家，是因为他拿起笔来不是基于艺术的目的，而是“因为对社会不满，肚子里有感情要倾吐，有爱憎要发泄，我才写东西”①。结果，他成为了鲁迅生前十分赏识的作家之一。“鲁迅文学”和“鲁迅所赏识的文学”之间的参差对照，应该正是20世纪中国和中国文学最具戏剧性的悲喜剧之一。

具体来看巴金的文学创作，他有非常多的自述可供参考。他是典型的“五四”文化产儿，使用“五四”文化所赋予的新的意识、新的思想武器、新的世界观来和旧的东西做斗争，具备强烈的“战争意识形态”。文学对他来说所以重要，是因为文学可以帮助他找到思想上的出路。当他思考一些宏大的问题，找不到清晰的结论的时候；当他面临个人行动的某种局限的时候，他发现文学是一个好的替代品。文学可以把他无法当众说出的话记载下来，可以帮助他发泄因为身体条件限制不能从事某些事情所积聚下来的力比多和生命力，如此这般时间长了就会形成“路径依赖”。所以他一边反复说着“我不是一个作家，我也不想成为一个作家”，一边把自己塑造成了文学史上的重要作家。

---

① 陈思和《巴老如是说》，《新民周刊》2005年10月21日。

巴金在以1949年为分界的前期新文学史上的重要性，取决于在成为鲁迅所期待的“闯将”方面，他做得非常出色，他确实是一个闯将，像一个拼命三郎。巴金当然有才情，有文采，但这些都还是比较次要的，使他成为一个出色作家的最关键因素是他不犹疑，他始终有一个清晰的思想目标，就是达到社会改造的意图。他曾说：“自从我执笔以来就没有停止过对我的敌人的攻击。我的敌人是什么？一切旧的传统观念，一切阻止社会进化和人性发展的不合理的制度，一切摧残爱的势力，它们都是我的最大的敌人。我始终守住我的营垒，并没有作过妥协。”①在社会意识的塑造上，《家》的历史贡献很大，它塑造了我们对旧式大家庭和家长制的认识。其文学感染力也很强，把它的文字一段段拆开来也许没有什么思想上的闪光点和文采上的可以作为范本的名句，可是它的整体感染力特别强，一读下去就把读者吸引住，让人的心情随着情节的推进起伏。在这方面，巴金确实是新文学的骄傲，可以和旧文学争夺读者。后来在延安文艺中，赵树理正儿八经地把与“地摊文学”争夺读者当作一个理想，可是这个理想不用他来确立，因为巴金已经很成功地做到了。30年代以来多少人在《家》的激励下冲出家门，进入外面的世界。而到了《寒夜》的时候，他把这些出走的青年组合在一起，看他们会发生一些什么事情。《寒夜》的艺术感染力也很强，读后让人不能释怀。一对知识青年，在战时首都重庆遭遇到各种鸡毛蒜皮的事情，生活变得不可收拾。本来两个刚毕业的青年应该是前途光明的，可是怎么在日常生活中就会变成这样？巴金就是要借此展开社会批判，告诉读者在外敌入侵的战时环境中，在政府和社会的腐败中，优秀的青年是没有出路的，他们只有承担个人的悲剧。战争是国家的不幸，腐败是民族的不幸，国家和民族的不幸最终落实到个人身上，造成个人的不幸。所以这个作品最终要落脚的地方仍然是社会批判，仍然是要和他的敌人战斗。

其实从作品构型上来看，《家》和《寒夜》也都是在某种程度上重写或续写

① 巴金《文学生活五十年》，《巴金选集》第1卷，第11页。

《伤逝》。《伤逝》写一个女孩子走出父亲的家门以后的遭遇和命运,《家》写的是男孩,到了《寒夜》,写的是这个男孩和女孩走到一起组建新的家庭、开始新的生活之后可能遇到的问题。所以可以说,巴金的前期的代表性作品,都是在社会改造的层面继续“五四”第一代作家的未竟工作。尽管这些前期作品在思想意识层面与《伤逝》不可同日而语,但由于鲁迅“并不愿将自以为苦的寂寞,再来传染给也如我那年轻时候似的正做着好梦的青年”[①],所以如果他一直活到抗战胜利,看到《寒夜》出版,他一定是会很欣慰地认同巴金这样的作家为新文学拓出了新的天地,因为那是一个他所不能进入的世界,也是他所不能主宰的世界。鲁迅说:“自己背着因袭的重担,肩住了黑暗的闸门,放他们到宽阔光明的地方去。”[②]宽阔光明的地方在哪里?就在传统家庭的门槛之外。而他自己却只能站在这个门槛之上“肩住黑暗的闸门”。所以所谓“历史中间物”的意识,鲁迅是很强的。在他一边做着他的读者所认可的“新文学泰斗”,一边在期待着“真的新文艺”的时候,他对自己的估价并不高,他把自己看成过渡人物,是历史的中间物。他觉得写那些东西都是迫不得已,因为自己身上传统的阴气太重,摆脱不掉。他痛感已经被旧文化养成了一种只能用这种方式说话的人,所以心底里是唾弃自己、看不起自己、不把自己在新文化方面的成就看得多么了不起的。实际上,鲁迅1923—1926年间内心的挣扎,正是纠缠于在自我身份确认和社会要求于他的角色之间何去何从的问题上。是真的跨出门去,不管自己是不是“老头”,就去做一个“思想界的先驱”和“青年导师”,还是继续缩在自己的壳里写“自言自语”[③]?一度对他成为绝大的问题。与此同时他对青年人的鼓励和支持却是不遗余力。“放他们到光明的地方去”,他要放的正是巴金这样的青年和这一代作家。巴金是一个代表,因为他着力于处理青年主题,形塑了30年代以后

① 鲁迅《呐喊·自序》,《鲁迅全集》第1卷,第419—420页。

② 鲁迅《我们现在怎样做父亲》,《鲁迅全集》第1卷,第130页。

③ 《野草》按照鲁迅最初的计划是叫《自言自语》,《朝花夕拾》在《莽原》上连载时的题目叫《旧事重提》,这两部作品本来都是写给自己看的。

的青年心理和青年世界。巴金的处女作《灭亡》是一部热烈讴歌无政府主义英雄的作品，这样一部今天看来很幼稚的作品销行了二十多版，不断地被重印。后来在30年代的上海和整个都市区域，左翼文学运动风起云涌，都是和巴金等人的文学活动相关的。而与此同时，与他共同在推动新文学发展的是茅盾这样的作家，直接用阶级分析的观点去写作，用小说的形式来做中国各阶级的分析；是老舍这样的作家，用《骆驼祥子》来为下层人民张目，为他们的权利奋斗；是沈从文这样的作家，不屈不挠地叙写着自己的怀乡；是曹禺这样的作家，用非常华丽的文体去重复书写巴金曾写过的反叛家庭、封建家庭衰亡这样一些主题。所以可以说这些人打开的文学世界都不出鲁迅所料，与此同时也都深深地符合鲁迅的期待。我想这也是鲁迅普遍和第二代作家保持良好关系的最重要的原因。

由此，作为文学史结论，我想今天我们或者可以说，巴金这样的作家才是真真正正的中国新文学的代表，是“五四”文化或“五四”文学所期待要抚育的一代新人，而这一代新人很好地承担了他们的历史责任，引导了社会的动向，塑造了中国新文学甚至整个中国现代历史的面貌。巴金就像一个我们叔叔辈的作家，尽管从年龄上说他应该是我们的爷爷，但是从思想资源的承续和思想经历的共同性上来讲，他就是我们的叔叔。从巴金这一代人登上历史舞台到渐渐离去，整个这一段中国现代的历史，时间上相当长，可是在思想过程上却是一个非常短的历史，也就是作为“五四”后果的历史。作为这一代人中最后一位杰出代表，现在巴金去世了，这个历史确实可以结束了。我们今天称巴金为“大师”，是基于对其毕生贡献的评估。这些贡献主要由两部分构成。一部分是作为推动新文学发展的重要作家，他贡献了以《家》和《寒夜》为代表的巨量文学作品，直接作用于社会的“现代化”进程，实践了以文学方式服务社会的知识理想。在这一部分，确如其自我确认，巴金之成为作家，的确是偶然的，不排除他以其他方式报效社会，完全可以达到文学方式的同等成就，甚至更大成就。而在其毕生贡献的另一部分，巴金成为了真正意义上的文学家，以其“把心掏给读者”的《随想录》，直面自身行为所导致的后果，对“文革”所彰显的文化困境做出反省，从而不期然[①]接续了鲁迅文学最深邃的余脉，追比《伤逝》，以将近一整个世纪的跨度，勾连起探触"现代性困境"的文学史线索。在这一线索上，中国文学的未来发展值得期待。

另一方面，从东亚社会尤其日本、韩国对鲁迅文学的持久兴趣和对巴金的高度尊重中，我感到，"现代性困境"在本地区的共通性，可能远远大于其差异性。由此明了，我们今天似乎还没有奢侈到可以轻易抛弃鲁、巴的程度。

谨以此悼念巴金的辞世，并纪念鲁迅逝世六十九周年。

原载《当代作家评论》2006 年第 1 期

① 意即《随想录》并非有意识"学习鲁迅"所得，而是基于作者自身的文化遭遇和意识觉醒。正因为这种原生型的创出，它才显得尤为珍贵。

海派文学、现代文学的通俗化走向

李　楠

《郁金香》和《补情天》两篇小说佚文，分别出自张爱玲和所谓“男版张爱玲”东方蝃蝀(李君维)之手。它们都是我在研究20世纪40年代中后期的上海小报时发现的。《郁金香》连载于《小日报》，自1947年5月16日起，5月31日止。《补情天》连载于《铁报》，始于1949年5月4日，结束于5月31日。两篇小说都被作者本人忘得一干二净。张爱玲留下的各种文集里找不到《郁金香》的任何蛛丝马迹。《补情天》的作者李君维先生在听到小说名字而没有看到全文之前，在自己记忆库存里也搜索不出《补情天》的信息。两篇小说在2005年9月份的《中华读书报》接连披露之后，引起了一点轰动。①经过一番甄别，学界已经做出公论，《郁金香》确系张爱玲佚文，并非他人冒名之作。李君维先生饱含深情地写下《认子后记》，把《补情天》比作自己失散多年、重新团聚的“儿子”。迄今为止，两篇佚文的归属不再存疑。那么，它们的价值究竟有多大呢？佚文的发现，如果仅仅只是关系到作家全集的厚薄，那众里寻他千百度的意义就会丧失掉许多。只有当被发现的佚文能丰富或足够改变现有的作家创作和文学史的体系，它们的价值才能凸显出来。我认为，《郁金香》和《补情天》不仅仅是为广大“张

① 《郁金香》的新闻报道和部分章节见2005年9月14日《中华读书报》第1、3版。《郁金香》全文见《上海文学》2005年第10期。《补情天》全文重新发表于2005年9月28日《中华读书报》第3、6版。

迷”增添一份惊喜，它们对于重新审视40年代后期的海派文学，是有话可说，并非可有可无之作。《郁金香》是张爱玲早期创作高峰的尾声，《补情天》是40年代海派文学的收煞关门之作。不管是解读张爱玲后来文体风格的转变，还是描绘后期海派文学的发展趋势和现代文学的部分走向，《郁金香》和《补情天》都能为我们提供新的阐释空间。

一

《郁金香》发表的时间是1947年5月，写于张爱玲的低落和沉寂时期。张爱玲1943年5月在鸳鸯蝴蝶派杂志《紫罗兰》上发表小说《沉香屑 第一炉香》，宣告正式登上文坛，从此纵横上海滩，一发不可收拾。接下来的两年中，平均每月有一篇小说和一篇或二篇散文问世。1944年9月小说结集为《传奇》出版，共收小说十篇，凡二十四万字。1945年初，散文集《流言》出版。以其创作的频率和力度来说，可谓旷世奇才。1945年3月至6月，在《杂志》上连载小说《创世纪》，5月发表散文《姑姑语录》，至此，张的沦陷时期的辉煌暂告段落，持续到1947年4月之前，没有新的作品问世。张爱玲骤然从浪尖跌入低谷，被加上政治罪名而蒙受“不白之冤”。沉默中的张爱玲这段时间在做什么，在思考什么，曾经是个令人困惑的谜团。1946年3月30日上海《海派》周刊发表过一篇署名“爱读”的短文，文中透露张爱玲在赶写长篇小说《描金凤》，担心即使写出来也不会有地方发表，并称“而海派刊物，她也许不屑”。当年的读者曾期待着《描金凤》的现身，但是，眼下露出庐山真面目的却是短中篇的《郁金香》。我们不妨作这样的假想，那位“爱读”所说的《描金凤》其实就是《郁金香》。《郁金香》连载的头几天，题目旁边标明“长篇连载”的字样，看来，传闻并非全是杜撰。《小日报》在发表《郁金香》的第一天，于头版下角发了一小块《启事》：“名作家张爱玲女士最近杰作小说《郁金香》业以脱稿，自今日起在本报第二版逐日刊载。”①正襟危

① 《启事》，《小日报》1947年5月16日。

坐的大报和期刊可能怕招惹是非，小报却不因为张爱玲有“汉奸嫌疑”而歧视她，这大概是小报“不太正经”的好处。

这是一篇颇有“自况”意味的小说，处处闪现着张爱玲的影子。《郁金香》从头至尾笼罩在浓得化不开的阴郁之中，让人压抑得喘不过气儿来。这正是张爱玲心境的写照。此时的张爱玲正经历着政治、感情的双重劫难。因为胡兰成的缘故，她被迫背上政治包袱。但那位风流成性的才子似乎并不领情，即使在戴罪潜逃中，仍然施放滥情，把一代才女的爱之繁花打落得残红遍地。《郁金香》小说中的人物除了始终没有露面的姑老爷，其余人物是一个“被遗弃的群体”。“自从那位携眷去保加利亚使馆做一等秘书的老爷一死以后，妾（老姨太太）的一家连儿女带佣仆都被遗弃，靠女儿的‘姑爷’养活。”①所有人都始终处于遭“遗弃”的惘惘威胁之中。金香宛如阮公馆里的“遗少”，她是前朝太太留下的丫头。宝初是老姨太抚养的去世那位姨太太的儿子。宝余虽有一个嫡亲的姐姐撑腰，但也是寄人篱下。老姨太尽管有出洋经历可以自夸，“但听她炫耀的不过是一些女仆下人而已，甚至连在‘大家风范’的女仆荣妈面前，老姨太心理上还矮了一截”②。即使最“尊贵”的姐姐阮太太也不过是“填房”，从来没有走出“丫头养的”“贱种”的心理阴影。“遗弃群体”里的金香和宝初是边缘中之边缘，终于没有逃脱彻底被“遗弃”的命运，冠冕堂皇地被前后赶出了阮公馆。张爱玲不露痕迹地把那份“遗弃”的氛围营造得丝丝入扣、真切悲凉。张爱玲是在借小说抒发自己的郁闷，此时的她难道不正遭遇着主流意识形态和爱情的双重遗弃吗？金香不光被遗弃，而且还蒙受冤屈。明明是宝余的无赖调情，却被诬为跟少爷们疯疯傻傻、拉拉扯扯。小说的结尾，当宝初听到阎小姐歪曲事实，说金香“爱上了宝余”时，愤懑地喊出“这世界上的事原来都是这样不分是非黑白的吗？”熟悉张爱玲作品的人都知道，这并不属于张氏的话语谱系。以往的张氏词典里没有这样慷慨激昂和“感情用事”的“新文艺腔”。张爱玲之所以在这里情不自禁地

①② 陈思和：《〈郁金香〉编后感言》，《上海文学》2005 年第 10 期。

高呼冤枉,实在是自认为委屈到了极点。而在小说文体上,在一个市民传奇故事里渗入了新文学的主体意识:对社会人世的批判性。

在1945年6月至1947年长达一年多的时间里,张爱玲经历着灵魂的苦斗和内心的纠缠。直至1947年4月电影《不了情》公映和《华丽缘》发表,才露出创作生机。同年还出版了《传奇·增订本》。她在前言《有几句话同读者说》[①]中,为自己申辩:"我自己从来没想到需要辩白,但最近一年来常常被人议论到,似乎被列为文化汉奸之一,自己也弄得莫名其妙。我所写的文章从来没有涉及政治,也没有拿过任何津贴。""至于还有许多无稽的谩骂,甚而涉及我的私生活,可以辩驳之点本来非常多。而且即使有这种事实,也还牵涉不到我是否有汉奸嫌疑的问题;何况私人的事本来用不着向大众剖白,除了对自己家的家长之外仿佛我没有解释的义务。"这段直截了当的自辩词可说是《郁金香》结尾的注脚。同时,也与跋语《中国的日夜》遥相呼应。如果说,"前言"是为了洗涤泼到身上的污水,那么,"跋语"则是沉重思考后的决断。张爱玲不是一个甘于庸常的人,她渴望成名,曾对弟弟说:"一个人假使没有什么特长,最好是做得特别,可以引人注意。我认为与其做一个平庸的人过一辈子清闲生活,终其生,默默无闻,不如做一个特别的人,做点特别的事,大家都晓得有这么一个人。不管他人是好是坏,但名气总归有了。"[②]张爱玲在短暂的辉煌和骤然冷却之后,没有减少对生活的热望,也看不出有归隐山林的心迹。她理直气壮地要与所有中国人分享中国日夜的一切。"快乐的时候,无线电的声音,街上的颜色,仿佛我也都有份;即使忧愁沉淀下去也是中国的泥沙。"既然是生在中国,那么"我的路,走在我自己的国土"。在自己的国土上,寻找东山再起的路径,除了适应新的时代要求和读者市场,似乎别无选择。张爱玲也许认为,只要能够高兴地晒着太阳去买回来"沉重累赘的一日三餐"[③],即便是放弃卓尔不群的"张氏"风格也在

---

① 张爱玲《有几句话同读者说》,《张爱玲文集》第四卷,安徽文艺出版社1992年版,第265页。
② 张子静《我的姊姊张爱玲》,《飙》月刊创刊号,1944年10月。
③ 以上均见张爱玲《中国的日夜》,《张爱玲文集》第四卷,第249—254页。

所不惜，心甘情愿去趋奉时代潮流。看来，张爱玲绝非不食人间烟火。

重返文坛的张爱玲得到小报和小报文人的关爱。邀请张爱玲写电影剧本《不了情》的，是文华公司的导演桑弧和负责宣传工作的龚之方。龚之方的另一个重要身份就是小报报人。编辑《大家》的唐云旌，乃小报界的“江南第一枝笔”唐大郎。前面提到的“爱读”先生，认为张爱玲可能会不屑“海派刊物”，诸如小报和小报类的刊物。但事实出乎他的意料。复出后，张爱玲的第一篇小说《华丽缘》发在 1947 年 4 月的《大家》创刊号。紧接着第 2、3 期上，发表根据《不了情》改编的小说《多少恨》。第二篇小说《郁金香》连载于 5 月份的《小日报》。这是张爱玲于 1947 年的全部作品，1948、1949 年再次出现空白。1950、1951 年在《亦报》先后连载《十八春》和《小艾》。1952 年去香港。由此可见，复出后至离开大陆之前，张爱玲文学作品的发表园地，就是小报和小报文人经营的短命刊物《大家》。张爱玲选择小报，其中可能有无奈的成分，但更有走向大众、顺应时代潮流的主观意向。

1947 年是张爱玲创作生涯的过渡和转型时期。《郁金香》的艺术风格直逼绮丽华美的《传奇》，其笔触、灵气、感觉仍是那样的繁丽多姿。《华丽缘》尝试“戏中戏”的结构模式，虽然文笔不免散漫，主题也欠集中深入，但仍透着文体创造的努力。《多少恨》则是一篇消解“传奇式张爱玲文体”的中篇小说。没有过去惯用的情景交融、扬扬抑抑的华美，也没有极尽渲染的铺陈，通篇都是实录式的直白描述。这篇小说表明了张爱玲今后写作的方向，不是偶然操《连环套》的套路，是有意地平实而近于自然，且直指通俗一路。后来的《十八春》和《小艾》是这一风格的定型化作品。张爱玲并不讳言走向通俗，在《多少恨》的序中，坦然道出写作原委：“我对于通俗小说一直有一种难言的爱好，那些不用多加解释的人物，他们的悲欢离合。如果说是太浅薄，不够深入，那么，浮雕也是一种艺术呀。但我觉得实在很难写。这一篇恐怕是我能力所及的最接近通俗小说的了，因此我是这样恋恋于这故事。”综合以上梳理，《郁金香》显然是《传奇》的袅袅余音，是张爱玲创作高峰的绝唱。之后，则悄悄地向平实和通俗移动。而《郁金香》本身也含有一些“通俗”的要素，言情趣味和市民故事为其两大特色。大小姐（年轻女仆）与少爷有情，本是通俗小说常见的模式，而此篇的少爷又是个地位低下的人物，这样，市民读者偏爱的苦情戏的味道便十分浓厚。当然《郁金香》非通俗小说，张爱玲在这篇作品中显示了她控制先锋与通俗临界点的本事，而将其放置到通俗小报上发表，便预示了她改变的开始。

其实，文风发生位移的不仅仅是张爱玲，还有东方蝃蝀。在没有看到《补情天》之前，我误认为薄薄的《绅士淑女图》是东方蝃蝀40年代唯一的收获。吴福辉先生评价其兼有通俗和先锋双重色彩时说：“用一种富丽的文字写出十里洋场上旧家族的失落和新的精神家园的难以寻觅，文体雅俗融洽，逼似张爱玲，透出一股繁华中的荒凉况味。”“在意象的选择和营造方面，也和张爱玲一样与现代主义相通。”[①]但《绅士淑女图》毕竟不是《传奇》，它的明快、轻盈、温情和厚道，以及浓郁的“上海味道”，不是张爱玲的遗传。《补情天》销蚀了《绅士淑女图》中的《传奇》气息，一反过去失败的爱情婚姻模式，露出令人轻松的亮色。主人公全娉婷原本是想抓住一个“标准丈夫”赶快结婚，以应付这时代变化“乱哄哄的当儿”，却意外地获得了真正的爱情，并结束战争逃难。《补情天》的叙事风格，摒弃了《绅士淑女图》的所谓“先锋”色彩，将其原有清爽流畅的“通俗”一面发扬光大，传达出靠拢通俗小说的讯息。东方蝃蝀写于50年代的《当年情》、80年代的《名门闺秀》、90年代的《伤心碧》，则是名副其实的上乘“通俗小说”了。

假如没有发现《郁金香》，我们很难深入理解张爱玲风格转变的内在因缘，也看不到其中的过渡痕迹。假如没有《补情天》出现，文学史将为40年代末期出现的新兴海派作家划上先锋永驻的句号，从而削弱了40年代海派都市文学最终走向大众化的真实色彩。

---

① 钱理群、温儒敏、吴福辉《中国现代文学三十年》（修订本）“小说（三）”，北京大学出版社1998年版，第521页。

二

如果把海派文学的定义归纳为:“第一,它应当最多地‘转运’新的外来的文化。而在20世纪之初,它特别是把上一世纪末与本世纪初之交的世界最近代的文学,吸摄进来,在文学上具有某种前卫的先锋性质。第二,迎合读书市场,是现代商业文化的产物。第三,它是站在现代都市工业文明的立场上来看待中国的现实生活与文化的。第四,所以,它是新文学,而非充满遗老遗少气味的旧文学。”①那么,符合这样品格的海派,只能是在20年代末期以后发生。那就是张资平、叶灵凤、刘呐鸥、穆时英、施蛰存、张爱玲、苏青、予且、徐讦、东吴女作家等人,他们有的在30年代走红,有的在40年代令人瞩目。其中的文学流品,有高下之别,但他们的创作基本上都具备了上述的海派属性。海派文学既然是现代商业文化的产物,因此,通俗习性自然是与生俱来的。只是它们以追求时尚一面的先锋性过于显著,将通俗一面往往先期遮蔽起来罢了。张资平在创造社初期,对旧的家庭制度、旧的教育政治制度的批判很有点先锋性。但到1928年之后,便一部接一部地从事长篇性爱小说的写作,以致被苏雪林讽刺为“通俗小说家”。叶灵凤是中国心理分析小说的先驱者之一,19世纪末英国唯美颓废主义文学家王尔德的崇拜者。其代表作《姊嫁之夜》《女娲氏之遗孽》《肺病的初期患者》《鸠绿媚》等,都是形式唯美、超现实、感觉化的先锋作品。到1933年后,在《时事新报》连载《时代姑娘》和《未完的忏悔录》、1935年为《小晨报》提供长篇小说《永久的女性》时,他自己也承认写的是“大众小说”了。穆时英自1932年11月发表第一篇感觉主义城市小说《上海的狐步舞》起,开始了想象都市的叙事实践。他所创造的心理的文学流行用语和特殊的修辞,是用有色彩的象征、动态的结构,充满速率和屈折度的表达式,时空叠合交错,来表现都市的繁华、金

① 吴福辉《都市漩流中的海派小说》,湖南教育出版社1995年版,第3页。

钱、性、罪恶和喧哗的。但到了后期，写作《玲子》《烟》时已是先锋不再，笼罩上一重哀婉的古典抒情气息。施蛰存的大多数小说都偏于心理分析，受弗洛伊德和霭理斯影响较大。他力图从人的内在生命来表现人性和情爱，擅长书写潜意识，甚至写到魔幻的程度。而后期小说里的《塔的灵应》《黄心大师》等，则改变先前的路径，试图与民间故事、民间体裁结缘，“纳入了现实主义的轨道”①。历数这些海派作家的创作，可以得到一种认识，20 世纪二三十年代海派作家的每一个个体，都是在经历了先锋的张扬之后，走向通俗，并以通俗作为自己文学生涯的尾声，几乎无一例外。

40 年代中期以后，上海文坛上出现了“张派”，以东方蝃蝀最为突出。海派女作家兰儿 1946 年在《自从有了张爱玲》一文中说：“后起而模仿者日众，觉得最像的是东方蝃蝀，简直张爱玲的门生一样，张派文章里的小动作全给模仿像了。”除了东方蝃蝀，其他可列入“张派”名单里的，主要的还有令狐彗和曾令嘉。他们都有相当好的现代派文学素养，写出的言情小说已是比较高明的新旧混合体。令狐彗仅一册《幻想的地土》，集中表现新一代洋场儿女风情，叙述文体扑朔迷离，巧妙耐读。现在在《辛报》上发现的短篇《漩涡》，主题与《幻想的地土》一脉相承，读起来更为通俗明了。曾令嘉是位女性作家，其代表作中篇小说《女人们的故事》写小女子爱上自小以叔叔相称的家庭医生的故事，细腻传神，凄楚不幸，着实像一篇风味十足的张爱玲式小说。如果说张爱玲和她的“后继者”们都有雅俗融合、先雅后俗的特征，那么，苏青、予且则把海派都市文学在通俗方面的成就进一步扩大。

苏青本来与张爱玲相比，多的就是上海市民的习性，而且更为本色。《结婚十年》和《续结婚十年》是畅销的通俗小说。前者 1944 年初版，到 1948 年已印了 18 版；后者 1947 年出版，当年就印了 4 版，可见苏青受市民欢迎的程度超过张爱玲。这两本书，加上她的所有小说散文，都是自传体，叙述妇女走入社会的

① 施蛰存《关于〈现代派〉一席谈》，《文汇报》1983 年 10 月 18 日。

故事，写结婚、怀孕生产、婚外恋、离婚独立、从事各种职业的过程，坦白直率，少有顾忌。张爱玲内在的“悲凉”感是雅的，苏青务实、明朗、不蹈空，有小聪明却不碍心地忠厚，是世俗的。苏青的创作成就无法与张爱玲比拟，但那时的名气却不比张爱玲差，使得骄傲的张爱玲也得承认她，和她一起参加座谈会，接受采访，并写关于苏青的文章。

予且是 40 年代当红的海派作家。他是早期圣约翰大学的学生，从 30 年代开始写明白如话的市民故事，产量很大，单行本有二十种之多，集外散佚的短篇小说超过一百篇。长篇小说在十部以上。他的小说曾同时在《万象》《杂志》《小说月报》(顾冷观主编)上连载，《大众》连续两三年将其短篇置于每期的首篇位置。予且的小说离不开婚恋和都市生存关系这个主题，但他超越了曾经被鸳鸯蝴蝶派奉为圭臬的伦理道德之价值尺度，尽可能写出市民对物质文明的多方面感受。他的市民哲学理论带着强烈的个人经验色彩，往往借小说人物之口表达出来。《金凤影》里赵母的“相人经”，《两间房》的夫妻平等论，《妻的艺术》中的“驭夫术”，《凤》里对怕老婆男人的无限赞美，“四十岁以上的人才适合恋爱”的理论(予且《我之恋爱观》)，等等，凡此种种，不胜枚举。也无所谓正确与不正确，却能得到市民读者的广泛认同。予且擅长把侦探结构、戏剧场面、揭秘探险气氛等通俗文学程式，融化到现代婚恋小说中去，将欧美文学描写技巧和传统文学叙事模式不露痕迹地结合在一起。予且的努力顺应了 40 年代海派文学通俗化的总趋势，与苏青一道，将海派通俗文学的成就进一步扩大。

海派作家大规模地进入通俗小报并不是孤立的现象。40 年代上海孤岛和沦陷时期最具影响的通俗刊物《万象》便一方面聚集了老的鸳鸯蝴蝶派作家，同时聚集了许多崭新的海派作家。这些海派作家的突出之点，便是将西洋文学的叙述功底与传统小说讲故事的口气，合而为一。我们把《万象》作家群中的新人物，如果与小报上的海派作家对照起来看，会感到很多的重复性。因为他们实在是一类作家。如周楞伽、丁谛、冯蘅、王小逸、陈亮、周天籁等人，都能以新文艺笔法，写作刺激性极强的市民文学，包括运用变幻的叙事视角、现代心理分析

(都是新感觉派留下的遗产)来讲述日常的上海市民生活,十分娴熟。这里还出现了表面上纯是新文学海派作家,其实兼有上海小报文人身份的潘柳黛等一批人。潘柳黛曾经与张爱玲、苏青齐名,似乎没有人称张爱玲、苏青为小报作家。虽然现在的事实证明,她们都与小报有千丝万缕的联系,但潘柳黛真就是小报文人出身的。她自己承认,第一篇作品即发表在北京的小报《新北京报》上。在上海时期,曾参与《平报》和某方型周刊(属于小报的变形)的编辑,并为多家小报写稿。所以,《海派作家人物志》一书将潘明确列入小报作家群体之中,说:“潘柳黛擅写新文艺之情感文字,亦为小型报女作家中之突出人才。”新文艺作家和小报作家统一在一个女性作家的身上,正是40年代才会有的景象。

再看40年代后期在上海登上文坛的青年作家,其中洋味较浓厚的,当属令狐彗,还有众多“东吴系女作家”等。令狐彗(董鼎山)的小说写的都是青年男女学生的友谊及恋情,他们受租界文化和战后美国文化的影响,过的是洋派生活,文体也是流线型的叙事,充满曲折和变数。可他的中篇《漩涡》,就刊载在小报《辛报》上面。“东吴系女作家”过去提得较多的是施济美等,近年来有专做这个作家群体的博士论文出现。这些女性作家每个人的创作个性不尽相同,但都不避通俗刊物,也不避小报。洋味言情小说,可以概括这部分作家的文体风格,他们的通俗性也有了新时代的特色。

总之,以海派作家大规模地进入小报为契机,本来明显是先锋作家的,开始尝试大众小说体,而从来就手执先锋和通俗两端的作家,就更加把通俗小说作为自己经常的写作主体来对待。我在2005年的《上海文学》上,便先后推介了穆时英、苏青、予且、令狐彗、周炼霞、潘柳黛等海派作家在上海小报上的佚文。还有一位唯美主义的诗人邵洵美,在小报上发表过纪实小说《儒林新史》,没等我著文介绍,《新文学史料》已经先期披露。加上我在《中华读书报》上介绍的张爱玲和东方蝃蝀被湮没的重要小说,一共九位海派作家现身于上海小报。当然还有尚未披露的,这是很能说明问题的。考察这些新文学家大规模走向通俗化的缘由,根本上是与他们要掌握全部市民读者的目的有关。海派初始起于流行的时髦，读者对象盯牢的是具备都市知识、情趣的白领市民。但是他们中有些人很快就不满足了。较早的叶灵凤，其短篇小说有域外神秘色彩，在《现代》杂志发表富有都市流行节拍的《紫丁香》《第七号女性》的时候，正在法国的戴望舒读后给叶灵凤写信大加赞扬，说："你长久搁笔之后，这次竟有惊人的进步了。你还有新作吗？这两篇中，我尤其爱《第七号女性》这篇。"[①]指的就是表达的先锋性。而叶灵凤本人在不缺少这种先锋特色后，还要去写《时代姑娘》《未完的忏悔录》等通俗的报章连载长篇小说。他给出的理由是要争取市民大众，说"以便吸引一般刚从旧小说转向新文艺的读者"[②]。当时海派内部有这种争取各样市民来阅读自己作品的意识的作家还不多，到了张爱玲等出来，自觉为上海市民写作的动机就鲜明了。张爱玲说她写作的时候"无时无刻不想到上海人"，"只有上海人能够懂得我的文不达意的地方"。[③]这时的海派小说家们所写的作品，雅俗的界限已经遭到打破，许多作品很难区别究竟是新小说还是旧小说。这就为文学史、小说史的写作出了难题，需要建立一种新的文学史观来考察、阐释40年代的小报小说和海派小说，而不是墨守成规，闭上眼睛不承认"五四"以来新文学成熟的文体已经部分地脱离了先锋的轨道，而进入都市市民普遍能够接受的日常文学的视野了。

三

海派文学不是现代文学的全部，但它与现代文学发展的整体趋势相一致。现代文学何尝不是在经历先锋的张扬之后，走向大众？"五四"发生之时，文坛基本是被鸳鸯蝴蝶派占据着，大众读者笼罩在鸳蝴文学的氛围中。"另类"的新文学样式，只在精英知识阶层引起反应，没有唤起一般民众的共鸣。上海小报

---

① 戴望舒《致叶灵凤》，《戴望舒全集》(散文卷)，中国青年出版社1999年版，第249页。

② 叶灵凤《未完的忏悔录·前记》，《未完的忏悔录》，今代书店1936年版。

③ 张爱玲《到底是上海人》，《张爱玲文集》第四卷，安徽文艺出版社1992年版，第20页。

和北京小报都是市民的日常读物，对于“五四”运动的发生漠然置之，对于刚刚诞生的新文学更是鄙夷有加。原因在于，新文学在它最初的成长期，是为少数人所有的先锋文学。它的先锋性，也就是区别于那个时代流行文学的显著特征，陈思和先生将其归纳为：第一，“他们以强烈的反传统姿态和欧化的形象、语言、理论冲击了人们的传统审美观念。形象与审美所表达的内涵永远丰富于常态与常规所需求的理性”；第二，“五四”新文学运动与西方的先锋派文学几乎是同时期的，它接受的外来影响因素中包含着现代主义和先锋性的因素，“是在西方文艺精神的感召下展现其新质的”。比如，鲁迅小说的“吃人”意象、陈独秀等人对抗性的批判，以及新文学作品语言的欧化等。①

到了20年代中后期，新文学发生分化，其中一部分作家偏离先锋的轨道，滑向市民文学领域，张资平的“下海”即为显著标志。张资平是创造社元老，早期作品以细腻见长，用抒情笔调叙写知识分子的生存境遇和内心世界，具有先锋意识。1924年2月创作《性的屈服者》显示出性爱小说的倾向。1926年改编日本小说《飞絮》，1927年出版长篇小说《苔莉》，真正开始模式化多角性爱小说制作，为此，遭遇来自新文学和鸳鸯蝴蝶派的两面夹击。新文学阵营愤怒他“背叛”，鸳鸯蝴蝶派则鄙夷他“道德沦丧”。尽管如此，他还是得到了普通市民读者的认同，成为畅销书作家。这是因为，他迎合了大众审美趣味，给弥漫着鸳蝴气息的通俗文学文坛注入异样的血液，为通俗文学创作开辟出新的路向。对张资平这一方面的贡献过去缺乏评价。李长之几乎是力排众议，提出张在新文学纯正白话文字上（非欧化、非文言化）的推行作用，“是开始用流利的国语写新小说的人”②。我们可以试着再推进一步，认识他在小说文体上是如何把一种浪漫的、感情的、心理的新文学体普及到大众小说中去，从而提高大众言情叙述体的水平的。读40年代活跃在上海的通俗文学作家王小逸、陈亮、周楞伽等人的小

① 陈思和《试论五四新文学运动的先锋性》，《复旦学报（社会科学版）》2005年第11期。

② 李长之《张资平恋爱小说的考察——〈最后的幸福〉之新评价》，《清华周刊》第41卷第3号。

说，都能够清晰地感觉到张资平的文体影响。从这个层面上理解，张资平对新文学走向普通市民是起到作用的，当然不免媚俗，但毕竟将新文学的部分现代理念和叙事技巧传达至市民层面了。

几乎与张资平“下海”处于同一个时段，老舍在新文学第一个十年的末尾登上文坛。他没有直接参与“五四”新文化运动，而且在《老张的哲学》《赵子曰》和《二马》(发表于1926—1929年间的《小说月报》)等早期作品中，表现出疏离“五四”主流的文学姿态。老舍出身市民，欣赏市民世界固有的稳定性与和美的节拍，异于“五四”新文学作家激进的彻底的反叛精神。但他又不是传播大众文化的通俗文学作家，他在狄更斯的作品中，以及留英的经历中，获得了世界性的文化视野，与“五四”新文学的精英意识取得一致。也许正因为如此，老舍在小报上是幸运的，至今还没有看到批评或攻击老舍的文字。而其他新文学作家，如胡适、鲁迅、茅盾、郑振铎、周作人、阿英、周扬、丁玲等等，都不曾幸免，虽然有时也有被“表扬”的时候。至于张资平、叶灵凤、邵洵美、穆时英等海派作家，往往被小报骂得体无完肤。从这样一个侧面，仿佛可以印证，老舍从开始崭露头角，就被市民读者接受了。如果说张资平是出身“五四”新文学阵营、中途走进市民文学队伍的“背叛者”，那么老舍则是来自民间、天然亲和市民的新文学作家。二者在不同的审美维度和接受层面上，打通了新文学与市民的连接渠道，使新文学的一部分在20年代后期演变为市民文学。

除此之外，还有一部分没有成为市民文学但也走向大众的，那就是左翼文学。后期创造社在20年代末提倡“革命文学”之后，革命写实诗歌和“革命加恋爱”小说相继而起，其中的重要作家是蒋光慈。革命写实诗歌直接承继早期白话诗的“平民化”传统，提倡“歌谣化”，浅白易懂。内容是描写现实，一反“五四”诗歌的主观和个人性，强调集体，消融自我，意识形态化地歌颂理想。革命写实诗歌所发出的声音并不弱，曾引起民众的关注和共鸣，一定程度上促进了市民对“五四”白话诗的理解和接受。诗歌是这样的情形，那么小说方面呢？“革命加恋爱”一度成为流行主题，蒋光慈的小说受到市民的欢迎，成功地开辟出左翼文学畅销书市场，为左翼文学在30年代倡导“大众化”和现实主义写作做了铺垫。由此开辟出左翼写实文体对市民文学的深度影响。

当然，左翼文学不是市民文学，但此时的“大众”基本等同于“市民”，因为“五四”新文学自产生至解放区文学出现之前，其接受群体就是精英知识分子和市民，市民可分上层和中下层，所以，市民对于新文学的态度就是大众的态度。张资平的性爱小说、老舍早期的市民小说、蒋光慈的“革命文学”分别属于新文学的三种样态，他们沿不同的方向将新文学传达至市民阶层，在新文学进入市民文化视野的历史进程中，发挥了作用。如果再联系中国现代文学史的整体格局进行分析，就可以得出结论：“五四”新文学在20年代中后期已经从激进的先锋文学区域，步入大众能够接受的“常态文学”[①]领地。

在30年代，新文学逐渐在市民读者中站稳了脚跟，这从上海小报的反应可以窥见一斑。因为上海小报读者以中下市民为主，比期刊、大报慢半拍，只有小报读者接受了新文学，才能证明新文学真正走入了市民读者市场。民国时期的上海小报大多控制在鸳鸯蝴蝶派文人手里，曾经与新文学壁垒分明。直到30年代初，《社会日报》主编陈灵犀接受朋友曹聚仁建议，首先将新文学引入小报，带来的后果却是报纸销量急剧下降。无可奈何之下，只好把新文学赶出小报。至30年代中后期，再次引进，取得成功。其他小报纷纷效法，新文学正式进入小报。自此，小报开始关注新文学文坛动向，追踪新文学作家行迹，并且不时发表一些属于新文学范畴的作品。市民接受新文学所带来的一个重要成果是，固有的以鸳鸯蝴蝶派为主体的市民文学大量地吸纳现代质素，从语言、叙事等文学形式上做出变革。当然不是将新文学中偏于抒情、诗意的文体成就接受下来，而是似有规律可循的，在市民文学愿意或可能接受的世态写实、浪漫言情、记写人物感情心理的文体技巧方面，大量地吸取。于是，就出现了张恨水的《金粉世家》和《啼笑因缘》、刘云若的《春风回梦记》和《小扬州志》等优秀作品。诞

① 陈思和《“五四”文学：在先锋性与大众化之间》，《中华读书报》2006年5月8日。

生了所谓“操新文艺笔法”的武侠小说作家，诸如曾受过鲁迅指教的宫白羽、写过《卧虎藏龙》的王度庐等等。可以看到，随着新文学的不断渗透，“五四”时期所形成的新旧界限、雅俗分野，在20年代中后期开始松动，在30年代出现终将模糊的势头。

张爱玲、赵树理是40年代中国文坛的两个亮点，分别代表着现代市民文学和农民文学的最高成就。张爱玲作品是中国传统小说与西方现代主义的结合体，她成功证明了中国传统文学是可以跟世界现代文化直接接轨的。如果将鸳鸯蝴蝶派一路的通俗文学定位是中国传统小说在现代的继续，那么张爱玲为这一类市民文学的发展找到了突破口，为它们转化为现代市民文学开辟了道路。至于40年代的另一个亮点赵树理，那是解放区文学的高峰。解放区文学是“五四”新文学“大众化”的成果，赵树理的成功证明了“五四”新文学在不断“大众化”的演变过程中，最终的结果是产生农民通俗文学。这在中国是开天辟地的，因为在此之前，中国农民没有自己的文学，只有唱本之类的读物。赵树理出身新文学，早期发表的作品均是“新文艺腔”。赵树理对新文学进行民间化、通俗化的处理之后，形成了中国现代农民文学。一直延续到解放后，并且在意识形态的强大干预作用下，曾经一枝独秀。如果暂且不论西南联大那些在做着先锋文学探索的师生们(那是在孕育着新的先锋文学的突破)，那么40年代的中国文坛是通俗化文学占了主导趋势，新旧文学界限已遭打破，雅俗概念模糊。张爱玲模式为接续中国传统一路的市民文学的新生，赵树理模式是“五四”新文学“大众化”的终结，他们分别对解放后的港台市民文学和大陆农村题材文学发生着巨大的影响。本文从海派文学的通俗化走向，进入“五四”新文学发展路向的梳理和分析，不难看到，现有的以“五四”文学传统为中心的文学史格局已遭突破，因为实际的文学史状况是，新文学在20年代中后期开始与市民文学接轨，30年代在被市民接受的同时变得越来越通俗化，终于出现40年代新旧雅俗界限遭遇打破的局面。那么，用一个新的理论框架去重写文学史成为眼下要解决的问题。吴福辉先生和我试图将“现代市民文学”的概念引入文学史研究领域，因为“五四”新文学在解放区农民文学出现之前，它的主要读者对象就是市民和知识分子，新文学的“大众化”过程与市民的关系是紧密相关的。还有，把现有的文学史分为以精英文学为主导的“现代文学史”，和以鸳鸯蝴蝶派为主体的“通俗文学史”这样两类，在文学史的叙述中往往也遇到一些无法逾越的问题，比如张爱玲、赵树理是通俗作家，还是新文学作家？是张恨水向新文学靠拢，还是鸳鸯蝴蝶派获得了现代性？40年代活跃在上海文坛的海派作家是通俗还是非通俗？等等。如果在丰富多元的现代文学史研究中，适当地引进“新文学是如何走向市民读者和大众读者”这样一个界面，我们是否可以获得别开生面的文学史眼光呢？

原载《文学评论》2008年第3期

《现代》杂志的转型及“现代派”文学实践终结

张芙鸣

一、“现代”书局的倒闭

目前文学研究界所讨论的《现代》杂志是施蛰存主编的纯文艺期刊《现代》，而自此之后革新的《现代》杂志在文学研究及文化研究中从不被提及，即使研究现代书局的人也对转型后的《现代》避而不谈。这是一个不多见的杂志研究特例。作为现代书局连续性的出版物，转型后的《现代》仍使用同一刊号，延续此前《现代》的发行序列，并且仍然具有对文学发展的整体关注，就连封面设计都延续此前的风格，显然不能说它是“另外一个刊物”①。如果我们本着研究的态度，对《现代》杂志进行完整的阅读和思考，会发现杂志转型不仅体现出商业运营对文化价值生成及转换的影响，同时对民族性格的整体塑造也具有重要意义。

《现代》杂志的存亡与现代书局连在一起。而现代书局的内部纠纷不像有人所说是“商人和出版家的冲突、经济利益和文化自主性之间的冲突”②，而是商业制度下资本主体驱逐利益最大化所引发的必然结局。洪雪帆、张静庐两

① 施蛰存：《〈现代〉杂忆》，《沙上的脚迹》，辽宁教育出版社 1995 年版，第 29 页。

② 参见史静《现代书局与三十年代中国新文学》，《中国现代文学研究丛刊》2006 年第 6 期。

人是同乡，有过大致相同半政半商的经历，书局的开设出于洪雪帆和张静庐的一次玩笑[①]，从一开始，分歧与冲突就不断发生，张静庐和出资人沈松泉分手，离开现代又重返现代，分分合合，这说明他们的个人素质和所受教育，使其对现代文化的宏观了解和关注远在商业趋利之下，他们更关心投入商业运营的文化所产生的经济效益。文化的商业化仅仅是社会文化的一部分，文化绝不能被全部地用于资本市场，作为意识形态的体现，人类自我认知的表达，文化是集合知识、信仰、道德、习惯的复合体，并且是民族感知和行动的中心，这些因素是不能通过市场交换来体现价值的，而从事文化产业的主体特别是资本市场主体却应该有一个对文化结构的整体性认识，既要认识其商业化的部分，又要认识到其反商业化的本性，并且要对文化产品的社会效益给予更大关注。也正是因为一个国家或民族的文化不能全部产业化，成为商品的形式，所以政府对文化发展的规划是相当重要的。但是，30 年代国民党政府对文化发展缺乏一个明确的目标，它所表现出来的保守倾向，使不少激进青年感到失望，也使追求进步的文艺青年感到压抑，“南京国民政府虽然在经济上绝对倚赖江浙财阀，但在思想文化上却十分畏忌上海的激进倾向”[②]，频繁出台的限制法令不是正面规划和扶植现代出版业的发展，而是使大量出版物遭到禁止，直接损害了商家利益。

面对商业组织和管理的混乱无序，私人出版机构只有根据市场暂时的需求状况从事经营，并且以追求短线利润最大化作为商业活动的目的，同时商人又把个人的私欲、喜好、情感，甚至喜怒哀乐渗透到各自的商业价值观中，缺乏统一合作的大局意识，这样，在 30 年代资本主义商业管理模式和经营规划都不够正规和成熟的情况下，私人企业就只能面对自生自灭的结局。

作为 30 年代积极参与新文艺出版的现代书局，其失败的原因还在于它缺少一支由文化人构成的真正参与核心业务的团队，就是说，洪、张把资本主体看

---

① ［马来西亚］温梓川《洪雪帆与现代书局》，《中国文人的另一面》，广西师范大学出版社 2004 年版，第 353 页。

② 熊月之主编，许敏著《上海通史·民国文化》，上海人民出版社 1999 年版，第 31 页。

作是文化产业中唯一的主体，而忽略其他环节的主体性，叶灵凤、施蛰存等人的参加，只是被雇佣的职员而已，对于出版计划几乎没有发言权；而同是私营企业的商务印书馆，它先后由章锡琛、茅盾、蒋梦麟、郑振铎、周建人、王云五等“文化中人”主持主要工作，他们是有深厚文化积累和体验的知识分子，相比之下，洪雪帆和张静庐只能算在文化圈内谋生的商人。与“现代”内部老板之间的剧烈斗争形成对比，“商务”的高层之间充满团结协作的氛围。王云五进入“商务”之后，“高梦旦辞去编译所所长职，请王云五继任，他自己退居出版部长，尽心尽力地襄助王云五做改革的事”①。这个私营企业的负责人，为了企业的发展，甘心让贤，这也是“商务”从印刷工场发展为影响巨大的出版机构的原因。商务印书馆还以适当牺牲商业利益来推动主导文化发展，比如支持学生运动，无偿赞助文化讲演等，都为自己制造了展示才能和价值的机会，作为文化产品的生产者，“商务”收到了预期的好评和信誉，它的成功与奉献是相应的。

30年代，是一个文化产业竞争异常激烈的时期，商业利益、读者趣味、技术革新及合理管理构成一个互相关联的系统，任何宏观观照的缺失和微观选择的失误，都会导致产业失败和对文化本身的损失。现代书局的倒闭，也反映了激烈的商业环境下文化生产机构所面临的普遍性危机。

二、转型后的《现代》杂志

作为洪雪帆战胜张静庐的结果，对书局和杂志的改革也是必然的。

“现在好了，弄得一天星斗，现在总算把书局弄成了我一个人的事业。”他于吃饭之后，慢慢地同我说。

“我以后想改变方针，不以营利为本位，就是蚀本，也想出几部在文化史上

① 叶再生《中国近代现代出版通史》，华文出版社1996年版，第339页。

有地位的书。……”①

如果说，商业和文化是相互塑造的话，洪雪帆的文化商业活动也使他自身发生了变化，这就是他对文化本身的意识愈加自觉了。但没等他施展大志就去世了。从当时的现实条件来看，不改革也没有更好的出路，书局陷入不景气中，杂志销路逐渐下降，“从第四卷起，每期只能印二、三千册了”②。改变方针，就是要拓宽路线，心怀一个更大的文化感受，这既是洪雪帆个人的打算，也是市场的需要。

《现代》革新号（第 6 卷第 2 期）发行之后，“竟在出版后第 12 天，得到了再版的机会！”第 3 期出版后“四天即再版，第八天即重版”③。这说明《现代》杂志从纯文艺期刊转型至综合文化期刊，是符合读者需要的。那么，此时作为民国社会成员的受众，他们为什么需要这样的综合文化信息，这又体现了哪一种价值认同呢？这是我们需要讨论的问题。

吉尔根说：“我们所欲经历的这个世界，它自身并不能给出一套让我们对其进行理解的概念术语。我们所具有的关于这个世界的知识不是归纳法的产物，也不是假说——演绎法的产物……我们据以理解这个世界的概念术语是一种社会性的人造品，是人们在一定历史环境中相互交往的产物。”④我们通过阅读杂志这种“人造品”来认识、理解世界和自身，在对杂志所呈现的文本中进行着阅读的“再社会化”过程。作为媒介的一种，杂志的功能“就是提供以前不存在的新的社会事实，或为已经出现的某种趋势给出新的方向”（哈罗兰语）。问题是社会事实是处在变化之中的，杂志和社会生活的互相影响也是动态的，杂志的诞生、死亡、成长，这其中的改版和重新定位读者群，都是因为其中存在大量

① 郁达夫《追怀洪雪帆先生》，《现代》第 6 卷第 2 期。

② 施蛰存《沙上的脚迹》，辽宁教育出版社 1995 年版，第 64 页。

③ 《现代》第 6 卷第 2、4 期编辑后记。

④ 转引自[英]索尼娅·利文斯通《理解电视——受众解读的心理学》，新华出版社 2006 年版，第 105 页。

的变化因素。社会在变，杂志也必须变。

1935年的社会生活与民众心态与杂志创刊时的1932年相比，发生了一些变化。这是抗战总爆发的前两年，又是"淞沪抗战"之后的第三年，一方面在经济危机中渐渐复苏的西方列强加快在中国的殖民进程，特别是日本帝国主义，在"九一八""一·二八"惨案之后，继续在文化、教育和经济上实行变本加厉的侵略，为全面侵华一步一步做着准备；另一方面，是来自国人的"抗日卫国"民主情绪的愈加激烈，自卫守土的抵抗行动从未歇止；国族意识的自觉，使民族的政治概念和国家的领土意识密切联系在一起，人们希望更深刻冷静地认识自己的国家和民族文化，认识它在世界中的处境。"眼下的"中国，是一个"世界中"的中国，它的存在本身和国际社会有了密切联系，它一方面和世界其他民族共同享受着人类文明的进步成果，一方面也在不断被列强瓜分和侵害着，后一种自我审视充满了丧失主权性的民族耻辱和压力，但是非常必要，这是认识的需要，也是生存的需要。30年代来自政治、历史、社会、文化关于被入侵（特别是日本的侵略）的叙述，成为整个民族话语叙述结构中必须的特殊诉求。正是在这种诉求之下，1934—1935年的杂志年中出现了这种情况：综合文化刊物成为占有重要位置的刊物，它在三百种出版刊物中占四分之一。①综合杂志对国际问题、社会重大事件、专门研究的统一组织，形成相对明确的目标（这常常被称作杂志的个性），满足了当时市民的"关注"需要，他们可以在富有综合价值的文本中发现关注自身和家国的意义。

如果说，纯文艺的《现代》杂志是文学作品及相关信息的集合，它主要满足文艺青年对文学的热爱，在小说、诗歌、散文这些虚构文本的多义性、含糊性和不完整性中进行个人化的理解（或者重新建构），杂志引导读者完成的是一种个人主义文学欣赏的行为，杂志所张扬的是"五四"新文学以来个人主义的精神气质，那么，改版后的《现代》杂志所提供的文本性质就发生了变化。对于这本综

① 《现代》第6卷第2期。

合文化杂志，主编在“革新的话”中说：“有三点为爱护本志的读者诸君告。（一）我们考察的方法用科学的方法；（二）我们论述的态度用批判的态度：（三）我们写作的手法用通俗的表达法。”①基于这三个出发点，杂志对国际政治、经济、文化艺术和文学的论述是在介绍的基础上分析归纳，这样的文本所使用的话语系统是纪实性的，文本相对封闭，阅读的个人体验减弱，阅读过程趋于文本所暗示的统一指向。这样，读者的阅读活动就会因信息和规范的“压力”成为一种从众活动，如果这时杂志文本情感的指向或价值判断恰好符合受众的需要，那么，一种集体主义的态度、情感或行为方式就容易形成。《从法意妥协到伦敦协定》《英日斗争下的星罗》《德国宣布重整军队以后的欧洲》等文叙述了各国列强加紧殖民扩张和军事准备的过程，唯明在《德国宣布重整军队以后的欧洲》中指出：“今后的欧洲，一切政治都将向着战争的前途迈进，军备竞赛会达到白热化的程度，秘密的军事同盟将代替过去一切公开的会议外交。……我们要记着：整个的欧洲，正向着战争的前途迈进。”②作者在1935年的这一预见和中国所经历的现实相吻合，对受众起到警示作用；《现阶段的世界经济恐慌的特性》《1934年中国对外贸易之检讨》《中国国民经济发展的核心问题》《日趋尖锐的货币战争》《中国农村复兴与中日经济技术合作》等文分析了资本主义制度的混乱性及其经济危机给产业工人和农业生产带来的巨大危害，对中国来说，西方诸国拼命在中国市场上倾销剩余产品，促使各国加高关税壁垒，使中国的出口商品额缩小，而西方资本的强行进入中国市场，又扩大了他们的企业规模，使中国的民族产业无法生存。这其中，日本推行的所谓“中日经济技术合作”对中国农业经济的伤害尤其严重，他们利用中国的土地资源引进自己的资本和棉花种植技术，商品远销欧美，为自己创造财富，又把大量次品转销中国市场，这样，中国的棉花生产就面临崩溃的危机，中国农业也走向更彻底的殖民地农业化。值得注意的是，在这些事实性叙述中，作者渗透了批判的态度，这就使文本的现实性成

①② 《现代》第6卷第2期。

为对阅读活动中民族主体意识的自觉引导，杂志对通俗性的强调又容易调动集体情感和转换为大众召唤，于是，这一社会科学文本就成为以塑造反殖民、反侵略为意识形态共同性的重要的物质材料。

对于改版以后的《现代》杂志来说，现代性的持续并没有中断，正如“革新的话”里所说，“我们要认识现代，应该了解现代的一切文化”，同时，“我们不能把历史和现代的社会隔断了来看，另一方面，现代的社会要统合了整个世界来观察”。“现代”不仅是一个时间概念，更是一个与此相关的文化整体叙述，这个整体中任何一个领域或环节的实践性突变，都会导致观念、思想的变革。纯文艺杂志的《现代》为读者提供了中国视野中的世界文学观照，承续了新文学以来的“西方情节”和个人主义思想培育，而综合文化杂志的《现代》呈现的是西方世界中的“中国现实”，唤起的是民族主体意识和集体主义精神，这种过渡是现实的需要，也是思想发展的需要。

三、“现代派”文学实践的终结

30年代活跃于上海滩的“现代派”，施蛰存先生又把它叫作《现代》派。他们通过《现代》杂志这个商业空间发布作品，为自己制造名声，赢得市场的认同，并且在此展开关于上海这一大都市的个体主义文学想象。但这样一个有文学创作经验和生产经验且有相对固定人员组合的“现代派”，却因商业化杂志的利益纠纷停止了文学实验，以后再也没有集结阵地，发表创作；事实上在此之后，他们各奔东西，走上完全不同的人生选择。这不能不给人一些遗憾，同时我们有必要思考这个文学流派自身的文学观和生命力问题。

在对这个流派的创作和作家言论的阅读中，笔者发现，虽然在文学史书写中，研究者常从流派的角度来组合这个群体，可事实上，他们缺乏明确的文学观念和美学标准，在刘呐鸥、穆时英、施蛰存、杜衡等人的言论中，很少有涉及对文学本体认识的统一论述，刘呐鸥从日本回到上海之后，一方面推崇唯物主义文艺理论家弗里采的《艺术社会学》，一方面喜爱描写大都会色情生活的作品。“在他，并不觉得这里有什么矛盾，因为他们都是‘新兴’，都是‘尖端’。共同的是创作方法或批评标准的推陈出新，个别的是思想倾向和社会意义的差异。”① 如果说“推陈出新”是把他们聚在一起的精神纽带，那么，“新”本身的相对性和无法确定性使得他们对文学的“认识”一开始就是模糊的，与西方现代主义相对于自然写实主义和浪漫主义的“新兴”姿态相比，20 年代末在中国文坛，现实主义和浪漫主义不能算旧事物，作为新文学的实践方法，它们在封建文化庞大的价值体系面前，仍然实施着革新的任务，并没有像西方那样被认为在现代生活面前出现表达的乏力；如果刘呐鸥所说的“新”指文学意识的新，具体到创作经验，是他所推崇的日本文坛的“从个人主义到集团主义的转变”，那么，这种“新”在“革命文学”那里被推广的力度远比这个“现代派”要大得多，蒋光慈革命小说的先锋性和“革命＋恋爱”模式被广泛复制的媚俗性，使“革命文学”更接近现代主义的美学面孔；更有意思的是，这个流派的创作所体现出的“新”尝试本身，存有观念上的差异：刘呐鸥、穆时英关注的时间是“即时的、动态的，瞬间的”，强调刹那间的感觉，施蛰存则探讨人类普遍的性心理，有人的地方就有性，“人”作为存在是永恒的，性也是永恒的。他对事物的探寻指向永恒。可以说，他们对时间的体验完全不同。

如果上述现象可以用“独创性”来涵盖，而个人独创性的表现又是现代主义本质精神的话，那么，只要我们读读 20 年代日本“新感觉”派作品，读读法国保尔·穆行的小说，就会发现 30 年代“现代派”的“新感觉”更多的是一种形式模仿（穆时英甚至有抄袭日本作品的现象），其作品中作为上海的本土化独创性文学叙述特征并不显著，读者甚至看不出上海与东京、巴黎、伦敦这些大都市的区别；笔者以为，直到张爱玲出现，这座建立在封建废墟上的被殖民分割的大都市才有了个体性的文学表述。

---

① 施蛰存《沙上的脚迹》，辽宁教育出版社 1996 年版，第 127 页。

30年代,《现代》杂志登载了有关“第三种人”的讨论,施蛰存、杜衡等人关于文学自由主义立场的观点浮出水面,晚年施蛰存重申这一点,“我们标举的是,政治上左翼,文艺上自由主义”①。1934年,施蛰存在为《域外文人日记抄》作序时,指出文学是“个人化”的审美活动,它注重自由。他常用一个法文词 Belles lettres 来说明文学的含义,即纯文学的意思——一方面,它需要“精致”,另一方面,它更是“个人的”。②对文学的“精致”和“个人化”的提出,可看作是施蛰存具有代表性的文艺观,至30年代,他们总算有了对文学本身的认识。这个认识指向“自由的精神”,他们坚信“只有自由主义才是文学发展的绝对而且唯一的保障”,但这个观念不仅是“现代派”或者“海派”,同时还是“京派”或者其他非左翼作家共同的文学理想,把自由主义文学观作为连接“现代派”甚至是“海派”作家的纽带,笔者认为这似乎仍体现不出独特性。

笔者以为是都市现代生活的共同体验方式而不是对文学的共同认识把这个小团体组合在一起,呈现出流派性。

歌德说,文学创作首先让人看到的是生活价值,而不是别的。“文学创作的对象不是为认识着的精神而存在的现实,而是出现在生活覆盖层中的我的自身和诸事物的性质与状态。”③歌德本人的生活经历给予了他非凡的创作能量。对于生活体验,他这样描述:“在生活中,我的自身于我是已存在于其环境中的,是我的生存的感觉,是同我周围的人和物的一种关系和态度;我周围的人和物对我施加压力或者供给我力量和生活之乐,向我提出要求,在我的存在中占有‘一个空间’每一事物和每一个人就这样从我的生活覆盖层中接受一种自己的力和色彩。”④歌德强调了自我生存的感觉、与周围的关系和态度是最生动的文学经验。可以说,30年代,“现代派”作家对于自身“与生活本身的关联”这一感觉要

① 施蛰存《沙上的脚迹》,辽宁教育出版社1996年版,第181页。

② 施蛰存《〈域外文人日记抄·序〉》,天马书店1934年版,第1—2页。

③④ [德]狄尔泰,《体验与诗:莱辛、歌德、诺瓦利斯、荷尔德林》,胡其鼎译,生活·读书·新知三联书店2003年版,第149页。

大于同时代其他作家。

随着南京国民政府的确立，1928年以后日常生活的各个领域，现代性特征更加明显，即人是主体，社会发展诸指标围绕人的发展而形成。在上海，她更具有了波德莱尔所说的“大城市风光”，充满“风尚、道德、情欲”，充满短暂、瞬时和不确定的现代性之美，物质主义、声色犬马等都会生活方式呈现异常活力，正如西方新艺术诞生于现代生活场景中一样，新文学创新也需要在这一“现代生活”的独特兴趣与体验中发生。施蛰存老人回忆过这个小团体二三十年代的生活，“每天上午，大家都耽在屋里，聊天，看书，个人写文章，译书。午饭后，睡一觉。三点钟到虹口游泳池去游泳。在四川路底一家日本人开的店里饮冰。回家晚餐。晚饭后，到北四川路一带看电影，或跳舞。一般总是先看七点钟一场的电影，看过电影，再进舞场，玩到半夜才回家。这就是当时一天的生活”①。“早晨——穆时英是没有早晨的，他常常几乎是在临近中午时分，才懒洋洋地从床上起来，出门，去北四川路附近的一家俄国人餐馆吃西餐，他喜爱面包、牛油和罗宋汤。下午，坐在书桌前，一面吸着一种名叫CRAVEN‘A’的烟，一面用钢笔尖蘸着墨水。在稿子上倾泻他的新感觉文字，直到夕阳西下。”②几乎每晚穆时英都泡在“月宫”舞厅，他的舞姿优美，常常是舞场里跳得最好的。后来竟爱上一个广东舞女，并和她结了婚。③刘呐鸥财大气粗，生活挥霍，在他的1927年日记里，我们不仅看到他经常和朋友们切磋舞技，而且常有逛妓院和定做时装的记载④，同样是咖啡馆，在左翼作家那里，常常是展开革命活动的掩护地，他们在此接头、开会、宣读组织章程，咖啡馆表现出一种独特的政治隐喻。而在“现代派”作家那里，咖啡馆就是谈情说爱、朋友聚会的约会地，它们体现了咖啡馆最原始的消费特征。这些文学青年从不掩饰欲望，热衷于纯粹的享乐与表达，写

---

① 施蛰存《我们经营过的三个书店》，《沙上的脚迹》，辽宁教育出版社1995年版，第12页。

② 刑建榕《民国文坛名流归宿》，上海书店出版社1999年版，第403页。

③ 黑婴《我见到的穆时英》，《新文学史料》1989年第3期。

④ 彭小妍《刘呐鸥1927年日记——身世、婚姻与学业》，《读书》1998年第10期。

作也成为现代生活方式的表现。但是，正如波亚士所说："现代生活最大困难便是由理想的冲突表现出来，如个人主义反对社会化，国家主义反对国际主义，生活的享受反对效率，唯理主义反对情感主义，和传统反对事实的逻辑……"①这些文学青年在享受都会生活巨大魅力的同时，也被迫承受着现代生活的重重矛盾，比如，他们是作家，是知识分子，同时又是无业青年；他们为理想而写作，却又像商人一样等着自己的产品卖出去换回同等价值的金钱，生产是为了下一次交换；他们崇尚自由的文学，却又不可选择地落入政治泥沼；在贫穷与拥有、文学与商品、自由与专制、个性与媚俗之间，他们带着焦虑沉浸在现代生活的享受中。表面上，他们是物质世界的主体，而当面对精于算计、你死我活的都会商业本质时，他们就成了附庸，甚至是牺牲品。现代书局倒闭，《现代》杂志转型，这个文学团体就丧失了实施文学体验的资本主体，这是大都会文学商业化的必然结果。

30 年代，上海都会现代生活中不能忽略的内容是"一·二八"之后上海生活的重创。侵略的野心与反侵略的民族情绪如暗流涌动，终于 1937 年，抗日战争的总爆发成为现代生活的重要事件，它粉碎了所有个人主义文学梦想与都市生活经验，结束了上海优越的文化都会位置，把其新文学以来的个体现代性书写统一到抗日救亡的民族化书写中，这也正是家国命运给予中国现代性的独特使命。作为一个流派的文学实践，"现代派"的终结也是必然的。

原载《文艺争鸣》2009 年第 1 期

① ［美］弗兰茨·波亚士《人类学与现代生活》，商务印书馆 1945 年版，第 147 页。

现代新诗史:经典、史料与重写

杨新宇　姜方媛

现代文学史的重写,经学术界的多年努力,已产生不少成果,但尚有一定空间,特别是在新诗领域,空间就显得更大,因为诗歌极易被埋没。目前的现代新诗史尚不能全面反映新诗创作的原貌,新诗史的研究既要大刀阔斧地做减法,又要谨慎地做加法,现代散佚新诗的进一步发掘和评介,将极大地扩展新诗版图,对于重写新诗史,将提供有力的支持。

现代新诗经典、解经典与新经典

对文学史原貌的纪录是文学研究得以进一步开展的基础,正是基于这一原因,文学史的编撰在近百年来的中国学术界占有显著的位置。但王瑶曾说过,"不管谁来写文学史,要求写出来的就成为一致公认的定本,我觉得很难",并建议"可以大家都来写,写出各种不同文学史"。①可见文学史的写作对文学面貌的复原只能是相对的,它与每个写作者的文学观念、史学素养以及写作时的时代环境是紧密相关的。而体现各个文学史写作者差异的核心正在于文学经典择录标准的不同。文学经典应该是包含较高的艺术审美价值,经过漫长岁月中一

---

① 王瑶《文学史著作应该后来居上》,《上海文论》1989 年第 1 期。

代又一代的读者和批评家的反复阅读和检验，而能得到广泛承认的代表当时时代最高文学成就的作品，诚如章培恒所说，“能在漫长的世代，广袤的地域，给予众多读者以巨大的感动”①的作品就是经典。如果通俗地说，那么经典，就是那些在与文学史教材相配套的作品选中常被选入的作品。

文学作品被经典化后，往往具有相当的稳定性，这一稳定性维护着它在文学史上的经典地位，甚至被误读，也不一定影响它的地位。如关汉卿标榜自己“浪子风流”的散曲《一枝花·不伏老》，在80年代被节录选入不少文学教材，然而关汉卿“响当当一粒铜豌豆”的自我标榜却多被解释为作者对于黑暗社会的强烈反抗精神的表露，尽管对此颇有疑惑，似乎也不曾动摇读者对它作为经典的认可。经典作品的形式感在这里产生了重要的力量，而《陌上桑》又是一例，曾听骆玉明老师在课堂上，结合汉砖“桑林野合”图像的发现，将之与《秋胡戏妻》相对照，指出其所隐含着的是“男女戏谑”这一古老的文学命题，然而长期以来的误读（认定是对劳动女性美德的歌颂），对某些细节的百思不得其解，似乎并未影响这首诗的魅力和地位。袁牧之的《一个女人和一条狗》也可算是现代话剧史上的经典，该剧长期以来被解读为女革命者和巡警之间的斗争，但后来我们可以客观地解读它了，该剧实际上只是略具女权色彩的表现男女之间较量的趣味之作，这一新的认知也并未影响它的地位。同样，戴望舒《我用残损的手掌》中“那辽远的一角依然完整”究竟指重庆还是延安，其实都无损于诗歌本身的魅力。

当然，经典一旦形成，即使实际上可能离经典还有一些距离，也往往会产生一种魔力，甚至削弱人的审美判断力，对于形体微小的诗篇更是如此。如徐志摩的《再别康桥》，也许并不能代表当时诗歌创作的最高成就，但一旦其成为现代文学的经典作品之后，人们对它的阅读似乎也能得到很大程度的满足和感动。也许正是由于一些在中上水准之间游移的文学作品，与经典之间的界限不

① 章培恒《导论》，《中国文学史》，复旦大学出版社1996年版，第14页。

是那么清晰,才导致一些文学史写作者对经典择录的差别。“经典不是一劳永逸,而经典化的过程也绝非一帆风顺。”①文学的经典化过程本身往往是经过多次反复的,有的作品诞生若干年后,得不到承认,只有在文学观念发生某种变动后,社会才能发现它的文学价值。如陶渊明在《诗品》中只被列入中品,而到了唐宋以后才声名鹊起;李白、杜甫等大诗人在诗史上的地位也是时有起伏的。而某些作品很可能因不合当时的社会规范而被扼杀,销声匿迹,这其中也许会有未被认识的经典。而盛极一时的作品,往往只迎合了当时的时代风尚乃至政治的需要,它们会在文学的长河中慢慢退出经典的行列,如汉代的大赋,十七年时期的一些创作等,它们能够留下来称作经典的已是凤毛麟角了。

现代新诗在岁月中经过一定的沉淀,已经诞生了自己的经典,但其经典化的时间离“漫长的世代”还相去甚远,而20世纪至今的社会变迁又如沧海桑田,因此新诗经典的稳定性还不够牢固,仍然存在一个重新评估、重新发现的过程。当然,对经典的理解,不应只拘泥在作品层面,也应包括经典作家。现代新诗的许多作品,具有强烈的现实针对性甚至明确的政治意图,曾发挥过不可抹杀的时代作用,在当时影响比较大,这些诗歌在1949年后,一度被奉为经典。但是随着时间的流逝,诗歌观念在不断地发生变化,文学界逐步摆脱了以政治为首位的艺术评判标准。随着评判标准的变动,许多现代新诗作品和诗人的地位也相应地发生了变化,在“鲁郭茅巴老曹”的新文学作家座次之后,曾有人添上“艾丁赵”或“丁李赵”(当然,并未得到公认),无论是“丁李赵”中的李季,还是“艾丁赵”中的艾青,在新诗史上的地位,现在来看,都远不如前了。与李季的叙事诗命运相似的还有田间的街头诗和袁水拍的“马凡陀山歌”,它们具有强烈的战斗性,在抗日战争和解放战争时期曾产生过很大影响,田间还被闻一多称为“时代的鼓手”,但是脱离了战争背景以后,它们的诗歌由于缺乏内蕴,如今已很少能够引起学者的关注了。对于艾青的争议,则既有时代因素的影响,又是文艺观

① 葛志伟《经典化过程绝非一帆风顺》,《中国社会科学报》2013年9月16日。

念的变化所致，艾青诗歌过度散文化的特点，在战时或可造成一气呵成的气势，但也导致了诗意不够凝练的缺陷，艾青大诗人的地位，也因此受到了挑战。臧克家的新诗史地位，也同样受到了冲击，相反，他自己并不看好，自称“系为索稿者所迫不得不如此”①的《壮士心》，近年来倒比较多地被选入新诗选本，这确是体现了诗歌观念的变化。而30年代兴起的现代派诗歌，40年代开始于西南联大，战后形成高峰，以后世被追认的“九叶派”为代表的现代主义诗歌，在当时因自身的先锋性，尚未得到充分的评价，又因抗战及共和国建立这两个重大事件，切断了它们的有效传播，但自80年代后，随着诗歌观念的与时俱进，它们又重新进入了研究者的视野，其诗作价值被挖掘出来，具备了成为经典的可能性。这些诗人、诗作在1949年后撰写的新诗史上的沉浮，正说明了新诗经典建构与解经典的过程是同时在进行的。

新诗史的重写一方面应该是对延续至今的新诗经典的又一次筛选，写作者在史实的基础上以其独特的文学观念甚至个人偏好为出发点，对已有新诗经典作重新认可、评判、择录乃至淘汰，梳理各时代经典作品之间的差异、流变轨迹；另一方面又要重新挖掘新诗史料，在尽可能多地占有材料的情况下，对重新发掘出来的新诗进行详尽的解读和研究，并勇于在这些散佚新诗中发现优秀的作品，从而树立新的经典。文学作品需有效传播才能经典化，诗歌因其文体的特殊性，极易湮没，因此在新诗领域，对新经典的发掘是最有成效并有足够空间的。尽管新发掘的经典当日对文坛的实际影响可能不大，但却代表了一个时代文学艺术所能达到的较高成就。新经典的发现与阐释，为重写现代新诗史提供了坚实的基础，应该是新诗史进一步重写的核心。当然，诗歌批评家新推出的现代新诗“经典”，是否能够在新诗史上站稳脚跟，尚需时间的长期考验。

除了对新诗经典作品的重新认定，对经典诗人的举荐，也是新诗史写作的重要方面，是理清新诗史脉络必不可少的一环。这里涉及对诗人的评价问题，

---

① 臧克家《英子文友书简》，安徽人民出版社2005年版，第243页。

一个优秀诗人至多也不过几首十几首巅峰之作,甚至李白、杜甫这样的伟大诗人也不是首首杰作,冯至的 27 首十四行也不是全都登峰造极,这是诗人普遍的悲哀。据观察,现代新诗史上地位较高的诗人,如郭沫若、徐志摩、戴望舒、卞之琳、穆旦等,往往都有几首奇峰突起,并且广为传颂的作品,如《凤凰涅槃》《偶然》《雨巷》《断章》《诗八章》等,但他们作品的整体水平未必就特别高,甚至可能还有不少平庸之作,而像林徽因、林庚、路易士、南星、吕亮耕、汪铭竹等诗人,要么由于作品不多,要么缺少标志性的高峰作品,因此一直不被重视,但他们的作品体现出来的真正的现代意识却是不容忽略的,而他们作品的整体水平也未必就比传统认为的大诗人要低,故而对于诗人的评价要尽量做到客观。

史料工作:现代新诗史进一步重写的基础

20 世纪是风云动荡的世纪,而现代文学的发生发展是与政治革命史血肉相连的,文学的传播与评价受到时代的制约非常明显,相当多的经典作品因政治形势的变化,评价时好时坏,十七年时期,与左翼有所背离的作家在现代文学史写作中大量“失踪”,为了还原文学史的本来面目,80 年代在现代文学研究领域便兴起了“重写文学史”的工作,新诗方面最突出的成果就是重新“出土”了穆旦为代表的“九叶诗人”等。这一方面的工作可以说基本已告一段落,但仍有少数例外,如陆耀东近年来陆续出版的《中国新诗史》,更进一步对于黄震遐等久被遗弃的右翼诗人进行了新的评述,体现了跳出政治评判的理论勇气,但该书新史料的发掘相对来说尚嫌不足,妨碍了对新诗史的进一步重塑。

而当下现代新诗史进一步重写的依据,主要不再是对作品的重新评价,而应该转向对原始史料的进一步挖掘。现代文学的勃兴很大程度上得益于现代报纸、期刊及图书出版业的产生和兴盛,但现代文学三十年毕竟是新文学的起步期,一些比较前卫的优秀作品,因为与时代气息格格不入,手段又过于独特,因而惨被埋没在旧报刊中,这些作品正是我们需以考古学的态度扎入故纸堆进行挖掘的经典，尤其诗歌这一体裁，形体微小，未收集的作品极易湮灭。民国诗人通常是将诗作先在报刊发表，然后再结集出版，按理说民国时期成为一个诗人似乎十分容易，每位诗人的创作总量一般来说都并不算大，许多诗集收诗甚少，甚至只有十几二十首就可出书，如邵洵美的《诗二十五首》、俞铭传的《诗三十》，书名就足以说明问题，若及时出版，诗作有一定质量，诗人就可成名，在新诗史占有一席之地。然而现代三十年又是战乱频仍的年代，如吴奔星当年曾将诗集《暮霭》《春焰》编就，却因“七七事变”未能出版；林徽因诗集的预告也曾刊登在 1937 年的《新诗》第 6 期上，但当时也未能出版；又如李瑛，1948 年时曾出版诗集，刚发行就被当局查禁，政权更迭之后，这些作品较长时间内再无机会结集出版。有些虽不是因战乱或政治影响，如方宇晨，杨苡当年已为他编好诗集，不知何故未能出版，但他也就因此惨遭埋没。

即便是诗集的传播也不乐观，以新诗发展的“黄金年”1936 年为例。刘福春编撰的《新诗纪事》共收录 66 位诗人的 71 部诗集，但“在各种中国现代文学史和中国新诗史中经常被引用和提到的诗集只有 10 部左右，约占 14.3％，其他近 60 部的诗集约 85.7％却很少被人提及和引用，更谈不上进行各种研究。这个事实是如此的触目惊心，不能不让人感叹：当我们的新诗史在主流和经典的语态下运作时，进行了怎样残酷的删除和筛选，大部分的诗人和诗作被无情地抹去了，好像它们从来没有存在过。面对这些陌生的诗人和诗集，新诗研究者应该感到惶恐和不安：这些被主流和经典放逐到边缘的作品，恰恰是形成中国新诗丰富生动的历史场景的最有力的证明，它们也许隐藏着中国新诗发展的内在特征和汉语诗歌发展的各种可能性，我们却很少去探索和叩问”①。自然，这近 60 部诗集中，可能有不少确是因为质量低劣，而遭到了文学史的自然淘汰，但其中或许也隐藏着未能得到有效传播的佳作。

---

① 鲍昌宝《编年体史料性的新诗史著作——读刘福春的〈新诗纪事〉》，《首都师范大学学报》2005 年第 4 期。

当然,对于新诗整理工作,学术界近年来已越来越重视,资料性的编撰已出现了一些重要成果,如刘福春编撰的《中国新诗编年史》等;重要诗人诗文集的编纂近年也取得长足进展,如《沈祖棻全集》《刘延陵诗文集》《艾青诗全编》《于赓虞诗文辑存》《林庚诗文集》《杨骚选集》《阿垅诗文集》《陈敬容诗文集》《徐玉诺诗文辑存》《李瑛诗文总集》《郑敏文集》《孙毓棠诗集》《吴兴华全集》《朱湘全集》及新编《徐志摩全集》《穆旦诗文集》《罗念生全集》等,新世纪以来陆续出版,其中刘延陵、于赓虞、孙毓棠、吴兴华等诗人作品较长时期内一直没有整理过(《孙毓棠诗集》的前身《宝马与渔夫》系由台湾的业强出版社在1992年出版,在大陆学术界影响有限;《吴兴华全集》之前的《吴兴华诗文集》也要迟至2005年才出版)。此外,《李白凤诗文辑存》虽尚未见出版,但作为国家社科基金重大项目"期刊史料与20世纪中国文学史"的阶段成果已经编就;至于较早编辑的重量级作家全集如《郭沫若全集》等,研究者对其散佚作品已做了大量钩沉,2008年人民文学出版社已出版《〈女神〉及佚诗(初版本)》,对《女神》初版本及"女神"时期佚诗进行了钩沉,魏建还完成了国家社科基金项目"郭沫若文学佚作的收集、整理与研究",其中当也有佚诗的发现,这些都是功德无量的重要成果。

但新诗史料的整理工作仍是做得远远不够,以上列举的成果仍多集中于文学史上已有一定地位的重要诗人,除吴兴华等少数外,被忽略的优秀诗人的基础性资料整理工作仍未受到重视,仍有大量优秀的现代新诗作品,在1949年后完全未经收集整理及再版。而全集不全的现象也相当普遍,甚至新编《穆旦诗文集》《罗念生全集》仍有遗漏,尤其对于具有多重身份的诗人如罗念生、林庚等,他们的全集在翻译、古典文学研究方面的文章相对较全,但其诗歌创作尚散佚大量文字,其中不乏可堪传世之作,这些都需要进一步开展辑佚工作。其他如沦陷区时期的诗歌创作,2000年已出版《中国沦陷区文学大系・诗歌卷》,十分厚重,但与沦陷时期的诗歌总量相比,犹是小焉。2014年香港出版了《香港文学大系1919—1949:新诗卷》,有若干香港报纸副刊上的新材料的发现,但离香港新诗的全面整理还相距甚远。

显然,新诗整理工作,为新诗史的论述提供了有力的支撑。林徽因 1949 年前未出版过诗集,但在诗史上具有一定地位,一定程度上就是因为较早在 1985 年即有学者为她整理出版了诗集,可见新诗整理工作十分必要。甚至于如今已被越来越多的学者认为并不存在的"九叶派",也是因 1981 年出版的《九叶集》建构起来的;同样,蓝棣之 1986 年编选出版的《现代派诗选》,作为影响巨大的"中国现代文学流派创作选"丛书之一,几乎奠定了此后有关 30 年代现代派诗歌研究的基本框架,但书中未收的欧外鸥、程千帆、孙望、汪铭竹、常任侠、韩北屏等诗人,也就未能及时进入研究者的视野。2008 年出版的《徐玉诺诗文辑存》较完整地呈现了徐玉诺的创作风貌,作为"五四"一代第一流的诗人,徐玉诺的诗歌成就长期以来未获得应有的重视,相信在未来的文学史书写中,徐玉诺将会得到更高的评价,《徐玉诺诗文辑存》无疑提供了坚实的基础。

现代新诗的进一步整理,可以从两个方面着手。首先,深入原始史料,投入故纸堆,为新诗史上重要的诗歌期刊及影响较大的报纸的诗歌副刊编目。报纸文艺副刊在现代文学史上的地位,远不是现在的报纸副刊所可比拟,它是现代文学发展的重要支撑,其中许多具有重要的文学史意义,如《北平晨报》《大公报》《益世报》《侨声报》《平明日报》的副刊等,而像现在的《文汇报》的《笔会》等副刊,虽然历史悠久,水准颇高,是当代著名的副刊品牌,但却很难说具有文学史意义,恐怕已成为真正的"副"刊。因此,现代文学研究应该重视报纸文艺副刊的整理和研究,王彬彬曾撰文质疑了"对现代小报副刊的研究",斥之为"中国现代文学史料的'伪发掘'","这些小报作品,在当时没有起码的可批评性可研究性,在今天也没有成为'新的学术生长点'的资格"。①王彬彬所言有一定道理,但其实没有多少学者真的是在挖掘小报作品,小报更多的是被作为社会历史的背景资料来使用的,而对于民国时期重要大报的文艺副刊,则应高度重视,系统查阅。目前,像上海《晨报·晨曦》《北平晨报·诗与批评》《大公报·文艺》《经

① 王彬彬《中国现代文学史料的"伪发掘"》,《中华读书报》2008 年 10 月 22 日。

世日报·文艺》《天津民国日报·文艺》《平明日报·星期艺文》等重要副刊,都没有完善的编目问世。孙玉石 2005 年发表的文章中称自己与方锡德正主持《现代报纸文艺副刊总目》项目①,十分令人期待,但或许因资料的繁杂和分散,虽只是目录整理,亦需耗费大量的工作,迄今未见成果出版。

其次,搜集整理现代各阶段文学期刊尤其是报纸副刊上发表的新诗作品,从故纸堆中发掘出有价值的诗歌珍品,为被忽略但风格独特的现代诗人编辑较完备的诗文集,众多不合时宜的诗人被埋没在图书馆灰尘里的作品中必定有打动我们心灵的珍宝在,如果任由它们湮没,实在令人惋惜。新编纂的诗人诗文集可以直接为学界提供新的资料,必将成为现代诗歌研究的重要文献,如吴心海编纂的《暮霭与春焰——吴奔星现代诗钞》,可谓这方面的典范。1949 年以来作品完全未经收集整理或再版的现代优秀诗人,可以大量列举,如刘梦苇、方玮德、王独清、汪铭竹、滕刚、侯汝华、石民、沈祖牟、林英强、朱维基、南星、韩北屏、禾金、常白、刘振典、史卫斯、陈江帆、李心若、姚苏凤、严翔、应寸照、俞亢咏、俞铭传、路曼士、奥耶、蓝本、杨周翰、王道乾、金隄、刘荣恩、郭士浩、陈时、方宇晨、袁可嘉、李瑛等,都应该拥有一部作品集(严翔、韩北屏、袁可嘉、李瑛等,1949 年前的诗文尚有大量未收集)。当然,在这一工作中,发现著名诗人的集外诗的概率也很大,可为他们的诗文集或全集进行补遗,一些重要作家如何其芳、林庚、艾青、穆旦等,近年来都有佚作被发现,即便新发现的佚作文学价值有限,但对于全面认识一个诗人仍大有裨益。此外,诗人诗歌以外的文字,也值得重视,如汪铭竹早期的散文,从未有学者提及,但对于我们认识他的诗歌创作倾向能够提供较清晰的线索。

史料工作有时还是颇为紧迫的,有些现代诗人的子女尚可联系到,许多人也年事已高,愿意尽快整理父辈作品,他们对父辈的创作尚有所了解,有些甚至还保存有当年剪报,可在他们帮助下,进行抢救性整理,也可告慰被埋没的老诗

① 孙玉石《报纸文艺副刊与现代文学研究关系之随想》,《河南大学学报》2005 年第 1 期。

人的劳动。但有些家属未必从事文学工作，有时意识不到父辈创作的重要性，若不及时整理，有时会留下永久遗憾。40年代末的诗人，后为南开大学经济学教授的郭士浩曾留下一捆创作文稿，叮嘱子、媳待自己去世后再看，后不幸在搬家过程中遗失，十分令人惋惜。

现代新诗史重写的巨大空间

史料是基础，但不是最终目的，史料整理是为进一步研究做准备。在史料发掘基础之上，根据第一手资料的搜集情况作文本细读，实事求是地对这些长期以来处于边缘地位的诗人诗作展开研究，可为新诗的深入研究打开较大的空间。因为现代新诗史上散佚的佳作为数不少，近年来已有学者取得了可喜的成果。解志熙的《考文叙事录》对于刘梦苇等人的散佚诗作，进行了详尽的整理及论析，对于完整认识诗人的创作成就贡献不小；汪亚明发表于《文学评论》2002年第6期的《现代主义的本土化——论"诗帆"诗群》，对"诗帆"诗人群这一几近湮没的诗人群体的总体审美取向进行了深入研究，是目前所见对于这一诗群的最重要的研究成果，对于重新定位这一诗群的诗歌史地位提供了可信的论证。汪亚明论文的注释中说"作者所依据的《诗帆》3卷本是由骆寒超先生转赠的原刊复印本"，再一次证明史料对研究工作的重要性。对《诗帆》原始资料的掌握，在当时颇令人艳羡，好在随着民国文献的数字化，原先在许多学者手中秘不示人的珍贵资料，如今已变得唾手可得，这既是学者之福音，也更增加了学者从事研究的责任感。张松建出版的《现代诗的再出发——中国四十年代现代主义诗潮新探》，在大力钩沉史料的基础上，对于40年代现代主义诗潮进行了重探，重新出土了叶汝琏、王道乾的诗歌，对于欧外鸥、罗寄一、吴兴华、沈宝基、罗大冈等长期被忽略的诗人也有深刻的论述，是近年有关40年代诗歌研究的力作，实际上已实践了对新诗史的部分重写。其他如俞铭传的诗歌，亦有李斌、汪云霞等学者专文论述过，裴春芳则复原了汪曾祺早年的诗人身份。吴奔星哲嗣吴心海虽不在学界就职,且自谦并不精通诗艺,却在业余时间对《小雅》作者群做了大量的考证工作,为《小雅》的深入研究打下了坚实的基础。

文学史写作的核心应该是经典作品。很自然,勇于树立新经典应是“重写新诗史”的题中应有之义。穆旦即是新时期重新出土的诗人,如今在诗歌界已稳居大师的地位,虽然如穆旦这等重量级的诗人恐怕很难再发掘出来,但近年来吴兴华、汪铭竹等人的成就已渐被关注,他们就足以跻身优秀诗人之列。虽然现代诗人众多,但前文曾提及,诗歌形体微小,极易湮灭,尤其战乱和政权更迭等因素,更加剧了这一特点。甚至许多重要诗作也惨遭埋没,如近年新发掘的林徽因的《唐缶小瓮》、何其芳的《招》、林庚的《老》(增补在 2014 年出版的《林庚诗集》中),都可与诗人最优秀的作品同列。《新文学史料》2009 年第 1 期披露的徐志摩和邵洵美佚诗,也都属他们诗中的上品。

此外,某些诗人的非典型作品,也十分珍贵。如袁水拍,他的“马凡陀山歌”当年影响巨大,承担了重要的时代使命,在文学史上自有其价值,但时代变迁之后,它不再受到关注,留下来的更多是文学史价值,而非文学价值。然而令我们惊讶的是,袁水拍竟然也写过《花》这样优美的抒情诗:

夜降落了,
雾滚来了,
雾沾湿了他的眼睛,
她的眼睛沾湿了夜。

路分叉了,
时间切断了,
他的手松开,
她的手遮住眼。

神走着路,

撒着花，

在苦难的路上，

点缀着爱情。

1946 年 10 月 21 日《侨声报》

将来袁水拍能够流传于世，为后人记诵的恐怕是《花》这样的作品，而不会是“马凡陀山歌”。同样，孙席珍并不被认为是重要作家，他在 20 年代的诗歌也水准平平，但他 1933 年发表的《诗四首》却非常突出，试看其中一段：“电流/从阴极向阳极/小肠＋橡皮管＋麻绳/＝吸收＋输送＋自杀”，不仅在他个人的创作中非常特殊，在整个现代新诗史上都是特例，因而被收录进《中国新诗总系1927—1937》。这些零星作品的重新发现，虽还谈不上改写新诗史，但它们确实是佳作，可以丰富我们对现代新诗的认识。

这样一些佚诗，相当优秀，本该传世，但因未能得到有效的传播，在新诗史上就失去了被树立为经典的可能。有些作品虽曾结集，但也未得到有效传播，如刘荣恩的诗集都是自印出版，每种仅印百册，因而后世知之者甚少，但据阅读过其诗作的学者说：“他作诗具有鲜明的艺术个性，并不是一般意义上为时代所埋没的小诗人。”①这种现象仍在继续，许多新诗诗人晚年出版的诗集，或者由子女整理的诗集，恐因囊中羞涩，出版状况甚为可怜，难得一见。如许幸之的《许幸之诗集》、萧荻的《最初的黎明》、孙艺秋的《梦与真》、孙跃冬的《孙跃冬诗文集》、邹绛的《现代格律诗选》，其出版单位，或是边远省份出版社，或是香港让人一言难尽的天马图书有限公司等等，《陈迩冬诗文选》《邵冠祥集》更是作为期刊的一期出版的，有的虽找了好的出版社，但基本不发行，如朱生豪、宋清如的诗合集《秋风和萧萧叶的歌》，虽由人民文学出版社出版，但据编者朱生豪哲嗣朱尚刚介绍，所有印数全部给了编者（出版社其实也留了少量库存，笔者手头这本就是在人民文学出版社门市部购得）。而现代文学研究者，每年花费大量资金，

---

① 茱萸《新诗三百首，尚存天壤间——寻觅刘荣恩的六册自印诗集》，《出版广角》2015 年第 13 期。

其中不少是纳税人钱,出版许多的多一本不多、少一本不少的学术价值甚微的专著,却总体上不重视现代文学基本史料的整理,令人徒叹奈何。虽散佚新诗未必都有文学价值,但重新整理这些长期被遗忘的诗人诗作,至少可以使它们得到可能被经典化的机会。

就目前的现代新诗史来说,最亟须重写的部分,当属战后40年代后半期的新诗,相较而言,40年代后期的话剧因更具社会性,重写的空间就很小,而诗歌则不然,大量佳作尚未整理。尤其是这一时期大量青年诗人涌现,如方宇晨、李瑛、郭士浩、王巨儒、蒋敦、许素任、陆人等,这些诗人在1949年后多数都销声匿迹,少数如李瑛改变创作方向,成了时代的歌者。以往我们关注较多的是巴金、曹禺等知名作家,在共和国创作生命力萎缩,但实际上年轻作家在1949年后文坛的消失,亦是触目惊心的,但他们在40年代末的创作,仍具有重要的文学史意义,代表了诗歌创作新的可能性。甚至于"九叶诗人"袁可嘉,他的诗人地位也被他的诗评家光环遮蔽,他常被认为九叶派里水平最差,不仅诗作数量少,而且质量不高,有人讽刺他的诗文集里竟然收入了晚年写给外孙女的儿歌《贝贝百日歌》,实际上学界对他的了解还很不够,他还有不少诗作刊发在当年的报纸上,未能收集。而上海以纪弦为首的,路曼士、奥耶、蓝本等诗人,也代表了战后海派诗歌新的发展。除此之外,全面抗战爆发前一个阶段的诗歌,也因抗战而被大量遗忘,亦需要重点关注。

就我们近年来对新诗史料的发掘来看,现有的新诗研究框架中尚有诸多盲点,几乎未经研究。如"五四"时期叶善枝、叶伯和、万曼等青春诗人;"五四"时期小诗创作热潮中除冰心、宗白华外其他的诗人;与恶魔诗人于赓虞一样,作品中渗透着死亡意识的刘枝、冈夫、天蓝等;现代派诗人史卫斯、林英强、姚苏凤、英子、陆印泉、许久、于一平等;晨曦文艺社和30年代海派新诗;庐隐、严文庄、虞岫云、沈旭春、霍薇、徐芳、赵萝蕤等女诗人;抗战爆发后诗歌风格表现了时代性转变的韩北屏、徐迟等诗人;朱维基、王道乾等唯美颓废派的诗人;被遗忘的京派诗人如鹤西、严文井等;翻译家(外国文学学者)诗人群体,如罗大冈、沈宝基、叶汝琏、王道乾、王佐良、杨周翰、金隄等。以上列举，不乏优秀的诗人，对他们研究空白的填补，可为现代诗歌及文学史研究拓展巨大的空间。

结　　语

1949年前的现代文学虽只短短三十余年，但在历史长河中，民国这一段势必占据重要的地位，因为这是从古代向现代的过渡时期，新旧交替、中西杂糅的特质自然反映在文学上，而新诗是最能反映出现代文学独特韵味的文体。新诗也是现代文学中取得较大成就的文体，加强现代新诗史料的建设，重绘现代新诗发展史地图，重寻失踪者的身份，对于还原新诗丰富多彩的本来面目，认识现代新诗的创作总貌，探寻新诗发展的多种可能性具有不言而喻的重要学术价值。在这一方面，新诗研究者应该克服自身的惰性，不要再重复一些陈陈相因的论调，而应将现代新诗研究的最新成果，熔铸进新诗史的写作中去。

当然，对新诗史的重写是建立在史料基础之上的，在史料价值与文学价值之间应做好平衡，既不遗漏史料，又不过度拔高史料的重要性。对于散佚作品在当年的影响，也应实事求是地评价，如张松建专著中认为40年代"九叶诗人"与其他诗人平等竞争，当年尚无高下之分，恐亦不妥当，从作品数量和发表报刊来看，"九叶诗人"当年的影响恐怕还是要比王道乾、叶汝琏等诗人大一些。对此应保持客观态度，不应过度移情于研究对象，对于新经典的树立，也需等待时间的检验。

原载《现代中文学刊》2017年第6期

《茶馆》文学本演变研究

孙　洁

一、研究目的和基本文献

《茶馆》最初发表于 1957 年 7 月，次年 6 月经老舍修改后出版单行本，再过一年（1959 年 9 月），收入《老舍剧作选》的时候，老舍对《茶馆》做了第二次修改，这是《茶馆》文学本的最后定稿。从初刊到定稿，经历了两年零两个月的时间。本文将以《茶馆》的这三个文学本为研究对象，厘清老舍进行文本修改的各种细节和背后的因由，从而对《茶馆》定稿本的形成过程做出符合史料本源的判断。

本文依据的基本文献资料为：

1. 老舍：《茶馆》，刊《收获》创刊号，第 119—141 页，1957 年 7 月 24 日出版。文内简称“初刊本”。

2. 老舍：《茶馆》，中国戏剧出版社 1958 年 6 月北京第 1 版第 1 次印刷。文内简称“单行本”。

3. 老舍：《茶馆》，收入《老舍剧作选》，第 71—138 页，人民文学出版社 1959 年 9 月北京第 1 版第 1 次印刷。文内简称“定稿本”。

二、从初刊本到单行本

比较初刊本和单行本，最大的变化是单行本增加了大傻杨这个人物和作为

“附录”的三段数来宝。

此外，除了文字误排、误植的部分（两个版本都有。如本文涉及的三个版本第三幕的人物表里均将“谢勇仁”错印成“谢仁勇”，这个错误在1978年5月《老舍剧作选》出第二版的时候得到了纠正；再如单行本第19页将“常四爷”误印成“宋四爷”），一共有53处文字上的改动。

这53处文字上的改动里，有21处是单纯的人物称谓上的改动，如初刊本的“王掌柜”在单行本里改为“王利发”，“康妈妈”改为“康顺子”，“秦二爷”改为“秦仲义”，“大力”改为“康大力”等。

所以，这一部分的研究对象，主要集中在从初刊本到单行本的32处涉及字义、词义、句意、上下文关系的改动。

此32处改动，罗列如下。

序号	初　刊　本	单　行　本
	人物表	
(1)	崔久峰：男。四十多岁。做过国会议员，后来修仙，……（第119页）	崔久峰——男。四十多岁。做过国会议员，后来修道，……（第2页）
(2)	春梅：女，十九岁。庞四奶奶的女道童。（第120页）	春梅——女。十九岁。庞四奶奶的丫鬟。（第3页）
	第一幕	
(3)	李三拿过茶来，他也给常拿来一碗。（第122页）	李三拿过一碗茶来。（第9页）
(4)	康：唉！（慢慢地走出去。）（第122页）	康六（慢慢地走出去。）（第10页）
(5)	刘：（凑过松与常来）（第122页）	刘麻子（凑到松二爷、常四爷这边来）（第10页）
(6)	王：哎哟！秦二爷，您怎么这样闲在，会想起坐茶馆来了？（第123页）	王利发　哎哟！秦二爷，您怎么这样闲在，会想起下茶馆来了？（第12页）
(7)		乡妇　哪位行行好？要这个孩子，二两银子！（第14页）

续表一

序号	初　刊　本	单　行　本
	第一幕	
(8)	黄:(看见了庞太监)哟,你老人家在这儿哪?(第125页)	黄胖子(唐铁嘴告以庞太监在此)哟,老爷在这儿哪?(第19页)
(9)	妞:你不卖妞妞啦?(第125)	小妞　不卖妞妞啦?(第19页)
(10)	……来见见总管!(第125页)	……来见见总管!给总管磕头!(第20页)
(11)	顺:我不,不!我不!(要晕倒。)(第125页)	康顺子　我……(要晕倒。)(第20页)
	第二幕	
(12)		二三学生由后面来,与他们打招呼,出去。(第22页)
(13)	谁也不是铁做的!(第126页)	谁也不是铁打的!(第23页)
(14)	要不然诸位住在这儿也欢迎!(第127页)	要不然,诸位住在这儿,一定欢迎!(第26页)
(15)	递票(第127页)	递钞票(第26页)
(16)	唐:……买了一张报,感到自己的优越,与报童同下。(第127页)	……(拿了一张报,没给钱即走。)报童追唐铁嘴下。(第28页)
(17)	您会走一步好运!(第128页)	您还会走一步好运!(第30页)
(18)	他们俩仍穿灰色大衫,头上可添了洋式呢帽。(第128页)	他们俩仍穿灰色大衫,但袖口瘦了,而且罩上青布马褂。(第30页)
(19)	随时报告给“派出所”。(第128页)	随时报告给“巡警阁子”。(第32页)
(20)	二三公寓住客匆匆地进来。(第129页)	二三学生匆匆地回来。(第33页)
(21)	我找大嫂来帮我说说理!(第130页)	我找人来帮我说说理!(第36页)
(22)	你就是我的亲妈妈!妈妈!亲妈妈!(第130页)	你就是我的亲妈妈!(第37页)
(23)	还是你说,大哥!(第131页)	还是你说,哥!(第40页)
(24)	你看,平常都说小两口儿,哪有两个男人娶一个女人,小三口儿的呢!(第131页)	你看,平时都说小两口儿,哪有小三口儿的呢!(第40页)
(25)	老陈:你管得着吗?我一个人揍你这样的八个!(第132页)	老陈:你管得着吗?我一个人揍你这样的八个。(要打。)(第43页)

续表二

序号	初 刊 本	单 行 本
	第三幕	
(26)	官方疏通好了没有?(第 135 页)	官方上疏通好了没有?(第 53 页)
(27)	带着女道童春梅(第 136 页)	带着春梅(第 57 页)
(28)	顺:(立住,转身)(第 137 页)	康顺子　(立住,转身对小唐铁嘴)(第 60 页)
(29)	吴:……(同宋、德下。)(第 139 页)	小吴祥子……(打了王利发一掌,同小宋恩子、小二德子下。)(第 69 页)
(30)	带着香水(第 140 页)	带点香水(第 71 页)
(31)	有钱哪,就该吃喝嫖赌,胡作非为,可千万别开什么工厂!(第 104 页)	有钱哪,就该吃喝嫖赌,胡作非为,可千万别干好事!(第 72 页)
(32)	见谁都请安、鞠躬、磕头(第 140 页)	见谁都请安、鞠躬、作揖(第 73 页)

这 32 处改动中,有 4 处是出于对上下文动作、情境的合理化考虑,分别是:(3)(5)(21)(28);4 处是对人物身份、事物名称的修正,为:(1)(2)(19)(27)。因此,本文作为文学语言分析语料采用的,是老舍 1958 年 6 月所做的 24 处文字增删和更改。

三、从单行本到定稿本

定稿本还是有误排、误印的文字。从单行本到定稿本,除了因为误排出现的异文,一共有 22 处改动。列表如下。

序号	单 行 本	定 稿 本
	人物表	
(a)	小唐铁嘴……有作天师的希望(第 2 页)	小唐铁嘴……有作天师的愿望(第 73 页)
	第一幕	
(b)	并使鸟儿表现歌唱(第 4 页)	并使鸟儿表演歌唱(第 75 页)

续表一

序号	单　行　本	定　稿　本
	第一幕	
(c)	松二爷文皱皱的(第 6，—6 页)	松二爷文诌诌的(第 76 页)
(d)	卖到窑子去,也许多拿两儿八钱的(第 9 页)	卖到窑子去,也许多拿一两八钱的(第 78 页)
(e)	庞太监　我要活的,可不要死的! (怪笑)哈哈哈……! ——幕 (第 20 页)	庞太监　我要活的,可不要死的! 静场 茶客甲(正与乙下象棋)将!你完啦! ——幕落 (第 88 页)
	第二幕	
(f)	桌上盖着浅绿桌布(第 21 页)	桌上铺着浅绿桌布(第 89 页)
(g)	伺候二十多人的伙食(第 23 页)	侍候二十多人的伙食(第 90 页)
(h)	“all right”在这里是“好吗”的意思。(第 23 页,脚注)	“All right”在这里是“好吧?”的意思。(第 91 页,脚注)
(i)	大兵　屌!(接钱下。)(第 26 页)	大兵　屌!(接钱下,顺手拿走两块新桌布)(第 93 页)
(j)	你的嘴呀比我的还花俏!(第 28 页)	你的嘴呀比我的还花哨!(第 95 页)
(k)	不含忽(第 29 页)	不含糊(第 95 页)
(l)	军官　绑!(同下。) ——幕 (第 44 页)	军官　绑!(同下) 吴祥子　(对宋)到后面抓两个学生! 宋恩子　走!(同往后疾走。) ——幕落 (第 108 页)
	第三幕	
(m)	假若有什么突出惹眼的哪个系,那就是“莫谈国事”的纸条,条子更多,字也更大了。(第 45 页)	假若有什么突出惹眼的哪个系,那就是“莫谈国事”的纸条更多,字也更大了。(第 109 页)
(n)	周秀花　大婶,您走您的,谁逃出去谁得活命!(第 47 页)	周秀花　大婶,您走您的,谁逃出去谁得活命!喝茶的不是常低声儿说:想活命得上西山吗?(第 111 页)

续表二

序号	单 行 本	定 稿 本
	第三幕	
(o)	紫薇星发亮(第 52 页)	紫微星发亮(第 115 页)
(p)	康顺子　你们这不是要造反吗?(第 60 页)	康顺子　在西山?(第 121 页)
(q)	邹福远……得,别细说,咱们积点口德吧!(第 61 页)	邹福远……得,别细说,我看这群混蛋都有点回光返照,长不了!(第 122 页)
(r)	王利发　谁?秦二爷?(端茶来)(第 71 页)	王利发　(端茶来)谁?秦二爷?(第 131 页)
(s)	秦仲义……仓库里(指后边)有多少货呀,全完!还有银号呢,人家硬给加官股,官股进来了,我出来了!哈哈!(第 73 页)	秦仲义……仓库里(指后边)有多少货呀,全完!(第 133 页)
(t)	松二爷,多么好的人,饿死啦(第 74 页)	松二爷,我的朋友,饿死啦(第 133 页)
(u)	一定能够得到大量的情报!(第 75 页)	一定能够得到大量的情报,捉拿共产党!(第 135 页)
	附　录	
(v)	朝中出了个谭嗣同(第 78,3 页)	朝中出了一个谭嗣同(第 137 页)

如上表所示,这 22 处改动中有 3 处是属于汉语规范范畴的,分别为:

(c) 文皱皱——文诌诌

(k) 含忽——含糊

(o) 紫薇星——紫微星

有 2 处属于普通话规范的范畴,为:

(d) 两儿八钱——一两八钱

(v) 朝中出了个谭嗣同——朝中出了一个谭嗣同

老舍曾经将以普通话规范作品文本作为政治任务:“我以后写东西必定尽量用普通话,不乱用土语方言,以我的作品配合这个重大的政治任务。”①然而,

① 老舍《拥护文字改革和推广普通话——汉民族共同语》,原载《北京日报》1955 年 10 月 25 日,此处引自《老舍全集》第 14 卷,人民文学出版社 2013 年版,第 596 页,以下《老舍全集》均为此版。

有意思的是，这两处改动在北京人艺的1979年舞台版《茶馆》中，都保留了1957年《收获》初刊本和1958年单行本的原貌，并未根据1959年定稿本做出相应的修改。①

有1处是出于对上下文动作、情境的合理化考虑：(r)。

因此，本文作为文学语言分析语料采用的，是老舍1959年9月定稿的16处文字增删和更改。顺便说下，《老舍剧作选》1978年5月出第二版的时候，在这个定稿本的基础上仍有细微的修改，包括对《茶馆》定稿本的误排的修正、5处汉语规范和"附录"部分的1处异文，这不在本文的考查范围之内。

四、老舍的"改"

因为从单行本到定稿本相隔的时间只有一年零三个月，其间（1958.6—1959.9）文艺政策并没有特别的变动，所以谈不到有什么特别的理由，使得老舍对于单行本和定稿本的修改策略发生了质的改变。因此，我们完全可以把《茶馆》单行本作为一个中间状态的文本，将"初刊本——单行本——定稿本"这个修改过程连缀在一起进行分析。

以下两个部分，将结合《茶馆》在《收获》杂志发表之后收到的各种批评意见，来谈谈老舍在1957年7月到1959年9月两年多的时间内对于《茶馆》剧本"改与不改"的因果。

综观本文一、二两部分列举的《茶馆》文学本两次修改的40处细部调整，老舍的"改"主要出于以下动因。

(一) 精益求精

老舍从来就对写作心存敬畏，1949年以后，出于普及写作知识的考虑，又写了大量的文稿论及"炼字""炼意"的问题。他关于"炼字""炼意"的论述主要集

① 根据《茶馆》北京人民艺术剧院1979年演出DVD，北京文化艺术音像出版社出版。

中在两个问题:1. 炼字——用字要精确,必须用甲字决不用乙字。(如:"'上学'和'入学'本来是差不多的,可是它们不完全一样,我们就不好随便的用";"拿'作''干''搞'三个字来说,它们都是一个意思,而且都很现成,不是僻字。可是,我们要先选择一番,再决定用哪个,不可摸摸脑袋算一个。"①)2. 炼意——要精炼,用尽可能少的字句表达尽可能多的意思。(老舍:"一下笔,就警告自己,不要贪多。把一段话,在未下笔之前,想了再想,看看能不能把十句话缩成五句?"②)

在《茶馆》从初刊本到定稿本的修改过程中,出于"炼字"(用尽可能准确的字词)考虑的修改有:

(6) 坐茶馆——下茶馆

(13) 铁作的——铁打的

(14) 也——一定

(17) 会——还会

(23) 大哥——哥

(26) 官方——官方上

(30) 带着——带点

(32) 磕头——作揖

(a) 希望——愿望

(b) 表现——表演

(f) 盖着——铺着

(g) 伺候——侍候

(j) 花俏——花哨

---

① 老舍《谈用字》,原载《语文学习》创刊号 1951 年 10 月 20 日,此处引自《老舍全集》第 17 卷,第 586、587 页。

② 老舍《关于写作的几个问题》,原载《中国青年报》1951 年 10 月 23 日,此处引自《老舍全集》第 17 卷,第 589 页。

以上每个词语的更改都是有明确的词义、句意指向的，是反复比较后选择的结果，符合老舍自己说的“要先选择一番，再决定用哪个”的要求。

出于“炼意”(精炼字句)考虑的有：

(4) 删去康六的感叹词“唉!”。

(9) 删去妞妞称呼母亲的“你”。

(11) 删去康顺子说的“不，不! 我不!”代以一个省略号。

(22) 删去康大力强调语气说的一连串“妈妈! 亲妈妈!”

(24) 删去说明“小三口儿”的“两个男人娶一个女人”。

(m) 删去冗词“条子”。

以上删改都使文句更简洁明了，也有利于发挥话剧特有的让观众尽可能沉浸的作用。

此外，还有4处是出于剧情合理化的要求给人物增加的动作和说明：

(16) 唐：……买了一张报，感到自己的优越，与报童同下。——唐铁嘴……(拿了一张报，没给钱即走。)报童追唐铁嘴下。

(18) 他们俩仍穿灰色大衫，头上可添了洋式呢帽。——他们俩仍穿灰色大衫，但袖口瘦了，而且罩上青布马褂。

(25) 增加动作“要打”。

(29) 增加动作“打了王利发一掌”。

(二) 强化“红线”

那么，时时刻刻要求自己尽可能精简，用尽量短的文字表达尽量多的意思的老舍，为什么又会有那么多“扩容”式的修改呢? 我们认为，《茶馆》修改过程中增加的文字是老舍对《茶馆》在《收获》发表之后得到的各种批评意见的正面回应。

从“十七年”文学史来看，《茶馆》是一个很另类的作品，也是一个写作和发表的时间节点很微妙的作品。在我们研讨的这段时间内，1957年7月到1959年9月，《茶馆》得到的批评意见还是不少的。

为了论述方便，现列举本人收集的这个时间段各方人士对《茶馆》的评论文章和新闻报道如下（为后文引述方便也标记一下序号）：

A 《读〈茶馆〉，话茶馆》，作者：金受申，《文艺报》1957 年第 37 期

B 《座谈老舍的〈茶馆〉》，出席者：焦菊隐、赵少侯、陈白尘、夏淳、林默涵、王瑶、张恨水、李健吾、张光年，《文艺报》1958 年第 1 期

C 《读〈茶馆〉》，作者：李健吾，《人民文学》1958 年 1 月号

D 《看〈茶馆〉》，作者：肖尔，《剧本》1958 年第 5 期

E 《〈茶馆〉漫谈》，作者：张庚，《人民日报》1958 年 5 月 27 日

F 《〈茶馆〉导演谈〈茶馆〉》，作者：朱青，《戏剧报》1958 年第 6 期

G 《也谈〈茶馆〉》，作者：梨花白，《戏剧报》1958 年第 11 期

H 《评老舍的〈茶馆〉》，作者：刘芳泉、徐关禄、刘锡庆等集体写作，《读书》1959 年第 2 期

以上 8 篇文章，只有金受申的《读〈茶馆〉，话茶馆》(A)是出于对《茶馆》剧本的“一见钟情”而大加赞叹的，这一年的 8 月，《文艺报》发表了 7 位作家评论家和两位导演共同给《茶馆》挑毛病的座谈会记录(B)，给此后《茶馆》遭遇的连绵不绝的批评定下了基调。此后的 6 篇评论，只有李健吾的《读〈茶馆〉》(C)含而不露地为《茶馆》的另类特征作了“刘西渭式”的解读、背书和自圆其说[“我们不能向这类图卷戏(恕我杜撰这个富有中国情调的名词)要求它不能提供的东西。”]其余文章和观点，几乎都是《文艺报》的《座谈老舍的〈茶馆〉》汇集的各家批评意见的翻版。

这篇左右了老舍 1957—1959 年对《茶馆》文学本进行修改的《座谈老舍的〈茶馆〉》，汇集的主要意见指向两点：“红线”和沈处长，前者导致了老舍的“改”，后者则指向了老舍的“不改”。

1. “红线”问题是各家意见集中的焦点问题。主要意见有：“应当在戏后有条红线，积极因素多一些。”(焦菊隐)“反帝反封建……这条线应当贯串下来。也就是焦先生所说的红线。”(夏淳)“看得出来，剧中是有着一条潜伏的红线

的……作者对社会力量的积极方面，是估计不足的……最好是在第二幕里再暗示一下五四运动前夕的时代波澜……这样，这条潜伏的红线就连下来了。”（张光年）

2. 沈处长成为另一个焦点话题，大家都觉得他别扭。“我们和老舍同志商量了一下。将第三幕的结尾就结在王、秦、常三个人撒纸钱那里。我们觉得这样比原来结束在沈处长的那场戏上好些。沈处长的戏，或者移前一些。”（焦菊隐）“结束在撒纸钱的地方，还可以象征着给旧时代送葬。”（林默涵）“第三幕用的是夸张的讽刺剧的手法，与前两幕的风格不太协调。”（王瑶）“剧本最后的结尾诚然没有很大意思；刚才焦先生说的那样结尾很好。”（赵少侯）（关于沈处长，参加座谈会的各位，只有李健吾先生表示了对老舍的支持：“导演处理，沈处长不出现，我没意见。只是听不见七个‘好’和一个‘传’字了，真舍不得。”）

后续各篇评论，在这些方面对这次座谈会进行了补充：

“红线”——“焦菊隐先生提出，在戏的后面应当有条红线，那就是幕后的政治活动，作者对他所反映的这三个时代的态度和思想。”（F）“第三幕的正面力量写得不够，情调低沉。”（G）“我们从这个社会缩影中，却没有嗅到国民党残害人民的火药味，没有听见亿万群众饥寒交迫的呻吟，更感不到时代的脉搏——阶级斗争——在剧烈地跳动着。”（H）

沈处长——“不足的就是感到‘茶馆’的后劲弱了些，那落幕的定音更强烈高亢些就好了。”（D）“剧本以特务处长的七个‘好’作为结束，更使人感到反动派的‘不可一世’。剧中所显示的光明是如此的微弱，希望是这样的渺茫，胜利是多么的遥远呵？”（H）

在以上批评意见的围攻之下，老舍对《茶馆》的“红线”进行了一些杯水车薪式的强化，这就是我们看到的《茶馆》修改过程中的另一些增补和用词的更改。主要表现在：

（7）增加：“乡妇　哪位行行好？要这个孩子，二两银子！”

（10）增加：“给总管磕头！”

(12) 增加:“二三学生由后面来,与他们打招呼,出去。”

(20) 公寓住客——学生。

(i) 增加:“顺手拿走两块新桌布”。

(l) 增加:“吴祥子 (对宋)到后面抓两个学生!/宋恩子 走!(同往后疾走。)”

(n) 增加:“喝茶的不是常低声儿说:想活命得上西山吗?”

(p) 你们这不是要造反吗?——在西山?

(q) 咱们积点口德吧!——我看这群混蛋都有点回光返照,长不了!

(u) 增加:“捉拿共产党!”

以上10处的用意明显在于强化反动分子的胡作非为,强调“学生”的作用、穷苦人的可怜,以及将初刊本中侧面透露的政治“消息”(老舍:“侧面地透露出一些政治消息。”①)正面说出来。

还有1处以往已经谈得比较多了,是老舍接受的焦菊隐导演的改动:

(e) 第一幕结尾增加了“静场。/茶客甲 (正与乙下象棋)将!你完啦!”

这还是为了将原本隐藏的消息显露出来。关于这个修改,历来有一些争论,我们就不展开了。作为文学剧本及其舞台展现,“茶客甲”的台词确实能起到震惊的作用,所以这个修改我觉得还是值得肯定的。

然而对于沈处长应该删除的意见,老舍却置若罔闻。这我们留到下文再分析。

(三) 规避风险

和上述各种修改理由都有所不同,有3处是老舍为求自保而删削或更改了一些可能引起联想的台词。

(31) 有钱哪,就该吃喝嫖赌,胡作非为,可千万别开什么工厂!——有钱哪,就该吃喝嫖赌,胡作非为,可千万别干好事!

---

① 老舍《答复有关〈茶馆〉的几个问题》,《剧本》1958年5月号。

(s) 删除秦仲义的台词:"还有银号呢,人家硬给加官股,官股进来了,我出来了!哈哈!"

(t) 把常四爷说松二爷是"多么好的人"改成了"松二爷,我的朋友"。

上引(31)和(s)的修改很明显是为了避免有人因刚完成的资本主义工商业的改造,对这些台词产生不当联想,甚至因此对《茶馆》罗织罪名;(t)的修改则是为了避免"美化"旗人。因为此前已有文章称:"常四爷真正同情的人,是松二爷一类的人物。因为他们都是没落的封建特权阶级的'遗老'。在过去吃着大清国的'铁杆子庄稼',精神空虚,过着百无聊赖、寄情画眉黄鸟的有闲生活。"(H)当时戏剧评论的权威张庚更是撰文提出"这个戏的根本之点,在于作者悼念的心情太重"。(E)而老舍在剧本里,对"松二爷一类的人物",不但不加批评,反而说他是"多么好的人",不是很危险吗?

(四) 老舍的"不改"

诚如上述,老舍对从《座谈老舍的〈茶馆〉》开始一再提出的结尾应该删去沈处长的建议完全没有理会。面对巨大的压力,老舍对于这个意见为什么"不改";与此同时,即便是"改",也是采取上面分析的小修小补的办法,而不"大改",这又是为什么?老舍的《答复有关〈茶馆〉的几个问题》(《剧本》1958年5月号)作了很明确的解释。

为什么不更加强"红线"?老舍说:"有人认为此剧的故事性不强,并且建议,用康顺子的遭遇和康大力的参加革命为主,去发展剧情,可能比我写的更像戏剧。我感谢这种建议,可是不能采用,因为那么一来,我的葬送三个时代的目的就难达到了。抱住一件事去发展,恐怕茶馆不等人霸占就已垮台了。"这是老舍明确地拒绝将《茶馆》"《白毛女》化",一来他要做一些"新的尝试",再者,他还是希望通过这个剧本传递多于和高于剧情,并且大于和强于"一个主义或问题的表现"的消息,就像他30年代在《文学概论讲义》里说的:"这样,我们明白了什么是结构,它是极经济的从人生的混乱中捉住真实。它即是这样的一个东西,它的重要便多在于表现真实,而真实是多于生命的。那希腊古代戏剧的特重结构，与结构的事实必须是高贵尊严的，便不能限制住后代戏剧的注重人物与行为的细微处，也不能限制住把人物的表现改为一个主义或问题的表现，因为无论注重哪点，结构的形成是根本含有哲学性的。这哲学性便使时代的心神加入戏剧里边去，从而戏剧总是表现人生的真实的，而不是只表现一些日常的事实。”①

老舍同时说：写《茶馆》的目的是“用他们生活上的变迁反映社会的变迁”，“侧面地透露出一些政治的消息”。必须注意这里老舍强调的“侧面”，他不愿意“正面地”写《茶馆》，使得这个剧本过分政治化、教科书化，这是老舍坚持的底线。十分值得引起注意的是，2010 年播出的 39 集电视剧《茶馆》，在最后 10 集里创造性地描绘了以秦利民、王二栓、常喜贵为主力的中共北平地下党的谍战故事，他们甚至团结了松二爷、大傻杨帮助他们传递出了“北平城防兵力图”，同时增加了以沈处长、庞海顺、庞四奶奶为代表的恶势力，钩心斗角、争风吃醋、无恶不作。这种加“红线”的改编是有违老舍写《茶馆》的初衷的。

为什么不删沈处长？老舍说：“我看见过不少国民党的军、政要人，他们的神气颇似‘孤哀子’装模作样，一脸的官司。他们不屑与人握手，而只用冰凉的手指（因为气亏，所以冰凉）摸人家的手一下。他们装腔作势，自命不凡，和同等的人说起下流话来，口若悬河，可是对下级说话就只由口中挤出那么一半个字来，强调个人的高贵身份。是的，那几个‘好’字也有根据。”

我们看到，在《茶馆》的这个长达两年的修改和定稿的过程中，第一幕按照北京人艺的舞台演出增加了“将！你完啦！”的尾巴；第二幕也根据各种意见强化了住在裕泰茶馆公寓里的“学生”的各种明示、暗示；第三幕却没有听从任何人的意见，也没有根据北京人艺的舞台演出把大家都认为多余的沈处长删掉。不但没有删掉，老舍在《答复有关〈茶馆〉的几个问题》里还特别地对沈处长的问题作了回应——“那几个‘好’字也有根据”。

---

① 老舍《文学概论讲义》，《老舍全集》第 16 卷，第 142 页。

老舍为什么坚持要把这个沈处长的结尾留下来，这要联系老舍写《茶馆》的前因来解释。几年前，我曾写过《论老舍 1956 年前后的文学反思——兼及〈茶馆〉的写作准备》[①]分析了这个问题，探讨了老舍对“百花年代”的文艺政策的积极回应及其与《茶馆》写作的关系。文中，我提出：“文字版的《茶馆》是喜剧性质，焦夏舞台版的《茶馆》是悲剧性质的”，这个分界点在哪里？就在沈处长。沈处长的八个“好(蒿)!”(李健吾先生在座谈会里说是“七个‘好’”，是漏数了一处)，正是最有力的讽刺，用最简劲的笔法，从最不和谐处入手，写人间世的最丑恶，在“写一本戏，名曰最悲剧的悲剧，里面充满了无耻的笑声”[②]的路径上，走到了最高处。

老舍怎么会舍得把这个神来之笔删除呢？

五、结　论

以上，本文通过详尽的文本对比，并参考了当时的各篇背景文论，对老舍本人写作、修改、定稿的《茶馆》的三种文学本的演变进行了完整的分析。我们看到，老舍的“改”主要分为三种情况，一是字词的规范，二是精益求精的写作态度，三是对于“加红线”的要求的回应；老舍的“不改”则是出于他的文学自觉和艺术担当。

六、余论・之一

在我准备这篇论文的时候，有一篇论文引起了我的注意，它是李学武的《〈茶馆〉：文学本与演出本之比较》[③]。这篇文章对《茶馆》的文学本、演出本的演变、修改进行了非常有价值的分析。

① 孙洁《论老舍 1956 年前后的文学反思——兼及〈茶馆〉的写作准备》，《中国现代文学研究丛刊》2009 年第 5 期。

② 老舍《未成熟的谷粒》，原载《新蜀报・蜀道》1940 年 2 月 5 日、9 日、14 日，此处引自《老舍全集》第 14 卷，第 245 页。

③ 李学武《〈茶馆〉文学本与演出本之比较》，《中国现代文学研究丛刊》2000 年第 3 期。

但是，不知出于什么原因，此文对《茶馆》的1958年单行本和1959年定稿本（文中称为“一改本”和“二改本”）的改动部分的描述有一些错误，罗列如下：

（一）关于第一幕幕落前“将！你完啦！”这一处增补的描述

> 这一改动不仅为1963年、1979年的演出所保留，也为老舍欣然采纳，自1959年的（“的”为衍字——注引）起，那一句经典台词“将！你完了！”便保留在二改本以及此后的各个选本中。但是1958年的一改本尚没有这个改动，这也是一改本和二改本的唯一区别。

这个描述是错误的，如本文所述，“一改本”和“二改本”的异文多达22处，所以此处区别绝非这两个版本的“唯一区别”。顺便说说，老舍的定稿本用的是“将！你完啦！”而不是李文所引“将！你完了！”(e)

（二）关于第二幕幕落前吴、宋二便衣要去抓学生的增补的描述

> 综合几方面的意见，1958年本的第二幕亦增加了一个吴祥子和宋恩子到后面抓学生的“尾巴”。同时前文中街上抓丁时从外面匆匆跑进的公寓住客也有了学生的身份。这些改动都被《茶馆》的一改本、二改本及后来的各个选本保留了下来。

也如本文所述，第二幕的这个“尾巴”只在定稿本（即上引“二改本”）里出现了(1)，单行本（“一改本”）中并未出现。“同时前文中街上抓丁时从外面匆匆跑进的公寓住客也有了学生的身份”(20)这一处改动则是单行本（“一改本”）采用、定稿本（“二改本”）沿用的。

因为《茶馆》的版本问题是这篇论文的核心问题，所以出现上述错误是不应该的。一般读者不大会为了了解一个作品的修改情况去找初刊本和初版本，所以有关论文的错误描述将为后来的研究和阅读埋下隐患。在这个方向上，我认为还是应该强调两点：第一，做科研的时候一定要抱着慎之又慎的态度，认真对待每一个依据，不但要做前期的资料准备工作，在后期成文的时候仍要反复核对之后再下结论。第二，作家作品的汇校本整理和出版应该重视起来，刻不容缓地做起来。

七　余论·之二

最后要说明一下目前通行的几种老舍作品的集子和《茶馆》研究资料里收入《茶馆》采用的版本的情况，以便读者和研究者使用《茶馆》文本的时候对照。

1. 胡絜青、王行之编：《老舍剧作全集》（中国戏剧出版社 1982 年 8 月第 1 版）第 2 卷。本卷收入的《茶馆》是《老舍剧作选》1978 年 5 月第 2 版。

2.《老舍文集》第 11 卷（人民文学出版社 1987 年 5 月第 1 版），本卷收入的《茶馆》是《老舍剧作选》1978 年 5 月第 2 版。

3.《老舍全集》第 11 卷（人民文学出版社 2013 年 1 月第 2 版），本卷收入的《茶馆》是一个杂糅的版本。这个《茶馆》的文本是以本文论及的“单行本”（中国戏剧出版社 1958 年 6 月出版的《茶馆》）为主，“定稿本”（人民文学出版社 1959 年 9 月出版的《老舍剧作选》）为辅，搭建出来的（主要差异在第一幕结尾），根据汉语正字规范，个别字的改动又参考了《老舍剧作选》的第 2 版（1978 年 5 月）。

4. 北京人民艺术剧院《艺术研究资料》编辑组蒋瑞、苏民、杜澄夫编：《〈茶馆〉的舞台艺术》（中国戏剧出版社 1983 年 7 月第 2 版），本书收入的《茶馆》是北京人民艺术剧院 1979 年的演出本，但是和同时舞台录像的《茶馆》DVD 碟片还是有差异。

5. 雪明、云梦编：《〈茶馆〉研究——从话剧到电影》（中国电影出版社 2007 年 5 月第 1 版）。此书收入的《茶馆》文学剧本，说明了是采用了“中国戏剧出版社 1980 年版”，和本文论及的《老舍剧作选》1978 年 5 月第 2 版基本一致：此书收入的《茶馆》电影完成台本，是谢添导演的电影台本定稿本，但是和电影的呈现在台词上有不一致的地方。

原载《中国现代文学研究丛刊》2018 年第 12 期

“角色化生成”与“主体性成长”：青年形象创造的文学史考察

金　理

20世纪中国文学史上充满了青年人的形象与声音：晚清小说中的革命少年、鸳蝴派笔下多愁善感的少男少女、“五四”新文学中的“青春崇拜”、社会主义成长小说中的“新人”形象、知青的“青春祭”、“一无所有”的摇滚青年及“像卫慧那样疯狂”的上海宝贝、韩寒、郭敬明、张悦然等笔下的80后……“在一定意义上可以说，现代文学的形象世界，主要是青年的世界。”①文学形象是多种因素造成的“综合创造物”，故而对此形象的解析，也应尽可能还原出构成因素的多样性：在作家塑造青年形象的过程中，首先参与其间的是作家的气质、心理和审美意识，而这些联系着具体的历史语境中人们的情感态度、认知方式和思想观念，上述因素在渗入创作的过程中显然又和历史条件、社会现实、意识形态等形成互动。讨论青年形象的创造史，既能丰富我们对文学特质的认识（思考青年形象在文学中的建构，即青年人如何通过文学来想象自我），也能在与历史经验的关联中丰富我们对文学史的认识。

这一文学史的考察也试图为当下青春文学的创作提供启发。近期很多报刊都发文批判当下青年人的“暮气沉沉”，这一“暮气沉沉”显然也在文学中显

① 赵园《艰难的选择》，上海文艺出版社1986年版，第220页。

影，甚至虚构的文学形象无意中“配合”了现实的青年形象。①有人在感慨当下“寂静的青春”时，往往会缅怀《青春之歌》这样的作品，那似乎是激进而火红的青春岁月。不过仔细想想，林道静的成长，也不过是按部就班的天路历程。也就是说，从“激进的青春”到“寂静的青春”，其实都是一种“角色化”（下详）的书写。而青年形象创造的文学史考察，能够为突破“角色化”书写的瓶颈提供可能性。

一

在晚清中国社会中“事实上并不存在一个作为独立的年龄群体的青年阶层”。日本学者横山宏章曾从官僚、科举制度的角度来考察这个问题：“中国尽管有数千年的历史，那其中却见不到热血沸腾的年轻人，这说起来有点不可思议吧！……那么，中国的年轻人是在什么样的世界中顽强地生存着呢？不管怎样，不可能没有年轻人。在这个世界上最完备的所谓中国式的官僚制度严格控制下，在成为无可动摇的‘天下太平’的安稳世界中，年轻人其实是被窒息在体制之中，奄奄一息……在知识分子的世界中，通过科举考试入仕途登龙门是男人们的人生愿望，年轻人像个年轻人似的生龙活虎地到处胡闹，是不被允许的。为了中举必须奉献出青春，青年人只是成年人的预备军。只有天真纯洁的孩子和出色的大人，愚蠢莽撞的青年人的存在被抽掉了。……说没有年轻人、青年人存在，这是因为年轻人被定位在从孩子到大人的修养过程中，也就是说，它不过是一种过渡形态。”②近代中国“青年”形成的契机是民族危机与教育改革。梁

---

① 参详拙作《宅女，或离家出走？——当下青春写作的两幅肖像》，《文艺研究》2014 年第 2 期。

② 横山宏章《清末中国青年群像》，转引自陈映芳《“青年”与中国的社会变迁》，社会科学文献出版社 2007 年版，第 2—3 页。在近代以前的社会中缺失“青年期”，并不是中国社会独有的现象。著有《儿童的世纪：从中世纪到现代的儿童与童年》的历史学家菲利普·阿利埃斯（Philippe Aries）曾如此记述：“在中世纪以及近代开始以后，低层阶级的儿童，一旦能脱离母亲或奶妈而独立行动（即约 7 岁时），便与成人们混在一起了。他们马上便闯进成人们的生活圈子里，与成人们共享工作与娱乐，老少不分。”（参见理查德·弗拉克斯《青年与社会变迁》，李青、何非鲁译，北京日报出版社 1989 年版，第 8 页）在工业化开始以前的欧洲社会，年轻人与年长、年老的人们一起生活在家庭和传统的共同体中，既不存在各个年龄阶层间明确、严格的阶段区分，年轻人也并没被赋予特殊的社会地位与社会角色。

启超振臂一呼的《少年中国说》，对于当时正在形成、以学生为中心的年轻人群体的社会地位、义务职责等做出了最具代表性的论述。中国的“青年”正是从由梁启超所呼吁的“少年”经由《新青年》杂志所代表的“新青年”而逐步形成的。①

自晚清以来，特别是新文化运动之后，统治团体、政治社会化的担当者以及知识分子、普罗大众都在不断树立各种各样理想的、模范的青年形象，“少年中国”的国民召唤、“新青年”式的范导想象、“社会主义新人”的打造……青年形象史的生成、延续，伴随着各种政治力量、社会势力对于“青年”所寄予的角色期待和青年自身具备的角色意识（呼应社会期待而扮演相应的角色）。“角色”是社会学的核心概念，其定义是“在社会结构中占有特定地位的人士应有行为的模式或规范”②，这种“应该成为什么样的人”的期望经常出自同时代的人或社会群体。“新青年”“五四青年”之所以能够在现代中国获得特殊地位，并成为占据主流的青年角色模型，并不仅仅出于青年自身的反抗精神和行动成就，也并不仅仅出于其集中表达了年轻人对权利、自由（恋爱、婚姻的自由，经济独立，自己筹划生活等）的强烈诉求。这一切诉求只有被纳入“青年”的意义结构之中，才可能在中国社会获得正当性的源泉，而提供这一正当性的文化和思想资源，“主要不是来自于年轻人内部，而是来自于中国传统文化和西方近代思潮中既有的对知识人和青年的角色规定”③，而恰恰是因为青年们呼应或者说迎合了社会对年轻人的角色期待。我们在此涉及了两个维度内的“青年”：作为现实社会中的年龄群体；被历史地、社会地建构起来的形象。而文学显然是参与这一建构的最重要的文化式样，在青年文学中，寄托着成年人和社会力量的期待和意义规定，关于“青年是什么”“青年应该成为什么”的观念意识，点点滴滴内化到了青年内部中去。不妨说，是青年的“角色化”提供了年轻人新的身份，因为这样的理由

① 参见陈映芳《“青年”与中国的社会变迁》“第一编：‘青年’的诞生”。

② 彼得·伯克《历史学与社会理论》，姚朋等译，刘北成修订，上海人民出版社2010年版，第49页。

③ 参见陈映芳《在角色与非角色之间：中国的青年文化》，江苏人民出版社2002年版，第56—60页。

和身份,“青年”才在现代中国获得存在的正当性,而青年文学、青春主题也在20世纪以来的文学史上占据特殊地位。

这也就是为什么在中国现代小说的青年形象展演中,我们更多看到的是“角色化的生成”,而很少“主体性的成长”。台湾学者黄金麟在身体史学的视野中提出“身体生成”这一概念,“这个概念指称的并不是一种身体的生物性诞生或创造,而是指称一种在肉体既存的情况下所进行的政治、经济、军事、社会或文化模造。这种社会加诸自然条件上,从而产生的身体改变,是身体生成这个概念想要凸示的景况”,这样一种存在于特定历史背景下,“因随着国族命运的更动而被积淀、型塑出来的”生成形式,逐渐变成“一个普遍、共通的身体开发形式”。[①]而文学可以作为上述普遍、共通的形式在一特殊领域内的显现,小说中青年形象的塑造也受到政治、经济、思想教育等外力规约,诚如研究者在讨论现代中国的成长小说时所发现的:“成长主人公摆脱传统伦理与封建秩序的专断统治后获得身体的管理权和属己性,他们离开礼教之家后,身体在社会空间里的漫游、位移过程中,亡国灭种的巨大民族危机、国家危机使他们不得不接受身体工具化和国家化的改造式生成。”[②]在小说中的表现则是(这往往也成为我们分析这类成长小说的固定视角):个人时间依附于巨型、线性的历史时间而存在,身体欲望处于社会理性的调适和监控之下,“象征之父”的权威性介入,成长作为民族国家的寓言……青年是建设国家、推动社会进步的主力军,青春意象与情怀也是20世纪中国文学史一再书写的主题,但这一表面上风光无限、热力四射的群体和文学形象更多是被外力召唤出来的,这种召唤又着眼于“青年”社会角色的功利性,而对年轻人的特性、欲求、内在权利、精神自由以及生命原初意义关注不够。冯至的诗句“你让人人都恢复了青春”[③]恰恰表现出青年构形的悖

---

① 黄金麟《历史、身体、国家——近代中国的身体形成(1895—1937)》,新星出版社2006年版,第2—3页。

② 顾广梅《中国现代成长小说研究》,人民出版社2011年版,第337—338页。

③ 冯至《我的感谢》,《冯至全集》第2册,河北教育出版社1999年版,第50页。

论:青春固然美丽,但却不是本己的属性,而是被种种"大他者"("你是党,你是毛主席")所给予、派定的。

在文学创造中,以"角色化生成"为主导来模塑青年形象,显然会出现很多问题。茅盾曾感慨于"伟大的'五四'不能产生表现时代的文学作品",郁达夫、许钦文、王统照、周全平、张资平等人的小说尽管"都用现代青年生活作为描写的主题",但是"不能从这些作品里看出'五四'以后的青年心灵的振幅",而原因正在于"缺乏浓郁的社会性"。在茅盾的心中,需要展现现代新人在不断进步的历史进程中所参与和承担的宏大历史实践和社会职责,以及其间荡气回肠的心灵震荡。在这样的背景下,茅盾表彰《倪焕之》"第一部"的意义:"把一篇小说的时代安放在近十年的历史过程中的,不能不说这是第一部;而有意地要表示一个人——一个富有革命性的小资产阶级知识分子,怎样地受十年来时代的壮潮所激荡,怎样地从乡村到城市,从埋头教育到群众运动,从自由主义到集团主义,《倪焕之》也不能不说是第一部。在这两点上,《倪焕之》是值得赞美的。"①在叶圣陶的这部长篇中,主人公的个体成长被纳入整个社会进化的结构中去,成为一种由社会理性掌控的成长,这也许是茅盾所谓"社会性"和"青年心灵的振幅"相参证的意义所在。青年人经历的"成长仪式"的每一环节——受难、动摇、转机——无不具有浓厚的社会意识形态性。倪焕之向往通过参与创造历史的活动确立他作为一个青年的主体意义,但这一"意义"往往指向被某种社会理性、外在秩序所承认的信念。这样一个疏于内在主体建设的青年,其个人欲求与私密情感在不断"纯化""净化"的过程中被掏空了"人"的具体所指,且陷入理想与现实之间持续的冲突中。而一旦当历史丧失了发展的意义,即外部且是唯一的动力源停止运作之时,其精神和肉体都遭到了灭亡。正如研究者所发现:

伴随着每次对意义的新寻找,倪焕之不断改变表演场景,从学校,婚姻

---

① 茅盾《读〈倪焕之〉》,《文学周报》1929年5月第8卷第20期。

家庭,到集体主义的革命。在这一幻灭的过程,他的个体自我、个体自由在不断地耗散,国家、民族、阶级解放的宏大叙述越来越覆盖着他,最终他似乎又不能承载这些不断加大的意义而心力憔悴而死。因此,叙述者本身是矛盾的,他将倪焕之投掷于时代的飞泻而下的洪流,却表现出当这些时代的意义资源相继耗尽时主人公心力的枯窘——他没有时代以外的属于自身主体的内在意义。①

当新一轮"时代的意义资源"——比如"革命文学"——生成之际,身处"动摇中的小资产阶级的知识分子"被认为"可以跨过前去,而不必关心他们,因为这是值不得在他们身上卖力的"②环境中,茅盾曾表彰的倪焕之以及他本人笔下的方罗兰、章秋柳们都成了时代潮流的"Outcast"(弃儿——英文为茅盾原文)。

二

考察青年形象的人物长廊,我们会发现这样一个现象:越是青年角色扮演意识膨胀的时期,年轻人表达自身欲求的空间越是萎缩。比如以"火红的青春"为主题的50年代,后人提及青春崇拜之类的话题时每每将其作为怀恋对象,这确实是青年文化历史上一个特殊时期,"它既是一个年轻人从家庭获得解放的时期,同时也是青年开始被国家高度整合的时期","程式化教育一方面要求学生活跃主动、富有创造力,一方面又要求他们自制克己、遵守各种纪律、服从集体的意志,这是十分自相矛盾的。……青年人几乎没有得以显示个性或发挥创造力的渠道。大多数学生都感到自己已被不断要求他们与集体保持步调一致的号召束缚得失去了活力"。③一方面是"火红的青春",另一方面,"在50年代的

① 郑坚《吊诡的新人——新文学中的小资产阶级形象研究》,百花洲文艺出版社2005年版,第106—107页。

② 丁玲《创作不振之原因及其出路》,《北斗》1932年1月第2卷第1期。

③ 阿妮达·陈《毛主席的孩子们:红卫兵一代的成长经历》,史继平等译,渤海湾出版公司1988年版,第155—156页。

青年文化中，年轻人的主体性逐渐被抽去，‘新青年’‘五四青年’们所追求和部分获得的‘权利’‘自由’，在50年代的青年文化中逐渐消失”①。王蒙创作于1953年的《青春万岁》②素来被视作“火红青春的写照”，在这部长篇中我们正可发现上述矛盾的症候。小说描写建国初期北京女七中高二班一群学生的故事。这天，杨蔷云来到同学苏宁家中，苏的父亲是资本家，“五反”时候被抓：

> 蔷云握住苏宁的手，坐在苏宁的床头。……看看屋子，东北角上放着一个荒芜的书架。许多书报零乱地堆在上面，书架旁有个小藤桌，桌上有竹笔筒和瓷花瓶，但是既没有笔，也没有花。书架的对面是漱洗用具。……墙上挂着郑板桥画的竹子和一张比月份牌高明不了多少的粗俗的画——画一个女人荡秋千。还有一张彩色照片，照的是西湖的三潭印月。苏宁床边摆着一张小桌，搁些药瓶子，暖壶和水碗。蔷云以她特有的灵敏嗅出一种奇怪的、不协调的气味。有药味，有香皂味，也有旧纸旧画和苏宁的被褥的味。蔷云嗅了嗅，说：“开开上边的窗子吧，空气不好。”……当蔷云登上窗台，去开上面的小窗户时，看见窗台上的一本书，是徐讦写的《鬼恋》。蔷云下来，拿起这本书，怀疑地翻着看，苏宁像作了错事似地低下头。“老天，你这是看什么书呀?”“我，病了，看别的书太累。”苏宁理亏地解释着。蔷云气愤地说：“‘鬼恋’，瞧这个名儿就是一本浑书。又鬼又恋，你瞧别的书累得慌，瞧这本书难道不气得慌么?”苏宁没有话回答，用手揉着被角，样儿很可怜。

于是第二天，蔷云动员了几位同学一起来到苏宁家：

> 挽起袖子干起来。清扫了所有角落的尘垢，摆上了毛主席的石膏胸像。贴上一张《列宁和孩子在一起》的铅笔画和一张卓娅的画像。她们送给苏宁几本书：《把一切献给党》《刘胡兰小传》《青年团基本知识讲话》，苏宁把它们放在书架上最显著的地方。

---

① 陈映芳《在角色与非角色之间：中国的青年文化》，社会科学文献出版社2007年版，第68、72页。

② 《青春万岁》初稿于1953年，出版于1979年。参见《王蒙文集》第1册“第一卷说明”，华艺出版社1993年版。

我把上面这一段落理解为“空间的改造”。首先，“空间”在物理意义上指苏宁家中的生活环境。我们在此发现了青年文学（如《青春之歌》等）中极具代表性的“角色化生成”策略：一个以青年人面貌出现的价值客体，有待去获得自我的本质属性，在此过程中，代表不同世界观、价值观与思想路线的两种力量介入其中，争夺对价值客体的领导权。苏宁病态初现，是一度沦落的价值客体，需要来自正义、主流社会的蔷云加以挽救，而反方是苏宁的哥哥苏君，蔷云以其“特有的灵敏”发现了苏家“气味不好”，于是打开窗户，清扫尘垢，并告诫苏宁：“你哥哥肺里有细菌，话里也有，千万可别传染上你！……还有这本《鬼恋》……”其次，如果把“空间”理解为各种意义竞逐的领域，那么“阅读空间”也可视为各方力量相互斗争、改造的产物；而争夺阅读空间比政治、军事的争夺更隐蔽，却对人的日常生活产生深刻影响。蔷云替苏宁清理了《鬼恋》，换上《把一切献给党》《刘胡兰小传》《青年团基本知识讲话》，书籍的“置换”在蔷云看来是治病救人。由此，杨蔷云在《青春万岁》中就被赋予了特殊的象征意味，她以“家访”的形式扮演了老师的角色，“书籍怎样到达读者手里……诸如政治领袖、教育家、牧师、批评家这样的文化宰制者，在何种程度上控制了民众获得书籍的途径——不直接地（如通过表扬与责罚）或直接地（如通过强制赞助）？”①据此，蔷云也可被视为阅读的范导者。清理生活环境、重新布置阅读空间，以上两种“空间的改造”（身体/精神）自然是相辅相成的。尤其耐人寻味的是，这一由阅读的范导者所施展的书籍置换，针对的是学校之外的课余阅读，也许可以这么说：在特殊时期，国家克服公共时空和私人空间的界限而在公私之间建立起意义连续性，同时社会主义文化也借此介入、收编个人日常生活，将塑造理想“新人”的政治追求编制进类似课余阅读的生活细节中。

吊诡的是，如果借用“掀开新时期文学第一页”的《班主任》的视野，那么先

---

① 戴维森《从书籍史走向书籍与读者关系史》，此处引自张仲民《从书籍史到阅读史》，《史林》2007年第5期。

前《青春万岁》中以“治病救人”面貌出现的杨蔷云，也可能染有“暗疾”。也就是说，《青春万岁》中的杨蔷云与《班主任》中的谢惠敏发生了角色的合一：从人物特征来说，她们都是班干部，具备“特有的灵敏”，学习成绩并不出众，“主要是由于社会工作占去的精力和时间太多”（《青春万岁》借助杨蔷云与李春的冲突，以显示杨在“红”与“专”的人物图谱中代表着“红”）；从今天的眼光来看，当杨蔷云将《鬼恋》看成“又鬼又恋”的“浑书”、当谢惠敏将《牛虻》当作黄书之时，她们已没有太大区别，都是丧失了阅读理解力、亟待挽救的“病人”。

《青春万岁》中“空间的改造”，代表着国家意识形态毫不犹豫地介入日常生活，然而苏宁内心世界的空白，以及迅速地“被治愈”，反倒显出这一介入、收编的粗暴、草率，完全无视生活世界确有其相对独立的维度。资本主义文化“在公与私之间、诗学与政治之间、性欲和潜意识领域与阶级、经济、世俗政治权力的公共世界之间产生了严重的分裂”①，故而社会主义文化以克服上述分裂为己任。但是，克服分裂的意义应该在于建立一种健康、有机的关系：政治渗透着人的生活世界，完全摒弃他者的“绝对自足”是一种幻觉，人们需要在多样性和公开性中持续交流、互动；然而与此同时，生活世界以及与此相关的个人的趣味、欲望理应得到尊重，一个富有活力的政治社会应该鼓励人们的自由选择。当然，实践层面的操作远比论说复杂，也许恰因为以上几者的关联没有得到稳妥处置，所以，在青年形象中，丧失阅读能力的“病人”才会一再出场。

三

张闻天的长篇《旅途》（1924 年）是中国现代成长小说开端期的代表性作品，“已经开始有意识地将人物成长、人物性格与时代环境作为有机整体展现出来，

① 詹明信《处于跨国资本主义时代中的第三世界文学》，张旭东编《晚期资本主义的文化逻辑》，陈清侨等译，生活·读书·新知三联书店 1997 年版，第 523 页。

直接引导着下一阶段的成长小说”①。它描写青年王钧凯在追求“灵肉一致”的旅途中所遭遇的种种困扰，后来投身于革命斗争，从个人爱憎恩怨的烦恼中解脱出来，终于在激烈的战斗中牺牲……小说的结局似乎升华到一个理想境界，但是日本学者坂井洋史却批判道：“钧凯终于灭却自己的肉身而把自己的精神升华为永远的存在，以获得‘解脱’。但是，如此解脱，不外是以应该称为烦闷源泉的自我内心之彻底丧失为代价而求救于自我外部。我认为，如此心态或许可以为外在‘宏大叙事’的绝对化甚至神化服务，但是不会孕育不断要求深刻内心审视和自我对象化的强韧精神。”坂井洋史进一步将此问题归结为“后发型现代化所依据民族主义”中一种“共享”的“想象”或“神话”：以为“现代民族国家的建立能够满足沦落于被压抑状态的个人欲望”，“给外在‘虚构’以至上权威，而以为如此权威能够解决自我内部的问题”。在上述逻辑之下，“内部自然”和“外部自然”达成“共享”，但是坂井先生马上提醒，“说‘共享’，也许给人内外平等的印象，其实不然”，因为“共享”之中暗含一种等级制，“内部自然”外挂在“外部自然”上，自我内部的问题可以由外在权威轻松解决，甚至乞求在后者创世纪式的“根本解决”之后，一切其余具体问题皆可迎刃而解，“这种情况，不如叫做以‘自我丧失’为代价主动要求‘同化’更妥当些”②。

对于“外部自然”的趋附往往同迎合期待的“角色扮演”、从工具性的角度来观照青年形象的功利意识相关联，“如果人只是建筑社会的砖瓦，只是经济过程的工具，那么……与其说是会导致‘新人’的产生，不如说是‘人’的消亡过程，也就是非人道的过程。人失掉了测定的深度，就变成二维的、平面的、没有精神的生物，在这种情况下人是不存在的，存在的只是社会职能而已。人丧失了内在的存在”③。

---

① 顾广梅《中国现代成长小说研究》，人民出版社 2011 年版，第 60 页。

② 坂井洋史《忏悔与越界，或者“丧失”的机制》，《忏悔与越界：中国现代文学史研究》，复旦大学出版社 2011 年版，第 89—96 页。

③ 金雁《倒转“红轮”：俄国知识分子的心路回溯》，北京大学出版社 2012 年版，第 170 页。

内在价值的轻易让渡和萎缩是我们在讨论青年形象时每每会碰到的文学命题，也反映出青年人在文学与社会现实中遭遇的情形：易于皈依身外的权威而荒疏营建“自心之天地”；惯于论证“终极究竟的事”而轻忽“心以为然的道理”，而此外的论证又甚少与切己的实感发生共鸣[①]；不断追逐弃旧迎新的精神攀附，却没有内在主体性的支撑，在过度开发后意义耗散、心力匮乏……所以在文学史上经常可以见到如下青年形象：一是小二黑这般“英雄气概的自我”，借墨子刻的话说，他们个人具有炽烈而无私的、为实现生活理想而英勇奋斗的决心；“有了决心，个人就会和‘人民’或者说人民的‘真实’愿望站到一起”；在其奋斗过程中，为人们所能感知的历史发展趋势形成“气势磅礴”的“潮流”，“通过把内在洞察力‘转化’为外部世界，从而使自我的英雄精神融进强大的历史潮流之中”[②]。在小二黑身上，“内在洞察力”与“外部世界”、“内部自然”和“外部自然”息息相通，然而，倘若不具备此“内面自觉”而又将个体人的价值简单归化为外在整体性结构，那么，当整体结构在线性历史时间加速驱动下，不断向着一个个“美丽新世界”跃进，青春的转瞬即逝就会让青年哀叹“我是一个年轻的老人”（戴望舒《过时》）。“现代中国是一个‘扰攘之世’……在向外寻找新秩序的时候，个人内心的是非好恶往往被看得很轻，而绝对真理、历史必然性之类外在的标准则被看得很重；人们并且进一步用后者来规范前者，要求前者，解释前者，直至取消前者。”[③]“绝对真理、历史必然性之类”（几乎在每个历史时期它们都会获得不同的“填充物”）每每向青年人发出强力召唤，望风披靡的过程中青年人

---

① 物以稀为贵者，比如周氏兄弟的声音，“思虑动作，咸离外物，独往来于自心之天地，确信在是，满足亦在是”；“凡有所说所写，只是就平日见闻的事理里面，取了一点心以为然的道理；至于终极究竟的事，却不能知”；“大约人的觉醒，总须从心里自己发生。倘若本身并无痛切的实感，便也没有什么话可说”。以上各条分见鲁迅《文化偏至论》，《鲁迅全集》第1册，人民文学出版社2005年版，第55页；鲁迅《我们现在怎样做父亲》，《鲁迅全集》第1册，第135页；周作人：《〈贞操论〉译记》，《新青年》1918年5月15日第4卷第5号。

② 墨子刻语，此处引自李欧梵《二十世纪中国历史与文学的现代性及其问题》，季进《李欧梵论中国现代文学》，生活·读书·新知三联书店2009年版，第17—18页。

③ 郜元宝《“为天地立心”》，《鲁迅六讲》，上海三联书店2000年版，第34页。

甘愿将"内部自然"外挂,甚至将自身的伦理与情操直接同一时一地的"意识形态正确"相绑定;于是当时代转换之际,前一时期论证"绝对真理、历史必然性"的"填充物"被新起的标准判为失效,先前迷信的意识形态逻辑翻转为不信,青年人就会因为欠缺建基于本心的立场而扶东倒西、无所立足,连带抛弃先前的伦理与情操,于是要么摇身为"通变"之士粉墨再登场,要么就哑然失语甚或被甩出历史轨道之外。而当生命意义长期"外挂"、内在价值持续被掏空的个体在被甩出之后,随即与虚无相遇。于是,在林道静、小二黑之外,我们在 20 世纪的中国文学中一再发现"遭遇虚无"的青年形象:从历史轨道中脱轨的"零余者"(郁达夫的小说);因外在意义资源的枯竭而旋起旋灭的"青春和衰老的结合体"(戴望舒《我的素描》);信仰破灭后睁眼看清世相而宣告"我不相信"(礼平《晚霞消失的时候》);以满腔热血却写下一幕滑稽闹剧,因而在挫败与被欺骗感中无法自拔(蒋子龙《赤橙黄绿青蓝紫》);反感于前一个时代中先验的最高价值,而试图在"置身事外"中实现自我(刘索拉《你别无选择》)……

四

赵园曾有一个敏感的发现:在现代文学史上,"不但明确地意识到对象的作为青年,注目其为青年所固有的特征,而且以'青年'作为一种社会力量来观察与描绘",主要出现于"现代文学史的首尾两端——五四时期,与抗日战争时期以及战后",因为这"两端"是"突进或转折"的历史时期,易于"首先在青年的文学形象中反映出来"①。青年形象往往成为社会生活的探测器,启发我们思索如下议题:在历史行进和转折的过程中,青年人面临哪些困境,在外向的人生道路选择与内面的心灵世界都遭遇了何种困扰和挫折,小说如何反映又如何介入青年的主体建设,文学提供了何种抚慰、整合了哪些资源,又暴露了什么样的问

① 赵园《艰难的选择》,上海文艺出版社 1986 年版,第 221 页。

题。其实社会学研究早已指出:越是遇上社会转型的年代,角色文化承载者、角色扮演者(尤其是被动的角色扮演者)就越有可能遭遇到价值剥夺的危险,“在那些被动的角色扮演者那儿,角色行为的‘意义’源泉首先不是来自于个人内部的需要(个体的生活目标或价值追求),而是来自于外在的、强制的意义灌输,以及制度的规定性。这样,社会(制度、支配价值等)的转换就可能导致他们以往的角色行为的意义问题——来自于外在的否定直接引起他们的价值剥夺的意义危机”①。举个例子,如何处置被“文革”所伤害的虚无、颓唐的青年人,显然是“新时期文学”亟待解决的问题。在刘心武小说《醒来吧,弟弟》中,“哥哥”/“我”是虽经劫难但信念不变的知识分子,“弟弟”则是精神颓丧、满腹牢骚的前红卫兵,小说讲述的是前者作为启蒙者一方如何对发生信仰危机的虚无者展开“治疗”。“文革是这样一个运动,它既带来了个人政治生活对私人生活的侵犯,又导致了政治创造的现实对人们精心保留在内心深处的侵犯;毕竟,这一运动的目标不是人们的物质存在,而是他们的精神世界的表达方式。”“文革”中发生的悲剧,很多来自于官方正统建构的现实和人们感受到的现实之间的差异和冲突,以及人们内心是非善恶判定标准的被放弃。②“文革”侵犯了人们的“内心深处”和“精神世界”,且创痛深巨,故而,新时期文学对青年人心灵世界的修复,是急迫而又繁难、艰巨的事情(还要考虑到个人自我缠绕的内心世界往往对革命政治理想构成间离与冒犯,所以当时会出现“暴露黑暗”之类的批评声)。然而刘心武给出的“治疗”方案是极为草率的——“‘醒来’的意思当然是要弟弟摆脱迷惘情绪投身火热的四化建设”③。即便在发表的当时,就有批评家提出不满和质疑:刘心武极力用“一些四平八稳的模式套住自己锋利的解剖刀”,由此给出的“解决”,“又能在生活中激起多少青年的共鸣?又有多少青年能仿效?……

① 陈映芳《在角色与非角色之间:中国的青年文化》,社会科学文献出版社 2007 年版,第 178 页。

② 参见黄宗智《中国革命中的农村阶级斗争——从土改到文革时期的表达性现实与客观性现实》,黄宗智主编《中国乡村研究》第 2 辑,商务印书馆 2003 年版。

③ 许子东《当代小说与青年思潮》,《当代小说阅读笔记》,华东师范大学出版社 1997 年版,第 193 页。

小说揭示的问题是尖锐的，能吸引很多青年注目。可是回答问题却又如此苍白无力”①。在“弟弟”这样一个极具代表性的青年形象中，“外挂”、角色召唤的策略重又被祭出，我们太熟悉了：新的目的论生成，将“问题个人”与之相挂钩，就像被咒语唤醒一般，“现代的、堕落的、不可救药的问题人物突然彻底地消失了，个人仅仅作为集体的一部分而存在，并且服务于逻辑论证式的说教式的政治目标”②，与此同时，内心深处的创伤被轻松揭过。根本不是“对症下药”，毋宁说是“悬置”。这般简单敷衍的“治疗”，显然是不稳妥的。随之发生的“潘晓来信”、高加林人物形象大讨论等，其实就可以看作长时间累积的不正视青年自身意义、价值，将之与外在规定性简单挂靠而导致的结果。

松动的迹象在80年代中后期伴随着刘索拉《你别无选择》等一批作品而出现。李劼曾比较小说中青年人物身上崭新的意识：“他们既不像《大学春秋》和《青春万岁》中的那群学生，仿佛一生下来就被安排好一切似的无忧无虑地跟着阿姨老师朝前走；也不像《公开的情书》或《今夜有暴风雪》中的那群热血青年，时时把历史扛在肩上，充满责任感使命感。他们不低估自己的价值，也不夸大自己的作用。”③随着社会变迁，从国家神话、意识形态来看青年形象的视角逐渐为新的多元视角所取代。在这个演进过程中，因袭着社会角色功能的论者倒是敏感于期待的落空：“任何一部真正称得上伟大的文学作品，无论是批判还是赞成，都必须真正地体现出时代的前进方向。可是，刘索拉的《你别无选择》似乎于此稍有逊色……他们的探索和追求缺乏一种社会大我意识和历史的自觉性。”④我们还记得刘索拉小说中这样一个段落：“新的礼堂正在建设，到处都堆着砖瓦、木料，还有一座现代化的教学楼刚刚动工，推土机把旧平房推成一片废

① 陈思和《思考・生活・概念化》，《光明日报》1979年4月3日。

② 刘剑梅《革命与情爱：二十世纪中国小说史中的女性身体与主题重述》，上海三联书店2009年版，第87页。

③ 李劼《刘索拉小说论》，《文学评论》1986年第1期。

④ 魏威《如何反映当代青年的性格——评中篇新作〈你别无选择〉》，《文汇报》1985年5月13日。

墟，机器的轰鸣和敲打声整天跟音乐捣乱……”这个场景和我们阅读小说时的感悟是合拍的：一方面旧的规矩被推成废墟，另一方面新的意识开始萌动；小说所呈现的生活和心灵画面，尽管嘈杂无序，像一个乱哄哄的工地，但正是在这片“无序”中可以发现一代青年人在社会秩序和主体成长之间进行挣扎、选择的人性图景。正是从这个时期开始，王朔作品的持续升温，影响力从年轻人阶层向一般社会扩展，也说明了整个社会对青年的角色期待和规范力量的降低、消解。

五

90年代为告别“角色化”的形象生成模式提供了契机。随着整个社会文化空间的日益开放，文化的共名状态①逐渐涣散，为那种更偏重个人性的多元化的无名状态所取代，在创作上则体现为个人叙事立场的转型，此时，“‘十七年’、‘文革’成长小说赖以建立文本的理念底蕴——个体成长的意义象征国家的成长、与国家的命运须臾不可分割、个体是民族国家意识形态的人质……这样的文本立意基本上崩解了。个体成长的最重要的关系空间不再是国家，而是具有初步自律功能的社会。这样，个体获得了他所能期求的最低限度的理想成长状态——‘自然状态’”②。同时我们也应该注意到，自80年代末以来，年轻人日渐从社会得到了摆脱“神圣使命”约束的某种默许和认可，放下了角色扮演的包袱。总之，多元文化格局的形成、个人叙事立场的支持以及青年从“救世主”的幻想中获得解放，这一切，都促使青年文学逐渐告别宏大叙事转而开拓个人心理空间和主体经验。在这方面，以朱文、韩东为代表的一批被称为“新生代”的青年作家和卫慧、棉棉等“70后”作家做出了贡献。

韩东与朱文的小说在叙事上最显著的特点，有研究者用“低姿态飞翔”一语

① 关于共名与无名的理论阐释，及由此角度对20世纪中国文学史的考察，参见陈思和《共名与无名》，《陈思和自选集》，广西师范大学出版社1997年版，第139—152页。

② 樊国宾《主体的生成：50年成长小说研究》，中国戏剧出版社2003年版，第221页。

来把握。"新生代"作家认为小说的价值是"行走在现实泥土之中的人内心的一种飞翔的愿望"[①],这恰好揭示出"低姿态飞翔"的两个向度。具体来看,所谓的"低姿态",首先是指回到现实生活的直接存在,和生活本相纠缠在一起。当代生活以急剧变化甚至夸张的姿态奔腾向前,没有人能够抓住它的本质,"新生代"只有选择漂流在表象,而所谓的"本质"、让先前的青年人让渡内在价值而轻松挂靠的"外部自然"——例如社会的本质、时代发展的规律,甚至指向未来的希望等——一律变得摇摇欲坠。"低姿态"的第二个含义是"新生代"小说中的叙事者往往被还原为以主人公形态出现、与作者具有相同人生态度的世俗化、欲望化的生存个体。他们放弃了精英化的叙述语调,也放弃了一度与青年人的角色扮演与自我期许相联系的乌托邦情结。与小说中随处可见的无意义的"边角料"[②]相对应,朱文笔下的小丁们似乎也是一个个无聊的"零余者",他们无法进入也不想进入主流社会。另一方面,虽然"行走在现实泥土之中",但并没有泯灭内心"飞翔的愿望";虽然是与生活本相纠缠在一起的"低姿态",但"飞翔"终究意味着一种精神活动,而没有放弃对人性以及生存意义的探究,当然这种探究并非凌空高蹈的想象,而是深植于个体生命的血肉真实之中。此外,在个人与社会之间的紧张关系中描绘出一代人渴望自我确立的艰难境况,是韩东与朱文小说的重要主题。其实,这种自我确认绝对不可能在与社会环境相隔绝的"自我"或者"封闭圈子"里完成。他们对主流社会和世俗社会的自觉拒绝,也应该理解为某种自我精神拯救的企图,以世纪末式的自我放纵来表达知识分子失

---

① 鲁羊《天机不可泄露》,《钟山》1993年第4期。

② 初看朱文的小说,会发现其中堆砌了不少琐碎而无谓的细节,比如在《尖锐之秋》中,小丁被错认为民航工作人员,和程军长途旅行途中打了一架又跑回来,到医院大门口看到马路上的窨井"源源不断地往外冒水,淹了一大片路面",在小烟酒店里等小初的时候和老板打牌赌香烟玩……这些细节对推动小说情节的进展未必有用,在以往的小说中,这些细节都是被上文提及的"本质"观所淘汰掉的"边角料",但仔细想来它们实则布满了人生的每一处角落,人生岂会只是无数"有意义"的材料的串联?甚至不妨说,谁又有资格判定哪些片段是有意义的,哪些是无谓的?所以,朱文小说的视界最大限度地容纳了世界本相,借用主人公小丁的话说:"世界本来就是这个样子,只是以前了解得太少。"

落了话语中心地位以后的自负和孤傲。①

卫慧、棉棉笔下那些胡混、撒野的女孩子身上，有着不可掩饰的对物质享乐的渴求、欲望。一方面，她们延续“个人的发现”的命题，落实了“对于人作为一个个体的独立生命的存在合理性——人的诸种欲望的发展、纯粹感官的追求享受、人性中恶魔性因素的爆发”；另一方面又拨开人欲横流的社会表象，以赤裸裸的笔墨挑战“所谓致富阶级（成功人士）温情脉脉的伦理规范，还原出这种关系中不可救药的生命力衰退以及贯穿其中的金钱与权力的实质”，这些疯狂的女孩子“无路可走的痛苦以及以血相报的烈性已经彻底打破了享乐主义的温情假象”②。

六

及至21世纪情形又发生转变。按照王晓明先生的分析，今天的中国人“同时受制于三个社会系统”：“第一个是国家机器主导的政治系统，竭力加固那种‘除了适应现实，我们别无选择’普遍意识。第二个是中国特色的市场经济系统，它通过各种具体的成文和不成文法，持续训练人接受这样的自我定位，‘现代人，就是如下两面的结合：合乎市场需求的劳动力，和具有不可控制的消费冲动的消费者’。第三个是日常生活系统，它安排人以‘居家’为中心，组织自己的大部分人生内容，从儿童时代接受学校教育开始，一直到老。这个系统持续地发展一种具有极宽的包含力的‘居家文化’，对人潜移默化，要将他造得除了‘居家’的舒适——当然，这里的‘家’并不仅限于小家庭和公寓范围——别的什么都不在意。”③在这三个系统组成的支配性文化中，青年人往往具备根深蒂固的

① 关于朱文、韩东小说的具体讨论，可参见陈思和《碎片中的世界与碎片中的历史——〈逼近世纪末小说选（卷三，1995年）〉序》《“何谓好小说”的几个标准——〈逼近世纪末小说选（卷五，1997年）〉序二》，收入《不可一世论文学》，人民文学出版社，2003年版。

② 陈思和《现代都市社会的“欲望”文本——以卫慧和棉棉的创作为例》，《谈虎谈兔》，广西师大出版社2001年版。

③ 王晓明、王侃《三足怪物、叛徒、谜底及其他》，《当代作家评论》2012年第1期。

实用理性,坚信自己选择的价值观,戒绝任何越轨的冲动……在上述支配性文化和青年心态所合力搭造的“铁幕”下,90年代文学中自居于主流实则世俗社会边缘、苦苦寻求自我精神拯救的青年人(如朱文笔下的小丁们)、以赤裸裸的笔墨挑战“所谓致富阶级(成功人士)温情脉脉的伦理规范”①的叛逃者(如棉棉、卫慧笔下的女孩子)全都消失了。其实这两类形象的消失有迹可循,有论者极富创见地提出了“终止焦虑”这一考察视角:焦虑是通过与现实处境持续的紧张对峙来艰难摸索一种自我确立的主体力量,“焦虑感是作家主体通过文字与世界发生关联时承受的障碍所致,是心灵的想象与现实境况相互磨蚀的结果,在有些情况下正是人不放弃追求主体力量的证明”。差异正在于,朱文“同样表现‘无所作为’的虚无感,但深刻地描绘了作者的内心焦虑,毫不放松地突出着对主体力量的渴望”;而到了卫慧、棉棉等70后作家笔下,“主体在对现实的反应中自主性明显弱化,认同感逐渐增强,两者的关系处于相互整合之中,而不是主体自觉疏离出来,形成独立的个体存在”②。

到了21世纪,明显地反映出上述“整合”过程完成,连摩擦的痕迹都不复存在的是郭敬明的小说。在巴赫金所描述的“最为重要的一类”成长小说中,“人的成长与历史的形成不可分割地联系在一起。人的成长是在真实的历史时间中实现的,与历史时间的必然性、圆满性、它的未来、它的深刻的时空体性质紧紧结合在一起”。而在其他类型作品中,“人的成长被置于静止的、定型的、基本上十分坚固的世界的背景上”;“世界只是分解成个别的事物、现象和事件,它们不过是毗邻和交替而已。长篇小说中的人物形象,仅仅勾勒出了轮廓,全然是静态的,就像他周围的世界是静止的一样”。③以此来考量郭敬明的小说,最显著的特征即是“主人公的静止不变”:“对个体的忧伤、创痛的反复咀嚼不仅成为文

① 陈思和《现代都市社会的“欲望”文本——以卫慧和棉棉的创作为例》,《谈虎谈兔》,第224页。

② 宋明炜《终止焦虑与长大成人——关于70年代出生作家的笔记》,《上海文学》1999年9月。

③ 巴赫金《教育小说及其在现实主义历史中的意义》,《巴赫金全集》第3册,白春仁、晓河译,河北教育出版社2009年版,第213、227页。

本推进的主要线索，更被普遍化为某种本质的、从来如此的青春体验，这一操作的痕迹最为鲜明地体现在郭敬明对‘孩子’这一概念的反复言说之中。在郭敬明笔下，‘孩子’不仅是一个年龄阶段，更是一个可以脱离各种社会关系而存在的绝对纯洁的领域……‘孩子’这一范畴成功抹去了个体的创伤与其社会根源之间的关联，从而建构了一个完全封闭的主体。对于这样一个主体而言，由于无法在具体的社会结构、生活经验，及其背后的权力关系中辨析创伤的来源，因此，他只能将其视为本质的、普遍的青春忧伤而加以领受，甚至将其审美化，并反复观看、咀嚼。同时，正是这种将自身独立于社会的意识形态构型，询唤出了大量自我封闭的、拒绝成长的主体，取消了任何对抗性实践的可能性，从而不断再生产着既存体制下的权力关系。”①

郭敬明式的小说“翻版”了这个时代的现实：无须让生命悸动的痛感来提醒自己，也无须在黑暗的长旅中左冲右突，铺天盖地的广告、传媒，以及不设禁区的互联网早已告诉了那个“孩子”成人世界的秘密与真相。郭敬明笔下这个“只想待在自己世界里的孩子”，以持守纯真的自恋姿态来暗享“豁免权”②；同时又在早已熟稔成人社会铁则的前提下，将成长过程“压缩”，一出场就“定型”，于是“完全封闭的主体”粉墨登台。而这一文学形象背后的社会特征和规训机制清晰可辨：整个现代社会的特征是合理性，强调在一个可以操控的范围内稳妥运行。青年人有意无意地服从这一合理性，同时被剔除掉反抗性与批判性。毫无疑问，这是一种不加反省的“角色化”书写。

当我们失望于郭敬明小说中反复咀嚼、消费自我的忧伤而无法自拔、静态而不再成长的青年人物时，往往会举证林道静来作比较。《青春之歌》向来被视为“新人”塑造、社会主义成长小说的典范之作。林道静的成长充分体现了“与历史的形成不可分割地联系在一起”，然而，如果以“角色化生成”的视角来考察

---

① 康凌《林道静在21世纪》，《文学报》2012年2月9日。

② 当“抄袭”事件闹到法庭并被炒得沸沸扬扬的时候，记者问及郭敬明是否在意，郭的解释是：“我不想参与到成人世界的争斗中，我只想待在自己的世界里。”

就会发现,当民族国家历史的必然性、圆满性绽现之时,人的成长与其说是动态的创进,毋宁说是按部就班的天路历程。以上这两类青年形象似乎都不能让人满意。借用上文的话说,也许正是因为"内部自然"和"外部自然"无法达成平衡,所以文学中的青年形象,不乏静止而"完全封闭的主体",不乏斗志昂扬却"内心生活"苍白甚至是"失心"之人……

七

这是当下青年文学创作所面临的双重困境:首先,将"内部自然"简单地外挂在"外部自然"之上,未加反省地内化来自外部的期待和规定,所以青年形象的生成往往受制于"角色化"书写;其次,"角色化"书写往往并不充分正视青年人的特性、欲求、内在权利、精神自由以及生命原初意义,所以这样塑造出来的青年形象缺乏生命能量和灵魂深度,尤其是在今天,无法刺穿强大而秩序井然的现实铁律。

我们先来谈上述第一个问题,如何在"内部自然"和"外部自然"间寻获平衡?这个时候我想起鲁迅,身在一个秩序轰塌的年代,鲁迅以"自心"应世,秉持虚灵流动而非僵化定型的"心里的尺"来应对、验证身外的律令与规范,将生命创造的凭据收归自我。另一方面,即便临近生命的终点,鲁迅仍然深切表达着与这个世界紧密关联的经验:"外面的进行着的夜,无穷的远方,无数的人们,都和我有关。"① 所以鲁迅的这颗"心"又贯通着"生命的具体性",不是将"个人"凝固成一个自外于现实世界、高高在上而又一尘不染的封闭"自我",而是舍身到"不完善"甚至污浊罪孽的现实中,通过与周遭世界的关联,通过"完成切近的具体事业"——哪怕它们是平庸、烦琐的(往往如此)——来担负起变革现实世界的责任。②这是一颗多么庄严而活泼、"内外兼修"的"心"。在讨论上述"内外失衡"的青年形象

---

① 鲁迅《"这也是生活"……》,《鲁迅全集》第6册,第624页。

② 关于鲁迅文学所彰显的"生命的具体性",参见拙作《在伪士与名教的围困中突围》,《当代作家评论》2009年第4期。

时，我们应该珍重鲁迅“心学”的这份资源——既舍身到风沙扑面的现实中贴身肉搏，又敢于自白其心、以心应世，以此来培育一个丰富而沉稳、与现实相摩擦复又充当外界扰攘之过滤器的内心空间。

日本学者藤井省三曾指出，鲁迅在《狂人日记》中的表现手法既“脱胎于安德烈夫的文学，却又与其单纯反映个体之孤独的文学倾向有微妙的不同”：

> 安德烈夫描写的疯子之申诉乃是从封闭压抑的自我发出的悲鸣，而鲁迅借狂人之口发出“救救孩子”的呐喊则是找到了与民族共生之线索的开放的自我之疾呼。
>
> 安德烈夫通过谎言、沉默等实体化的感觉描绘出孤独的内面世界。于《域外小说集》中翻译过《谩》和《默》的鲁迅，十年之后对安德烈夫的手法进行了脱胎换骨的改造，借狂人的妄想，通过食人一事进一步把孤独实体化，最终得以形成突破自我封闭而与时代状况共生的崭新自我。

藤井省三之所以强调鲁迅在进行社会批判同时，“如何以安德烈夫为媒介艰难地探索现代文学的核心精神——个人主体之‘内面世界’”，是“意在打破多年来人们对日本和中国两位国民作家所建构起来的神化模式：超越个人主义而达到‘则天去私’境界的夏目漱石和革命圣人的鲁迅。单就鲁迅而言，这个神化不仅指从延安到人民中国毛泽东对鲁迅的圣人化，同时也指竹内好以来的日本鲁迅研究。延安时代的毛泽东由于可以表彰鲁迅在现实政治中贯穿始终的革命者一生，结果遮蔽了其对中国的统治结构本身予以批判的文学本质。而日本竹内好以来的鲁迅研究者，由于一直局限在‘文学与政治’对立这种阐释架构的范围之内，因此忽视了活跃于现代精神史舞台上的鲁迅文学的思想核心——对个人主体性之‘内面世界’的追寻及其所感到的不安和恐怖”①。藤井省三的研究呈现出鲁迅文学的丰富性：既不放弃探索“个人主体之‘内面世界’”，也注重

---

① 赵京华《后现代社会语境下日本鲁迅像的转变(下)》，《周氏兄弟与日本》，人民文学出版社 2011 年版，第 105—107 页。以上藤井省三的引文也转自赵文。

“将封闭的内面世界向自己的民族敞开从而获得无限的解放”。当我们探究20世纪中国文学史上的青年形象时，当我们在寻觅角色化与主体性之间的复杂关联时，鲁迅这份“内外兼修”的资源值得我们一再反顾。

并不是说非得求证一个“内部自然”与“外部自然”处于平衡状态的人物来作为青年形象塑造的范本，鲁迅的启示是：首先，在“内部自然”与“外部自然”之间，应该有势所必至、理有固然的接榫与“桥梁”。叶永蓁作《小小十年》，“这是一个青年的作者，以一个现代的活的青年为主角，描写他十年中的行动和思想的书”，鲁迅赞誉该书“描出了背着传统，又为世界思潮所激荡的一部分的青年的心”，同时也犀利指出其中缺陷：“从旧家庭所希望的‘上进’而渡到革命，从交通不大方便的小县而渡到‘革命策源地’的广州，从本身的婚姻不自由而渡到伟大的社会改革——但我没有发见其间的桥梁。……在这里，是屹然站着一个个人主义者，遥望着集团主义的大纛，但在‘重上征途’之前，我没有发见其间的桥梁。”①必须从“内部自然”的实感出发，依照着年轻人的生存条件、思想背景与性格逻辑所规定的方式，来摸索“外部自然”；任何外在的角色召唤、整体结构，必须具体地组织进、实现在青年的生命活动与生活进程中。这是“其间的桥梁”意义所在，它在《狂人日记》中体现为“通过对自白主体进行非人格化的处理，从而将内面世界本身再度普遍化”②。其次，一方面要求文学关注年轻人的特性、欲求和权利，展现他们的内在空间和主体经验；同时也应该思考现代中国的历史语境中，“自足”的“个人”的故事、“纯粹”的“自身”的故事，到底在多大意义上可以成立？“狂人”形象的启示在于“突破自我封闭而与时代状况共生的崭新自我”。总之，在“角色化生成”与“主体性成长”之间，在决定论和能动性之间，在福柯和存在主义之间，在政治经济学和精神分析之间，在外在询唤和内在期待之间，文学中的青年形象应该得到更加精致入微的辩证。

---

① 鲁迅《叶永蓁作〈小小十年〉小引》，《鲁迅全集》第4册，第150页。

② 赵京华《后现代社会语境下日本鲁迅像的转变（下）》，《周氏兄弟与日本》，第106页。

八

接下来的问题是：一个“内外兼修”、生气淋漓的青年形象，在今天，是否依然有可能具备批判性？文学艺术诚然“胜不过事实”，但文学从来不应被现实所压服，即便“铁幕”已严丝合缝，文学难道不应该在这严丝合缝上打开一个口子、搅动出新的希望吗？我想有必要重访鲁迅的“铁屋子”：曾经一度清醒、天真的个人，当面对“万难破毁”的困境，是否只有一种选择——重新安排自己进入原先的世界，从“昏睡入死灭”；抑或辩证对待必然性与能动性，“有没有可能，通过有目的性的活动，来逃脱那囚禁我们的社会历史结构？”①

自然，人无法绝对“自由成长”，按照福柯的说法，主体是被“规训”出来的，这种规训力量隐藏在学校、语言、日常生活等等背后，组织成一道对人体的各种姿态、行为和心理进行精心操纵和重新编排的权力机制，使个体不仅在“做什么”方面，而且在“怎么做”方面都符合其愿望。在被规训的环境中，是否可以“能动的生成”——“个体在构造客观性活动的过程中，以独立的个性理解世界的经验存在，进而以一种积极探索与突破的精神重构世界(生活世界、科学世界或哲学世界)的秩序，最后完成了独一无二的生命存在史？”②我们切莫忘了中国现代文学的“诞生之作”《狂人日记》讲述的就是一个能动主体临世的故事。尽管是以精神分裂的“疯”的形式③，但一个独异“新人”的长成并进入历史实践，是

---

① 安德鲁·琼斯《鲁迅及其晚清进化模式的历险小说》，王敦、李之华译，《现代中文学刊》2012年第2期。

② 樊国宾《主体的生成：50年成长小说研究》，中国戏剧出版社2003年版，第257页。

③ 关于“疯”的意义，林毓生这样认为：“假如中国人在思想上与精神上是那样地病入膏肓，以致不能认清在他们‘吃’别人的时候正是他们被别人‘吃’的时候；假如他们的心灵是如此地‘昏乱’以致使他们在自我毁灭的过程中不但不谋自救，却反而津津有味地压迫着别人；那么，一个在同样环境中被教育出来的，不可能不与他的同胞同样拥有中国人性格的中国人如何可能是一个例外？答案是：他不能，除非他‘疯’了。”林毓生《鲁迅思想的特质及其政治观的困境》，许纪霖、宋宏编《现代中国思想的核心观念》，上海人民出版社2011年版，第653、654页。

有可能的。这是鲁迅特有的“绝望”中的“希望”。同样我们不要忘了，狂人并无固定的职业，也谈不上成熟的思想体系，年龄约在三十多岁①，这是一个青年反抗者形象（在“从来如此，便对么”的质问中，现代青年的反抗者形象在文学史上登场：狂人、觉慧、蒋纯祖……）；《狂人日记》是一部典型的拥有成长主题的青春文学，而青春文学本来就具备先锋、“逆袭”的品格。同样重要的是，青春文学的“先锋性”并不只是被动服务于外部社会力量的询唤，那种追求精神自由的爆发力，紧密地关联着青年人的生命实感。现代文学史上的青春文学和其创造者们，同样身处主导性文化的严密限制之中，但却通过足够强大的艺术才能、“绝望中抗战”的勇气、韧性的战斗精神，创造出“冲决罗网”的文学空间。

今天，我们身处一个颓靡、涣散的“无名”时代，不过源头活水也许正孕育其间。一方面历史转型期表面上看暧昧混沌，实则波澜不惊的时代表象下龙蛇起陆的迹象暗流涌动；另一方面主观上在很多年轻人的意识、思想空间里“历史远未终结”。这理应是一个产生新鲜的文学意识和新鲜的审美表达的时代。我们不妨屏息期待，期待一种兼具先锋精神与生命实感的青年文学的重生……

原载《文艺争鸣》2014年第8期

① 根据小说开篇“今天晚上，很好的月光。我不见他，已是三十多年……”可以大致推定。

台港澳及世界华文文学研究

《文学杂志》与台湾现代小说

陆士清

一、天下滔滔骤起一声清醒呼唤

《文学杂志》创刊之时，正值台湾“战斗文艺”声浪高涨之际。台湾当局鼓吹所谓的“战斗文艺”起始于1950年3月，台湾当局设置了“‘中国’文艺奖金委员会”并宣布：该会将以较高的奖金和稿酬对外征集“反共抗俄”的作品。“五四”时该委员会给一批“反共抗俄”作品发了奖。自此，所谓“战斗文艺”的浪潮掀起。虽然这股浊浪大有淹没台湾文坛之势。但却也有人责问“文奖会”：“为什么非反共抗俄的作品不鼓励？”《文艺创作》“为什么非反共抗俄的作品不刊载？”也有人讥讽这种所谓文艺是“八股口号”，是“宣传工具而不是文艺”①。为了将这种声音压下去，1955年春，台湾最高当局正式提出了“战斗文艺”的口号。②接着，《文坛》杂志起而响应，围绕“战斗文艺”这个总题目，拟就12个子题让各界研究，参加笔谈。此后又出版了《战斗文艺丛书》（十种）。《军中文艺》杂志举办“战斗文艺讨论会”，军中广播电台开播“战斗文艺广播讲座”。台北中山堂举行战斗文艺百人座谈会，《联合副刊》等报刊也相继呼应，为“战斗文艺”造势，要求

① 转引自张道藩《当前文艺创作三个问题》，《联副三十年文学大系评论卷⑤文学评论》，第504页。

② 参见叶石涛《台湾文学史纲》，春晖出版社2000年版，第295页。

作家"关切×俄×共的战斗","面对战斗的现实,在现实中去找战斗的题材","观察各种富战斗性的生活,描绘富战斗性的人物"。①一些热衷"战斗文艺"的作家,也狂热地炮制着"反共八股"。一些"以反共作品出名的作家把持文坛,非'反共'的作品很难找到发表的地方"②,一般纯文学作品难以产生。

就是在这种文学环境下,《文学杂志》以独辟蹊径的姿态出现于台湾文坛。

《文学杂志》创刊时③没有以郑重其事的《宣言》《发刊词》之类的文字来宣示自己的宗旨,只在第一期的最后一页发表了一个简短的《致读者》以略示鹄的:

> 我们不想在文坛上标新立异,我们只想脚踏实地,用心写好几篇文章……在文学方面尽我们的力量,用文章报国。
>
> 我们的希望是要继承数千年来中国文学伟大的传统,从而发扬光大之。我们虽然身处动乱的年代,我们希望我们的文章并不"动乱"。我们所提倡的是朴实、理智、冷静的作风。我们不想逃避现实。我们的信念是:一个认真的作者,一定是反映他的时代表达他的时代精神的人。
>
> 我们反对舞文弄墨,我们反对颠倒黑白,我们反对指鹿为马。我们并非不讲求文字的美丽,不过我们觉得更重要的是:让我们说老实话。
>
> 我们希望:因《文学杂志》的创刊,更能鼓舞起海内外自由中国人士写读的兴趣。④

《文学杂志》反对当时泛滥于台湾社会的"反共八股"。这一点创刊号上的

---

① 王集丛《战斗文艺的内容》《战斗文艺的形式》,《联副三十年文学大系评论卷⑤文学评论》,第524、533页。

② 聂华苓《忆雷震》,《聂华苓研究专集》,湖北教育出版社1990年版,第48页。

③ 《文学杂志》于1956年9月20日创刊。刘守宜为发行人,夏济安任主编。1959年4月第6卷第2期开始由夏济安、侯健共同主编。共出版8卷48期。1960年8月20日出版终刊号停刊。参与创办的有吴鲁芹,在众多支持者中出力较大者有林以亮、王敬羲、余光中、朱乃长等。吴鲁芹在《琐忆〈文学杂志〉的创刊和停办》一文中说:杂志"对主编的接捧人,很早就'胸有成竹'",交棒的顺序是夏济安交给侯健,将来侯健再交给朱乃长。吴文说朱乃长已在大陆贫病交迫中死去,实属误传。朱乃长生前为上海师范大学教授,文学研究所所长。

④ 有几本书中所引《致读者》,与原文皆有出人,而且你抄我,我抄你,你错我也错。

散文——《我和书》《鸣》可以为证。

《我和书》是吴鲁芹的作品。它围绕我和书的关系，娓娓道来，表达了对“反共八股”的厌恶，尖锐地指出，那些泛滥于市的八股文字，只是“印成书的形式而并不算书的东西”。文章写道：古人“想象不出今日充塞市上只是书的形式不配称做书的印刷品，有若是之多，否则他们也要修正那一类（‘开卷有益’）的见解了”。《鸣》是思果的作品，针对台湾当局喋喋不休的反共宣传，表达了自己的憎恶，认为令人讨嫌的宣传，不免使人“昏倒”。

总之，《文学杂志》的宗旨，与台湾当时的文坛氛围大异其趣。它在“全无一句实话”的环境中树起了一面“说老实话”的旗帜，在消极逃避“战斗文艺”的狂乱中，吹进了一股清醒之风。正如梁实秋先生在悼念夏济安的文章中所说：“《致读者》一文是夏济安先生的手笔，表明他编辑的志趣，话说得很平正，也很含蓄。说穿了那是一面反对逃避，一面不肯沦为宣传。这虽然不算高调，却是天下滔滔之中不常听到的清醒的呼声。”①

二、辛勤耕耘育成纯文学园地

在“战斗文艺”的浊浪中，《文学杂志》独步文坛，发出清新的呼声，这是难能可贵的，也是有意义的；但更重要的是，它通过切实的贯彻和辛勤的耕耘将自己的宗旨变为现实，在自己的园地上培育了在当时堪称独特的纯文学的氛围和景观。

《文学杂志》诞生在台大校园，可以说是学院派杂志。台大教授、学生是它的基本作者，但也聚集了当时岛内外的前辈学者、作家和后起的新锐作者，“群贤毕至、少长咸集”，被认为是阵营坚强的刊物，成为当时台湾“文艺界瞩目的焦

① 转引自思兼《期待〈文学杂志〉的复刊》，《联副三十年文学大系评论卷⑤文学评论》，第 569 页。

点”①。在编稿方针方面，《文学杂志》做到了三方均衡而又有所侧重。这三方是：一、中国古典文学的研究和介绍。以1至4卷为例，杂志共发表论文78篇，其中论中国古典文学的有35篇。论述的范围几乎涉及了整个中国古典文学领域。有评介诗人作家的，有探讨作艺术技巧的，有对古诗词发展轨迹进行探讨的，有专题研究作家作品的，也有研究中国古代文艺思想发展变化的等等。如此大量的探讨中国古典文学的论文，在当时台湾的文学期刊物中（学术性刊物除外），可以说是空前的。二、外国作家作品、文艺理论和文学评论的翻译介绍。1到4卷共发表37篇，其中论文12篇，小说12篇（包括三部连载的中长篇小说），诗9首，散文5篇。这在当时台湾的文学期刊中，也只有学院派的《文学杂志》才能做到。三、创作和评论，是杂志侧重的方面。1到4卷共发表小说70篇（其中译作11篇），诗62首（其中译作9首），散文48篇（其中译作5篇），评论29篇。

这里我想就1至4卷小说做一个概略的考察。总体上说，《文学杂志》的小说已经摆脱了“反共八股”的格调。

第一，摆脱了“战斗文艺”的题材取向。《文学杂志》要求作者“说老实话”，实际上也就是要求作者摆脱“战斗文艺”的题材取向，面向真实的人生。反映在小说创作中，最明显的就是题材大大地扩大了。1至4卷所发表的59篇小说，范围相当广泛。首先，从不同角度描写男女爱情生活的作品大量涌现。这些爱情小说，大都突破了纯情小说的藩篱而浸渍着社会意义。如林海音的《琼君》，写苦命的琼君在大她30岁的前夫死后，冲破世俗偏见，为寻求新的幸福而挣扎；张爱玲的《五四遗事》是对某些知识分子所谓的“个性解放”“婚姻自由”的讽刺。男主人公罗先生反对封建婚姻的结果，反成了“三美团圆”、三妻四妾的拥有者。其次，小民百姓的家庭生活受到了注意。这类作品往往通过家庭伦理矛盾的描写，透射着社会变化的讯息。如童贞的《宫殿》通过姐弟亲情崩塌的描

① 转引自思兼《期待〈文学杂志〉的复刊》，《联副三十年文学大系评论卷⑤文学评论》，第567页。

写，揭示了以金钱为追求目标的社会的残酷和人性的自私。艾雯的《父子岛》，透过儿子弃父离岛，描写了工商社会发展对纯朴的亲情、婚姻和伦理观念的震荡和破坏。再次，一部分流落到台湾、香港的大陆人的生活命运成了小说描写的重要题材。写得比较深刻的如聂华苓的《姗姗，你在哪儿？》作品写主人公李鑫寻找当年在大陆的天真纯洁的姗姗，结果只找到一个庸俗的"活盒子"，真实地表现了一部分随着国民党去台湾的大陆人的幻灭感。还有些作品，或写学生生活（包括赴美留学的学生生活），或写风尘女子走出红尘，自强自立；或写人性与兽性的争斗；或以抗日战争、历史故事作为题材，甚至台湾社会的某些重大事件也有所反映。

第二，台湾当局所提倡的"战斗文艺"，凡涉及国民党撤退，或老百姓随之到台湾这类题材时，总不免要喊几句口号以示"战斗"。《文学杂志》的小说在面对这些题材时，则一改俗套，或切入现实人生，或着眼于生命的思考，如董镜桂的《八颗奎宁丸》、杨海宴的《生命的历史》。前者写芸芸、子玉夫妇的不幸的命运。作品告诉人们，芸芸、子玉夫妇所以不幸，原因是受骗，受"假药"的骗，受政客的骗。后者是写对生命的了悟。主人公追随国民党旧政权来到台湾，经受着物质生活的贫困和精神上的寂寞。弥留之际他忽然顿悟："迎接新生当然比送别旧生命更为重要。"这就是生命的历史，暗示了对人生道路的忏悔。

第三，有些作品在一定程度上揭示现实的艰难和矛盾。如丛甦的《车站》、金溟若的《聚宝盆》等。《车站》有一点高尔基《底层》的影子。作品通过对良家姑娘被逼为娼，昔日的将军沦为卖香烟的老头，以及因做将军梦而坐牢的军人等的描写，揭示了台湾下层人民生活的艰难，以及战争给国民党军人留下的心灵创伤。《聚宝盆》具有讽刺意味。它通过对麇集在 S 中学里一伙国民党分子内斗的描写，像一面镜子一样，照见了腐败和黑暗，也折射出了某些开明之士的弃旧图新之举。

《文学杂志》以它发表的小说表明，它贯彻和坚持了自己的办刊宗旨。正如编者在第 6 卷第 1 期《致读者》中所说，"综观三十几期杂志，无形中似乎在提倡一种风格。我们很少登载辞藻华丽热情奔放的文章。《文学杂志》多数的文章是朴素的、清醒的、理智的”“别人也许喜欢梦想,憧憬和陶醉;《文学杂志》的文章宁可失之瘦冷干燥,也不愿犯浮艳温情的病”。

《文学杂志》成了50年代中期独驻台湾文坛的纯文学园地,在一个相当的范围内,形成了颇具影响力的纯文学氛围,就在客观上为台湾现代小说的诞生提供了相对说来较为清纯的文学环境。

三、引颈西望根植现代小说概念

《文学杂志》诞生时,一方面面对着火药味甚浓的“战斗文艺”环境,另一方面还面对“五四”新文学传统被阻断、台湾社会日益西化的文化环境;同时,《文学杂志》主其事者皆是台湾大学外文系教授,尤其是夏济安常年潜心于外国文学的教学和研究,这就决定了它对于介绍西方文学的重视和自觉。从创刊号开始,《文学杂志》几乎每期都有译作发表,或诗、散文、小说、戏剧作品,或文艺理论、作家评论。仅译介小说作品和小说家评论一项,48期《文学杂志》就发表了50余篇。特别到后期,此种译介就更集中。综观《文学杂志》对西方文学的翻译介绍,有如下特点:

第一,既有小说、诗、散文、戏剧作品,又有文艺理论、作家作品评论,对理论和作家作品评论相当重视。艺术方法、技巧方面的如《新批评》(斯平加恩著,吴鲁芹译)、《小说的架构》(亨利·詹姆士著,侯健译)。作家作品评论方面,既有文学流派的批评研究,又有作家专题研究介绍。如《论自然主义小说之没落》(菲利普·勒赫夫著,齐文瑜译)、《自然主义与美国文学》(劳特·霍顿、哈伯特·爱德华著,景新汉译)等。

第二,对西方文学的介绍,有明确的取向,那就是侧重于西方现代主义思潮、现代主义作家和作品。曾有这种说法:“夏济安及其《文学杂志》的观点,主要是十九世纪批判现实主义的观点,他们主要是受莫泊桑、易卜生、肖伯纳、罗曼·罗兰、托尔斯泰等现实主义作家的影响，但也受二十世纪的现代主义的一些影响。”①不错，夏济安在自己的文章中说过，“我一向鼓励有志写作的青年走自然主义的路子”，但夏济安心仪的并不是批判现实主义，而是现代主义。他所推崇的是法国的普卢斯特、英国的吴尔芙夫人、爱尔兰的乔哀思、美国的福克纳，以及乔治·艾略特、亨利·詹姆士和康拉德等人。夏志清在回忆中说“济安对那些现代作家特别寄于同情，因为他自己也是过渡时期的人物，对新旧社会交替下的生活现象特别注意，对这种社会中所长大的青年所面临的问题特别敏感”，他对于“詹姆斯、乔哀思、福克纳那种艰涩甚至怪拗的文体极为欣赏”。②夏济安的这种认知和心态，也反映到《文学杂志》上来。《文学杂志》发表的真正有分量的译作，也绝大部分是关于现代主义的文艺思潮和作家作品。如《现代艺术与存在主义》《现代英国小说与意识流》《海明威论》《论亨利詹姆斯的早期作品》《卡缪论》卡缪的小说《荡妇》《叛教者》和《薛西弗斯的神话》等等。

第三，《文学杂志》所刊出的西方文学理论和文学批评文章首先强调的是现实主义已不能反映现代人生活中谜一样的因素，面对分崩离析的世界，它已不能再有所表现了，它的重典型人物和故事的方法也已被《攸力息斯》之类的作品否定了。现实主义有光荣的历史，“现在已成强弩之末，不可能再有什么发展”。后起的小说家，如卡夫卡的梦幻与现实的结合，布勒东的超现实主义、象征主义，意识流小说家，正设法“超越那种无休无止的记账式的经验的记录，以谋从它的写实俗套中获得胜利”。其次，这些文章还一再指出：意识流小说作家“都在试探、设法认识比现实主义者所认识的真实更加彻底的真实”。意识流小说家如摩尔、亨利·詹姆士、康拉特、乔哀思、吴尔芙夫人、依莉莎白、鲍温等的创作都显示了自己的特点，确立了自己的影响和地位。而且由于在意识方面从事

① 王晋民《台湾当代文学》，广西人民出版社 1986 年版，第 46 页。

② 夏志清《爱情·社会·小说》，纯文学出版社 1970 年版，第 219—220 页。

开拓和探索，使小说因此大为改观，随之产生人物和形式的新观念、新的着眼点和新的技巧。结构严密整齐的布局已完全失去踪迹。传统的叙述虽然被采用，但往往有印象或意识流穿插其间，补充了它的不足。人物为多方面的或无面的性格所取代；而性格的描写则为即时的经验所取代。其三是这些文章还从存在主义的"存在先于本质"谈到"审美存在主义"，力图说明在行动的领域内，"存在主义的内涵，使个人在传统的是、非观念上得到解放"，小说创作应该以新的观念来审视人和人的生活。

《文学杂志》通过对西方文学的译介，为现代小说勾画出了略具轮廓的概念；同时，为了引导台湾的作者去仿效和试验，它就十分重视文学理论批评，刊登过一些有分量的文章，比较重要的是两个方面：一、中国社会与文学的讨论；二、一些作家与作品的专题评论。这种讨论和评论引起了当时文坛的注目。如夏济安的《评彭歌的〈落月〉兼论现代小说》，就是运用"新批评"方法写的大文章。[①]它以《落月》为例进行解剖，几乎涉及了现代小说技巧的所有重要方面。如心理小说结构与意识流技巧、象征主义与诗的技巧、小说叙事观点技巧、现代小说人物性格的多方面性问题等等。夏先生的批评具体贴切，针针见血，切中要害而能予人启发。文孙的《一篇现代小说中象征技巧的分析》，同样运用"新批评"方法，将泡特女士的《盛开的犹大花》进行逐段解剖和逐句分析，指出它的象征性和象征意义。这些批评文章，从作品本身出发又不拘泥于作品本身，视野广阔，发挥精到，因而具有很大影响。

通过对西方现代小说流派、作家作品和理论批评的译介，在闭塞的台湾与欧美之间，建起了中西文化交流的通道，将西方现代小说引进了台湾。更重要的是，它为那些意欲摆脱"战斗文艺"束缚的作家提供了思想武器，而夏志清等人的文学批评，则将现代小说的概念栽进了台湾文坛。

---

① 夏志清《爱情·社会·小说》，第220页。

四、笔墨滋润催生现代小说新秀

《文学杂志》的出版，扶植了一批新进作家的成长。白先勇在《蓦然回首》中写道："有一天，在台南一家小书店里，我发觉了两本封面褪色、灰尘满布的杂志《文学杂志》第一、二期，买回去一看，顿时如纶音贯耳，我记得看到王镇国译华顿夫人的《伊丹·傅罗姆》，浪漫兼写实，美不胜数。虽然我那时看过一些翻译小说……但是信手拈来，并不认真。夏济安先生编的《文学杂志》实是我对西洋文学热爱的桥梁。我作了一项我生命中异常重大的决定，重考大学，转攻文学。"①白先勇后来成了著名的小说家。他的成长，除了个人的天赋和努力外，与《文学杂志》以及既是主编又是老师的夏济安的支持和指导分不开。他的处女作《金大奶奶》就是在《文学杂志》上发表的。白先勇说，要是夏先生看这篇稿子时"皱一下眉头，也许我一辈子不敢再写小说了"②。夏济安仔细地分析了白先勇的《我们看菊花去》(后改题名为《入院》)后指出，作品成功地运用了许多象征，使内容显得更深刻。白先勇说，当时"运用象征纯粹出于无意识，经夏先生指点后，有了自觉，开始运用象征与写实的手法，逐渐确立了自己的风格"，更重要的是他"鼓励我从事多方面的尝试，才不致在初学时陷入一家一派的死胡同"。《文学杂志》上夏济安写的《评彭歌的〈落月〉兼论现代小说》一文，一直留在白先勇的脑海里。后来他写《游园惊梦》，里头也有一段唱京戏(昆曲)的描写，就自觉地实践了夏济安的理论，"果然效果逼人"③。

跟白先勇一样，陈若曦也得到了《文学杂志》的支持和影响。陈若曦在该杂志上发表了三篇文章，她的创作生活是从《文学杂志》起步的。据台大中文系叶庆炳教授回忆说：陈若曦"那时有一篇作文我觉得不错，便拿给夏先生过

① 白先勇《蓦然回首》，文汇出版社 1999 年版，第 70 页。
②③ 白先勇《恩师夏济安·塑造白先勇》，《中国时报》1979 年 8 月 28 日。

目。虽然夏先生认为作者的文字还不够成熟，但是颇具潜力，于是将作品删修后便刊载于他主编的《文学杂志》上，这是陈若曦的初试莺啼之作。之后，她又有一篇《钦之舅舅》，大获夏先生激赏，一字未改便予以发表”①。王文兴也是如此。

与白先勇、陈若曦、王文兴相比，欧阳子受《文学杂志》的影响则不同一些。欧阳子没有在《文学杂志》发表过作品，也没有单独请教过夏济安，但大学三年级时，她在课堂上深受夏济安的启发。夏济安看到年轻人的作品写得过于温情，便在课堂上批评说："年轻人写文章的通病，那便是'温情'味太浓，形容词太多，陈腔滥调遍布，内容虚幻不实，不客观，不冷静，缺乏理性控制……"②这个批评，在欧阳子听来，简直就是针对她而言的。于是在办《现代文学》杂志的时候，她转变写作路线，"改用客观理性的手法创作小说，以反讽的，有时甚至近于冷酷的语调和态度，剖析某一些人的感性心理，并叙述他们由于某种特别心态而引起的行动反应，走上了理性的、心理写实的道路"③。欧阳子开辟的新的天地，"可以说是中国白话文学运动从来没有人开辟过的。除欧阳子以外，中国古代、现代作家当中似乎还没有一个全心全意写心理小说而又写得那么好的"④。

白先勇等人的成长，清楚地说明:《文学杂志》和它的主编夏济安，相当自觉地在把这批年轻人引向现代小说的境界。

总之，由于《文学杂志》和夏济安的引导，已经有一些作者写出了现代小说或具有某些现代小说特点的作品，如聂华苓的《姗姗，你在哪里?》、陈若曦的《钦之舅舅》、白先勇的《入院》，甚至林海音的《我们看海去》，也具有了亨利·詹姆士的小说观点。《文学杂志》播下了现代小说的种子，也收获了一些新苗，所以它是孕育台湾现代小说的第一块园地。

---

① 《文学杂志·现代文学·中外文学》，《中央日报》1988年11月18日。

②③ 欧阳子《移植的樱花》，第157、170页。

④ 胡菊人《欧阳子与心理小说》，1981年香港市政局"文学周上的讲演"。

《文学杂志》出版历时四年，刊令并不算长；但是它的创刊，可以说是台湾现代小说潮流的最初的涌动，它的继承者——《现代文学》杂志，就是吸取了它的精神，并在它的基础上发展起来的。因此，《文学杂志》在当代台湾文学史上，有着重大的影响和不可替代的地位。

原载《复旦学报(社会科学版)》1991年第6期

20 世纪华语话剧发展轨迹及其趋势

梁燕丽

21 世纪华语话剧依然是华人的表述空间和文化实践。在此我们的问题是：在全球资本主义通俗文化成为世界主流文化的今天，华语话剧有什么独特性？在一个现代科技发达的世界，华语话剧又有什么独特功能可以使它继续生存、生长？当我们带着这些问题回顾和展望时，也许能够较为清晰地勾勒出 20 世纪华语话剧的发展轨迹及其趋势。

20 世纪人类文明的一个显著特征是世界系统的形成，华语戏剧的发展跟世界戏剧有着密切关系，这是个别与整体的辩证互动。首先，现代意义的华语话剧，是受西方戏剧影响而诞生的。西方戏剧以"话剧"为名传到东方，"这种戏剧运用日常言语和社会行为作为表现媒介"，中国进步的思想家自身需要一种现代戏剧，"和他们在易卜生、肖伯纳的戏剧中所看到的东西非常接近"①，于是因应社会革命和新文化运动而进行的戏剧革新，放弃传统戏曲封建内容和风格化形式，选择了西方戏剧的形式和思想，白话剧逐渐成为中国现代主要的戏剧样式。话剧的诞生是中国从传统走向现代的文化表征。作为华语话剧主要场所的中国大陆、香港、台湾，在 20 世纪几度西潮中都产生过吸纳西方戏剧影响的强烈愿望，其他身处西方文化包围之中的华人剧场，与西方戏剧更有着近距离

① 参见理查德·谢克纳《东西方与巴尔巴的戏剧人类学》，周宪译，《戏剧艺术》1998 年第 5 期。

的接触与互动。另一方面，20 世纪东方戏剧反过来影响西方，尤其是对西方现代派戏剧的影响甚至是本质性的。美国戏剧学者谢克纳指出：20 世纪有成就和有影响的戏剧艺术家事实上都“走向东方”①。有时东西方的相遇是短暂和不全面的，但却有决定性的意义，如巴厘戏剧之于安托宁·阿尔托的“残酷戏剧”，中国戏剧之于布莱希特的“间离效果”；格洛托夫斯基的东方之旅，成为探求“普遍戏剧真理”的一部分；东方的戏剧技巧和作品题材成为彼得·布鲁克戏剧学识“项链”上的珍珠；姆努什金的太阳剧社吸收并表现了亚洲和欧洲戏剧的融合；巴尔巴的戏剧人类学，代表了 20 世纪下半期跨文化戏剧最重要的发展方向。诚然，从世纪初东方引入西方话剧、西方借鉴东方戏剧美学，到世纪中整体剧场倡导世界视野，再到世纪末多文化主义把戏剧视为融合各地文化传统的美学空间，可以说在今天探讨华语话剧的发展，首先应从 20 世纪跨文化沟通的理想和互动中获得启示。正是在东西方开阔的视野中，华语话剧发展出现实主义和启蒙传统，并不断进行反思，寻求戏剧新的可能性，剧场成为“身体”和中国性的探索场域。

一、现实主义及其反思

19 世纪末西方戏剧思潮由浪漫主义过渡到自然主义（现实主义），思想内容立基于社会现实，易卜生、萧伯纳的写实主义剧作甚至被称为社会问题剧，包含两个显著特征：一是对社会问题的揭示，二是辩论的剧作技巧。如易卜生的《玩偶之家》，海尔茂想要做的，是将娜拉拉回既定的社会道德框架之内，维持现状。而易卜生却让娜拉离家出走，去找寻自我，重新审视社会价值和观念。其次在技巧创新上易卜生拓展了传统的情节结构，加入了“辩论”的成分。《玩偶之家》最后一幕著名的舞台场面“论辩”和“出走”，如果改成重归于好、温情脉脉的结

① 参见理查德·谢克纳《东西方与巴尔巴的戏剧人类学》。

尾，就会变成最庸俗的剧作。然而，“辩论”的成分如音乐中新乐调的增加，使得《玩偶之家》震撼了整个欧洲。萧伯纳在《易卜生主义的精华》中阐释“辩论”技巧改变了传统的戏剧结构，达到思想启蒙和理性批判的统一：“首先，(易卜生)引进了辩论，扩大了它的权力，使辩论和情节最终融为一体，两者事实上已成为同义词了。第二，观众自己进入戏剧当事人的行列，他们生活中的事件也成为舞台上的情节。”①

20世纪初在深重的民族危机中，中国有识之士为救国图强和唤醒民众而引入话剧，到了新文化运动更把带有社会改进背景的现实主义戏剧奉为主流。美国戏剧史家布洛克把19世纪末以降一百年的西方戏剧史形容为“创新的世纪”，而这创新是始于写实主义的，他认为西方戏剧美学的这个方向，跟19世纪中的科学实证主义、达尔文的“进化论”和马克思的“社会进化观”有关。②20世纪初的中国，文艺首先被视为一种思想启蒙的形式，这种想法直接形塑了中国话剧。于是，中国现代戏剧的发展，正好跟20世纪西方戏剧的发展形成某种反差。当西方现代戏剧借鉴东方传统戏剧，反省自19世纪形成的写实主义时，中国现代戏剧却毅然放弃传统，把自己的基础建立在西方写实主义之上。写实主义与镜框式舞台结合，形成单向沟通的舞台惯例，“辩论”成分甚至简单化为直接的观念宣讲或高台教化，这是美学形上框架的不自觉。③而戏剧介入社会，参与文化批判、建设和改造，却是相当自觉的。在所谓“完美新剧”的讨论中走向成熟的话剧，被界定为“逼真事实”“寓意深远”“有功世道”“演艺精湛”的现代戏剧。④洪深的《赵阎王》，丁西林的《压迫》，曹禺的《雷雨》《日出》《原野》和《北京人》，夏衍的《上海屋檐下》等，既是最成熟的西式话剧形态，更是最深切的中国

① 周靖波主编《西方剧论选》下卷，北京广播学院出版社2003年版，第456页。

② 参见Oscar G.Brockett and Robert Findlay, *Century of Innovation: A History of European and American Theatre and Drama Since the Late Nineteenth Cenfury*, Boston: Allyn and Bacon, 1991。

③ 比如20世纪初的戏剧演出，常插入时事演讲和论辩，目的在于宣传和启蒙，而其中的演说往往尽情发挥，完全没有担心戏剧演出停顿，甚至观众也很接受这种形式。

④ 参见20世纪20年代“完美新剧”的讨论。

现实关怀。在抗战戏剧运动和大众化戏剧运动中,现实主义更成为“主潮”。同样在19世纪末、20世纪初形成的象征主义、表现主义、构成主义等西方现代戏剧流派,在中国特定的历史情境下难以得到重视和彰显。如田汉以现实主义为主调的《名优之死》《获虎之夜》《回春之曲》等,都成为彼时最有影响的剧作,而他的《古潭的声音》《南归》等颇有现代主义色彩的探索,却难以为继。30年代左翼剧运开始,现实主义和马克思主义在中国传播的历史轨迹,以及共产党创立新中国的历史现实逐步结合起来,互为影响,话剧带上现实政治的深刻烙印,成为建构民族国家和新型社会形态的探索。新歌剧《白毛女》和话剧《红旗歌》可谓红色双璧。“如果说,《白毛女》讲述了一个农民翻身的传奇,那么《红旗歌》所要探讨的是工人如何当家做主的故事。”①这说明话剧的核心冲突依然是新与旧、先进与落后的思想冲突。这是中国话剧与生俱来的基本模式和启蒙意识。然而,1949年新中国成立后,历史危机消除,戏剧主体转移,个人被置于社会框架当中,戏剧美学受到前所未有的规限,甚至把苏联在20世纪30年代所倡导的“社会主义现实主义”奉为金科玉律,话剧从批判现实主义走向歌颂现实主义。首先在类型和题材上,除了历史题材,社会写实剧中悲剧、讽刺剧、爱情剧等不成文地减少甚至消失了。新中国意识形态相信,个体在通往共产主义的道路中,是一定会随社会发展而消灭的,因而悲剧与社会主义本质上是不相容的。而新社会的讽刺对象微不足道,讽刺剧变得不再重要了。至于爱情,总免不了小资产阶级情调,不合火红的社会生活。同时,又由于奉行“阶级斗争学说”,危机虽成为历史,但冲突和战斗却未消除。于是,西方19世纪布伦退尔的“戏剧冲突说”发展至极端,成为“文化大革命”期间“革命样板戏”的“唯冲突论”。②

至于50年代台湾话剧,由于受政治的影响变本加厉,“反共抗俄”和“战斗文艺”的主题先行使话剧艺术受到严重损害,公式化和概念化使话剧模式走向

① 陈思和《如何当家?怎样做主?》,《萍水文字》,上海文艺出版社2011年版,第135页。
② 参见卢伟力《尚未完成的行动》,《香港戏剧学刊》2000年第2期。

僵化,并逐渐失去观众。进入60年代,社会文化心理发生变化,台湾话剧界出现"二度西潮"①,以艺术上取向欧美戏剧代替政治上针对大陆的中国化戏剧,台湾话剧逐渐从两岸对立的意识形态僵局中走出。1950年后话剧的现实主义和启蒙传统在香港处于隐性形式,校园戏剧和业余爱美剧的活跃,剧人受中国剧运影响所养成的积极入世的人生观、艺术观,转化为导人向善、淑世扶幼的教育信息②;60年代开始受欧风美雨的影响,香港话剧的艺术探索走向丰富和多元;70年代本土写实剧的兴起,话剧又成为关乎家国、社会、人生的严肃事业。至70年代末,香港形成了"翻译剧""中国经典"和"社会写实"三足鼎立的话剧格局。

中国大陆"文革"结束后的1978年十一届三中全会提出改革开放的口号,这直接鼓励了话剧界重新面向世界"东张西望"③;民族历史曲折的命运和话剧自身的危机,也使话剧工作者再度觉醒,自觉探索新的话剧表现形式。在这样的时代氛围下,《外国戏剧》等文艺刊物创刊或复刊,广泛引介西方现代戏剧流派,只争朝夕地去全面认识西方戏剧。短短几年,中国戏剧观念呈现出"形式没有限制,探索没有边界"的发展态势,此时出现布莱希特热的文化动因,正是中国戏剧界当时在心理上需要反省现实主义。70年代末、80年代初,香港也出现布莱希特热潮,很多参与者都曾是社会写实剧的倡导人,显然他们在反省现实主义时,发现了布莱希特叙事剧理论的辩证现实的生命力。④大陆紧接着出现戏剧观大讨论和小剧场运动,逐渐破解剧场权力关系和僵化模式。整个80年代,中国话剧以借鉴为主导,吸收、探索、实验西方现代主义的各种流派⑤,直至一出

① 参见马森《当代剧场的二度西潮》,《当代戏剧》,时报文化出版社1991年版,第10—36页。

② 参见梁燕丽《中国现代剧运影响下的香港话剧》,《戏剧艺术》2010年第2期。

③ 上海新锐导演胡为民提出广为流传的口号"东张西望,无法无天"。

④ 卢伟力《布莱希特在香港:几条线索的初步整理》,杨慧仪、卢伟力编《我的名字不是布莱希特》,国际剧评家协会(香港分会)1998年版。

⑤ 具体如法国阿尔托的残酷戏剧、努姆什金的太阳剧社,英国彼得·布鲁克的仪式戏剧,波兰耶日·格洛托夫斯基的质朴戏剧、塔迪尔兹·凯恩特关于零的戏剧和死亡戏剧,美国理查·福尔曼的歇斯底里戏剧、理查·谢克纳的环境戏剧、罗伯特·威尔逊的视像戏剧,挪威尤金尼奥·巴尔巴的奥丁剧院戏剧,德国海纳·米勒的解构主义戏剧,等等。

戏能“把古今中外各种戏剧手段自由使用熔为一炉的境界”。这些实验和探索，在特定的时代条件下进行，多少流于“展示性”的宣告，缺乏独特完整的戏剧理想，以及精神思想的深化和讨论，但其影响是深远的，使中国话剧突破了社会剧的框架，开始对人、对人生、对生命展开多层面的思考，对艺术形式进行多元化的探索。即使在现实主义剧作中，创作和演出也经常引入回忆、想象、梦幻等因素，发展出深层次的心理现实主义，话剧舞台叙事变得更加丰富和自由。可惜90年代后由于社会心理和经济氛围发生变化，不要说戏剧，就是电影和文学也开始面临巨大的压力。

历史是主体与客体的对话，主体的自我意识和对客体的认知直接影响历史的轨迹和书写。写实主义、象征主义和表现主义，代表了人类体会自身与客体的三个不同方面，简单地说，写实主义关心的是现实和社会中的人；象征主义把艺术视为神秘力量的象征；表现主义则强调把主体灵魂深处的思想感情外化。20世纪中国处于革命、战争和改良之中，种种力量视社会改造为首要目标，因此，写实主义也有特定的发展，较为着重西方19世纪以来批判现实主义这个方向。在此，美国批评家布鲁斯坦(Robert Brustein)的《叛逆剧场》(*The Theatre of Revolt*)所建立的批评框架具有参考价值。他把现代西方戏剧的总趋向概括为叛逆，下分为三：(一)弥赛亚叛逆；(二)社会叛逆；(三)存在叛逆。当戏剧背离神，就是弥赛亚叛逆；当戏剧背离社会既定制度、道德规范和价值观念，就是社会叛逆；而当戏剧背离人类现存境况，就是存在叛逆。①中国现代戏剧比较倾向布鲁斯坦所说的“社会叛逆”。根据布鲁斯坦的说法，尽管社会叛逆戏剧中也采取表现主义，但大多数是自然主义和现实主义的。诚然，我们看到中国话剧的发展，从20世纪初至世纪末，从社会问题到文化反思，从《雷雨》《上海屋檐下》《茶馆》，到《小井胡同》《桑树坪纪事》《狗儿爷涅槃》，“百年话剧最有成就者，

---

① Robert Brustein, *The Theatre of Revolt: Studies in Modern Drama from Ibsen to Genet*, Boston: Atlantic Monthly Press, 1964, pp.3—33.

还是现实主义”①。然而,华语话剧在20世纪下半叶的突破,又是由反省现实主义开始的,这呼应了20世纪西方戏剧的发展趋势。

香港话剧始于60年代的西潮呈现多元化的美学向度,大致可以分为三种取向:一是“左倾”剧人演出苏俄戏剧、拉美当代戏剧和布莱希特史诗剧;二是留学归来的剧人,如钟景辉等引入西方当代戏剧,以剧场主义和象征主义等形式,破解写实主义的剧运传统;三是存在主义荒诞剧和后现代戏剧的流行,吸引了不少青年学生和知识分子,促使剧界逐步拓展视野和解放思想。这种种趋向又与70年代凸显的本土文化意识相结合,产生了有别于中国大陆的戏剧模式。台湾从60年代开始接受世界现代剧场美学影响,进行戏剧探索和范式转移,从“世界剧展”“青年剧展”到“实验剧展”,西方戏剧思潮与剧作从象征主义、表现主义、史诗剧场到存在主义、荒诞派等被引入台湾;80年代台湾小剧场运动蓬勃兴起,在华语话剧版图上率先开辟了现代主义戏剧运动;90年代却出现了本土主义思潮,于是中国民俗艺术形式和西方当代戏剧理论与实践,如编作剧场、质朴剧场、后现代主义等结合,衍生出“主动陈述”的剧场②,小众发声,却成为强大之音。

80年代后期以来,中国大陆、香港、台湾的文化交流渐渐频繁,而后更有具体合作计划,于是未竟的探索又出现了新的可能性、新的“美学行动”的形成。在中国大陆和台港澳的影响下,东南亚以及其他地区的华语话剧发展起来,从现实主义到现代主义,体认着少数族群在多元文化之中的张力,扎根于所在地而又保持自身的语言文化个性,不懈地探寻身份,形成姿彩各异的独特剧场。21世纪的华语话剧,必将在世界戏剧的总体实践基础上,结合中国经验和不同华语话剧社群的互动,寻索戏剧新的可能性和发展方向。

---

① 周宁《话剧百年:从中国话剧到世界华语话剧》,《厦门大学学报》2007年第2期。

② 邓树荣在《从实验性到主动性》一文中提出剧场可以分成“主动陈述”和“被动陈述”,“主动陈述”指表达个人话语,“被动陈述”则是指表达主流话语。

二、戏剧可能性的探索

弗洛伊德的心理主义对20世纪影响甚巨，他以自己的新学说把人类戏剧划分成四种冲突：一是人和形上力量的冲突，衍生命运悲剧；二是人和人之间的冲突，衍生社会正剧；三是个人内心的冲突，衍生心理写实剧；四是意识与潜意识的冲突，衍生精神分析剧。①弗洛伊德认为20世纪前的戏剧已发展到第三阶段，所以他断言20世纪的戏剧应该出现第四种。诚然，西方20世纪许多敏感的戏剧家创造了心灵层面的戏剧可能性，包括易卜生和斯特林堡两位写实主义戏剧大师，后期也分别过渡到象征主义和表现主义的戏剧创作。“二战”后，更有不少剧作直接探讨精神问题，如彼德·魏斯（Peter Weiss）的《马拉/萨德》（*Marat/Sade*），可谓精神分析的典型。②香港由荣念曾等编导的《弗洛伊德寻找中国的情与事》，试图由弗洛伊德的理论出发，解析汤显祖的《牡丹亭》——一个中国明代以来最著名的梦，该剧在意识和潜意识之间穿行，剧中独白：“我跟着你的规矩，是不是太没自己？”③这个问题预设了一条向内寻找“真正自我”的路，沿此思路的确会遇上弗洛伊德。弗洛伊德的理论就是将内化到个人、民族心理结构的积淀来一次彻底的解构，诉诸心理分析还可有更深一层的解构：一切“想”的、“说”的都嫌太多，唯有靠梦、潜意识、直观一类“非理性”的方法，才能直探“里面的里面”那个本我。④《弗洛伊德寻找中国的情与事》不是传统戏剧《牡丹亭》的再现，而是创造了一个东方式的精神分析剧。

---

① Sigmund Freud, “Psychopathic Characters on the Stage”, in *The Standard Edition of Complete Psychological Works*, 24 vols, trans. James Stracchey et al., London: Hogarth Press, 1953—74, 7, p.305.

② 剧作把法国大革命一段历史作为精神病疗养院病人表演的“戏中戏”，意在表现个人主义与革命理想的冲突。但被送进该院的并非精神病患者，而是思想行为不容于社会者，包括马拉和萨德，因此该剧最大的特色是穿透疯狂与理性，探讨了一系列历史和人类命运的问题。

③ 林聪编《临界点上：香港戏剧2001》，国际演艺评论家协会（香港分会）2004年版，第50页。

④ 林聪编《临界点上：香港戏剧2001》，第3页。

在探索戏剧新思想、新范式方面，西方20世纪从不同方位挑战亚里士多德戏剧传统，具有重大突破：（一）契诃夫式戏剧，即把模仿行动变成呈现过程，营造气氛，发掘人在无奈中忍受生命的消逝；（二）布莱希特史诗剧，即以叙事剧取代纯代言体演出，强调辩证的复杂观照；（三）荒诞派戏剧，即呈现人类生存境况，探讨非逻辑的行为和行动；（四）形上剧场（或译作后设剧场），即戏中有戏，戏外有戏。"二战"后西方戏剧以存在主义的荒诞剧和布莱希特的史诗剧影响最大，这两股戏剧思潮，都以破解现实为目的，与自19世纪末以来主导戏剧文化、在舞台上塑造生活幻觉为主的写实主义戏剧，鼎足而立。荒诞派戏剧颠覆行动的理性逻辑，直探人类的困局和处境，被称为"反戏剧"；布莱希特否定亚里士多德悲剧与史诗的界限，试图创立戏剧新诗学①。至于形上剧场，从各个层面包容与拓展了亚里士多德戏剧，戏剧创作成为层叠框架的建构，在不同层面的演出和叙述中，戏的内涵被开拓了。②80年代中国大陆话剧的多向探索，既有史诗剧和荒诞派的影响，也有形上剧场思维方式的影响。随之兴起的探索剧潮流显示了中国当代话剧的一种可能性。

至于香港和台湾则出现了更多的荒诞剧、史诗剧和形上剧场的自觉实验，如《我系香港人》《暗恋桃花源》《两条老柴玩游戏》《沙胆大娘 vs 沙胆大娘》《戆病夫妙计试真情》《寻春问柳》《三级女子杀人事件》等，不胜枚举。不过，华语话剧界更多地把注意力放在剧场美学的实践上，而忽略了对"戏"的思考，人类心灵世界、精神领域的探索，并未有深化。形上（后设）剧场沟通了传统、现代与后现代剧场表述方式，将是21世纪戏剧探索的重要范畴。

戏剧可能性的探索还涉及剧场生态的问题。80年代话剧在中国大陆仍是传达思想的重要媒介，但是当话剧工作者接触到各种现代戏剧流派、探索戏剧

---

① 众所周知，布莱希特的《戏剧小工具论》宣称要建立非亚里士多德剧场。

② 后设剧场作为创作实践古已有之，如莎士比亚的《仲夏夜之梦》《哈姆雷特》，孔尚任的《桃花扇》等，但作为理论自觉，则是1963年由美国人阿贝尔（Lionel Abel）在《后设剧场：一种新的戏剧形式》（*Metatheatre: A New View of Dramatic Form*）一书提出的。影响所及，出现了后设电影、后设小说等。

更多可能性时，剧场生态、媒介环境和文化氛围改变了。新的文化环境和社会形态，使话剧面临严峻挑战。当话剧已不再是社会上重要的启蒙教化或大众娱乐的工具时，当现代社会人们可以通过更多方式得到娱乐和资讯时，戏剧可能性的探索不能不面对媒介生态的实况。经由 20 世纪末的危机，21 世纪华语话剧面临的已不只是艺术创作问题，还得思考科技发展与媒介环境、全球化与本土主义、多文化主义等问题。首先话剧在当今社会逐渐被边缘化，成为小众艺术，这是事实。然而，剧场是与现代科技和商品文化的非人化文明相抗争的领域，这是由戏剧的本质所决定的。本雅明在《在机械复制时代的艺术》一文中，指出在大规模复制的年代，艺术品丧失的是气质(aura)。①而剧场的本质是现代科技所无法取代的。英国戏剧家彼得·布鲁克(Peter Brook)1984 年在《空的空间》中还原戏剧最基本的元素："一个人在别人的注视下走过这个空间，这就是一出戏所需要的一切。"②剧场提供观众与演出者一个共享的空间，但这个空间是不能复制的，每一次演出必须要用新的能量，才能有鲜活的精神，这就是本雅明所谓的"气质"。在现代科技和商业化环境之下，现代戏剧除了作为社会公共空间的媒介、使人们参与社会文化生活之外，还可能出于其他人类的需要，比如表达思想感情的需要、实践美学思想的需要和探索艺术可能性的需要等。当然，在媒介技术愈来愈发达的现代社会，戏剧的呈现形态或许会变得多样化，有剧场的戏，有电影的戏，也有电视、广播或其他媒体的戏。载体会变，但是戏剧的要素，如身体表演和精神对话等却无本质改变，即使科技进步到很容易就可以用数码影音来制作戏剧，戏剧的根本要素也不会消失。戏剧作为身体表演是人的本体艺术，作为精神对话是社会的存在方式。现代哲学确立了人的主体性，同时人类仍然面对形形色色的社会问题，大自然对人类的威胁仍然存在，在不同处境中的人，只要有自我意识和人类情怀，就会有情感和行动，就会有戏

① Walter Benjamin, "The Work of Art in the Age of Mechanical Reproduction", in *Illumination*. Glasgow: Collins, 1979, pp.219—253.

② Peter Brook, *The Empty Space*, New York: Atheneum, 1984, p.3.

剧。而面对后工业时代个人疏离感和孤独感的普遍体验，剧场作为一种社会性和集体性艺术，可能成为弥合人类身心分裂和社会分裂的现代精神仪式。

三、剧场、"身体"和中国性

21世纪要使戏剧继续有生命力，需要建构剧场本体美学，而中国性的探索与戏剧本体的探索共生。格洛托夫斯基在1968年提出"质朴戏剧"观念，强调演员的身体表演是戏剧的核心。这里所说的"身体"，并不只是"形体"，更不是"肉体"或者"躯体"。"身体"不同于"形体"①在于它重视的不是符号价值，而是生命感觉。"身体"成为经验之躯，"思想/身体"的二元对立被打破，化客观世界为主体体悟。当代剧场也愈来愈重视观众的体悟环境，剧场物理空间的形塑，广义来说，也变成一个"身体"问题。由此看来，"身体"除了关乎形体动作编码，更包括身体美学和身体政治，涉及历史、文化、权力结构，甚至经济氛围。而身体美学不仅是艺术创作的范畴，而且也是身体本相的真实呈现。例如香港剧场演出内地"文革"时期的样板戏，舞台美术和技术比内地有过之而无不及，唱腔、舞姿和技巧也参照大陆的演出，但跟内地的样板戏完全不是一样的信息和姿态，这就是身体问题。当年内地演出革命样板戏，是意识形态支持的身体，而香港政治语境不同，艺术环境也不同，演员只是一种艺术模仿，观众也许是好奇，是娱乐，是社交，但基本不会是带着接受教育和改造思想的心态进入剧场，于是台上台下的"身体"都不同。②80年代中国内地对人道主义的肯定，并渴望将之与马克思主义结合，到80年代后期对个性和自由的确认，亦是一种社会剧场中的民众身体政治。

戏剧演出的身体政治，在21世纪依然是重要领域。例如剧场出现"中性演员""混性别角色"，尝试打破性别的局限；甚至理想取代习惯势力，因高矮、胖

---

① "形体"(body as sign)，这里指把身体仅仅理解为建构剧场符号的工具。

② 参见卢伟力《尚未完成的行动》。

瘦、伤健、年龄、种族等身体上的差异而形成的角色限制，也将有人尝试消除。身体政治最重要的社会基础，是一个人如何主宰自己的身体。推而广之，如何在资本主义经济全球化中保持本土文化，在世界通俗文化一体化中确立当时当地华人的文化空间，是21世纪华语话剧的重要内容。“身体”包含生命的本相和潜在的血缘记忆，因此对身体的探索，是中国性的重要组成部分。中国美学强调“以形写神”，与今日世界剧场重现“身体”不谋而合。20世纪作为舶来品而发生、发展的华语话剧继续探索下去，或许就会返回到根本，与美学传统接轨。即使演出外来作品，华语话剧如何用自己的“身体”去演绎西方或其他民族的戏剧，涉及的是用中国人的历史文化感性去表征其他文化感性的问题。这在华语话剧中已有许多实验。就近而言，如2011年的《北京好人》，从布莱希特的原剧《四川好人》到《北京好人》，或可看作用中国本土感性和身体演绎西来话剧的一个隐喻。该剧故事框架也是舶来品，但演出从思想内容到美学追求，试图找到中国自己的现实关怀和美学追求，特别是京味文化的渗透，这是因为凝聚着中国人（北京人）精神特质和审美情趣的民族风格和民间艺术，最容易唤起观众美的感觉和感情。《北京好人》代表21世纪初中国剧场仍然存在西化和本土化的焦虑，以及寻求出路的努力，但美学不是绝对固定的，既有纯粹性又有包容性。所谓纯粹性即保持自己特有的做派和模式，所谓包容性即吸纳新鲜和异质的因素，目的都是以自己的身体活生生地呈现生命的节奏和能量。

20世纪香港话剧的文化实践，与“身体”政治和中国性更为密切相关。话剧在香港一直是小众艺术，但作为文化表述方式，剧场是敏锐和直接的，特别是“九七”回归前后，香港面临“去殖民”和“后殖民”问题，剧场成了探讨香港文化、历史、身份的公共空间，同时建构了香港本土的剧场美学。90年代崛起的小型专业剧团更有自觉的探索性，它们对形体有特殊的偏好，应视为香港“身体”在特殊历史文化时空中呈现自身的心灵欲望的投影。这是文化论述，也是美学行动。香港小型专业剧团的戏剧工作者，既对前卫戏剧有兴趣，又对传统戏曲、民俗样式有兴趣，例如何应丰参与了多个实验粤剧制作；邓树荣把民间木偶与真人演员融合；邓树荣服膺梅耶荷德的“身体文化”策略，让长期被异化的躯体回归人本身，恢复人对自身躯体的主权和意识。[①]传统话剧基本上是将表演理解为“让观众明白演员在做什么”，身体作为一种“解说性”的工具存在，没有还原到人的本体存在的意义。针对华语话剧演员相对依赖台词演绎角色的切入方法，邓树荣致力于“把台词和身体结合成有机的产物”[②]，但这仍是一条在开发中的路。进念的《弗洛伊德寻找中国的情与事》不同于传统戏剧倚重文本的扮演。演员借用柳梦梅和杜丽娘的角色身份和自我身份进行表述与呈现[③]，石小梅便装演《牡丹亭》的一段重现，舞台使用大量的多媒体录像效果，在光影舞动和混音变奏下，“再现的再现”如梦如幻，将传统/现代的糅合赋予一种独特的感觉重组。香港许多专业戏剧工作者，都勇于开拓戏剧实践的空间，确认多元的戏剧观[④]，这或许是现实的需要，但更是“身体”的需要。文字媒介、音乐媒介、视像媒介、身体媒介，这些媒介实体及其美学意蕴，以及多媒介融会贯通的可能性，将是 21 世纪剧场继续探索的问题。

在全球化语境下，尤金尼奥·巴尔巴比任何人都更清晰地认识到超越语言的身体表演的重要性。巴尔巴既从表演美学角度对剧场中演员的身体状况进行研究，又对东西方剧场的演员身体进行比较研究，提出“前表现性”“在场”等概念。[⑤]莫斯（Marcel Mauss）曾谈到，在任何一个社会里，人们通过传统学会怎样使用他们身体的方式。巴尔巴从莫斯“被文化条件所决定”的身体观念出发，

---

① 梅耶荷德所倡导的“完全演员”，杂耍、翻腾、舞蹈、歌唱等都可以是创作工具，这正是东方戏剧演员给他的最大启示。

② 例如《日落前后的几种做爱方式》实践了梅耶荷德的身体剧场理论，根据 2003 年 5 月 17 日邓树荣访谈：演员用身体和动作表达文本或对白所产生的节奏感，探索角色的层次，观众也从演员的身体张力或交流触碰中想象其相互关系。于是原来台词和对白所提供的信息被视为理所当然，现在却发现某种程度上也可以视为一种制约，而忽视了身体所赋予的原始能量和可从其他角度去阅读角色的可能性。参见陈国慧、小西编《合成美学——邓树荣的剧场世界》，国际演艺评论家协会（香港分会）2004 年版，第 148—149 页。

③ 先是演员石小梅出场唱昆曲，落妆后，她以女演员身份再唱刚才的一段戏。

④ 正如何应丰所说：“我只相信不断试验、实践，希望提供多元空间，透过其中选择一、二可用的空间尝试去摸索、寻回我们可以怎样用身体、声音去表达故事情感的渠道。”

⑤ Engenio Barba, “The Dilated Body”, *New Theatre Quarterly*, 4, 1985, p.1.

发现戏剧的“超日常身体技巧”，由此为戏剧找到一种独特的身体语言：前表现性。巴尔巴认为不同的剧种、风格、角色以及个人和群体传统都建立在“前表现性”基础之上。①巴尔巴的戏剧人类学实现了表演从“表现性”到“前表现性”、从“语言”到“身体”的转向。②戏剧人类学将是21世纪重要的实验和研究领域。③回应于此，华语话剧也将在“全球本土化”④的新视野中焕发创造力，不断给“中国性”重新定义。

自从西方戏剧(以话剧为主体)在20世纪初传入中国以后，中国戏剧家在超过一百年里不断思考和实践着中国戏剧现代化和西来话剧本土化的大课题。无论是把传统戏剧样式现代化，还是将传统戏剧的表现方式融入现代戏剧之中，其重点都在与西方戏剧接轨和东西方互动。一百多年过去了，从诸多锐意创新的戏剧大家，如田汉、洪深、欧阳予倩、曹禺、老舍、焦菊隐、黄佐临、钟景辉、赖声川、郭宝昆，到各地华语剧场层出不穷的实验青年，从戏剧形式的反叛到社会思想的反叛，从现实主义、现代主义到后现代主义，迄今为止无疑已形成百花齐放、百舸争流的局面，但似乎还没有形成一个融汇百川的“主流的”中国戏剧新形式。行文至此，笔者想起已故新加坡著名戏剧家郭宝昆一句过谦之语：“剧场艺术总要发展的，总要有前人作为废料，给后人作肥料。”⑤

---

① 正是在这个层面上，巴尔巴发现了东方演员及其表演系统，并认为运用身体在空间中运动、表情、说话而形成“在场”的方法，西方演员和东方演员比起来差距尚远：西方演员也许还没有“定向的‘良方’的完整积蓄”，“但传统的东方演员则有一套完整的、经得起考验的‘专门方略’。”(Eugenio Baiba, *The Secret Art of the Performar*, London and New York: Routledge, 1991, p.8.)

② Ibid.

③ 戏剧为人类学提供了一个特别的实验领域，因为戏剧展现了人类扮演他者的活动，一种为了分析和展现他们如何在社会中行为表现的模仿。通过把人们置于实验的情境，戏剧和戏剧人类学能够重建微型的社会和评价个体和群体的关系。

④ 所谓“全球本土化”，英文为“Glocalization”，指特定国家在世界现代化进程中世界化和本土化两个发展维度。

⑤ 郭宝昆《边缘意象：郭宝昆戏剧作品集一九八三至一九九二年》，时报出版社1995年版，自序XVI。

编 后 记

《复旦中文学科建设丛书·中国现当代文学卷:历史、文本与文学性》,共收作者35位,论文39篇(节)。

本论文集遵循学科丛书编选原则,论文作者以复旦大学中文系现当代文学学科现在任教师为主,兼顾部分曾在本学科执教过的专家学者。所选论文尽可能体现所选学者本人学术研究的代表性成果,以及在本学科领域中具有一定贡献及影响的作品。

复旦大学中文系现当代文学学科是一个有着光荣传统的学术团体,这一团体在20世纪20—40年代就已经取得了不菲的学术成绩,在国内外具有一定学术声誉,经过50—80年代的波折、恢复与建设,80年代尤其是90年代以来,进入到快速发展阶段,并逐步确立起在国内外学术界有目共睹之地位和影响。而文学史研究,又是这一学术团体极为重要的一个研究领域,生成的学术成果很多,影响亦甚大,仅仅通过一本论文集来反映上述丰硕成果,显然颇具挑战性。因此,本论文集只不过初步呈现了本学科在现当代文学史研究领域的部分成果和基本面貌。

在过去将近一个世纪的历程中,复旦中文系培养了大量优秀学生,其中不少后来成为现当代文学研究领域的专家学者。他们在全国乃至世界各高校、研究机构或文化单位中执教工作,为中国现当代文学研究及学科发展做出了重要的贡献。遗憾的是,限于篇幅及编选要求,本论文集未能反映这些系友的研究成果，此处特予说明。同时，亦有一些学者曾在复旦中文系现当代文学学科执教过，后来离开去了其他院校单位，他们的学术贡献，在本论文集中亦未能辑录体现，此处一并说明。

编者

2019 年 7 月 21 日